रॉबर्ट पेन

रॉबर्ट पेन का जन्म सन् 1911 में कॉर्नवॉल, इंग्लैंड में हुआ था। उनकी शिक्षा केपटाउन, लीवरपूल, म्यूनिख और सोरबीन के विश्वविद्यालयों में पूरी हुई। द्वितीय विश्वयुद्ध में जिस समय हिटलर की सेना वियना पहुँची, उस समय रॉबर्ट पेन वहीं थे। वे कुछ समय तक रिपब्लिकन स्पेन में युद्ध संवाददाता भी रहे और जब वे सिंगापुर की नौसेना के अड्डे पर अधिकारी थे उन्हीं दिनों वहाँ जापानी सेना का आक्रमण हुआ था। उन्हें चुंगकिंग के ब्रिटिश दूतावास भेज दिया गया लेकिन वे चीनी विश्वविद्यालयों की ओर फरार होने में कामयाब रहे। वे जिंहुआ विश्वविद्यालय, कनमिंग में अंग्रेज़ी कविता के प्रोफ़ेसर और नौसैनिक वास्तुकला के लेक्चरर रहे। विश्वयुद्ध के बाद उनका अधिकतम समय अमरीका में ही गुज़रा। इस बीच वे एशिया महाद्वीप की यात्राएँ भी करते रहे। उन्होंने हिटलर, लेनिन, महात्मा गांधी की जीवनियों के लेखक के रूप में विश्व-भर में ख्याति अर्जित की।

सन् 1983 में उनका निधन हुआ।

प्रियदर्शन

प्रियदर्शन का जन्म 24 जून, 1968 को राँची में हुआ। उन्होंने राँची विश्वविद्यालय से अंग्रेज़ी में एम.ए. की पढ़ाई करने के बाद उसी शहर से पत्रकारिता की शुरुआत की। उनकी प्रमुख कृतियाँ हैं—'ज़िन्दगी लाइव' (उपन्यास); 'बारिश, धुआँ और दोस्त', 'उसके हिस्से का जादू', 'हत्यारा और अन्य कहानियाँ', 'सहेलियाँ और अन्य कहानियाँ' (कहानी-संग्रह); 'यह जो काया की माया है', 'नष्ट कुछ भी नहीं होता' (कविता-संग्रह); 'ग्लोबल समय में गद्य', 'ग्लोबल समय में कविता' (आलोचना); 'इतिहास गढ़ता समय', 'भारत की घड़ी', 'समाज, संस्कृति और संकट' (विचार); 'दुनिया मेरे आगे', 'क्या ये शहर तुम्हारा है? (संस्मरण); 'नए दौर का नया सिनेमा' (फिल्म); 'ख़बर-बेख़बर' (पत्रकारिता)।

उन्हें कहानी के लिए पहला 'स्पन्दन सम्मान' और टीवी पत्रकारिता के लिए हिन्दी अकादमी, दिल्ली के सम्मान से सम्मानित किया जा चुका है।

ई-मेल : priyadarshan.parag@gmail.com

क़त्लगाह

रॉबर्ट पेन

अनुवाद

प्रियदर्शन

राधाकृष्ण पेपरबैक्स

पहला पुस्तकालय संस्करण
राधाकृष्ण प्रकाशन प्राइवेट लिमिटेड द्वारा
2000 में प्रकाशितल

राधाकृष्ण पेपरबैक्स में
पहला संस्करण : 2024

राधाकृष्ण पेपरबैक्स : उत्कृष्ट साहित्य के जनसुलभ संस्करण

राधाकृष्ण प्रकाशन प्राइवेट लिमिटेड
जी-17, जगतपुरी, दिल्ली-110 051
द्वारा प्रकाशित

शाखाएँ : अशोक राजपथ, साइंस कॉलेज के सामने, पटना-800 006
पहली मंजिल, दरबारी बिल्डिंग, महात्मा गांधी मार्ग, प्रयागराज-211 001
1, अनमोल सोराबजी संतुक लेन, धोबी तलाव, मरीन लाइंस, मुम्बई-400 002

वेबसाइट : www.radhakrishnaprakashan.com
ई-मेल : info@radhakrishnaprakashan.com

बी.के. ऑफसेट
नवीन शाहदरा, दिल्ली-110 032
द्वारा मुद्रित

मूल्य : ₹499

KATLGAAH
A Novel by Robert Payne

ISBN : 978-81-19989-74-4

अपने दोस्त

इनायत क़रीम

की सुखद यादों को

अध्याय-क्रम

वह लंबी रात

M·O

एक

ढाका के विशाल, पसरे हुए शहर पर अँधेरा काफी पहले उतर चुका था। आसमान साफ था, तारे भुरभुराहट के साथ चमक रहे थे, उत्तरी हवा बह रही थी। हवा में ताजगी थी, और वनस्पतियों की गंध, जो एक ऐसे शहर में जरा भी हैरतनाक नहीं थी जिसके बाहरी इलाकों में चावल और पटसन के खेतों का सिलसिला था और जिसकी हर सड़क पर दरख्तों की कतार थी; और हवा की इस ताजगी और मिठास में अजीब तरह से खौफ की एक बू घुली-मिली हुई थी। कोई पूरी तरह नहीं बता सकता था कि यह खौफ कहाँ से चला आया था, मगर हर किसी को इसका अहसास था। यह गलियों में खामोशी के साथ, अदृश्य होकर दौड़ रहा था। पुराने शहर की भीड़-भरी बस्तियों से लेकर जहाँ गरीब लकड़ी के झोंपड़ों में रहते थे, गुलशन के सुदूर इलाकों में रहने वाले व रईसों के मकानों तक, घुमावदार बूढ़ी गंगा के किनारे पड़े या लंगर डाले बजरों और जहाजों से लेकर शखारीपट्टी के हिंदू इलाकों तक, यह खौफ किसी महामारी की तरह पसरा हुआ था, अजीबो-गरीब तरीकों से अपनी मौजूदगी जताता हुआ—किसी कटी हुई टहनी-सा, तारों की रोशनी में चमकती कुल्हाड़ी-सा, किसी गर्दन के चारों ओर लिपटे हाथ-सा, किसी सड़क से गुजरती छाया की तरह।

किसी आम दिन गलियों में कुछ ज्यादा लोग होते और दो फट्टों के बीच अधनंगे दौड़ाकों द्वारा खींचे जा रहे हाथरिक्शे मौज-मस्ती भरी शाम गुजारने के बाद देर से लौटने वालों को घर पहुँचाते हुए अँधेरी गलियों में दौड़ रहे होते, मगर यह कोई आम दिन नहीं था। हाथरिक्शे इक्का-दुक्का थे और ज्यादातर पुराने शहर में नजर आ रहे थे मानो फट्टों के बीच दौड़ने वाले तांबई इंसान भी इस रात अपने घरों की हिफाजत में करीब रहना चाहते थे। यह देखा गया था कि चौक बाजार पर सेंट्रल जेल के बाहर एक छोटी-सी भीड़ बेजान खड़ी थी, शायद वे कुछ कैदियों की रिहाई का इंतजार कर रहे थे, हालाँकि यह अच्छी तरह पता था कि उन्हें अक्सर सुबह को रिहा किया जाता है, या शायद इसलिए कि पुराने शहर के लोगों को सहज रूप से अहसास हो चुका था कि जेल खबरों का स्रोत होती है और वे उस खौफ को सूँघ चुके थे जो इन लोहे की सलाखों के पीछे पैदा हुआ था और जिसने अपने पंख फैलाए थे और बीस फीट ऊँची दीवारों के ऊपर उड़ चुका था। और तब, ग्यारह बजे के आसपास यह छोटी भीड़ बिखर गई

और कुछ लोग आपस में फुसफुसाते हुए सुने जा सकते थे। सेंट्रल जेल के करीब की तंग गलियों में काफी अँधेरा था और जो रोशनी वहाँ थी, वह भुतहा उजली कमीजों और मुड़ी-तुड़ी लुंगियों से आ रही थी जिन्हें उन लोगों ने अपनी कमर पर कसकर बाँधा हुआ था। यह दिख रहा था कि इन गलियों में एक भी औरत नहीं थी।

दिन की रोशनी में ढाका कुछ चमक-दमक का शहर है, जिसमें विशाल उजली मीनारें और महल तथा शीशे और इस्पात की कुछ आधुनिक इमारतें हैं, घास के मैदान और पार्क और अपनी रक्तिम पँखुड़ियाँ गिराते गुलमोहर के दरख्त हैं। विशालता का, खुलेपन का अहसास है, एक ऐसे पुराने शहर के माकूल पड़ता हुआ, जो कभी भी आधुनिक दुनिया से पूरी तरह तालमेल नहीं बिठा पाया। दिन की रोशनी में यह हैरतअंगेज ढंग से शोरोगुल भरा है, और रात को यह किसी गाँव की तरह अजीब ढंग से सुनसान है, जिससे यहाँ तक कि हर दरख्त पर बैठे तीखी जुबान वाले काले कौवे भी चुप्पी तक महदूद रह जाते हैं। सचमुच, रात को यह शहर छोटा और किसी काले पंखों वाली चिड़िया-सा बंद हो जाता है, जो अँधेरा भगाकर सोने के लिए अपना सिर अपने पंखों में गाड़ लेती है।

वाकई इस बात की कई वजहें थीं कि ढाका उस रात खासतौर पर सुनसान क्यों था। पहली बात तो यह थी कि वहाँ कई दिनों से आम हड़ताल चल रही थी, और इसने फौजी अधिकारियों को नाराज कर दिया था, जो खुद को मुल्क का जायज हुक्मरान मानते थे, इस तथ्य के बावजूद कि हाल के चुनावों में शेख़ मुज़ीबुर्रहमान की अवामी लीग ने भारी बहुमत से जीत हासिल की थी और इस तरह फौज को किसी भी आगामी हुकूमत के नाकाबिल बना डाला था। फौजी अधिकारियों ने यह साफ कर दिया था कि वे किसी भी कीमत पर आम हड़ताल को तोड़ेंगे, और यह आमतौर पर माना जा रहा था कि वे अवामी लीग के उन सभी सदस्यों को गिरफ्तार करने वाले हैं जिन तक उनके हाथ पहुँच सकें। फिर यह भी अहसास था कि फौज एक गतिरोध तक पहुँच चुकी है, नहीं जानती कि उसे क्या करना है, और सुलह के लिए और इस तरह हुकूमत छोड़ने के लिए मजबूर होगी। और हालात के इस उम्मीद भरे पहलू से एक बढ़ती हुई हताशा पूरी तरह टकरा रही थी। चूँकि फौजी अधिकारियों और अवामी लीग के बीच की वार्ताएँ कुछ हासिल किए बिना लगातार खिंचती जा रही थीं, सिवा इसके कि बातचीत करने वालों के स्नायु ज्यादा तार-तार, ज्यादा नाजुक और ज्यादा भभक पड़ने वाले हो गए थे। जो बहुत कम लोग जानते थे वह यह कि शाम को छः बजे, जब उजाला मद्धिम होना शुरू हो रहा था, पाकिस्तान के फौजी तानाशाह जेनरल याह्या ख़ान ने शहर के उत्तर, छावनी में मजेदार शैंपेन डिनर के बाद अचानक मेज छोड़ी और नजदीक के हवाई अड्डे पर पहुँचा। जैसे ही वह कराची की लंबी उड़ान के लिए इंतजार कर रहे विमान में दाखिल हुआ, उसने पूर्वी पाकिस्तान के फौजी गवर्नर और मार्शल ला प्रशासक जेनरल टिक्का ख़ान को पुकारा और कहा, "नाऊ सॉर्ट देम आउट !" (Now sort them out !)

बहुत शांति और सहजता के साथ कहे गए इन चार शब्दों में सतह पर कुछ भी काबिले-एतराज या नुकसानदेह नहीं था। अगर वह दस्तावेजों या आलुओं या ऐसी किसी चीज के बारे में कह रहा होता जिसे कुछ इच्छुक सहयोगियों द्वारा छाँटे जाने की ज़रूरत थी, तो किसी ने इनकी ओर ज़रा भी ध्यान नहीं दिया होता। मगर जेनरल याह्या ख़ान का जो मतलब था, वह यह था, "कत्ल करना शुरू करो। उस हर किसी को मार डालो जो हमारे खिलाफ है, और तब तक मत रुको जब तक तुम्हें विश्वास नहीं हो जाता कि अगले चुनाव में सारे वोट हमारे पक्ष में होंगे।" ये शब्द, जो अंग्रेजी में कहे गए थे, पूर्वी पाकिस्तान के लोगों के लिए जिन्होंने फौजी हुकूमत के खिलाफ वोट दिए थे, फरमाने-मौत थे।

एक घंटे बाद जिस वक्त तक ढाका पर अँधेरा उतरा, खौफ शहर में पसरना शुरू हो चुका था। यह इतना ताकतवर था, इतना मूर्त्त कि एक इंसान हाथ बढ़ाकर इसे छू सकता था और यह रात की हवा से होता हुआ दौड़ रहा था, और ऐसे लोग थे, जिन्होंने इसे पकड़ा, पिया और इसी के साथ मतवाले हो गए। किसी भूकंप का रास्ता पता करने की कोशिश कर रहे भूकंप-विज्ञानियों की तरह, उन इतिहासकारों ने जिनका सरोकार खौफ का रास्ता पता करने से था, बाद में यह नतीजा निकाला कि इसका अधिकेंद्र हवाई अड्डे पर पाया गया, और यह शाम 6.15 पर उस वक्त फूट पड़ा जब जेनरल याह्या ख़ान विमान में दाखिल हुआ, फौजी गवर्नर की ओर मुड़ा, और उसने कहा, "नाऊ सॉर्ट देम आउट।" मगर ढाका के लोगों के लिए खौफ सभी दिशाओं से आता दिखाई पड़ा और इसकी कोई पहचानने लायक दिशा नहीं थी; यह जमीन और आसमान से फूटता प्रतीत हुआ; हर अजीबोगरीब मुमकिन रास्ते से यह शहर में छिटकता चला गया, कभी नदी के किनारे पर पीछे हटता हुआ, और फिर भीड़ भरी बस्तियों में पसरता हुआ। ऐसे छोटे-छोटे कोने थे, जहाँ खौफ कभी गहरे नहीं धँसा, और ऐसे समूचे इलाके थे जहाँ खौफ इतना गाढ़ा था, इतना व्यापक, इतना संक्रामक कि लोग काँपते थे, एक-दूसरे को सवालिया निगाहों से देखते थे, बिना कुछ कहे अपने रास्ते जल्दी से बढ़ जाते थे। कभी खौफ ने लोगों को हलके से या फिसलते हुए झटके से छुआ; दूसरों के लिए, यह रहस्योद्घाटन की ताकत के साथ आया, खोपड़ी में किसी धमाके की तरह। प्रोफेसर मुहम्मद सिराजुल अख़्तर के लिए यह तब आया जब उन्होंने ऐसे ही अपने अपार्टमेंट की खिड़की के बाहर झाँका और देखा कि फौज से अपने करीबी रिश्तों के लिए जाना जाने वाला एक दूसरा प्रोफेसर अपने घरेलू सामान--अपना शार्ट-वेव रेडियो, अपना टेलीविजन सेट, अपने कंबल, कालीन और बर्तन अपनी कार में समेट रहा है और अचरज किया कि क्यों यह गरीब मरदूद प्रोफेसर भाग रहा है। पत्रकार अनवर अमीर के लिए यह उस लम्हे आया जब अपना दफ्तर छोड़ते वक्त, उसने बजता हुआ टेलीफोन सुना, उसे उठाया, और एक गुमनाम आवाज को कहते हुए सुना, "आज की रात ढाका से निकल जाओ। दमन शुरू हो चुका है। सबको बता दो।" क्लिक की एक आवाज हुई, टेलीफोन 'डेड' हो गया, और अमीर अहमद पीला पड़ गया, वहीं खड़े-खड़े अभी

भी कान से रिसीवर लगाए हुए, मानो उसे उम्मीद हो कि आवाज सब कुछ बयान करती चली जाएगी, वह भी जो बयान के बाहर है। फिर, आखिरकार, बहुत धीरे—उसका हाथ बुरी तरह काँप रहा था—उसने रिसीवर को क्रेडिल पर रखा, न तो परेशान और न ही खास तौर पर खौफजदा मगर ऐसा दिखते हुए मानो उसका स्नायुतंत्र सुन्न हो चुका हो। कुछ लम्हे बाद, वह हर किसी को टेलीफोन करने में व्यस्त था, जिसे वह जानता था, एक ऐसी आवाज में बोलता हुआ जो उसकी आवाज नहीं लगती थी, बार-बार यही कहता हुआ, "ढाका से निकल जाओ—प्लीज निकल जाओ। दमन शुरू हो चुका है।" अचरज की बात यह थी कि उसने अपनी बीवी को फोन नहीं किया, उसे सावधान करने की तमन्ना उसमें नहीं थी।

हमेशा की तरह, फौज पूरी तरह नाकारा थी। हफ्तों तक, ढाका और पूर्वी पाकिस्तान के सभी महत्त्वपूर्ण शहरों के विशाल इलाकों को नेस्तनाबूद करने की ब्यौरेवार योजना जेनरल स्टाफ ने बनायी थी; मकसद, हमले की दिशाएँ, निरीक्षण चौकियाँ, मुख्य राजमार्गों और रेलमार्गों का नियंत्रण, हथियारों के डिपो की व्यवस्था, गैसोलीन, फौज के लिए रसद, इन सब पर आखिरी ब्यौरों तक काम किया गया था। नक्शे डी-1, डी-2, डी-3 से लेकर डी-14 तक फौजी टुकड़ियों की बहाली का बाउम्मीद ऐलान कर रहे थे, जब यह माना जाने लगा था कि जिसे अमन की बहाली का प्रचार कहा जा रहा है, वह एक अपरिहार्य अंत तक आ जाएगा। उन्होंने सब कुछ के बारे में सोचा था, सिवा टेलीफोन की व्यवस्था के, जो स्वचालित थी और पूरी शाम और रात तक काम करती रही। खौफ ने लटपटाते पैगामों और छुपी हुई आवाजों में या फुसफुसाहटों में दी गई हिदायतों में टेलीफोन के तारों से होकर सफर किया, और इनमें से कुछ टेलीफोन कॉल बंगाली अफसरों की ओर से आए थे जिन्हें इस मामले की भनक मिल चुकी थी और वे फुर्र हो जाने की तैयारी कर रहे थे चूँकि उन्हें पता था, अंदाजा था, कि वे सबसे पहले शिकारों में होंगे। मगर यह सारा कुछ बिना किसी सचेत योजना के, बहुत ही हड़बड़ाहट भरे तरीके से किया गया था, इस निश्चित जानकारी के साथ कि किसी भी असरदार कार्रवाई के लिए काफी देर हो चुकी है। बस कुछ ही बंगाली अफसरों को इत्तिफाकन यह राज़ मालूम हो गया था। मगर उर्दू बोलने वाले और पंजाब से आए हुए, साफ चमड़ी और बेदाग वर्दी वाले दूसरे अफसरों ने इन राज़ों को खुद तक से छुपा रखा था, उस हद तक जितना लोगों के लिए राज़ों को छुपाए रखना मुमकिन है। वे अपने बीच ही फुसफुसाते थे कि उनके करने के लिए एक काम है, इसे अच्छी तरह करेंगे, और मामले की नैतिकता से उनका ज़रा भी सरोकार नहीं था। वे पूर्वी पाकिस्तान के छोटे, साँवले और कोमल हड्डियों वाले बंगालियों से नफरत करते थे, जिन्होंने उर्दू में बात करने से ढिठाई से मना कर दिया था और जिनके ढिठाई से ही जवाब देने की संभावना थी, जब भी उनकी बेइज्जती होती।

तिस पर भी इन पंजाबी अफसरों ने कभी-कभार यह राज़ उगल दिया, जबकि उन्हें ज़रा भी अहसास नहीं था कि वे ऐसा कर रहे हैं। जिस तरह वे बात कर रहे थे, जिस

तरह वे आँखें झुका रहे थे, जिस तरह वे छावनी की चौड़ी सड़कों से होकर अपने अलग-अलग गंतव्यों की ओर किसी मकसद के साथ तेजी से आ-जा रहे थे, उन सबमें यह था। राज़दारी की कसम खाए हुए, तेजी से और तनकर चलते हुए, कसे हुए होंठों और घूरती निगाहों के साथ वे राज़ों से फूट पड़ते लोग दिखने लगे थे। इस तरह यह हुआ कि शाम 6.14 के बाद बंगाली अफसरों ने महसूस किया कि छावनी के भीतर का माहौल बहुत बारीकी से बदल चुका है, कि छावनी के भीतर पंजाबियों और बंगालियों के पुराने भाईचारे की जगह कुछ दूसरी ज्यादा अन्यमनस्क, ज्यादा गमगीन-सी चीज सामने आ चुकी है। जेनरल याह्या ख़ान की शान में साँझ चढ़े दिए गए शैंपेन डिनर से लौटते हुए कैप्टन आलम शम्सुद्दीन छावनी में अपने घर इस अजीब-से अहसास के साथ लौटा कि अभी-अभी वह एक गुत्थी का गवाह रहा है। जेनरल याह्या ख़ान ने एक छोटा-सा भाषण दिया था, यह बताते हुए कि इस्लामाबाद में अपने काम पर बुला लिए जाने का उसे कितना गहरा अफसोस है, और कई अफसर 'हमारे प्यारे राष्ट्रपति' और 'उस प्यारे दिलचस्प शख़्स, जिसके हुक्म में काम करते हुए हम ख़ुश हैं' के बारे में बोले थे। कैप्टन शम्सुद्दीन ने महसूस किया कि वह वहाँ मौजूद अकेला बंगाली था, और जाहिरा तौर पर उसे गलती से बुलावा दे दिया गया था। कैप्टन इस बात से वाकिफ था कि लोग उसकी तरफ इस भाव से देख रहे हैं मानो उन्हें अपने देखे हुए पर यकीन नहीं हो। जब वह अपने डाइनिंग रूम में खड़ा था, यह सहसा उसके दिमाग में आया कि जेनरल याह्या ख़ान की विदाई के मुजाहिरे का एक खास मतलब है। वह अपनी कार तक दौड़ा, ढाका पहुँचा, उसने सर्वोच्च न्यायालय के नजदीक कार खड़ी की, और फिर आधा मील चलता हुआ एक दोस्त के घर पहुँचा और अगला एक घंटा टेलीफोन पर गुजारा। यह उसकी आवाज थी, जिसे पत्रकार अनवर अमीर ने उस वक्त सुना था जब वह दफ्तर छोड़ने ही वाला था।

दूसरे लोग भी जेनरल याह्या ख़ान की खरखराती भारी आवाज सुनने का लाभ लिए बिना इसी नतीजे तक पहुँचे थे। छावनी के निकट रहने वाले चौदह साल के कुछ बच्चों ने खुद को एक कर 'कबाड़िया' के नाम से अपना गिरोह बनाया था। छोटे, दुबले और आधा पेट रहने वाले ये बच्चे बारह साल के दिखाई पड़ते थे। वे छावनी की अजीबोगरीब आवाजाहियों से ताज्जुब में पड़ गए थे, और उस पर चौकसी से निगाह रखे हुए थे, वह सबकुछ जानने को उत्सुक, जो भीतर चल रहा था। उन्होंने बाहर-भीतर जाते ट्रकों और कारों के नंबर लिए। वे ज्यादातर अफसरों को पहचानते थे, उन्हें पता था कि कितने फौजी छावनी में रह रहे हैं और वे किस रेजीमेंट के हैं और उन्होंने बारीकी से मोर्टारों, मशीनगनों और राइफलों का जायजा लिया था। वे छावनी के भीतर झाँक सकने वाली ऊँचाई के पेड़ों पर चढ़े और जो कुछ भीतर चल रहा था, उसे बढ़िया से देखा। वे कई अवसरों पर पहरेदारों को चकमा देकर या बाहरी दीवार फलाँग कर छावनी के भीतर भी दाखिल हुए थे। चोरी के इन अभियानों से वे हथियारों का छोटा-सा जखीरा लेकर वापस लौटे जिसमें तीन रिवॉल्वर, एक एनफील्ड राइफल और दो दर्जन हथगोले थे।

उस शाम, जब जेनरल याह्या ख़ान की चमकती मर्सीडीज फिसलती हुई छावनी के फाटक से दाखिल हुई, एक कबाड़िया निगाह रखे हुए था। दूसरा हवाई अड्डे पर था, जबकि एक और छावनी और हवाई अड्डे के बीच की सड़क पर टहल रहा था। जिन लड़कों ने इस मर्सीडीज को देखा, उनके दिमाग में कोई ऐसी चीज खटकी, जो बेहद अजीब मालूम होती थी। आमतौर पर जेनरल की कार पर राष्ट्रपति का झंडा लहराता था, हेलमेट पहने मोटरसाइकिल सवार इसकी बगल में चलते थे, और इसके आगे अक्सर मशीनगनें लिए फौजियों से भरी एक कार हुआ करती थी और दूसरी पीछे से आती हुई। मगर इस बार सिर्फ जेनरल की कार थी और सामने एक अकेला मोटरसाइकिल सवार। किसी वजह से जेनरल को जल्दी थी। मगर क्यों ? बीस मिनट बाद लड़के फलों की एक दुकान के पीछे मिले। कुल मिलाकर वे सात लड़के थे, कबाड़ियों का लगभग समूचा गिरोह। चौदह साल के फ़ैज़ुल हक़ ने उन्हें संबोधित किया।

"याह्या इतनी हड़बड़ी में क्यों निकला ?" उसने पूछा, "क्यों इतनी जल्दी, एँ ? जरा सोचो ! इतनी जल्दी में कि उसकी हिफाजत के लिए एक मोटरसाइकिल सवार के सिवा कोई नहीं था। तुम्हें इसका क्या मतलब लगता है ?"

उन्होंने मिलकर अपना सिर खपाया। फलों की दुकान के पीछे, जो लकड़ियों, दरियों और अजीब ढंग से झुकी, झुर्रियाई हुई-सी लोहे की छत की बनी हुई थी, अँधेरा बढ़ रहा था। महमूद अहमद, वह लड़का जो हवाई अड्डे पर रहा था, ने बताया कि उसने जेनरल को विमान की सीढ़ियों पर चढ़ते देखा, पियक्कड़ की तरह लहराते हुए, एक नाटा गोल-मटोल, लाल चेहरे वाला इंसान जो फौजी वर्दी में अजीबो-गरीब दिख रहा था, "एक मसखरे-सा ज्यादा"—महमूद अहमद ने कहा। उसे सीढ़ियों पर मदद की जरूरत पड़ी थी और अगर उसे सहारा न दिया जाता तो वह गिर जाता।

"खुदा के लिए वह गिर जाता !" फ़ैज़ुल हक़ ने कहा, "और कुछ !"

"सबसे ऊपर की सीढ़ियों पर वह मुड़ा और मुस्कुराया और उसने अफसरों की ओर हाथ हिलाया। वह अपने दाँत दिखा रहा था।"

"क्या कह रहे हो तुम ? कौन से अफसर ? छावनी से आते हुए कार में सिर्फ याह्या और टिक्का और ड्राइवर थे।"

"सीढ़ियों के नीचे छः या सात अफसर थे। वे वहाँ इंतजार कर रहे थे। वे सलामी ठोंक रहे थे। वे जरूर पहले चले गए होंगे।"

फ़ैज़ुल हक़ को यह पहले ही तजरबे से पता था कि यह सही-सही बताना बेहद मुश्किल है कि किसी खास लम्हे में क्या हो रहा था।

"फिर क्या हुआ ?"

"उसने एक पल के लिए टिक्का से बात की। वे दोनों सीढ़ियों के सबसे ऊपर खड़े हुए थे। फिर वे गले मिले। इसके बाद टिक्का सीढ़ियों से नीचे की ओर दौड़ा और दरवाजा बंद हुआ और विमान हवा में चला गया। याह्या खौफजदा दिख रहा था। वह मुश्किल खड़ी होने के पहले निकल जाना चाहता था।"

"तो यह है असली बात," अपनी हथेलियों पर मुट्ठी मारते हुए फ़ैज़ुल हक़ ने कहा। और फिर काफी गंभीरता से, अपनी उम्र से दुगुने किसी इंसान की-सी भारी आवाज में बोलते हुए उसने कहा, "आज रात हमें कड़ी मेहनत करनी होगी।"

जब अँधेरा गाढ़ा हो गया तो ये चुपके से और निपुणता के साथ काम करने निकले। उन्होंने अपने लोगों को, उन दुकानदारों को, जो छावनी से सीधे ढाका के मुख्य हिस्से में जाती सड़क पर रहते थे, बताया कि फौज रात को छावनी से बाहर निकलेगी और उसे हर हाल में रोकना है। उन्हें जरा भी अंदाजा नहीं था कि अपनी ताकत के प्रदर्शन से आगे बढ़कर फौज का इरादा क्या था, मगर उन्हें यकीन था कि उसका सलूक बदतरीन होगा। इसलिए बाधाएँ हर हाल में खड़ी की जानी चाहिए, पेड़ों को काटकर गिराया जाना चाहिए, ड्रेन पाइपों और गैस पाइपों को सड़क पर पसार देना चाहिए, डामर की सतह पर हजारों नुकीली कीलें लगा देनी चाहिए, सड़क को कीलदार शहतीरों से पाट देना चाहिए, बोतल में पेट्रोल भरकर बनाए गए बम तैयार रखने चाहिए। नौ बजे तक पहला दरख्त काट गिराया गया था और सड़क पर रहने वाले लोग उसकी ओट ले रहे थे। फ़ैज़ुल हक़ ने अपनी अधपकी लिखावट में एक पैगाम शेख़ मुजीबुर्रहमान के पास भेजा जो धानमंडी जिले के अपने दोमंजिला घर में चुपचाप घटनाओं का इंतजार कर रहे थे। पैगाम में लिखा हुआ था, "पाकिस्तानी फौज आज रात बाहर आ रही है। आपका दोस्त फ़ैज़ुल हक़।" चूँकि फ़ैज़ुल हक़ तुलनात्मक रूप से एक आम नाम है, शेख़ मुजीबुर्रहमान को कुछ पता नहीं चला कि किसने यह भेजा था। तिस पर यह कि जो लड़का यह पैगाम धानमंडी तक ले गया, वह फौज की जीप के पीछे छुपकर गया था।

सुबह और दोपहर के दौरान 32, धानमंडी का मकान आगंतुकों से भरा-पूरा रहा था, मगर उनमें से ज्यादातर साँझ शुरू होते ही लौट गए थे। बेइंतिहा राय-मशविरों, थका देने वाले साक्षात्कारों और बीच-बीच में बहसों का सिलसिला चलता रहा था, मगर आखिरकार अब घर में खामोशी थी, सिवा एक साइक्लोस्टाइल मशीन की आवाज के, जिससे अभी भी प्रेस को दिए जाने वाले एक बयान की नकलें बाहर आ रही थीं। मशीन से दिलचस्प-सी खट-खट घर्र-घर्र की आवाज आ रही थी। अचानक वह आवाज बंद हो गई, और शेख़ मुजीबुर्रहमान ने धीरे-धीरे बर्नॉर्ड शॉ के 'सेंट जोन' के पन्ने पलटते हुए ऊपर की ओर देखा, आप ही आप मुस्कुराए और फिर उस अनभ्यस्त चुप्पी में पढ़ने लगे। वक्त-वक्त पर वह खिड़की के बाहर अँधेरी झील पर निगाह डालते थे जो ठीक मकान से आगे सड़क से लगी हुई थी। झील में सितारों की छाया बन रही थी और ऐसी रात को अक्सर यह जानना मुश्किल होता था कि कहाँ जाकर झील खत्म होती है और आसमान शुरू होता है।

शुरुआती दोपहर से ही उन्हें पता चल गया था कि याहूया ख़ान के साथ बातचीत एक बंद गली पर आकर खत्म हो गई है। अगर इसे जारी रखना था तो किसी नए तत्त्व या किसी नए बातचीत करने वाले को दृश्य में दाखिल होना पड़ता। छः बजे के आसपास उन्होंने अपने सियासी कर्मचारियों को किसी खुफिया जगह पर चले जाने को

कहा क्योंकि उन्हें अवामी लीग के सभी सदस्यों की आम गिरफ्तारी का अंदेशा था। जब उन्होंने उनसे पूछा कि वे अपना खयाल रख रहे हैं या नहीं, तो उन्होंने जवाब दिया, "क्या फायदा ? मुझे खोजने के लिए वे पूरे ढाका में आग लगा देंगे। मैं अपने लोगों से प्यार करता हूँ। मैं नहीं चाहता कि यह शहर बस एक शख्स के लिए जल जाए।"

"आप किसी खुफिया जगह पर नहीं जाएँगे ?"

"मैंने तुमसे कहा न--मेरे लिए यह नामुमकिन है, मगर तुम्हारे लिए यह बेहद जरूरी है। तुम्हें एक काम करना है। जहाँ तक मेरा--"

उनकी आवाज मद्धिम पड़ती हुई गुम हो गई। वे यह कहते मालूम हुए, "मैंने अपनी भूमिका अदा कर दी है। अब मेरे लिए कुछ नहीं बचा है। अगर वे मुझे गोली भी मार दें तो फर्क नहीं पड़ता।" उनमें एक सजायाफ्ता इनसान का सुकून था। एक बार उन्होंने अपनी आवाज ऊँची की और कहा, "अगर तुम वाकई अपने लोगों के लिए अपनी जान कुरबान करने को तैयार रहते हो, तो वे तुम्हारा कुछ नहीं कर सकते।" किसी ने उनसे हिदायतें चाहीं। "कैसी हिदायतें ?" उन्होंने पूछा, "मैं तुम्हें कैसे कोई हिदायत दे सकता हूँ जब मुझे ही पता नहीं कि क्या हो रहा है ? कुछ दिन पहले अपने एक भाषण में मैंने कहा था, अगर वे हमें तबाह करना चाहते हैं, तो हमें हर घर को एक किला बनाना होगा। बस इतना ही मुझे कहना है।"

वे एक लंबे, मजबूत कद-काठी के गोल चेहरे वाले इंसान थे, उनकी बड़ी सी मूँछें थीं, बाल सीधे पीछे की ओर सँवारे हुए थे और गहरी दीप्त आँखें थीं जो हमेशा असामान्य ढंग से चमकती मालूम होती थीं। उनकी मौजूदगी में एक पकड़ थी और मुस्कुराहट किसी लड़के की-सी, मगर जो चीज लोगों को सबसे ज्यादा याद रहती, वह उनकी आवाज थी जो पिघली हुई धातु की-सी थी, समृद्ध और ताकतवर, उतार-चढ़ाव की बेशुमार तहों तक पहुँचती हुई, कभी खौफनाक, कभी नेक, कभी तल्ख और गूँजती हुई, कभी दुलारती हुई, और हमेशा उसमें धातु की-सी चमक होती। उन्हें यह बताना पसंद था कि उन्होंने कभी कोई भाषण तैयार करके नहीं दिया; अगर वे तैयार करते, तो उन्हें पता नहीं होता कि क्या कहना है। उनकी आवाज, उनकी पकड़-भरी मौजूदगी, उनका जिंदादिल आत्मविश्वास--इनमें से किसी भी चीज पर बातचीत के हफ्तों के दौरान भी फर्क नहीं पड़ा था। वे अच्छी तरह सोते थे, वे किसी भी भ्रम या शक के शिकार नहीं लगते थे, और तब भी जब वार्ताएँ सहसा अपने खात्मे तक आ पहुँचीं, वे इस तरह बात कर रहे थे मानो उन्हें जरा भी संदेह नहीं था कि आखिर में सारी चीजें ठीक हो जाएँगी।

बाहर से वे शांत थे, जबकि उनके भीतर का इंसान और भी ज्यादा शांत था। वह खुद को मौत के लिए तैयार कर रहा था।

असल में, वे अपनी मौत के लिए काफी लंबे अरसे से तैयारी कर रहे थे, तब से ही जब उन्होंने सियासी कैरियर की शुरुआत की थी--वह कैरियर, जो इस कदर अस्थिर था, इस कदर उजाड़ और इस कदर लाभप्रद। उन्होंने हमेशा फौजी तानाशाही के खिलाफ लड़ाई लड़ी थी और उन्हें शुरू से ही पता था कि तानाशाहियाँ अपने दुश्मनों

के साथ बुरी तरह पेश आती हैं। उन्होंने अपनी जिंदगी में दस साल से ज्यादा का वक्त कारावास में गुजारा था, ज्यादातर नजरबंदी में। ढाका सेंट्रल जेल में उन्होंने उन्हें उस चालीस नंबर ब्लॉक के सामने की सेल में रखा था जहाँ पागल मुजरिम रखे जा रहे थे; और सारी रात वे उनकी चिल्लाहटें सुनते थे। साल-दर-साल, रात-दर-रात, उन्होंने उनकी चीखें सुनीं। नजरबंदी में रखा गया कोई इनसान मौत के बेहद करीब होता है।

इसलिए अब, अपना पाइप पीते हुए, और 'सेंट जोन' पढ़ने की कोशिश करते हुए, जबकि टेलीफोन बज रहा था और उनके बच्चे दूसरे कमरे में नीची आवाज में बात कर रहे थे, वे पिछले कुछ दिनों की घटनाओं, उन सारी बैठकों, उन सारे आला अफसरों के आने और जाने तथा फौजी टुकड़ियों के पश्चिमी पाकिस्तान से पूर्वी पाकिस्तान में उमड़ पड़ने के बारे में याद करने लगे–ये सारी चीजें एक ही अपरिहार्य नतीजे की ओर इशारा करती थीं। चूँकि वे गुनहगार थे, चूँकि वे अवामी लीग के नेता थे, चूँकि उन्होंने चुनावों में 99 फीसदी सीटें जीतते हुए शानदार बहुमत हासिल किया था, और चूँकि उन्होंने आम हड़ताल का ऐलान किया था और फौजी सरकार की बर्खास्तगी का कट्टर समर्थन किया था और इसके साथ काम करने से इनकार किया था, इसलिए उन्हें खत्म करने का उनका इरादा पक्का था। अपनी शुरू की हुई किसी कार्रवाई के लिए उन्हें वजहें बताने की आदत नहीं थी; वे उन्हें बस गोली मार देते और अपने काम को निबटा देते। वे फौजी थे और वे इस पर अपने वक्त और अपने ढंग से अमल करते। झील के पार कहीं अँधेरे में कोई अभी ही अपने रिवॉल्वर के चैंबर में गोलियाँ भर रहा था।

उन्होंने फर्श से छत तक किताबों से भरे अपने पुस्तकालय का जायजा लिया। इनमें बंगला और अंग्रेजी की किताबें थीं–अपनी मूल, पीली जिल्द में जार्ज बर्नार्ड शॉ की रचनाओं का समूचा सेट, और धूसर जिल्द में बर्ट्रेंड रसेल की रचनाओं का पूरा सेट; और कभी उन्होंने खुद से कहा था कि ये वे किताबें हैं जिनसे उन्हें सबसे ज्यादा लुत्फ मिलता है और ये उन्हें आधुनिक दुनिया के बारे में सबसे ज्यादा बताती हैं। एक बुकशेल्फ पर सिल्वर फ्रेम में माओत्से तुंग की तसवीर थी जिस पर दस्तखत थे, "अपने बंगाली दोस्त शेख़ मुजीबुर्रहमान के लिए। माओत्से तुंग।" दस्तखत फूटती आतिशबाजियों-सा दिखाई पड़ता था। वे चीनी नेता के गोल, रहस्यमय चेहरे को घूर रहे थे, ऊँची पेशानी, आधी मुस्कुराहट, ठुड्डी पर गहरा तिल, आँखें जो कभी-कभी कमरे में उनका पीछा करती लगती थीं। यह तसवीर उस वक्त से थी जब वे बीजिंग जाने वाले पाकिस्तानी प्रतिनिधिमंडल के नेताओं में एक थे, और किसी वजह से माओत्से तुंग ने उन्हें अलग से अहमियत दी थी और बिना प्रतिनिधिमंडल के किसी भी अन्य सदस्य की मौजूदगी के, अकेले में मुलाकात की इजाजत दी थी। यह सब काफी पहले हुआ था, कैदखानों से पहले, और वे उस मुलाकात का एक-एक ब्यौरा याद कर सकते थे, जैसे कि यह उनके दिमाग में बिलकुल ठीक-ठीक और करीने से छपा हुआ हो। दिमाग में आया कि अभी दिन की घटनाओं को डायरी में दर्ज कर लेने का वक्त है, और वे हरे कपड़े में बँधी अपनी डायरी तक पहुँचने को थे, बाकी सारी डायरियों की तरह जो उन्होंने अपना

सियासी कैरियर शुरू करने के वक्त से ही रखी थीं, जब उनका सेक्रेटरी कमरे में दाखिल हुआ। उन्होंने 'सेंट जोन' को मेज पर रख दिया, पृष्ठ पर निशान लगाने का ध्यान रखते हुए, अ।र इस तरह कहा मानो यह खयाल तुरंत उनके दिमाग में आया हो, "मुझे हैरत हो रही है कि टेलीफोन इतना क्यों बजता रहा है।"

यह सवाल उन्हें दिलचस्प लगा, और उनकी मुस्कान फैल गयी, और सेक्रेटरी को साफ तौर पर अहसास नहीं था कि उन्होंने यह मजाक तनाव को ढीला करने की उम्मीद में किया था।

"टेलीफोन सारा दिन बजता रहा है," सेक्रेटरी ने कहा।

"हाँ, मुझे पता है। यह किसकी गलती है ? हमें टेलीफोन पर अच्छी खबरें नहीं मिलती रही हैं, नहीं ? कमाल हुसैन कहाँ हैं ?"

"उसे आपने दोपहर को भूमिगत हो जाने को कहा था।"

"तुम्हें पता है, वह कहाँ है ?"

"नहीं।"

"मुझे उसकी जरूरत है।"

"आप चाहें तो मैं उसे तलाशूँ, मुजीब भाई ?"

"नहीं, बेकार है। अगर वह भूमिगत हो गया है, हम उसे कभी नहीं पाएँगे। अभी किसका फोन था ?"

" 'लंदन टाइम्स' के कॉरेस्पांडेंट का। वह जानना चाहता था कि आप कोई बयान जारी करने जा रहे हैं या नहीं।"

"नहीं, मैं नहीं करूँगा। क्यों करूँ ? इससे क्या भला होगा ?"

"प्रेस देखने वालों ने एक विज्ञप्ति तैयार की है..."

"मैंने उसे देखा है। मैंने उन्हें इसे जारी करने से मना किया है। काफी प्रेस विज्ञप्तियाँ हो चुकी हैं। 'लंदन टाइम्स' से कह दो, आज रात कोई प्रेस विज्ञप्ति नहीं होगी। अगर कल मैं जिंदा बचूँ, तब मेरे पास कहने को कुछ हो सकता है, और उसे मेरी शुभकामनाएँ देना मत भूलना।"

सेक्रेटरी निकलने को था और दरवाजे तक पहुँचा ही था जब उसने वह सवाल पूछने का फैसला कर लिया जो कमरे में दाखिल होने के बाद से ही उसे घेरे हुए था। वह मुड़ा और उसने हलके से कहा, "मुजीब भाई, आपसे कुछ पूछूँ ?"

"हाँ, बिलकुल।"

"आप मुस्कुरा क्यों रहे हैं ?"

शेख़ मुजीबुर्रहमान हैरत में पड़ गए और अपनी कुर्सी पर घूम गए।

"मुस्कुराऊँ क्यों नहीं ? मुझे ज़िंदगी से प्यार है। अपने दिल में गहरी खुशी के अहसास से मैं हमेशा मुस्कुराता रहता हूँ।"

"हाँ, मगर आज की रात..."

"आज की रात मैं सबसे ज्यादा खुश हूँ। सोचो कि सारी चीजों के बावजूद हमने

क्या-क्या अंजाम दिया है—आम हड़ताल, हर तरफ लहराता हमारा हरा और सुनहरा परचम, सारे लोग एक साथ चलते हुए। इतिहास में पहली बार हम अपने मामलों को हाथ में लेने के लिए आजाद हैं, और फौजी सरकार खत्म होने को है। क्या इसमें मुस्कुराने लायक कुछ नहीं है ?''

सेक्रेटरी नहीं मुस्कुरा रहा था। अपनी घबराहट छुपाने के लिए उसने हाथ बाँधे हुए थे, और उसकी पोरें उजली थीं।

''मुझे लगता है वे हर हाल में आपको गिरफ्तार करेंगे, मुजीब भाई,'' उसने हिचकते हुए कहा।

''अच्छा, वे ऐसा करते हैं तो क्या ? उन्होंने पहले भी मुझे गिरफ्तार किया है और इससे कभी उनका भला नहीं हुआ। वे मुझे फिर से गिरफ्तार कर सकते हैं, और मुझे नहीं पता, इससे उन्हें क्या लाभ होगा। अगर वे मुझे मार डालते हैं, उन्हें कुछ हासिल नहीं होगा, क्योंकि एक हजार शेख़ मुजीब मेरा बदला लेने के लिए उठ खड़े होंगे। उनका हश्र आ चुका है, और यह उन्हें पता है, और यह बात मुझे बेहद खुशी देती है। अगर वे मुझे मार डालते हैं, और तुम्हें मेरी लाश देखने देते हैं, तो तुम देखोगे कि मैं मुस्कुरा रहा हूँ।''

धानमंडी के मकान में जिंदगी की आम हलचलें बहुत कुछ हमेशा की तरह जारी थीं। नीचे बारादरी में दो संतरी छाया में खड़े थे, जबकि एक अन्य घर के बाहर सड़क की आमदरफ्त का जायजा लेने के लिए खड़ा था। कोई मुलाकाती नहीं था, नहीं के बराबर आमदरफ्त थी और बताए जाने लायक कुछ भी नहीं था। ऊपर खानसामा शाम का खाना तैयार कर रहा था, और शेख मुजीब की बीवी खाने की मेज पर अपनी फिक्रमंद निगाहें डाल रही थीं। उनके पाँच में से चार बच्चे घर पर ही थे। सबसे छोटा काले रेशमी बालों, जीत लेने वाली मुस्कान और चमकती आँखों वाला शेख़ रूसेल पाँच साल का था। अपने पिता का लाड़ला होने के नाते वह अकेला था जिसे बिना बताए पुस्तकालय में दाखिल होने की इजाजत थी। दूसरा बेटा शेख़ जमाल सत्रह साल का था और डॉक्टर बनने के बारे में बात करता था, हालाँकि उसने साफ तौर पर अपना मत नहीं बनाया था। उनकी छोटी बेटी रेहाना चौदह साल की थी, और अभी धानमंडी के बालिका विद्यालय में पढ़ ही रही थी। वह हँसमुख और खुशमिजाज थी और किसी भी लम्हे गीतों में फूट पड़ने को तैयार रहती थी। उनकी बड़ी बेटी हसीना शादीशुदा थी और गर्भवती थी, और वे अपने पहले नाती की उम्मीद कर रहे थे। उनकी बीवी बेगम फ़ैज़िलातुन्निसा एक शांत और खूबसूरत औरत थीं, जिनके सुघड़ नाक-नक्शे बेपरवाह लम्हों में एक असामान्य उदासी की सूरत अख्तियार कर लेते; वह अपने शौहर से दीवानगी की हद तक मोहब्बत करती थीं, चाहती थीं कि वह कभी सियासत में दाखिल न हुआ होता, और उसकी कैद के लंबे अंतराल उसे असहनीय यातनाओं की तरह लगते। मेज के सिरे पर बैठी वह मुस्कुरा रही थीं, मगर मुस्कान जबरदस्ती की थी और उनके हाथ काँप रहे थे।

जब शेख़ मुजीबुर्रहमान खाने के कमरे में आए, हर किसी ने इस तरह बरताव करने का बहाना किया, मानो कुछ भी असामान्य नहीं घटा है, मगर वे सब उनका बारीकी से जायजा ले रहे थे। उन्हें पता था कि वे गहरे तनाव में हैं; उन्हें उम्मीद थी कि वे कमरे में जिंदादिली से दाखिल होंगे, वे उस भंगिमा का इंतजार कर रहे थे जो उन्हें वह बताती जो वे जानना चाहते थे। यह भंगिमा उनकी उम्मीद से काफी पहले आयी, क्योंकि जब वे शेख़ रूसेल की कुर्सी के पास से गुजर रहे थे, वे झुके, दोनों हाथों में लड़के का चेहरा लिया और उसकी पेशानी पर एक लंबा चुंबन जड़ दिया। यह भंगिमा इतनी अनायास थी, इस कदर अविश्वसनीय कोमलता से भरी हुई, इतनी खुली, कि उन्हें सहसा अहसास हो गया कि वह सब कुछ जिसे कहे जाने की जरूरत थी, उस चुंबन में कह दिया गया है।

फिर वे मेज पर अपनी जगह पर बैठ गए, एक लम्हे के लिए बिना कुछ कहे, अपने ही खयालों में खोए, अपनी प्लेट पर निगाह टिकाए हुए, और यह भी असामान्य था, क्योंकि उन्हें आमतौर पर शोरोगुल भरी खाने की मेज पसंद थी जिसमें हरेक एक-दूसरे से बहस करता और अपना प्रिय खेल खेलता जिसे वे 'क्या होता अगर...' कहते थे। मगर चूँकि हर किसी को अहसास या अंदाजा था कि क्या होने वाला है, जो यह था कि मेज के सिरे पर बैठा हुआ यह शख़्स, जो फिलहाल ऊपर से परेशानी के कोई चिह्न जाहिर नहीं कर रहा था, ठीक वैसा ही दिख रहा था, जैसा पिछले कई दिनों से दिखता रहा था, एक फौजी तानाशाही के साथ टकराव की राह पर था और जल्दी ही एक ऐसी ताकत से उलझने की सजा भुगतने वाला था जो उससे आकार में काफी बड़ी थी। इन सारी वजहों से उन्होंने खामोशी बनाए रखी, और वे बारीकी से उनका जायजा ले रहे थे, यह जाहिर करते हुए मानो ऐसा न कर रहे हों। वे उनकी चुप्पी से परेशान थे, आपस में निगाहें मिलाते थे और एक-दूसरे से फुसफुसाते थे। तब उन्होंने ऊपर देखते हुए कहा, "बिलकुल ठीक ! मैं अभी यही सोच रहा था कि हम कितने खुशकिस्मत हैं जो हमें ऐसी अम्मी मिली !"

"आप अम्मी के बारे में कैसे सोच सकते हैं, जबकि आप अपनी प्लेट की ओर देख रहे थे ?" शेख़ रूसेल ने टोका, अपने-आप में खुश, क्योंकि उसने अपने अब्बा की बात में एक तार्किक गड़बड़ी ढूँढ़ी थी।

"मैं अम्मी के बारे में कहीं भी सोच सकता हूँ," उन्होंने जवाब दिया, "अगर मैं मेज के नीचे भी होता, तब भी अम्मी के बारे में सोचता रहता। जेल में मैं हमेशा अम्मी के बारे में सोचता था, और जब मैं मर जाऊँगा, तब भी अम्मी के बारे में सोचूँगा। इस बात का मुझे यकीन है। मैं हमेशा अम्मी के बारे में सोचता हूँ, तब भी जब मैं किसी और चीज के बारे में सोच रहा होऊँ।"

यकीनन, यह दूसरा गड़बड़ तर्क था और शेख़ रूसेल ने जड़ा, "आप एक साथ दो खयालों के बारे में कैसे सोच सकते हैं ?"

"यकीनन, मैं ऐसा कर सकता हूँ, हर कोई कर सकता है; हर कोई एक ही वक्त

में बहुत सारे काम कर सकता है। तुम पढ़ सकते हो, और उसी वक्त तुम बहुत सारी चीजों के बारे में सोच रहे हो सकते हो। और उसी वक्त तुम अपना अँगूठा मोड़ सकते हो और सिर खुजलाते रह सकते हो।"

"सब कुछ एक ही वक्त !" शेख़ रूसेल खुशमिजाजी से चीख पड़ा, "आप सब कुछ एक ही वक्त में कैसे कर सकते हैं ?"

"क्यों नहीं ?"

"क्योंकि यह मुमकिन नहीं है," लड़के ने धीरे-धीरे और जोर देकर, शब्दों को चबाते हुए कहा।

"क्या मुमकिन है ? क्या मुमकिन नहीं है ?" उसके अब्बा ने कहा, "क्यों, जल्दी ही हम लोगों को सूरज और सितारों पर रहता हुआ पाएँगे—इसमें नामुमकिन क्या है ?"

जल्दी ही वे सब चाँद और सितारों पर जिंदगी के बारे में हँसी-मजाक कर रहे थे, और बीच-बीच में शेख़ रूसेल चहक उठता, "यह मुमकिन नहीं है !" वह अपने अब्बा का लाड़ला था, लेकिन वह परिवार में हर किसी का लाड़ला था और वह बुरी तरह बिगड़ गया होता, अगर, मानो सहज बुद्धि से ही उसने अपने भाई-बहनों का लाड़-दुलार ठुकराया न होता। जिस तरह के तर्क उसके पास थे, वे जज्बात के पीछे छुपी असलियतों को उजागर करते थे, और कई अवसरों पर वह उन लोगों की सख्त आलोचना कर सकता था जो हकीकत को बढ़ा-चढ़ाकर रखते थे या उससे खयाली ढंग से कट जाते थे।

"क्या बेवकूफी है !" वह चिल्लाया, जब उसके अब्बा ने सूरज पर रहने की बात कही, जहाँ अंडा उबालने के लिए आग जलाना कतई किसी भी सूरत में जरूरी नहीं था, "सब फालतू ! बकवास ! आप लोगों में कोई वहाँ नहीं रहा है।"

इस तरह वे खाने के समूचे वक्त हँसी-मजाक करते रहे, और जब खाना खत्म हुआ, वे सहसा संजीदा हो उठे और कहा, "अब रेहाना और हसीना चली जाएँ। मैं ममा और बच्चों के साथ यहाँ ठहरूँगा। बाकी सब जाएँ !"

साठ साल की बूढ़ी नौकरानी राना ने, जो मक्खन की टिकिया-सी मोटी थी मगर अपने फौलादी इरादों के लिए जानी जाती थी, अपने कान खड़े कर लिए।

"ये क्या बात है ?" उसने पूछा, "सब जाएँ ! क्या मतलब है ?"

"तुम्हें जाना होगा राना, बस कुछ दिन के लिए। अभी मुश्किल के दिन हैं और मैं चाहता हूँ कि तुम लोग निकल जाओ !"

"अच्छा, मैं नहीं जा रही हूँ ! मैं कहाँ जाऊँगी ?"

"तुम्हें पता है, सब कुछ तय है। चलो और अपना सामान ले लो, इसके पहले कि काफी देर हो जाए !"

राना कमरे के बीचोबीच खड़ी थी, उसके पाँव मजबूती से जमीन पर थे, उसकी बाँहें उसकी विशाल छाती पर मुड़ी हुई थीं, उसकी ठुड्डी ऊपर थी और आँखें चमक रही थीं। रेहाना और हसीना ने पहले ही अपने कोट पहन लिए थे, और एक पहरेदार महरुद्दीन से कुछ फुसफुसा रही थीं, जो उन दोनों को घर ले जाता। राना का चेहरा

गुस्से से दहक रहा था।

"सोचो ज़रा ! मुझे जाने को कह रहे हो ! यानी मैं तुम्हारे काम की नहीं हूँ ? कौन तुम्हारी देखभाल करेगा ? बताओ मुझे !"

शेख़ मुजीबुर्रहमान, जो ढाका के रेसकोर्स में इकट्ठा दस लाख लोगों पर असर डाल सकते थे, राना पर असर नहीं डाल सके। उन्हें पता था कि यह मुश्किल होगा, मगर उन्हें अंदाजा नहीं था कि वह अपनी आवाज में इतनी छील देने वाली धार पैदा करते हुए इतने जज्बाती लहजे में बोलेगी। वह बोलती गई, उसकी आवाज उठ-गिर रही थी, अपनी ही लयकारी में डूबी हुई। शेख़ रूसेल अभिभूत था, उसकी आँखें इस जानकारी के साथ चमक रही थीं कि राना, इतनी मजबूत, इतनी संयत, इतनी दुनियावी, इतनी जमीनी एक बेइंतिहा आदिम अतार्किकता के आगे हार मान ले रही थी; और कुछ लम्हे बाद वह अपने अब्बा को देखकर और अभिभूत हो उठा, अपनी दुनिया में अकेली इतनी असरदार शख़्सियत, उन्होंने बस हार कुबूल करते हुए सिर झुका दिया।

रेहाना और हसीना घर से निकल गईं, और जो रह गए, उन्होंने सँकरे रास्ते से होकर झील के किनारे की सड़क पर जाती हुई कार की आवाज सुनी। वे सुनते रहे जब तक वह आवाज दूर होती हुई उनके कानों की सरहद से परे नहीं चली गई। यहाँ तक कि राना भी खामोश सुन रही थी। यह ऐसा था मानो बिलकुल अचानक यह जानना खौफनाक ढंग से जरूरी हो गया था कि एक कार एक अँधेरी सड़क से होती हुई महफूज बढ़ रही है।

राना बावर्चीखाने में लौट गई, शेख़ रूसेल चुपचाप सोने चला गया, शेख़ जमाल ने अर्थशास्त्र पर एक किताब उठा ली और उसे पढ़ने का बहाना करने लगा, और बेगम फ़ैज़िलातुन्निसा दुबारा कसीदाकारी में जुट गईं जिसमें उनकी सारी दोपहर बीत गई थी, इसलिए नहीं कि कढ़ाई उन्हें पसंद थी बल्कि इसलिए कि इससे उन्हें अपने डर भूलने में मदद मिलती थी। शेख़ मुजीबुर्रहमान अपने अध्ययन कक्ष में लौट गए, कुछ दस्तावेजों को पढ़ा जो उनके सेक्रेटरी ने उनके लिए तैयार किए थे और फिर उन्हें महफूज रखने के लिहाज से एक दराज में डाल दिया। अपने सेक्रेटरी से उन्होंने कहा, "अब तुम निकल जाओ। रज़ा और मोह्युद्दीन को भी जाने को कहो।"

"वे नहीं जाएँगे मुजीब भाई। मोह्युद्दीन अभी आपकी बेटियों के साथ निकला है। वह लौटकर आएगा।"

"तो रज़ा को यहाँ आने को कहो।"

रज़ा दूसरा पहरेदार था। नाटा, मजबूती से गठा हुआ। उसका चेहरा पुराने चमड़े की तरह झुर्रियाया हुआ था। उसकी सारी तेजी, उसकी तीखी चमकती हुई चौकस आँखों में सिमटी हुई थी। जैसे ही वह कमरे में दाखिल हुआ, शेख़ मुजीबुर्रहमान को मालूम हो गया कि उन्हें उसके साथ भी मुश्किल आएगी।

"अब देर हो रही है," उन्होंने चुपचाप कहा। मैं चाहता हूँ, तुम लोग घर से निकल जाओ और खुफिया जगह में छुप जाओ ! मैं कोई मुसीबत नहीं चाहता। वे शायद आधी

रात के आसपास मेरे लिए आएँगे।"

रज़ा ने अपनी भारी सख्त ठुड्डी को झटका दिया, मगर कहा कुछ नहीं।

"तुम नहीं जा रहे ?"

उसने फिर ठुड्डी को झटका दिया।

"मगर यह मेरा हुक्म है," शेख़ मुजीबुर्रहमान ने कहा, "अगर मैं कोई हुक्म देता हूँ तो अच्छे के लिए देता हूँ। अगर तुम यहाँ रहते हो, तो गोली चल सकती है। मैं नहीं चाहता किसी की जान जाए। तुम यह समझते हो ?"

"मैं समझता हूँ कि किसी को यहाँ आपकी हिफाजत के लिए होना ही चाहिए—खासकर आज की रात !"

धीरज के साथ शेख़ मुजीबुर्रहमान ने अपना तर्क दुहराया। खासकर आज की रात यह जरूरी था कि उनके आस-पास कोई पहरेदार न रहे। वे भले से ज्यादा नुकसान करेंगे, और दो पहरेदार फौजियों की पूरी टुकड़ी के सामने क्या कर सकते हैं ? जब उसे उनकी सबसे ज्यादा जरूरत थी तब पहरेदारों को मना कर देना बेतुका और अतार्किक हो सकता था; तिस पर उन्हें दूर भेज देना जरूरी था।

"यह एक हुक्म है—कोई ऐसी चीज नहीं जिस पर हम चर्चा कर सकते हैं ! तुम्हें जाना है !"

"तो मैं आपके लिए बेमानी हूँ ?"

"नहीं, तुम अगर जाते हो तो मेरे लिए सबसे ज्यादा उपयोगी हो। मैं तुम्हें पहले कह चुका हूँ, मैं नहीं चाहता कि गोली चले। इतनी सीधी सी बात तुम क्यों नहीं समझ सकते ?"

"क्या आपको याद नहीं है मुजीब भाई, कि मैंने आपकी हिफाजत की कसम खाई थी ? और इतना ही नहीं, क्योंकि मैंने चुपके से खुद से एक और कसम खाई थी कि मैं शैतान के खिलाफ, दूसरी बुरी रूहों के खिलाफ और जरूरत पड़ी तो खुदा के खिलाफ भी आपकी हिफाजत करूँगा। क्या आप सोचते हैं कि मैं तभी चला जाऊँगा जब आपको मेरी सबसे ज्यादा जरूरत है ?"

शेख़ मुजीबुर्रहमान ने इन बहसों को थका देने वाली पाया। वे समझते थे कि बूढ़ी नौकरानी के साथ बहस करना नामुमकिन है, लेकिन रज़ा उन्हें हमेशा समझ-बूझ वाला इनसान लगता रहा था। उन्हें कसम की ताकत का पूरा अहसास था, खासकर बंगाल में, और वे इस खयाल से डरे हुए थे कि रज़ा ने एक दूसरी कसम भी खाई थी, जो अपने आप में किसी भी इनसान द्वारा उठाई गई सबसे पाक और मुकम्मिल कसम थी। उनका सब्र अब कगार पर आ रहा था। "यह एक हुक्म है !" उन्होंने सख्ती से कहा, पहली बार अपनी आवाज ऊँची करते हुए, "तुम जानते हो, हुक्म क्या होता है ?"

"हाँ, मुजीब भाई।"

"फिर जो मैं कहता हूँ, करो और मुझसे बहस मत करो ! अगर तुम मुझे प्यार करते हो, तो तुम जाओगे ! और अगर नफरत करते हो, तो ठहरोगे ! अब जाओ !"

रज़ा का चेहरा लटक गया और उसने धीरे-धीरे दरवाजे की ओर बढ़ना शुरू किया। ठीक उसी लम्हे, मोह्युद्दीन सीढ़ियाँ फलाँगता हुआ पहुँचा, वह उनकी दो बेटियों को उनकी महफूज मंजिल तक छोड़ आया था। वह भारी-भरकम इनसान था, लगभग शेख़ मुजीबुर्रहमान जितना ही लंबा, उसका किसानों का-सा चेहरा गोल था और निगाहों में एक लगातार बनी रहने वाली हैरानी, जो उसकी मोटी, गहरी, चमकती हुई और सीधी मेहराबनुमा भौंहों से आती थी।

"हमें खुफिया जगह चले जाने को कहा गया है," रज़ा ने बेचारगी के साथ कहा।

फिर यह नए सिरे से शुरू हुआ, दो पहरेदार एक साथ बोलते हुए, शेख़ मुजीबुर्रहमान सब्र के साथ इंतजार करते हुए, जब तक वे बहस से थक नहीं गए, उनकी बात नहीं के बराबर सुनते हुए, सिर्फ जानी-पहचानी आवाजों के तल्ख और गर्म होते जाने के प्रति सचेत। जब वे उन्हें पूरी तरह सुन चुके, तब अपनी मेज से उठे, अपनी बाँहें उनके कंधों पर रखीं और उन्हें सीढ़ियों से सबसे ऊपर ले गए, उन्हें हलके से धकेलते हुए, जो जितना शब्द कह सकते हैं, उससे कुछ ज्यादा कह रहा था। उन्होंने पहले ही अपना अगला कदम तय कर लिया था—वे नीचे जाएँगे और पड़ोस के बगीचों में छुप जाएँगे, पूरी तरह हथियारों से लैस, मुसीबत की भनक मिलते ही उस तक पहुँचने को तैयार।

इस वक्त तक दस बज चुके थे और घर खामोश था। शेख़ मुजीबुर्रहमान रात के अँधेरे द्वारा बेआकार कर दी गई झील को निहारते हुए, अपनी मेज पर बैठे हुए थे। झील में सितारे बहुत ही मद्धिम ढंग से झिलमिला रहे थे। वह उठे, बत्ती बुझाई और सहसा झील की शांत सतह पर सितारे ज्यादा साफ हो उठे। और अब, जैसे-जैसे उनकी आँखें अँधेरे की आदी हो रही थीं, उन्हें लगा कि वे सितारों को पहचान सकते हैं। झील पर ओरायन की पट्टी पड़ी हुई थी, सप्तर्षि मंडल था और ध्रुवतारा भी। झील से लगी सड़क पर फौजी ट्रक के आने का इंतजार करते हुए, वे लंबे समय तक वहाँ खड़े रहे। उत्तर से आ रही हवा में पेड़ सरसरा रहे थे, और उन तक शहर की बहुत मद्धिम आवाजें पहुँच रही थीं, कहीं दूर एक हॉर्न बजता हुआ, आधा मील आगे कोई कार अपने ब्रेक पर घिसटती हुई—सोने की तैयारी कर रहे एक बड़े शहर की सारी जानी-पहचानी आवाजें। अब अँधेरे कमरे से बाहर देखते हुए उन्हें लगा कि झील के सितारे लगभग आसमान के सितारों की तरह ही चमकदार हैं; और अब कोई झील नहीं थी, सिर्फ अँधेरा और तारों की रोशनी जो उन्हें लपेटे ले रही थी, धरती निगाहों से परे डूबती हुई, उन्हें सितारों के बीच तैरता छोड़ती हुई—अंतरिक्ष के विस्तार में खोया हुआ एक अकेला मुसाफिर। कदमों की आहट ने उन्हें चौंका दिया। वे मुड़े और उन्होंने अपनी बीवी को पीली रोशनी में दरवाजे पर खड़ा देखा और उनके पास जाकर उनके हाथ थामे और उन्हें चूम लिया, और उन्हें थोड़ा अचरज हुआ जब वह तेजी से मुड़ गई—उसका चेहरा आँसुओं से सफेद हो चला था।

आँसू और सितारों की रोशनी ! सूने अंतरिक्ष का मुसाफिर, किताबों से सजे कमरे में अकेला खड़ा एक इनसान, वसंत की एक रात अंधी नियति उसके इंतजार में पड़ी हुई,

जो वसंत की दूसरी रातों की तरह ही एक रात थी, सिवा इसके कि इसने घर को बेहद खामोश बना डाला था। खौफ ने जो सारी शाम ढाका में दौड़ता रहा था, इस घर को नहीं छुआ था। वे सोफे पर बैठ गए, उन्होंने आँखें मूँद लीं, और दिन की सारी घटनाओं का जायजा लिया, बैठकें, वार्त्ताएँ, अनगिनत टेलीफोन कॉल–सब उनके साथियों के छुप जाने, भूमिगत हो जाने के लिए दिए गए उनके आखिरी और न पलटे जा सकने वाले हुक्म तक पहुँचाते हुए। बीस मिनट बाद वे खिड़की पर चले गए, खुद से कहते हुए कि यह बेहद जरूरी है कि जब वे उनके लिए आएँ, उन्हें यहाँ खड़ा देखें, अपने कंधों पर पड़े उजले दुशाले से बिलकुल पहचाने जाने लायक। वे शायद उन्हें गोली मार दें, और वास्तव में उन्हें उम्मीद थी कि उन्हें गोली मार दी जाएगी। उन्होंने अपनी पाइप जलाई, पाइप के अगले सिरे पर जलती लौ को हथेलियों से बचाए रखा। उनका अंदाजा था कि वे उत्तर से आएँगे, इसलिए वे युकिलिप्टस के पत्तों के पार सड़क पर देखते रहे, यह उम्मीद करते हुए कि उन्हें किसी फौजी ट्रक या जीप की रोशनी नजर आएगी, मगर वहाँ सिर्फ खामोशी और अँधेरा था, पाइप बाउल से निकलती सुर्ख आभा थी, धूआँ निकल रहा था, और आईने-सी चिकनी झील में सितारे साफ-साफ चमक रहे थे।

ठीक रात को 11.35 बजे, जबकि वे अभी भी अँधेरी झील पर निगाहें टिकाए हुए थे और सोच रहे थे कि अभी तक फौजी अफसर उन्हें पकड़ने क्यों नहीं आए हैं, एक अजीबोगरीब बात हुई। शांत झील सहसा हलचलों से भर गई, सितारे बीमारों की तरह काँप रहे थे, हर दिशा में भागते हुए, मानो चमकीली मछलियों का झुंड किसी शार्क की मौजूदगी से परेशान हो उठा हो। सितारे झील में थरथरा रहे थे और इधर-उधर झपट रहे थे, समूची झील में हरकत आ गई थी। एक लम्हे बाद, या शायद यह वही लम्हा था, कहीं दक्षिण से, एक तोप के गरजने की आवाज आई, बिजली की कड़क जैसी, और इसके बाद एक सितारा-गोला दिखा जो आकाश में काफी ऊँचे उठा और फूट गया और इसने झील को दूधिया उजला बना डाला।

ढाका के खिलाफ जंग शुरू हो गई थी।

दो

रात ग्यारह बजे के कुछ बाद, छुप सकने लायक पीले और हरे रंगों की धारियों वाले अमेरिका में बने चार एम-24 टैंक ढाका की एक उत्तरी छावनी से खड़खड़ाते हुए बाहर आए। काले और सायानुमा, वे रात के अँधेरे में घुलते मालूम होते थे, जिन्हें सितारों-भरी रात में सिर्फ उनकी अजीबोगरीब काली-उजली छाया से पहचाना जा सकता था, प्रागैतिहासिक जानवरों से दिखते, डाइनोसॉरस या टिराइनोसॉरस जैसे, घूमती हुई पतली गर्दन और सिर की नुमाइंदगी तोप के अगले सिरे से निकलने वाली बंदूक की नाल की मार्फत हो रही थी, और आपको यह खयाल आ सकता था कि बंदूक की नाल के आखिरी सिरे पर तेज़ी की कौंध और एक जोड़ा आँखें जड़ी हुई हैं। लेकिन वास्तव में आँखें उनके फूले हुए पेट के काफी भीतर 'कॉपर वायरिंग' की बारीक कुंडलियों और नीले, हरे चमकीले डायलों के बीच जड़ी हुई थीं, जिन पर एक टैंक कमांडर की निगाह थी जो एक कसी हुई चमड़े की गद्दी पर झूल रहा था, किसी पिंजड़े में कैद इनसान की तरह फँसा हुआ, उसका चेहरा माउथपीस और इयरफोन लगे हेलमेट में पूरी तरह छुपा हुआ था, जिनकी मार्फत वह अपने कर्मचारियों और उन बेरहम कैप्टनों से बात कर सकता था जो मुख्यालय में बैठकर उसके सभी क्रिया-कलापों को निर्देशित कर रहे थे।

तबाही के इन सधे हुए औजारों में जरा भी शालीनता नहीं थी। वे अजीब तरह से आगे बढ़ रहे थे और टिन के कनस्तरों की खड़खड़ाहट जैसी आवाज करते थे, मानो उनकी मशीनरी का पुर्जा-पुर्जा अभी ही अलग हो रहा था, और उनके भीतर की हवा तेल के धुएँ से भारी हो चली थी। तिस पर भी जरूरत पड़ने पर वे चालीस मील प्रति घंटा चल सकते थे, बावजूद उन भारी-भरकम हथियारों के जो उन पर बुरी तरह लदे हुए थे कि अक्सर लोहे की पट्टी के भीतर चक्कों की पहली हलचल-भरी हरकत बेहद अनिश्चित और खतरों से भरी जान पड़ती थी। मगर आज की रात पचीस मील प्रति घंटा चलने का हुक्म था और टैंकों को एक दूसरे से सौ गज की दूरी पर रहना था ताकि अगर उनके रास्ते में कोई रुकावट आए तो वे एक-दूसरे से सटकर आपस में टकरा न जाएँ। टैंकों की कमान सँभालने वाले जेनरल हमीद अब्दुल्ला ख़ान ने यह बहुत साफ कर दिया था। "याद रखो जवानो, यह कोई परेड या कवायद नहीं है," उसने उनसे कहा, "यह जंग है।" फिर वह रुका, उसने अपनी लंबी, घनी मूँछों को सहलाया, और

उनकी ओर मुस्कुराते हुए कहा, "जब यह कार्रवाई खत्म हो जाए, तब मैं तुम सब जवानों को महफूज चाहता हूँ।"

इसलिए उन्होंने उसकी तारीफ की थी, "कितना नेक है हमीद, जो अपने लोगों का खयाल रखता है !"–और उन सबने जीतकर और जिंदा वापस आने का वायदा किया और ऐसे तोहफों के साथ जिनसे जेनरल सबसे ज्यादा खुश हो। वह चाहता था, जैसा कि सबको पता था, बहुत सारे मुर्दा दुश्मन।

कैप्टन इस्कंदर ख़ान ने जो सबसे आगे वाले टैंक की कमान सँभाल रहा था, अपनी जिंदगी में कभी भी किसी फौजी हुक्म को टाला नहीं था, और यह उसके दिमाग में कभी आया नहीं होगा कि फौज भी गलत हो सकती है। जब जेनरल हमीद अब्दुल्ला ख़ान अनजानी वजहों से 'ऑपरेशन बलूचिस्तान' के नाम से जानी जाने वाली कार्रवाई के बारे में नक्शों और प्वाइंटर की मदद से समझाना खत्म कर चुका था, कैप्टन इस्कंदर ख़ान ने एक सवाल पूछा था–"क्या मेरा यह कहना ठीक है सर, कि आपके नक्शे पर डब्ल्यू, एक्स, वाई और ज़ेड के निशान वाली इमारतें ढाका यूनिवर्सिटी में लड़कों के हॉस्टल हैं ?"

"नहीं इस्कंदर," जेनरल ने कहा, अभी भी मुस्कुराते हुए, "ज़ेड के निशान वाली इमारत प्रोफेसरों का हॉस्टल है।"

"और ए निशान वाली इमारत लड़कियों का हॉस्टल ?"

"बिलकुल ठीक। मुझे याद है, मैंने तुम्हें बताया था कि यह सबसे कम अहमियत वाला निशान है। हमारी खबर है कि कुछ बंदूकें और गोला-बारूद यहाँ छुपाया गया है और इनका हमारे खिलाफ इस्तेमाल हो सकता है, मगर जैसा मैंने तुमसे कहा, खबर एक गैरभरोसेमंद सूत्र से आती है। हमें नहीं लगता कि तुम लोगों को लड़कियों के हॉस्टल में कोई खास मुश्किल होगी। तुम अपने कुछ जवानों को इस इमारत की घेराबंदी और तलाशी के लिए भेज सकते हो। तुम शायद इसे खुद भी मजा लेने लायक पाओ।"

ठहाके गूँज उठे। जेनरल रस लेते हुए कैप्टन की ओर देखकर मुस्कुराया, जिसका चेहरा लाल हो चुका था। वह लगभग तकलीफदेह ढंग से खूबसूरत था और यह माना जाता था कि औरतें उस पर मरती थीं। एक अच्छा अफसर, जिसे उसके साथी पसंद करते थे, वह 'ग्रीक' के नाम से जाना जाता था, और इस बात का उसे खूब पता था कि दूसरे अफसरों के बीच वह तुरंत पहचान लिया जाता है। वह एक बेचैन और पड़ताली दिमाग वाला आदमी था और उसे ऐसे नुकीले सवाल पूछने में मजा आता था जिनसे उसके ऊँचे अफसरों के छक्के छूट जाएँ।

"जो मैं समझ नहीं पा रहा सर," कैप्टन ने कहा, "वह ये कि अगर चंद हॉस्टलों के खिलाफ ही हमें घेराबंदी और दमन की कार्रवाई करनी है, तो हमें चार टैंकों और दो सौ फौजियों की जरूरत क्या है ? मेरा खयाल है सर, अगर मुझे अपनी राय देने की इजाजत दी जाए, कि यह काम हम अच्छी तरह बस एक टैंक और कुछ दर्जन फौजियों के सहारे कर सकते हैं।"

"हूँ, यह इस्कंदर की राय है," जेनरल ने कहा। हम सबको पता है कि हममें से ज्यादातर जिन कामों को बेहद मुश्किल पाते हैं, उन्हें हमारा दोस्त इस्कंदर चुटकियों में किए जाने लायक मानता है। लेकिन, अगर संजीदगी से कहूँ तो यह एक जहीन नुक्ता-ए-नजर है। मेरा अपना खयाल, जब हमने पहली बार कार्रवाई का खाका तैयार किया था, यह था कि चार टैंक काफी होंगे। मेरी बात काट दी गई, और ठीक ही किया गया। यह दुश्मन के खिलाफ पूरी ताकत लगाने का, उसे एक बार और हमेशा-हमेशा के लिए कुचल डालने का सवाल है। जैसा कि राष्ट्रपति ने हमसे कहा है, हम हर तीन महीने पर इस तरह का काम करने के लिए चक्कर नहीं लगाते रह सकते। अगले बहत्तर घंटों में, और उम्मीद करता हूँ कि अगले चौबीस घंटों के दौरान हम सारे बदमाशों का सफाया करने जा रहे हैं। मुझे पता है आप इस रात अपनी कार्रवाई को उसी लगन और हिम्मत से अंजाम देंगे जिसकी आपसे उम्मीद करने का मुल्क आदी रहा है।"

अब, जबकि फौजियों, रॉकेट गनों, राइफलों और मशीनगनों से लदी-फँदी चार हथियार-गाड़ियाँ चार टैंकों के पीछे छावनी से सड़क की ओर बढ़ रही थीं, कैप्टन को जेनरल की हिदायतों के कुछ पहलू अभी तक परेशान कर रहे थे। सब कुछ बेहतरीन ढंग से साफ था—सिवा एक चीज के। आखिरकार इस मिशन से क्या हासिल करने की उम्मीद थी ? जहाँ तक छात्रों का सवाल था, इस मामले में लगभग पूरी तरह अविश्वसनीय फौजी जासूसों ने कहा था कि हॉस्टल बंदूकों और गोला-बारूद के जखीरों से भरे पड़े हैं, और साथ ही छात्र बम फेंकने के अभ्यास में लगे हुए हैं और उनकी एक शूटिंग गैलरी है जहाँ वे निशानेबाजी का अभ्यास करते हैं। शुरुआती हिदायतों के एक हफ्ते बाद, चार दिन पहले, कैप्टन ने खुद मुसलमान छात्रों के हॉस्टल इक़बाल हॉल का चक्कर लगाया था, एक छात्र के बारे में पूछा था जिसका नाम कहीं हवा में सुनते हुए उसने पकड़ लिया था, यह कहते हुए कि वह उसके परिवार का दोस्त है, और यह जानकर हैरत में था कि बहुत सारे छात्र अपने गाँव जा चुके थे। वह सादे कपड़े पहने हुए था, पूरी अहतियात के साथ अदब से पेश आ रहा था, और जो छात्र उसके आसपास इकट्ठा हो गए थे, वे भी पूरी तरह सलीके वाले थे। वह अंग्रेजी बोल रहा था और छात्र भी अंग्रेजी में जवाब दे रहे थे। अचानक एक ने उसे बांगला में संबोधित किया। जब उसने बताया कि वह बांगला नहीं बोलता, तो छात्र एक साथ जमा हो गए और उन्होंने ऐलान किया कि यकीनन वह पाकिस्तानी अफसर है और उन्हें खुशी होगी अगर वह हॉस्टल छोड़कर चला जाए। "हम पाकिस्तानी अफसरों पर यकीन नहीं करते," उन्होंने कहा। "हमने सुना है आप हम सबको गिरफ्तार करने जा रहे हैं।" और सारे वक्त उन्होंने बगैर जज्बाती हुए, समझदारी और शांति से बात की। यहाँ तक कि जब वे उसे घेरे हुए अहाते के बाहर ला रहे थे, उसके अगल-बगल एक छात्र था और एक पीछे से था, उन्होंने उसके साथ खुशमिजाजी से, और हलके अफसोस से भी, बात करना जारी रखा। वे साजिश करने वालों की तरह नहीं दिखते थे; वे दुनिया के किसी भी हिस्से के छात्रों की तरह ही लगते थे।

कैप्टन ने पेरिस्कोप के शीशे की रोशनी दुरुस्त की। उसे तारों की रोशनी में झिलमिलाती लंबी, सूनी सड़क, गहरे साए और कौंधते हुए पेड़ नजर आए। हमेशा की तरह रेडियो अजीबोगरीब किरकिराती आवाजें कर रहा था, बड़बड़ाहटें, कराहें, चीखें किसी जेट विमान के उड़ने की-सी आवाजें, लेकिन वह काफी पहले इन सबका आदी हो चुका था। वे फौजी संचार तंत्र के लो फ्रीक्वेंसी बैंड की मार्फत छनते कई रेडियो संदेशों का मलबा थे। कभी-कभी पृष्ठभूमि का शोर जंगल के सैकड़ों जानवरों की-सी आवाज करता था। कैप्टन ने काफी पहले इन कर्कश आवाजों की मौजूदगी को अनदेखा करना सीख लिया था।

"55, अगर राह में कोई रुकावट नजर आए तो तुरंत रिपोर्ट करो। मैं जानना चाहता हूँ ठीक-ठीक कब और कहाँ विरोधी से तुम्हारा सामना होता है। हमने सुना है कि बलवाई सड़कों पर पेड़ काटकर गिरा रहे हैं और कीलें लगा रहे हैं।"

यह जेनरल की आवाज थी, हेडक्वार्टर के एक माइक्रोफोन से कटी-छँटी और कमजोर पड़ती हुई, जो इतने समय से इस्तेमाल होता चला आ रहा था कि अब वह आवाजों को उनकी पूरी अनुगूँज के साथ दर्ज नहीं करता था। कैप्टन मुस्कुराया। यह जानकर उसमें एक गर्मजोशी-भरा अहसास पैदा हुआ कि जेनरल उस पर निगाह रख रहा है।

"अभी तक हमारे सामने कोई रुकावट नहीं आई है। सब कुछ आसान रहा है।"

"बहुत अच्छे। काम जारी रखो। हालाँकि तुम्हें हलकी भी मुश्किल पेश आती हो तो मुझे बताना।"

ठीक इसी वक्त एक एम-24 टैंक सड़क पर पड़े एक पेड़ के तने से टकराया। पेड़ के तने के पीछे जमीन पर जरूर कुछ धातुई टुकड़े धँसे रहे होंगे, क्योंकि इसके तुरंत बाद एक जोरदार झनझनाहट की आवाज टैंक के हथियारबंद अगले हिस्से में हुई, जो मुड़ा और घूम गया, और फिर भोंडे ढंग से तिरछा होकर पक्की सड़क पर उलट गया। टैंक बाहर की आवाजों को फैलाता हुआ 'ईको चैंबर' हो चुका था। कैप्टन ने लकड़ियों की चरमराहट और धातु की टनटनाहट सुनी और गोली चलने का इंतजार किया, मगर कुछ नहीं हुआ। जब टैंक ने बड़ी खड़खड़ाहट और उथल-पुथल के साथ खुद को सीधा किया, यह सड़क के छोर की ओर घिसटता हुआ बढ़ा और सीधे एक खाई में गिरते-गिरते बचा। दरअसल यही था जो कबाड़िया समूह के छोकरों ने करना चाहा था। चूँकि समूचे दल को हुक्म था कि वे खुद को जाहिर न करें और छुपाए रखें, और मशीनगनर किसी बदमाश को नहीं देख पा रहा था, कैप्टन ने आगे बढ़ने का फैसला किया, इस उम्मीद के साथ कि आगे उसके रास्ते में कोई रुकावट नहीं आएगी।

वास्तव में रुकावटें कई थीं लेकिन न तो कबाड़ियों को, और न ही छावनी से सड़क पर लुढ़क रहे टैंकों को रोकने की कोशिश में लगे दूसरे लोगों को इतना वक्त मिल पाया कि वे कोई बहुत खौफनाक रुकावट खड़ी कर सकें। कभी-कभी टैंकों पर पत्थर फेंके जा रहे थे। एक बोतल बम गिरा और इसके पहले कि उसकी जलती हुई लौ किरासन

तेल को सुलगा सके, टैंक के तले के नीचे आ गया; सिर्फ सड़क के किनारे एक चकनाचूर बोतल ही इस बात की गवाही दे रही थी कि जब टैंक के पीस देने वाले चक्के महज पंद्रह गज दूर रह गए थे तब अँधेरे में भागते हुए एक लड़के ने अपनी जान की बाजी लगाई थी। वह पिछले हफ्ते से हर रोज इस कार्रवाई का अभ्यास कर रहा था और इसके पहले कभी नाकाम नहीं रहा था।

"ठीक अभी पहली रुकावट से हमारा सामना हुआ है," कैप्टन ने मुख्यालय में रेडियो पैगाम भेजा, "पेड़ के तने और कुछ धातुई टुकड़े। अभी तक कोई नुकसान नहीं। लोग पत्थर भी फेंक रहे हैं। ओवर।"

"55, अपने पैगाम का आखिरी हिस्सा दुहराओ।"

"अभी तक कोई नुकसान नहीं। लोग पत्थर फेंक रहे हैं।"

"55, मेरा भी खयाल था तुमने यही कहा है। पत्थर फेंक रहे हैं, अँह ? इससे सिर्फ छोकरों की काबिले-गौर नादानी झलकती है जिनसे हमें निबटना है। मुझे बताते रहो बरखुरदार, क्या चल रहा है। याद रखो, हम सब यहाँ तुम्हारे बारे में सोच रहे हैं।"

कैप्टन इस्कंदर ख़ान जेनरल के कुछ-कुछ भावुक लहजे से हलका झल्ला-सा गया था, मानो वह किसी घिरे हुए किले की आखिरी बटालियन को संबोधित कर रहा हो। उसे कोई खतरा महसूस नहीं हो रहा था, ना ही वह खुद को ऐसा आदमी समझ रहा था जिसे कोई बेहद मुश्किल काम सौंपा गया हो। जेनरल हमीद अब्दुल्ला ख़ान की निजी सेक्रेटरी, जो उसकी रखैल के रूप में भी चर्चित थी, के हाथों टाइप की गई उसकी हिदायतें यह थीं, "जगन्नाथ हॉल और इक़बाल हॉल पर धावा बोलो, सारे बदमाशों को ठिकाने लगा दो, समूचे इलाके को महफूज बनाओ। तुम्हारे दो या तीन टैंक ई.पी.आर. के खिलाफ कार्रवाई के लिए अलग हो जाएँगे, और जरूरत पड़ी तो पुलिस लाइन के खिलाफ भी। आगे के हुक्म कार्रवाई के आगे बढ़ने के साथ दिए जाएँगे।" पाकिस्तान की फौजी भाषा में 'धावा बोलो' का मतलब था 'सफाया कर दो', जबकि 'सारे बदमाशों को ठिकाने लगा दो' का मतलब था 'इमारतों में या उसके आस-पास के तमाम लोगों को मार डालो।'

विश्वविद्यालय के इलाके तक की अपनी राह में टैंकों को और हादसे नहीं झेलने पड़े। कभी-कभार कैप्टन को लगता था कि उसने दूर कहीं गोली चलने की आवाज सुनी है, लेकिन भीतर ही इतना शोर था कि पट्टी के नीचे पत्थरों की खड़खड़ाहट से गोली की आवाज को अलगाना नामुमकिन था। जिस वक्त तक वे जगन्नाथ हॉल के बाहर के अहाते में पहुँचे—यह कुछ-कुछ मूअरिश वास्तुशिल्प में बनी लाल ईंटों की तीनमंजिला इमारत थी—कैप्टन को यकीन-सा हो चला था कि आखिरी लम्हे में यह कार्रवाई रद्द कर दी जाएगी। इसलिए नहीं कि विश्वविद्यालय के हॉस्टल पर हमला बेतुका था, उससे कहीं ज्यादा इसलिए कि हमले की योजना साफ तौर पर गलत थी, यह एक ऐसा तथ्य था जिसे उसने अपने ऊँचे अफसरों के सामने जाहिर करने की कोशिश की थी। तिस पर भी, भले ही हमले की योजना गलत ढंग से बनी थी, कैप्टन ने इसे बिना किसी

अगले सवाल के अंजाम दिया।

पेरिस्कोप की मार्फत कैप्टन ने जगन्नाथ हॉल को साफ-साफ देखा। ऊपरी माले पर बत्तियाँ जल रही थीं, कुछ छात्र खिड़कियों से बाहर झाँक रहे थे, साफ तौर पर टैंकों और हथियार ढोने वाले वाहनों के नजारे से हैरत में डूबे हुए। कुछ फौजियों को छात्रों का पीछे हटना रोकने के मकसद से हॉल के पीछे पोजीशन लेने के लिए सड़क के मुहाने पर उतार दिया गया था, और ज्यादा फौजी इक़बाल हॉल को घेरने के लिए गए थे, जो करीब ही था। जगन्नाथ हॉल में हिंदू छात्र रहते थे और इक़बाल हॉल में मुसलमान छात्र। कैप्टन के भीतर पूर्वी पाकिस्तान के हिंदुओं को लेकर कोई गहरा अहसास नहीं था, क्योंकि उन्हें वहाँ के मुसलमानों से अलग पहचानना नामुमकिन था। वह उनसे नफरत नहीं करता था, हिंदू औरतें उसे दिलचस्प लगती थीं जिन्होंने कभी-कभार बिस्तर पर भी उसका साथ दिया था, और वह काफी पहले ही इस नतीजे तक पहुँच चुका था कि हर किसी को अपनी खुशी से इबादत की इजाजत मिलनी चाहिए। मगर एक सियासी फैसला लिया जा चुका था, और इसने बदले में एक फौजी व्याख्या अख़्तियार कर ली थी। उसका काम उन हिदायतों को अंजाम देना था जो आखिरकार एक सियासी फैसले की तस्दीक करती थीं। उसने मुख्यालय में रेडियो पैगाम भेजा, "जगन्नाथ हॉल शांत है। ऊपरी माले की सभी बत्तियाँ जली हुई हैं। सुधार। कुछ बत्तियाँ अब बुझ रही हैं। मुझे प्रतिरोध का कोई चिह्न नहीं दिखता। ओवर।"

"कैप्टन, क्या तुम सीधे जगन्नाथ के सामने हो ? ओवर।"

"हाँ, बिलकुल जगन्नाथ के सामने।"

"बहुत खूब। अब ध्यान से सुनो। मैं चाहता हूँ तुम तोप से गोलाबारी करो और फिर भीतर के छोकरों को निबटाने के लिए 'चीता' को भेजो। मैं किसी किस्म की दुश्वारी या परेशानी नहीं चाहता। इमाम चाहते हैं—खासतौर पर पसंद करेंगे—कि जगह पूरी तरह नेस्तनाबूद कर दी जाए। अगर तुम उन सबको पकड़ सको तो अच्छा, और इस बात का खयाल रखो कि उनमें से कोई भी रेलवे लाइन के पार भाग न सके। तोप के तीन गोले यह कमाल कर सकते हैं।"

'चीता' कैप्टन के हुक्म के मातहत काम कर रही इन्फैंट्री का गोपनीय नाम था, और 'इमाम' जेनरल टिक्का ख़ान का कूट नाम था। यह, कैप्टन ने सोचा, तुलनात्मक तौर पर आसान कार्रवाई थी, तोप के तीन गोले, इन्फैंट्री भीतर जाती हुई, भागने के सभी रास्ते ठप्प। 'नेस्तनाबूद करना' कुछ और था। अगर इमाम वाकई इमारत को नेस्तनाबूद करना चाहते थे, तो इस पर पचास पौंड के कुछ बम क्यों नहीं गिरा दिए गए ? कहीं नजदीक ही गोलाबारी शुरू भी हो चुकी थी, इन्फैंट्री का एक ट्रक साजो-सामान के साथ प्रोफेसरों के क्वार्टरों पर हमला कर रहा था। कैप्टन ने पेरिस्कोप की मार्फत देखा और पाया कि सभी बत्तियाँ बुझ चुकी थीं। उसने तोपची को आदेश दिया, तोप का अगला हिस्सा धीरे-धीरे मुड़ा, और उसमें लगी बंदूक की नाल ने ठीक दरवाजे के ऊपर लगी खिड़की को निशाने पर लिया, और फिर तेजी से एक के बाद

एक तीन गोले पचास गज की दूरी से इमारत पर छोड़े गए। एक गोले ने खिड़की के ठीक ऊपर इमारत के हिस्से को तोड़ डाला, दूसरा उसके लगभग दस फीट बाएँ पड़ा, और तीसरा दाएँ से करीब पंद्रह फीट पर। विस्फोट की गड़गड़ाहट, इमारत के भीतर से छात्रों की चीख और बाहर फौजियों की चिल्लाहट—ये सारी चीजें लगभग एक साथ होती महसूस हुईं। थोड़ी देर बाद ट्रक के ऊपर लगी दो ताकतवर सर्चलाइटों ने इमारत को बुहार डाला। रोशनी में वह रूपहली दिखने लगी थी। छत पर तीन छात्रों को साफ देखा जा सकता था, उनमें से दो के हाथ में बोल्ट ऐक्शन राइफल और तीसरे के हाथ में एक लाठी थी। मशीनगनों, चीनी ए के-सैंतालीस राइफलों और अमेरिका में बने हुए चार टैंकों के साए में चल रही फौज की एक टुकड़ी के मुकाबले उसकी हिफाजत का अकेला सहारा। छात्र छत पर आगे-पीछे हो रहे थे, साफ था कि सर्चलाइटों ने उन्हें अंधा बना डाला था। उन पर मशीनगनें बरसने लगी थीं, वे उतरकर ओझल हो गए थे, और जल्दी ही समूचे हॉस्टल को धावे के लिए तैयार मशीनगनें खँगालने लगीं। फिर सर्चलाइटें बुझा दी गईं, और धावा बोलने वाली टुकड़ियाँ अँधेरे के आगोश में इमारत में घुस गईं। चीखें सुनी जा सकती थीं। एक बार फिर, खिड़कियों से रोशनियाँ दिखने लगीं। जवान एक कमरे में दाखिल हुए, उसे मशीनगनों से छलनी कर डाला, और फिर दूसरे कमरे में चले गए। कभी-कभार चीखें बीच की उड़ान में ही शांत पड़ जाती थीं। कई टिन गैसोलीन लाई गई, इमारत में आग लगाने की एक कोशिश की गई, टूटी हुई खिड़कियों से थोड़ी बहुत आग और धुआँ निकल रहा था। मगर जवानों को जिस चीज ने सबसे ज्यादा परेशान किया, वह यह कि कहीं कोई रुकावट पेश नहीं आई, हालाँकि उन्हें कहा गया था कि हॉस्टल हथियारबंद बागियों से पटा पड़ा है जो मारे जाने के लायक हैं क्योंकि उन्होंने एक अलग मुल्क बनाने की हिमाकत की है। कई छात्र, खासकर निचले माले वाले, सोने जा चुके थे और अपने बिस्तरों पर ही मारे गए। एक लड़का हाथ में लाठी पकड़े खून से नहाया पड़ा था। दूसरे माले पर जो छात्र तोप और मशीनगनों से बच निकले थे, अपने बिस्तरों के पीछे छुप गए थे और पत्थर की सीढ़ियों से होकर भाग निकलने की कोशिश कर रहे थे जो घर के पिछले हिस्से में बने अहाते तक जाती थीं। सीढ़ियों के नीचे फौजी इंतजार कर रहे थे, कुछ छात्र स्टेनगन से भून डाले गए जबकि बाकी ने आत्मसमर्पण कर दिया और सिर के ऊपर अपने हाथ रखे बाहर आ गए। तीसरे माले पर थोड़ी-बहुत लड़ाई हो रही थी। जिन दो छात्रों को आखिरी बार छत पर ऐक्शन बोल्ट राइफलें लिए देखा गया था, वे अब जीने के ऊपर, दीवार से लगकर, पोजीशन ले चुके थे। वे अच्छी तरह लड़ रहे थे, उन्होंने सीढ़ियों पर चढ़ रहे तीन फौजियों को मार गिराया और अगर उनकी किस्मत थोड़ी और बेहतर होती तो वे तीन और को मार गिराते। जीने की तरफ चली एक गोली इत्तिफाकन ठोस दीवार से छिटककर एक छात्र के कंधे में घुस गई और नतीजा यह हुआ कि उसके हाथ से राइफल छूट गई, और दूसरे ने राइफल को उठाने की कोशिश में, एक लम्हे के लिए अपना संतुलन खो दिया, तीन सीढ़ी नीचे जा गिरा, अपनी पोजीशन छोड़ दी, और गोलियों से छलनी होने के

पहले महज एक आखिरी गोली चला पाया। कंधे पर जख्म खाए छात्र को कुंदे मार-मारकर मौत के मुँह सुला दिया गया, और इस जीत में दो ऐक्शन बोल्ट राइफलों को उठा लिया गया, यह साबित करने के लिए कि हॉस्टल हथियारों का शिविर था।

हमला शुरू होने के तीस मिनट के भीतर इमारत में कोई भी छात्र जिंदा नहीं बचा था। लगभग एक सौ बीस छात्र मरे पड़े थे और अस्सी के आसपास या तो जीने के नीचे या फिर हॉस्टल के पीछे बने खेल के मैदान में गिरफ्तार कर लिए गए थे। इनमें से सिर्फ दो ही अँधेरे की आड़ में भागने में कामयाब रहे, और बाकी को अल्ल सुबह अपनी-अपनी कब्रें खोदने के बाद मार डाला गया।

हमले का हुक्म देने के एक घंटे बाद कैप्टन इस्कंदर ख़ान ने जगन्नाथ हॉल और इक़बाल हॉल, जिसे भी ठीक यही सजा मिली थी, जाकर खुद हालात का जायजा लेने का फैसला किया। उसे बताया गया था कि इलाका अभी भी काफी खतरनाक है, कि ढेर सारे बदमाश अभी भी छुपे हुए हैं और नई झड़पों का भी खतरा है। चूँकि उसे यह भी बताया गया था कि जगन्नाथ हॉल में महज दो ही राइफलें बरामद हुई हैं, जिन पर 'ब्रिटिश आर्मी सरप्लस एक्स, बुअर वार' खुदा हुआ है, और इक़बाल हॉल में कोई राइफल या गोला-बारूद नहीं मिला है, और वास्तव में ऐसी कोई झड़प नहीं हुई थी जिस मायने में आम तौर पर झड़पें समझी जाती हैं, इससे उसने नतीजा निकाला कि कोई खतरा नहीं है और जवान उसे किसी खास वजह से दूर रख रहे हैं। स्टेनगन लिए दो लोगों की हिफाजत में और अपनी छड़ी के सिवा बिलकुल निहत्थे, कैप्टन ने जगन्नाथ हॉल के मुआयने के लिए एक छोटा सा चक्कर लगाया। हर जगह खून ही खून था, छात्र अलग-थलग या ढेरों में पड़े हुए थे, जिन्हें मशीनगन से काफी करीब से भून दिया गया था। उनके सिर अजीबोगरीब भंगिमाओं में मुड़े हुए थे, कई ने गोलियों से बचने के लिए अपनी बाँहें फैलाई थीं, आगे निकली बाँहों के साथ ही वे मारे गए थे, और कई इस बुरी तरह सिकुड़े हुए थे कि वे इंसान लगते ही नहीं थे। कैप्टन की राय में हॉस्टल कत्लगाह दिख रहा था। यह साफ था कि जवानों ने कामयाबी के साथ दुश्मनों को ठिकाने लगा दिया था और फौज की पहली कार्रवाई को फतह हासिल हुई थी। चूँकि दुश्मन के पास हथियारों के नाम पर महज दो बहत्तर साल पुरानी राइफलें और बीसेक लाठियाँ थीं, इसमें कोई हैरानी की बात नहीं थी।

तिस पर भी कैप्टन हैरतजदा था। कहीं न कहीं संचार में कोई गड़बड़ी थी। निश्चय ही छात्रों के हॉस्टल से ज्यादा अहम दूसरे निशाने थे। पहले माले पर उसने एक मरे हुए छात्र को एक लहूलुहान ईजल के ऊपर पसरा हुआ देखा, उसके सिर का आधा हिस्सा गोली से उड़ चुका था। उसके लिए उस लड़के को देखना नामुमकिन-सा हो गया, लेकिन उसने अधबनी तसवीर पर निगाह डाली जिसमें हॉस्टल बना हुआ था, बिस्तरों की कतार थी, दीवार पर लगी तसवीरें और नारे थे, कुछ छात्र सो रहे थे, दूसरे पढ़ रहे थे, और एक छोटा सा झुंड ताश खेल रहा था। उसे क्यों मार डाला गया ? जवाब निश्चित तौर पर यह था कि वह जगन्नाथ हॉल के दूसरे छात्रों की तरह एक हिंदू था,

लेकिन इससे इस बात की कैफियत नहीं मिलती थी कि इक़बाल हॉल के मुसलमान छात्रों को भी क्यों मार डाला गया ? वह अपने एक संतरी की ओर मुड़ा।

"वे अपनी हिफाजत किस चीज से कर रहे थे ?" उसने पूछा।

"लाठी से।"

"बस, इसी से ?"

"बस इसी से सर, सिवा तीसरे माले के एक छात्र के, जिसके पास एक बंदूक थी। मैं वहीं था सर। आप उसे कारतूस भरते और खाली करते सुन सकते थे। वह ऊपर अँधेरे में था और शुरू में हमें पता नहीं चला कि वह कहाँ है। उसने बहुत मुसीबत खड़ी की सर।"

जब वह टैंक तक लौटा तो उसने पाया कि जेनरल उससे बात करने की कोशिश कर रहा है।

"55, क्या तुम अब मेरी आवाज सुन सकते हो ? मुझे अपनी रिपोर्ट दो।"

"सर मिशन पूरा हुआ। ओवर।"

"तुम जगन्नाथ के बारे में बता रहे हो ?"

लो फ्रीक्वेंसी बैंड पर डरावने ढंग से हलचल थी, और रुलाइयाँ और बेसुरी तुरहियाँ और अजीबोगरीब मातम की-सी चीखें उस पर आ-जा रही थीं जिससे बातचीत में रुकावट आ रही थी।

"हाँ, जगन्नाथ, जूलियट, अल्फा, गिंजर, निक्सन, निक्सन अल्फा टॉमी गन।"

"ठीक है। बहुत अच्छा हुआ, वेल डन। क्या तुम्हें वहाँ बंदूक और गोला-बारूद मिले ?"

हमें दो बोर वार बोल्ट ऐक्शन राइफल मिले। वे लाठियों से अपना बचाव कर रहे थे। चीता यहाँ हर जगह और इमारत के भीतर बने हुए हैं, और जरा भी प्रतिरोध नहीं है।"

"यह जानकर अच्छा लगा। तुम्हें क्या लगता है, विश्वविद्यालय में मारे गए लोगों की संख्या अंदाजन क्या होगी ? बस मुझे अपने खयाल से एक मोटी-सी संख्या बता दो, मारे जाने वाले, घायल होने वाले और गिरफ्तार होने वाले कितने लोग होंगे ? बस एक मोटा अंदाजा दे दो।"

"लगभग सौ मारे गए हैं, और साठ या सत्तर जिंदा गिरफ्तार कर लिए गए हैं। नहीं, दुहराता हूँ, घायलों का आँकड़ा नहीं है।"

"चलो, यह बिलकुल ठीक है। इमाम चाहते हैं कि सारे जिस्म पहली रोशनी के पहले हटा लिए जाएँ। तुम्हें हुक्म है कि सभी कैदियों को उनका इनाम दो, मेरा मतलब है सजाए-मौत का इनाम। इसी तरीके से हम सुनिश्चित कर सकते हैं कि यह चीज फिर न दुहराई जाए। उन्हें अपनी सहूलियत के हिसाब से तुम कभी भी ठिकाने लगा सकते हो। इमाम चाहते हैं कि तुम तुरंत ई. पी. आर. लाइन की तरफ चले जाओ। वहाँ लड़ाई सरगर्म हो रही है, और उनका खयाल है कि तुम उपयोगी हो सकते हो। अब जगन्नाथ

तुम्हारे कब्जे में है और तुम अपने डेपुटी पर बाकी काम छोड़ सकते हो।''

"शुक्रिया सर !"

"ठीक है। तुमने एक अरुचिकर काम बढ़िया से कर दिया, और सारे जुड़े लोगों को शाबासी। इक़बाल हॉल में तुम्हारे पड़ोसियों ने भी इतना ही अच्छा काम किया। तुम जानते हो, न कुछ कहा गया, न कुछ किया गया। तुम्हें किसी को कुछ बताना नहीं है। एक बार फिर वेल डन बरखुरदार।''

"मैं तुरंत ई. पी. आर. लाइंस की तरफ जा रहा हूँ।''

"ठीक है, गुड लक। मैंने सुना है कि ई. पी. आर. वाले थोड़ी-बहुत लड़ाई कर रहे हैं।''

यह, जैसा कि कैप्टन ने बाद में समझा, काफी-कुछ न्यूनीकृत वक्तव्य था। ईस्ट पाकिस्तान राइफल्स के बैरकों की किलेबंदी काफी अच्छी थी, वहाँ मशीनगन, बाजूका सहित दूसरे हथियारों का बड़ा जखीरा था, और वे टैंकों के सिवा बाकी किसी भी चीज से अपनी हिफाजत करने में सक्षम थे। ईस्ट पाकिस्तान राइफल्स के सभी फौजी बंगाली थे, और हालाँकि उनमें से ज्यादातर लोगों को शुरू से पता था कि उन्हें तबाह हो जाना है, फिर भी उन्हें वह नियति कुबूल नहीं थी जो हॉस्टल के छात्रों पर तारी हो गई थी। वे अपने हाथ में हथियार लेकर मरेंगे, वे घिरे हुए जानवरों की तरह जाल में नहीं आएँगे; और वे किसी भी सूरत में बैरक उनके हवाले नहीं करेंगे।

जगन्नाथ हॉल में पकड़े गए बंदियों की सजा को अंजाम देने के लिए महज छह फौजियों को छोड़कर, कैप्टन इस्कंदर ख़ान अपने टैंक और फौजी टुकडी से भरे एक ट्रक के साथ बैरक की ओर बढ़ा। उसे खुशी थी कि सजा-ए-मौत की निगरानी के लिए उसे रुकने की ज़रूरत नहीं पड़ी। एक ऐसे इंसान के रूप में, जिसने फौजी कैरियर को हमेशा सबसे मजेदार पेशा माना, फीलखाना में बैरक की तरफ बढ़ते वक्त उसके मिजाज में अजीब ढंग से शिकस्त का-सा अहसास था। उसने खुद से कहा कि उसने एक जरूरी सफाई अभियान में हिस्सा लिया है, लेकिन वह अपने दिमाग से उस लड़के द्वारा बनाई गई हॉस्टल की लहूलुहान पेंटिंग को निकाल नहीं सका, जिसका आधा सिर उड़ चुका था। उसे याद आया कि वह एक खुशनुमा तसवीर थी, जिसमें माहौल बहुत कुछ जिंदा था। जगन्नाथ हॉल में जो कुछ भी हुआ था, उसने उसे भूलने की कोशिश की और इसके लिए रेडियो सुनने लगा, जिस पर मुख्यालय से बातचीत के बिखरे-बिखरे टुकड़े आ रहे थे।

"26 के लिए 99, क्या तुमने पुलिस लाइन का काम तमाम कर दिया ? ओवर।''

"99 के लिए 26, पुलिस लाइन में आग लगी हुई है। ओवर।''

"बहुत अच्छे।''

तो पुलिस लाइन जल रही थी, और अब सिर्फ ई. पी. आर. की बैठक रह गई थी। इसके बाद बिना किसी मुखालफत की संभावना के, ढाका पूरी तरह फौज के काबू में आ चुका होगा।

"55, मैं चाहता हूँ, तुम ध्यान से सुनो। बेहतर होगा तुम हमेशा ट्यून किए हुए रहो नहीं तो मुझे तुम तक पहुँचने में मुश्किल होगी। आलाकमान चाहता है कि तुम ई. पी. आर. बैरक के उत्तर-पूर्वी ब्लॉक पर कब्जा करो। तुम्हारी तोप के चार-पाँच गोलों से मामले का फैसला हो जाना चाहिए। वे मुझे बता रहे हैं कि लड़ाई वहाँ कुछ ज्यादा ही गर्म है। ओवर।"

"अब मैं बैरक को देख सकता हूँ। अधिकतम रफ्तार से बढ़ रहा हूँ, और पाँच मिनट में वहाँ पहुँच जाऊँगा। ओवर।"

"रास्ते की रुकावटों को लेकर एहतियात बरतना बर्खुरदार। हमारा खयाल है, कि उनके वश में जो-कुछ भी होगा, उससे वे तुम्हें रोकने की कोशिश कर सकते हैं। वे मुझे बता रहे हैं कि सड़कें बलवाइयों से भरी पड़ी हैं जो टेलीफोन के तार काट रहे हैं या रास्ते में रुकावटें खड़ी कर रहे हैं या कीलें डाल रहे हैं। पूरी एहतियात बरतो, और अगर तुम्हारे रास्ते में कुछ भी आए तो उसे गोली मार देने में जरा भी मत हिचको।"

कैप्टन को यह खयाल आया कि वह जेनरल से बहुत देर तक बात नहीं कर पाएगा। सभी फौजी बैंडों पर स्थायी और इधर-उधर से आ रही आवाजें इतनी कर्कश हो चली थीं कि उसे यह समझने में बेहद कठिनाई हो रही थी कि क्या कहा जा रहा है, और फिर टैंक की खड़खड़ाहट और घनघनाहट थी जबकि यह तेजी से बैरकों की ओर बढ़ रहा था, और इसके ऊपर बैरकों से बहरा बना देने वाला खौफनाक शोर था जो हर लम्हे ऊँचा होता जा रहा था। फौज के जखीरे का लगभग हर हथियार बैरकों के खिलाफ इस्तेमाल किया जा रहा था। तोप, बाजूका, गोले, मोर्टार, रिकॉयलेस राइफलें, ग्रेनेड फेंकने वाले, भारी मशीनगनें और स्वचालित राइफलें बैरकों के खिलाफ इस्तेमाल हो रहे थे जो पहले से ही जल रहे थे।

"बेचारे छोकरे !" कैप्टन ने कहा, "इतने शोर में लोग कैसे सोच सकते हैं ?"

जब प्रोफेसर मोहम्मद अख़्तर ने जगन्नाथ हॉल में तोप के गोले फूटने की आवाज सुनी, यह पूरी तरह अप्रत्याशित नहीं था। एक घंटे से वह अँधेरे में खड़े अपने वेनेशियन चिक की पट्टियों की मार्फत देखता रहा था जो कुछ नीचे सड़क पर हो रहा था। चुपचाप ध्यान में खोए किसी इंसान की तरह, वह वहाँ खामोशी और सब्र के साथ खड़ा रहा। वह खुद को समझा नहीं सकता था कि वहाँ क्यों खड़ा है, हालाँकि उसे पता था कि इसका कुछ-कुछ रिश्ता उस पूर्वाभास से था जो शाम की शुरुआत में उसे हुआ था जब उसने अपने ठीक बगल के पड़ोसी, जीव-विज्ञान के एक प्रोफेसर को अपना घरेलू साजो-सामान कार में लादते और हैरतनाक रफ्तार से विश्वविद्यालय के अहाते के बाहर निकलते देखा था। लगभग नौ बजे के आसपास बच्चों को बिस्तर पर भेजने के बाद उसने शाम का कुछ हिस्सा बादशाह जहाँगीर की हुकूमत का इतिहास पढ़ने में गुजारा, अपनी किताब की तैयारी के सिलसिले में, जो वह बादशाह पर लिखने का इरादा रखता था, मगर शब्द

गड्डमड्ड होते रहे और वह लंबे समय तक खुद को एकाग्र करने में नाकाम रहा।

तब, बच्चों को बिस्तर पर भेजने के लगभग एक घंटे बाद, उसके एक छात्र के यहाँ से एक परेशान करने वाला फोन कॉल आया। उसे महसूस हुआ कि छात्र बस यह जानना चाहता था कि वे घर पर ही हैं और निकलने की योजना तो नहीं बना रहे, और चूँकि वह छात्र फौज से अपने ताल्लुकात के लिए जाना जाता था, प्रोफेसर के पूर्वाभास में इजाफा ही हुआ। उसने कई दोस्तों को फोन किया। यह दिख रहा था कि उनमें से सबको किसी किस्म के 'क्रैकडाउन' का अंदेशा था। इस शब्द ने उसे परेशान किया। अगर यह दमन की असहनीय और बेरहम कार्रवाई नहीं है तो 'क्रैकडाउन' का और क्या मतलब हो सकता है ? फिर उसे याद आया कि समय-समय पर फौज ट्रकों में भरकर सिपाहियों को भेजती थी, कुछ उग्रपंथी छात्र-नेताओं की धर-पकड़ करती थी, उन्हें पीटती थी, उन्हें ट्रक से पचास मील दूर किसी गाँव तक ले जाती थी, और फिर उन्हें पैदल ढाका आने के लिए छोड़ देती थी। शायद वह इससे बुरा नहीं होगा। उसे याद आया कि जिस छात्र ने बड़ी उतावली से जानना चाहा था कि वह ढाका में रह रहे हैं या नहीं, वह एक खुफिया संगठन अलबद्र से जुड़ा हुआ था जिसका गठन सबसे कट्टर मुस्लिम छात्रों ने किया था। उन्होंने हिंदुओं के खिलाफ जंग का ऐलान किया था और लगातार एक पाक, मजहबी मुसलमान राज्य के लिए आंदोलन चला रहे थे। वह छात्र बेहद नाटा था, अच्छे कपड़े पहनता था, उसके पास अक्सर काफी पैसे रहते थे, और क्लास में कभी-कभी वह इस्लामी रिवायतों के मामले में प्रोफेसरों को भी दुरुस्त करता था। उसकी काली दाढ़ी छोटी और कड़ी थी, आँखें गहरी चमकीली थीं और उसका मुँह अक्सर किनारे पर मुड़ा रहता था। प्रोफेसर उसे पसंद नहीं करता था मगर उससे अदब से बात करने का एहतियात बरतता था।

कुछ वक्त बाद उसके पास अपने पत्रकार दोस्त अनवर अमीर का फोन आया।

"मेरा खयाल है, तुम्हें निकल जाना चाहिए मोहम्मद," पत्रकार जो उसे बीस साल से जानता था, बुरी तरह घबराया हुआ था। "उनके पास एक सूची है—अल्लाह जाने उसमें कौन-कौन है—लेकिन इस बार लग रहा है वे कुछ करके रहेंगे !"

"क्या तुम जा रहे हो ?"

"नहीं, मुझे यह सारा कुछ देखना है। एक पत्रकार को यहीं होना चाहिए।"

"फिर मैं क्यों जाऊँ ?" प्रोफेसर ने कहा, "एक इतिहासकार के रूप में, यह मेरा हक ज्यादा है कि मैं यहाँ ठहरूँ, देखूँ, नोट लूँ, और इतिहास की प्रक्रियाओं का अध्ययन करूँ। यह सारी चीजें हम पहले कर चुके थे—"

जब तक उन्होंने बातचीत खत्म की, यह साफ हो चुका था कि दोनों में किसी का भी निकल भागने का जरा भी इरादा नहीं है और दोनों ने अपने वहाँ ठहरे रहने की पेशेवर वजहें तलाश ली हैं। मगर अनवर अमीर से बात करने के बाद प्रोफेसर ने एक काम ऐसा किया जो उसने पहले कभी नहीं किया था। पिछला दरवाजा खोलने के बाद, जो रसोईघर तक जाता था, वह अगले दरवाजे से बाहर निकला और उसने उस पर एक

भारी ताला लटका दिया, वही ताला जो वह तब लगाया करता था जब शुरुआती गर्मियों में अपने गाँव कुमेरखाली जाने के लिए अपार्टमेंट से निकलता था। फिर वह पिछले दरवाजे से भीतर आया, जिसे उसने भीतर से ताला लगाया और सिटकनी चढ़ा दी। इसके बाद उसने अगले दरवाजे की सिटकनी चढ़ाई। यह कर चुकने के बाद, उसने थोड़ा और महफूज महसूस किया, बत्तियाँ बुझा दीं, बेडरूम में अपने बच्चों को देखने गया जो गहरी नींद में सोए हुए थे और खिड़की के विशाल परदों की मार्फत आ रही हलकी-सी रोशनी में मुश्किल से नजर आ रहे थे, और फिर उसने बैठकखाने से अपनी निगरानी का काम शुरू कर दिया, सड़क पर निगाह टिकाए हुए, जहाँ कुछ भी असामान्य नहीं हो रहा था।

हालाँकि चाँद नहीं था, लेकिन रात साफ थी, तारे खूब चमक रहे थे, और सड़क पर हो रही किसी चीज को वह साफ-साफ देख पा रहा था। जगन्नाथ हॉल के छात्रों का रंग-ढंग वैसा ही था जैसा वह अक्सर हुआ करता था हालाँकि उन्होंने भी शहर में पसरी हुई अफवाहें सुनी होंगी। कुछ खिड़कियाँ पूरी तरह खुली हुई थीं, और बाकी पर परदे पड़े हुए थे और हालाँकि वे परदे में थे फिर भी उसे ठीक-ठाक अंदाजा था कि भीतर क्या हो रहा था। कुछ जत्थे में खड़े थे, संजीदगी से बात करते हुए, जबकि दूसरे पढ़ रहे थे या ताश खेल रहे थे या ट्रांजिस्टर सुन रहे थे। चूँकि आम हड़ताल के चलते विश्वविद्यालय बंद था। वही छात्र हॉस्टल में रह गए थे जो दूर के गाँवों से आते थे और जिनके लिए अचानक हड़ताल टूटने की स्थिति में क्लास के लिए वक्त पर लौटना मुमकिन नहीं हो पाता। उनमें से ज्यादातर गरीब थे और हॉस्टल में पैसा बचाने के लिए रहते थे। प्रोफेसर को राहत हुई जब उसने देखा कि हॉस्टल में जिंदगी हमेशा की तरह ही चल रही थी। शायद, आखिरकार, उसके डर की कोई बुनियाद नहीं थी।

बीच-बीच में टेलीफोन बज उठता। दो बार उसने जवाब दिया। एक बार प्रोफेसर ने जैसे ही 'हैलो' कहा, फोन करने वाले ने लाइन काट दी, और उसे यकीन-सा हो गया कि यह घनी, कड़ी दाढ़ीवाला छात्र ही था। इसने उसे डरा दिया और उसने खुद से वायदा किया कि आगे से वह किसी फोन का जवाब नहीं देगा। दूसरी बार उसने फोन फिर उठाया क्योंकि यह इतनी ढिठाई से बजता रहा था कि उसे डर हो गया कि कहीं बच्चे न जाग जाएँ। फोन करने वाला उसकी मरहूम बीवी का भाई था, जो पूछ रहा था कि क्या उन्होंने किसी 'क्रैकडाउन' की अफवाह सुनी है ! वह एक जूट व्यापारी था, गोल चेहरे वाला, खुशमिजाज, व्यावहारिक, उसके अपने कोई बच्चे नहीं थे, इसलिए वह प्रोफेसर के बच्चों, आठ साल की जहाँनारा और नौ साल के शाहजहाँ को जिसे अक्सर शाहजू पुकारा जाता था, बेहद प्यार करता था। जूट के व्यापारी ने अपनी कार भेजकर सबको उत्तरी इलाके में बसे गुलशन स्थित अपने मकान में बुला लेने की पेशकश की।

"हर कोई कह रहा है कि आज की रात क्रैकडाउन होगा," जूट व्यापारी ने कहा, "वे बताते हैं यह विश्वविद्यालय और पुलिस लाइन पर होगा। अवामी लीग पर भी।

किसी को इसके बारे में जरा भी संदेह नही है।"

"मैं जगन्नाथ हॉल के सामने रह रहा हूँ, और मैं तुम्हें बताता हूँ, छात्र इस अफवाह पर जरा भी कान नहीं दे रहे हैं।"

"चलो मान लेते हैं कि अफवाहें गलत हैं, मोहम्मद, फिर भी तुम्हारे परिवार का तकाजा है कि तुम यहाँ आ जाओ। तुम्हें यहाँ लाने में जरा भी मुश्किल नहीं होगी। तुम लोग यहाँ ज्यादा महफूज रहोगे।"

"यहाँ से ज्यादा वहाँ क्यों ?"

"क्योंकि यहाँ अमीर लोग रहते हैं–फौज अमीरों पर हमला नहीं करेगी, मैं तुम्हें यकीन दिलाता हूँ। यहाँ चले आओ मोहम्मद, अपने परिवार के लिए तुम्हारा यह फर्ज है।"

यह कोई तार्किक बहस नहीं थी, लेकिन प्रोफेसर ने अपने खुशमिजाज साले से कभी किसी तार्किक बहस की उम्मीद नहीं की थी। अगर, जैसा कि जूट व्यापारी का यकीन था, फौज अमीरों को छोड़ देती है, तब भी गुलशन में अवामी लीग के काफी सदस्य रहते थे, जिसका मतलब था कि यह भी फौजी हमले से पूरी तरह बचा नहीं रहेगा। अगर क्रैकडाउन है तो कोई जगह किसी दूसरी जगह से ज्यादा महफूज नहीं हो सकती।

"पेशकश बनी हुई है, मोहम्मद। जब भी तुम यहाँ चाहो, ठहर सकते हो। जब भी कहोगे, मैं कार भेज दूँगा। जैसे ही तुम्हें जरा भी मुश्किल लगे, तुरंत फोन करना, और खुदा के लिए बच्चों का ध्यान रखना।"

"हाँ, बिलकुल," प्रोफेसर ने कहा और उसे अचरज हुआ कि क्यों उसका साला उसे हमेशा एक अव्यावहारिक इंसान मानता है जो नहीं जानता कि अपने बच्चों का ध्यान कैसे रखा जाए।

उसने दुबारा खिड़की पर अपनी निगरानी शुरू कर दी और फिर किसी कॉल का जवाब नहीं दिया। कभी-कभार सूनी सड़क से देर से लौटने वाला कोई राहगीर तेजी से पार होता दिख जाता था। एक बार एक मोटरसाइकिल गड़गड़ाती हुई सड़क पर आई, एक लम्हे के लिए जगन्नाथ हॉल के बाहर रुकी, और फिर तेजी से रात के अँधेरे में निकल गई, उसके शोर ने आसपास के दरख्तों के परिंदों को जगा दिया जिससे कि आकाश थोड़ी देर के लिए तीखी काँव-काँव से भर उठा। याद रखे जाने योग्य एक ब्यौरे की तरह, प्रोफेसर ने ध्यान दिया कि मोटरसाइकिल सवार ने अपनी बाईं बाँह पर एक सफेद पट्टी या शायद रूमाल बाँधा हुआ था। यह भी अपशकुन ही था, क्योंकि किसी संकट के वक्त, फौज द्वारा काम पर लगाए गए शहरी ऐसे ही पहचान में आने वाले निशान इस्तेमाल किया करते हैं।

हॉस्टल की कुछ बत्तियाँ बुझ रही थीं, सड़क पर एक कुत्ता घूम रहा था, एक कार गुजरी और फिर दूसरी; यह मार्च की कोई भी रात हो सकती थी। अचानक, दूर, उसने पक्की सड़क पर आ रहे ट्रकों और टैंकों की गड़ागड़ाहट सुनी, और जल्दी ही यह किसी

आते हुए तूफान के शोर में बदल गई। अपने वेनेशियन चिकों की पट्टी से झाँकते हुए उसने दो टैंकों को सड़क पर आता हुआ देखा, और शोर से जाहिर था कि कम से कम एक और रहा ही होगा। उनके आने की कोई वजह उसने सोचने की कोशिश की; शायद यह मुजाहिरे का इलाका था; यह सोचना अकल्पनीय था कि इन सारे टैंकों का इस्तेमाल छात्रों के हॉस्टल या प्रोफेसरों के आवासों के खिलाफ किया जाना है। ये टैंक ठीक नीचे थे, और उन्हें साफ-साफ देखने के लिए उसे अँगूठों की पोर पर खड़ा होना पड़ा। कुछ फौजी इधर-उधर आ-जा रहे थे, और उसने पाया कि टैंक अभी भी नीचे ही खड़े थे, उनमें से कोई निकला नहीं था, उनकी बंदूकें सड़क की लंबाई के साथ किसी खुले मैदान की दिशा में मुड़ी हुई थीं। यह किसी किस्म का अभ्यास है, यह एक मुजाहिरे का इलाका है, और जल्दी ही, उसने सोचा, टैंक गड़गड़ाते हुए निकल जाएँगे। ऊपर से वे खौफनाक लेकिन दिलचस्प ढंग से मारे जा सकने योग्य लग रहे थे। प्रोफेसर ने कल्पना की कि जैसे ही उसके नीचे खड़े टैंक से किसी ने निकलने की कोशिश की, वह झुका और उसने एक बम गिरा दिया। दूसरा टैंक दूर सड़क पर पोजीशन लेने के लिए घूम रहा था। तीसरे और चौथे टैंक का क्या हुआ, वह नहीं जानता था क्योंकि वे उसकी निगाह की हद से बाहर थे।

जब टैंक ने जगन्नाथ हॉल पर पहला गोला दागा, प्रोफेसर को अपनी निगाहों पर जरा भी यकीन नहीं हुआ। यह न सिर्फ यकीन के और तर्क के परे था, बल्कि यह उसकी कल्पना के दायरे के बाहर भी था जबकि यह सारा कुछ उसके सामने हो रहा था। वह वहाँ गैरयकीनी के साथ हक्का-बक्का खड़ा रहा। और भी गोले छूटे, मशीनगनें हॉस्टल की खिड़कियों पर गोलियाँ बरसा रही थीं, और एक ही साथ समूचे ढाका से बंदूकों, मोर्टारों, मशीनगनों और राइफलों की कान फाड़ देने वाली गड़गड़ाहट सुनाई पड़ने लगी, मानो कोई तेज तूफान पूरे शहर को झकझोर दे रहा हो। दीवारें काँपने लगीं, खिड़कियों के शीशे चकनाचूर हो गए, एक गोला सीधा उनके ऊपर आकर फूटा और गनफ्लैशों से सारा आकाश बिजली की तरह कौंध उठा।

बाद में वह कभी याद नहीं कर सका कि वह किस तरह बच्चों के बेडरूम में पहुँचा था। उसे लगा कि एक ही लम्हे में वह खिड़की के पास खड़ा था और अगले लम्हे में बच्चों के बिस्तर तक पहुँच गया। अचरज, कि बाहर के शोर के बावजूद बच्चे गहरी नींद में सोए हुए थे। घर की पुरानी आया मूती पहले से ही जागी हुई थी, उसकी आँखें फैली हुई थीं, और कुछ बोलने की कोशिश के बावजूद न बोल पाती हुई, वह अपनी बाँहें बेअसर ढंग से लहरा रही थी। "बिस्तर के नीचे घुस जाओ," वह चिल्लाया और उसे फर्श पर नीचे धकेला। उसने अपनी बच्ची को बाँहों में उठाया, उसे कालीन पर रखा, उसे आया की ओर धकेला, और फिर यही शाहजहाँ के साथ किया। फिर वह भी बेटे को अपनी बाँहों में लिए बिस्तर के नीचे दाखिल हो गया।

"यहीं रुको !" उसने उनसे चीखकर कहा, "हिलना मत ! बाहर गरजदार तूफान है !"

खिड़कियों के परदों से रोशनी कमरे में कौंधों की तरह छन रही थी—तोप के गोलों और बंदूकों के फ्लैश से मिलकर इतनी रोशनी कमरे में आ-जा रही थी कि यह लगभग दिन की तरह लग रहा था। काफ़ी नजदीक से जगन्नाथ हॉल को मलबों में बदलती हुई गोलाबारी चल रही थी, शीशे तोड़े जा रहे थे, फौजी उर्दू और अंग्रेजी में चीख रहे थे; और फिर गोलीबारी के इस शोर के साथ एक दूसरी आवाज आई जिसे वह पहचान नहीं सका और जो किसी भट्ठी में हुए विस्फोट-सी लग रही थी। जहाँनारा सुबक रही थी, और शाहजहाँ झुका हुआ अपने अब्बा के कानों में फुसफुसा रहा था, ''यह तूफान नहीं है, नहीं न ?''

उसने फैसला किया कि बच्चों के बेडरूम की तुलना में बाथरूम ज्यादा महफूज है। उसने शाहजहाँ से कहा कि वह दौड़कर बाथरूम में जाए, वहाँ बत्ती न जलाए, जैसे ही पहुँचे, लेट जाए, और वह उसके पीछे मूती और जहाँनारा को ले आएगा। फिर जब वह उन्हें बाथरूम में पहुँचा चुका था, वह हाथ-पाँवों के बल रेंगता हुआ वापस तकिए, कालीन और कंबल लाने पहुँचा, इस उम्मीद में कि बाहर के लगातार बने रहने वाले शोर के बावजूद वे यहाँ थोड़ी देर के लिए सो पाएँगे। बाथरूम में बस एक छोटी-सी खिड़की थी; सारी आवाजें यहाँ घुट जाती थीं; फिर टाइल्स लगी दीवारें उन्हें भटकी हुई गोलियों से बचा लेंगी। छुपने की यह सबसे ठीक जगह थी, और वह हैरान हुआ कि पहले उसने इसके बारे में यह नहीं सोचा था। उसने जहाँनारा को अपनी बाँहों में ले लिया क्योंकि वह आवाजों से साफ तौर पर डरी हुई थी, और मूती को शाहजहाँ को देखने को कहा। लेकिन जैसा उसने सोचा था, ठीक उससे उल्टा हुआ क्योंकि मूती हिस्टीरिकल-सी होने लगी और अजीबोगरीब बेमेल आवाजें निकालने लगी, और शाहजहाँ उसके हाथ थामकर, उसके बाल सहलाता हुआ उसे दिलासा देने की कोशिश कर रहा था।

करीब 25 मिनट तक जगन्नाथ हॉल पर हमला चलता रहा। शुरू के पाँच मिनट मोर्टारों और भारी तोपों की आवाज आई और उसके बाद मशीनगनों की न खत्म होने वाली गड़गड़ाहट-खड़खड़ाहट चलती रही। जल्दी ही, इसी तरह से इक़बाल हॉल पर भी हमला किया जा रहा था, और पास-पड़ोस की कई इमारतों को बंदूक के निशाने पर ले लिया गया था। इस बीच वह समूचे ढाका में विस्फोटों और गोलीबारी की आवाज सुनता रहा, और बाथरूम की छोटी-सी खिड़की के परदे पर एक ललछाँह धब्बा चमकने लगा, जो भारी आग लगने का सूचक था।

जगन्नाथ हॉल पर कब्जे के बाद की शांति के दौरान प्रोफेसर बाथरूम से रेंगता हुआ निकला और टेलीफोन तक पहुँचा। यह जानना बेहद जरूरी हो गया था कि टेलीफोन काम कर रहा है या नहीं, किसी को फोन करने की तुलना में यही जानना ज्यादा अहम था। उसने अनवर अमीर को फोन करने का फैसला किया, जिसने पहली ही घंटी में फोन उठाया।

''हम लोग अब तक बिलकुल ठीक हैं,'' प्रोफेसर ने कहा, ''लेकिन मेरा खयाल

है उन्होंने जगन्नाथ हॉल को एक लहूलुहान लुगदी में बदल डाला है। तुम्हारे साथ क्या हो रहा है ?"

"मैं बगीचे में था और सारे शहर में चलती गोलियाँ देख रहा था। ऐसा लगता है मानो वे शहर को तबाह करने जा रहे हों ! बेइंतिहा आग ! वे पूरी तरह पागल हैं ! मैंने अपने सामने एक नक्शा रखा हुआ है—नवाबगंज, फीलखाना, शांतिनगर, शखारीपट्टी और बूढ़ीगंगा नदी के किनारे आग ही आग ! अजीमपुर में भी। शहर के चारों ओर लपटों की दीवार ! मैं बहुत संयत होने की कोशिश कर रहा हूँ दोस्त, मगर मैं अभी तक उनकी शानदार योजना समझने में नाकाम हूँ, और इस नतीजे तक पहुँचने पर मजबूर हूँ कि वे नक्शे से शहर का नामो-निशान मिटा डालने पर आमादा हैं !"

अनवर अमीर एक तार्किक दिमाग का इंसान था; 'डेली न्यूज़' में उसके संपादकीय तथ्यात्मक, जमीन से जुड़े और आधिकारिक हुआ करते थे। उसका गद्य भी उसी की तरह मजबूत और सुगठित था। उसने पाकिस्तान की फौजी सरकार के बारे में संपादकीय लिखे थे जब उसे लगता कि उन्होंने ठीक किया है तो तारीफ करते हुए और जब वे कुछ गलत करते तो उनकी आलोचना करते हुए, और यही उसने शेख़ मुजीबुर्रहमान और अवामी लीग के साथ किया था, जिसका नतीजा था कि उसने दोनों में किसी को खुश नहीं किया, मगर दोनों उसकी इज्जत करते थे। प्रोफेसर ने कभी उसे इतने भविष्यवाणी करने वाले लहजे में बोलते नहीं सुना था।

"सारा शहर ?" उन्होंने कहा, और इसी वक्त उन्हें लगा कि उनका सारा जिस्म बर्फ हुआ जा रहा है।

"यही लगता है। इसे जला रहे हैं और सब कुछ बरबाद कर रहे हैं। अगली इमारत, मेरा खयाल है, सुप्रीम कोर्ट की होगी, फिर इंटरकॉन्टिनेंटल होटल। एक बार उन्होंने शुरू कर दिया है तो यह यूँ ही खत्म नहीं होगा।"

"यानी हम सबको तबाह होना है ?"

"हमें कैसे पता ?—जब तक हम नहीं जानते कि उनकी शानदार योजना, उनका आम इरादा क्या है, हमें कैसे पता चल सकता है ? हम कुछ नहीं जानते। वे हमें कुछ नहीं बता रहे। मैं रेडियो सुनता रहा हूँ—तुम्हें पता है इस वक्त वे रेडियो पर किस चीज के बारे में बात कर रहे हैं ? कोई बेवकूफ आधुनिक दुनिया में पाकिस्तान की ऐतिहासिक जगह के बारे में बात कर रहा है। उन्हें दस साल पहले दिया गया कोई भाषण मिल गया है और वे इसे बजा रहे हैं जबकि ढाका को उन्होंने लपटों के हवाले कर रखा है !"

"तो तुम क्या करने जा रहे हो ?"

"मैं रेडियो ढाका को एक विरोध-पत्र लिखूँगा। मैं उनसे कहूँगा कि रोम जल रहा है तो बाँसुरी बजाएँ, अहमकाना भाषण न झाड़ें।"

"वाकई ?"

"मैं सोने जा रहा हूँ। अगर वे हम सबको जिंदा जलाने जा रहे हैं, वे हमें सोते

हुए भी जला सकते हैं। मुल्क से बाहर निकल जाने की कोशिश करो मोहम्मद। इन पागल फौजियों की हुकूमत के रहते यह जगह रहने लायक नहीं है। मैं उन्हें तुमसे बेहतर जानता हूँ। तुम्हें जरा भी अंदाजा नहीं है किस किस्म के मुजरिम हैं वे--उन्हें सुकून नहीं होगा जब तक वे पूरा मुल्क जला नहीं डालेंगे। गुड नाइट, पुराने दोस्त !"

"गुड नाइट, अनवर, मेरे सबसे अच्छे दोस्त !"

जगन्नाथ हॉल का एक हिस्सा जल रहा था, हॉस्टल के दक्षिण-पूर्वी कोने पर, खड़े लोहे की चद्दरों से बने कुछ 'शेड' बुरी तरह जल रहे थे, और लगभग पिघला हुआ लोहा, उसके कान फाड़ता हुआ, चिटचिटाहट की खौफनाक आवाज कर रहा था। पूरा कमरा लपटों की लाल आभा से नहाया हुआ था, हालाँकि वेनेशियन चिक गिरे हुए थे। वह खौफजदा था कि लपटें सड़क पर भी पसरेंगी और प्रोफेसरों की रिहाइशों को भी लील लेंगी। अनवर अमीर शायद ठीक था जब उसने इशारा किया कि उनकी शानदार योजना महज ढाका को जलाकर धूल में मिला देना है।

उस समूचे शोर में अजीब बात यह थी कि आवाजों की कई अलग-अलग तहों को पहचानना मुमकिन था। लपटों की भट्ठीनुमा गड़गड़ाहट, मशीनगन की गोलीबारी की चिटचिटाहट, चीखना और रोना और चिल्लाना और तोपों और मोर्टारों का विस्फोट, ये सब चीजों की अलग-अलग स्थिति से जुड़ते थे, और कान उन्हें अलग-अलग पहचानने में, यहाँ तक कि किसी एक आवाज पर दूसरे से ज्यादा ध्यान देने में कामयाब थे और जब प्रोफेसर रेंगता हुआ बाथरूम में वापस लौटा, इस बात ने उसे परेशान किया कि अब वह आवाजों को साफ-साफ अलग-अलग नहीं पहचान सकता।

वह बाथरूम के फर्श पर बिछाए गए कालीन पर लेटा हुआ था, जहाँनारा को बाँहों में लिए हुए, उसकी ओर मुस्कुराते हुए और उससे कहते हुए कि उसे अब सो जाना चाहिए क्योंकि तूफान लगभग गुजर चुका है, जब उसने कंक्रीट के बाहरी जीने से ऊपर आते हुए भारी कदमों, पंजाबी में काफी चिल्लाहटों और जीने पर किसी भारी चीज के टकराने की आवाज सुनी। अपनी सारी कोशिश के बावजूद प्रोफेसर यह सोचने में नाकाम था कि यह क्या चीज है। यह एक भारी मशीनगन हो सकती थी, या कंक्रीट पर उनके राइफलों के कुंदे का आखिरी सिरा पटके जाने की आवाज, मगर यह सीढ़ियों पर किसी छोटे-मोटे ट्रक के धकेले जाने की आवाज लग रही थी। जो साफ था, वह यह कि छात्रों को मारने के बाद फौजी प्रोफेसरों के लिए आ रहे थे और अब वे इमारत के भीतर थे।

कदमों की आहटें करीब आ रही थीं और ऊँची हो रही थीं। कुछ फौजी तीसरे माले पर थे, कुछ दूसरे पर और कुछ पहले पर। अचानक तीसरे माले पर, ई फ्लैट में प्रोफेसर ने दरवाजे पर काफी तेज खटखटाहट सुनी और इसी वक्त वहाँ की घंटी भी जोर से दबाई जा रही थी। उन्हें पता था कि यह फ्लैट सांख्यिकी के विभागाध्यक्ष प्रोफेसर मुनिरुज्जमाँ का था जिन्होंने महज दो हफ्ते पहले ही यह फ्लैट लिया था। इसी सुबह प्रोफेसर अख़्तर की उनसे सीढ़ियों पर बात हुई थी और उन्हें पता चला था कि

उनका भाई और भतीजा साथ ठहरे हुए हैं। उनका भाई पूर्वी पाकिस्तान के हाईकोर्ट का जाना-माना वकील था, खूबसूरत स्थूलकाय, उसकी हँसी दिलकश थी, और उसकी आँखें हमेशा खुशी से चमकती रहती थीं। जितना उसने वकील को देखा था उससे प्रोफेसर उसे पसंद करता था और ज्यादा अच्छी जान-पहचान करना चाहता था। बंदूक के कुंदे दरवाजे को मार रहे थे, बिजली की घंटी लगातार बज रही थी; और फौजी पंजाबी में चिल्ला रहे थे, "खोलो ! खोलो !" फिर एक लंबा चिरचिराहट का शोर आया चूँकि दरवाजा तोड़ा जा चुका था, और सहसा फौजी सीधे अपार्टमेंट में घुसे चले आ रहे थे, अपने भारी जूते फर्श पर पटकते हुए और एक बार फिर एक दरवाजे पर कुंदों के मारे जाने की आवाज थी। एक औरत चीख पड़ी, दूसरा दरवाजा भी टूट गया, फौजी अनाप-शनाप चिल्ला रहे थे, कमरे से भारी-भरकम जिस्मों को खींचकर बाहर लाया जा रहा था और पक्के बरामदे पर पटका जा रहा था, और फिर हलके से अंतराल के बाद एक गोली चली और इसके बाद तो गोलियों की बौछार-सी हो गई, और फिर उस औरत ने आखिरी हताश चीख मारी जो अपार्टमेंट में रह गई थी।

एक के बाद एक, दूसरे सभी फ्लैटों में यही चीज हो रही थी। कभी हलकी खामोशी छा जाती, और एक बार फिर वही भारी जूतों की आवाज, घंटी की खौफनाक घनघनाहट, चीखें, हुक्म, दरवाजों का तोड़ा जाना, और गोलियों की बौछार शुरू हो जाती। जिंदगी प्रोफेसर के लिए थम गई थी। उसने अपनी साँसें रोक-सी ली थीं, छत की तरफ, नीचे फर्श पर, दाएँ-बाएँ घूरता था, जहाँ से भी गोली चलती थी, और हर गोली के साथ वह महसूस करता कि वह दस साल और बूढ़ा हो गया है।

फिर वही हुआ, जो शुरू से अपरिहार्य था—उसकी अपनी घंटी की छेद देने वाली आवाज। कोई चिल्ला रहा था, "प्रोफेसर अख़्तर, बाहर आओ ! हमें पता है तुम हो ! दरवाजा खोलो !" उसे लगा कि उसने उस छात्र की छुपी हुई आवाज पहचान ली है जिसने उसे शाम को फोन किया था। बंदूक के कुंदे दरवाजे पर पड़ रहे थे, बाथरूम की तंग जगह में आवाज बार-बार गूँज रही थी। उसने सारी उम्मीद छोड़ दी थी। जहाँनारा उसकी बाँहों में झूल रही थी, शाहजहाँ सुबक रहा था, आया अपना मुँह फाड़े बैठी हुई थी। और अचानक उसने महसूस किया कि अब घंटी और नहीं बजाई जा रही है और दस्तक रुक गई है, और उसने फौजियों के जीने से उतरने की आवाज सुनी। साफ तौर पर भारी ताले ने यकीन दिला दिया था कि फ्लैट में कोई नहीं है।

यह बहुत ही लंबा लगने वाला वक्त था जबकि प्रोफेसर कालीन पर पड़ा रहा, अपने बच्चों को खुद से चिपकाए हुए, थका हुआ, सुनता हुआ, दहशत से सफेद, जबकि सारी इमारत से औरतों के रोने की आवाज आ रही थी। ऊपर से मिसेज मुनिरुज्जमाँ की चीख आ रही थी, "या खुदा, उन्होंने मेरे शौहर को मार डाला !" नीचे अहाते में कोई कराहता हुआ पानी माँग रहा था, मगर उसकी आवाज डूब रही थी। बाथरूम की खिड़की पर ललछाँह आभा और चमकीली हो गई थी, उन्हें घूरती हुई किसी लाल आँख की तरह। ढाका और खतरनाक ढंग से जल रहा था, मगर गोलीबारी की आवाज मद्धिम

पड़ रही थी।

बेबस रुलाइयाँ बनी रहीं, और कभी-कभार अचानक चीखें उठती थीं जो रात के आकाश में रॉकेट-सी चली जाती थीं, और इनके साथ और दूसरी चीखें शुरू हो जाती थीं, पहली की गूँज की तरह, जब तक कि सारी इमारत औरतों की आवाजों में गुँथ गई मालूम नहीं होती थी। प्रोफेसर तहे-दिल से बाहर जाकर उन्हें दिलासा देना चाहता था, मगर उसकी हिम्मत नहीं हुई। उसे पता था कि उसे महज फौरी सलामती मिली है, वे वापस आएँगे; उन्होंने छात्रों को मार डाला था, और यह तय था कि जो प्रोफेसर उनके हाथ लग जाएँगे, उन्हें भी वे मार डालेंगे। उसने अपना टेलीफोन बजने की आवाज सुनी। उसने उठाने की कोई कोशिश नहीं की, और वाकई आवाज ने उसे दहशत से भर दिया था।

जहाँनारा ने उसका चेहरा अपने छोटे-छोटे हाथों में ले रखा था और उसकी आँखों में देख रही थी।

"ये क्या कर रहे हैं ? ये क्या कर रहे हैं ?" उसने कहा।

"यह तूफ़ान है," उसने कहा, "यह जल्दी ही गुजर जाएगा ! चलो अब तुम सो जाओ बेटी !"

उसने अपनी घड़ी देखी। ठीक रात के 12.59 हो रहे थे। सारी रात और अगले सारे दिन और अगली सारी रात वह फ्लैट में ही रहा।

तीन

जब लोग खौफ से भरे हुए हों, उनके बरताव का अंदाजा लगाया जा सकता है। कुछ पलटकर लड़ते हैं, कुछ खौफ से सुन्न हो जाते हैं, कुछ इस तरह अपने काम में लग जाते हैं मानो कुछ नहीं हुआ है, गप करते हुए, खाते हुए, ताश खेलते हुए, नहाते हुए, वे सारे काम करते हुए जो वे पहले करते रहे थे, सारे वक्त यह जानते हुए कि घर पर निगाह रखी जा रही है और खिड़कियों पर बंदूकधारी खड़े हैं, और कुछ ऐसे होते हैं जो इस कदर जख्मी होते हैं, इस कदर घायल, इस कदर खौफजदा कि वे दहशत से बचने के लिए कुछ भी कर लेंगे, यहाँ तक कि उन पर खौफ के हथियार का इस्तेमाल करने वाली ताकत ही उनसे जो चाहती थी, वह भी।

जबकि प्रोफेसर अपने बच्चों को बाँहों में लिए बाथरूम में कालीन पर बैठा हुआ था, उसने उसे घेर लेने वाली दहशत के प्रति अपनी प्रतिक्रिया के विश्लेषण की कोशिश की। वह, उसने सोचा, उन लोगों में नहीं है जो तुरंत पलटकर लड़ते हैं, वह खौफ से सुन्न भी नहीं था, और वह अपना कामकाज इस तरह करने में पूरी तरह नाकाम था मानो कुछ नहीं हुआ हो। न ही वह इतना डरा हुआ था कि उससे जो भी कहा जाता वह कर देता। दहशत एक बेहद पेचीदा चीज थी, इसकी कई किस्में थीं, और हालाँकि लोगों को दहशत के प्रति उनकी प्रतिक्रिया के अनुसार चार या पाँच खानों में बाँटना मुमकिन था, ये खाने भी एक-दूसरे को कुछ हद तक लाँघते थे। उसे याद आया कि जब फौजी दरवाजा पीट रहे थे और तनाव पूरी तरह असहनीय होता जा रहा था, उसे अपने इस अतार्किक आवेग से लड़ना पड़ा कि वह चीखकर कहे, "खुदा के लिए, दरवाजा तोड़ दो और काम निबटा दो । तुम तार के एक टुकड़े से ताला खोल सकते हो ! चलो खत्म करो यह !" मगर उसने यह नहीं कहा था, उसने उस बेदिमाग बेवकूफी के आगे घुटने नहीं टेके जो दहशत की हालत में लोगों को जकड़ लेती है, और वह यह जानकर हताश हुआ था कि यह खयाल उसके दिमाग में आया था। उसे समझ में आया कि ठीक यही बेदिमाग बेवकूफी है जो दुश्मन के हाथ का हथियार बन जाती है।

उसने मध्यकालीन लड़ाइयों के बारे में सोचा और सिर्फ भाला लिये हुए लोगों के समूह पर हथियारबंद घुड़सवार जंगजुओं के हमले की कल्पना की। इन जंगजुओं की ताकत और चमक-दमक से घबराकर ये भाले वाले दहशत से भागते थे। लेकिन क्या

होता अगर इन लोगों ने घोड़ों की छातियों की तरफ नुकीले सिरे रखकर इन भालों को जमीन में गाड़ दिया होता ? जब उन्होंने पहली बार जंगजुओं को देखा, वे घबरा गए। दूसरी बार, जमीन पर अपने भाले गाड़कर उन्होंने जंगजुओं को अपने रहमो-करम का गुलाम बना डाला। जो एक छा जाने वाली ताकत नजर आ रही थी, उसने रणनीति के आगे घुटने टेक दिए। इसी तरह एक इंसान रेल की पटरी पर खड़ा विशाल इंजन को अपनी ओर आता हुआ देखता है, लेकिन अगर वह वक्त पर प्वाइंट्स बदल सके तो सारी ट्रेन उसके रहमो-करम पर टिक जाएगी। वह पूरी ट्रेन को पटरियों से उतार सकता है और इसे गिरकर तबाह होते हुए देख सकता है।

प्रोफेसर ऐसे नतीजों तक पहुँच रहा था जिनके बारे में उसने पहले कभी सोचने की भी हिम्मत नहीं की थी। अगर किसी आदमी की आँखों पर पट्टी बाँध दी जाए, उसके हाथ कस दिए जाएँ और उसे एक खूँटे से बाँध दिया जाए, और उसके सामने दस लोगों का फायरिंग स्क्वाड खड़ा हो और बगल में एक अफसर सजा-ए-मौत सुनाने को तैयार, तो इस अति पर भी, उसे हक है कि वह पट्टी से, गुश्कों से, रस्सी से, दस फौजियों से और अफसर से खुद को छुड़ाने की कोशिश करे; और अगर वह ये काम, या इनमें से कोई एक भी कर पाता है, तो समझो उसने दहशत की ताकतों के खिलाफ अपनी इंसानी गरिमा का कुछ हद तक मुजाहिरा किया है। दस हजार बार में एक बार ऐसा कोई सजायाफ्ता कैदी भागने में कामयाब होगा। वह नामुमकिन को हासिल करेगा क्योंकि वह नामुमकिन पर यकीन करता है।

पाकिस्तानी आलाकमान का इरादा सारी आबादी को दहशतजदा करके झुका देने का था—इतना तो साफ़ था—लेकिन क्या यह मुमकिन था ? क्या यह भी उतना ही मुमकिन नहीं था कि वे अपनी हदों से गुजर जाएँ और बस इसी वजह से नाकाम हो जाएँ क्योंकि दहशत के हथियार को वापस मोड़ा और जुल्म ढाने वालों के खिलाफ भी इस्तेमाल किया जा सकता है ? अपना भाला धरती पर गाड़ने वाला इंसान, प्वाइंट्स बदलने वाला इंसान और बोतल बम फेंकने वाला लड़का इतिहास बदल सकते हैं। पाकिस्तानी आलाकमान को यकीन था कि वह दहशत, भयानक शोर, भारी आगजनी, जब-तब गोलीबारी, मुल्क के बुद्धिजीवी नेतृत्व के सफाये, आर्थिक तबाही और सांस्कृतिक उन्मूलन की लगातार दवाओं से बंगालियों का चरित्र बदल सकते हैं। वे इसे एक झुलसा हुआ रेगिस्तान बना देंगे और बचे-खुचे लोगों से कहेंगे, "हम तुम्हें जीने की इजाजत देते हैं, मगर आगे से तुम हमारा हुक्म मानोगे और हमारे गुलाम बनकर रहोगे।" मगर बंगालियों का चरित्र बदल नहीं सकता। सदियों से वे एक अभिमानी और विद्रोही कौम रहे हैं; क्या यह मुमकिन था कि एक भ्रष्ट तानाशाह उन्हें बदल डाले ? निश्चय ही इस तथ्य की अपनी अहमियत थी कि पाकिस्तानी फौज ने सबसे पहले छात्रों पर वार किया था। शायद, उसने सोचा कि मुल्क को निजात जवान लोग ही दिलाएँगे, जो नामुमकिन को हासिल करने में यकीन रखते हैं।

छावनी के नजदीक वाली फलों की दुकान से निकलने वाले 'कबाड़ियों' का लड़कों

के दूसरे गिरोहों से ढीला-ढाला रिश्ता था, खासकर नया बाजार इंगलिश रोड इलाके के जवान हिंदुओं के एक गिरोह से, जिसका नेता 'बूढ़ा' के नाम से जानी जाने वाली रहस्यमय शख़्सियत को बताया जाता था, जिसे कभी देखा नहीं गया था और जिसकी आवाज कभी-कभार लकड़ी की एक टाल में बोरों के परदे के पीछे से सुनी जाती थी। वह तेरह साल का था और उसका नाम अमिय चक्रवर्ती था। उसका चेहरा गोल था, आँखें खुशनुमा और उसकी चाल झटकेदार थी क्योंकि वह अक्सर जल्दी में रहता था, और उसे पानी के मोर्चों की भरपूर जानकारी थी। नंगे पाँव, एक कमीज और लुंगी पहने हुए, सैकड़ों लड़कों की भीड़ में अलग से पहचान में न आने लायक, उसे जब याद किया जाता था तो तेज गूँजते हुए ठहाकों के लिए याद किया जाता था, और एक वाकिये के लिए, जो पिछले साल हुआ था जब एक पंजाबी फौजी ने उसे सिर पर अपनी राइफल के कुंदे से मारा था। ऐसे वाकिये लगातार बढ़ते जा रहे थे, लेकिन कभी-कभी खतरनाक साबित होते थे। अमिय चक्रवर्ती के पास उसकी लहूलुहान खोपड़ी और बदले की इच्छा रह गई। पंजाबी फौजी को पीछे से धक्का दिया गया, वह जमीन पर गिर पड़ा और जल्दी ही उसने खुद को कालीन के एक टुकड़े में लिपटा हुआ पाया। जब वह कालीन से निकला, वह लकड़ी की टाल में एक बेंच पर पड़ा हुआ था और एक पाँच फीट गोलाकार आरा-मशीन उसे उसके उरु-मूल से शुरू होकर पेट और छाती की मार्फत काट रही थी। वह चीखा, मगर ज्यादा लंबे समय के लिए नहीं, और आरा मशीन की चीख ज्यादा तेज थी। लकड़ी टाल के एक कामगार ने फौजी का सिर पकड़ा हुआ था, जो विकृत ढंग से छटपटा रहा था तब भी जब उसका जिस्म दो अलग-अलग हिस्सों में काटा जा रहा था और आरामशीन को उसके चेहरे की हड्डियाँ काटने में जरा भी मुश्किल नहीं हुई। "हमारे पास एक पंजाबी फौजी था, अब दो हैं," बूढ़े की बस यही टिप्पणी थी।

लकड़ी की टाल कत्ल के लिए अच्छी जगह थी। आरी की धूल खून के छींटे छुपा लेती थी, जिस्मों को छः या सात हिस्सों में बाँटा जा सकता था, और नदी में बिना कोई सबूत छोड़े फेंक दिया जा सकता था। यह दुश्मनों से छीने हुए हथियार छुपाने की भी अच्छी जगह थी। इसी तरह बूढ़े के गिरोह ने कई राइफलें, दो मशीनगनें, गनपाउडर, ब्लास्टिंग कैप्टन, डिटोनेटर, हथगोले, बम और पाकिस्तानी फौजियों की कई तरह की पोशाकें जमा कर ली थीं जिनमें से कुछ पर खून के धब्बे भी थे। टाट के परदे के पीछे से बोलते हुए बूढ़े ने फैसला किया कि हथियार कहाँ जमा किए जाने हैं। कायदे से उसकी उम्र के चार या पाँच लड़के ही जानते थे कि बूढ़ा कौन है।

नया बाजार इंगलिश रोड गिरोह अपनी ताकत नदियों की अपनी जानकारी और मल्लाहों से अपनी दोस्ती के चलते हासिल करता था। अमिय चक्रवर्ती उनके माँझी गीत और इशारे समझता था, हमेशा उनकी नौकाओं में सफर करता था, और उन्हीं के बीच का माना जाता था। वह खुद को एक ऐसे गिरोह का नेता मानता था जो पाकिस्तानी फौजों से लगातार लड़ाई में उलझा हुआ है। उस इलाके के सभी छोटे लड़के इस गिरोह से जुड़े हुए थे। नीबू, शरबत, चीनी की गोलियाँ, पुराने रिसाले और हर किस्म की

नुमाइशी चीजें बेचने वाले दस साल के लड़के जो काहिली के साथ किसी चादर के टुकड़े या पुरानी चटाई के बगल में बैठे नजर आते थे जिन पर वे अपनी चीजें रखते थे, वास्तव में गतिविधियों से सरगर्म थे। क्रैकडाउन के काफी पहले वे जासूसी करते हुए, एक दूसरे तक हाथ के इशारों से बिना किसी रुकावट के पैगाम भेजते हुए, पाकिस्तानी फौजियों की हरकतों की खबर रख रहे थे। हिंदू इलाकों में फौजी हिफाजत के खयाल से चार-चार की संख्या में एक साथ घूमते थे; अगर वे कभी-कभार अकेले निकलते थे तो कायदे से बरताव करने की एहतियात बरतते थे।

जब पच्चीस मार्च की रात पाकिस्तान की फौजी टुकड़ियाँ और टैंक ढाका शहर में पसर रहे थे, इस गिरोह ने अपनी हरकत शुरू की। उन्हें पता था कि उन्हें क्या करना है। उन्होंने रुकावटें डालीं, पेड़ गिराए, बोतल बम उछाले, दूसरे गिराहों के साथ ताल्लुक बनाए रखने के लिए हरकारे भेजे, और फौजियों के पास दौड़ती-भागती लड़ाई लड़ी। उनके हथियारों का दायरा मशीनगनों से लेकर पेड़ों से फेंके जाने वाले फंदों तक पसरा था। सड़कों पर किसी जीप चलाते हुए आदमी के सिर की ऊँचाई पर कसे हुए तार तानने में उन्हें महारत हासिल थी। वे जंगल के पेड़ों के बीच छुपना और नीचे से गुजरते ट्रकों पर हथगोले फेंकना पसंद करते थे। मगर वे उन लोगों पर यकीन नहीं करते थे जो उनकी उम्र के नहीं होते थे, किसी की सलाह नहीं मानते थे और पूरी तरह गैरअनुशासित रहते थे जिसका नतीजा यह हुआ कि वे अपनी ताकत के संयोजन में कभी कामयाब नहीं हुए।

'कबाड़ियों' के नेता फ़ैज़ुल हक़ ने शाम के वक्त अमिय चक्रवर्ती के पास दो हरकारे भेजे और उसे आगाह किया कि पाकिस्तानी फौज मशालों से बस्ती में आग लगाने का इरादा रखती है। यह साफ नहीं था कि उसे कैसे पता चला कि मशालों का इस्तेमाल होने जा रहा है। अमिय चक्रवर्ती ने पैगाम आगे बढ़ा दिया, हालाँकि उसे इस पर जरा भी यकीन नहीं था। कई एकड़ तक फैली हुई बस्ती में ढेर सारी दुकानें और झुग्गियाँ थीं; वे बहुत गरीब दिखते थे, मगर उनके यहाँ खासी तादाद में दौलत छुपी हुई थी; और उसने इस बात की संभावना ज्यादा देखी कि फौजी बस्ती में आग लगाने की जगह लूटपाट और बलात्कार को तरजीह देंगे। हॉस्टलों पर हमले के तुरंत बाद ट्रकों में भरकर फौजी नया बाजार इलाके में दाखिल हुए। सड़क पर तार पहले से खिंचे हुए थे; एक जीप के ड्राइवर का सिर अलग हो गया और फेंके गए एक बोतल बम से जीप में भी आग लग गई, जबकि एक दूसरी जीप बारह साल के एक लड़के ने अगवा कर ली और चलाकर ले गया। जब अमिय चक्रवर्ती ने बस्ती को लपटों से घिरा देखा तो वह इतना नाराज हुआ कि वह फेरी स्टेशन स्थित अपने मुख्यालय से निकला और एक जब्त मशीनगन लेकर सायों के बीच घात लगाकर बैठ गया। लकड़ी की टाल और उसका गोदाम लपटों के हवाले हो चुके थे। उसका आधे से ज्यादा गोला-बारूद लकड़ी के ढेर के नीचे दबा हुआ था। जल्दी ही उसके कारतूस खत्म हो गए और उसने हताशा में मशीनगन एक तरफ फेंक दी। बुरी तरह बददुआएँ देते हुए और लगभग नफरत में

अपना आपा खोते हुए, क्योंकि इन झोंपड़ियों से जो भी निकलकर भागने की कोशिश कर रहा था, उसे पाकिस्तानी गोली मार दे रहे थे, वह नदी की तरफ गया, तैरता हुआ बीच धार में खड़ी एक नाव तक पहुँचा, और वहाँ से उसने लपटों के आगोश में आए पूरे किनारे को देखा जबकि लोग पागल हो गई चींटियों की तरह नदी में कूद रहे थे।

लपटें लगभग दो सौ फीट ऊँची उठ रही थीं, और उनके चलते हवा इतनी तेज़ हो गई थी कि पानी में खड़ी नावें हिलने लगीं; चिनगारियों ने कुछ नावों को भी जला दिया था, लेकिन इन लपटों पर जल्दी ही काबू पा लिया गया; और आग इतनी चमकीली थी कि नदी पिघले हुए सोने की तरह दिख रही थी।

बूढ़े यानी अमिय चक्रवर्ती की लुंगी नदी में तैरते हुए खो गई थी, और अब वह नाव के सख्त तख्ते पर पूरी तरह नंगा बैठा हुआ तेज आवाज में चिल्ला रहा था और उसकी मुट्ठियाँ काँप रही थीं। वह अपने चेहरे और जिस्म पर तपिश का अहसास कर सकता था, और उसे खूब पसीना निकल रहा था। "क्या दुनिया है, और ?" वह चिल्लाया, "तुम पाकिस्तानी–तुम अभी खुश हो सकते हो, अभी मजा ले सकते हो और हँस सकते हो, जो मन में आए कर सकते हो, मगर बस आज की रात तक। मैं तुम्हें आगाह करता हूँ, मैं तुम सबको मार डालूँगा। सबको आरा-मशीन के नीचे डाल दूँगा। तुम आज हमें जला सकते हो, मगर कल हम तुम्हें बहुत गहरे गाड़ देंगे और तुम्हारे ऊपर अपनी झोंपड़ियाँ बनाएँगे।"

तीन मील दूर, गुलशन के उत्तरी इलाके में पत्रकार अनवर अमीर अपने बगीचे से लपटों को घूर रहा था। उसने वही कपड़े पहने थे जो दफ्तर में पहने हुए थे, गहरा नीला सूट, नीले रंग की मेल खाती छींट वाली टाई, चकाचक सफेद सिली हुई कमीज और चमड़े के काले जूते। शाम उसने टेलीफोन पर गुजारी थी, अपने दोस्तों को निकल जाने के लिए आगाह करते हुए, हालाँकि खुद उसे निकल भागने की जरा भी इच्छा नहीं थी। उसने महसूस किया कि वह खतरे में है और शाम का कुछ वक्त उसने अपने जरूरी कागजात को समेटने, उन्हें सेलोफेन में लपेटने में लगाया जिसे उसने एक बिस्किट के कनस्तर में रखकर बगीचे में गुलाब के पौधे के नीचे गाड़ दिया। यह उसका पहला काम था, और बाकी काम भी क्रमवार आए। पहले उसने अपने बच्चों को फोन करने की कोशिश की–अपने बेटे को, जो बोस्टन में मेसाच्यूसेट्स इंस्टीट्यूट ऑफ टेकनॉलोजी में इलेक्ट्रॉनिक इंजीनियरिंग पढ़ रहा था, और अपनी बेटी को, जो लंदन विश्वविद्यालय में साहित्य का अध्ययन कर रही थी। कॉल लग नहीं सके, मगर इससे उसे अचरज नहीं हुआ। इसके बाद वह अपनी मेज पर बैठा और उसने सोचने की कोशिश की कि अगर उसे मुल्क से भागने पर मजबूर होना पड़ा तो वह क्या करेगा, वह कौन सा रास्ता अख्तियार करेगा, उसे अपने साथ कितने पैसे और इंतजामात चाहिए होंगे, और उसे खुद को छुपाने की कोशिश करनी चाहिए या नहीं। पूर्वी पाकिस्तान के एक नक्शे पर उसने लाल पेंसिल से निकलने के तीन अलग-अलग रास्तों का निशान बनाया और ढाका के एक नक्शे पर उसने पाकिस्तानी आलाकमान की आम रणनीति समझने की कोशिश

में कई लकीरें खींचीं। सारे वक्त उसकी बीवी हासना उसके साथ थी, मगर घर लौटने के बाद उसने उससे नहीं के बराबर बात की थी। दोनों को पता था कि उनके सामने किस तरह का जोखिम है। एक बार वह उसका हाथ थामकर बोली, "हम अपनी जिंदगियाँ जी चुके। बस ठीक है। खुदा का शुक्र है कि हमारे बच्चे यहाँ नहीं हैं।" इस लम्हे उसने अपनी बीवी के लिए अहसान और मोहब्बत की एक ऐसी लहर-सी महसूस की कि वह कुछ बोल नहीं सका, और उसका सींग-फ्रेम वाला चश्मा धुँधला गया। वह किसी बुत-सी हसीन, भरी-पूरी छातियों वाली औरत थी, जो कुछ इस तरह साड़ी पहनती थी कि किसी रानी-सी लगती थी, और उस दिन से जब उसने सोलह साल की उमर में उस पर निगाह डाली थी तब से किसी दूसरी औरत को प्यार नहीं किया था।

वे बगीचे में गुलाबों, आम और पलाश के पेड़ों के बीच घूमते रहे थे जो उस बँगलानुमा मकान में खूब ऊँचे-ऊँचे थे। हालाँकि चाँदनी रात नहीं थी, वह उसे दूर की लपटों से कौंधकर आती रोशनी में साफ-साफ देख रहा था। वह आज हमेशा से ज्यादा हसीन लग रही थी। वह बेआवाज रो रही थी और उसके पीले गालों पर बहते आँसुओं का रंग लपटों से मेल खा रहा था। जब वे टहल रहे थे, उन्होंने गोलियाँ और मशीनगनों की तड़तड़ाहट सुनी और थोड़ा मद्धिम, दूर कहीं लोगों के चीखने और चिल्लाने की आवाज आ रही थी, एक मिली-जुली आवाज, जो किसी काँपते हुए संगीत के टुकड़े-सी उठती और गिरती थी और यही वह आवाज थी, रात के अँधेरे से उभरती हुई, जो पहले कभी नहीं सुनी गई थी मगर तुरंत पहचान में आती थी, जिसने इन दोनों को गोलियों की आवाजों या हवा में फूटने वाले और आकाश को रुपहला बना देने वाले बम के धमाकों से ज्यादा तकलीफ दी। इन गोलों का कोई मतलब नहीं था, क्योंकि साफ़ तौर पर टुकड़ियाँ आग की रोशनी में देख पा रही थीं कि वे किस चीज पर हमला कर रही हैं। यह समझना नामुमकिन था कि वे क्यों एक ऐसे दुश्मन के खिलाफ़ भारी बंदूकों और मोर्टारों का इस्तेमाल कर रहे हैं जिसके पास लगभग कोई हथियार नहीं है। बगीचे से वह नदी के नजदीक उठती हुई आग देख सकते थे। जलती हुई लकड़ियों और जलते हुए गोश्त की गंध यहाँ तक आ रही थी। हवा के साथ आकर चिनगारियाँ और अंगारे बगीचे के ऊपर जुगनुओं की तरह मँडरा रहे थे।

आम योजना ज्यादा साफ हो रही थी—फीलखाना और राजार बाग में लड़ाई तेज हो रही थी। पुलिस लाइन में आग लगी हुई थी, ईस्ट पाकिस्तान राइफल्स की दिशा से भारी विस्फोटों की आवाजें आ रही थीं। छात्रों पर हमला, फिर पुलिस पर, फिर राइफल वालों पर; सुबह तक शहर जमीन पर घिसट रहा होगा। फौज अगले कुछ दिन 'बदमाशों' के बचे-खुचे समूह को घेरने में और दुनिया को यह बताने में गुजारेगी कि बंगालियों की बगावत पर 'जान-माल के अफसोसनाक नुकसान के साथ' काबू पा लिया गया।

चूँकि वे प्रेमी थे और चूँकि कुछ नहीं था जो वे ढाका को पाकिस्तानी फौजों की तबाही से बचाने के लिए कर सकते थे, इसलिए वे बिस्तर पर चले गए। आज की रात

की तरह उन्होंने पहले कभी इतना एक-दूसरे को प्यार नहीं किया था। जलते हुए शहर की लपटों ने उसका नंगा जिस्म चाटा, उसे दुलराया, और उसे और ज्यादा कमनीय बना डाला, और कभी-कभार उसे हैरत होती थी कि क्या वह दुबारा कभी अपनी बीवी को अपनी बाँहों में थाम सकेगा ? जब आखिर में वह सो गई, वह दुबारा बगीचे में आ गया।

एक मील दूर धानमंडी में, झील के किनारे के अपने दोमंजिला मकान में बैठे शेख़ मुजीबुर्रहमान पाकिस्तानी फौज का इंतजार कर रहे थे कि वह उन्हें निकाले और शायद उस जिंदगी का खात्मा कर दे जिसे उन्होंने जेल में गुजारे गए खाली बरसों के बावजूद काफी खुशनुमा पाया था। टेलीफोन अनवरत बज रहा था। हर कदम पर उन्हें बताया जाता था कि बैरकों और पुलिस लाइन में क्या हो रहा है। भारी एसॉल्ट गनें निकाली जा रही थीं, टैंक भड़भड़ाते हुए पोजीशन ले रहे थे; निजी वाहनों से सैकड़ों हथियार बंद फौजी बाहर आ रहे थे। आधी रात तक बैरक और पुलिस लाइन लपटों में घिर चुके थे और काले धुएँ का भारी-भरकम रेला उत्तर की तरफ बह रहा था।

''ई. पी. आर. फीलखाना। वे अब करीब आ रहे हैं। वे अहाते में हैं। हम एक-एक कमरे तक लड़ते रहे हैं।''

आवाज़ शांत थी, मगर पृष्ठभूमि से आती हुई चीख़-चिल्लाहट और ऑटोमेटिक राइफलों की गोली ने शब्दों को समझना मुश्किल बना दिया था।

''ई. पी. आर. फीलखाना। हममें से कुछ ही बच गए हैं। हमारा गोला-बारूद खत्म हो रहा है। मैं कारपोरल हमीद मुर्शीद—''

''अफसर कहाँ हैं ?''

''सभी मारे गए।''

''तुम कहाँ से बोल रहे हो ?''

''तहखाने से। अब मैं ऊपर लड़ने जा रहा हूँ। जय बंगला !''

जान-बूझकर कारपोरल मुर्शीद ने टेलीफोन झूलता हुआ छोड़ दिया था। शेख़ मुजीबुर्रहमान बैरक में चल रही लड़ाई की मद्धिम, मिली-जुली आवाजें सुन रहे थे मानो वे खुद तहखाने में खड़े हों। धमाकों की, गोलियों की, पानी के बहने की-सी आवाजें, मगर हमेशा दूरी पर। फिर खामोशी, शायद लाइन कट चुकी थी।

''पुलिस मुख्यालय, राजारबाग। दुश्मन मोर्टारों का इस्तेमाल कर रहा है। हम बहुत देर तक नहीं टिक सकते। हमारा खयाल है कि हमने उनके एक टैंक को तबाह कर डाला है, मगर वे भारी तादाद में आ रहे हैं।'' एक लंबा ठहराव। ''वे अब सीढ़ियों पर आ रहे हैं। पूरी इमारत में आग लगी हुई है। खुदा जाने अब हम क्या करेंगे !''

''पुलिस मुख्यालय, राजारबाग ! अब हम बस चार ही बचे हुए हैं। मुझे यकीन है कुछ पहले निकल गए। दूसरी तरफ कुछ और हो सकते हैं।''

''पुलिस मुख्यालय, राजारबाग। हमारा खयाल है हम उनका सफाया करना शुरू कर रहे हैं। हमारे आदमी छतों पर मशीनगन लिये बैठे हैं। हमने उन्हें उनके अनुमान

से ज्यादा नुकसान पहुँचाया है, मगर हालात नाउम्मीद हैं और हम बहुत देर तक नहीं टिक सकते।''

हर तरफ से यही पुकार आ रही थी, ''हम बहुत देर तक नहीं टिक सकते।'' अचरज की बात है कि सारी आवाजें अक्सर चुस्त और काबू में हुआ करती थीं, गैरजज्बाती। वे पूरी तरह एक-दूसरे को काटने वाली बातें कहती थीं। ''हम हमला कर रहे हैं। वे पीछे हट रहे हैं। हमारे पास गोला-बारूद नहीं बचा है।'' यह अजीब था कि उन्होंने उन्हें पुकारना जारी रखा, हालाँकि वह उनकी कोई मदद नहीं कर सकते थे।

''कौन बोल रहा है ?''

''शेख़ मुजीबुर्रहमान।''

''आप कहाँ हैं ?''

''अपने घर में।''

''क्या आप अच्छी तरह महफूज हैं ?''

''नहीं, मैं यहाँ बिलकुल अकेला हूँ।''

''फिर खुदा के लिए बाहर निकलिए, और जितना वक्त है उसमें निकल जाइए।''

''निकलने का सवाल ही नहीं है। मैं यहीं रहता हूँ।''

''क्यों ?''

''क्योंकि, जैसा कि मैंने कहा, निकलने का सवाल नहीं है। अगर वे शहर को जलाकर धूल में मिला देना चाहते हैं, तो मैं भी अपने लोगों के साथ मरूँगा।''

''क्या आपने कोई हुक्म दिया है ?''

''नहीं, हुक्म देना मेरा काम नहीं है। यह एक अवाम का आंदोलन है और हर आदमी को पता है कि उसे क्या करना है। मैंने पहले ही कहा है कि अगर पाकिस्तानी हमला करते हैं तो हर आदमी अपना घर एक किले में तब्दील कर ले, और यही काफी है। मुझसे किसी पाकिस्तानी जेनरल की तरह हुक्म देने की उम्मीद मत करो !''

''आखिरी बार आपसे अर्ज कर रहा हूँ कि वक्त रहते निकल भागिए !''

शेख़ मुजीबुर्रहमान को जरा भी अंदाजा नहीं था कि उनसे कौन बात कर रहा है। यह अवामी लीग का कोई सदस्य हो सकता था या फिर कोई पाकिस्तानी भेदिया। जो भी बोल रहा था, वह सच को उसी तरह कहने पर आमादा था, जैसा उसने देखा था। उन्होंने खुद को कभी किसी बगावत के नेता की तरह नहीं देखा था। वे खुद को अपने मुल्क का कायदे से चुना गया प्रधानमंत्री मानते थे, और एक प्रधानमंत्री का काम फौजी ह़ुक्म देना नहीं है। फिर भी वे एक प्रधानमंत्री थे जिसका कोई युद्धमंत्री नहीं था, और आधी रात के आसपास उनके दिमाग में आया कि एक सीधा और साफ हुक्म देना उनका फर्ज है। चूँकि सेंट्रल टेलीफोन एक्सचेंज अवामी लीग के अनुगामियों के हाथ में था, उन्हें हुक्म देने में जरा भी मुश्किल पेश नहीं आई, ''सभी वायरों पर। पाकिस्तानी फौज ने राजारबाग में पुलिस लाइन और फीलखाना में ई. पी. आर. मुख्यालय पर हमला किया है। सामना करने के लिए ताकत जुटाओ और आजादी की लड़ाई के लिए तैयार

हो जाओ।"

उन्होंने एहतियात के साथ और साफ-साफ ये शब्द कहे। जल्दी ही वे चिटगौंग, कुश्तिया, राजशाही, कोमिला, मैमनसिंह, सिल्हेट, खुलना, बारीसोल और सैकड़ों दूसरे गाँवों और शहरों में पहुँच जाएँगे, और वे अवामी लीग के सभी अगुवा सदस्यों के पास इस तरह भेजे जाएँगे, मानो वे उन सबसे ज़ाती तौर पर बात कर रहे हों। उन्होंने अपने पैगाम को बेलबूटेदार बनाने का कोई लोभ महसूस नहीं किया। भाषण देने का वक्त गुजर चुका था, और वे खुद को खामोश रहने का आदी बना रहे थे।

आधी रात के बाद फोन बजना कम हो गया, चूँकि शायद ही किसी ने कल्पना की हो कि वे अभी भी अपने अध्ययन कक्ष में बैठे हुए थे और रात के अजीबोगरीब शोर सुनते रहे थे—काँटेदार झाड़ियों के खड़खड़ाने और किसी भट्ठी के गरजने का-सा शोर। जलने की गंध और धुएँ से भारी आकाश लाल था। फीलखाना सीधे धानमंडी के दक्षिण की तरफ पड़ता था; ईस्ट पाकिस्तान राइफल्स की बैरकों पर हमला पूरा हो चुका होगा, या लगभग खत्म होगा; पुलिस मुख्यालय अभी भी टिका हुआ था; शहर के हर तरफ से स्वचालित राइफलों और घुटी हुई चीखों की आवाज आ रही थी। 'मेरा बदनसीब शहर, ढाका', वे बड़बड़ाए, और अपना चेहरा हाथों में गाड़ लिया।

एक अजीब इत्तिफाक से 32, धानमंडी के मकान से ऐसे किसी इलाके का नज़ारा दिखाई नहीं पड़ता था जहाँ पाकिस्तानी फौज कार्रवाई कर रही थी। झील के पार उजले मकान, मैदान, खेत, बगीचे, छितराए हुए थे जिन पर कोई फौजी निशाना नहीं था। हमले की चोट फीलखाना और राजारबाग में महसूस की जा रही थी, जिसमें से एक शहर के पूरब में था और दूसरा पश्चिम में। लेकिन बिलकुल साफ तौर पर आग के गोले भी काम में लगे हुए थे; शहर के समूचे इलाके लपटों के हवाले हुए जा रहे थे और जिस तरह उन्होंने झील के सितारों को देखते हुए हमले के पहले लम्हों को पहचाना था, ठीक उसी तरह अब वे आसमान को देखकर यह बता सकते थे कि क्या हो रहा है, जहाँ उत्तर की ओर बह रहे, विशालकाय, भारी पेट वाले धुएँ के बादल नीचे की भभक रही आग को प्रतिबिंबित कर रहे थे। बस्तियाँ आग में झोंक दी गई थीं और उनकी चमकती हुई सुनहरी लपटों का अक्स ललछौंहें बादलों पर भद्दे ढंग से नजर आ रहा था। बंदूक के फ्लैशों से बादल रोशन हो उठते थे और उनके बीच फूटते हुए तोप के गोले आसमान को एक भुतहा चमक दे रहे थे। जैसे ही नई गोलीबारी शुरू होती, धुएँ के बादल पूरे जतन से उनकी मौजूदगी को प्रतिबिंबित करते थे। बादलों के बदलते हुए रंगों को देखकर ही पाकिस्तानी फौज के आगे बढ़ने की तालिका बनाई जा सकती थी।

रात के एक बजे तक साफ हो चला था कि पाकिस्तानी फौज का गुस्सा कुछ कम हो गया है, बस्तियाँ जलकर खाक हो चुकी थीं, बादल पतले और गाढ़े हो चले थे जिन्हें बस गिनी-चुनी लपटें ही चाट रही थीं। टेलीफोन अभी भी बज रहा था, और पहली बार उन्हें पता चला कि विश्वविद्यालय के हॉस्टलों पर हमला किया गया है और कुछ

प्राध्यापकों को कत्ल कर दिया गया है। सवा एक बजे, फोन अचानक 'डेड' हो गया। साफ था कि पाकिस्तानी फौजी अधिकारियों ने सेंट्रल टेलीफोन एक्सचेंज में एक छापामार दल को भेज दिया था।

ठीक पंद्रह मिनट बाद झील के साथ वाली सड़क पर फौजियों से भरे तीन अमेरिका में बने हथियार-वाहक और हथियारों के भारी जखीरे से लदा-फँदा एक टोएटा क्रूजर खड़खड़ाते हुए आए जिनकी सारी बत्तियाँ जली हुई थीं। शेख़ मुजीबुर्रहमान अपने बिस्तर पर लेटे, पूरी तरह जागे, आराम कर रहे थे। उन्हें बस अकेले फौजी ट्रक या जीप की उम्मीद रही थी, पूरी फौज की नहीं। टैंक और क्रूजर घर के सामने आकर ठहर गए, फौजी बाहर निकले और क्रूजर में खड़े एक जवान अफसर ने चिल्ला-चिल्लाकर हुक्म देना शुरू किया। शेख़ मुजीबुर्रहमान दौड़ते हुए खिड़की तक पहुँचे और फिर उन्होंने कदम पीछे खींच लिए क्योंकि उसी वक्त फौजियों ने घर पर फायरिंग शुरू कर दी थी। वे बुरी तरह फायरिंग कर रहे थे और अपनी आवाज की पूरी ऊँचाई पर चीख रहे थे। उनमें से कुछ ने गली के पार, झील के किनारे मोर्चा ले लिया था, जबकि दूसरे छोटे से बगीचे की तरफ दौड़ रहे थे, और तब भी कुछ लोग पेड़ों पर चढ़ रहे थे। एक छोटे से, गैरमहफूज मकान पर इतने भारी हमले में कुछ भौंडा-सा था, और शेख़ मुज़ीबुर्रहमान गुस्से से सर्द हो गए, जबकि वे तेजी से अपनी बीवी के कमरे में दाखिल हुए, और फिर उस कमरे में जिसमें शेख़ रूसेल सो रहा था। उन्होंने अपनी बीवी और बेटे को टाइल वाले बाथरूम में खींच लिया, यह सोचते हुए कि यह घर का सबसे महफूज हिस्सा है। एक भटकी हुई गोली ने शेख़ रूसेल की बाँह पर जख्म बना दिया था; लड़के के नाइट गाउन की बाँह पर खून का घेरा बढ़ता जा रहा था। जब उन्होंने खून देखा तो सर्द गुस्से की जगह गर्म दुख ने ले ली। वे पाकिस्तानियों पर चीख पड़े होते, लेकिन उनके बेटे ने कहा, "प्लीज चीखिएगा मत !" उनकी बीवी ने नाइट गाउन की बाँह खींची; यह महज एक छोटा-सा मांस को छीलता जख्म था। उन्होंने मिलकर जल्दी-जल्दी मरहम पट्टी की, उन गोलियों से बचने के लिए झुके हुए, जो अभी भी मकान पर बरसाई जा रही थीं। गोलीबारी का सबसे बदतरीन दौर गुजर चुका था, और चूँकि सभी खिड़कियों के परखचे पहले ही उड़ गए थे, इसलिए टूटे हुए शीशों की तड़तड़ाती हुई आवाजें अब नहीं सुनाई पड़ रही थीं।

शेख़ मुजीबुर्रहमान एक कत्थई लबादा पहने हुए थे; उनकी बीवी ने कत्थई साड़ी पहन रखी थी; बेटे ने नाइट गाउन पहनी हुई थी जिसकी बाँहें मुड़ी हुई थीं। इस डर से कि फौजी सीढ़ियों पर चढ़ रहे हो सकते हैं, शेख़ मुजीब ने बाथरूम का दरवाजा थोड़ा-सा खोल दिया ताकि वे उनके कदमों की आहट सुन सकें। अचानक, वह जवान कैप्टन, जो किसी लंबे समय से डाले हुए घेरे की अगुवाई करने वाले अंदाज में क्रूजर पर अभी तक खड़ा था, चिल्लाया, "शेख़, अब आप नीचे आ जाइए !"

शेख़ मुजीब बाहर आकर विशाल बालकनी तक गए जहाँ से झील से लगी सड़क का नजारा दिखता था। वह एक हथियार-वाहक पर तनी सर्चलाइट से चुँधिया गए। वहाँ

खड़े हुए, कत्थई लबादे में लिपटे हुए, वे 'ओल्ड टेस्टामेंट' के किसी पैगंबर की तरह लग रहे थे जो रहस्यमय ढंग से एक झील को ताकती बालकनी पर उतर आया हो। उनकी बाँहें सिर के ऊपर उठी हुई थीं; उनका सिर पीछे की ओर था। वे अपने फेफड़ों की समूची ताकत से एक ऐसी ज़ुबान में चिल्ला रहे थे जिसे अहाते में और सड़क पर छितराए ज्यादातर फौजी नहीं समझ सकते थे, क्योंकि वे अंग्रेजी में बोल रहे थे।

"होश खो बैठे हो ?" वे चिल्लाए, "पागलो ! पागलो ! क्या तुम समझते हो कि तुम गोलीबारी से कुछ हासिल कर लोगे ? मुझे मारना चाहो तो गोली मार दो, मगर मेरे लोगों का कत्लेआम बंद करो ! तुम कुत्तों और चूहों के सिवा कुछ भी नहीं हो !"

एक फौजी ने, बिना यह जाने कि वे क्या कह रहे हैं, लेकिन इस बात से वाकिफ कि वे उन्हें डाँट रहे हैं, अपनी राइफल ऊँची की और उसने उन्हें गोली मार दी होती अगर किसी ने उसके हाथ से उसकी राइफल गिरा नहीं दी होती।

"अब आप नीचे आ जाइए," जवान कैप्टन ने बेताबी के लहजे के साथ कहा, "कृपया नीचे आइए !"

कैप्टन को शेख़ मुजीब को जिंदा पकड़ने का हुक्म था। धानमंडी के लिए निकलते हुए, उसने फौजियों को संबोधित किया था, उन्हें बताते हुए कि शायद मकान की हिफाजत का अच्छा बंदोबस्त होगा, कि अवामी लीग के नेता को गिरफ्तार करना निहायत जरूरी है, और वे उसके साफ-साफ हुक्म के बिना कुछ भी नहीं करेंगे। एक बार जैसे ही वे मकान तक पहुँचे, वे पागलों की तरह बरताव करने लगे थे, मजा लेने के लिए गोली चलाते हुए, खिड़कियों और दीवारों पर गोलीबारी करते हुए, और उन्हें काबू में लाने के लिए उसे काफी तीखे ढंग से चीखना पड़ा था। उन सबको लूटपाट की उम्मीद थी, और वे गुस्से में थे क्योंकि उन्हें मकान के भीतर जाने की इजाजत तक नहीं दी गई थी। शेख़ मुजीबुर्रहमान अभी भी बालकनी में खड़े थे और उन्हें गोली मारने की चाहत उससे कहीं ज्यादा थी जितना वे फौजी सहन कर सकते थे।

"किसी को मेरे मकान पर गोली चलाने की दरकार नहीं है !" वे कह रहे थे, "तुमने मेरे बेटे को घायल कर दिया ! तुम समूचे ढाका में लोगों को मार रहे हो ! क्यों ? इससे—इस वहशत से तुम्हें क्या हासिल होगा ? तुम्हें यहाँ आना ही नहीं था ! तुम मुझे फोन कर सकते थे और जब भी तुम आने का हुक्म देते, मैं चला आता !"

इस वक्त तक, अफसर हताश हो चुका था। जितना शेख़ मुजीबुर्रहमान बोल रहे थे, उतनी ही ज्यादा यह आशंका बढ़ती जा रही थी कि कोई उन्हें गोली मार देगा। इसलिए अफसर उर्दू में चिल्लाया, "गोली मत मारो ! किसी भी हाल में गोली नहीं मारनी है !" आवाज इतनी काँपती हुई, इतने ऊँचे सुर में थी कि फौजी बेसाख्ता उसकी तरफ मुड़ पड़े, हैरत करते हुए कि आखिर उसे क्या हो गया जो वह किसी औरत की तरह चीख पड़ा और फिर महसूस करते हुए कि उस शाम उन्हें छठी या सातवीं बार यह हिदायत दी गई थी कि एक आदमी को गोली न मारी जाए जो साफ तौर पर गोली मार दिए जाने के काबिल था—पिछले दो हफ्तों से उन्होंने उन प्रशिक्षण कोर्सों में हिस्सा

लिया था जहाँ हर जगह शेख़ मुजीबुर्रहमान को भारी गद्दार, दोजख के शैतान, काफिर, भारत के दोस्त और मुल्क के जायज हुक्मरानों के खिलाफ बेपनाह नफरत से भरे एक इंसान के रूप में पेश किया जाता था—उन्होंने एक दूसरे को घबराई हुई निगाहों से देखना शुरू किया और उनमें से कुछ उनकी भंगिमा की नकल करने लगे जिस तरह वे बालकनी में खड़े थे, सिर पीछे फेंका हुआ, उलाहने में बाँहें उठी हुईं, खौफनाक नाराजगी का-सा चेहरा; और नाराज होने की जगह वे आपस में हँसने लगे।

शेख़ मुजीबुर्रहमान बालकनी से हट गए और अपने अध्ययन कक्ष में लौटे, जो सहसा उनके लिए बेपहचाना-सा हो गया था, क्योंकि एक सर्चलाइट सीधे कमरे में चमक रही थी—सब कुछ को पिघली हुई चाँदी में बदलती हुई—किताबें, मेजें, कुर्सियाँ सब कुछ रुपहले हो चुके थे। वे डाइनिंग रूम में वापस आए, जहाँ उनकी बीवी, राना और उनके दो बेटे उनका इंतजार कर रहे थे। उन्होंने अपनी बीवी का बोसा लिया, और फिर उनके दोनों बेटे जल्दी से उनकी कदमबोसी के लिए झुक गए—अपने अजीज माता-पिता को प्रणाम करने का यह बंगाल का प्रचलित तरीका है। लड़का अभी भी नाइट गाउन में था और उसने गुरूर के साथ पट्टी बाँधी हुई थी।

"क्या यह दुख रहा है ?" अब्बा ने पूछा।

लड़के ने मुस्कुराकर कहा, "दुख रहा है ? नहीं पापा, जरा भी नहीं !"

उन्होंने राना की गालों पर बोसा लिया और उसने उन्हें घर के कपड़ों से भरा एक छोटा-सा काला बैग दिया जिसे वे हमेशा तैयार रखते थे। फिर, बेहद धीमे-धीमे, टटोलते हुए, क्योंकि आँसुओं ने उन्हें देखने के काबिल नहीं छोड़ा था, उन्होंने उस जीने की तरफ कदम बढ़ाए जो अहाते में उतरता था जहाँ फौजी कंधे से कंधा सटाए इकट्ठा थे मानो उन्हें वे रोकने के लिए खड़े हों। लेकिन जब वे उनके करीब आए तो फौजी अलग हो गए और उनके लिए रास्ता बना दिया। किसी ने उन्हें राइफल के कुंदे से कंधे पर मारा और वे गिर पड़े और उनका बैग छूट गया। एक लम्हे के लिए उन्हें लगा कि वे लोग उन पर टूट पड़ेंगे और पीटते हुए उन्हें मार डालेंगे। सहसा उन्हें याद आया कि उनका पाइप और तंबाकू का पाउच पीछे छूट गए हैं। उन्होंने कहा, "मुझे अपना तंबाकू लेना है," और पीछे लौटकर एक बार फिर मकान में दाखिल हुए, बैग को वहीं छोड़कर जहाँ वह गिरा हुआ था। जीने के ऊपर पाइप, पाउच, एरिनमोर तंबाकू की एक डिबिया और छह माचिसें लिये राना उनका इंतजार कर रही थी। जब वे अहाते में लौटे तब तक काफी फौजी हथियारवाहकों में चढ़ चुके थे। ऐसे खिन्न लोगों का-सा भाव उनके चेहरों पर था जिन्हें उनके शिकार से महरूम कर दिया गया हो। जवान कैप्टन के चेहरे पर भी वही नाखुश भाव था, लेकिन यह थकान और इस अहसास के चलते था कि वह अपने अफसर के हुक्म की अदायगी करने में लगभग नाकाम हो चुका था। उसके लड़कानुमा गोल चेहरे पर पसीने के मोती चमक रहे थे। शेख़ मुजीबुर्रहमान उसकी तरफ आ रहे थे। यह उसके दिमाग में आया कि शायद इस वक्त उसे कोई कायदे की बात कहनी चाहिए, "मैं पाकिस्तानी फौज की तरफ से अपने लैंड क्रूजर पर आपका स्वागत करता

हूँ,” या फिर, “आपको हिरासत में लिया जाता है।” इसकी जगह उसने कुछ नहीं कहा। चूँकि आदतन नामी-गिरामी सियासी शख्सियतों को सलामी दिया करता था, उसने अपने कैदी को भी चुस्ती के साथ सलामी ठोंकते हुए खुद को पाया। शेख़ मुजीबुर्रहमान को लैंड क्रूजर में दाखिल होने की कोई जल्दी नहीं थी। वह बेहद धीमे चल रहे थे। एक बार उन्होंने मुड़कर घर पर निगाह डाली जो गोलियों से छलनी दीवारों और टूटी हुई खिड़कियों के साथ अभी भी सर्चलाइट की रोशनी में चाँदी-सा चमक रहा था और जब आखिरकार वे लैंड क्रूजर में दाखिल हुए, उन्हें यकीन हो चुका था कि अपने घर की इसी खास छवि को वे अपनी कब्र तक भी ले जाएँगे। तब पहली बार उन्होंने ध्यान दिया कि छत की बुर्ज पर अभी भी बांगलादेश का हरा, लाल और सुनहरा झंडा लहरा रहा है और इस पर तीन-चार गोलियों के सूराख हैं। वे मुस्कुराए और उनकी रफ्तार तेज हो गई।

“क्या अब आप तैयार हैं सर ?” जवान कैप्टन ने अदब से पूछा।

“नहीं, मैं अहाते में अपना बैग छोड़ आया हूँ। अपने किसी फौजी से कहकर उसे यहाँ मँगा दो !”

कैप्टन का हुक्म गूँजा, एक फौजी हथियारबंद कार से कूदा और बैग की खोज में चल दिया। लेकिन ठीक उसी वक्त सर्चलाइट बुझ गई और अँधेरे में फौजी को चिल्लाते-गरियाते सुना जा सकता था। आखिरकार उसे बैग मिल गया और वह उसे लेकर कार तक लौटा। शेख़ मुजीबुर्रहमान बिना किसी भाव के झील पर निगाह टिकाए हुए थे, जिसमें तारों का काँपना और अस्त-व्यस्त हो जाना कब का थम चुका था। कहीं दूर, कभी-कभार राइफल की फायरिंग की आवाज चली आती थी।

जिस लम्हे शेख़ मुजीबुर्रहमान हथियार बंद टोयोटा लैंड क्रूजर में दाखिल हुए थे, कुछ अजीबोगरीब ढंग से उन्होंने खुद को दुनिया से कटा हुआ महसूस किया था। वे एक सख्त कोर्ट मार्शल की उम्मीद कर रहे थे, जो शायद बीस मिनट तक चलता और इसके आखिर में उन्हें सजा-ए-मौत सुना दी जाती, शायद फाँसी। चूँकि उनके पास करने को कुछ नहीं था, इसलिए उन्होंने क़ुरआन की कुछ आयतें दुहरानी शुरू कीं और खुद को अल्लाह की मरजी पर छोड़ दिया।

लैंड क्रूजर और तीन हथियारवाहक उत्तर की ओर चल पड़े और इससे उन्हें थोड़ा अचरज हुआ, क्योंकि उन्हें उम्मीद थी कि वे उन्हें सेंट्रल जेल ले जाएँगे। इसकी जगह उन्हें छावनी ले जाया जा रहा था, जहाँ वे अपने घर के बाहर फौजियों के पहली बार नजर आने के लगभग एक घंटे से कुछ कम वक्त बाद, रात 2.25 पर दाखिल हुए। हथियारबंद कार ईंट की बनी एक विशाल इमारत के सामने रुकी जो स्कूल के काम आती थी। वे इमारत को अच्छी तरह जानते थे क्योंकि एक बार पहले भी जब उन्हें एक झूठी साजिश के इल्जाम में गिरफ्तार किया गया था, यही उनका कैदखाना था। उन्हें भारी-भरकम सलाखों की खिड़की वाले एक विशाल कमरे में ले जाया गया; वहाँ एक खटिया से लगी मेज पर मिट्टी की एक पानी से भरी सुराही रखी हुई थी; दीवार

से लगी एक अकेली रोशनी पीछे की दीवार के भुतहा अँधेरे तक पसरी बेंचों की कतार पर रहस्यमय ढंग से पड़ रही थी जहाँ वह बड़ी मुश्किल से पाकिस्तान की बुनियाद रखने वाले मोहम्मद अली जिन्ना और उसके मौजूदा हुक्मरान याह्या खान की फ्रेम जड़ी तस्वीरें देख पा रहे थे।

इन छायाओं के बीच से एक अफसर सामने आया और उसने गहरी थकान से भरी आवाज में, लापरवाही के साथ कहा, "मुझे तुम्हें कायदे समझाने की हिदायत दी गई है, शेख़। तुम खिड़की के करीब नहीं जाओगे नहीं तो तुम्हें गोली मार दी जाएगी। तुम्हें इस कमरे से निकलना नहीं है, सिवा शौचघर के इस्तेमाल के लिए, जहाँ वैसे भी बिना कमरे से निकले पहुँचा जा सकता है—यह वहाँ पर है।" उसने दीवार से लगे एक हरे दरवाजे की ओर इशारा किया। तुम्हें किसी से बात करने की इजाजत नहीं होगी जब तक यहाँ तैनात अफसर इसकी मंजूरी न दे। मैं तुम्हें खबरदार करता हूँ कि भागने की कोशिश मत करना। तुम पर हर वक्त निगरानी रहेगी भले ही तुम्हें अहसास न हो कि तुम्हारी निगरानी हो रही है। तुम्हारी बुनियादी जरूरतें पूरी की जाएँगी। अपने मामले के निबटारे तक तुम यहीं रहोगे। समझ में आया ?"

शेख़ मुजीबुर्रहमान ने कुछ नहीं कहा। चूँकि उन्हें गिरफ्तार करने का कोई जायज हक फौज को नहीं था, उन्होंने खामोशी बनाए रखी, उस वक्त तक, जब तक खामोशी की सारी संभावनाएँ चुक नहीं गई थीं। उन्होंने दूर कहीं गोलियों की तड़तड़ाहट सुनी; खिड़की की मार्फत उन्होंने रुपहली रोशनी की कौंध में आकाश को थरथराता हुआ देखा और हवा में अजीबोगरीब सनसनाहट थी। अफसर एक बदसूरत आदमी था, जिसकी उठी हुई गाल की हड्डियों के पीछे काफी गहरे धँसी छोटी-छोटी आँखें थीं और मुँह की जगह एक फाँक से ज्यादा कुछ भी नहीं था, जो इस तरह बोलता था मानो कवायद के मैदान में फौजियों से मुखातिब हो। कुछ लम्हों तक अफसर अपने कैदी को घूरता रहा, छोटी-छोटी आँखें नफरत से चमक रही थीं और फिर वह अचानक अपनी एड़ियों पर मुड़ा और कमरे से निकल गया। एक ताला घूमा, एक सिटकनी खटाक से लगाई गई, गलियारे में फुसफुसाहट हुई, कदमों की आहटें, फर्श पर रगड़ खाते राइफल के कुंदे की आवाज, फिर खामोशी।

कैदी ने काहिली के साथ बेंचों की कतार पर निगाह डाली, फिर ब्लैकबोर्ड पर, जिस पर खड़िये से एक सीधा-सादा हिसाब कई लंबे भागों में लिखा हुआ था।

"वे लंबे बँटवारों में माहिर हैं," वे बुदबुदाए और दीवार की रोशनी बुझा दी।

उन्होंने नमाज़ पढ़ी, फिर मेज पर सुराही के बगल में अपनी घड़ी, अपना पाइप, तंबाकू पाउच, माचिसें और एरिनमोर तंबाकू की डिबिया रखी। फिर वे खाट पर लेट गए, और उन्हें तुरंत नींद आ गई।

चार

ढाका शहर का होटल इंटरकॉन्टिनेंटल अपने आस-पास की इमारतों में सबसे ऊँचा है। जब आसमान बादलों से भरा होता है, यह चिकनाए हुए काले ग्रेनाइट के विशाल टुकड़े-सा दिखाई पड़ता है और गर्मियों की धूप में यह आसमान के हलके नीले को प्रतिबिंबित करता है। हालाँकि यह शीशे और क्रीम से, इस्पात और कंक्रीट से सजा हुआ है, तिस पर भी इसका अपना एक किरदार है जो इसके खास हलकेपन और सौम्यता से, अनुपातों के एक खास सुडौलपन से और इसकी भंगुरता से भी बनता है। यह एक ही साथ बेहद मजबूत और कमजोर दिखता है, क्योंकि जब इस पर पहला गोला दागा जाता तो यह काँच की लाखों किरचों में बिखर गया होता। दूर से देखने पर, पेड़ की फुनगियों के ऊपर मँडराता हुआ, यह आकाश में घुलता मालूम होता है, गैरहकीकी अमूर्त, इतना कातर कि हवा का एक झोंका इसे बहा ले जाए। असलियत में, शहर की दूसरी लंबी इमारतों की तुलना में इसी ने ढाका से गुजरने वाले तूफानों और झंझावातों को ज्यादा कायदे से झेला था।

चूँकि ढाका में किसी अहमियत का यह अकेला होटल था, यह अक्सर भरा रहता था। राजनीतिज्ञ, जासूस, संयुक्त राष्ट्र के अधिकारी, पाकिस्तानी सरकार के अफसरान, फाइनेंसर्स, संदिग्ध हरकतों वाले अखबारों के संवाददाता और हर तरह के खतरों का मजा लेने वाले यहाँ पनाह लेते थे। लॉबी में खासी ठुँसी हुई कुर्सियों और कनारी के सजे हुए पिंजरों के बीच बाजार दर, आयात और निर्यात के लाइसेंसों और किसकी फौजी सरकार के किस सदस्य तक पहुँच है, की चर्चाएँ होतीं। वहाँ सैलानी नहीं थे, क्योंकि मर्द और औरतें कारोबार के लिए आते थे और उनका ज्यादातर कारोबार पटसन से जुड़ा था। होटल से हवाई अड्डे तक सीधे दो मील की ड्राइव थी और हवाई अड्डे के पार छावनी पड़ती थी, जहाँ फौजी अपनी अलग जिंदगियाँ जीते थे। 1947 से ही, एक बेहद संक्षिप्त दौर को छोड़कर, शहर पर फौज का ही कब्जा था। सिद्धांततः उनकी ताकत की जद में होटल भी आता था, लेकिन असलियत में होटल ने कुछ हद तक आजादी हासिल कर ली थी। यह एक तानाशाही के बीच छोटा सा, दमकता हुआ और पाकिस्तान के रंग में रँगा एक टापू था।

25 मार्च, 1971 को रात दस बजे के आसपास होटल की आजादी छिन गई। भारी

मशीनगनों से लैस दो फौजी गाड़ियों ने रास्ते में खड़े खजूर के पेड़ों के नीचे मोर्चा सँभाल लिया और कोई बीस फौजी जंगी पोशाक में उनमें से बाहर आए। स्टेनगन लिये हुए एक पाकिस्तानी अफसर की अगुवाई में कुछ फौजियों ने लॉबी के अंदर मोर्चा सँभाल लिया, जबकि दूसरे बाहर खड़े रहे। होटल के सभी फाटकों को सील कर दिया गया। एक व्यवसायी, जो ढाका रेफ्रिजरेटर बेचने आया था और जिसे यकीन था कि उसके वित्तमंत्री के साथ सबसे गहरे मुमकिन ताल्लुकात हैं, हाल ही में हासिल एक स्विस प्रेमिका को बाँहों में लिये होटल से निकलने को था कि उसके चेहरे पर राइफल के कुंदे का सिरा मारा गया। चोट से काना होकर और बिना यह जाने कि फौजी अफसरों ने सबको भीतर बने रहने का हुक्म दिया है, उसने लड़ना शुरू कर दिया। लड़की हिस्टिरिकल हो गई। व्यवसायी फर्श पर गिर पड़ा और फौजी उसे ठोकर मारने लगे। स्टेनगन थामे फौजी अफसर होटल के मैनेजर से बात करता रहा था, जो भारी-भरकम मूँछों वाला एक आस्ट्रियन था, लेकिन शोर सुनकर वह मैनेजर के कमरे से भागता आया, और ठीक वक्त पर उसने व्यवसायी को फौजियों की ठोकरों से मरने से बचा लिया।

"पागल ! व्यवसायी ने कहा। तुमने मेरे साथ ऐसा सलूक क्यों किया ? मैं वित्तमंत्री का ज़ाती दोस्त हूँ ! मैं तुम्हारी शिकायत करूँगा !"

अफसर हँसा, फिर उसने व्यवसायी के चेहरे पर थूक दिया। दो वेटरों ने उसे एलीवेटर तक पहुँचाया। कुछ लम्हे बाद मुख्य फाटक के करीब एक तख्ती इन शब्दों के साथ नजर आने लगी :

चेतावनी

जो होटल से निकलने की कोशिश करेगा उसे गोली मार दी जाएगी

किसी को शुबहा नहीं था कि होटल के भीतर और बाहर इकट्ठा पाकिस्तानी अफसर और पहरेदार उनकी चेतावनी पर अमल करेंगे। वे विजेताओं की तरह टहल रहे थे, अपनी बंदूकें खटखटा रहे थे, खोखलेपन से मुस्कुरा रहे थे और बीच-बीच में उन्हें यह कहते सुना जा सकता था, "बाहर मत निकलना नहीं तो गोली मार दी जाएगी।" व्यवसायी और फाइनेंसर लॉबी से गायब हो चुके थे, उनकी जगह अखबारों के संवाददाताओं और उन आवारा लड़कियों ने ले ली थी जिन्हें अक्सर अंतर्राष्ट्रीय होटलों में पाया जा सकता था। फौजी उन्हें इस लहजे में घूर रहे थे मानो कह रहे हों, "दरवाजे से दूर रहो, नहीं तो हम तुम्हारे सिर कलम कर देंगे ! यहाँ हमारी हुकूमत है ! तुम सबको गोली मारकर हमें बेइंतिहा ख़ुशी होगी !"

लेकिन जिस चीज ने अखबार वालों को अचरज में डाला, वह पाकिस्तानी फौजियों का बरताव उतना नहीं था—क्योंकि उन्हें एक ऐसी जमात से सलीके की उम्मीद नहीं थी जो काफी लंबे वक्त से खुद को बाकी सारी जमातों से बेहतर मानता था—जितना ढाका पर हमले की अचानकता से, भभकती हुई आग, धुएँ के लहराते हुए भारी बादल और दूर से आती हुई चीखें, जिन्हें सारी रात नीले शीशे की दीवारों वाले होटल के भीतर

भी सुना जा सकता था, इन सबने उन्हें खौफजदा और हताश कर दिया और शुरू में उन्हें हैरत हुई कि कहीं यह सार्जेंटों और छोटे अफसरों की अगुवाई में कोई फौजी बगावत तो नहीं, क्योंकि यह अकल्पनीय था कि एक समूचे शहर को उस फौजी कमांडर के हुक्म से तबाह कर दिया जाएगा, जिसका मुख्यालय ढाका में है और जिसे इसी तथ्य से ताकत और मजबूती हासिल होती है कि वह ढाका में पड़ी एक फौज का मुखिया है। कोई समझदार जेनरल अपने 'बेस' को तबाह नहीं करता। फिर भी तबाही के सबूत उनकी हर तरफ थे। किसी रंगशाला में बैठे विशेषाधिकारसंपन्न दर्शकों की तरह, अपनी खिड़कियों से उन्होंने रात में खड़खड़ाते टैंकों, हथियारवाहकों और फौजी ट्रकों के लंबे जुलूसों और विश्वविद्यालय, पुलिस मुख्यालय और ईस्ट पाकिस्तान राइफल्स की बैरकों पर हुए हमलों को देखा और पाया कि जहाँ पहले अँधेरा था, उन बस्तियों के ऊपर अब ज्वालामुखी के विस्फोट-सरीखी आग की झीलें बन गई हैं। तोप के गोलों और सौ फीट ऊँची लपटों और बहते हुए धुएँ के बादलों से रोशन इस अँधेरी रात में कुछ घिनौने ढंग से नाटकीय था,जो आग के बढ़ाव को बारीक ब्यौरों में प्रतिबिंबित कर रहा था और किसी आँधी-बादल की तरह दिखता था जिसमें बिजलियों की भी भूमिका थी। तोप के हर उनींदे गोले के फूटने के साथ खिड़कियाँ चकनाचूर हो जाती थीं। छावनी की दिशा से आग लगाने वाले गोले ऊँचे चाप बनाते हुए शहर की तरफ दौड़ते थे। सर्चलाइटें शहर को आड़ा-तिरछा काट रही थीं और वक्त-वक्त पर एक हेलीकॉप्टर वहाँ मँडराता था जो गवर्नर के महल और हवाई अड्डे के बीच का महफूज इलाका लग रहा था।

बंद खिड़कियों के शीशों से अपनी नाक सटाए हुए अखबारनवीसों को उस खतरे की बाबत कोई भ्रम नहीं था जिसमें वे घिरे हुए थे। अगर एक भटकता हुआ गोला होटल कॉन्टिनेंटल से टकराता, तो किसी माफीनामे की गुंजाइश नहीं रहती और अगर ऊपर की पाँच मंजिलें चकनाचूर शीशों और मलबों में सिमट आतीं, तो निस्संदेह इस कटे-छँटे होटल के नजारे से और उस खौफ से, जो उन्होंने अपने बीच के विदेशियों के दिलों में पैदा कर दिया था, फौज को कुछ खुशी ही हासिल होती। लॉबी में मौजूद अफसर के बरताव से साफ था कि वे विदेशियों के प्रति गहरी नापसंदगी और शक का जज्बा रखते हैं और इस बात के लिए खासतौर पर फिक्रमंद हैं कि वे जितना मुमकिन हो, उतना कम देख सकें।

रात के सवा एक बजे तक, जब टेलीफोन लाइनें काटी गईं, वे ढाका में मौजूद लोगों से बात करने के काबिल थे। ग्यारह बजे के बाद बाहर के मुल्कों के लिए किए गए सभी कॉल एक केंद्रीय स्विचबोर्ड की ओर मोड़ दिए गए और फोन करने वालों को सूचित किया गया कि उनका कॉल जाने में पाँच से छह घंटों की देर होगी। शहर के अलग-अलग हिस्सों में रहने वाले अपने दोस्तों को उनकी तरफ बढ़ते टैंकों से खबरदार करने में अखबार वाले कामयाब थे, बदले में उनके दोस्तों ने बताया कि उनकी खिड़कियों से क्या दिख रहा था या सड़कों पर उन्होंने क्या देखा था—आगे बढ़ते हुए टैंकों के खिलाफ लड़कों द्वारा फेंके गए पैट्रोल-बम, लाठियों और लोहे की छड़ों से लैस

सड़कों पर दौड़ती भीड़, भभकती हुई लपटों की रोशनी में इंतजार कर रहे मशीनगन-धारियों द्वारा भूने जाते बस्तियों से भागते लोग। टेलीफोन पर मरने वालों की चीखें सुनी जा सकती थीं।

आधी रात तक ज्यादातर अखबारनवीसों को कायदे से अंदाजा हो गया था कि क्या हो रहा है। यह किसी सार्जेंट की बगावत, या छोटे अफसरों द्वारा हुकूमत हथियाने की कोशिश, या बड़े अफसरों द्वारा किया गया तख्तापलट नहीं था। यह वास्तव में, इससे कुछ ज्यादा ही खौफनाक था—पूरी एहतियात-भरी तैयारी और वहशत के साथ किया गया सुनियोजित कत्लेआम। पोलैंड और रूस में नाज़ी फौजों ने ठीक ऐसे ही कत्लेआम की कार्रवाई को अंजाम दिया था—लेकिन वह जंग का दौर था। ढाका के कत्लेआम को एक गैरमहफूज और निहत्थी आबादी के खिलाफ उसके अचंभे का लाभ लेते हुए अंजाम दिया गया था। पाकिस्तानी सरकार के अमेरिका और चीन के साथ बेहद करीबी रिश्ते थे। बिलाशक इन दो सरकारों को आगाह कर दिया गया था। यह जानना दिलचस्प होगा, अमेरिकी पत्रकार डैन हेलबर्ग ने सोचा, कि किस हद तक बीजिंग और वाशिंगटन को आगाह किया गया था।

वह भूरी दाढ़ी, तिरछी नाक, विशाल नीली आँखों और पीछे की ओर जाती लटों वाला एक लंबा शख्स था और पत्रकार से ज्यादा प्राध्यापक लगता था। उसके कंधे झुके हुए थे, वह लगातार सिगरेट फूँकता रहता था और उसकी स्पोर्ट्स जैकेट और धूसर बैगी पतलून पर तंबाकू की राख के दाग हुआ करते थे। उसका खून खौल रहा था क्योंकि वह ढाका को पसंद करता था, बंगालियों में उसके कई दोस्त थे और उसे इस बात की कोई वजह नहीं दिखी कि क्यों पाकिस्तानी अफसरों के लुत्फ की खातिर शहर को लपटों के हवाले कर दिया जाए। जब उससे 'पेरिस सोइर' के एक अखबारनवीस ने पूछा कि क्या हो रहा है, तो उसने जवाब दिया, "साफ है ! उनमें सूअरपना आ गया है और वे जो भी दिख रहा है उसे मार दे रहे हैं !"

"सूअरपना का मतलब ?"

"मतलब सूअर की तरह ! नहीं, सूअर की तरह नहीं—पागल कुत्तों की तरह। नहीं, कुत्तों की तरह नहीं—इंसानों की तरह, क्योंकि उन्हें पता है कि वे क्या कर रहे हैं !"

वह बेचैनी के साथ लॉबी में पत्रकारों के एक समूह से दूसरे समूह तक घूमता रहा। तख्ती उसे दिलचस्प लगी, और उसने खुद को नीचे झुकता हुआ और अपने धातुई फ्रेम वाले चश्मे को ठीक करता हुआ पाया, ताकि वह लिखावट को ज्यादा साफ देख सके—वह बिना किसी भूल की, नजाकत के साथ गोल लिखावट, जो शायद किसी फौजी अफसर द्वारा नहीं लिखी गई थी, बल्कि ज्यादा संभावना थी कि किसी होटल क्लर्क के सिर पर रिवॉल्वर रखकर लिखवाई गई थी। तख्ती पर डैन हेलबर्ग की लगातार टिकी हुई निगाह ने स्टेनगन लिये अफसर को चिड़चिड़ा दिया। अखबारनवीस को इसका पूरा अहसास था, लेकिन यह खतरा उसे मोल लिए जाने लायक लगा। जब वह तख्ती का सातवीं या आठवीं बार बारीकी से मुआयना कर चुका था, उसके बाद वह अफसर

चिल्लाया, "तुम इसे एक बार देख चुके। अब इसे देखते रहना क्यों चाहते हो ?"

"इस पर दस्तखत नहीं है !" डैन हेलबर्ग ने कहा, "जब तक इस पर दस्तखत नहीं होते, इसमें कोई ताकत नहीं है !"

"ताकत यहाँ है," अफसर ने स्टेनगन की ओर इशारा करते हुए जवाब दिया।

"तब तुम्हें यही कहना चाहिए," पत्रकार ने एक ऐसे इनसान के लहजे में कहा, जो उनका मददगार होना चाहता हो। "तुम्हें इस पर पाकिस्तानी फौजी हुकूमत या ऐसा ही कुछ दस्तखत करना चाहिए।"

"क्यों ? क्या ? तुम्हारा मतलब क्या है ? यह बेहद साफ है, नहीं ?"

"उल्टे इसे समझना बेहद मुश्किल है। तुमने किसी कायदे के अधिकारी की मंजूरी के बिना एक ऐलान जारी कर दिया है। यह किससे मुखातिब है ? इन बातों का तुम्हें साफ तौर पर उल्लेख करना चाहिए। अगर कमांडर-इन-चीफ की तरफ से तुम तक कोई हुक्म आता है तो तुम उस हुक्म पर कमांडर-इन-चीफ का नाम पाने की उम्मीद करते हो। यहाँ कुछ नहीं है–हुक्म की तस्दीक करने के लिए कुछ भी नहीं।"

पत्रकार का लहजा हमदर्दी-भरा था। यह नहीं कि वह सिर्फ मददगार होना चाहता था और अफसर की अंग्रेजी भाषा की समझ सुधारने के लिए परेशान था, बल्कि उसने अफसर की मुश्किल के प्रति एक गहरी समझ भी जाहिर की।

परेशान, उस अफसर ने जंगी पोशाक पहने उस पहरेदार को आवाज दी जो ठीक दरवाजे के भीतर खड़ा था और उससे कुछ फुसफुसाया। फिर वे दोनों सीधे तख्ती के सामने खड़े हो गए और उर्दू में मजमून का हर्फ-दर-हर्फ तर्जुमा करने लगे। संतुष्ट, अफसर ने पत्रकार की ओर मुड़कर कहा, "इसमें कहीं कुछ गलत नहीं है। मैं अच्छी तरह अंग्रेजी जानता हूँ !"

"हमें तुम बाहर जाने क्यों नहीं देते ?"

"क्योंकि हम लोगों को मार रहे हैं, मिस्टर हेलबर्ग–इसीलिए। अगर हम अपने लोगों को मार रहे हैं तो हमें आपको मारने में कोई रुकावट नहीं होगी ! हमें पता है हम क्या कर रहे हैं ! हम बच्चे नहीं हैं !"

"खुदा के नाम पर बताओ कि तुम लोगों को क्यों मार रहे हो ?"

कुछ लम्हों के लिए अफसर खबरनवीस को घूरता रहा, और फिर उसकी आवाज झनझनाती हुई चीख में बदल गई।

"क्योंकि ऊपर के अफसरान ने हमें मारने का हुक्म दिया है मि. हेलबर्ग। हमारे पास कोई विकल्प नहीं है। हम हुक्म मानते हैं। अब मेरे सामने से दफा हो जाओ, नहीं तो मैं गोली मार दूँगा।"

पत्रकार खिसककर, नारियल, खजूर के पेड़ के पास इकट्ठा पत्रकारों के एक हुजूम में शामिल हो गया।

"वह क्या कह रहा था ?" 'पेरिस सोइर' के संवाददाता ने पूछा।

"वह कह रहा था कि रास्ते से दफा हो जाओ और तख्ती सही अंग्रेजी में है।"

इस वक्त तक लॉबी में मौजूद संवाददाताओं ने एक तरीका निकाल लिया था। कुछ अपने कमरे में जाकर अपनी खिड़कियों से नजारे का मुआयना करने लगे और तस्वीरें उतारने लगे, जबकि बाकी ठुँसी हुई कुर्सियों, सजे हुए कनारी के पिंजड़ों और खजूर के पेड़ों के बीच लॉबी में बैठे रहे। फिर जो खिड़कियों से मुआयना कर रहे थे वे नीचे आए और उन्होंने लॉबी में बैठे लोगों के साथ अपनी जगह बदल ली। एक अफ़वाह शुरू हो चुकी थी कि रात के दौरान किसी वक्त पाकिस्तानी फौज का कोई बड़ा अधिकारी लॉबी में बैठे अखबारनवीसों को एक-एक ब्यौरा देगा। किसी को पता नहीं था कि किसने अफवाह शुरू की, लेकिन अटकल थी कि जंगी पोशाक वाले किसी पहरेदार ने उन्हें यह सूचना दी थी।

रात ढाई बजे तक, पत्रकार बेसब्र होने लगे थे। उन्हें कोई सूचना नहीं मिली थी, किसी ने आधिकारिक तौर पर उनसे बात नहीं की थी और वे एक बेहतरीन, आरामदेह, शीशे के दीवारों वाली कोठरी में खुद को कैद महसूस कर रहे थे। गोलियों की आवाज अब मर रही थी मगर बूढ़ी गंगा नदी के किनारे लपटें फैलती जा रही थीं। जहाजों और गोदामों में आग लगी हुई थी और नदी पिघले हुए सोने में बदल गई थी।

डैन हेलबर्ग अपने कमरे में पहुँचा और उसने अपनी ताकतवर स्विस दूरबीन की मार्फत शहर का जायजा लिया। वह छावनी से मुख्य सड़क पर दौड़ती जीपों और हथियारवाहकों को देख सकता था; इस जलते हुए शहर में मददगार टुकड़ियों की न खत्म होने वाली कतारें छितराई जा रही थीं; और फिर भी उसे लग रहा था कि वे किसी काम को अंजाम नहीं दे रहे हैं और महज एक तरह के जीत के जुलूस में हिस्सा ले रहे हैं। और ज्यादा वे क्या कर सकते थे ? दो घंटों में उन्होंने ढाका को एक दोजख में बदलकर रख दिया था। और फिर उसके दिमाग में आया कि अभी भी बहुत ज्यादा है जो वे कर सकते हैं, और ज्यादा इमारतों पर गोले बरसाए जा सकते हैं, और ज्यादा लोगों को मशीनगनों से ढेर किया जा सकता है और ज्यादा बस्तियों में आग लगाई जा सकती है। अगर आप वास्तव में किसी शहर को तबाह करने का इरादा रखते हों, तब आपको इसके लिए एक लंबा वक्त लेते हुए सड़क-दर-सड़क व्यवस्थित ढंग से आगे बढ़ना चाहिए। किसी ने हिसाब लगाया था कि जब टाइटस ने सत्तर ईस्वी में जेरूसलम का सफाया किया था, तो उसे हर इमारत को जमींदोज करके बराबर कर देने में पूरा एक साल लगा था और जेरूसलम शायद ढाका के बीसवें भाग के बराबर था। फिर उन्होंने बमवर्षकों का इस्तेमाल क्यों नहीं किया ?

उसने अपनी नोटबुक में लिखा, "बमवर्षकों का इस्तेमाल क्यों नहीं ? सिर्फ एक वजह—अंतर्राष्ट्रीय गुस्से का खौफ। उनकी छवि के लिए बुरा। वही काम फौज के जरिए कम खर्च पर किया जा सकता है। पाकिस्तानी फौजी मिजाज के लिए बमबारों का इस्तेमाल कायराना है। फिलहाल ढाका पर पाँच बमबारों के हमले के बराबर हमला हुआ है। रात दो बजकर इकतीस मिनट पर लगभग बीस फौजी ट्रक छावनी से और बदमाशी के लिए बाहर निकले। होटल इंटरकॉन्टिनेंटल में कम से कम तीस अखबारनवीस हैं,

यह तथ्य पाकिस्तानी फौज को बुरी तरह चुभ रहा होगा। उन्हें पता नहीं होगा कि हमसे कैसे पेश आएँ और कैसे हमें खामोश करने की कोशिश करें, कैसे ? चूँकि वे हमें डरा नहीं सकते, अतः सीधा-सादा हल हम सबको मार डालना है।"

उसने अपना शार्टवेव रेडियो ऑन किया। सबसे ऊँची आवाज में कार्यक्रम साइगॉन के अमेरिकन आर्मी सर्विसेज़ रेडियो से आ रहा था; इस पर नृत्य-संगीत आ रहा था। वह आस्ट्रेलिया से आ रही खबरों का आखिरी सिरा पकड़ पाया। कलकत्ता पर शास्त्रीय संगीत बज रहा था, दिल्ली से कुछ नहीं था, न्यूयार्क साफ आ रहा था, लेकिन इस बात का कोई इशारा नहीं था कि न्यूयार्क को पता है कि ढाका जल रहा है। उसने तीन बजे तक इंतज़ार करने का फैसला किया जब शायद वह खुशकिस्मती से न्यूयार्क और वाशिंगटन की खबरों के बुलेटिन सुन सके।

उसने खिड़की से बाहर निगाह दौड़ाई और सहसा कड़ा पड़ गया। फौजी ट्रक उसकी उम्मीद से कुछ ज्यादा ही होटल इंटरकॉन्टिनेंटल के करीब आ रहे थे। टुकड़ियों से भरे दो फौजी ट्रक मशीनगन से लैस एक जीप की अगुवाई में मैमनसिंह रोड पर दौड़ रहे थे। पत्रकार को लगा कि वे होटल के भीतर के रास्ते में दाखिल होने वाले हैं, मगर बजाय इसके वे बंद पड़ी दुकानों की एक कतार के बाहर रुक गए, फौजी बाहर कूदे, उन्होंने मिल-जुलकर एक रॉकेट गन उतारा और दुकानों के पीछे की एक गली की ओर बढ़े। होटल के नौवें माले से यह सब कुछ साफ-साफ देखा जा सकता था, मगर इस लम्हे जिस चीज ने पत्रकार का ध्यान खास तौर पर खींचा, वह कुछ इतनी अविश्वसनीय थी कि वह अपने देखे हुए पर यकीन नहीं कर सका। उजली कमीजें और लुंगियाँ पहने हुए, लगभग एक दर्जन बंगाली लड़के, ट्रकों से पचास फीट की दूरी पर अँधेरे में कहीं से नमूदार हुए और सड़क पर छितरा गए। वे मशीनगन से लैस जीप की दिशा में बढ़ते हुए और अपनी बाँहें लहराते हुए साफ तौर पर फौजियों का मजाक उड़ा रहे थे। होटल इंटरकॉन्टिनेंटल बाहर की हवा की गुंजाइश खत्म करते हुए शीशों से पूरी तरह बंद था और इसलिए यह सुनना पूरी तरह नामुमकिन था कि लड़के क्या चिल्ला रहे हैं। पत्रकार ने अपनी दूरबीन उठाई और उनके चेहरों की एक झलक ली। वे सब पंद्रह या सोलह साल के लग रहे थे और अपनी भंगिमाओं में, गली के अँधेरे में अपनी भुतही सफेदी के साथ, वे नर्तकों सरीखे दिखाई पड़ रहे थे। उसने जीप की ओर अपनी दूरबीन घुमाई और मशीनगनों को लड़कों की दिशा में मुड़ता हुआ देखा। फिर मशीनगनों की बहुत मद्धिम तड़ तड़ तड़ तड़ सुनाई पड़ी। खबरनवीस ने नर्तकों को देखना चाहा, मगर वे गायब हो चुके थे। एक लम्हे बाद दुकानों के पीछे की एक नीची इमारत से लपटें उठनी शुरू हुईं। वह इमारत को अच्छी तरह पहचानता था, क्योंकि इसी में 'द पीपुल' नाम के अखबार का दफ्तर था जिसने हमेशा शेख़ मुजीबुर्रहमान के मकसद की तरफदारी की थी। अजीब बात यह थी कि इमारत से लपटों के फूट पड़ने के बाद भी फौजी फ्लैशलाइट के साथ अँधेरी गली में बढ़ रहे थे जो दीवारों पर रहस्यमय ढंग से चमक रही थी। साफ तौर पर उन्होंने रॉकेट से इमारत पर हमला किया था और उतने ही साफ

तौर पर उन्हें वह हासिल नहीं हुआ था जो वे चाहते थे। वे उस गली में आवाजाही कर रहे थे और ज्यादा गोला-बारूद लाते हुए, और जल्दी ही जीप भी एहतियात के साथ इसी गली की ओर बढ़ी, उसकी हेडलाइट अँधेरी दीवारों पर खूब-खूब चमक रही थी। अखबार के दफ्तर पर, एक दूसरा रॉकेट छोड़ा गया, या शायद साथ लगे प्रिंटिंग प्रेस पर क्योंकि इस बार गंधकनुमा पीली लपटें उठीं। लपटों की रोशनी में, वह फौजियों को लपटों के चारों ओर एक वृत्त में घूमता हुआ देख सकता था, और वे भी नर्तकों सरीखे लग रहे थे, लेकिन वे उन लड़कों से ज्यादा अजीबोगरीब ढंग से घूम रहे थे जो मशीनगनों के सामने सीना ताने सड़कों पर नाच रहे थे।

जल्दी ही अखबार का दफ्तर और प्रिंटिंग प्रेस वाली इमारत उबलती हुई लपटों के बेआकार बुलबुलों से ज्यादा कुछ नहीं रह गए थे। इमारत से कोई बाहर नहीं आया था और यह बताने के लिए कुछ नहीं था कि कोई मारा गया है। दस मिनट के भीतर लपटें बुझ गईं और धुएँ का एक और बादल एक ज्यादा बड़े बादल से जुड़ने के लिए उठा जो बिना किसी चूक के शहर के उत्तर की तरफ बढ़ रहा था। जब आखिरी लपट खत्म हुई, जीप और ट्रक शोर मचाते हुए विश्वविद्यालय की दिशा में चले गए।

डैन हेलबर्ग ने अपनी नोटबुक में लिखा, "लगभग एक दर्ज़न लड़के जीप के सामने नाचते हुए आ गए। अगर उनमें इतनी हिम्मत है तो बेहतर होगा पाकिस्तानी फौज ज्यादा आसान शिकारों के लिए सोचे। रात 2.37 और 2.57 के बीच पाकिस्तानी फौज ने इंटरकॉन्टिनेंटल में मौजूद सभी पत्रकारों की आँखों के सामने तीन रॉकेटों की मार्फत 'द पीपुल' अखबार के दफ्तर और प्रिंटिंग प्रेस पर हमला किया और उसे जला डाला। शायद यह अखबारों और अखबारनवीसों के प्रति अपनी पूरी हिकारत जाहिर करने के लिए किया गया था। इस संदेह को झटका नहीं जा सकता कि यह हमारे फायदे के लिए किया गया था। अगर ऐसा है तो उन्होंने अपना इरादा साफ कर दिया है।"

हालाँकि डैन हेलबर्ग दिन-भर काम करता रहा था, वह ज़रा भी थका हुआ नहीं था और रात-भर काम करने को तैयार था। तीन बजे उसने अपना शार्टवेव रेडियो ऑन किया। न्यूयार्क, लंदन, वाशिंगटन, मास्को, साइगॉन सबसे खबरें आ रही थीं मगर किसी के पास ढाका के बारे में कहने को कुछ भी नहीं था, या फिर जैसे वह एक स्टेशन से दूसरे स्टेशन तक तेजी से स्विच बदल रहा था, वह इसका जरा भी जिक्र सुनने में नाकाम रहा। तब उसने कलकत्ता पकड़ा और एक खबर का आखिरी सिरा सुन पाया, "...जैसा कि शुरू में बताया गया था, ढाका पर पाकिस्तानी फौजों ने हमला कर दिया है, शेख़ मुजीबुर्रहमान को गिरफ्तार कर लिया गया है, प्रेसिडेंट याह्या ख़ान कराची लौट गए हैं और शहर में आग लगी हुई है।" फिर शास्त्रीय संगीत शुरू हो गया।

डैन हेलबर्ग धीरे-धीरे चल रहे एलीवेटर की मार्फत लॉबी में आया। कुछ भी नहीं बदला था। अखबारनवीसों का हुजूम, जो भी छोटी खबर हाथ लगती, उसकी चर्चा करता हुआ इधर-उधर खड़ा था। जाहिर हो रहा था कि किसी वरिष्ठ पाकिस्तानी फौजी अफसर द्वारा दिए जाने वाले ब्यौरों का कार्यक्रम रद्द कर दिया गया था या कोई ब्यौरा

देने का उनका कोई इरादा नहीं था। लॉबी में मौजूद ज्यादातर पत्रकारों को 'द पीपुल' पर हुए हमले का पता था। बीच-बीच में सब-मशीनगनों से लैस फौजी पूरी लॉबी मे चक्कर लगाते थे, लेकिन उन्होंने कोई हुक्म नहीं दिया था। किसी रहस्यमय वजह से चक्कर लगाते हुए खबरनवीसों को गिनते थे, लेकिन चूँकि जब भी मरजी हो, खबरनवीसों को अपने कमरे में जाने की आज़ादी थी, यह गिनती पूरी तरह बेमानी लग रही थी। डैन हेलबर्ग बार में गया और उसने एक कड़ी व्हिस्की का आर्डर दिया। ऐसा लग रहा था कि बार सारी रात खुला रहेगा। बार के एक कोने में, अपनी सब-मशीनगन अपनी बाँहों में झुलाता हुआ खासतौर पर नागवार दिखता एक पंजाबी फौजी अपनी जंगी वर्दी में खड़ा था।

एक बेल्जियम अख़बार का पत्रकार चार्ल्स कॉन्जेवोयेक्स अपनी जिन और टॉनिक को मायूसी के साथ देख रहा था।

"क्या वह असली है ?" उसने पूछा, "क्या यह मुमकिन है कि वह असली हो ?"

"किसके बारे में तुम बात कर रहे हो ?"

"उस फौजी के बारे में। मैं पिछले एक घंटे से यहाँ हूँ और वह एक इंच भी हिला नहीं है। वे उन्हें न हिलने का अच्छा प्रशिक्षण देते हैं। तुम उनके आदी हो जाते हो, तुम भूल जाते हो कि वे यहाँ हैं और अचानक वे अपनी मनहूस मशीनगन के साथ 'पॉम पॉम' शुरू हो जाते हैं। तुम क्या सोचते हो ? क्या वह असली है ?"

"असली है," डैन हेलबर्ग ने कहा, "मगर मेरा खयाल है कि वह लॉबी की तुलना में बार में कम ख़तरनाक है। तुम्हारा क्या खयाल है, पाकिस्तानी फौजी अधिकारियों के लिए हमारी ज़िंदगी की क्या कीमत है ?"

"बेहद कम। वे साफ तौर पर हमें यहाँ नहीं चाहते और हमसे छुटकारा पाने के लिए कुछ भी दे सकते हैं।"

यह कहते हुए, उसने अपनी बची हुई टॉनिक और जिन हलक के नीचे उतार ली, हँसा और कहने लगा, "आज की रात मेरी बीवी मेरे ताजातरीन वारिस को जन्म दे रही है और मुझे यहाँ अपनी पीठ के बीचोबीच सटी एक मशीनगन के साथ खड़े रहना है।"

"एक तो यह कि तुम खड़े नहीं हो। दूसरी बात यह कि तुम्हारी पीठ के बीचोबीच मशीनगन नहीं सटी है। तीसरी बात यह कि तुम्हें कैसे पता कि तुम्हारी बीवी आज की रात एक बच्चे की उम्मीद कर रही है ?"

"क्योंकि मैंने दोपहर को उसे फोन किया था। वह कलकत्ता में है। दो दिन पहले मैं यहाँ आया था और मैंने सोचा था कि आज की शाम कलकत्ता लौट जाऊँगा। रिजर्वेशन तक ले चुका था। मुझे जाना चाहिए था। जब भी उसे बच्चा होता है, एक जंग छिड़ जाती है।"

उसने दूसरी जिन और टॉनिक का ऑर्डर दिया।

"कमबख्त हर वक्त," वह बोलता गया, "मुझे तुम जंग का नाम बताओ और मैं तुम्हें अपने एक बच्चे का नाम बता दूँगा। इजराइल, बियाफ़ा, फिर इज़राइल और अब

पाकिस्तान। चार बच्चे, चार लड़ाइयाँ। मैंने तुम्हें बताया था कि आज सुबह भुट्टो से मेरी मुलाकात हुई थी ?

"नहीं, नहीं बताया था।"

"मुलाकात बस एक ही वाक्य तक महदूद रह गई। मुझे सख्त अफसोस है मिस्टर कॉन्जेवोयेक्स कि मेरे पास आपको बताने के लिए कुछ भी नहीं है। एक साक्षात्कार के लिहाज से यह कैसा है ?"

"अभी भुट्टो कहाँ है ?"

"जहाँ तक मैं जानता हूँ, इसी होटल में। मैंने बेल ब्वाय से कहा था कि वह जब निकले तो मुझे बताए। मैं उस बेल ब्वाय को जानता हूँ। वह कभी कुछ नहीं भूलता।"

"और उसने तुम्हें बताया नहीं है ?"

"अभी तक नहीं।"

"तो शायद भुट्टो अभी भी यहीं है ?"

कॉन्जेवोयेक्स अपनी मद्धिम बेल्जियन मुस्कान मुस्कुराया।

"उसे दोपहर को भीतर आते हुए देखा गया था मगर बाहर जाते हुए नहीं देखा गया है, या कम से कम बेल-ब्वाय ने उसे नहीं देखा है। ठीक है कि वह सर्विस एलीवेटर से निकल सकता है, मगर मुझे यकीन नहीं। मैं भुट्टो को सर्विस एलीवेटर में नहीं देख सका। तो शायद वह यहीं है। सुकून के साथ, खिंचे हुए परदों में आराम फरमाता हुआ–"

"तुम्हारा मतलब है ड्रेप में–"

"तुम भूल रहे हो कि मेरी परवरिश इंग्लैंड में हुई। बिलकुल ठीक। मैंने भुट्टो का ख़ास अध्ययन किया है। वह जोकर है। बेइंतिहा रईस, बेइंतिहा महत्त्वाकांक्षी, बेइंतिहा लंपट। तुम उसे पसंद करोगे !"

"शुक्रिया।"

"जब तक वह पाकिस्तान को पूरी तरह तबाह नहीं कर लेता, तब तक उसे चैन नहीं आएगा, इसलिए वह यह सब देखना झेल रहा है। जब वह पैदा हुआ था तब फरिश्तों ने उसे मुकम्मल तबाही की नियामत दी थी। उन्होंने बिलकुल सही चुना था। उसे बरबादियों के बीच खड़े रहने से ज्यादा खुशी किसी बात में हासिल नहीं हो सकती। वह एक सिगरेट जलाएगा, अपनी सबसे भली मुस्कुराहट मुस्कुराएगा और फिर तुम्हारी आँखों में धुआँ उगल देगा।"

चालीस से कुछ ऊपर के चार्ल्स कॉन्जेवोयेक्स ने अपनी ज़िंदगी में ज्यादातर खबरनवीसी ही की थी और सियासी शख्सियतों को लेकर अच्छे 'सिनिसिज्म' का भाव रखता था। वह उन पर तरस भी खाता था मानो वे एक ऐसे खेल में हिस्सा लेते नासमझ बच्चे हों जिसके उसूल लगातार बदल रहे हों। शायद ही किसी ऐसे राजनीतिक से उसकी मुलाकात हुई थी जिसने अवाम के खर्च पर खुद को दौलतमंद बनाने की कोशिश न की हो या जब भी उसके मकसद के माकूल पड़ता हो, वह झूठ बोलने को तैयार न

रहा हो, लेकिन चूँकि उसूल लगातार बदल रहे थे और चूँकि वह सियासत में बने रहने के लिए ज्यादा से ज्यादा खतरनाक उपायों की ओर बढ़ने को मजबूर थे—ज्यादा बेलिहाज होकर झूठ बोलते हुए, या ज्यादा बेलिहाज होकर दौलत इकट्ठा करते हुए—आखिरकार अपरिहार्य रूप से एक वक्त आता जब वे खुद को अपनी भाषणबाजी और अपने बैंक खातों के बीच फँसा पाते थे। उसकी निगाह में जुल्फिकार अली भुट्टो ऐसे राजनीतिक की एक 'केस बुक' मिसाल था जो महानता की हसरत रखता है, मगर जो कुछ भी छूता है, उसे तबाह कर डालता है।

"अगर वह अब भी यहीं है," डैन हेलबर्ग ने राय दी, "तो क्यों न हम उसका एक साक्षात्कार लें ? कम से कम हम इसकी कोशिश कर सकते हैं।"

"रात के इस वक्त ?"

"क्यों नहीं ? तय है कि वह सो नहीं रहा होगा।"

"उसके चारों तरफ इतने हथियारबंद संतरियों के होते ? नहीं, मैंने पहले ही कोशिश कर ली है। तुम तेरहवें माले पर पहुँचते हो, और ठीक एलीवेटर के सामने मशीनगन लिये एक संतरी खड़ा होता है। संतरी तुम्हें देखकर खास तरह से सिर हिलाता है और तुम नीचे उतरने के लिए खुद को इतनी तेजी से बटन दबाता हुआ पाते हो, जितनी तेजी से तुमने कभी जीवन में नहीं दबाया होगा। अगर तुम उससे मिल भी पाए तो उसका मजा खराब करना अच्छी बात नहीं होगी। वह खिड़की से बाहर देख रहा है और एक-एक लम्हे का लुत्फ ले रहा है।"

हालाँकि चार्ल्स कॉन्जेवोयेक्स ने पश्चिमी पाकिस्तान की पीपुल्स पार्टी के नेता जुल्फिकार अली भुट्टो के मिजाज का अध्ययन किया था और उसकी किताबें और भाषण पढ़े थे और अलग-अलग सियासी तनावों में उसके मनमिजाज की काफी हद तक सही-सही तस्वीर खींच सकता था, लेकिन वास्तव में वह पूरी तरह गलत था जब उसने खिड़की से बाहर देखते और हर लम्हे का लुत्फ लेते भुट्टो का जिक्र किया था। भुट्टो इसका लुत्फ नहीं ले रहा था। उसने खिड़की की तरफ पीठ कर ली थी और खौफजदा था। वह भरे-पूरे चेहरे, घनी काली भौहों, पतलाते धूसर बालों, रबर सरीखे होठों वाला, नाटा, साँवला इनसान था और उसमें बेहद खासमखास तीखापन था जो बहुत हद तक उसकी गहरी, जाँचती, चमकीली आँखों से आता था। यह किसी राजनीतिज्ञ से ज्यादा एक अभिनेता का चेहरा था; और किसी अभिनेता की तरह उसके अंदाज अतिनाटकीय थे, और जब वह किसी अकेले आदमी से बात कर रहा होता, तब भी अक्सर भीड़ में भाषण देता मालूम होता था। प्रेसिडेंट याहूया ख़ान ने उसे शेख मुज़ीब के साथ होने वाली बातचीत में शामिल होने के लिए ढाका बुलाया था। चूँकि वह पश्चिमी पाकिस्तान में सबसे बड़े दल का नेता था, उसने बातचीत को दो बराबरी वालों के बीच की तरह चलाया, खुद को फौज से किनारे रखा, और इस मुसीबत के किसी सियासी हल की उम्मीद कर रहा था जिसमें उसे पश्चिमी पाकिस्तान की कमान अपने-आप हासिल हो जाती, जबकि शेख़ मुजीबुर्रहमान और अवामी लीग के हाथों में पूर्वी पाकिस्तान की

कमान होती। फिर भी वह अच्छी नीयत के साथ काम नहीं कर रहा था क्योंकि उसे कुछ महीनों से पता था कि फौज ने अवामी लीग का सफाया करने का इरादा बना रखा है। वह जाने बिना रह नहीं सकता था क्योंकि खुद उसी ने कराची के उत्तरी लरकाना स्थित अपने पुराने मकान में आयोजित जेनरलों की एक मजलिस में समूची राजनीतिक पार्टी के सफाए का मुद्दा उठाया था। जेनरलों को एक शिकार पार्टी का न्योता दिया गया था, लेकिन कोई शिकार नहीं हुआ था। इसकी जगह तीन दिनों तक उन्होंने सियासी हालात की चर्चा की थी और इस नतीजे तक पहुँचे थे कि अगर पूर्वी पाकिस्तान अवामी लीग की तरफ चला गया तो काफी कड़े कदम उठाने होंगे। वे कड़े कदम क्या हों, यह ब्यौरे में नहीं बताया गया था। भुट्टो को यकीन था कि पूर्वी पाकिस्तान में बड़ी तादाद में राजनीतिज्ञों को क़त्ल कर दिया जाएगा, मगर यह उसके दिमाग में नहीं आया था कि फौज अवाम के खिलाफ जंग छेड़ देगी। वह कुछ क़त्लों या यहाँ तक कि कुछ सौ क़त्लों के खयाल से भी परेशान नहीं था। उस शाम, जब उसने खिड़की से बाहर झाँका और ढाका के हर तरफ से आग उठती हुई देखी, गोलियों की आवाज सुनी और शहर के ऊपर फूटते गोले देखे तो जिस चीज ने उसे बुरी तरह हताश किया, वह यह समझ थी कि फौज बिना किसी तफरके के लोगों को कत्ल कर रही है और उन योजनाओं पर अमल कर रही है जिनको लेकर उसके साथ कभी मशविरा नहीं किया गया था। शाम सात बजे तक उसे पता चल चुका था कि प्रेसिडेंट याह्या ख़ान कराची लौट गए हैं। आठ बजे तक शहर पर मुकम्मिल पैमाने पर हमले की अफवाहें उस तक पहुँचीं। उसने टेलीफोन से फौजी मुख्यालय में संपर्क करने की कोशिश की थी, मगर उसके किसी कॉल का जवाब नहीं दिया गया। जब रात 11.35 पर पहले गोले की आवाज सुनाई पड़ी, वह अपनी आरामकुर्सी से उछल पड़ा और खिड़की की तरफ दौड़ा। होटल इंटरकॉन्टिनेंटल के तेरहवें माले के एक शानदार कोने से नजर आ रहे एक जलते हुए शहर के नजारे से बँधा हुआ और खौफजदा; अगले एक घंटे तक, वह वहीं रहा।

खिड़की पर खड़े-खड़े, वह सर्द पड़ गया। उसके गालों से ठंडा पसीना बह रहा था, और उसे अपने हाथों के सुन्न पड़ने का अहसास हो रहा था। विशाल काली उदास आँखों और नीची मूँछों वाला उसका सेक्रेटरी उसके करीब मँडराता रहा, बेअसर भंगिमाएँ बनाता हुआ, मानो उसे खिड़की से खींच लाएगा। भुट्टो ने उसे इस बड़े कमरे की सारी बत्तियाँ बुझाने का हुक्म दिया; सेक्रेटरी ने पढ़ने की मेज पर एक छोटा-सा बल्ब जलता छोड़ दिया, और भुट्टो उस पर चीख पड़ा, "तुम मुझे सुन क्यों नहीं रहे ? मैंने तुम्हें सारी बत्तियाँ बुझाने को कहा !" फिर उसने कहा, "करीब आओ ! देखो ! वे सारे शहर में रेंग रहे हैं ! मेरे खुदा, उनका क्या खयाल है, वे क्या कर रहे हैं ?" विस्फोटों से शहर हिल रहा था या शायद यह गोलियों की आवाज़ थी। भुट्टो ने सेक्रेटरी को चिल्लाकर एक जोड़ा दूरबीन लाने को कहा, और सेक्रेटरी दूरबीन की तलाश में दूसरे कमरे में भागा, असबाब के पहाड़ को उसने उलट-पुलट डाला, लेकिन उसे दूरबीन नहीं मिली। जब वह वापस लौटा, भुट्टो ने एक हाथ बाहर निकाला, मानो उसे उम्मीद हो कि दूरबीन

उस पर रख दी जाएगी, और फिर खिड़की से बिना मुड़े उसने कहा, "हूँ, कहाँ हैं वे ? तुम्हें नहीं मिलीं ?"

"नहीं सर।"

"क्यों नहीं मिलीं ! मैंने तुम्हें कहा नहीं था कि मेरे सफर वाले सामान में दूरबीन भी डाल देना ?"

"नहीं सर, आपने नहीं कहा था।"

"कैसे बेवकूफ हो तुम ! मुझे याद है, मैंने तुम्हें रखने को कहा था और तुमने सीधे-सीधे हुक्मउदूली कर दी।"

कमरा नंबर 1325, 1324, 1323 और 1322 भुट्टो और उसके अमले ने लिये हुए थे। गलियारे के आखिरी सिरे पर ये कमरे थे। चूँकि उसके अमले में दो महिला सेक्रेटरी, एक पुरुष सेक्रेटरी, एक खिदमतगार, चार हथियारबंद संतरी और एक नौकर जो पैगाम लाने-ले जाने का और हर तरह का काम करता था, शामिल थे। कमरे भरे हुए थे और एक में दो का ठहरना ज़रूरी था। भुट्टो के बगल में महिला सेक्रेटरियों का कमरा था। जब वह उन्हें बुलाना चाहता, बस दीवार पर ठकठका देता। गलियारे में दो हथियारबंद संतरी हमेशा खड़े रहते थे। ये इंतजाम जल्दीबाजी में किए गए थे और भुट्टो झल्लाया हुआ था क्योंकि उसे सरकारी मेहमानखाने में जगह मुहैया नहीं कराई गई थी।

बहुत सारी चीजों से भुट्टो झल्लाया हुआ था। वह झल्लाया हुआ था क्योंकि उसका सेक्रेटरी दूरबीन नहीं खोज सका, वह झल्लाया हुआ था क्योंकि बगल के कमरे में उसकी सेक्रेटरियों को खुशी और खौफ से चीखते सुना जा सकता था, चूँकि वे भी खिड़की से बाहर देख रही थीं, और वह झल्लाया हुआ था क्योंकि कमरे में मौजूद हथियारबंद संतरी भी खिड़की के बाहर देख रहा था, उपहास की अजीब त्यौरी चढ़ाए हुए उसका किसान चेहरा सिकुड़ गया था मानो जो कुछ भी उसने खिड़की से बाहर देखा, वह उसकी उम्मीद पर खरा उतरने में नाकाम रहा। गलियों में आग की नदियाँ दौड़ रही थीं, इमारतें लपटों से घिर रही थीं, टुकड़ियाँ पूरे शहर को रौंद रही थीं, और संतरी यह सोचता मालूम हो रहा था कि यह जो नजारा है उसका ध्यान खींचने की काबिलियत नहीं रखता।

"हाकिम थोड़ा पीछे हट कर खड़े रहो !" भुट्टो ने असामान्य रूप से ऊँची आवाज में कहा, "बेहद जरूरी है कि जो हो रहा है वह सब कुछ मैं देखूँ !"

लपटों की रोशनी अँधेरे कमरे को एक भुकभुकाती चमक से भर रही थी। हाकिम कुछ इंच पीछे खिसका, मगर उसका सेक्रेटरी इक़बाल आगे की ओर उठा जा रहा था। सेक्रेटरी से छुटकारा पाने के लिए, या शायद इसलिए कि वाकई उसे ज़रूरत थी, भुट्टो ने कहा, "जाओ, दूरबीन खोजकर लाओ ! ज़रूर किसी ने रखा होगा ! जमीन-आसमान एक करके खोजो प्यारे !" फिर उसने लपटों के साथ बह रही रात पर नए सिरे से ध्यान टिकाया। खिड़कियों के शीशे बंद थे, और उसे अपनी ही साँस से शीशे पर चढ़ती रुपहली परत को लगातार साफ करना पड़ रहा था।

पाँच मिनट बाद इक़बाल यह बताने के लिए वापस लौटा कि संतरियों या

सेक्रेटरियों में किसी के पास दूरबीन नहीं है।

"मुझे इसके लिए नीचे कहना चाहिए ?" इक़बाल ने पूछा।

"किसके लिए ?"

"उनके पास दूरबीन हो सकती है।"

"हाँ, नहीं। उनके पास नहीं ही होगी। इससे फर्क नहीं पड़ता। मैं अच्छी तरह देख सकता हूँ।"

"लेकिन वाकई इससे फर्क पड़ता था। वह वो सब कुछ नहीं देख सका जो देखना चाहता था, और दूरबीन का सवाल उसके दिमाग में, लगभग बाकी सारी चीजों को बाहर करने की हद तक जाकर, घूमता रहा।"

"मुझे अच्छी तरह याद है कि मैंने तुम्हें अपने सफर वाले सूटकेस में रखने को कहा था। भले ही मुझे पता नहीं था कि वे क्या करने जा रहे हैं, और हद से हद मेरा खयाल यही था कि मैं इस 'इंटरकॉन्टिनेंटल' नाम के दोजख के घेरे में फँसा दिया जाऊँगा। आज की रात का जो खाना था, वह भी मुझे पसंद नहीं आया। तुम्हें पसंद आया ?"

एक लम्हे के लिए भी भुट्टो ने अपनी आँखें खिड़की से नहीं हटाई थीं। खाना दूसरी मुसीबत था जो उसके दिमाग में घूम रहा था। जिस लम्हे वह ढाका पहुँचा था तब ही उसने जोर दिया था कि उसका खाना छावनी से भेजा जाए। भुट्टो और उसके अमले के लिए दिन में तीन बार ग्यारह लोगों का 'सबसे उम्दा किस्म का' खाना भेजने के लिए छावनी के कमिसरी महकमे को अधिकृत करते हुए जेनरल टिक्का ख़ान ने खुद अपने हाथों से पुर्जा लिखा था। भुट्टो की निगाह में यह जहर से बचने के लिए बुनियादी एहतियात थी, क्योंकि होटल इंटरकॉन्टिनेंटल के ज्यादातर कर्मचारी और सभी रसोइए बंगाली थे। लेकिन फौज, जो उसे बहुत सारी उपयोगी सेवाओं के मुजाहिरे का सेहरा देते हुए भी भुट्टो को पूरी तरह तवज्जो नहीं देती थी, हर दिन होटल में तैंतीस प्लेट 'सबसे उम्दा किस्म का' खाना भेजने की हिदायत से खास तौर पर खुश नहीं थी। आपूर्ति की प्रणाली बेहद जटिल थी। होटल तक खाना कैसे लाया जाए, किस आड़ में, वर्दी वाले लोगों द्वारा, या शहरी पोशाक वालों द्वारा ? जीप या तोपगाड़ी में खाना भेजने का सवाल ही नहीं था, लेकिन हिफाजत के लिहाज से खाने का सीधे होटल के फाटक तक पहुँचना, और वहाँ से तुरंत एलीवेटर द्वारा तेरहवें माले पर ले जाया जाना निहायत ज़रूरी था, और परिवहन का सबसे महफूज, ज्यादा से ज्यादा गोपनीय, और सबसे आसान तरीका क्या ? कमिसरी के प्रमुख मेजर इनामुल हक़ ख़ान ने डार्ची के इस्तेमाल की सलाह दी, लेकिन इसे इस बात की ओर खास तौर पर ध्यान खींचने वाला महसूस किया गया कि भुट्टो का मुकद्दर फौज ही तय करेगी। दूसरी सलाह यह थी कि खाना एक टैंक में लाया जाए, और इस बात का ध्यान दिलाया गया कि टैंक के भीतर की असहनीय गर्मी खाने को गर्म रखने में मददगार होगी। तीसरा मशविरा यह था कि इसे भुट्टो की खिड़की के बाहर ताने गए जाल में हेलीकॉप्टर द्वारा गिराया जाए। आखिर में

तय हुआ कि खाना स्टेशन वैगन से होटल में जाएगा। भुट्टो, जो इस बात से डरा हुआ था कि होटल के रसोइए जहर दे सकते थे, अब इस बात पर हैरत कर रहा था कि क्या फौज के खानसामाओं पर कुछ ज्यादा यकीन किया जा सकता है ? उसके मुँह में एक कसैला स्वाद था, और उसने ठीक महसूस नहीं किया। खिड़की के ठीक बाहर राजारबाग की पुलिस लाइन में लड़ाई जारी थी, लपटें ही लपटें, भारी धुआँ और तोपों की कौंध। बिलकुल साफ तौर पर पुलिस खासा प्रतिरोध कर रही थी। अभी ही ढाका के ऊपर धुएँ का एक विशाल लंबा होता हुआ बादल मस्तूल से पिछले हिस्से तक लपटों से घिरे किसी जहाज सरीखा दिखता नजर आ रहा था। उसने कहा, "खुदा कसम, इक़बाल, तुम गर्मी महसूस कर सकते हो ! तुम्हें लगता है यह शीशा गल जाएगा ?"

बिना बोले, दो सेक्रेटरियाँ कमरे में दाखिल हो गई थीं और आँखें फाड़े दरवाजे के करीब खड़ी थीं। आम वक्त में, वे शांत, तौर-तरीकों वाली और जहीन थीं, मगर अभी वे पूरी तरह अस्त-व्यस्त थीं, वे अपने हाथों से अजीबो-गरीब झटकती हुई हरकतें कर रही थीं, और उनके कपड़े भी अस्त-व्यस्त मालूम होते थे। हवा के जहाज की सुनहरी रोशनी उनके चेहरों पर खेल रही थी। भुट्टो ने उन पर एक निगाह डाली, चिल्लाया, "खुदा के लिए, दफा हो जाओ ! क्या मरे हुओं के लिए तुम्हारे दिल में जरा भी इज्जत नहीं है ?" और फिर विश्वविद्यालय से उठती नई आग पर ध्यान लगाने के लिए मुड़ गया।

जैसे-जैसे रात गहराई, वह अपनी बातचीत में ज्यादा खौफजदा और ज्यादा सनकी होता चला गया। वह यकीन और बल के साथ बोलते हुए ऐसी बातें कहता, जो वास्तव में वह कहना नहीं चाहता था। वह काँप रहा था, उसके घुटनों की चपनी झटका खा रही थी, उसके हाथ बर्फ सरीखे सर्द हो गए थे, और उसकी पेशानियों पर बन रहा ठंडा पसीना उसकी काली घनी भौंहों से चूता हुआ, उसे आधा अंधा बना दे रहा था। क्योंकि वह इतना खौफजदा और ज्वरग्रस्त लग रहा था, कि इक़बाल ने एक रूमाल पर थोड़ा 'यू डी' कोलोन छिड़का और इसे भुट्टो की पेशानी पर लगाया। लगा कि इससे उसे थोड़ी राहत मिली है और उसने कहा, "यह तुममें बहुत अच्छी बात है, इक़बाल। बस यह जारी रखो। बहुत-बहुत शुक्रिया।"

जावेद खुश था, चूँकि शायद ही उसे कभी अपने मालिक की शुक्रगुजारी हासिल होती थी। ठीक उसी वक्त, छावनी की तरफ से कुछ भेदिया गोले आए, और उनमें से कुछ खतरनाक रूप से होटल इंटरकॉन्टिनेंटल के करीब गिरे।

"एकदम बेवकूफ हैं वे !" भुट्टो ने कहा, "अब वे सीधे हम पर गोले छोड़ रहे हैं। मेरा खयाल है, तुम्हें अंदाजा होगा कि मेरा इन सबसे कोई लेना-देना नहीं है।"

"मुझे पता है सर।"

"उनका दिमाग पूरी तरह खराब हो गया है—निहायत नासमझ। मैंने उन्हें किसी हिमाकत के खिलाफ खबरदार किया था ! वे मेरा सारा काम तबाह कर दे रहे हैं ! उन्हें पता है वे क्या कर रहे हैं ! ज़रूर उन्होंने इसकी योजना महीनों से बनाई होगी—यह

ऐसा कुछ नहीं है जिसे अंजाम देना उन्होंने आज ही तय किया हो ! उन्होंने मुझे कुछ नहीं बताया—एक लफ्ज भी नहीं ! आज दोपहर तीन बजे तक प्रेसिडेंट अवामी लीग के साथ बातचीत कर रहे थे। हम सब भरोसे के साथ काम कर रहे थे—यही हमने सोचा था ! और उनमें मुझे यह बताने तक की तमीज नहीं थी कि वे क्या करने जा रहे हैं। मैं मुकम्मिल तौर पर बेगुनाह हूँ !''

''मुझे पता है सर !''

इक़बाल लरकाना की उस बैठक में मौजूद था जिसमें जेनरलों के साथ अवामी लीग को धोखा देने और जरूरत पड़ने पर तबाह कर देने की योजना पर चर्चा हुई थी। खुद भुट्टो ने मशविरा दिया था कि अवामी लीग के नेताओं को 'सबक सिखाने लायक कड़ी से कड़ी सजा' मिलनी चाहिए, शब्द उसकी जुबान से चू रहे थे, उसके तीखे नाक-नक्शों पर हलकी-सी मुस्कुराहट खेल रही थी; और सभी जेनरलों ने सिर हिलाया था।

'अवामी' का मतलब होता है 'जनता का'—पार्टी का निशान एक नाव थी जो इसलिए चुनी गई थी कि ढेर सारे किसानों के पास अपनी नाव थी या वे नाव से लगातार सफर करते थे—और उसने कहा था, ''नाव उलट जाएगी और उसका निशान भी नहीं रहेगा।'' इसी वक्त प्रेसिडेंट ने उसके कंधे पर अपनी बाँहें लहराते हुए कहा, ''तुम हममें से एक हो प्यारे जुल्फी,'' और इसके बाद वे रियासत में शिकार खेलने चल दिए। तिस पर भी वह 'हममें से एक' नहीं था क्योंकि वह जेनरल नहीं था, क्योंकि वह फौजी तक नहीं था, क्योंकि वह महज, खुदा उसकी हिफाजत करे, अमेरिका और इंग्लैंड में तालीमयाफ्ता एक जमींदार था, और, आखिरकार, क्योंकि वह उर्दू एक ऐसे लहजे में बोलता था जिससे जाहिर होता था कि उसे कभी इस जुबान पर महारत हासिल नहीं हुई थी और शायद कभी होगी भी नहीं। खिड़की के पास खड़े-खड़े, अचानक उसके भीतर जेनरलों के प्रति एक गुस्सा धधका। क्यों उन्होंने उसे अपने राज नहीं बताए थे ? क्या उन्हें अहसास नहीं हुआ कि वे पूर्वी पाकिस्तान से हाथ धो बैठेंगे, और शायद पश्चिमी पाकिस्तान से भी, अगर उन्होंने यह सिलसिला जारी रखा ? काश कि उन्होंने उसका मशविरा लिया होता ! काश कि उन्होंने उसे चौबीस घंटे की नोटिस भी दी होती ? मगर नहीं, उन्होंने यह सब बिना उससे मशविरा किए किया, उसे जरा भी सुराग न देते हुए कि उनका इरादा ढाका को या कम से कम इसके इतने बड़े हिस्से को जलाकर खाक कर देने का है कि ढाका में कोई न भूले कि क्या हुआ था।

''तुम समझते हो, इक़बाल, मैं पूरी तरह बेगुनाह हूँ ! तुम इसे समझते हो न ?''

''हाँ, सर।''

''हमें कई बार खौफनाक काम करने पड़ते हैं, मगर यह नहीं ! मैंने लोगों को—अच्छे लोगों को—जेल में डाला है, और मेरा दिल उनके लिए खून-खून रोया है, लेकिन इस तरह का काम करना, इक़बाल, क्यों, यह पूरी तहजीब के खिलाफ एक गंदी कार्रवाई है। वे हैवानों से ज्यादा कुछ नहीं हैं ! और मैं—मैं हैवान नहीं हूँ !''

''नहीं सर, हम सब यह जानते हैं ! हममें से कोई यह सोच नहीं सकता कि आप

हैरान हैं।"

इस टिप्पणी से भुट्टो को सुकून हासिल होता दिखा। वह फ्रिज तक गया जहाँ उसने जिन और व्हिस्की की बोतलें रखी थीं, और अपने लिए एक पेग तैयार करने लगा। उसने कड़ी व्हिस्की पी, ज्यादा बेहतर महसूस किया, दूसरी ढाली, और फिर अपने गिलास की सतह पर तैरती बर्फ पर निगाह डाली। बर्फ में लपटों का अक्स बन रहा था। वह खिड़की तक गया, उसने अपना गिलास उठाया, और कहा, "उन हैवानों के नाम ! खुदा उन पर रहम करे।"

करीब एक घंटे से उसके सहायक फोन पर फौजी मुख्यालय से संपर्क करने की नाकाम कोशिश करते रहे थे। भुट्टो खासतौर पर जेनरल टिक्का ख़ान से बात करना चाहता था, जिसके हाथ में पूर्वी पाकिस्तान का गवर्नर और चीफ मार्शल लॉ ऐडमिनिस्ट्रेटर होने के नाते इस कार्रवाई की कमान थी। उसके सहायकों को बार-बार यह बताया जाता रहा कि जेनरल टिक्का ख़ान उपलब्ध नहीं हैं, छावनी में नहीं हैं, गवर्नर के महल में नहीं हैं, भुट्टो से अभी बात करने की फुरसत नहीं है, किसी कॉन्फेरेंस में हैं, ढाका से बाहर हैं, मुआयने के लिए निकले हैं, रिपोर्ट पढ़ने में मशगूल हैं, सोए हुए हैं। साफतौर पर अलग-अलग बहाने खोज पाने की टिक्का की काबिलियत के अनुपात में ही बहानों की तादाद थी। भुट्टो को पूरा यकीन था कि टिक्का को पता है कि उसे फोन पर बुलाया जा रहा है और हर बार उसने फोन पर न आने की अलग-अलग वजहें पेश कर दी हैं। अब, आखिरकार, बिलकुल अचानक, जेनरल ने भुट्टो के फोन का जवाब देने की इनायत की। एक सेक्रेटरी भीतर आई और उसने कहा, "जेनरल लाइन पर हैं मि. भुट्टो।" हैरान होते हुए, भुट्टो ने पाया कि वह काँप रहा था, उसका गला सूख चुका था, उसके हाथों की हथेलियाँ ठंडे पसीने से लथपथ थीं, और उसे व्हिस्की के एक और गिलास की बुरी तरह तलब महसूस हो रही थी। उसने फोन उठाया और कहा, "जेनरल–जेनरल टिक्का ख़ान–।"

"तुम हो भुट्टो ? मैंने सुना कि तुम मेरे दफ्तर पर हर पाँच मिनट में फोन करते रहे हो। तुम्हें क्या हो गया ? मुझे गवारा नहीं कि तुम मेरे सेक्रेटरियों को इस तरह परेशान करो। अगर मेरी सलाह मानो तो एक पुरलुत्फ नींद ले लो बुजुर्गवार !"

"मैं जानना चाहता हूँ कि–"

"मुझे पता है तुम क्या जानना चाहते हो। तुम जानना चाहते हो कि हम क्यों इन नामुराद बंगालियों को मार रहे हैं। तुम्हीं ने तो लरकाना में खुद कहा था कि हम आसानी से इन कमबख्तों में से कुछ लाख को कुरबान कर सकते हैं, जब तक बाकी सब ठीक न हो जाएँ। यह तुम्हारा मशविरा था, और हम सब इसकी तामील कर रहे हैं। तामील करना हमारा काम है। हम शहरियों से कोई दखलंदाजी नहीं चाहते ! यह एक मुश्किल काम है जुल्फी।"

जेनरल हमदर्दी चाहता मालूम हो रहा था; वह भुट्टो से रास्ते से हट जाने की इल्तिजा कर रहा था।

"तुम जानना चाहते हो कि प्रेसिडेंट तुम्हें अपने विमान पर क्यों नहीं ले गए, और मैं तुम्हें बताऊँगा," जेनरल बोल रहा था, "तुम्हारे लिए उनके दिल में गहरी इज्जत और तारीफ का जज्बा है, मगर वे एक फौजी हैं, और यह कार्रवाई एक फौजी कार्रवाई है। वे चाहते हैं कि तुम यह समझो। वे इसे एक फौजी शक्ल देना चाहते हैं। उन्होंने मुझसे कहा, 'सियासत बहुत हुई, और अब हम काम में उतर रहे हैं। मेरा खयाल है, तुम मेरी बात समझ चुके होगे।"

"हाँ, सर।"

"ठीक है। देखता हूँ, कल तुम्हारे लिए किसी जहाज का इंतजाम कर सकूँ। अब अच्छे आदमी बन जाओ जल्दी, और जाकर सो जाओ।"

इसके बाद इस बातचीत को भुट्टो ने अपने जानते सबसे ज्यादा दिमाग खोलने वाली बातचीत के रूप में याद किया। उसकी कल्पना में 'तेज़-तर्रार दरियाफ्त की सबसे ज्यादा ऊँचाई' पर यह एक लंबी बातचीत रही थी और इसमें दिमागों का मिलना हुआ था। जेनरल टिक्का ख़ान के लिए उसकी इज्ज़त बढ़ गई थी और उसे यकीन था कि उसने फौज पर अपनी पकड़ मजबूत की है। मगर यह सब एक तरह की चालबाजी थी। जब जेनरल ने फोन बंद किया, भुट्टो ने टेलीफोन के माउथपीस पर अपना हाथ रखा और कहा, "कमीना कहीं का !" फिर उसने कहा, "खुदा के लिए मुझे एक पेग दो इक़बाल !"

उसने दो गिलास व्हिस्की और पी, और लगभग उदासीनता की हालत में पहुँच गया। उसके हाथ काँप रहे थे, और आँखें खून-सी लाल थीं। एक बार, अपने सूट को सजा रही तीन छोटी, गोल मेजों में एक पर बैठे हुए, वह अचानक उछला, और खिड़की तक दौड़ा, उसने शीशों पर मुक्के मारे और अस्पष्टता से चिल्लाने लगा। इक़बाल उसे धीरे से मेज तक ले आया।

"ठीक है, आज की रात हम मशहूर नहीं हैं, नहीं इक़बाल !" भुट्टो ने कहा, "शोहरत हमें चकमा दे देती है, या हमें भूल जाती है। मेरा खयाल है, यह शेक्सपीयर ने लिखा था। वाकई तुम शोहरत के बारे में क्या सोचते हो इक़बाल ?"

यह एक लंबा मजाक था, जो इक़बाल की राहत के लिए अक्सर दुहराया जाता था। इक़बाल का मतलब है, 'शोहरत।' भुट्टो 'मशहूर इक़बाल' और 'गैरमशहूर भुट्टो' के बारे में बात करना पसंद करता था। यह साफतौर पर समझ में आता था कि शोहरत भुट्टो के लिए रखी हुई है और काबिल इक़बाल हमेशा के लिए शोहरत के फलों से महरूम रहेगा।

गोलीबारी अभी भी चल रही थी; जब भी कोई खासतौर पर तेज धमाका होता, शीशे खड़खड़ा जाते; और कभी-कभी बिजली इस तरह मद्धिम हो जाती कि हर बल्ब के मद्धिम लाल तंतु चमकते। सारी रात फायरिंग और पीछा करती गोलियों की कौंध बनी रही। दूर चल रही गोलीबारी की रोशनी में चमकते टैंक सड़कों पर खड़खड़ाते थे, और भारी तोपखाने का शोर, और भारी मशीनगनों और दूसरे स्वचालित हथियारों की

गड़गड़ाहट बिना किसी रुकावट के, सुबह के शुरुआती घंटों तक जारी रही। इसके बाद, हालाँकि गोलीबारी चल रही थी, यह तयशुदा ढंग से पहले से काफी मद्धिम थी, मानो फौजी खुद ही कत्लेआम से थक रहे हैं।

"ओह, अब उन्हें रोक देना चाहिए !" भुट्टो ने एक बार, खास तौर पर तेज धमाके के बाद कहा, "ये जेनरल—उन्हें कभी नहीं पता कि कब रुकना है। इक़बाल, मुझे पूरा यकीन है कि इनका दिमाग खराब हो गया है !"

यह कहते हुए, अपने चेहरे पर सब कुछ जानने वाली मुस्कान के साथ, वह राज के ढंग से आगे की तरफ झुका और फिर उसने उन शब्दों को ज्यादा इज्जत देने के लिए अपना पूरा जिस्म ऊपर उठाया, जो वह कहने जा रहा था।

"मैं तुम्हें बताऊँगा, बर्खुरदार, अगर उन्होंने यह मेरे ऊपर छोड़ दिया होता तो उन्हें एक सियासी हल मिला होता। मैं टिक्का के खिलाफ कुछ नहीं कह रहा। वह वही करता रहा है जिसका उसे हुक्म था। वह एक अच्छा फौजी है। मगर वह कायदे से उसूलों वाला आदमी नहीं है। नहीं ? वह रईस है—बेहद रईस—और कैसे कमबख्त कोई इनसान फौज के वेतन से इतना रईस हो सकता है ? कल उसने मुझसे एक जहाज का वायदा किया है। मैं तुम्हें बता नहीं सकता कि यहाँ से निकलने के लिए मैं कितना बेताब हूँ।"

उसकी आवाज भारी और धीमी हो रही थी, और कभी, जब वह व्हिस्की के गिलास के लिए आगे बढ़ता, उसके हाथ गड़बड़ा जाते, चूक जाते, गिलास उसके हाथों से टकराकर उलटने-उलटने को हो जाता। वह थका और निचुड़ा हुआ दिख रहा था, उसके होंठ मोटे हो गए थे और आँखें और फूल गई थीं। उसने कहा, "मेरा खयाल है, मैं सोऊँगा," और बैठी हुई भंगिमा में ही सो गया, उसका सिर हिल रहा था।

तब इक़बाल ने एक-एक कर बत्तियाँ बुझा दीं और परदे खींच दिए, जो बेहद भारी थे और बाहर से आने वाली ज्यादातर रोशनी को बाहर रखते थे। बीच-बीच में भुट्टो खर्राटे लेता था, और कभी किसी फूटते हुए गोले की आवाज़ से, उसका जिस्म थोड़ा सिहरता मालूम होता था। लगभग आधे घंटे बाद, इक़बाल ने देखा कि भुट्टो एक तरफ इस तरह झुक गया है कि उसका सिर सोफे के सिरे पर रखे कुशन पर टिक गया है, जबकि उसके पाँव फर्श पर झूल रहे थे। यह साफतौर पर एक तकलीफदेह स्थिति थी। इसलिए इक़बाल ने इसे थोड़ा आरामदेह बनाने का फैसला किया, उसके पाँव ऊपर किए, कुशन को ठीक जगह लगाया, उसे एक हलका कंबल उढ़ाया और उसकी निगरानी करता रहा।

"बेचारा वास्तव में बुरी तरह टूट गया है," इक़बाल बुदबुदाया, "उम्मीद करनी चाहिए कि वह रात-भर अच्छी तरह सोएगा।"

"अगर हम किसी बुरे ख्वाब के बीच रहे हैं," डैन हेलबर्ग होटल के अपने कमरे में कह

रहा था, "तब वाकई सब कुछ की कैफियत दी जा सकती, या बल्कि कैफियत की जरा भी जरूरत नहीं है। लेकिन अगर हम रात-भर किसी ख्वाब में नहीं रहे हैं, तो हमें कुछ संजीदा सवाल पूछने का हक है। पहला सवाल यह है कि पूरी आबादी को अपने खिलाफ करके आखिर बेचारी पाकिस्तानी फौज क्या हासिल करने की उम्मीद रखती है ?"

"तुम मुझसे पूछ रहे हो ?"

"हाँ, मैं तुमसे पूछ रहा हूँ। मेरा खयाल है तुम किसी कैफियत के बारे में सोच सकते हो, जबकि यह मेरी समझ के बिलकुल परे है। मैं तो समझता हूँ, वे पागल हो गए हैं।"

"तुम इसे संतोषजनक कैफियत नहीं मानते।"

"नहीं, नहीं मानता। मैं नहीं समझता कि 'पागल' शब्द सब कुछ हल कर देता है। उनके पागलपन में जरूर कहीं कोई तर्क होना चाहिए। मुकम्मिल हुकूमत ? मुकम्मिल हताशा ? या तो वे इस नतीजे तक पहुँच गए हैं कि उन्हें पूरी तरह हावी होना है या फिर महज वे एक ऐसे मुल्क पर हुकूमत करने की अपनी हताशा की भड़ास निकाल रहे हैं जो उनके लिए पराया है, उनसे नफरत करता है, और जाहिर कर रहा है कि वह उनके काबू के बाहर है। इसलिए वे 'दूसरों के लिए मिसाल' के तौर पर राजधानी को जलाकर खाक कर दे रहे हैं।"

"यह बात कुछ जमती नहीं।"

"मैंने कब कहा कि मैं जमा रहा हूँ। मैं खुद को एक पाकिस्तानी फौजी के दिमाग के भीतर रखने की कोशिश कर रहा हूँ—खासतौर पर राष्ट्रपति जेनरल याह्या ख़ान, चीफ मार्शल लॉ ऐडमिनिस्ट्रेटर, और बाकी सबके दिमाग में। उसे इन सबसे कुछ हासिल करने की उम्मीद है। उसे क्या हासिल होने की उम्मीद है ? किस मुश्किल का उसने हल किया है ?"

"या वह मुश्किल से बच रहा है ?" चार्ल्स कॉन्जेवोयेक्स ने अपने मुश्किल से पकड़ में आने वाले फ्लेमिश लहजे के साथ कोमल आवाज में पूछा, "क्या तुमने इसके बारे में सोचा है ?"

"हाँ, मैंने सोचा है ! क्या 'मुश्किल से बचने' से तुम्हारा मतलब मुश्किल का सफाया कर देने से है ?"

"नहीं, बस इससे भागने से, यह बहाना करते हुए कि वह नहीं है। उसके लिए, कम से कम अपने संजीदा लम्हों में, मुश्किल पश्चिमी और पूर्वी पाकिस्तान की एकता की हिफाजत की है। उसे पता है कि इसका कोई सियासी हल ही हो सकता है, मगर खुद को किसी सियासी हल में लगाने की जगह वह एक फौजी हल में जुटा हुआ है। क्यों ? उसी वजह से, जिससे, तानाशाहों का जब भी न हल होने वाली घरेलू मुश्किलात से साबिका पड़ता है, तो वे विदेशी जोखिमों में उलझ पड़ते हैं। याह्या ख़ान एक विदेशी मामले में जुटा हुआ है। वह अपने ही लोगों के बीच दुश्मन पा रहा है, मगर उसने उन्हें कभी अपने लोगों की मान्यता नहीं दी है, कभी पाकिस्तान पर यकीन नहीं किया है,

बंगालियों को दुश्मन के अलावा उसने कुछ नहीं समझा है। इसलिए अपने जमीर पर बिना कोई चोट लिये वह उनके खिलाफ जंग छेड़ सकता है। और उसके लिए यह और भी आसान है, क्योंकि दुश्मन पूरी तरह निहत्था है। जंग में फतह मिलेगी; वह लूट की बड़ी रकम के साथ रोम लौटेगा, और कैदियों को मैमर्टाइन पैलेस में गला घोंटकर मार डाला जाएगा। यही रोमनों ने किया था और मुझे संदेह है कि याह्या ख़ान भी यही करेगा।''

''और समस्या बिना हल के रह जाएगी ?''

''बिलकुल।''

''क्योंकि इसका हल नहीं है ?''

''मैंने यह नहीं कहा डैन। मेरा मानना है कि समस्या का एक बेहद सरल हल है। अगर याह्या ख़ान खुद को गोली मार ले, सारी कार्रवाई मुअत्तल हो जाएगी। अगर वह बस राष्ट्रपति पद छोड़ दे, यह मुअत्तल हो जाएगी। यह समूची कार्रवाई बस एक शख्स, याह्या ख़ान के और एक हद तक, उसके इर्द-गिर्द रहने वाले जेनरलों के छोटे से हुजूम के गैरयकीनी दिखावे को संतुष्ट करने के लिए की गई है। वे एक विदेशी जोखिम में लगे हुए हैं और जीत को लेकर आश्वस्त हैं, या ऐसा वे सोचते हैं। वे बुरी तरह गलत हैं। उनकी हार ही निश्चित है।''

दोनों अखबारनवीस जलते हुए शहर को देखते, खिड़की के पास बैठे हुए थे, लपटों की चमकती हुई जीभें अँधेरी हो चुकी सड़कों पर लपक रही थीं। ठीक उनके नीचे जहाँ कभी अखबार का दफ्तर था, थोड़ी आग अभी भी लगी हुई थी; कुछ दरख्तों में आग लग गई थी और वे जलकर राख हो रहे थे; काफी दूर, एक बस्ती में, छोटी-छोटी लपटें मिलकर एक बड़ी लपट में बदल गई थीं जो अचानक आसमान में उठी और अपनी हल्की कौंध में हजारों घरों को चाट गई। इन सबसे ज्यादा अचरज में डालने वाली बात यह थी कि वे खामोशी के साथ एक अँधेरे कमरे में बैठे थे और मौत के आगोश में जाते एक शहर को देख पा रहे थे।

''मेरा खयाल है,'' चार्ल्स कॉन्जेवोयेक्स ने कहा, ''कि इस तरह का अच्छा होटल बदतरीन हालात में भी उम्दा किस्म की सर्विस बरकरार रखेगा।''

''मेरा भी यही खयाल है।''

''और फिर उम्दा किस्म की सर्विस में आधी रात के वक्त रूम सर्विस भी शामिल है ?''

''मुझे भी यही उम्मीद है।''

''तो ठीक है, मुझे भूख लगी हुई है, मेरी सलाह है कि रूम सर्विस के लिए कहा जाए। मैं एक प्याला कॉफी और हैम सैंडविच लेना चाहूँगा।''

डैन हेलबर्ग ने रूम सर्विस को फोन किया, दो प्याला कॉफी और दो हैम सैंडविचों का आर्डर दिया, और जिस उदासीनता के साथ रूम सर्विस ने आर्डर लिया, उसे देखकर हैरत में पड़ गया। बीस मिनट बाद उसे और भी हैरत हुई, जब बेयरा कमरे में चक्के

वाली मेज धकेलता आया जिस पर कपड़े की गद्देदार तहों में लिपटे कॉफी के दो पॉट थे और उनके रुपहले आवरण के नीचे हैम सैंडविच पड़े हुए थे। सर्विस बेदाग थी। चार्ल्स कॉन्जेवोयेक्स ने जवान बेयरे से बाहर हो रही घटनाओं पर उसकी राय पूछी। कुछ लम्हे सोचने के बाद बेयरे ने कहा, ''सर, यह जानवर है !'' डैन हेलबर्ग ने इन लफ्जों को अपनी साँस के बीच दुहराया। नहीं, यह सच नहीं है। लॉबी में मौजूद पाकिस्तानी अफसर, और ढाका में छितराए हुए बाकी सारे फौजी और अफसर जानवर नहीं थे; वे कुछ और थे, कुछ इतने खौफनाक कि जिसका कोई नाम नहीं है। तब भी, उसके बाद कई दिनों तक उन दो पत्रकारों को ये शब्द पकड़ते रहे, ''सर, यह जानवर है !''

बेयरा कमरे से चला गया और वे खिड़की से बाहर देखते रहे। यह रात का वह समय था जब धुँधलके से पहले आमतौर पर सब कुछ एक गहरी, आखिरी नींद में, हैरतनाक ढंग से खामोश हो जाता है। उनके ठीक सामने ढाका एक विशाल धूसर-काली झील-सा दिख रहा था, जिससे बीच-बीच में यहाँ-वहाँ, मरती हुई लपटों से सुलगकर वर्गाकार खाने उभर जाते थे। फिर ऐसे लम्हे आते थे जब लगता था कि वक्त ठहर गया है जबकि धूसर झील से निकलती हुई इमारतें आकार और आयाम अख्तियार करने लगी हैं। और जब रंग ज्यादा साफ होने लगे, जब हरे और उजले के बचे हुए रंग दिखने लगे, तब भी वक्त निद्रावस्था में था और जो वह देख रहे थे, वह, एक दूसरे पहलू से रहस्यमय और भुतहा, वही नजारा था। आखिर में जब पिटे हुए शहर पर विजेता की तरह, विशाल, खून-सा लाल सूरज उगा, यह एक तूर्यनाद की तरह आया।

सड़कों पर कोई हरकत नहीं थी, कोई गाड़ी नहीं, जीप नहीं, हथियारवाहक नहीं, सुबह की धूप में कोई टहल नहीं रहा था। होटल के अहाते में लगे विशाल खजूर के पत्तों को हवा हिला रही थी। ढाका उनके सामने पसरा हुआ था, और उनके ठीक नीचे अखबार के दफ्तर के काले पड़ गए मलबे के सिवा कुछ भी बदला हुआ नहीं लग रहा था। फिर उन्होंने महसूस किया कि कुछ बदल चुका है। लोग गायब हो चुके थे।

उन्होंने खिड़की से ढाका की तस्वीरें लीं और फिर नीचे लॉबी में आकर बाकी अखबारनवीसों में शामिल हो लिए। जो भी इमारत से निकलने की कोशिश करेगा, उसे गोली मार दी जाएगी, यह बता रही तख्ती अभी तक वहीं थी, और स्टेनगन थामे फौजी भी वैसे ही थे, लेकिन अफसर नज़र नहीं आ रहे थे। अफवाहें थीं कि सभी अखबार-नवीसों को सुबह के दौरान जहाज से बाहर कर दिया जाना है, कि भुट्टो एक प्रेस कॉन्फ्रेंस करने वाला है, कि लॉबी की निगरानी कर रहे फौजी अपने बैरकों में वापस लौटने को हैं, कि अखबारनवीसों को शहर के एक एहतियाती दौरे में शामिल होने का न्योता दिया गया है जो तसल्लीबख्श ढंग से साबित कर देगा कि फौज ने हिंदुओं या कम्युनिस्टों, या कुछ अब तक अचीन्ही इंकलाबी ताकतों द्वारा की जाने वाली बगावत को रोकने के लिए एहतियात और समझदारी से काम किया है। लेकिन इन अफवाहों के सूत्र खोजना नामुमकिन था, और डैन हेलबर्ग ने नतीजा निकाला कि न कोई एहतियाती दौरा होगा न प्रेस कॉन्फ्रेंस, और उन्हें कई दिनों तक होटल के भीतर

निगरानी में रहना पड़ सकता है क्योंकि यह गले से उतरने लायक नहीं था कि जो कुछ उन्होंने देखा है, उसे बाहर की दुनिया तक पहुँचाने देना पाकिस्तानी सरकार चाहेगी।

सुबह आठ बजे, अखबारनवीसों के बीच अचानक हलचल होने लगी। एक बार फिर अफवाहें उड़ रही थीं। भुट्टो तेरहवें माले के अपने सूट से निकलने वाला था और बहु-प्रतीक्षित प्रेस कॉन्फ्रेंस की सदारत करने वाला था। अफवाह का पहला हिस्सा सही था, दूसरा गलत। वह एलीवेटर से निकला, बिना दाढ़ी बनाए और तल्ख चेहरा लिए, नीली टाई और गहरे धूसर रंग का सूट पहने हुए, उसके पीछे उसका स्टाफ और उसका भारी-भरकम साजो-सामान ढो रहे होटल के लड़के थे।

"मि. भुट्टो, मि. भुट्टो !" अखबारनवीस चिल्लाए, "क्या आप प्रेस कॉन्फ्रेंस करने जा रहे हैं ? कृपया बताइए कि क्या हुआ।"

"मुझे कुछ नहीं कहना है," भुट्टो ने तल्खी से कहा, "आप सब जहन्नुम में जाइए।"

उसका चेहरा गुस्से से टेढ़ा हो गया था, और कुछ लम्हे बाद तक और ज्यादा नाराज हो गया जब उसे पाकिस्तानी फौज के एक कर्नल ने एक निजी वाहन के ड्राइवर के बगल में बैठने का हुक्म दिया।

"लानत हो मुझ पर जो मैं वहाँ बैठूँ !" उसने जोर से कहा, और शालीन कर्नल ने जवाब दिया कि उसे अपने कमांडिंग जेनरल से हुक्म मिला है कि मि. भुट्टो को ड्राइवर के बगल में बैठाया जाए।

"मुझे मेरी लिमोज़ीन चाहिए," भुट्टो ने कहा, "मैं अपनी लिमोज़ीन के बिना नहीं चलूँगा।"

"क्या मैं मि. भुट्टो को याद दिलाऊँ कि ढाका में मार्शल लॉ लागू है और यहाँ जेनरल टिक्का ख़ान के हुक्म आखिरी होते हैं ?"

भुट्टो का स्टाफ उसके साजो-सामान के साथ वाहन के पिछले हिस्से में ठुँस गया जबकि भुट्टो कर्नल और ड्राइवर के साथ आगे बैठा। उसे सीधे हवाई अड्डे नहीं ले जाया गया। इसकी जगह उसे जेनरल टिक्का ख़ान के हुक्म से जगन्नाथ हॉल के जले हुए मलबे और फिर तबाह हो चुकी पुलिस लाइन तक ले जाया गया जहाँ आग अभी भी लगी हुई थी। उसे उन बस्तियों के पार ले जाया गया जो काली राख के बिखरे हुए ढेर से ज्यादा कुछ नहीं रह गए थे और जिनमें मलबे के बीच घरेलू कामकाज के बर्तन भद्दे ढंग से यहाँ-वहाँ चमक रहे थे। उसने अपनी नाक पर रूमाल रख लिया था और जब भी सड़क पर पड़ी लाशों पर उसकी निगाह पड़ती, वह दूसरी तरफ देखने लगता।

"जेनरल ने आपको देखने को कहा है," कर्नल ने अदब के साथ कहा, "इसलिए आप हाथों से अपनी आँखें मत ढकिए।"

"मैं समझता हूँ," भुट्टो बुदबुदाया, मेरा खयाल है, वह इन सबके लिए मुझे जिम्मेदार मानता है। नहीं, मैं जिम्मेदार नहीं हूँ। इसे रोकने के लिए जो हो सकता था, मैंने किया।"

फिर वह फूट पड़ा, उसकी आँखों से आँसू बह निकले, और उसके टेढ़े मुँह से ऐसी अजीबोगरीब जानवरों सरीखी आवाज़ें आने लगीं कि कर्नल ने घबराकर ड्राइवर को रुकने का हुक्म दिया। उसे लगा कि भुट्टो को दिल का दौरा पड़ा है। निजी वाहन एक चौराहे पर रुका हुआ था, जहाँ पाँच लाशें सड़क पर पड़ी हुई थीं और उनमें से दो बच्चे थे।

"प्लीज," भुट्टो सुबक रहा था, "खुदा के लिए मुझे यहाँ से ले चलो।"

"जेनरल चाहते थे कि आप ये चीजें देखें," कर्नल ने सख्ती से कहा, "उनका मानना है कि यह सब आप राजनीतिज्ञों की गलती है, और इस गंदगी को साफ करने के लिए फौज को कूदना पड़ा।"

कुछ मिनट बाद, भुट्टो और उसके सहयोगी, हजार मील से कुछ ज्यादा दूर स्थित कराची तक उन्हें ले जाने वाले जहाज पर थे। बाद में उसी दिन एक दूसरा जहाज उन सभी अखबारनवीसों को बाहर ले गया जो होटल इंटरकॉन्टिनेंटल में ठहरे हुए थे। उनकी नोटबुक और कैमरे की रीलें उनसे ले ली गई थीं; फौजियों ने उनकी तलाशी ली थी और उनके साथ बदसलूकी की थी; और जब उन्होंने पूछा कि क्या उन्हें बाहर निकाला जा रहा है और किस अधिकार से, तो उनसे कहा गया कि बेहतर हो वे सवाल न पूछें।

ढाका से खून की और जलने की गंध उठ रही थी, और काला बादल अभी भी गुलशन के ऊपर तैर रहा था।

आततायी

पाँच

कत्लेआम के बाद का दूसरा दिन बिना बादल के और ताजगी-भरी हवा के साथ निकला। यह शुद्ध वसंत का मौसम था, धूप छिटक रही थी और घास पर ओस चमक रही थी। ऐसे बेहतरीन दिन नायाब हुआ करते थे, और आम हालात में ढाका के लोग मौसम का लुत्फ लेने के लिए बच्चों को देहातों की तरफ ले जाने की सोचते। ऊपर बहुत छोटे बादल बनने शुरू हो रहे थे, लेकिन वे हलके नीले थे और उन्हें आसमान से अलग करना लगभग नामुमकिन था।

सुबह साढ़े छह बजे रेडियो ढाका का उद्घोषक माइक्रोफोन पर आया और उसने उर्दू, बँगला और अंग्रेजी में कहा, "श्रोताओं से अनुरोध है कि वे एक खास ऐलान का इंतजार करें।" इसके बाद फौजी संगीत शुरू हुआ। ठीक पौने सात बजे फौजी अधिकारियों की तरफ से एक पैगाम प्रसारित करने के लिए एक उद्घोषक एयर पर आया। "सब लोग ध्यान दें ! फौजी गवर्नर और चीफ मार्शल लॉ प्रशासक लेफ्टिनेंट जेनरल टिक्का ख़ान के हुक्म से आपको सूचित किया जाता है कि कर्फ्यू सुबह सात बजे से शाम चार बजे तक के लिए उठा लिया जाएगा। आप बाहर निकल सकते हैं और शांति के साथ अपनी खरीदारी कर सकते हैं। सारी दुकानें और बैंक खुले रहेंगे, सभी सरकारी कर्मचारी काम पर लौटेंगे, अपनी सभी शक्लों में सामान्य जीवन को बहाल किया जाएगा। हम दुहराते हैं कि सात बजे से चार बजे तक आप बाहर जा सकते हैं और अमन के साथ अपनी खरीदारी कर सकते हैं। स्कूल खुलेंगे लेकिन जल्दी बंद हो जाएँगे। हर तरह की गाड़ियों के यातायात की इजाजत दी जाती है। चेतावनी ! सब अपने जाती हथियार फौजी अधिकारियों को सौंप दें। जो हथियार सौंपे नहीं जाएँगे उनके मालिकों को कड़ी सजा भुगतनी पड़ेगी और उनके साथ सख्ती से निबटा जा सकता है। हम दुहराते हैं कि फौजी गवर्नर और मुख्य मार्शल लॉ प्रशासक लेफ्टिनेंट जेनरल टिक्का ख़ान के हुक्म से कर्फ्यू सुबह सात बजे से लेकर शाम के चार बजे तक के लिए उठा लिया जाएगा। इस दौरान सामान्य जीवन लौटेगा। पाकिस्तान जिंदाबाद !"

एक जवान फौजी अफसर द्वारा रेडियो ढाका से इस प्रसारण के बावजूद जिंदगी आम ढर्रे पर नहीं लौटी। कुछ भी सामान्य नहीं हो सका, न ही टैंकों की चाल से बने निशानों वाली सड़कें, न ही गोलियों से छिदे मकान, और न ही लोगों के चेहरे। एक

धुँधले ढंग से हर कोई महसूस कर रहा था कि शहर नापाक हो चुका है और उसे शुद्धीकरण की किसी अकल्पनीय कार्रवाई से ही पाक किया जा सकता है। यहाँ तक कि फौजी भी, जिन्होंने मारा, लूटा था, तहस-नहस किया था और शहर के कई इलाकों को जला डाला था, कभी-कभी एक-दूसरे को खामोशी से घूरते थे और खुद को कहता हुआ सुनते थे, "खुदा के नाम पर अब हमारा क्या होगा ?"

पौने सात बजे हर कोई ट्रांजिस्टर नहीं सुन रहा था; और ढाका के लोगों को अपनी खुशकिस्मती का अहसास होने में कुछ वक्त लगा। कुछ ऐसे भी थे जिन्हें संदेह था कि फौजी अधिकारी अपना वायदा निभाएँगे या नहीं। कर्फ्यू एक लचीला अवसर हो सकता है; फौज अगर चाहे तो इसे घटा सकती है, बढ़ा सकती है, हटा सकती है। शायद यह लोगों को सड़क पर निकालने और फिर मशीनगन से भून डालने की एक चतुराई हो। हालाँकि उद्घोषक ने सपाट और आधिकारिक लहजे में यह बात कही थी, लेकिन वह पूरी तरह भरोसे लायक नहीं था। फौजी संगीत चलता रहा और इसके बाद न समझ में आने वाले ढंग से गन्ने की कटाई पर एक वार्ता आने लगी, जो पहले ही कट चुका था। दो रातों से कोई नहीं सोया था, दो रात और एक दिन तक तोप के गोलों, मोर्टारों, बजूका, हलकी और मध्यम मशीनगनों, स्टेनगनों, छोटे आग्नेयास्त्रों, टैंकों की गड़गड़ाहट और लपटों के शोर से लोग बहरे हो गए थे। वे सोना और आराम करना चाहते थे और अपने जख्मों पर मरहम-पट्टी करना चाहते थे। शहर में छोटी-छोटी आग अभी भी लग जा रही थी, पाकिस्तानी गश्ती दल अभी भी गिरफ्तारियाँ करने और 'बलवाइयों' को गोली मारने के लिए भेजे जा रहे थे, एक शब्द जो लगभग बेमानी हो चुका था, क्योंकि इसमें हर कोई शरीक था जो गोलीबारी के निशाने में आ जा रहा था। लोग हैरान थे कि क्या वे कर्फ्यू जैसे आम मामले में फौज पर यकीन करें।

उन्हें हैरान नहीं होना चाहिए था, क्योंकि फौज थक चुकी थी। एक दिन पहले की दोपहर को आधी उपलब्ध टुकड़ियों को बैरकों में बुला लिया गया था। फौज को पता चला था कि कुछ टुकड़ियाँ लूट के माल पर आपस में ही लड़ रही थीं, जेवरात की एक दुकान पर छापा मारा गया था; सिल्क के बंडलों से ट्रक भरे जा रहे थे; औरतों को उठाकर छावनी ले जाया जा रहा था। मनोबल पर असर पड़ रहा था।

उस सुबह ढाका, जिंदगी और हवा के लिए तड़फड़ाता हुआ मरणासन्न हालत में जख्मी पड़ा था। सूरज चमक रहा था, पलाश अपनी पँखुड़ियाँ गिरा रहे थे, और हवा ताड़ और यूकिलिप्टस के पेड़ों को हिला रही थी। कभी-कभार किसी राइफल की गोली की आवाज़ आती थी या किसी आग के अंगारों से लपटें फूट पड़ती थीं। फीरोजी रंग के आसमान के साथ यह एक गर्म दिन था। हालाँकि बारिश नहीं हुई थी, लेकिन आसमान रात की बारिश में धुला-धुला दिखाई पड़ रहा था।

शहर पर मौत की गंध भारीपन के साथ तारी थी, किसी सड़े हुए फल सरीखी मीठी तेजाबी गंध। धूप जैसे-जैसे तीखी हो रहीं थी सड़कों पर सूखे हुए लहू के चहबच्चे में पड़े जिस्मों में हलकी-सी हरकत आ रही थी; एक हाथ हिला, एक उँगली झटके से उठी,

एक मुँह खुला। इक़बाल हॉल के बीस छात्रों के जिस्मों को उठाकर एक कतार में छत पर रख दिया गया, जिसकी कोई वजह किसी की समझ में आने लायक नहीं थी; और, पहले से ही खून से फूले हुए, बड़ी संख्या में काले कौवे उनके बीच मँडरा रहे थे। दूसरी जगह, सड़कों पर उन लोगों के जिस्मों ने अजीब भंगिमा अख्तियार कर ली थी जो भाग रहे थे और जिन्हें मशीनगनों ने बीच में ही ढेर कर दिया था। चूँकि उनमें से ज्यादातर मर्द और लड़के थे, और गरीब थे और सिर्फ लुंगी और कमीज पहने हुए थे, वे काफी नंगे लगते थे। मैमन सिंह रोड पर एक आदमी टैंक से कुचल दिया गया था और उसका पहचान में आने लायक चेहरा डामर से ताक रहा था।

सेंट्रल जेल के करीब एक रिक्शा वाला अभी तक अपने रिक्शे पर पड़ा हुआ था जिसके सीने में एक धधकती हुई गोली ने सूराख कर दिया था। रिक्शे में आग लगी थी, लड़के का चेहरा काला पड़ चुका था और काले पड़ गए लोहे की किनारी पर बैठे कौवे उसके चेहरे और आँख पर चोंच मार रहे थे, और उसके जिस्म पर कब्जे के लिए पीले कुत्तों से झगड़ रहे थे। कुत्ते लड़के के पाँव पर दाँत गड़ा रहे थे और उसे रिक्शे से नीचे खींचने की कोशिश कर रहे थे, और जब भी जिस्म में हरकत होती, कौवे हवा में उड़ने का शानदार मुजाहिरा करते और विरोध में इतनी जोर से चिल्लाते कि कुत्ते डरकर भाग जाते।

गवर्नर के महल में, तुरंत इस्तिरी की गई पोशाक में सँवरा हुआ लेफ्टिनेंट जेनरल टिक्का ख़ान—उसकी सोने की परत वाली फौजी टोपी और चाँदी की मूठ वाली छड़ी प्रेसिडेंट याह्या ख़ान की चाँदी मढ़ी तसवीर के सामने मेज पर पड़ी हुई थी—रात के दौरान तैयार की गई कार्रवाइयों की रपट पढ़ रहा था। वह मजबूत छाती वाला भारी-भरकम शख्स था और उसके कंधे किसी मुक्केबाज के-से थे और मुक्केबाजी के अपने संक्षिप्त कैरियर के दौरान हासिल की गई थोड़ी चोटिल और फूली हुई नाक न होती तो उसे खूबसूरत कहा जा सकता था। वह खूब पीता था और उसकी रंगत थोड़ी ठीक नहीं थी, लेकिन उसने नाश्ते के वक्त महज आधा गिलास नीट व्हिस्की पी थी और पूरी तरह सचेत था जो दिन के इस शुरुआती समय में एक आम-सी चीज थी। उससे चमड़े और पीयर्स साबुन की गंध आ रही थी और उसका मिजाज दुनिया की चोटी पर था।

कार्रवाई की रपट से वह खुश हुआ। अच्छे सरसराते कागज पर अच्छे ढंग से टाइप की हुई यह रपट उसकी हिदायतों के अनुसार ही लिखी गई थी। कार्रवाई के मकसदों को निहित करते परिचयात्मक पैराग्राफ के बाद उठाए गए कदमों, इस्तेमाल किए गए हथियारों, फौज के नागरिक कर्मचारियों द्वारा दी गई सेवाओं, और नतीजतन हुए आहतों की फेहरिस्त थी। टैंकों और सहायक टुकड़ियों द्वारा इस्तेमाल किए गए रास्तों का संकेत देते तीन अलग-अलग नक्शे थे जो जाहिर कर रहे थे कि बड़ी झड़पें छात्रों के होस्टल में, पुलिस लाइन में और ईस्ट पाकिस्तान राइफल्स की बैरकों में हुईं। बाकी जगहों पर छिटपुट घटनाएँ थीं। नक्शे बेहद बेदाग थे, और नामकरण साफ थे, और इस दंडात्मक

कार्रवाई के मुख्य मकसद में जो कुछ भी असंगत था, उसे छोड़ दिया गया था। उसने हाशिए पर पेंसिल से लिखा, "नक्शा महकमा खास तारीफ के लायक है।"

"जरा भी बुरा नहीं है ! जरा भी बुरा नहीं है !" वह बुदबुदाया और उसके सेक्रेटरी कर्नल बख्तियार अली ने नक्शे बनाने वालों को उनके काम को लेकर जेनरल की खुशी के बारे में बताने के लिए एक जेहनी टिप्पणी तैयार कर ली।

जेनरल को बस एक चीज ने परेशान किया—हताहतों की फेहरिस्त : हताहत हुए दुश्मन--1356, हताहत हुए पाकिस्तानी फौजी—24, जिनमें सोलह खेत रहे। हालाँकि उसे पता था कि दुश्मनों के आँकड़े बहुत हद तक काल्पनिक होते हैं, क्योंकि उसने बलूचिस्तान में लड़ते हुए खुद कार्रवाइयों की रपटें तैयार की थीं। उसे बस यूँ ही 'बलूचिस्तान का कसाई', नहीं कहा जाता था। आँकड़े उसे उत्तेजित नहीं करते थे, और अगर दुश्मनों के आँकड़े 10,000 होते तब भी वह उन्हें इतनी ही आसानी से कुबूल कर लेता। लेकिन आखिरकार, टैंकों, तोपों और बड़े हथियारों से महफूज पाकिस्तानी फौज ने कैसे सोलह लोगों को खो दिया ? उसे एक या दो के मारे जाने की उम्मीद थी, शायद ज्यादा से ज्यादा आधा दर्जन तक, लेकिन सोलह उसकी उम्मीद से ज्यादा थे। उसने हाशिए पर लिखा, "आँकड़ों का खुलासा करो। कब, कैसे, कहाँ ?"

बाकी कार्रवाई रपट ने उस पर बहुत कम असर डाला। उसे पता था कि ऐसी चीज़ें बने-बनाए ढंग से, बँधे-बँधाए फार्मूलों के अनुसार लिखी जाती हैं, और इनका हकीकत से बहुत कम वास्ता होता है। वह सोलह आदमियों के मारे जाने से परेशान था तो इसलिए नहीं कि सोलह जिंदगियाँ बेमानी ढंग से खत्म हो गईं, बल्कि इसलिए कि ये आँकड़े अपने लोगों की हिफाजत की पाकिस्तानी फौज की काबिलियत के बारे में बताते थे। निस्संदेह ईस्ट पाकिस्तान राइफल्स की बैरकों को तहस-नहस करने में यह नुकसान हुआ था। पुलिस लाइन को ज्यादा सहजता से लेना चाहिए था और छात्रों से उसे किसी प्रतिरोध की उम्मीद नहीं थी।

"हाँ, अब तुम उन्हें बुला सकते हो," उसने कर्नल बख्तियार अली से कहा और ध्यान दिया कि पहली रपट के नीचे पूर्वी पाकिस्तान के दूसरे शहरों की कार्रवाइयों के बारे में भी एक रपट है। यह ज्यादा संक्षिप्त थी, क्योंकि वहाँ से खबरें धीरे-धीरे आ रही थीं और उनका मूल्यांकन करने की जरूरत थी। दोपहर तक एक ज्यादा मुकम्मिल रपट का वायदा किया गया था। जब उसने सिर उठाया तो यह देखकर चौंक गया कि उसके स्टाफ के अफसर कमरे में दाखिल हो रहे थे और उसकी मेज के चारों ओर अपनी-अपनी जगह ले रहे थे। वे भी सजे-सँवरे थे, उनकी छाती से उनके तमगे लगे हुए थे, चमड़े के पट्टे चमक रहे थे, चेहरे मुलायम और चिकने थे और वे कुछ इस अदा में खड़े थे जिससे लग रहा था कि उन्हें तनकर सावधान की भंगिमा में खड़ा होने में जरा भी वक्त नहीं लगेगा, हालाँकि अभी वे आराम से ही थे।

"तो, लड़कों, हमने बंगालियों को थोड़ा रगड़ दिया है, नहीं ?" हलके से हँसते हुए जेनरल ने कहा, "मुझे नहीं लगता कि जो थोड़ा सा झटका हमने उनके लिए तैयार किया

था, उसे वे जल्दी भूल जाएँगे। अपने फर्ज के प्रति तुम्हारी वफादारी को देखते हुए मैं तुम सबको बधाई देता हूँ। अपनी फौज के सुनहरे इतिहास में, मुझे शक है, कि हमने खुद को इससे ज्यादा मुश्किल, इससे ज्यादा बदजायका—या इससे ज्यादा जरूरी काम में कभी भी उलझा पाया होगा। यही वजह है कि मैंने तुम सबको तुम्हारी शानदार कामयाबी के लिए बधाई देने को बुलाया।"

वह रुका, तारीफ में जवाब देती बुदबुदाहटों का इंतजार करते हुए, जो अक्सर उसकी शाबासियों के बाद शुरू होती थीं। वह अपनी आरामकुर्सी पर पीछे झुक रहा था, उनकी तरफ देखता हुआ, उसका सिर एक तरफ थोड़ा झुक गया था, अपनी एक कुहनी कुर्सी के हत्थे पर रोपे और दूसरी बाँह सीने पर रखे हुए यह एक विजेता की खास भंगिमा थी।

"मैं तुम जवानों को याद दिलाना चाहता हूँ कि मैं तुम सबके पीछे हूँ," वह बोलता गया, "मुझे तुम सब पर पूरा यकीन है। मैं बस इतना चाहता हूँ कि तुम हमें एक कायदे के वक्त भीतर शांत पड़ चुका पूर्वी पाकिस्तान दो। यह तुमसे कोई बहुत बड़ी माँग नहीं है। हमने यह बलूचिस्तान में किया है, और हम यह यहाँ भी कर सकते हैं। तुम्हारा काम हर बगावत को कुचल डालना है, चाहे यह जहाँ से भी शुरू हो, और तुम्हें सभी मुहैया साधनों का इस्तेमाल करने की मेरी ओर से इजाजत है, उन साधनों की भी, जो आमतौर पर मुहैया नहीं होते।"

उसने हलका सा ठहराव दिया, उसके चेहरे पर मुस्कराहट की एक छाया पार हो गई, उसके स्टाफ के लोग काफी गमगीन लग रहे थे, मानो अब आखिरकार उन्हें अपनी भारी जिम्मेदारी का अहसास हो गया था। हाँ, वाकई मुहैया साधनों से ! लेकिन सभी मुहैया साधनों पर कब उनका अख्तियार नहीं था ? वे समझ गए कि उसका मतलब क्या है ? और उन्होंने खामोशी से एक दूसरे की तरफ सिर हिलाया।

"बिलकुल," जेनरल बोल रहा था, "मुझे तुम जवानों को कभी भी पूरी बात समझाने की जरूरत नहीं पड़ी। जो मैं समझाने की कोशिश कर रहा हूँ वह यह कि तुम्हें किसी भी कीमत पर अपने जवानों की जान बचानी चाहिए ! पाकिस्तानी फौज में हम अपने ओहदों के प्रति अपनी वफादारी के लिए मशहूर हैं ! हम उनके माँ-बाप हैं, या कुछ नहीं है ! बिना किसी ढील के मैं यह जारी देखना चाहता हूँ ! और मेरे कहने का मतलब यह है कि अगर किसी एक पंजाबी फौजी की जिंदगी बचती हो तो मुझे इस बात की परवाह नहीं कि कितने बंगालियों को तुम मार डालते हो, यह याद रखना ! हमारे सोलह लोग हताहत हुए हैं, और सोलह बहुत होते हैं। हमारे जवान बेहतरीन देखभाल के हकदार हैं। हमारे प्यारे राष्ट्रपति हर वक्त उनके बारे में सोचते हैं, और हमें भी सोचना चाहिए ! यही वजह है कि मैं चाहता हूँ कि तुम हिफाजत के जरियों के बारे में भी सोचो। तुम सबने एक बेहतरीन काम किया है, और मैं यह कहने की हिमाकत करता हूँ कि हमारी पाक तारीख में 25 मार्च, 1971 एक शानदार दिन की तरह दर्ज रहेगा। इसलिए एक बार फिर तुम सबके लिए शाबाश !"

दिन-भर में बीच-बीच में वह अपने स्टाफ के अफसरों से अकेले में, या छोटे-छोटे जत्थों में मिलता था इसलिए उन्हें ज़ाती तौर पर मुबारकबाद कहना जरूरी नहीं था। वह मुस्कुराया, उसने अपने दोनों हाथ किसी मुक्केबाज की जीत-भरी मुबारकबाद के अंदाज में अपने सिर के ऊपर उठाए, और हर तरफ अपना सिर हिलाया जबकि उन्होंने उसकी बात पर ताली बजाई। जब वे चले गए तो फिर वह दूसरी रपट पर विचार करने में लग गया, जो पहली की तरह संतोषजनक नहीं थी। ढाका के बाहर बंगालियों ने कई फौजी चौकियों पर कब्जा कर लिया था और कम से कम पाँच अहम पुलों को उड़ा डाला था।

वह कर्नल बख़्तियार अली की तरफ मुड़ा और बोला, "युद्ध अभी तक खत्म नहीं हुआ है, जरा भी नहीं। मेरा खयाल है इन बंगाली लौंडों के दिमाग में थोड़ी समझदारी डालने में खासा वक्त लगने वाला है !"

ठीक लगभग इसी वक्त, जब लेफ्टिनेंट जेनरल टिक्का ख़ान ने दूसरी रपट पढ़नी शुरू की थी, कैप्टन इस्कंदर ख़ान छावनी में अपने बिस्तर से उठा था और 'शावर' का मजा ले रहा था। वह अंधे की तरह गुसल की तरफ बढ़ा था, उसकी आँखें नींद से भरी थीं, उसके बाल अस्त-व्यस्त थे, उसके हाथ इधर-उधर हो रहे थे। उसने गुसलखाने के दरवाजे का हत्था मोड़ना चाहा लेकिन खुद को रसोईघर के दरवाजे के हत्थे से उलझा पाया। अचानक दरवाजा खुल गया और वह रसोईघर में नंगा खड़ा था। रसोईघर की नौकरानी, जो कभी-कभार उसके नौकर अहमद की मदद करती थी, मेज से देख रही थी, उसकी निगाह उस पर पड़ी, वह हँसी, उसकी हलकी-सी चीख निकली, उसने अपनी आँखों पर हथेलियाँ रख लीं। अपनी अँगुलियों के बीच से झाँका, बावरी-सी हो गई और बगीचे में भाग गई। कैप्टन हँसा, मुड़ा और गुसलखाने में चला गया। बगीचे से नौकरानी की चीख और हँसी सुनाई पड़ रही थी।

कैप्टन गुसल के दौरान जागा, जो उसे बहुत ठंडा और बहुत गर्म अच्छा लगता था। यह एक चमकदार दिन था, वह बेहद खुशनुमा मिजाज में था और उसने आमीन के साथ एक पुरलुत्फ रात गुजारी थी। आमीन, जो लगभग पच्चीस की थी, लेकिन काफी कमसिन दिखती थी, गेहुँआ त्वचा, काले रेशमी बाल, जो उसकी पीठ के बीच तक पहुँचते थे, विशाल कसे हुए वक्ष, सुघड़ भरे-पूरे नितंब, लहराती हुई चाल और बड़ी-बड़ी आँखें। अफसरों के मेस से जुड़ी 'तीन रानियों' में से वह एक थी और आम रोजमर्रा में उसकी खिदमतों के लिए तीन या चार हफ्ते का अग्रिम आरक्षण कराना पड़ता था। जेनरल हमीद अब्दुल्ला ख़ान ने आज के लिए उसे 'रिजर्व' कराया हुआ था, और यह उसके दिमाग में आया कि अपने फर्ज के प्रति वफादारी के लिए कैप्टन को इनाम मिलना चाहिए और इसलिए उसने उसे 'जेनरल की बधाइयों' के साथ घर भिजवा दिया था। यह एक 'बेशकीमती' तोहफा था और कैप्टन ने बुरी तरह थके होने के बावजूद इस तोहफे को बाइज्जत कुबूल किया था जब वह चौबीस घंटे की सक्रिय टैंक ड्यूटी से वापस लौटा था।

"आमीन मेरे दिल में है," वह गुसल में गा रहा था, बिस्तर पर चले घमासान और

लुत्फ की लंबी रात को, उसकी नशीली आँखों को, उसकी त्वचा से उठती खुशबूदार गंध को याद करते हुए वह गुसल से निकला, उसने अपना जिस्म पोंछा, और आदमकद आईने में भाप की चाँदी जैसी बैठती परत के बीच अपना एक जायजा लिया। "बुरे नहीं लग रहे," अपने प्रेतनुमा अक्स के सामने उसने कहा। उसने तौलिए से आईने की भाप पोंछी और अपने लंबे, लचीले जिस्म को निहारा, जो उसे बेहद दिलकश लगा। "वाकई, मर्द का-सा जिस्म है ! वास्तव में मेरा खयाल है, मैं टुकड़ी का सबसे हसीन इनसान हूँ।"

यह खयाल उसके दिमाग में पहले भी कई बार आया था, मगर ज्यादातर लगभग आधी खिल्ली उड़ाती हुई मुस्कान के साथ। वह खुद को बहुत संजीदगी से लेने का इच्छुक कभी नहीं रहा, मुख्य तौर पर इसलिए कि उसने पाया कि लोग आम तौर पर गैरभरोसेमंद और इनसानी खूबसूरती से रश्क करने वाले होते हैं और यह जताना अक्सर बेहतर होता है कि उसे अपने खूबसूरत होने का अहसास नहीं है। वह 'लड़कों में एक' होना चाहता था और कुल मिलाकर इसमें कामयाब था। लेकिन औरतों की मौजूदगी में वह उनकी तारीफ करती निगाहों के प्रति सजग रहता था और कभी-कभी कवायद के मैदान में ऊपर के अफसर ठहरते और उस जवान अफसर पर दोहरी निगाह डाल लेते जो साफ तौर पर दूसरों की तरह नहीं था।

"इसमें कोई शक नहीं," बालों से लेकर नाखून तक अपना बारीकी से मुआयना करते हुए कैप्टन ने कहना जारी रखा।

कम से कम चार पीढ़ियों से चली आ रही एक पारिवारिक रिवायत बताती थी कि वह सिकंदर महान के खानदान का था। यह एक उम्मीद से परे का यकीन था लेकिन नामुमकिन नहीं, क्योंकि सिकंदर ने उसका एक बड़ा इलाका जीत लिया था जिसे आज पाकिस्तान कहते हैं। सिकंदर के चेहरे-मोहरे का कुछ असर उस पर भी था—घने-घुँघराले बाल, खूबसूरत तराशी हुई नाक, अच्छी सुघड़ पेशानी, मजबूत ठुड्ढी, उभरी हुई गाल की हड्डियाँ, एक बड़ा और सौम्य मुँह, और इस सब कुछ को एक मजबूत गर्दन और चौड़े कंधों का सहारा मिला हुआ था। उसका जिस्म भी बुतों के लिए जलन की चीज था, और उसे अपनी ठोस जंघाएँ काफी मजा देती थीं, खासकर घुड़सवारी करते हुए जिनका मजा और बढ़ जाता था। हालाँकि ढाका में बहुत कम घुड़सवारी हो पाती थी। उसे अपने लिंग के आकार पर भी गरूर था, काले बालों के गुच्छे से उभरता हुआ, रात की थकान के चलते अभी थोड़ा झुर्रियाया और लाल पड़ा हुआ। इसने उसकी अच्छी तरह खिदमत की थी और उसने उसे प्यार से थपथपाया, यह कहते हुए, 'आमीन मेरे दिल में है और मैं उसके !' फिर वह बेडरूम में लौटा और उसने आमीन को नग्न लेटा पाया, उसका चेहरा बिस्तर पर औंधा था और उसकी टाँगें अलग-अलग दिशाओं में पसरी हुई थीं। "बढ़िया जिस्म है !" उसने कहा और उसे नितंबों पर थपथपाया। फिर उसने एक रिक्शा बुलवाया और उसे घर भेजा।

इस मकान में वह इंजीनियर घराने के अपने दोस्त कैप्टन रहीम नवाज के साथ रहता था, जिसका रंग काला था, वह अदब से बात करता था, खुशमिजाज था, बात-बात

पर मुस्कराता था, उसकी आँखें घनी काली भौंहों के नीचे चमकती रहती थीं। रहीम पहले से ही एक धारीदार दस्तरखान पर करीने से सजे नाश्ते के लिए बैठा हुआ था। नीले परदों से छन-छन कर धूप आ रही थी और कॉफी, मुरब्बे और पके हुए अंडों की खुशबू फिज़ाँ में थी। दोनों ने काम से चौबीस घंटे की छुट्टी ले रखी थी, और यह दिन अपने खुशनुमा, आरामदेह और तनावरहित होने की उम्मीद दिला रहा था। इस्कंदर ने बताया कि किस तरह वह पूरी तरह नंगा रसोई में चला गया था और नौकरानी खिलखिलाती हुई बगीचे में भाग गई थी। काफी का दूसरा प्याला उठाते हुए इस्कंदर ने पूछा, "अब तक तो उसे पटा चुके होगे, रहीम ?" मानो दुनिया का सबसे सहज काम किसी नौकरानी को पटाना ही है।

"वह एक बिजूखा है," रहीम ने यकीन के साथ कहा, "बल्कि, बिजूखा नहीं, पूरी तरह एक किसान।"

"किसानों के साथ ही क्या गलत है ?" इस्कंदर ने पूछा और तुरंत इस पर अफसोस किया क्योंकि उसे याद आया कि रहीम के परिवार ने महज दो पीढ़ियों पहले किसानी का काम छोड़ा है। रहीम के अब्बा दक्खिनी पाकिस्तान के सिंध में एक स्कूल टीचर थे, उसके पहले उनका परिवार हमेशा किसान परिवार ही रहा था। पाकिस्तानी फौज में, ये जानी हुई चीजें थीं, और इन पर चर्चा भी होती थी। लगभग आधे से ज्यादा अफसरों ने कामयाबी के साथ अपनी जाली वंशावलियाँ ईजाद कर ली थीं।

जब नाश्ता खत्म होने को था, तब रहीम ने वह सवाल पूछने का फैसला किया जो उसके दिमाग में सबसे ऊपर था।

"कैसी रही ?"

"क्या कैसी रही ?"

"ढाका की लड़ाई।"

"हमने उनकी अच्छी धुलाई की। ईस्ट पाकिस्तान राइफल्स ने खासी जंग लड़ी। मुझे उन पर गरूर हो आया। अच्छा मुजाहिरा था।"

"उन्होंने मुझे छावनी में रखा," रहीम ने तल्खी के साथ कहा।

"इससे तुम्हारा कुछ गया नहीं। यह एक सड़ा हुआ काम था। उनके पास किसी मौके की छाया तक नहीं थी। हमारे पास सारे भारी-भरकम हथियार थे और उनके पास जो सबसे अच्छी चीज थी, वह एलएमजी थी। मैंने छावनी की दीवार पर गोला बरसाया और टैंक लेकर दाखिल हो गया। जब हम वापस आए तो तुम्हें टैंक की हालत देखनी चाहिए थी, कुचले हुए जिस्मों के टुकड़े तब भी उस पर चिपके हुए थे। लेकिन छात्रावासों पर हमला बदतरीन था। लड़कों के पास सिर्फ लाठियाँ और लोअर की जंग के वक्त इस्तेमाल की गई दो बोल्ट ऐक्शन राइफलें थीं।"

"तुमने बहुतों को मारा ?"

"इमाम ने हमें पूरे सफाए के लिए कहा था। फर्ज, इज्जत और बाकी सब !"

रहीम अपनी साँसों के भीतर चिहुँक-सा पड़ा था, और उसका काला चेहरा और

काला पड़ गया।

"कितने मरे ?"

"चार या पाँच सौ।"

"क्या यह ठीक था ?"

"यह एक हुक्म था, और हमने इसका पालन किया। यह ठीक था या नहीं, यह अलग बात है। प्रेसिडेंट ने कहा था कि हमें उनकी गर्दन तोड़ देनी है। शायद यह हमने किया, शायद नहीं। ईस्ट पाकिस्तान बलूचिस्तान नहीं है। पचास गाँवों को जला दो, कुँओं में डाइनामाइट लगा दो, मवेशियों को मार डालो, औरतों का क़त्लेआम कर दो, और यह मुकम्मल फतह है, मगर तब तक तुम पाते हो कि दूसरे पचास हजार मर्द और औरतें तोड़ेदार बंदूकों से लैस तुम पर टूट पड़ने का इंतजार कर रहे हैं। मैंने किसी बंगाली को हथियार डालते नहीं देखा। यह बुरा है।"

"बुरा कैसे है ?"

"बहुत बुरा—और यह बदतर हो सकता है। तुम देखो, हम लड़े, अगर तुम इसे लड़ाई कह सकते हो तो, इस गुमान में कि थोड़ा-सा खून बहना मरीज के लिए फायदेमंद है। उनका दिमाग दुरुस्त करने के लिए गर्दन के पीछे एक चोट। मगर, वाकई यह जरा भी वैसा नहीं हुआ। हमने शहर को पूरा मटियामेट कर दिया है, सैकड़ों बस्तियाँ लपटों के हवाले हैं, हजारों मारे गए हैं, और लोगों के चेहरों पर दहशत नहीं नफरत का अंदाज। और बदतरीन यह कि हमें यह सब जारी रखना है—इससे बचने की कोई सूरत नहीं है।"

दिमाग के एक हलके से व्यंग्यात्मक बदलाव के साथ स्कूल मास्टर के बेटे रहीम ने मुरब्बे के बर्तन के ऊपर भिनभिनाती एक बड़ी, काली मक्खी को अपने काँटे से कोंचा।

"अरे, फिक्र मत करो," उसने कहा, "पाकिस्तानी फौज को कभी किसी हार का सामना नहीं करना पड़ा है।"

वह फौजी कॉलेज के अपने इंस्ट्रक्टर का पसंदीदा मुहावरा दुहरा रहा था।

"एक पाकिस्तानी दस-दस हिंदुओं और पंद्रह बंगालियों के बराबर है," उसने बोलना जारी रखा।

बंगालियों से उसका मतलब पूर्वी पाकिस्तान के मुसलमानों से था।

"तुम्हें कुबूल करना होगा कि तुम्हारे पास तबाही के औजार बंगालियों से ज्यादा थे, जिनके पास तुम्हारे कहे मुताबिक कोई हथियार नहीं थे—किसी भी सूरत में, छात्रों के पास नहीं थे। तकनीकी तौर पर यह 'निहत्थे शहरियों का क़त्लेआम' है, और आर्मी मैनुअल कहता है कि यह जंग के कानूनों के खिलाफ है। असहनीय, सोचे जा सकने लायक भी नहीं। मेरा खयाल है हमारे प्यारे प्रेसिडेंट ने कभी आर्मी मैनुअल नहीं पढ़ा है। हम बस यही शुक्र मनाएँ कि वह कम से कम कुरआन तो पढ़ता है।"

"मुझे इस पर भी संदेह है," इस्कंदर ने जवाब दिया, "मुझे नहीं लगता कि उसके जिस्म में मजहब की भी कोई रग है। वह अक्सर मुझे एक हंस की याद दिलाता है और

इस पर सोचो तो वह एक हंस की तरह दिखाई पड़ता है। वह एक हंस की तरह मटकता हुआ चलता है। और उसकी रखैलें ! उसकी कितनी भी रखैलें हों, मुझे उससे एतराज नहीं लेकिन वह उनकी कवायद क्यों करवाता चलता है ? मुझे लगता है कि हमें एक 'मीडियाकर' किस्म का प्रेसिडेंट मिला है, जबकि हम इससे कुछ बेहतर के हकदार हैं !"

रहीम ने हमदर्दी से सिर हिलाया। हालाँकि इस्कंदर ने हमेशा प्रेसिडेंट के प्रति एक तरह की मजाक उड़ाने वाली हिकारत जाहिर की थी, इतने खुले तौर पर उसने यह सब कभी नहीं कहा था। चूँकि दोनों अफसर एक-दूसरे को भाइयों की तरह मानते थे और आपस में कोई राज नहीं रखते थे, इसलिए इस बात का खतरा नहीं था कि उनके राज बाहर उगल दिए जाएँगे।

"मुझे इतना बुरा नहीं लगे अगर वह रेडियो पर अपनी मोटी, नशे में चूर आवाज के साथ नहीं आए," रहीम ने कहा, "वह हम सबको शर्मिंदा करने वाला है। जब वह पढ़ता है, आधे वक्त तुम महसूस करते हो कि उसे नहीं पता कि वह क्या कह रहा है। मुझे यकीन है कि ऐसे दूसरे सैकड़ों लोग होंगे जो यह काम ज्यादा बेहतर ढंग से करते। मैं समझता हूँ कभी किसी जेनरल को निजाम का प्रधान नहीं होना चाहिए। तुम्हारा क्या खयाल है ?"

इस्कंदर का कोई खयाल नहीं था। उसने इस मुद्दे पर अपनी कोई राय नहीं बनाई थी। धुँधले तौर पर यह समझते हुए कि कुछ खौफनाक ढंग से गलत था, वह फौज के प्रति वफादार बना रहा था। हॉस्टल में छात्रों पर गोलियाँ चलाना उसे नापसंद था, मगर फौज ने इसका हुक्म दिया था और अपने दुश्मनों को सजा देने के फौज के हक पर बहस करने का उसका जरा भी इरादा नहीं था। रहीम भी पूरी तरह वफादार था। वे एक-दूसरे की खाली रकाबियाँ देखते हुए, लंबी खामोशी में डूब गए।

खामोशी इस्कंदर के यह कहने से टूटी, "मैं खुदा से मनाता हूँ कि ढाका में कोई पोलो का मैदान होता। यही मैं पसंद करता हूँ—पोलो का खेल। मेरे खुदा, सोचो रहीम, हमें इस नामुराद गर्म मुल्क में पूरे मानसून तक ठहरना होगा, बगावत को कुचलते हुए—क्योंकि बंगाली अपने सिर आसानी से कुरबानी के लिए पेश करने नहीं जा रहे, इतना तुम तय जानो—और तुम्हें उनके पीछे हर दिन लगे रहना होगा जब-तक उनका दिमाग ठिकाने नहीं आ जाता, और यहाँ जीने के लिए क्या है ? लाहौर में मैं अपने टट्टुओं के लिए जिया करता था। आज मैं पोलो के एक गेम के लिए दुनिया में कुछ भी कर सकता हूँ। पश्चिमी पाकिस्तान में अपना तबादला कराने के लिए मैं कुछ भी दे सकता हूँ।"

"क्या तुमने दरखास्त दी है ?"

"नहीं, बिलकुल नहीं, और अब काफी देर हो चुकी है। एक बार तुम इस तरह के काम में लग जाते हो तो तुम्हें लगे रहना होगा, चाहे यह गलत हो या सही।"

"तुम्हारे पास काफी पैसा है। तुम पैसा लगाकर बाहर निकल सकते हो।"

"लेकिन मैं यह करूँगा नहीं। इसमें कोई इज्जत नहीं है। तुम्हें ठहरना पड़ता है,

याह्या ख़ान के चलते नहीं, बल्कि उसके बावजूद। कोई चारा नहीं है। मुझे किताबें अच्छी लगती हैं, औरतें अच्छी लगती हैं, पोलो के टट्टू अच्छे लगते हैं, मुझे अपने दोस्त अच्छे लगते हैं, और सबसे ज्यादा फौज अच्छी लगती है। मैं शायद अपना असली मकसद समझ नहीं पाता, मगर इतना तो जानता ही हूँ कि जिस दिन मुझे तरक्की देकर कैप्टन बनाया गया था वह दिन मेरी जिंदगी का सबसे नाज भरा दिन था। और इसलिए मुझे लगता है, यही वजह है कि अभी मैं पूर्वी पाकिस्तान के इस नामुराद इलाके में हूँ, जो जल्दी ही इतना गर्म हो जाएगा कि जीना मुहाल हो जाए।"

यह कहते हुए वह मेज पर झुका और वक्त पर रेडियो आन करते हुए पूर्वी पाकिस्तान के भारी आवाज वाले उद्घोषक को उसने यह कहते हुए सुना कि कर्फ्यू हटा लिया गया है और ढाका और उसके आसपास के इलाकों में जिंदगी सामान्य हो रही है।

"पिछले कुछ घंटों के वाकियात ने," उद्घोषक बोल रहा था, "एक बार फिर पूर्वी पाकिस्तान के वफादार नागरिकों के प्रति फौज की अचूक जिम्मेदारी का मुजाहिरा किया है। इंसाफ और रहम को साथ लेकर, हमारे फौजी दस्तों ने अवामी लीग के उन बेईमान नेताओं की उकसावे वाली कार्रवाइयों का आखिरकार खात्मा कर दिया है, जो सिर्फ अपनी महत्त्वाकांक्षा पूरी करना चाहते थे। फौजी हुकूमत के दौरान, सभी वफादार नागरिक पूरी हिफाजत के साथ रहने की उम्मीद कर सकते हैं। लेफ्टिनेंट जेनरल टिक्का ख़ान के आदेश से सभी दुकानें और बैंक आज खुले रहेंगे। अखबार छपेंगे। स्कूल खुल गए हैं और बच्चे अपनी कक्षाओं में जा रहे हैं। उम्मीद की जाती है कि अगले हफ्ते से विश्वविद्यालय भी खुल जाएगा..."

इस्कंदर ने रेडियो बंद कर दिया और खुद के लिए कॉफी का तीसरा प्याला ढाला। यह उसके दिमाग में आया कि तुरंत उसे अपनी बेहतरीन लिखावट में जेनरल हमीद अब्दुल्ला ख़ान के नाम एक नोट लिखना है, "डियर जेनरल, आपका छोटा सा तोहफा मुझ पर आपकी इनायत और संजीदगी की निशानी है...।"

ढाका पर हमले की कार्रवाई में पाकिस्तानी फौज की यकीन से बाहर बेवकूफी वह चीज थी जिसने पत्रकार अनवर अमीर को खास तौर पर परेशान किया। पाकिस्तानी फौज अपने दिमाग के लिए जानी भी नहीं जाती थी, मगर इस बार उसने लहूलुहान बेवकूफी में महारत हासिल कर ली। जिन चौंधियाए हुए छुटभैयों ने आलाकमान के साथ बहस-मुबाहिसे में हिस्सा लिया था, उन्होंने बिना किसी गलती के संकट का एक गलत समाधान तलाशा था। ये सुनहरे गोटों वाले अफसर, सभी कायदे की मूँछें रखने वाले, सभी करीने की भंगिमाएँ अपनाने वाले, सभी अजीबोगरीब अंग्रेजी बोलने वाले जिसे उन्होंने अपने उस्तादों से सीखा था, हर वाक्य के साथ 'गुड शो', 'ओल्ड ब्वाय', 'यू चैप्स' के छींटे उड़ाते हुए, और उन्हें 'लिटिल बगर्स' बताते हुए, जिन्हें वे नापसंद करते

थे, इन्हें अपने आसपास की दुनिया की जरा भी समझ नहीं थी। वे इतने खतरनाक काम के लिए क्यों निकल पड़े ? क्या कोई आम योजना थी ? वह इस अपरिहार्य नतीजे तक आ रहा था कि कोई सोची-समझी योजना नहीं थी। 25 मार्च, 1971 को पाकिस्तानी फौज ने बदला लेने को तत्पर किसी शराबी का-सा व्यवहार किया जो अचानक पगला जाता है और अपने रास्ते में आने वाली हर चीज को कुचलता चलता है।

तिस पर भी फौज ने पोजीशन पेपर्स, कंटिंजेंसी प्लान और आर्डर ऑफ कमांड की बिना पर काम किया था। कहीं न कहीं हमले का औचित्य, मकसद, तैनात की जाने वाली टुकड़ियाँ, हथियारों की दिशा और मारकता, संभावित नतीजे, हताहतों का अंदाजा, किस वक्त कितनी रिजर्व टुकड़ियों को कहाँ लगाना चाहिए, और ऐसी ही दूसरी चीजों की ओर इशारा करते, फौजी अफसरों द्वारा पसंद की जाने वाली अजीबोगरीब भाषा में तैयार किए गए दस्तावेज थे। वास्तव में इन दस्तावेजों का वजूद था और ठीक इस वक्त इन्हें फिर से सुधारा और विस्तृत किया जा रहा था। ढाका में हासिल सबकों को पूर्वी पाकिस्तान के दूसरे शहरों में इस्तेमाल किया जाना था। मगर अनवर अमीर परेशान था तो एक बुनियादी पहलू के चलते, जो फौजी अधिकारियों की निगाह से फिसल गया मालूम होता था--उनका बुनियादी अंदाजा साफ तौर पर झूठा था। बुनियादी अंदाजा यह था कि पूर्वी पाकिस्तान को हमेशा के लिए दहशत के बल पर रखा जा सकता है, कि लोगों से घुटने टिकवाए जा सकते हैं, कि फौज सत्ता में होगी, हालाँकि फौज हुकूमत की मुश्किलों से निबटने में मुकम्मल तौर पर नाकाबिल थी। इस सिद्धांत को स्वीकार कर चुकने के बाद कि वह दहशत के बल पर राज कर सकती है, फौज ने खुद को एक ऐसी जंग में उलझा पाया जिसके लिए वह खुद तैयार नहीं थी और जिसे वह समझती भी नहीं थी। पिछली पाँच सदियों से, भारतीय उपमहाद्वीप में बंगालियों ने दहशत के खेल में किसी भी दूसरे समाज की तुलना में खुद को काफी बेहतर साबित किया है।

लेकिन, आखिरकार अगर फौज ही सही साबित हुई तो ? तो क्या--क्योंकि वह हर कीमत पर मुश्किल के किसी हल तक पहुँचने की कोशिश कर रहा था और इसीलिए दुश्मन को भी हर संदेह का लाभ देना जरूरी था। क्या होगा अगर दहशत इतनी तारी हुई कि सारी आबादी मुकम्मिल खौफ और मुकम्मिल थकान के चलते वास्तव में घुटने टेक दे। कल्पना करो कि कत्लेआम पाँच-छह हफ्तों तक जारी रहता है। कल्पना करो--दुकानें बंद हैं, चिकित्सा सुविधाएँ तबाह हो गई हैं, किसी को सड़क पर निकलने की इजाजत नहीं है, और सिर्फ फौजी टुकड़ियों की आवाजाही है। आगे कल्पना करो कि प्रतिरोध के सभी केंद्रों का सफाया कर दिया गया है, कि फौजी अधिकारियों द्वारा निकाले जाने वाले अखबारों को छोड़कर बाकी सारे अखबारों को प्रतिबंधित कर दिया गया है, कि पूर्वी पाकिस्तान की घटनाओं से जुड़ी कोई भी खबर बाहर के देशों तक पहुँचने से रोक दी गई है, और पाकिस्तानी फौज को लगातार और काफी मात्रा में गोला-बारूद की आपूर्ति हो जा रही है। तब तयशुदा ढंग से एक ऐसा वक्त आएगा जब लोग गवर्नर के महल तक जाएँगे और कहेंगे, "हमें बचाइए ! हम बहुत तकलीफ

झेल चुके। आगे से हम आपके हर हुक्म का पालन करेंगे। हम आपसे बस इतना चाहते हैं कि आप हमें जीने और अपनी दुकानें फिर से खोलने की इजाजत दें।" फिर कल्पना करो कि गवर्नर सख्त बना रहता है और कहता है, "नहीं, तुमने अभी ज्यादा तकलीफ नहीं झेली है। घर जाओ। अपनी हालत पर सोचो। तुम्हारी हुक्मबरदारी काफी नहीं है। क्योंकि तुम्हारे पास हमारा हुक्म बजाने के सिवा वैसे भी कोई चारा नहीं है। हमें तुमसे तुम्हारी हुक्मबरदारी से ज्यादा बड़ी चीज चाहिए—हमें तुम्हारी वफादारी चाहिए!" कल्पना करो कि वे घर लौटकर खुद से पूछते हैं कि क्या वे इतनी यातना और ज्यादा झेल सकते हैं। हुकूमत करने वाली ताकत उनका कत्लेआम कर रही है और वे भूख से मर रहे हैं, और अब उनमें ज्यादा ताकत नहीं बची है। वे अपना रुख फिर गवर्नर पैलेस की तरफ करते हैं और अपनी बेपनाह वफादारी का वायदा करते हैं। "और अब हमें तुमसे एक और चीज चाहिए," गवर्नर उनसे कहता है, "हमें तुम्हारी माफी चाहिए।"

हालाँकि मुमकिन था कि ऐसा कुछ हो जाए, मगर अनवर अमीर मुतमइन था कि यह नहीं होगा तो सिर्फ इसलिए कि उसके काल्पनिक गवर्नर से मिलता-जुलता दूर-दूर तक कोई नहीं था। प्रेसिडेंट याहूया ख़ान सत्ता में था, वह हुक्म देता था और उनका पालन होता था, मगर वह औरतखोर था, बुरी तरह व्यभिचारी, किसी भी खयाल को किसी तार्किक नतीजे तक पहुँचाने में बुरी तरह नाकाम, उसमें जरा भी फौलाद नहीं था। प्रेसिडेंट इस्लामाबाद में ठहरा हुआ था, ढाका से हजार मील दूर, और उसका लौटना उम्मीद से परे था। जेनरल टिक्का ख़ान उसका वायसराय था, और वह भी व्यभिचारी था, किसी भी खयाल को किसी तार्किक नतीजे तक पहुँचाने में बुरी तरह नाकाम, उसमें जरा भी फौलाद नहीं था। दोनों लोग खूँखार मिजाज के थे और उन्हें इस बात से फर्क नहीं पड़ता था कि कितनी यातना उनकी वजह से दूसरों को मिल रही है। इसका मतलब था कि दो वजहें इस कातिलाना दमन को नाकाम कर सकती हैं : यातना देने वाले नाकाबिल थे, और बंगाली घुटने टेकने वाले नहीं थे।

पिछले दिन का खासा हिस्सा रेडियो सुनते हुए, बगीचे में टहलते हुए और अपने खयालों को स्पष्ट करते हुए गुजारने के बाद अनवर अमीर ने अपने लिए एक 'कोर्स आफ ऐक्शन' तय किया। वह ढाका में ही रुका रहेगा, जहाँ उसकी पैदाइश है। वह निकलने की कोई कोशिश नहीं करेगा। वह इस दमन पर रोक लगाने के लिए अपनी पहुँच के इस्तेमाल की कोशिश करेगा, और अगर वह नाकाम रहता है तो भी शहर में एक खामोश तमाशबीन की तरह बना रहेगा। कतई मुमकिन है कि अखबार निकलता रहे। किसी भी सूरत में यहाँ बने रहना उसका फर्ज है। अगर वह एक खामोश तमाशबीन होने तक ही महदूद रह गया तो भी कम से कम वह 'नोट्स' ले सकेगा और दमन का तथ्यात्मक इतिहास तैयार कर सकेगा जिसमें आने वाली पीढ़ियों की कोई दिलचस्पी हो सकती है। उसके दो बच्चे विदेश में सुरक्षित हैं, इस जानकारी ने उसके फैसले को आसान बना दिया।

निश्चय ही पहला कदम यह जानने की कोशिश करना था कि फौज को खुद अपने

लिए क्या कहना है। शायद फौज का कुछ कहने का कोई इरादा नहीं था। शहर अजीब ढंग से शांत था। उसने कल्पना की कि आलाकमान गवर्नर के महल में बैठा हुआ है और अगले उठाए जाने वाले कदम पर विचार कर रहा है। कलकत्ता रेडियो से उसे पता चला कि चिटगौंग बंगाली टुकड़ियों के हाथ में है और कुश्तिया में सुरक्षा बलों ने लोगों के मिलिशिया के आगे घुटने टेक दिए हैं। साफ था कि फौज के लिए सब कुछ बेहतर नहीं हो रहा था, और इसी तरह यह भी साफ था कि फौजी दमन की खबरें बाहर की दुनिया तक पहुँच चुकी हैं। कलकत्ता रेडियो इस तरह बोल रहा था जैसे बगावत की लपटें पूरे मुल्क में पसर रही हैं और फौज बचाव की मुद्रा में अपनी छावनियों में ठहरी हुई है। अनवर अमीर को कलकत्ता रेडियो पर पूरी तरह यकीन नहीं था जो किसी अफवाह को भी ठोस तथ्य की तरह पेश कर सकता था। उद्घोषक के मुताबिक शेख़ मुजीबुर्रहमान पहले ही भारत निकल चुके हैं और यह भी नामुमकिन नजर आ रहा था। अचानक, जबकि वह सोच रहा था कि कैसे फौज तक पहुँचा जाए, फोन की घंटी बजी। यह डॉक्टर सईद हुसैन थे, उसके अखबार के प्रकाशक, घनी दाढ़ी वाला एक नाटा-सा शख़्स, जिसने कपड़े के धंधे में काफी पैसा बनाया था, और हफ्ते में एक दिन अल्लाह के प्रति इंसान के फर्ज के बारे में एक लेख लिखा करता था जो अखबार के पहले पन्ने पर छपता था। वह एक कायदे का आदमी था, अनवर अमीर वास्तव में उसे पसंद करता था, और दोनों के रिश्ते घनिष्ठ और आत्मीय थे, हालाँकि कभी-कभी उनमें अमीर की संपादकीय विषय-वस्तु को लेकर मतभेद हो जाया करता था। आमतौर पर अमीर अपने ढंग से काम करता था।

"तो तुम अभी भी जिंदा हो," प्रकाशक कह रहा था, उसकी आवाज अजीब ढंग से भारी थी, "बहुत अच्छा है ! मैं तुम्हें लेकर बेहद फिक्रमंद था। बर्खुरदार, काफी एहतियात बरतना ! कभी-कभी तुम आपे से बाहर होकर बात करने लगते हो। एक ज्यादा उम्रदराज इनसान के रूप में क्या मैं बताऊँ कि यह बात करने का वक्त नहीं है !"

प्रकाशक टेलीफोन से बहुत सटकर भारी फुसफुसाहट में बोल रहा था। उसकी बीवी को किसी किस्म की दिल की बीमारी थी और बेचारा उसको लेकर बेहद चिंतित था।

"हमिल्दा कैसी है ?" पत्रकार ने पूछा।

"अभी वह अच्छी है बर्खुरदार। हमने उसे नींद की गोली दे दी, उसने खाई और इस सबके बीच सोई रही। यह भी है कि हम शहर के मुख्य हिस्से से काफी किनारे रहते हैं। हाँ, हाँ, कुछ लिखना-बोलना नहीं है ! मुझसे वायदा करो ! हम कुछ दिन के लिए अखबार बंद कर देंगे। वायदा करो कि अपना मुँह नहीं खोलोगे दोस्त !"

पत्रकार ने वायदा किया कि वह ऐसा कुछ नहीं कहेगा जिससे वह परेशानी में पड़े।

"खुदा हाफिज !"

"खुदा हाफिज सईद, और फोन करने के लिए शुक्रिया !" जब अनवर अमीर ने टेलीफोन रखा तब उसे ध्यान आया कि "फोन करने के लिए शुक्रिया" बातचीत खत्म

करने का एक बेतुका तरीका है। प्रकाशक द्वारा जाहिर की गई फिक्र ने उसे बहुत गहरे छुआ था, लगभग उसके आँसू निकल आए थे, मगर वह पूरी तरह खामोश रहने की नहीं सोच सका। टेलीफोन फिर से काम करने लगा है, इस जानकारी ने उसे एक नई उम्मीद दी। फौज को साफ तौर पर अंदाजा हो गया था कि फोन को काटने के नुकसान तुरंत संचार के लाभ पर भारी पड़ रहे हैं। मगर, पाँच मिनट बाद उसने जब अखबार के एक स्टाफ को फोन करने की कोशिश की, लाइन फिर से 'डेड' हो चुकी थी। दिन-भर बीच-बीच में यह बेतुके, रहस्यमय और अनजाने ढंग से आती-जाती रही। फौजी वर्दी में 'ग्रेमलिन्स' ने टेलीफोन एक्सचेंज पर कब्जा कर रखा था और कॉफी पीते समय वे स्विचें निकाल ले जाया करते थे।

अनवर अमीर का पत्रकारिता में एक तय उसूल था : सीधे ऊपर तक जाओ। दोपहर में, जब टेलीफोन लाइन ठीक थी, उसने गवर्नर के महल में टेलीफोन किया और जेनरल टिक्का ख़ान से बात कराने को कहा। यह हैरत में डालने वाला था कि वह जेनरल के मुख्य सचिव और सलाहकार कर्नल बख़्तियार अली तक पहुँच गया। वह फौजी समारोहों में कई बार कर्नल से मिल चुका था और उसकी राय में वह बारहमासी खुशामदी था, जेनरल के आगे हमेशा नीचे झुका हुआ, अक्सर उसके कान में वह सब फुसफुसाता हुआ जो जेनरल सुनना चाहता था। मगर कर्नल अली जो गर्मजोशी से भरा था, उसने कहा कि वह जेनरल से बात करेगा और बीसेक मिनट का एक इंटरव्यू फिक्स करने की कोशिश करेगा, और फिर उसने पत्रकार को कुछ मिनट बाद फोन करके बताया कि जेनरल 'बुरी तरह व्यस्त हैं बरखुरदार,' और कुछ दिनों के लिए शायद उपलब्ध न हों। 'मगर जेनरल ने मुझे आपको अपनी ओर से शुभकामनाएँ देने को कहा है और उम्मीद जताई है कि हाल के वाकियात से आपको ज्यादा परेशानी नहीं उठानी पड़ी होगी। उन्होंने मुझसे आपकी और जेनरल फ़रमान अली की मुलाकात कराने को कहा है। उन्हें यकीन है कि आप किसी भी दूसरे की तुलना में फ़रमान अली से बेकग्राउंड की ज्यादा जानकारियाँ हासिल कर सकेंगे। अगर आपकी इजाजत हो मि. अमीर तो आपकी सहूलियत के अनुसार जल्द से जल्द यह मुलाकात तय की जाय।'

"हाँ, कर्नल ।"

"बहुत अच्छे। मैं आपसे फिर संपर्क करूँगा बुजुर्गवार।"

पाँच मिनट बाद कर्नल दुबारा फोन पर था। जेनरल राव फ़रमान अली तीन बजे गवर्नर पैलेस में अनवर अमीर का इंतजार करेंगे।

अनवर अमीर कोई खास बहादुर आदमी नहीं था, यहाँ तक कि अपने पैमाने पर भी कोई खास तेज आदमी नहीं था। वह चाहता था कि वह ज्यादा समझदार, ज्यादा रहमदिल, ज्यादा होशियार और ज्यादा हिम्मतवर होता। महल में जाने के खयाल से उसे खौफ हो आया हालाँकि वह जाना चाहता था। वह उस शख्स को देखना चाहता था जो अपने ही शब्दों में " 'होलोकोस्ट' के लिए लाया गया था", और उसे जरा भी संदेह नहीं था कि वे किसी मुजरिम-सरीखे आपे से बाहर और पूरी तरह नाकाबिल लोग हैं

और इसीलिए वे ज्यादा खतरनाक हैं। और उसे यह पता था कि फौज उसे गिरफ्तार करने का पूरा अख्तियार रखती है।

कर्नल अली ने पत्रकार को लेने के लिए फौजी गाड़ी भेजने की पेशकश की थी, मगर उसने अपनी कार से जाने का फैसला किया। वह शहर पर ढाई गई तबाही भी देखना चाहता था। उसने बीवी को अलविदा कहा, उसे बेहद करीब भींचते हुए और याद दिलाते हुए कि अगर उसे कुछ होता है, और उसे कुछ देर होती है, वह जेनरल राव फ़रमान अली के दफ्तर में फोन करेगी। फिर वह चमकती धूप में कार लेकर सुनसान सड़क पर निकल पड़ा। आमतौर पर इस वक्त तक बच्चे खेल रहे होते, नौकर बाजार से वापस आ रहे होते, डाकिए चक्कर लगा रहे होते और सड़कों पर काफी कारें होतीं। मगर सड़कें खाली थीं, हवा में अजीब-सी गंधकनुमा बू थी, और उसे खयाल आया कि आसमान का रंग असामान्य तौर पर खड़ियामय था। कार के शीशे पर अंग्रेजी, बँगला और उर्दू में 'पत्रकार' शब्द का नीला स्टिकर लगा हुआ था और ग्लोब कंपार्टमेंट में एक छोटा सा भरा हुआ रिवॉल्वर था। वह शहर के बीचोबीच चल रहा था और उसे हैरत हो रही थी कि इस मुख्य हिस्से के करीब होने से पहले उसने कितनी कम बरबादी देखी थी। उसने एक जली हुई बस्ती को पार किया, जो अब अजीबोगरीब कोणों पर मुड़ी-झुलसी हुई लकड़ियों के साथ काली राख का विशाल ढेर रह गई थी और सड़क पर इधर-उधर सूखे हुए खून के छोटे-गहरे दाग थे। छुपाए जा सकने वाले रंगों में रँगे फौजी ट्रक घूम रहे थे और कई चौराहों पर जाँच के नाके बने हुए थे। जब वह एक ऐसे नाके के सामने पहुँचा तो उसने कार रोकी, झुककर निकलते हुए नीले स्टिकर की ओर इशारा किया, और उसे बढ़ने दिया गया। वह सुप्रीम कोर्ट के बगल से गुजर रहा था—पूरी तरह उजला और चमकता हुआ, विशाल गुंबद इसे किसी महाराजा के महल का-सा 'लुक' दे रहा था—जब उसने किसी के चिल्लाने की आवाज सुनी और सड़क के किनारे तेजी से कार रोकी, मगर इतनी तेजी उस फौजी के लिए काफी नहीं थी जो चिल्ला रहा था। जैसे ही उसने कार किनारे लगाई, कार के पिछले हिस्से की तरफ एक गोली चलाई गई, और उसके दो इंच बगल से शीशा तोड़ती हुई निकल गई। शीशा चकनाचूर नहीं हुआ था, बस एक सुराख हुआ था जिसके चारों ओर छींटों का एक पैटर्न बन गया था जो शीशों पर पड़े कुहासे से कुछ-कुछ मिलता-जुलता था। तीन फौजी दौड़े आए। वे गोल चेहरे वाले किसान लड़के थे और उनकी सूरत कातिलाना थी। एक ने खींचकर दरवाजा खोला, पत्रकार को बाहर निकाला, उसे ठोकर मारी और उस पर थूका, जबकि दूसरों ने जो ज्यादा कमसिन थे, अपनी बंदूकें उस पर तान दीं। पत्रकार के दिमाग में यह कौंध-सा गया कि शायद यह अंत है और अपनी कार में आकर उसने बेवकूफी की।

"तुम रुके क्यों नहीं ?" फौजी ने चीखते हुए उसे ठोकर मारना जारी रखा।

"मैं रुका था ! आप पढ़ नहीं सकते ? मैं सरकारी काम में लगा पत्रकार हूँ।"

उसने खुद को एक बंदूक की नाल के नीचे से देखता हुआ पाया। वह उस छोटे

काले वृत को देखकर बुत हो गया जिसकी मार्फत बहुत आसानी और बहुत तेजी से उसकी मौत आ सकती थी। नाल हिल रही थी, अब उसकी ओर सीधी तनी हुई नहीं थी। एक जख्मी गाल लिए इस तरह जमीन पर पड़े रहना असहनीय था, उसका चश्मा टेढ़ा हो गया था, और उसके मुँह के किनारे से खून आ रहा था और उसने खुद को चीखता हुआ पाया, "जेनरल राव फरमान अली ! यह नाम सुना है ?"

वे खौफ से पीछे हो गए, चूँकि इस नाम को पहचानना ही था, और उन्हें हैरत होनी शुरू हुई कि उन्हें इस शख्स को कत्ल करने की छूट है या नहीं जिसकी आवाज तब भी इतनी सुनिश्चित लगती है, जब वह जमीन पर गिरा हुआ है। पत्रकार धीरे-धीरे उठा, उसने अपने कपड़े झाड़े, उनको घूर कर देखा और कहा, "मैं फरमान अली से मिलने जा रहा हूँ, उसने कहा था कि वह कार भेज सकता है। मैं बेवकूफ था जो अपनी कार लेकर निकला।" उन्होंने उस पर यकीन किया और फिर भी यकीन नहीं किया। उसे देखकर सिर हिलाते हुए, आपस में फुसफुसाते हुए, वे कुछ और पीछे चले गए। फिर जैसे वह झुककर कार में बैठने को था, उनमें से एक उसके पास आया, उसने उसकी बाईं बाँह उठाई और उसकी कलाई घड़ी झपट ली, और उसका बटुआ भी छीन लेता मगर ठीक उसी वक्त एक स्टाफ कार बगल से गुजरी और उन्होंने भागना ही बेहतर समझा। अपनी कार तक लौटने से पहले पत्रकार ने उनके नजर से ओझल हो जाने का इंतजार किया। वह ड्राइवर की सीट पर धँस गया और कुछ-कुछ काँपते हुए, अपने होशोहवास दुरुस्त करते हुए पूरे एक मिनट तक खामोश बैठा रहा। फिर सीधे वह महल की ओर चला।

जेनरल राव फ़रमान अली शहरी इलाके की कमान सँभालने वाला अफसर था। इसका मतलब था कि फौजी सरकार के तहत उस पर विश्वविद्यालय, अस्पताल, सरकारी कामकाज, बैंक, दुकानें और आमदरफ्त को कायदे से चलाने की जिम्मेदारी थी। उसे काफी अधिकार हासिल थे और उन्हें कायदे से स्पष्ट नहीं किया गया था, उसके दायरे में खुफिया पुलिस, अदालतें, जज, वकील और जेलखाने भी आते थे। ब्यौरों पर बारीक निगाह रखते हुए और अपने अफसरों के सामने यह जताकर कि वह पूर्वी पाकिस्तान से जुड़े सभी मामलों का खास जानकार है, उसने इतनी तरक्की हासिल की थी। उसका चेहरा मुलायम और गोल था, छोटी-भूरी मूँछें थीं, सींग के फ्रेम का चश्मा था, जिससे वह एक गंभीर नौजवान छात्र लगता था हालाँकि वह चालीस साल से ऊपर का हो चुका था। वह बिना फौजी निशान के खुले गले की कमीज पहनना पसंद करता था और कभी-कभार ही मूठ वाली छड़ी लिया करता था। वह लगभग स्त्रैण आवाज में मुलायम लहजे में बोलना पसंद करता जो कभी-कभी फुसफुसाहट में भी डूब जाती थी। यह किस्सा मशहूर था कि एक बार उसे कुछ जोर से बोलने को कहा गया तो उसने जवाब दिया, "बरखुरदार, मुझसे यह करने को मत कहो ! अगर मैं चिल्लाया तो आसमान को फाड़ सकता हूँ ! तुम नहीं चाहोगे कि मैं ऐसा करूँ। चाहोगे ?"

जेनरल राव फ़रमान अली में कुछ अजीबोगरीब था और ढाका के लोग उस पर

करीब से निगाह रखने के आदी थे। उससे कुछ-कुछ उन्हें मजा भी मिलता था—उसकी नजाकत से, उसकी लड़कपन वाली मुस्कुराहट से, उसके प्यारे दाँतों से, और औरतों को लेकर उसके अदब-भरे बरताव से। वह 'टिपिकल' पाकिस्तानी अफसर की तरह नहीं दिखता था। वह एक बाहरी आदमी की तरह था और उसका 'बाहरीपन' उसके नाम के साथ शुरू हो जाता था, चूँकि 'राव' एक हिंदू शब्द है, जिसका मतलब राजा होता है और किसी मुसलमान का हिंदू नाम रखना असामान्य बात थी। इसकी कैफियत बड़ी सरल थी—वह अपने हिंदू पुरखों से महज तीन पीढ़ियों से अलग हुआ था। ढाका में ढेर सारे लोग थे जो उससे खासा खौफ खाते थे, और कुछ ऐसे भी थे जिन्हें संदेह था कि वह पूर्वी पाकिस्तान का सबसे ताकतवर आदमी नहीं है।

गवर्नर के महल के बाहर बने नाके पर पत्रकार ने अपना नाम बताया, संतरियों ने उसे खटाक से सलामी दी और आगे जाने दिया। सूरज की रोशनी में मेहराबदार महल सफेद चमक रहा था और किसी परीकथा के महल-सा दिखाई देता था, और उसके भीतर का लंबा ड्राइव-वे इतना चिकना था कि उसे महल की तरफ कार चलाने का नहीं, बल्कि तैराने का भ्रम हुआ। जब पत्रकार ने महल की सीढ़ियों के पास अपनी कार रोकी, चार संतरी राइफल के कुंदों की जोरदार खटाक के साथ सावधान की मुद्रा में आ गए; और जब वह कार से निकला, तो जिस पहले आदमी को उसने देखा वह खुले गले की कमीज में, अपने हाथ हिलाता, सबसे ऊपर की सीढ़ियों पर खड़ा जेनरल था।

"बहुत अच्छा किया कि तुम आए अनवर," अभी भी मुस्कुराते हुए और बिलकुल लड़के की तरह दिखते हुए उसने कहा, "हूँ, किसी मुसीबत से निकले मालूम होते हो। कार भी। शीशे को पार कर गई गोली, हूँ ?"

जो उसके साथ घटा था, उसे थोड़ा कम करते हुए पत्रकार ने संक्षेप में बताया।

"बदकिस्मती है," जेनरल की टिप्पणी थी, "और तुम्हारी घड़ी भी चली गई ? हम तुम्हें एक दूसरी घड़ी दे देंगे। मैं तुम्हें दूसरा शीशा दिलाने का भी ध्यान रखूँगा। प्यारे अनवर, यह बेहद अफसोसनाक है कि ऐसी चीजें होती हैं, खासकर तुम लोगों के साथ। मैं तुरंत एक तलाशी पार्टी भेजूँगा। मेरे दफ्तर में आओ, बरखुरदार, और तुम नहाकर ताजादम हो सकते हो और व्हिस्की ले सकते हो, या कुछ और जो तुम लेना चाहो। फिर हम लंबी बातचीत करेंगे।"

जेनरल राव फ़रमान अली का दफ्तर मरमरी ऐंट्रेंस हॉल के काफी करीब था और महल के बगीचे और ड्राइव-वे की तरफ खुलता था। मेज के सामने की दीवार पर एक परदे के पीछे करीने से ढँका ईस्ट पाकिस्तान का नक्शा टँगा हुआ था; चिकनी मेज पर शीशे के भारी पेपरवेट रखे हुए थे जहाँ एक काला, एक सफेद और एक हरा टेलीफोन पड़े थे। कागज की एक 'शीट' के सिवा मेज पर कुछ नहीं था जिससे लगे कि जेनरल कोई काम करता था। कमरा पूरी तरह साफ सुथरा था। एक हरा दरवाजा बाथरूम तक जाता था जहाँ अनवर अमीर ने पहली बार देखा कि गाल की चोट और कटे हुए होंठ के चलते ठुड्डी से होकर टपकते खून के अलावा उसकी पेशानी और उसके बालों पर

भी खून है, उसकी कुहनी में एक और बड़ा जख्म बना हुआ था, हाथ पर कुछ छोटे-छोटे जख्म थे, और उसका दायाँ घुटना रगड़ खाया हुआ था--यह सब उसे कार से खींचकर निकालने और सड़क के किनारे फेंकने के दौरान हुआ था। उसे यह खयाल आया कि जब वह महल के पोर्टिको में कार से बाहर निकला होगा, उसका चेहरा निश्चय ही अजीबोगरीब लग रहा होगा, और जेनरल को दाद देनी होगी कि उसने बिजूखे की तरह दिखाई दे रहे एक शख्स के साथ इतना अदब और नरमी-भरा बरताव किया।

जब अनवर अमीर बाथरूम से निकला, उसने जेनरल को एक नौजवान लेफ्टिनेंट से बात करते पाया।

"अरे, आ गए तुम !" जेनरल चिहुँका, "तुम्हारा परिचय कराऊँ--लेफ्टिनेंट अब्दुल ख़ान। मि. अनवर अमीर एक जाने-माने अखबार के संपादक हैं और ईस्ट पाकिस्तान की सोसाइटी के एक स्तंभ भी। मुझ तक आने में इन्हें कुछ परेशानियाँ उठानी पड़ी हैं और मैं चाहता हूँ कि तुम एक गश्ती टीम भेजो और देखो कि वे बदमाश पकड़े जा सकते हैं या नहीं जिन्होंने कार पर गोली चलाई और सुप्रीम कोर्ट की इमारत के नजदीक इनके साथ हाथापाई की। ये तुम्हें उनका ब्यौरा दे देंगे। तुम्हें इनकी कार बाहर पार्क में मिलेगी। एक गोली ने शीशा तोड़ दिया है। हाँ, हम ऐसी चीजें होने की इजाजत नहीं दे सकते। जाओ, उन्हें खोजो, और मिल सकें तो यहाँ ले आओ !"

पत्रकार ने अपनी तरफ से पंजाबी फौजियों का मुमकिन ब्यौरा दिया, लेफ्टिनेंट कमरे से बाहर निकला और राव फ़रमान अली ढाका पर फौज को छोड़ दिए जाने के बाद के अपने पहले प्रेस इंटरव्यू के लिए मुस्तैद हो गया। किसी खास वजह से जेनरल पत्रकार को 'अनवर' पुकार रहा था, जैसे वे करीबी दोस्त रहे हों, हालाँकि अतीत में दोनों ने तीन-चार बार से ज्यादा आपस में बातचीत नहीं की थी, वह भी हमेशा सरकारी पार्टियों में।

"जो तुम्हें समझना चाहिए," जेनरल कह रहा था, "वह यह कि दमन आखिरी चीज थी जो हम चाहते थे। इसके लिए हमें मजबूर किया गया। हमें इस घेरेबंदी से बाहर निकलना था। जब शेख़ मुजीबुर्रहमान ने आम हड़ताल का हुक्म दिया और मुल्क को ठप्प कर दिया तो उसके बाद हमें यह जताने के लिए कुछ करना ही था कि हम अभी भी अपने घर में मालिक हैं। और बड़ी बेदिली से, हालात का एक तकलीफदेह जायजा लेने के बाद हमने ताकत के इस्तेमाल का फैसला किया। यह ज्यादातर आतिशबाजी थी। इससे शोर तो काफी खौफनाक हुआ, मगर मैं तुम्हें यकीन दिला सकता हूँ कि हमने इरादतन किसी को नुकसान नहीं पहुँचाया। बदकिस्मती से हमारे अपने चौंतीस आदमी मारे गए, जिससे जाहिर होता है कि हमारे दुश्मन पूरी तरह तैयार थे। हमारे एक आदमी का तो सड़क पर तार टाँगकर सिर ही काट लिया गया--इस तरह की चीजें। धोखाधड़ी, असहयोग, बगावत। एक इनसाफपसंद आदमी की तरह, तुम्हें कबूल करना होगा कि कोई भी जायज तौर पर बनी सरकार इतने ज्यादा उकसावों के सामने चुपचाप नहीं बैठी रह सकती। तुम होते तो क्या करते ?"

सवाल आलंकारिक था और शायद किसी जवाब की माँग नहीं करता था। जेनरल मुस्कुरा रहा था। एक अर्दली एक मेज ठेलता हुआ लाया जिस पर व्हिस्की, सोडा और बर्फ की एक रुपहली बाल्टी थी।

"अपने खास मेहमानों को," जेनरल ने कहा, "मैं अपनी ख़ास व्हिस्की देता हूँ। मैं तुम्हें अपने दोस्तों में गिनता हूँ, अनवर। मुझे यकीन है कि तुम हमारी मदद कर सकते हो, और हमें तुम्हारी मदद की बुरी तरह जरूरत पड़ सकती है। मैं महसूस करता हूँ कि हम इसमें साथ हैं। चीयर्स !"

यह कहते हुए जेनरल ने अपना गिलास उठाया और पत्रकार की सेहत का जाम लिया, और पत्रकार ने कुछ बुदबुदाया और इस भाव से अपना गिलास उठाया जिससे लग रहा था–'हमें ठोस तथ्यों पर आना चाहिए।'

"ठीक। हम इसमें साथ हैं, अनवर ! हमें कुछ कड़े फैसले करने होंगे। हमें जानना है कि क्या हम यह घेरा तोड़ सकते हैं ? तुम समझ रहे हो ? निश्चय ही, हम यह काम हथियारों के बल पर कर सकते थे–सिर्फ आतिशबाजी से नहीं। अगर हम चाहते तो बहुत से लोगों को मार सकते थे। मगर हम यह नहीं चाहते। मैं तुम्हें बताऊँ–यह मेरे-तुम्हारे बीच की बात है–कि जब प्रेसिडेंट याह्या ख़ान ने दमन का हुक्म दिया तो उनकी आँखों में आँसू थे। बंगालियों से उन्हें बेहद लगाव है, जैसा तुम सब जानते हो। ठीक है, हम दमन कर चुके हैं। हमने दिखा दिया है कि हमारे घर पर हमारी हुकूमत चलती है। लेकिन अब ?"

"मेरा खयाल है, फौजियों को वापस छावनी में भेजना और वहीं रखना सबसे बेहतर होगा," पत्रकार ने शांति से कहा, "आप एक सियासी मुश्किल को फौजी उपायों से हल करने की कोशिश कर रहे हैं, मगर इसका कोई सियासी हल ही हो सकता है। गोलियों से समस्याएँ नहीं सुलझतीं।"

"यह भुट्टो की लाइन है, या अगर तुम बुरा न मानो, यह वह पोजीशन है, जिसका जिक्र वह कभी-कभी करता है। असल में, तय है कि वह फौज की तरफ है, मगर फौज की लगाम अपने हाथ में लेना चाहता है, और इसके लिए वह किसी भी हद तक जाएगा। वह अभी तसवीर से बाहर है, और उसे लटकाने के लिए हमारे पास उससे संबंधित पर्याप्त मसाला है। वह मुश्किल नहीं है, प्यारे अनवर। असली मुश्किल अवामी लीग की घेरेबंदी है..."

"मगर उन्होंने चुनाव जीता है, जेनरल। तो कैसे कहा जा सकता है कि उन्होंने फौज की घेराबंदी की है ?"

"उन्होंने प्रेसिडेंट को घेरा है। वे उनके लिए हुकूमत करना नामुमकिन बनाते हैं। वे फौज का काम करना नामुमकिन बनाते हैं। वे अलगाववादी कदम उठाते हैं और अलगाववादी हैं, उनमें से हरेक। वे पाकिस्तान को तोड़कर पूर्वी पाकिस्तान की आजादी का ऐलान करना चाहते हैं। इसमें जरा भी संदेह नहीं कि शेख़ मुजीबुर्रहमान सर्वोच्च सत्ता चाहता है। तुम हमें यह उसे देने को कह रहे हो ?"

"नहीं, मैं कह रहा हूँ कि आपको सुलह का कोई रास्ता निकालना चाहिए। बीते हुए को भूलिए। फिर से बातचीत कीजिए। नए सिरे से शुरुआत कीजिए। इसका विकल्प पाँच साल का सिविल वार है।"

"क्या यह एक धमकी है ?"

"कतई नहीं। मैं आपसे फौज को वापस बुलाने और बातचीत शुरू करने की अर्ज कर रहा हूँ। यह धमकी देना नहीं है।"

"तुमने अभी-अभी सिविल वार की बात की ?"

"यह अभी ही शुरू हो चुका है। यह तथ्य बोलते हैं। इसे न आप बदल सकते हैं, न मैं। और सिविल वार सबसे बदतरीन किस्म की जंग होती है और इसका अंत हमेशा अनिश्चित होता है, और मरने वालों की संख्या कभी गिनी नहीं जा सकती है। स्पेन में अस्सी लाख लोग मरे थे, यहाँ बीस लाख हो सकते हैं। खुदा के लिए, इंसानी जिंदगियों की शक्ल में इसका हिसाब लगाइए, अगर यह सिविल वार जारी रहता है। यह दूसरा दिन है। रोकने के लिहाज से अभी बहुत देर नहीं हुई है। बाद में यह नामुमकिन हो जाएगा। यह एक गरीब मुल्क है, इसे और गरीब बनाने का क्या मतलब है ? महज अपने मरनेवालों की तादाद में अमीर !"

"तुम संपादकीय लिख रहे हो ?"

"नहीं।"

"एक जाम और, अनवर ?"

"नहीं, शुक्रिया।"

"ठीक है, तुम सिविल वार के खिलाफ हो। मैं भी हूँ। हम सब इसके खिलाफ हैं। हम यह होने की इजाजत नहीं देंगे। हमने जो किया वह व्यवस्था बहाल करने के लिहाज से न्यूनतम था। हमने व्यवस्था बहाल कर दी है और हम नरम होना गवारा कर सकते हैं। मैं तुम्हें यकीन दिलाता हूँ कि अब से सब कुछ बेहतर होगा।"

"क्या आप शेख़ मुजीबुर्रहमान को रिहा कर देंगे ?"

"यह एक ऐसी चीज है जिसके बारे में मैं कुछ नहीं कह सकता। साफ है कि इसका फैसला सबसे ऊपर के स्तर से करना होगा।"

"यह मुश्किल की जड़ है।"

"यह इस पर निर्भर करता है कि कौन सी मुश्किल हम पहले हल करते हैं। अगर बंगालियों ने कायदे से बरताव किया तो मैं तुम्हें यकीन दिलाता हूँ कि हम अमन-चैन ला सकते हैं, सब कुछ सामान्य हो जाएगा, और तुम हमें समझदार और कायदे के आदमी पाओगे। यह सब हम अपने फायदे के लिए नहीं कर रहे हैं—हम मुल्क की खिदमत करते हैं। मुझे पता है, तुम सभी नुक्तों पर हमारे साथ सहमत नहीं हो, और शायद हमने कभी अपनी बात साफ नहीं की। हम दिल से अच्छे लोग हैं, यह बात याद रखो। मैं तुम्हें निजी तौर पर गारंटी देता हूँ कि आखिर में सब कुछ ठीक हो जाएगा। सबसे बड़ी बात, कि डरो मत। लिखते रहो। फौजी गोपनीयताओं के सिवा किसी बात

पर सेंसरशिप नहीं रहेगी। जैसी तुम्हारी मर्जी हो वैसा लिख सकते हो, जब चाहो अपना अखबार निकालो, आलोचना करो, संपादकीय लिखो, हमें बताओ कि हमें क्या करते रहना चाहिए और कहाँ हमने गलतियाँ की हैं। तुम हमें सहनशील पाओगे।"

जेनरल रुका, उसने अपने लिए तीसरा जाम तैयार किया, और कहा, "तो तुम देखो अनवर, हम वाकई बिलकुल कायदे वाले हैं–सींग वाले शैतानों सरीखे जरा भी नहीं। जब भी तुम्हारे पास वक्त हो, आओ और मिलो। अगर तुम्हें कोई मुश्किल होती है, सीधे मुझे फोन करो। जहाँ तक तुम्हारी कार का सवाल है, कम से कम इतना तो हम कर ही सकते हैं कि इसकी मरम्मत करा दें और तुम्हें स्टाफ की कार से घर छोड़ देंगे। और तुम्हारे खयालों को लेकर--नए सिरे से बातचीत शुरू करने को लेकर–मैं तुम्हें यकीन दिलाता हूँ कि उन्हें गंभीरता से लिया जाएगा। मैं जाती तौर पर जेनरल टिक्का ख़ान से उन पर चर्चा करूँगा।

जब वे दफ्तर से बाहर निकले, जेनरल की बाँहें अनवर अमीर के कंधों पर थीं और वह फूलों के बारे में बात कर रहा था जो वह अपने बगीचे में लगा रहा है। पीला और हरा पाकिस्तानी झंडा लहराती एक स्टाफ कार महल के पोर्टिको में आ खड़ी हुई।

"मि. अमीर को सीधे इनके घर ले जाओ," जेनरल राव फ़रमान अली ने ड्राइवर से कहा।

जैसे वे कार से बाहर की ओर बढ़े, पत्रकार ने संगमरमरी सीढ़ियों के सबसे ऊपरी सिरे पर खड़े जेनरल की आखिरी झलक देखी, मुस्कुराते और अपनी बाँह हिलाते हुए, खाकी पतलून और खुले गले की सफेद कमीज पहने हुए, ऐसा दिख रहा था मानो उसे दुनिया में कोई फिक्र न हो।

छह

टेलीफोन पर उस आवाज ने कहा, "जेनरल राव फ़रमान अली आपसे उन कुछ प्रस्तावों पर चर्चा करना चाहते हैं जो कल आपने उनके सामने रखे थे। एक घंटे के भीतर वे अपनी कार आपको लेने के लिए भेज देंगे। उन्हें उम्मीद है कि आपको तकलीफ नहीं होगी। क्या मैं जेनरल को बता सकता हूँ कि हुजूर ने मुलाकात के लिए हामी भर दी है ?"

अनवर अमीर एक चौकन्ना इनसान था और किसी जाल में फँसने का उसका कतई इरादा नहीं था। उसने कहा, "आप कौन बोल रहे हैं ?"

"जेनरल का सलाहकार, मेजर फ़िरोज़ अली ख़ान।"

"बहुत अच्छे मेजर, मगर बस तसल्ली के लिए अपना टेलीफोन नंबर मुझे दीजिए और मैं वापस फोन करता हूँ।"

मेजर हँसा, उसने अपना फोन नंबर दिया और कहा, "आप लोग फौज के कॉल पर यूँ ही खौफ में आ जाते हैं..."

"बस, एहतियात के तौर पर, मेजर। आपको अंदाजा नहीं है लोग इन दिनों टेलीफोन पर कैसी चालाकियाँ करते हैं। मैं आपको सीधे फोन करूँगा।"

पत्रकार ने तेजी से टेलीफोन नंबर चेक किया, और पाया, जैसा कि उसे संदेह था, यह जेनरल राव फ़रमान अली के सहायक मेजर फ़िरोज़ अली ख़ान का सही नंबर था। उसने वापस फोन किया, मेजर तुरंत लाइन पर आ गया, अपने कतरे हुए और बढ़े-चढ़े ब्रिटिश लहजे में बोलता हुआ, जो लफ्जों की एक हद तक जान-बूझकर डाली गई अस्पष्टता से और भी पकड़ में आने योग्य हो गया था, मानो वह थोड़ा धुत्त होने का बहाना कर रहा हो। अनवर अमीर के खयालों में एक जालसाज, लाल गालों वाले मेजर की तसवीर उभरी, जिसकी बड़ी बालरस मूँछें हों, जो मोटा हो रहा हो, और हर सुबह जागने के बाद अपने तमगों पर पॉलिश करने का आदी हो।

"देखिए, बुजुर्गवार, हम हमेशा सच बोलते हैं," मेजर ने कहा, "मैं सही था न, नहीं ?"

"किस बारे में ?"

"अपने टेलीफोन नंबर के बारे में। मैंने आपसे झूठ नहीं कहा था। कहा था ?"

"कतई नहीं। यह महज एक एहतियात थी, मेजर। मुझे उम्मीद है, आपको नागवार नहीं गुजरा होगा।"

"नागवार ! अच्छा, अच्छा, नहीं। मुझे नागवार क्यों गुजरना चाहिए ? आप एक दिलचस्प शख्स मालूम होते हैं। सर, जब आप जेनरल से बात कर चुकें तो मेरे दफ्तर में एक जाम के लिए आना शायद आप पसंद करें।"

यह एक हुक्म था, और पत्रकार इनकार करने की हालत में नहीं था।

"जेनरल के दफ्तर के लिए जो कॉरिडोर है, मैं बस उसी के एक सिरे पर हूँ, बुजुर्गवार !" मेजर बोल रहा था, "सिर्फ मैं और आप होंगे—कोई बाहरी नहीं।"

"शुक्रिया मेजर।"

"वेल, चीयरो !"

अनवर अमीर ने एक झुरझुरी के साथ टेलीफोन रखा। उसे खासतौर से 'हुजूर' और 'बुजुर्गवार' जैसे संबोधन अच्छे नहीं लगे थे। मगर उसने काफी अरसे से खुद को इस तथ्य का आदी बना रखा था कि पाकिस्तानी फौज अपने एक दिलचस्प तरन्नुमी लहजे में द्वितीय विश्वयुद्ध के पहले की ब्रिटिश फौज की भाषा बोलती है। मेजर के तौर-तरीकों में भी कुछ था जो उसे परेशान कर रहा था। यह कुछ ज्यादा ही खुशमिजाजी और अक्खड़ता-भरा था। उसने अपनी बीवी को बताया कि क्या हुआ है।

"क्या तुम्हें जाना है ?" और उसकी आवाज में बेबसी का एक पुट था।

"यह एक हुक्म है," उसने जवाब दिया, "कोई फौज की हुक्मउदूली नहीं करता। मैं जेनरल राव फ़रमान अली से मिल चुका हूँ। यह ठीक है।" एक लम्हे के बाद उसने जोड़ा, "वह मेरे लिए मेरी कार ठीक करा रहा है।"

"मुझे डर लग रहा है।"

"डरने की कोई बात नहीं है। वे मेरे लिए एक कार भेज रहे हैं। मैं ज्यादा डरा हुआ होता, अगर मुझे अपनी कार चलाकर जाना होता।"

उसने हँसकर अपना डर झटका, उसका बोसा लिया, और फिर अपने प्रकाशक को फोन किया, उसे यह बताने के लिए कि वह जेनरल राव फ़रमान अली से मिलने जा रहा है और उसे उम्मीद है कि वह फिर से 'विचार की एक आजाद पत्रिका' के रूप में अखबार निकालने की इजाजत हासिल कर लेगा। "तुम अपना सिर शेर के मुँह में डालने जा रहे हो," प्रकाशक ने कहा, "बहुत ज्यादा कोशिश मत करना ! ये लोग अखबारों को पसंद नहीं करते !"

"साफ तौर पर जेनरल मेरा मशविरा चाहता है। मेरा मशविरा एक अच्छे अखबार के होने का है।"

"बहुत अच्छा मशविरा है," प्रकाशक ने कहा, "मगर क्या उसने कोई अच्छा अखबार देखा है जो जान जाएगा कि यह अच्छा है ?"

पत्रकार ने मन ही मन यह नोट कर लिया कि उसे अखबार को लेकर बहुत जोर नहीं देना है। चूँकि उसे पता नहीं था कि जेनरल उससे किस बात पर चर्चा करना चाहता

था और शायद वह इस हालत में भी नहीं था कि बातचीत की दिशा तय करे, इसलिए यह मुश्किल उसके दिमाग पर बहुत हावी नहीं हुई। प्रकाशक से कुछ देर बात करने के बाद वह अपने अध्ययन कक्ष में गया, कुछ नोट्स जलाए, जो वह तैयार करता रहा था, बाकी को दीवार पर लगी एक तस्वीर के पीछे छुपे एक ताखे में छुपाया, और फिर अपनी बीवी के साथ रसोईघर में बैठा जहाँ एक केतली उबल रही थी। फिर उन्होंने चाय पी और एक दूसरे का हाथ थामे कार के इंतजार में बैठे रहे।

लहरदार भूरे और हरे रंगों में रँगकर छुपाई गई स्टाफ कार नियत वक्त पर पहुँची। इसका ड्राइवर एक सार्जेंट था जो किसी चैंपियन मुक्केबाज की तरह दिख रहा था, और उसके साथ एक लेफ्टिनेंट था जो अपनी कतरी हुई मूँछों और तमीजदार सहज चाल-ढाल के साथ पाकिस्तानी फौज के किसी भी दूसरे लेफ्टिनेंट की तरह दिखाई पड़ता था। लेफ्टिनेंट कार से कूदा, उसने अपना परिचय दिया, कहा कि वह जेनरल राव फ़रमान अली के दफ्तर से आया है, और कार के पिछले हिस्से में पत्रकार के साथ बैठा। वे सीधे छावनी की ओर बढ़ चले, इससे पत्रकार को कोई खास अचरज नहीं हुआ, जिसे पता था कि जेनरल का दफ्तर गवर्नर के महल और छावनी दोनों जगहों में है। मगर जैसे ही वे छावनी पहुँचे, पत्रकार को एहसास हो गया कि कहीं कुछ गलत हो चुका है। वे अस्पताल की जमीन पर बने एक छोटे से झोंपड़े की तरफ बढ़े। लेफ्टिनेंट ने उसे सपाट लहजे में कार से उतरने को कहा।

"कोई गलती हो रही है," पत्रकार ने कहा।

"कोई गलती नहीं," लेफ्टिनेंट ने कहा, "तुम हिरासत में हो।"

"बेवकूफी मत करो ! मैं यहाँ जेनरल राव फ़रमान अली से बात करने आया हूँ !"

जवाब में अनवर अली को लेफ्टिनेंट की तरफ से सिर पर एक सुन्न कर देने वाला वार मिला और फिर उसे कार के ड्राइवर को सौंप दिया गया, जिसने उसके सिर पर घूँसों की बरसात कर दी और उसके पेट में अपना घुटना दे मारा। पत्रकार दर्द से दुहरा हो गया और तड़पता हुआ उसी झोंपड़ी की जमीन पर गिर पड़ा जिसमें विसंक्रमण की गंध थी और जो साफ तौर पर अस्पताल की इमारतों का एक हिस्सा थी। न जाने कहाँ से चार या पाँच लोग नमूदार हो गए और वे सब फर्श पर दर्द में दुहरे पड़े शख्स को घूर रहे थे।

"इन्हें बाहर निकालने में बहुत मुश्किल नहीं होती," लेफ्टिनेंट ने कहा, "ये शहरी लोग सबसे कमजोर किस्म की जूँ होते हैं। यह अनवर अमीर है—पत्रकार, पक्का सूअर !"

"इसका हम क्या करें ?"

"क्या करें ? इसका दिमाग अभी तक ठिकाने नहीं आया है। वे इसे फिर से पढ़ाने की कोशिश कर सकते हैं, मगर मैं इस किस्म को जानता हूँ। अगर तुममें से कुछ लोग इसके सिर का भुर्ता बनाना चाहो, तो मैं पीठ घुमा लूँगा और कहूँगा कि यह एक हादसा था।"

किसी वजह से फर्श पर ऐंठ रहे पत्रकार को देखने वालों में किसी ने उसके सिर का भुर्ता बनाना नहीं चाहा।

"तुम लोगों को क्या हो गया है ? क्या तुम जूँ को देखते हो तो उसे नहीं पहचानते ? मैं तुम्हें ज़िंदगी का बेहतरीन मौका दे रहा हूँ। ठीक है, साथियों, अगर तुम चाहते हो कि यह कुछ ज्यादा घंटे जी जाए, इसे 18 सी में ले जाओ। मुझे अचरज नहीं होगा अगर इसके कुछ दोस्त वहाँ हों।"

यह कहते हुए लेफ्टिनेंट और ड्राइवर झोंपड़ी से बाहर निकले और कार की तरफ बढ़ गए। लेफ्टिनेंट को अपने लोगों पर पूरा यकीन था और उसे पता था कि वे उसके हुक्म का वफादारी के साथ पालन करेंगे।

पाँच मिनट बाद अपना वक्त लेते हुए, दो संतरियों ने पत्रकार को फर्श से उठाया, एक ठेले में डाला और उसे लेकर मैदान के पार, अस्पताल के थोड़ा उत्तर में बने एक मालगोदाम, ब्लॉक 18सी की तरफ बढ़े। इस सफर ने पत्रकार को और कमजोर कर दिया। उसका सिर दोनों बगल हिल रहा था। एक बार, एक खड्ड के नजदीक संतरी रुके और आपस में बहस करने लगे कि क्या इसे सीधे-सीधे खड्ड में डालकर सिर पर गोली मार दी जाय, मगर उन्होंने इसकी जगह अपनी जिम्मेदारी का निर्वाह करने और उसे उस मालगोदाम तक पहुँचाने का फैसला किया जो कभी गोश्त महफूज रखने के लिए इस्तेमाल किया जाता था। मालगोदाम के भीतर उन्होंने ठेले को एक तरफ खड़ा कर दिया और पत्रकार को छितराए हुए फर्श पर फेंक दिया।

वह वहाँ अपनी ही कै में पड़ा रहा, भौंचक्का और सुन्न, एक मछली की तरह छटपटाता हुआ, बिना जाने कि वह कहाँ है। सिर पर तीन भारी चोटों और घुटने के एक झटके ने उसे एक जानवर की सतह तक लाकर महदूद कर दिया था। उन्होंने उसे यातना नहीं दी थी, मगर उन्होंने वह हासिल कर लिया था जो वे हासिल करना चाहते थे। वह कराह रहा था, उसकी साँस हाँफते हुए आ-जा रही थी, वह दर्द से दुहरा पड़ा था और अपने हाथों से अपना पेट दबाए हुए था क्योंकि घुटने की मार का दर्द असहनीय था, और उसके होंठ थरथरा रहे थे। कै से उसका मुँह भर गया था और नथुनों से निकलते हुए खून के साथ मिलकर वह उसकी कमीज और पिन लगे कोट पर पसर गया। शुरू में उसे कुछ समझ में नहीं आया कि वह कहाँ है और बदहवासी में कुछ मिनट तक वह सोचता रहा कि वह अपने बगीचे के नीचे बने स्टोर शेड में जा गिरा है।

यह दोपहर के काफी बाद का वक्त था। छायाएँ लंबी हो रही थीं और अकेली रोशनी किनारे की दीवार के ऊपर बनी तीन फीट लंबी और नौ इंच गहरी खिड़की की फाँक से आ रही थी। जब वह आपे में लौटा, तो इस रोशनी के सहारे उसने देखा कि करीब बीस लोग फर्श पर बैठे या लेटे हुए थे, उनमें से ज्यादातर बीच की उम्र के थे, और उस मद्धिम रोशनी में उसे जहाँ तक नजर आ रहा था, वे सभी पेशेवर जमातों के लोग थे। अभी भी हाथों में अपना पेट पकड़े हुए और नितंबों पर हिलते-डुलते हुए,

वह इंच-इंच खिसकता दीवार तक पहुँच गया, जहाँ अधबैठी भंगिमा में वह अपने साथी कैदियों को ज्यादा बेहतर जगह से और आराम से देख सकता था। उसने अपनी बाँह के पिछले हिस्से से अपने चेहरे का खून और कै पौंछे, फिर भी इतना रह गया जिससे लगता था कि उसने दाढ़ी रखी हुई है। उसका सिर दुख रहा था और टनक रहा था, उसके होंठ सूजे हुए थे, एक आँख लगभग बंद थी और आँख के चारों ओर एक विशाल, नीला जख्म धीरे-धीरे उमड़ रहा था। अचानक, खौफ से भरकर उसने अपना सींग के फ्रेम वाला चश्मा देखना शुरू किया और उसने तसल्ली की साँस ली जब उसने पाया कि उसका चश्मा उसकी कोट की ऊपरी जेब में पड़े चश्मा-खोल में महफूज था।

कुछ सिर उसकी ओर मुड़े, मगर ब्लॉक 18सी के ज्यादातर कैदी अपनी ही तकलीफ में ऐसे घिरे थे कि उस पर ध्यान देने की हालत में नहीं थे। लगभग सबके चेहरों पर खून लगा हुआ था, उनमें से ज्यादातर अजीबोगरीब ढंग से भौंचक्क दिखाई दे रहे थे, मानो वे अभी तक नहीं समझ पाए हों कि हुआ क्या है; बहुत से तकलीफ में थे और कुछ की, जैसे वे लेटे हुए थे, उससे लगता था कि हड्डियाँ टूट गई हैं। कुछ जरा भी हरकत नहीं कर रहे थे जिससे अनवर अमीर को लगा कि वे मरे हुए हैं। अचानक उसके दिमाग में आया कि यह आज के शिकार हैं, कि जल्दी ही और भी आएँगे, और यह कि उनमें से सब या लगभग सब सुबह अपने बिस्तर से उठे थे, अपनी बीवियों को विदा कहा था, पैदल या रिक्शे से दफ्तर गए थे, जैसे पिछले दिनों में करते थे वैसा ही बरताव करते रहे थे जरा भी यह उम्मीद किए बिना कि उन्हें कभी गोश्त रखने के लिए इस्तेमाल किए जाने वाले एक मालगोदाम में फेंक दिया जाएगा।

धीरे-धीरे, जैसे सिरदर्द कम हुआ, अनवर अमीर अपने आसपास के माहौल में गहरी दिलचस्पी लेने लगा। यह बहुत ही अहमियत वाला मामला था, मसलन कि उसे जानना चाहिए कि ठीक-ठीक कितने लोग इस मालगोदाम में हैं, वे कौन हैं और उन्हें क्यों गिरफ्तार किया गया है ? बहुत एहतियात से चीजों को देखता हुआ, एहतियात से उनके ब्यौरे दर्ज करता हुआ, अपने दिमाग में सारी सूचनाएँ इकट्ठा करता हुआ और उनमें जरूरी कटौती करने की तैयारी करता हुआ, वह फिर से पत्रकार हो गया। पहले उसने लोगों की तादाद गिनी—वे ठीक बाईस थे। फिर उसने अपनी आँखों से मालगोदाम की लंबाई-चौड़ाई का हिसाब लगाया, यह अट्ठाईस फीट बटा पैंतीस फीट का निकला। उसने ध्यान दिया कि फर्श कंक्रीट का था, जगह-जगह दरारें थीं, और उस पर कुछ काठ के बुरादे बिखेर दिए गए थे। रोशनी तेजी से मद्धिम हो रही थी, और उसने महसूस किया कि उसे अपनी पड़ताल की रफ्तार बढ़ानी होगी। दीवारें कितनी ऊँची थीं ? कैदियों की औसत उम्र ? पाखाना कहाँ था ? कितने जिंदा थे ? वे इतने चुप क्यों थे ?

इनमें से कुछ सवालों के जवाब उसे थोड़ी देर बाद मिल गए जब उसने मालगोदाम तक आती एक जीप की आवाज सुनी, फिर चिल्लाहटें, फिर इस्पात के दरवाजे का खुलना, उठाई जातीं सलाखें, एक ताले के भीतर घूमती चाबी, ईंट की प्लास्टर की हुई दीवार पर स्टील की झनझनाहट, और फिर सबसे नए कैदी का जिस्म कंक्रीट के फर्श

पर दो फौजियों द्वारा फेंक दिया गया जो जंगी पोशाक में थे और धुँधलके की धूसर रोशनी में अपने उभरे घुटनों, कलाइयों और कंधों से बेआकार दावों सरीखे दिख रहे थे, और वे जाल लगे हेलमेट पहने हुए थे मानो वे जंग के लिए जाने वाले हों। जिस आदमी को उन्होंने फर्श पर फेंका था, वह बेहरकत पड़ा हुआ था। उसके मुँह से खून निकल रहा था और उसके चेहरे का रंग चाँद जैसा पीला हो गया था।

एक पंजाबी फौजी ने अपनी स्टेनगन कैदियों की तरफ उठाई और कहा, "चलो उठो, तुम सब ! अब तुम हाजत कर सकते हो।"

इन शब्दों के साथ एक अचरज में डालने वाली चीज हुई। सभी लोग या लगभग सभी, जो फर्श पर लेटे हुए थे, जल्दी से अपने पाँवों पर उठ खड़े हुए और फिर धीरे-धीरे फौजियों को पार करते हुए मालगोदाम से बाहर निकलकर खुले मैदान की तरफ बढ़ने लगे, जहाँ एक बड़ी खाई खोदी हुई थी। अचरज इस बात का था कि अभी भी उनमें इतनी ताकत बची हुई थी। वे खाई में बैठ गए, अपनी पतलूनें नीची कीं, हर आदमी अपने सामने वाले शख़्स के कंधे पर हाथ रखे हुए था, और उन्होंने पाखाना किया। कुछ को हलकी-फुलकी मदद की जरूरत पड़ी और बाकी इतने कमजोर थे कि अपनी पतलून भी हटा नहीं सकते थे और उन्हें सहारा दिया गया। एक भी शब्द कहा-सुना नहीं गया। जिंदगी में पहली बार अनवर अमीर ने एक ऐसी आवाज सुनी जो उसे बेहद मानवीय लगी। यह उन सबकी फुसफुसाहटों से बनने वाली आवाज थी, हिलती हुई घास या हवा की गुनगुनाहट से ज्यादा ऊँची नहीं। और जब वे सब फारिग हो चुके थे, वे मालगोदाम में लौटे और सख्त फर्श पर लेट गए। इस्पात का दरवाजा बंद किया जा चुका था। और, उन्होंने जीप के दूर जाने की आवाज सुनी। इस वक्त तक मालगोदाम में काफी अँधेरा हो चुका था और सिर्फ एक धूसर, भुतहा चमक खिड़की की फाँक से आ रही थी।

इस तरह अनवर अमीर ने वे कायदे जाने जो ढाका की छावनी में कैदियों के साथ लागू किए जाते थे। उसने बहुत जल्दी जान लिया, बिना किसी के बताए कि सभी कैदियों से फर्श पर लेटे रहने की उम्मीद की जाती थी, कि उन्हें सिर्फ तभी खाना दिया जाता था जब संतरी को याद आता था कि उन्हें खिलाना है, कि किसी को बात करने की इजाजत नहीं थी, और कि उन्हें दिन में बस दो बार पाखाना जाने की इजाजत थी, एक बार झुटपुटे में और फिर दुबारा भोर में। उसने यह भी सीखा कि बिना उम्मीद के जीना भी मुमकिन है।

निश्चय ही, कायदों को तोड़ा जाता था; वे फुसफुसाहटों में बात करते थे, आपस में लगातार संपर्क में रहते थे, रहस्यमय ढंग से उन्हें थोड़ा-बहुत खाने, तेल और बैंडेजों की आपूर्ति होने लगी थी, और कभी-कभी अगर वे ज्यादा मजबूत होते थे, वे अपना रक्त-संचार फिर से बनाए रखने के लिए मालगोदाम की लंबाई में एक सिरे से दूसरे सिरे तक टहलते भी थे। उन्होंने ध्यान दिया था कि वहाँ जासूसी का कोई सूराख नहीं है, उनके ऊपर संतरी नहीं बैठाए गए हैं, और लंबे वक्त तक उन्हें उनकी इच्छा पर

छोड़ दिया जाता था। अपरिहार्य तौर पर उनमें से कुछ मालगोदाम के पिछले हिस्से की दीवार तोड़कर और उम्मीद के साथ दीवार में एक छोटी सी सुरंग खोदकर भागने की कोशिश कर रहे थे। यह पता चलता था कि कोई भी कैदी एक-दूसरे को नहीं जानता था, मगर उनमें सामाजिक भाईचारे का अहसास पहले से मौजूद था। वे मरे हुओं की तरह फर्श पर पड़े रहते थे और वे सबके सब लरजते हुए ढंग से जिंदा थे, शायद और भी ज्यादा जिंदा क्योंकि उन्हें बेइज्जत और घायल किया गया था।

दूसरे दिन चार और कैदी मालगोदाम में फेंके गए। तीसरे दिन, तीन और आए, और चौथे दिन, पाँच और। किसी को नहीं पता था कि उसे क्यों गिरफ्तार किया गया है। सबको सड़कों पर घसीटा गया था, जीप में डालकर छावनी के पुलिस मुख्यालय में लाया गया था, मारा-पीटा गया था और मालगोदाम में फेंक दिया गया था।

जैसे-जैसे दिन गुजर रहे थे, मालगोदाम में जिंदगी एक अजीबोगरीब ढर्रे में ढल गई। सुबह-सुबह उन्हें पाखाना जाने, एक नल से चेहरे धोने की इजाजत थी, और फिर उन्हें दुगुनी तेजी से मालगोदाम लौटकर आने का हुक्म दिया जाता था। जो भी पर्याप्त रफ्तार से नहीं दौड़ पाता था, मार खाता था; जो भी गिर पड़ता था, मार खाता था; और अगर किसी शख्स ने तेजी से अपनी पतलून नहीं उतारी तो वह भी मार खाता था। एक घंटे बाद, थोड़ी सी सब्जी और भात से भरी एक कठौती दरवाजे से भीतर खिसका दी जाती थी और उन्हें एक संतरी की मौजूदगी में चार या पाँच के जत्थे में कठौती तक रेंगकर आने की इजाजत थी। अनवर अमीर ने ध्यान दिया कि कितनी ईमानदारी से कैदी खुद के लिए नियत चावल के हिस्से का हिसाब करते थे, और कितने एहतियात से अपने मुड़े हुए हाथों में चावल के साथ, आगे बढ़ने के लिए कुहनी का इस्तेमाल करते हुए, अपनी पुरानी जगह पर वापस लौटते थे। अगर वे चावल गिरा देते थे, या बहुत ज्यादा लेने की कोशिश करते थे तो संतरी का नुकीला जूता तुरंत उनके हाथों पर पड़ता था। संतरी के नजरिए से, इन क्षैतिज कैदियों पर काबू पाना आसान था।

मगर जब संतरी मालगोदाम से निकल चुका होता था, तुरंत वे कैदी उस सामाजिक संरचना को फिर से जोड़ना शुरू कर देते थे जो संतरी की मौजूदगी में बिखरती मालूम होती थी। वे एक-दूसरे से अपने नाम, अपने बीवी-बच्चों के नाम, अपने पते, अपने व्यवसाय के पते, अपने पेशे फुसफुसाते थे। यह जानना उनके लिए जरूरी हो गया क्योंकि अगर उनमें से कोई एक भी बचा तो मालगोदाम में जो कुछ हुआ था, और जाती तौर पर कैदियों के साथ जो कुछ हुआ था, उसका लेखा-जोखा वे बाहर की दुनिया तक पहुँचा सकेंगे। उन सबको पता था कि आधी भुखमरी, कुछ घूँसों और थोपे गए आराम से कुछ ज्यादा खौफनाक उनके लिए बचा हुआ है। और हर सुबह नामों की आवृत्ति शुरू होती थी, चूँकि हर आदमी दूसरों के नाम और ब्यौरे दुहराता था।

जल्दी ही उन्होंने आपस में चर्चा करने का एक तरीका खोज निकाला, एक सवाल फुसफुसाते हुए, जिसे एक शख्स से दूसरे शख्स तक आगे बढ़ाया जाता था और कोई सवाल का जवाब देने की कोशिश करता, और जवाब को आगे बढ़ाया जाता।

"पाकिस्तानी हमारे साथ ऐसा क्यों कर रहे हैं ? उन्हें क्या हासिल करने की उम्मीद है ? वह कायदे का नजरिया क्या है जो हमें उनके प्रति अख्तियार करना चाहिए ? अगर वे हमें तकलीफ दें तो हमें कैसे प्रतिरोध करना चाहिए ?" और कभी-कभी वे इससे भी ज्यादा मुश्किल सवाल फुसफुसाते थे, "सरकार का सबसे अच्छा स्वरूप क्या है ? जिंदगी का मकसद क्या है ? क्या होता है जब हम मर जाते हैं ?" ये बहसें अक्सर सुबह में होती थीं, और दोपहर तक, खाने के अभाव में, इन्हें जारी रखने के लिहाज से वे बुरी तरह थक जाते थे। इसके अलावा जैसे-जैसे दिन चढ़ता था, मालगोदाम की हवा ज्यादा गंदी होती जाती थी, और बे-नहाए जिस्मों और बासी साँस की बू से सबको मिचली होने लगती थी। बूएँ बेहद अहमियत रखती थीं। दरवाजे के पास एक जग में पानी रखा रहता था। देर शाम के बाद वे रात को पेशाब लगने के डर से शायद ही पानी पीते थे।

चौथे दिन मालगोदाम के बाहर स्थायी तौर पर एक संतरी बहाल किया गया। इसके कुछ फायदे थे। अगर कोई कैदी पाखाना जाना चाहता तो वह रेंगता हुआ इस्पाती दरवाजे के पास जाता था, तीन बार खड़खड़ाता था और फिर उसके लिए दरवाजा खुल जाता था। यह समझा जाता था कि यह एक खासमखास सहूलियत है और कैदी को न्यूनतम मुमकिन वक्त में मालगोदाम में लौट आना चाहिए। अक्सर ऐसे मौकों पर दरवाजा खुला छोड़ दिया जाता था, और अगर थोड़ी भी हवा होती थी तो कैदी अपना सिर उठाते थे और बाहर की साफ हवा फेफड़ों में भरते थे।

पाँचवें दिन कैदियों को सस्ते कंबल बाँटे गए। छठे दिन अनवर अमीर ने कुछ ऐसा देखा जिसे उसने गोपनीय रखा। मालगोदाम के लगभग बीच में छत पर एक फौलाद की छड़ एक दीवार से दूसरी दीवार तक फैली हुई थी। इसका व्यास लगभग एक इंच का था और इस पर धूल जमी हुई थी; मद्धिम रोशनी में यह नहीं के बराबर दिखाई पड़ती थी। छड़ से लटकता और दीवार से चिपका हुआ गोश्त टाँगने वाला एक अँकुड़ा भी था, जो धूल से सना हुआ था। कैदखाने में बदले जाने के पहले मालगोदाम की बहुत सारी छड़ों और अँकुड़ों में शायद यही अँकुड़ा और छड़ बचे हुए थे।

सातवें दिन जुल्म शुरू हुए।

सुबह, चावल और सब्जियों के खाने के ठीक बाद, तीन, पूरी तरह हथियारबंद पाकिस्तानी सिपाही मालगोदाम में आ धमके और उनमें से एक कैदियों का नाम लेकर पुकार रहा था, जिन्हें 'प्रेजेंट' करना जरूरी था। फेहरिस्त सही नहीं थी और कई नामों का स्वागत चुप्पी ने किया, सिपाही गड़बड़ा गया, और चिल्लाने, और अपने करीब के कैदियों को मारने लगा, और फिर, महसूस करते हुए कि उसे शायद एक अधूरी फेहरिस्त मिली है और इसकी बड़े अफसरों से तस्दीक करवानी होगी, वह मालगोदाम से निकला और एक घंटे में एक ज्यादा मुकम्मिल फेहरिस्त लेकर लौटा। इस नई फेहरिस्त से चार नाम पढ़कर पुकारे गए। उन्हें एक इंतजार कर रही जीप में बैठने को कहा गया। उसी शाम चारों को मालगोदाम वापस लाया गया। वे बेहोश थे। उनके चेहरों से खून बह

रहा था, उनके हाथ पीछे बँधे हुए थे, और यह साफ था कि उन्हें यातना देने के पहले नंगा किया गया और बाद में बेकायदे से, कपड़े पहना दिए गए थे, शायद क्योंकि वे तब भी बेहोश थे। वे खून से तर रुई की गठरियाँ लग रहे थे।

अगले दिन तीन फौजी फिर आए। इस बार उन्होंने साथ ले जाने के लिए कैदियों का नाम नहीं पुकारा। वे कैदियों के जिस्म पर चढ़ते हुए उनके चेहरे घूरते हुए मालगोदाम में घूम रहे थे। साफ तौर पर उन्हें किसी वांछित कैदी की तसवीर दिखाई गई थी। छः फीट लंबा, एक गठीला पंजाबी, पूरी जंगी पोशाक में, यहाँ तक कि पट्टे में हथगोला भी बाँधे हुए, अनवर अमीर के पास पहुँचा और अचानक उसका लंबा, पतला चेहरा पहचान लेने की मुस्कुराहट के साथ चौड़ा हो गया।

"तुम्हारा नाम क्या है—तुम ?" अपने भारी बूटों से पत्रकार को ठोकर मारते हुए उसने पूछा ।

"अनवर अमीर।"

"यही है ! तुम्हारी ही हमें तलाश थी ! चलो उठो !"

जब पत्रकार फर्श पर लेटा हुआ था, उसने अपने लंबे जिस्म को देखा और इसे अलविदा कहा, जैसे कोई अपने पुराने दोस्त को अलविदा कहता है जिससे वह दुबारा कभी नहीं मिलेगा।

उस सुबह, वह ले जाया जाने वाला अकेला कैदी था। जीप में डालकर, उसे छावनी के दूसरी तरफ की एक इमारत में ले जाया गया जहाँ एक बड़े निशान पर लिखा हुआ था—'फील्ड इंटरोगेशन सेंटर नो ऐडमिटेन्स'। जीप पर बैठे संतरी नागरिक मुजरिमों को दी जाने वाली सजा के किस्से सुनाकर एक-दूसरे का मनोरंजन कर रहे थे, किसी कैप्टन जाकिर के बारे में, जिसके बारे में मशहूर था कि वह कैदियों के उस जगह पहुँचने के सात मिनट भीतर उनका जुर्म उगलवा लेता है, जिसे अदब के साथ उसका दफ्तर कहा जाता है, और एक कैदी के बारे में, जो जुर्म कबूल करने का मौका आने से पहले ही उसी सुबह दिल का दौरा पड़ने से चल बसा।

जीप से उठाकर, पत्रकार को अधटँगे ढंग से एक छोटे से सफेद पुताई किए हुए दफ्तर में ले जाया गया जिसकी दीवार पर प्रेसिडेंट याह्या ख़ान की सुनहरे फ्रेम वाली तसवीर लगी थी। तसवीर या तो हाथ से रँगी गई थी या किसी ऐसी प्रक्रिया से जिसमें अजीबो-गरीब ढंग से असली रंगों की नुमाइंदगी गायब थी, क्योंकि गाल गहरे लाल थे, बाल नीले थे, हालाँकि एक उजला धब्बा था, जो रुपहला था, और भरे हुए कंधों वाला, करीने से कटा सूट भी बालों की तरह गहरे नीले रंग का था। तस्वीर कहीं से औरतों द्वारा पसंद किए जाने वाले किसी अभिनेता का अहसास करा रही थी, और प्रेसिडेंट के समूचे होठ हलकी मुस्कुराहट में खुले हुए थे। कुछ लम्हे के लिए पत्रकार का ध्यान तसवीर पर चला गया। फिर उसने लकड़ी की सपाट मेज, काली प्लास्टिकनुमा सीटों वाली कुर्सियाँ, मोटे सूती कपड़े के खिलखिलाते रंग में रँगे पर्दे देखे और मेज के पीछे पतली मूँछों वाला एक जवान अफसर बैठा हुआ था, जिसने अपना परिचय मेजर फारूकी

के रूप में कराया। मेजर ने उसे कुर्सी पर बिठाया और कहा, "तो तुम हो महान पत्रकार अनवर अमीर ? हाँ, बिलकुल! ढाका में खूब मशहूर। मेरा खयाल है, मैंने तुम्हारे बारे में सुना है।"

निहायत सूत-भर मूँछों वाले लोगों को लेकर पत्रकार के भीतर पहले से ही एक अतार्किक किस्म की नापसंदगी रही थी और वह उन्हें दलालों और भड़वों के साथ जोड़ता रहा था। वह याद नहीं कर सका कि उसने कभी किसी पाकिस्तानी अफसर की ऐसी मूँछें देखी हों। फिर भी, जैसा कि नजदीकी मुआयने के बाद उसने नतीजा निकाला, यह किसी भड़वे का चेहरा नहीं था। कई पंजाबी अफसरों की तरह, मेजर का रंग भी जैतूनी था, गंडास्थियाँ सुडौल थीं, मजबूत ठुड्ढी थी और मुलायम पिघलती हुई आँखें थीं। मेजर फारूकी की आँखें जरा भी डराने वाली नहीं थीं : वे बहुत बड़ी थीं, बहुत काली और बहुत ही सुंदर। उसकी आवाज में भी कुछ खास तौर पर खौफनाक नहीं था, यह मुलायम और नीची थी, एक खुशनुमा सुरीलेपन का अहसास कराती हुई। वह अंग्रेजी में बोल रहा था, बीच-बीच में उर्दू और कभी-कभी बँगला का भी एकाध शब्द फेंटते हुए।

"हाँ वाकई, समाज के स्तंभ, मगर, शर्तिया तौर पर," वह कहता गया, "समाज के स्तंभ दरक रहे हैं। यही होता है जब कोई समाज बदचलन हो जाता है। तुम्हें कुबूल करना होगा कि हमारे आने के पहले ढाका का समाज अपनी बदचलनी के आखिरी कगार पर था।"

अनवर अमीर ने सिर हिलाया। सिर हिलाने का मतलब था—आपने जो कहा मैंने सुन लिया।

"हाँ, चूँकि तुम मुझसे सहमत हो, इससे कई मुश्किलें खत्म हो जाती हैं, मिस्टर अमीर। हम एक दूसरे को समझते हैं। मुझे यकीन है कि हम अच्छी तरह एक साथ आगे बढ़ सकेंगे।"

यह कहते हुए, मेजर फारूकी बड़ी बारीकी से कैदी का मुआयना भी कर रहा था, जो ऐसा लग रहा था मानो अपने निचुड़ने के आखिरी कगार पर हो हालाँकि उसने मालगोदाम में एक हफ्ते से ज्यादा वक्त नहीं गुजारा था। उसके कपड़े मुड़े-चुड़े थे, उसकी छींट वाली टाई टेढ़ी हो गई थी; उस पर मालगोदाम की गंदी हवा की बू चिपकी हुई थी; मगर उसको लेकर सबसे ज्यादा ध्यान खींचने वाली बात यह थी कि उसकी चमड़ी धूसर हो चुकी थी और आँखें बेजान, जिसमें जरा भी रोशनी नहीं हो। शायद उसमें थोड़ी जान डालना जरूरी था। मेजर ने एक बटन दबाया, एक अर्दली दिखा, और उसने कहा, "मेरा खयाल है मि. अमीर कुछ खाना पसंद करेंगे। वे जवाब नहीं दे रहे हैं।" फिर पत्रकार की ओर मुड़ते हुए उसने कहा, "मुझे बेहद अफसोस है बर्खुरदार। हमें तुम्हें एक करीने का कमरा देना चाहिए था। वाकई हमें किसी चीज को कायदे से नियत करने का वक्त ही नहीं मिला। मुझे यकीन है, अगर तुम हमारी मदद करो, हम तुम्हारे लिए रहने की बेहतर जगह खोज पाएँगे। तुम्हें ब्लाक 18सी में रखना एक भारी

भूल है। तुम एक समझदार इनसान हो और मैं नहीं समझता कि तुम हमारे लिए कोई मुश्किल खड़ी करोगे।" फिर उसने अर्दली से कहा, "जल्दी करो। इनके लिए कुछ सैंडविच और कॉफी लाओ। इससे इन्हें काफी लाभ होगा।"

मेजर फारूकी ने सबसे डरावनी बातें पूरी तरह डर से शून्य आवाज में कहने की तालीम खुद को दी थी। वह मुस्कुराया, अर्दली को देख उसने सिर हिलाया, और मेज पर पड़े कागजात का मुआयना करने का दिखावा किया, और इस समूचे वक्त वह कैदी पर एक चौकन्नी निगाह रखे हुए था जो अभी भी बिना किसी भाव के कुर्सी पर जमा पड़ा था और उसे जरा भी अंदाज नहीं था कि क्या हो रहा है।

"लो, आ गया," मेजर ने चहकते हुए कहा जब अर्दली सैंडविचों की एक प्लेट और भाप फेंकती कॉफी के प्याले के साथ वापस लौटा। "तुम्हें बेहतर महसूस होगा। तुम्हें पता है, हम हर किसी को खुश रखने की कोशिश करते हैं। चलो, खा लो, और आराम से, अपना पूरा वक्त लो।"

जबकि पत्रकार धीरे-धीरे खा रहा था, मेजर अपने सामने रखा ब्यौरा पढ़ रहा था। *अनवर अमीर, जन्म 14 अगस्त, 1919, ढाका उच्च विद्यालय, ढाका विश्वविद्यालय, इस्लामिया कॉलेज, कलकत्ता में पढ़ाई, शुरुआती साल स्कूल टीचर के तौर पर, फिर कलकत्ता में पत्रकारिता में दाखिल, एक साल अमेरिका में पढ़ाई के लिए 1946 में रॉकफेलर फेलोशिप मिली। मौजूदा वक्त में ढाका के 'मॉर्निंग पोस्ट' में संपादकीय लेखक। बताया जाता है कि अवामी लीग का सदस्य नहीं है। कभी-कभी मुजीबुर्रहमान के प्रति आलोचनात्मक, मगर ज्यादातर पाकिस्तानी सरकार के प्रति आलोचनात्मक। भाषा संकट के वक्त 1956 में छह महीने की कैद काट चुका है। बंगाली राजनीतिज्ञों तक उसकी सीधी पहुँच मानी जाती है। शादीशुदा, दो बच्चे, दोनों भारत में पढ़ रहे हैं।* इससे भी ज्यादा ब्यौरे थे। पचास के दौर से ही पीले पड़ते दस्तावेज का एक पैकेट बता रहा था कि उस पर उसी वक्त से निगाह रखी जा रही थी। कई अवसरों पर ली गई उसकी तस्वीरें भी थीं। एक तस्वीर में वह शेख़ मुजीबुर्रहमान के बगल में खड़ा है, मगर दूसरे में प्रेसिडेंट याह्या ख़ान से हाथ मिला रहा है। साफ तौर पर एक ऐसा आदमी जो दोनों तरफ बनाए रखता है। उसके अखबार की कतरनें थीं, उसके पत्रों की तस्वीरें, उन बेहद खास भाषणों को सारांश जो उसने दिए थे, लगभग कुल जमा एक सौ पचास सफे थे। मेजर फारूकी पहले ही ब्यौरों का ज्यादातर हिस्सा पढ़ चुका था, इस बात को खासतौर पर नोट करते हुए कि कैदी ने कुछ वक्त भारत और अमेरिका में भी गुजारा था।

"अब बेहतर महसूस कर रहे हो ?" उसने खुशनुमा ढंग से पूछा, जबकि पत्रकार अपनी कॉफी सुड़क रहा था।

अनवर अमीर ने सिर हिलाया।

"अच्छा, तो अगर तुम इजाजत दो तो मैं तुमसे चंद सवाल पूछना चाहूँगा या मैं सैंडविच खत्म करने तक इंतजार करूँ।"

"हाँ, इंतजार कर लीजिए।"

मेजर फारूकी से कहे गए ये पहले शब्द थे। अच्छे खाने की उसकी आदत इतनी छूट चुकी थी कि उसे डर हो आया कि उसका गला अटक न जाए। कॉफी भी उस पर बुरा असर डाल रही थी और वह मदहोश हो रहा था। उसके गालों के धूसर रंग की जगह ऐसा रंग चला आया था जो लगभग सेहतमंद था। कॉफी का एक प्याला और दो चिकेन सैंडविच उस पर ताकतवर नशे का-सा असर कर रहे थे। एड्रेनलिन उसके जिस्म में उतर रही थी, उसकी मांसपेशियों में ताकत लौट रही थी, उसके दिमाग की कोशिकाएँ फिर से हरकत में आ रही थीं। यह बदलाव मेजर फारूकी को दिलचस्प लगा, जिसे कैदियों के बरताव में अक्सर बहुत कुछ दिलचस्प लगा करता था।

"अब बताओ मुझे, अवामी लीग में तुम किसके साथ काम करते थे ?" मेज पर झुकते हुए और अपनी उन खूबसूरत और मुलायम आँखों से कैदी को घूरते हुए, मेजर ने पूछा।

इस सवाल की उम्मीद अनवर अमीर ने नहीं की थी। उसने ज्यादा बारीक सवालों की कल्पना की थी।

"या तुम्हें पता सही है कि अवामी लीग का कोई वजूद है ?" मेजर ने घुरघुराती हुई आवाज में कहना जारी रखा।

"हाँ, मुझे पता है।"

"बहुत अच्छे, हम सही पहुँच रहे हैं। तुम किसके साथ काम करते थे ?"

"मैं किसी के साथ काम नहीं करता था। मैं हरेक को जानता था, वैसे ही जैसे सरकार में हरेक को जानता था।"

"तुम कुछ को बाकी से ज्यादा बेहतर जानते थे ?"

"निश्चित तौर पर।"

"तुम किसे सबसे अच्छी तरह जानते थे ?"

अनवर अमीर ने अपने कंधे उचकाए।

"मैं सबको एक बराबर अच्छी तरह जानता था, और मैं सरकार में भी सबको उतनी ही अच्छी तरह जानता था।"

"तुम शेख़ मुजीबुर्रहमान को जानते थे ?"

"बिलकुल।"

"तुम्हें वह कैसा लगता था ?"

"दोस्ताना, काबिल, जमीनी, समझदार।"

"हिंदुस्तान के साथ अपने खुफिया समझौते के बारे में उसने तुमसे कब बात की ?"

"उन्होंने हिंदुस्तान के साथ कभी किसी समझौते के बारे में बात नहीं की, न ही ऐसा कुछ था।"

"हमें इससे ज्यादा पता चल चुका है। हमारे पास उसे लटकाने के लिए काफी सबूत हैं। मेरे दोस्त, तुम्हें अंदाजा नहीं है कि धानमंडी के उनके घर में हमें क्या-क्या मिला

है। भारत के साथ उनकी खतो-किताबत के सारे दस्तावेज हमारे पास हैं।"

"यह उनके दिमाग में आखिरी चीज थी। मेरी निश्चित जानकारी में, हिंदुस्तान के साथ—हिंदुस्तानी सरकार या किसी हिंदुस्तानी अफसर के साथ उनकी कोई खुफिया खतो-किताबत नहीं थी।"

"तुम कैसे जानते हो ?"

"ठीक उसी वजह से, जैसे मैं जानता हूँ कि प्रेसिडेंट याह्या ख़ान की सोवियत संघ के साथ कोई खुफिया खतो-किताबत नहीं रही है।"

"वह वजह क्या है ?"

"किसी के साथ भी खुफिया और साजिशाना खतो-किताबत रखना उनकी फितरत के पूरी तरह खिलाफ है। वे उस तरह के इनसान नहीं थे।"

"तिस पर भी, मि. अमीर, सबूत मौजूद है, तुम इस पर यकीन करो। तुम जून 1970 में, और फिर नवंबर में हिंदुस्तान गए थे, नहीं ?"

"हाँ, गया था।"

"बिचौलिए के तौर पर ?"

"नहीं, पहली बार छुट्टी बिताने गया था, दूसरी बार बाढ़ और तूफान के सिलसिले में।"

"और तुम हिंदुस्तान से पैसा लाए थे ?"

"हाँ लाया था।"

"अवामी लीग के लिए ?"

"नहीं, उस तूफान से प्रभावित लोगों के लिए, जिसमें, आप याद करें पाँच लाख लोग मारे गए थे।"

"सरकारी आँकड़ों के अनुसार मरने वालों की तादाद 2,07,000 थी, मेरा खयाल है, खैर मैं कुछ हजार लोगों के लिए तुमसे झगड़ा नहीं करूँगा। जो बात मैं कहना चाहता हूँ, वह यह कि पैसा अवामी लीग के खजाने में गया।"

"नहीं, यह रेडक्रास के एक खास खाते में गया था।"

"खैर कितना पैसा था ?"

"पैंतालीस हजार डालर ।"

"बस इतना ही हिंदुस्तान के अपने दौरे से तुम हासिल करने में कामयाब हुए थे ?"

"हाँ, बस इतना ही अपने भाषणों से और लोगों से अपील करके मैं जुटा सकता था।"

"अवामी लीग में किसने पैसा लिया था ?"

"मैं आपको बता चुका हूँ, कोई पैसा अवामी लीग को नहीं गया था। आप बैंक से पता कर सकते हैं।"

"तुम झूठ बोल रहे हो ! हमें पता चला है कि तुम भारत से काफी पैसा लाए थे और तुमने मुजीबुर्रहमान को यह पैसा दिया था। तुमने उसे कितना पैसा दिया था ?"

"मैंने उन्हें कभी पैसा नहीं दिया था।"

"तुम फिर झूठ बोल रहे हो ! तुम्हें किसने पैसा दिया था ?"

"किसी ने नहीं !"

"तुम्हें जरूर किसी ने पैसा दिया था।"

और इसी तरह घंटों चलता रहा, मेज़र फारूकी, इस बात पर जोर देता रहा कि हिंदुस्तानी सरकार और हिंदुस्तानी उद्योगपतियों ने अवामी लीग को सक्रिय तौर पर मदद की है और पत्रकार उनका दलाल है, पूर्वी पाकिस्तान में पैसा लाने और इसे किसी खुफिया खाते में जमा करने का जिम्मेवार शख्स। मेजर फारूकी ने उससे पूछा कि शेख़ मुजीबुर्रहमान से उसकी कितनी मुलाकातें हुई हैं। बीस, तीस मुलाकातें ? "शायद इससे भी ज्यादा ?" पत्रकार ने जवाब दिया। "कुछ दिन पहले प्रेसिडेंट याह्या ख़ान से भी मेरी एक मुलाकात हुई थी।"

"कितनी लंबी मुलाकात थी ?"

"घंटा-भर।"

"अच्छा, तो उन्होंने तुम्हें अपने समय का एक घंटा दिया ? तुम जरूर एक महत्त्वपूर्ण आदमी होगे। मि. अमीर, हमारे प्रेसिडेंट मूर्खों पर वक्त बरबाद नहीं करते।" फिर एक लंबा विराम रहा। "तिस पर भी इस मामले में वह एक मूर्ख से बात कर रहे थे। हम तुम्हारे बारे में बहुत कुछ जानते हैं मि. अमीर। हमारे साथ सहयोग करो। तुम्हें जो पता है, वह बता दो और तुम देखोगे कि तुम्हारे साथ हम कितनी शराफत और नरमी से पेश आते हैं..."

अनवर अमीर को यह अजीब-सा अहसास हुआ कि मेजर फारूकी किसी दूसरे का संवाद बस पढ़ रहा है, यह यकीन करना नामुमकिन था कि जो वह कह रहा था उसका उसे पता था। वह खुफिया बैंक खाते का आविष्कार नहीं कर रहा था। अगर, जैसा कि मेजर फारूकी का इशारा था, उसने शेख़ मुजीबुर्रहमान को पैसा दिया तो खुफिया बैंक खाते की जरूरत क्या थी ? एक खास तरह का खाका उभर रहा था : अभियुक्त पर मुकदमा चल रहा था कि उसने 'ए' नाम का एक गुनाह किया था और उसी के साथ-साथ '–ए' का भी। तथ्य यह था कि ए–ए=0 का हिसाब मेजर फारूकी की समझ के परे था और यह बस इसलिए था कि वह इस बात से अवगत था कि एक आदमी दो जगहों पर एक साथ नहीं हो सकता, एक ही साथ दो उल्टे काम नहीं कर सकता, ऐसे सवालों के जवाब नहीं दे सकता जो पूरी तरह बेमानी हैं, कि उसकी पूछताछ में फंतासी का एक तत्त्व शामिल हो चुका था। मेजर फारूकी के सवालों की सबसे मुमकिन व्याख्या फंतासी की दुनिया में ही मौजूद थी; शायद उसकी फंतासी को ज्यादा उपयोगी दिशाओं में मोड़ा, झुकाया और इस्तेमाल किया जा सके। वह एक ऐसा पागल शख्स लग रहा था जो मछली मारने जाता है और अपनी बंसी सूखी जमीन में गिराता है।

अनवर अमीर थके हुए हाल में कह रहा था, "आप ये सारे सवाल पूछ रहे हैं और

आपको जरूर पता होना चाहिए कि इनके जवाब नहीं हैं। मैं एक पत्रकार हूँ। मेरा कोई मत नहीं है, कोई गठजोड़ नहीं है। मैं महज एक आईना हूँ जिस पर उसका अक्स बनता है जो मेरे मुल्क में हो रहा है। और मैं मशहूर भी हूँ, और इसलिए यह दुनिया में सबसे आसान काम है कि मुझे जानने वाले लोगों को तलाश लिया जाए। जहाँ तक इन बैंक-खातों का सवाल है, यह सिर्फ हास्यास्पद है। आप जो भी सवाल चाहें पूछें, मगर कम से कम मानी-मतलब के सवाल पूछें।"

जैसा उसे पहले ही पता था किसी फौजी पूछताछ करने वाले से बहस करना एक गलती थी। 'हाँ', 'नहीं', 'मुझे नहीं पता'—ये शब्द मेजर फारूकी को समझ में आते थे, क्योंकि ये उसे फंतासी की दुनिया से उतारने वाले रास्ते की तख्तियों की तरह दिखते थे। जो वास्तव में हुई चीजें थीं—ढाका पर फौज को खुला छोड़ देने के चार दिन पहले प्रेसिडेंट याह्या ख़ान से हुआ इंटरव्यू, और अगले दिन शेख़ मुजीबुर्रहमान से हुआ दूसरा इंटरव्यू—ये सारी चीजें उसे फंतासी की तरह लगती थीं और उनका वह कभी-कभार ही जिक्र करता था। रहस्यमय बैंक खाते, दस्तावेज, पत्रकार और शेख़ मुजीबुर्रहमान के बीच खुफिया पैगामों का लेन-देन, खुफिया मुलाकातें, अदृश्य स्याही में लिखे गए खत, ये सारी वे असलियतें थीं जिन्हें वह पहचानता था और बाकी दुनिया का उसके लिए कोई वजूद ही नहीं था। कैदखाने, यातना कक्ष, दमन का सारा तंत्र उन दुश्मनों के खुफिया कोड को उजागर करने के लिए है, जिनका कोई खुफिया कोड ही नहीं है।

डेढ़ घंटे की पूछताछ के बाद अनवर अमीर ने महसूस किया कि उसके होशोहवास अब टूटने के कगार पर आ चुके हैं। अब वह एकाग्र नहीं हो पा रहा था। मालगोदाम की बदबूदार हवा की आदत के बाद, उसे मेजर के दफ्तर की हवा इतनी साफ-सुथरी लगने लगी जिसमें राहत लेना मुमकिन नहीं। कै से सनी कमीज पहनने की आदत के बाद उसे मेजर के साफ कपड़े, उसकी सजी-सँवरी वर्दी चुभने लगी। संतुलित फैसले करने वाला उसका होशो-हवास पूरी तरह जाता रहा, जाता रहा। उसे पता चल गया था कि उसे किसी भी वक्त दिमागी दौरा पड़ सकता है। पहरेदारी कर रहे एक संतरी की आवाज उसे पागल बनाए दे रही थी, जो लगातार खिड़की से पार हो रहा था। पंखा एक अजीबोगरीब धपधपाता हुआ शोर कर रहा था, जो महज घूमते हुए ब्लेड का शोर नहीं था, और वह अपनी सबसे ऊँची आवाज में चीखना चाहता था, "बंद करो यह शोर ! खुदा के लिए, क्या तुम्हें पता नहीं चल रहा, इससे क्या हो रहा है ? उसमें इतना भर महसूस करने लायक निर्लिप्तता थी कि मेजर की तरह ही, हालाँकि पूरी तरह अलग ढंग से, वह बेउम्मीद तौर पर अतार्किक होता जा रहा था।

"मेरा खयाल है, तुम जानते हो," मेज पर झुकते हुए मेजर ने कहा, "कि तुम एक नामुराद किस्म का मुजाहिरा हो।"

पत्रकार ने कुछ नहीं कहा।

"जब मैं तुमसे बात कर रहा हूँ तो तुम जवाब क्यों नहीं देते ? जवाब दो !"

"मुझे कुछ नहीं कहना है।"

"तुम्हारे साथ यही मुश्किल है। तुम बात नहीं करते। मैं अपनी रपट में लिखूँगा—'बात करने से इनकार करता है। जरा भी जानकारी नहीं होने का बहाना करता है।' ठीक है, मैं तुम्हें आखिरी मौका दूँगा ! मैं तुम्हें एक कागज दूँगा, और तुम उस पर पूरा इकबाल लिखोगे—अवामी लीग के साथ अपना हर तरह का लेन-देन—पैसे वाला भी और दूसरी तरह का भी—सब कुछ जो तुम याद कर सकते हो ! समझ रहे हो ?"

"जी !"

"तो तुम जा सकते हो। वे तुम्हें एक कमरे में ले जाएँगे, तुम्हें कुछ खाने को देंगे, तुम्हें एक मेज, कुर्सी और तुम्हें लिखने का सामान देंगे, और तुम हाले दिल लिख सकते हो बर्खुरदार। तुम तीन-चार घंटे ले सकते हो, चाहो तो इससे ज्यादा भी। मेरी बात समझ रहे हो ?"

पत्रकार ने सिर हिलाया।

"और याद रखो—अगर तुमने सच्ची और ईमानदार रपट लिखी, हम तुम्हें तुम्हारी बीवी के पास वापस भेज देंगे और हेडक्वार्टर जाने वाली रिपोर्ट पर लिख देंगे, 'पूछताछ पूरी तरह संतोषप्रद...' तुम्हारी पाँचों अँगुलियाँ घी में रहेंगी। कोई फिक्र नहीं होगी, कोई मुश्किल नहीं। तुम यहाँ से एक आजाद इंसान की तरह जा सकोगे।"

मेजर फारूकी ने अपनी मेज का बटन दबाया। जो अर्दली कॉफी और सैंडविच लाया था, फिर नजर आया, और पत्रकार उसके पीछे-पीछे गलियारे से लगे एक छोटे से कमरे में चला गया। एक मेज थी, एक कुर्सी थी, लिखने वाले कागज का एक पैड था, कुछ पेंसिलें थीं, बुनी हुई कालीन का एक टुकड़ा था, और सफेद दीवार पर पाकिस्तान के प्रेसिडेंट की कुछ-कुछ धुँधला रही तस्वीर थी। वहाँ कोई खिड़की नहीं थी और तेज पावर वाले एक इलेक्ट्रिक बल्ब की रोशनी मेज पर पड़ रही थी।

अर्दली जैसे ही बाहर निकला, अनवर अमीर मेज पर बैठ गया और उसने अपने हाथों में अपना चेहरा गाड़ लिया। उसने अपने खयालों को तरतीब देने की कोशिश की, मगर उन्होंने किसी तरतीब में आने से ढिठाई के साथ इनकार कर दिया। कुछ देर बाद उसने काँपते हुए हाथों से लिखा, "मैं अनवर अमीर हूँ, और मुझे दर्द हो रहा है।" फिर उसके दिमाग में आया कि उसका लिखा कुछ भी मेजर को खुश नहीं कर पाएगा और ज्यादा से ज्यादा वह एक फौरी राहत की उम्मीद कर सकता है। वह सिर्फ शेख़ मुजीबुर्रहमान और पाकिस्तानी सरकार के अफसरों के साथ अपनी मुलाकात के बारे में लिख सकता था; उसने इन मुलाकातों का पूरा ब्यौरा प्रकाशित किया; उसे नया कुछ नहीं कहना था, कुछ भी नहीं जो पहले कई बार कहा न जा चुका हो।

आदत या खौफ ने उससे लिखवा लिया। उसने अवामी लीग के फैलाव और पूर्वी पाकिस्तान की हुकूमत तक उसकी तरक्की का एक ब्यौरा लिखा। यह एक लोकप्रिय आंदोलन था और इसे भारत या कहीं और से पैसे की जरूरत नहीं थी। हज़ारों किसान इस आंदोलन से जुड़े थे, और फिर वे लाखों हो गए, और फिर कई लाख से ऊपर, और फिर जो भी काम करने की जरूरत पड़ती थी, उसे अवामी लीग के कार्यकर्ता स्वेच्छा

से करते थे। जब शेख़ मुजीबुर्रहमान ढाका सेंट्रल जेल में कैद थे तो आंदोलन और मजबूत हो गया था; वे पश्चिमी पाकिस्तान के दमन के जिंदा प्रतीक हो गए थे। गलतियाँ की गई थीं। दोनों तरफ से उकसावे वाली कार्रवाइयाँ हुई थीं। जिस लम्हा शेख़ मुजीबुर्रहमान ने आम हड़ताल का आह्वान किया था, पाकिस्तानी अफसरों ने महसूस कर लिया कि अब फैसलाकुन कार्रवाई करना जरूरी हो गया है, और फिर दमन की लंबे अरसे से तैयार योजना पर अमल कर लिया गया। पत्रकार ने हर खेमे को उसका प्राप्य देने की कोशिश की। नतीजतन वह, जितना मुमकिन था उतना तार्किक और समझदारी-भरा संपादकीय लिख रहा था। साजिशाना संगठनों या खुफिया फंड के बारे में उसमें कुछ भी नहीं था।

वह तब भी लिख रहा था जब अर्दली कमरे में आया और चुपचाप एक प्याली चाय और कुछ मीठे-मधुर व्यंजन रख गया। थोड़ी देर बाद, वह दुबारा नजर आया, एक ताजा धुली शर्ट लिए हुए, और बोला, "मेजर को लगता है कि आपको कमीज बदल लेनी चाहिए।" कमीज पहनकर और चाय पीकर पत्रकार ने बेहतर महसूस किया, बेहतर सोचा और बेहतर लिखा। उसने अवामी लीग और पाकिस्तानी अफसरान के बीच की लॉबी, उलझी हुई बातचीत का ब्यौरा दिया। फिर उसने लिखा, "बातचीत टूटने के बाद दोनों तरफ हालात सख्त हो गए।"

उसने लंबे पन्नों पर बारह सफे लिख डाले थे और उसे अपनी कोशिश पर नाज हो रहा था। चूँकि उसने उन चीजों के बारे में लिखा था जिन्हें वह अच्छी तरह जानता था, उसने महसूस किया कि वह पाकिस्तानी अफसरों का एक काम कर रहा है। उसने पैड मेज के पार खिसका दिया, किसी ऐसे शख्स के अंदाज में जिसने काफी बेहतर प्रदर्शन किया हो और जिसे थोड़े आराम का हक बनता हो। फिर उसने अपना सिर मेज पर टिका दिया और वह थोड़ी देर के लिए सो गया होगा। अचानक, वह झटके से दरवाजा खुलने की आवाज से जाग गया और मेजर फारूकी अपनी काँख के नीचे कसकर दबाई हुई छड़ी के साथ, उसे घूर रहा था।

"तो तुम खत्म कर चुके ?" बिजली-सी कड़कती आवाज में मेजर फारूकी ने पूछा।

पत्रकार ने तेजी से अपना सिर उठाया और पांडुलिपि की ओर संकेत किया। मेजर फारूकी ने पहले तीन सफे पढ़े, और आखिरी सफे पर निगाह डाली, और फिर पत्रकार के चेहरे पर अपनी छड़ी दे मारी, जिससे उसका ऊपरी होठ फट गया और गाल पर गहरी खरोंच का लाल निशान-सा रह गया।

"तुम बेवकूफ !" मेजर ने कहा, "मैंने तुम्हें सियासी निबंध लिखने को नहीं कहा था। तुमने जो किया है, मुझे उसका ज़ाती ब्यौरा चाहिए ! तुम समझ रहे हो ? अवामी लीग से तुम्हारे सभी रिश्ते, तुम्हारी सभी साजिशें...।" मेजर मेज पर झुक आया और उस पर चीख रहा था। "अब तुम्हारी समझ में आया मैं क्या चाहता हूँ ?"

"जी !"

"'जी सर, बोलो, जब मुझसे बात करो।"

"जी सर !"

"ठीक है, चलो, जो तुम जानते हो, वह सब लिख डालो," मेजर ने अपनी घड़ी पर निगाह डाली, "मैं तुम्हें ठीक दो घंटे देता हूँ।"

मेजर कमरे से निकल गया, पत्रकार ने अपने ऊपरी होंठ का खून चाटा और पेपर पैड के लिए हाथ बढ़ाया। धीरे-धीरे उसने अवामी लीग के नेताओं से अपनी मुलाकात के बारे में लिखना शुरू किया। कोई साजिशें नहीं थीं। उनका आविष्कार करने की ताकत उसमें नहीं थी; वह जो जानता था वही लिख सकता था। एक घंटे में उसने आठ सफे लिखे और फिर आराम किया। होंठ का घाव भर नहीं रहा था और खून मेज पर चू रहा था। उसे यकीन था कि उस पर निगरानी रखी जा रही है, और यह यकीन गाढ़ा हो गया जब उसके पैड खिसकाने, और हाथों में अपना चेहरा गाड़ने के तुरंत बाद दरवाजा खुल गया, मेजर फारूकी नजर आया, उसने झटके से पैड खींचा, पहले और आखिरी सफों पर निगाह डाली, बीच के कुछ सफों को जल्दी पढ़ गया और बोला, "वे सब यही करने की कोशिश करते हैं। मत सोचो कि तुम दूसरों से कुछ अलग हो ! तुमने सुना था जो मैंने लिखने को कहा था ! अब लिखो, जो मैं बोलता हूँ !"

"नहीं लिख सकता !"

मेजर को झटका-सा लगा। किसी ने पूछताछ के दौरान उसकी बात मानने से कभी इनकार नहीं किया था। उसने फिर छड़ी चलाई और पत्रकार के कंधे और गर्दन पर मारा। उसका चेहरा गुस्से से फूल गया था। यह अजीब गुस्सा था सिर्फ दिखाया जाने वाला नकली गुस्सा नहीं, मगर किसी तरह नकली गुस्से सरीखा लगता हुआ; जब उसने अपने दाँत भींचे, तो वह मुस्कुराता हुआ मालूम हो रहा था।

"तो तुम यह नहीं करोगे ?" वह चिल्लाया।

"मैं उन चीजों के बारे में नहीं लिख सकता जिनका कभी वजूद नहीं था।"

"गूँ भरी है तुममें ! तुम्हें सीखना होगा !"

पत्रकार को बाद में महसूस हुआ कि 'सीखने' की प्रक्रिया लंबी और खतरनाक थी।

उसे गलियारे के एक सिरे पर बने एक कमरे में ले जाया गया और तीन फौजियों के रहमो-करम पर छोड़ दिया गया, सभी पंजाबी थे, मजबूत कद-काठी के। कमरे में दो रुपहले-सफेद नियॉन ट्यूबों की रोशनी थी जो दिमाग खराब कर देने वाली भिनभिनाहट-भरी आवाज कर रहे थे, मानो हर चार-पाँच सेकेंड पर उन पर मधुमक्खियों का झुंड हमला बोल रहा हो। कमरे की रोशनी में कुछ ऐसा असर था कि सब कुछ अवास्तविक लग रहा था। तीनों फौजियों के चेहरे उजले-नीले हो गए थे, उनकी खाकी वर्दी जामुनी और चाकलेटी हो गई थी। दीवार से लगी एक विशाल मेज थी जिस पर करीने से ऑपरेशन के औजार सजे हुए थे और फोटो के इलेक्ट्रिक जेनरेटर-सी दिखती एक चीज थी जिससे हरा प्लास्टिक मढ़े हुए तार निकले हुए थे। दरवाजे के नजदीक की दीवार से लगी रेत से भरी एक बाल्टी पड़ी हुई थी। पत्रकार को तेजी से कमरे पर

निगाह दौड़ाने और कौन सी चीज कहाँ है, यह देखने का वक्त मिला और फिर तीन फौजी उस पर टूट पड़े थे। एक ने बिजली के भारी तारों से बने मुद्गर से उसकी पिटाई की, दूसरे ने उसे लोहे की छड़ से मारा और तीसरे ने डंडे से, जो साफ तौर पर काफी वजनी था। किसी वजह से दरवाजा खोला और बंद किया जाता रहा। लोग उसे देखने आ रहे थे, और उसे याद आया कि उसने खिंची हुई संगीन और राइफल लिए हुए दो संतरी दरवाजे पर देखे थे। अंदाजन वे उसके भागने की संभावना खत्म करने आए थे। वहाँ आवाज के नाम पर सिर्फ उसके जिस्म पर पड़ रही मार की धपधपाहट थी और तीन फौजियों की भारी साँस थी। अनायास पत्रकार ने अपने हाथों से अपना चेहरा ढक लिया, इस खौफ से कि कहीं वे उसकी आँखें न फोड़ डालें। हर तरफ से जख्मी, फटे हुए ऊपरी होठ से बहते हुए खून सहित, दर्द से दुहरा होते हुए, और दाँत पर दाँत जमाए ताकि उन्हें उसे रहम के लिए रोते सुनने का सुकून न मिले, उसने खुद को पूरी तरह छोड़ दिया। वे उसे मार डालेंगे और इससे इसका खात्मा हो जाएगा। यह उसके दिमाग में आया कि किसी भी कीमत पर उसे खड़ा रहना है, क्योंकि अगर वह गिर गया तो वे अपने लोहा लगे बूटों से उसके चेहरे पर ठोकर मारते। मगर जब आखिरकार उसके घुटने जवाब दे गए और वह खुद को देर तक सीधा नहीं रख सका तब उसे लगा कि फर्श पर लेट जाना ही बेहतर है ताकि एक हलकी रहमदिल ठोकर से वे उसके चेहरे का भुर्ता बना सकें।

चोट, खून, यह न जानने के लगातार कमजोर पड़ते खौफ कि अगली चोट कहाँ पर पड़ेगी और इस बढ़ती दहशत के बावजूद कि शायद वह अपनी आँखों की रोशनी खो सकता है या खो चुका है, उसका दिमाग बिलकुल दुरुस्त और गजब की स्पष्टता के साथ काम कर रहा था। वास्तव में इसने इतना अच्छा काम कभी नहीं किया था। यह ऐसा था मानो उसके दिमाग के तंतु बड़ी तेज बिजली से भर गए हों; उसके भीतर सब कुछ साफ हो गया; इसके पहले उसने कभी यह महसूस नहीं किया था कि जिस्म कितनी कम अहमियत रखता है और दिमाग में जल रही रोशनी को बनाए रखना कितना जरूरी होता है। मगर रोशनी धुँधली पड़ रही थी। अचानक वह चली गई, और वह पेशानी पर दो इंच का घाव लिए फर्श पर पड़ा हुआ था, उसकी नाक से खून बह रहा था, एक पाँव उसके भीतर मुड़ा हुआ था, और उसकी साँस भारी बड़ी हँफनियों के बीच चल रही थी।

"क्या हम इसे खत्म कर दें ?" एक फौजी ने पूछा।

"नहीं," मेजर ने कहा, "आज के लिए इतना काफी है। वह रास्ते पर आएगा।"

अगवर अमीर ने अगले दस दिन गलियारे के ठीक बाद वाले कमरे में गुजारे। अड़तालीस घंटों तक वह एक तरह के कोमा में पड़ा रहा। उसके जख्मों को धोया गया, घावों पर मलहम लगाया गया, एक डॉक्टर से सलाह ली गई। मेजर फारूकी ने कहा कि उसे फिक्र हो रही है और फौजियों को बताया कि वे काफी आगे बढ़ गए थे, कि उन्हें उसका हौसला तोड़ने को कहा गया था, उसका कत्ल करने को नहीं।

"इस तरह के लोगों के साथ तुम्हें बहुत एहतियात बरतने की जरूरत है," उसने कहा, "अगर तुम बहुत आगे जाते हो, तो तुम एक भीतरी प्रतिरोध भी पैदा कर देते हो। उसे तोड़ने का तरीका मुकम्मिल नाउम्मीदी की एक दिमागी हालत उसके सामने पैदा करना है और जैसे ही वह इस मुकाम तक पहुँचेगा, वह, हम जो भी चाहें, लिख देगा। याद रखो, हम उससे लिखित इकबाले-जुर्म चाहते हैं, इसलिए यह एहतियात बरतो कि उसकी आँख, या हाथ, या किसी भी सूरत में दायाँ हाथ न जख्मी हो। बाकी तुम उसका क्या करते हो, इसकी मुझे परवाह नहीं।"

मेजर फारूकी खुद को एक तपा-सधा तफ्तीशकर्ता मानता था जिसे ठीक-ठीक पता हो कि अपने चंगुल में पड़ने वाले किसी कैदी के साथ कैसा सलूक करना है। उसने मनोवैज्ञानिक जंग पर एक किताब लिखी थी जो पाकिस्तानी अफसरों के बीच खासी पढ़ी जाती थी। उसका यह पक्का यकीन था कि किसी को भी तोड़ना मुमकिन है, कि सभी लोगों के अपने टूटन-बिंदु होते हैं, और उस लम्हे को पहचानने के लिए एक बुनियादी प्रशिक्षण की जरूरत पड़ती है जिसमें टूटन मुमकिन होती है। यह वह लम्हा होता है, जब एक सादा कागज के सामने पड़कर कैदी वह सब कुछ लिख देता है, जो तुम उसे लिखने को बोलते हो।

अनवर अमीर के साथ समस्या कुछ ज्यादा मुश्किल थी। उससे किस तरह का इकबाले-जुर्म चाहिए था ? यह आला अफसरान द्वारा नियत नहीं किया जा सका था, हालाँकि उन्हें अवामी लीग की एक सामान्य निंदा और हुकूमत कर रही सरकार के प्रति वफादारी पर ठप्पे की उम्मीद थी। हालाँकि मेजर फारूकी ने पत्रकार द्वारा लिखे गए दो संक्षिप्त दस्तावेजों को पूरी तरह हिकारत के साथ देखने का बहाना किया था, फिर भी उसने उन्हें एहतियात के साथ महफूज रखा, बारीकी से उनका अध्ययन किया और उन पर एक रिपोर्ट लिखी। "उसकी बेहतरीन समझ के चलते हमें ढेर सारी मुश्किलें पेश आ रही हैं," उसने लिखा, "मगर जिस्मानी और मनोवैज्ञानिक दबावों का मेल उसके दिमाग को कुछ रास्ते पर ले आएगा।"

मेजर फारूकी के दफ्तर से पंद्रह गज दूर, एक खाट पर पड़ा अनवर अमीर अपने दिमाग के छोटे से तंतु को पूरी तरह बुझने से बचाने की कोशिश कर रहा था। वह बेहोशी में डूब जाता और फिर बाहर निकल आता। ख्वाब उसके बाहर-भीतर आवाजाही करते रहते। इन सभी ख्वाबों में, अपनी बीवी की मौजूदगी का उसे अहसास रहता था—मगर बाकी सब कुछ बेपहचाना था—मेजर फारूकी का चेहरा, मालगोदाम जिसमें वह दूसरे कैदियों के साथ पड़ा रहता था, उसके बेटे और बेटी, अखबार का दफ्तर, ढाका की गलियाँ, ये सब उसके लिए इस हद तक बेपहचाने हो चुके थे, कि वह उन्हें पहचानने को लेकर नाउम्मीद हो चुका था। अपने जागृत लम्हों में वह ध्यान देता कि उसके ख्वाबों की फितरत बदल गई है। कभी भी, कभी भी वह इस तरह के ख्वाब नहीं देखता था। इन ख्वाबों में सब कुछ बड़ी तेजी से होता था, नजारे बहुत ही तेज झटके से बदलते थे, वह लगातार एक जोखिम से निकलकर दूसरे जोखिम से टकराता था, हमेशा दौड़ता

हुआ और एक बे-आकार काली चीज से बचने की कोशिश करता हुआ, जो बेरहमी से उसका पीछा करती थी। और फिर बिलकुल अचानक, ऐसी जगहों पर, जहाँ उसने उसे देखने की कतई उम्मीद नहीं की थी, एक पेड़ की डालों पर, लकड़ियों के गट्ठर पर, एक लैंप के भीतर, मुस्कुराती और उसे असीसती अपनी बीवी की ओझल होती झलक मिलती। किसी रहस्यमय ढंग से उसकी बीवी की छवि उसके दिमाग के तंतु से मिल गई थी, अँधेरे में झिलमिलाती एक कौंध जिसने उसे जिंदा रखा था।

कभी-कभी दुःस्वप्नों से उबरने के बाद वह दहशत से काँपता रहता। उसने अपनी बीवी को एक झील के तल में लेटा देखा था, उसके लंबे काले बाल उसके चारों ओर पसरे हुए थे। वह मुस्कुरा रही थी और उसकी ओर इशारा कर रही थी, और उसे बचाना बेहद जरूरी हो गया था। मगर वह असहाय था, कालापन नीचे उतर रहा था, वह उसकी पहुँच के बाहर तैरती जा रही थी। ऐसे लम्हे में वह खुद को हताश छोड़ देता, और अपनी इच्छाशक्ति की बेहद उग्र कोशिश से खुद को अपने स्वप्नों से बाहर एक जागी हुई हालत में रखता, अपनी बीवी को जिंदा देखने की उम्मीद करता हुआ मगर इसकी जगह सिर्फ एक खाली कमरा होता, चूना पुती दीवारें, फर्श की दरारें। उसका दिल बुरी तरह धड़क रहा होता था और वह अपनी खाट पर थकान से चूर लेट जाता।

ख्वाब बाकी किसी भी चीज से बदतर थे। अपने सामान्य लम्हों में, वह उनका तर्क समझने लायक था, खुद को समझाता हुआ कि पिटाई ने उसके खून में जहर पैदा कर दिया है, जो अपरिहार्य तौर पर दिमाग पर असर डालता है, कि हर खुला हुआ जख्म इन्फेक्शन की एक जगह था, कि ये बुरे ख्वाब एक अस्थायी किस्म की तकलीफ हैं जिन्हें थोड़ा लंबा झेलना है। जब उसके जिस्म के जख्म भर जाएँगे, तो दुःस्वप्न खत्म हो जाएँगे। मगर, वाकई, यह बहुत मुमकिन था कि उसके जिस्म को कभी जख्मों से निजात पाने की इजाजत न दी जाए और इसलिए बुरे ख्वाबों को जितना मुमकिन हो उतनी इनायत के साथ स्वीकार करना जरूरी है। आम बात यह थी कि अपने ख्वाबों को अपनी बीवी की दिशा में ही मोड़ा जाए, उसे हमेशा देखा जाए, उसकी मौजूदगी के जीवनदायी विलास में नहाया जाए, भले ही वह बस ख्वाबों से बुनी हुई हो।

"हमारे मरीज की हालत कैसी है आज ?" एक सुबह मेजर फारूकी ने पूछा।

"ठीक हूँ," चुनौती के हलके से अंदाज में उसने जवाब दिया, "इस हद तक मैं बचा हुआ हूँ।"

"बिलकुल बचे हुए हो। हमने तुम्हें बहुत ज्यादा जख्मी नहीं किया था। अगर हम नहीं चाहते कि तुम बचो तो यहाँ बताने को एक दूसरी दास्तान होती। मेरा यकीन करो, हम तुम्हें बचाए रखना चाहते हैं। जिंदा रहने में तुम्हारी मदद के लिए जो भी बेहतरीन मुमकिन है, हम कर रहे हैं। मुश्किल यह है कि साफ तौर पर तुम यह नहीं समझ पा रहे कि हम तुम्हारे लिए कितने अच्छे हैं। हम वाकई तुम्हारी मदद करना चाहते हैं। बस, थोड़ी समझदारी दिखाओ और हमारे लिए कुछ लिख दो। बहुत लंबे की भी जरूरत नहीं है। हम कोई इकबालिया बयान नहीं चाहते। हम महज कौमी एकता वाली सरकार की

जरूरत के बारे में तुम्हारा एक तार्किक बयान चाहते हैं—एक पैराग्राफ भी चलेगा ! हम कुछ बहुत ज्यादा नहीं माँग रहे हैं। माँग रहे हैं ?"

पत्रकार ने कुछ नहीं कहा। मेजर फारूकी अपने सबसे नेक मिजाज में था। वह 'तार्किकता', 'मुश्किल हालात', 'जो भी मदद तुम हमारी कर सको' आदि के बारे में बोल रहा था। साफ तौर पर उसके इकबालिया बयान के मसले पर आला अफसरों के साथ् चर्चा की गई थी, और उसे नाकाफी पाया गया था। अब वे उससे अपनी तारीफ में एक छोटा सा बयान चाहते थे।

आने वाले दिनों में हर सुबह डाक्टर आता था, और ट्रे में लगकर सुबह सात बजे, दोपहर एक बजे और शाम सात बजे खाना आता था। उसे घर से आया कपड़ा पहनने की इजाजत मिल गई थी। उसके जख्म भर गए थे, और बुरे ख्वाब कम हो गए थे, और उसे किताबें मुहैया कराई गई थीं, क़ुरआन, बॉस्वेल की 'लाइफ ऑफ जॉनसन', कीट्स की कविताएँ, शेक्सपीयर के नाटक। उसने कल्पना की कि किसी ऑपरेशन के बाद सेहत में सुधार के लिए वह अस्पताल में पड़ा है, और आराम से पढ़ते हुए समय गुजार रहा है। चौथे दिन, सुबह देर से मेजर फारूकी उससे मिलने आया।

"क्या तुमने सोच लिया है कि तुम हमारे लिए क्या लिखोगे ?" उसने खुशनुमा ढंग से पूछा।

"हाँ !"

"बहुत खूब। हम तुम्हें कुछ कागज देंगे मि. अमीर। यह सारी बदकिस्मती जल्दी ही खत्म हो जाएगी। अगर तुम वह लिख देते हो जो हम तुमसे लिखवाना चाहते हैं तो आज दोपहर ही तुम अपने घर अपनी बीवी के पास जाने को आजाद होगे।"

"मैं सिर्फ सच लिख सकता हूँ..."

"बिलकुल !"

"मैं ऐसी फौजी तानाशाही की तारीफ में नहीं लिख सकता जो बेकसूर लोगों का कत्ल करके और उन्हें यातना देकर खुद को सत्ता में बनाए रखती है।"

"समझदारी से काम लो ! मैं तुम्हारी जान बचाने की कोशिश कर रहा हूँ ! तुम्हारी एक बीवी है, नहीं ? तुम उसे महफूज रखना चाहते हो ! हम उसका जो भी चाहें, कर सकते हैं। कभी तुमने यह सोचा है ?"

"हाँ," पत्रकार थके हुए लहजे में कहा, "मैंने सब कुछ सोच लिया है।"

दोपहर को वे उसके लिए आए और उसे मेज और नियॉन ट्यूब वाले कमरे में ले गए। तीनों फौजियों ने उसके कपड़े फाड़ डाले, उसकी पिटाई की, जाँघों के बीच ठोकर लगाई, उसे फर्श पर पटक दिया, घसीट कर उठाया और दीवार पर दे मारा, जहाँ वे उसका 'पंचिंग बैग' की तरह इस्तेमाल करते रहे। इन सबके बीच वह अपने दिमाग के छोटे तंतु को जलाए रखने में कामयाब था। उसने सोचा कि वे उसे मार डालेंगे और बिलकुल आखिर तक तंतु की चमक बचाए रखने का उसका इरादा था।

आखिर में, जब वह लगभग बेहोश हो गया था, उन्होंने उसे हाथों और घुटनों के

बल पर गोलाकार रेंगने को कहा। उसका चेहरा लहूलुहान लुगदी हो गया था, उसका जिस्म हरे लग रहे जख्मों से भर गया था और खून में लिथड़ा हुआ था। जब वह रेंग रहा था, उन्होंने एक पंख वाले झाड़ू से एक लंबा लाल पंख निकालकर उसके गुदाद्वार में खोंस दिया और जोर-जोर से हँसने लगे। जब वह थकान से रेंगने लायक नहीं रहा तो उन्होंने उसे ठोकर मारी और वह फिर से रेंगने लगा; और जब लाल पंख उसके गुदाद्वार से निकल गया, उन्होंने उसे फिर खोंस दिया।

एक बार जब गोलाकार रेंगते-रेंगते उसने सिर उठाकर देखा तो अफसरों का एक जत्था दरवाजे पर खड़ा था। उनसे थोड़ा अलग, वहीं पर, कायदे की पोशाक में सजा हुआ लड़कों-सा मुस्कुराता, उसकी नाक के समानांतर अपनी पतली तर्जनी दौड़ाता, जेनरल राव फ़रमान अली खड़ा था। पत्रकार ने अपना सिर झुका लिया और रेंगता रहा जिसके बाद एक वहशी ठोकर ने उसे दीवार पर उछाल दिया और वह बेहोश हो गया।

अपने वतन से दूर

सात

सुबह के धुँधलके में प्रोफेसर ने अपनी वेनेशियन चिक की फाँक से झाँका और सिर्फ उजाड़ पाया—झुलसा हुआ हॉस्टल, गोलियों के निशान, टूटी हुई खिड़कियाँ, मलबा। जगन्नाथ हॉल खाक हो चुका था, दरवाजे टूटे पड़े थे, ऊपर के किसी एक कमरे में थोड़ी सी आग लगी हुई थी। इमारत ऐसी लग रही थी मानो इसे बीस साल पहले ही इसके हाल पर छोड़ दिया गया था, पुरानी और टूटी-फूटी और लगभग गिरने वाली। हताशा की एक सर्द लहर ने उसे सिहरा दिया। फिर वह कड़ा हो गया। उसने कुछ छात्रों को मद्धिम-मद्धिम मानो स्लो मोशन में, हॉस्टल के उस पार के मैदान में जाते देखा; उनके हाथ पीछे की तरफ बँधे हुए थे। दो फौजी अफसर उनकी तरफ इशारा कर रहे थे। फिर गोलियों की एक तेज झड़ी-सी लग गई और छात्र धीरे-धीरे एक खुली कब्र में गिरते चले गए।

वह बाथरूम की तरफ वापस दौड़ा जहाँ जहाँनारा आया की बाँहों में गहरी नींद में सोई हुई थी और शाहजू पूरी तरह जगा हुआ था, खामोश, सुनता हुआ। उसने गोलियों की आवाज सुनी थी। वह धुँधली रोशनी में बिलकुल पीला लग रहा था, उसके बाल भीगे और मुड़े-तुड़े थे। लड़के की आँखें बड़ी हो गई थीं।

"आपने क्या देखा ?" शाहजू फुसफुसाया।

"कुछ नहीं। थोड़ा सोने की कोशिश करो।"

"मैंने उनके गोली चलाने की आवाज सुनी, पापा। क्या वे वापस आएँगे ?"

"नहीं," प्रोफेसर ने कहा, और वह कालीन पर बैठ गया और उसने लड़के को अपनी बाँहों में ले लिया।

"नहीं, अब हम पूरी तरह ठीक हैं। हम बच निकले हैं। सोने की कोशिश करो !"

मगर न तो प्रोफेसर और न ही शाहजू सो सका। वे कुछ लम्हे झपकी लेते मगर हलकी सी भी आवाज उन्हें तत्काल सजग कर देती। वे एक-दूसरे से चिपके हुए थे और उन्हें आया और जहाँनारा से थोड़ी ईर्ष्या भी हो रही थी क्योंकि वे सो पा रही थीं।

जब प्रोफेसर झपकी ले रहा था, उसने खुद को इस बात पर हैरत करता हुआ पाया कि सुदूर भविष्य में क्या होने वाला है। उसे लगता था कि जहाँनारा एक खूबसूरत लड़की निकलेगी, अपनी माँ की तरह ही, और शायद जिद्दी और मनमौजी भी; उसे

गहने और अच्छे कपड़े पसंद थे; उसने उसे आईने के सामने खड़े होकर खुद को दाद के साथ निहारते देखा था; हर सुबह स्कूल जाने की हड़बड़ी मचाती इस लड़की में अभी से ही औरत होने की सभी खासियतें आ गई थीं। "कितनी तेजी से वह बढ़ रही है !" वह सोचता था। "क्या त्रासदी है यह ! काश कि वे कुछ धीमे बढ़तीं।" और जब वह अपने बेटे के बारे में सोचता, वह ज्यादा महफूज महसूस करता। वह भी, अपने लंबे साँवले चेहरे और लंबी काली पलकों से घिरी आँखों के साथ, खूबसूरत था। लड़के की पलकें अपनी बहन की तुलना में ज्यादा लंबी थीं। जहाँ तक खूबसूरती का सवाल था, शाहजू जहाँनारा से ज्यादा खूबसूरत था। वह इंजीनियर होता या शायद, भौतिक विज्ञानी। उसे चीजों को जोड़ना-तोड़ना पसंद था, वह किसी साइकिल को पुर्जों में खोल और फिर नए सिरे से कस सकता था और अपनी जमात में गणित में अव्वल रहा करता। उसके दोनों मातृहीन बच्चों के सामने एक सुनहरा भविष्य खुला हुआ था। और फिर अचानक उसे हॉस्टल पर हमले की याद आई, और वहाँ कोई भविष्य नहीं हो सकता था।

दूसरे अपार्टमेंट्स में औरतों का रोना-चिल्लाना मद्धिम ढंग से सुना जा सकता था, मगर लंबे अंतराल से वे खामोश थीं। तकलीफ ने उन्हें निचोड़ लिया था; सदमे ने उन्हें अवाक् कर दिया था। उसकी हिम्मत नहीं पड़ी कि निकले और उन्हें दिलासा दे। उसने खुद से पूछा कि क्या दिलासा वह दे सकता है, और उसे पता था कि वह उन्हें कुछ नहीं दे सकता। उसका इनसानी फर्ज अपने बच्चों के साथ बने रहना था।

एक बार उसने काफी दूर से किसी शख्स की आवाज सुनी। "बसंती, डोला !" वह आदमी रो रहा था। "मुझे पानी दो।" और अचानक उसके दिमाग में यह खौफनाक विडंबना टकराई कि बॉथरूम में चार नल लगे हुए थे, पानी बहुतायत में था, और उसे मरते हुए आदमी को तलाशने की हिम्मत नहीं हुई, उसे पानी देने की हिम्मत नहीं हुई।

आठ बजे के आसपास किसी के बाहरी दरवाजा खटखटाने की आवाज से वह चौंक गया। यह अदब से भरी, धीमी और लगातार दस्तक थी। किसी वजह से, अपनी नीम-बेहोश, उनींदी हालत में उसने कल्पना की कि किसी लोहे के जँगले से लय के साथ टकरा रही यह कोई टहनी है। टहनी पँखुड़ियों से लदी हुई थी और हर दस्तक के साथ कुछ पँखुड़ियाँ झड़ जाती थीं। फिर उसने अपना नाम दुहराती एक आवाज सुनी। वह हैरत में था—लगातार दस्तक, एक अजनबी आवाज, जिसने जरूर बाथरूम तक पहुँचने के लिए बहुत जोर से पुकारा होगा। कोई पाकिस्तानी फौजी इतनी लय में दस्तक नहीं देता। वह टटोलते हुए दरवाजे की तरफ बढ़ा, बुरी तरह डरा हुआ क्योंकि वह आवाज पहचान नहीं पा रहा था। यह मुलायम, बेसब्र और दोस्ताना थी, उसके उन्मादी इस्लाम समर्थक छात्रों की नहीं थी। वह डाइनिंग रूम में मेज से लगकर खड़ा रहा, डर से काँपता हुआ क्योंकि एक आवाज कह रही थी, "प्रोफेसर अख्तर, प्रोफेसर अख्तर, आप ठीक तो हैं ?" उसका दिल डूब रहा था। सही जवाब क्या था ? नहीं, मैं ठीक नहीं हूँ। मैं खौफ से मर रहा हूँ। सभी अजनबी आवाजें, यहाँ तक कि निहायत दोस्ताना आवाजें

भी, उसे डरा रही थीं।

अचानक उसके भीतर यह कौंधा कि यह आवाज नौजवान मोज़ामेल हुसैन की है, गणित के प्रोफेसर का बेटा जो उनसे दो दरवाजे दूर रहते हैं। उसने सोचा था कि प्रोफेसर नहीं रहे हैं, मान लिया था कि उनके पूरे परिवार का सफाया हो चुका है; उसे अचरज हुआ कि कैसे वह उस आदमी का सामना कर सकता है जिसके माँ-बाप और बहन को पाकिस्तानी फौजियों ने मार डाला हो। मोज़ामेल हुसैन मैसाच्यूसेट्स इंस्टीट्यूट ऑफ टेक्नालॉजी से इंजीनियरिंग में डॉक्टरेट करके हाल ही में अमेरिका से लौटा था। वह दिलकश, खुले चेहरे वाला और सलीकेदार लड़का था और अपनी उन घनी मूँछों के बावजूद इंजीनियर से ज्यादा शायर लगता था जो उसने अमेरिका से लौटने के बाद बढ़ा ली थीं।

"मोज़ामेल !" प्रोफ़ेसर चीख-सा पड़ा, और सहसा उसकी आँखों में आँसू आ गए।

"हाँ, मैं—मोज़ामेल हुसैन ! सुनिए, क्या मैं घूमकर पिछले दरवाजे से आऊँ ?"

"अभी तक हम लोग ठीक हैं," मेज का सहारा लेते हुए प्रोफेसर ने कहा, "हाँ, पिछवाड़े से आ जाओ !"

जब उसने पिछला दरवाजा खोला और नौजवान इंजीनियर को वहाँ खड़ा पाया तो प्रोफेसर को एक बार फिर सहारे के लिए किसी चीज को थामना पड़ा, और वह इंजीनियर की बाँहों में भहरा गया।

"कर्फ्यू उठा लिया गया है," मोज़ामेल हुसैन ने बताया, "हम सब महफूज हैं। पिछली रात हम अपनी सास के घर रहने चले गए थे।"

प्रोफेसर ने कुछ नहीं कहा, निःशब्द उसका हाथ थामे रहा।

"वे अब जा चुके हैं," मोज़ामेल हुसैन ने कहा, "फौजियों को सड़कों से हटा लिया गया है—किसी भी सूरत में, अभी के लिए। क्या आप मेडिकल कॉलेज चल सकते हैं ? यह बहुत दूर नहीं है, और हमें लगता है, आप वहाँ ज्यादा महफूज़ होंगे।"

मेडिकल कॉलेज लगभग दो सौ गज़ दूर था, एक बड़े बगीचे में लाल ईंटों की इमारत थी। प्रोफेसर को हैरत हुई कि कैसे एक जगह किसी भी दूसरी जगह से ज्यादा महफूज हो सकती है, मगर उसने कुछ कहा नहीं। वह सड़कों से आती आवाजें सुन रहा था। कोई चिल्ला रहा था, "यहाँ हर कोई मरा हुआ है।" शाहजू उनके पास चला आया था, उसका पीला, खूबसूरत चेहरा ऐसा लग रहा था मानो पिछले छत्तीस घंटों में यह दो साल बड़ा हो गया हो !

"अगर आप तैयार हैं तो हम अभी चल सकते हैं," मोज़ामेल हुसैन कह रहा था।

प्रोफेसर तेजी से बालकनी में लौटा, उसने अपना बटुआ, चश्मे की खोली, एक अतिरिक्त कमीज, एक अतिरिक्त लुंगी ली, शाहजू और जहाँनारा के कपड़ों के लिए एक दराज छान डाली, आया से कहा कि मेडिकल कॉलेज में कुछ वक्त तक ठहरने के लिए जो भी चीजें जरूरी हैं, ले ले, और फिर जहाँनारा को अपनी बाँहों में ले लिया। मेडिकल कॉलेज के इस सफर के लिए तैयार होने में उसे दो मिनट से भी कम वक्त

लगा। बच्चों की आया ने थोड़ा ज्यादा वक्त लिया, क्योंकि उसने रसोईघर छान मारा, वह सब कुछ इकट्ठा कर लिया जिस पर उसका हाथ पहुँच सका, रकाबियाँ, गिलास, केतली, खाना और खपची का एक पूरा टोकरा भर लिया। उसका इंतजार करते हुए प्रोफेसर ने खिड़की की चिकों की मार्फत झाँका और देखा कि उनके ठीक नीचे एक जिस्म को दुचक्का गाड़ी में लादा जा रहा था—साफ तौर पर यह जिस्म उनकी खिड़की के ठीक नीचे गली में पड़ा हुआ था—और कुछ लम्हे बाद यह गाड़ी मेडिकल कॉलेज की तरफ लुढ़काई जा रही थी। बिला शक मेडिकल कॉलेज ढेर सारी लाशों का गोदाम बना जा रहा था, और एक बार फिर उसे लगा कि क्या वहाँ जाने का इरादा ठीक है, मगर उसने मोज़ामेल हुसैन से कुछ नहीं कहा।

जब बूढ़ी आया तैयार हो गई, वे सब पिछवाड़े की सीढ़ियों से नीचे उतरे, जो छाया में थीं। प्रोफेसरों के होस्टल की तलाशी लेने वाले पंजाबी फौजियों ने पिछवाड़े की सीढ़ियों पर ध्यान नहीं दिया था और इसलिए वहाँ तोड़फोड़ का कोई निशान नहीं था जब तक वे हॉस्टल के ठीक पीछे कुछ हद तक अस्त-व्यस्त बगीचे में नहीं पहुँच गए जहाँ एक खच्चर बँधा हुआ था और प्रोफेसर के बच्चों के खेलने के लिए एक 'सीसॉ' लगा हुआ था। वहाँ घास पर चमकते हुए खून के छींटे थे जिन्हें प्रोफेसर ने पहले लाल रंग समझा।

बगीचे में कुछ हेज भी थी और जहाँ भी मुमकिन होता, मेडिकल कॉलेज तक के अपने छोटे से सफर में वे खुद को हेज के पीछे छुपा रहे थे। जहाँनारा को प्रोफेसर अपनी बाँहों में लिए हुए था और शाहजू अपने अब्बा के पीछे किसी बालिग की तरह चल रहा था। मोज़ामेल हुसैन आगे की जासूसी करते हुए, समझदारी के साथ थोड़ा आगे चल रहा था। उस लंबे बगीचे में उनके अलावा कोई और नहीं था और उसने बहुत गैर-महफूज महसूस किया।

जब वे मेडिकल कॉलेज पहुँचे, उन्होंने पाया कि प्रोफेसरों के सात या आठ परिवार उनसे पहले ही वहाँ आ चुके हैं। किसी को कुछ समझ में नहीं आ रहा था क्योंकि पूरे कॉलेज को जख्मी लोगों की देखभाल के लिए अस्पताल में बदला जा रहा था। जैसे ही वे वहाँ दाखिल हुए, एक गोल चेहरे वाले लड़के को स्ट्रेचर पर ले जाया जा रहा था। उसकी छाती में कुंदे का एक जख्म था और कंधे पर गोली लगी थी, और वह बैठने और जो भी सुने उसको यह बताने की कोशिश कर रहा था कि पाकिस्तानी फौजियों ने उसे गोली मारी और उसने तुरंत मर जाने का नाटक किया। उसने पाकिस्तानियों को आपस में बहस करते हुए सुना कि वह वाकई मरा हुआ है या नहीं, और फिर उनमें से एक ने कहा, "मारो एक कुंदा ! खत्म करो उसे।" उसने अपने भीतर जाते कुंदे की आवाज सुनी और उनका हँसना सुना, और वह तब तक पूरी तरह बेहरकत पड़ा रहा जब तक उसने उनके जीप से जाने की आवाज नहीं सुनी और उसके बाद भी वह खौफ से बिना हिले-डुले पड़ा रहा कि कहीं वे वापस न आ जाएँ। डॉक्टर लड़के के जख्मों का मुआयना कर रहा था। "वह जवान है—बच जाएगा," डॉक्टर ने कहा, मगर प्रोफेसर

को इतना यकीन नहीं था। लड़का किसी सन्निपात की-सी हालत में यही किस्सा बार-बार दुहरा रहा था।

पूरे ढाका शहर पर एक अजीब गंध तारी थी, मीठी, सड़ी हुई सी और तेजाबी। यह गंध सड़कों पर पड़ी हजारों लाशों से उठ रही थी। यहाँ मेडिकल कॉलेज में यह गंध इकट्ठा थी, क्योंकि स्ट्रेचर पर और भी लाशें लाई जा रही थीं और कुछ थे जो मर रहे थे। अभी ही डॉक्टरों के चेहरे धूसर और मरियल हो चुके थे, उनके उजले कोट ताजा खून के दागों से भरे थे। मोज़ामेल हुसैन कह रहा था, "हम यहाँ महफूज हैं, क्योंकि सरकार ने कहा है कि सारे अस्पताल खुले रहने चाहिए।"

"हाँ," प्रोफेसर ने कहा, और उम्मीद की कि वे यहाँ महफूज हैं, हालाँकि उसे सरकार के शब्दों पर जरा भी यकीन नहीं था।

कॉलेज की सबसे खास बात वहाँ की चुप्पी थी, लोग धीमी आवाजों में बात कर रहे थे, उस तरह, जैसे सदमे और अफरा-तफरी में एक कायदा निकल आता है। यहाँ तक कि एंट्रेंस हॉल में पनाह लेने वालों की छोटी-सी भीड़ भी, जिसे वहाँ होने का कोई हक नहीं था और जो महज वहाँ होकर डॉक्टरों के काम में बाधा बन रही थी, अपनी ओर से डाक्टरों को मदद की पेशकश करती हुई और जितना बन पड़े, उतने बेहतर ढंग से घायलों की तीमारदारी करती हुई, कायदे से पेश आ रही थी। पेट में बने जख्मों, टूटी हुई बाँहों, मुड़े हुए पाँवों और लहूलुहान सिरों के साथ बच्चे लाए जा रहे थे। बूढ़ी आया मूती, जहाँनारा को लोरी सुनाती हुई एक कोने में ऊँकड़ू बैठी हुई थी जो अभी तक डरी हुई और उससे चिपकी हुई थी। शाहजू सब कुछ का मुआयना कर रहा था, उसकी बड़ी आँखें और भी बड़ी हो गई थीं। मोज़ामेल हुसैन कह रहा था, "आप क्या सोचते हैं प्रोफेसर ? यह अंत है या शुरुआत है ?"

प्रोफेसर सदमे की हालत से उबरना शुरू कर रहा था। मेडिकल कॉलेज में जुलूस की शक्ल में पहुँच रहे इतने सारे टूटे-फूटे जिस्मों ने उसे बौखलाहट से भर दिया था।

"मुझे लगता है, यह शुरुआत है," उसने कहा, "मैं अपने बंगालियों को जानता हूँ। वे शेर की तरह उठेंगे और अपने दाँत दुश्मन पर गड़ा देंगे।"

वह संजीदगी और शांति से बोल रहा था, क्योंकि यही उसके बोलने का तरीका था।

"वे हमें ऐसे कुचल रहे हैं जैसे हम तिलचट्टे हों," वह बोल रहा था, "मगर हम तिलचट्टे नहीं हैं ! यह उन्हें समझ में आ जाएगा ! वे बिलकुल पागल हैं और अगर मानते हैं कि वे हमारी हिम्मत तोड़ सकते हैं ! मोज़ामेल, मेरे अजीज दोस्त, हमेशा याद रखो कि गोलियाँ हमें कभी नहीं तोड़ सकतीं। हम अमर हैं। हम तब भी बचे रहेंगे जब ये सारे बावले तानाशाह भुला दिए जाएँगे। हम बच रहेंगे क्योंकि हम खून के बने हुए हैं। जब तुम किसी तिलचट्टे को कुचलते हो, कुछ नहीं होता, मगर जब तुम किसी जिंदा इनसान को कुचलते हो, उसके खून से बदला लेने वाले आ जाते हैं--अगर चाहो तो कहो, बदला लेने वाले फ़रिश्ते--और वे बदले के लिए चीखते रहते हैं और उनमें मुकम्मिल बदले की ताकत होती है।"

"मेरा खयाल है, हमें यहाँ से चल देना चाहिए," मोज़ामेल कह रहा था, "मेरी सास का मकान यहाँ से कुछ ही ब्लॉक दूर है। मैं आपको वहाँ ले जा सकता हूँ, और आप वहाँ महफूज रहेंगे।"

"यहाँ कहीं भी हिफाजत नहीं है," मुस्कुराते हुए प्रोफेसर ने कहा।

एक बूढ़ा आदमी, जिसका आधा सिर उड़ा हुआ था, स्ट्रेचर पर अस्पताल लाया जा रहा था। खून लगे उजले कपड़े में एक डॉक्टर कह रहा था, "अब प्लीज, और लाशें नहीं—जिंदा लोगों को हमारे पास लाइए, लाशों को नहीं।" और यह कह चुकने के बाद डॉक्टर ऑपरेशन थिएटर की तरफ बढ़ गया। खुले दरवाजे से आती हुई धूप अंधा बना रही थी। इस वक्त तक टाइलों वाले उस कमरे में आठ या नौ मृतक पड़े हुए थे, मगर जिंदा लोग उन पर कोई ध्यान नहीं दे रहे थे।

मोज़ामेल हुसैन को लगा कि उसने सड़क से किसी जीप के आने की आवाज सुनी है, और वह कड़ा हो गया। वह बहुत आसानी से पाकिस्तानी फौजियों के इमारत में दाखिल होने और सबको कत्ल कर देने की कल्पना कर सकता था। उसे बहुत दूर तक यकीन नहीं रह गया कि वह सबसे बेहतरीन महफूज जगह पर आया है। बल्कि दूसरी तरफ यह मुमकिन नहीं था कि पाकिस्तानी फौजी सभी घरों में दाखिल होने की फुरसत या दिलचस्पी रखते हों। वास्तव में हिफाजत की बेहतरीन जगह कोई निजी मकान ही था। उसने कहा, "प्लीज, मेरे साथ चलिए प्रोफेसर।" उसे काफी देर हो चुकी थी। प्रोफेसर ने पहले ही अपने गाँव कुमेरखाली जाने का मन बना लिया था, जहाँ वह अक्सर गर्मी की छुट्टियाँ बिताया करता था। वह कौवे की उड़ान के रास्ते से महज अस्सी मील दूर था, मगर सड़क और नदी के रास्ते से दुगुनी दूरी पर था। उसने मोज़ामेल हुसैन का हाथ थामा और कहा, "हमें यहाँ लाने का शुक्रिया। मैं कुमेरखाली जा रहा हूँ।" यह इतना ही आसान था। मूती और बच्चों के साथ वह कॉलेज से बाहर निकला और गाँव के लिए तैयार होने लगा।

ढाका में हजारों-हजार लोग लगभग इसी वक्त इसी नतीजे तक पहुँचे थे। सुबह चढ़ने तक वे अपनी साँसों पर काबू पा चुके थे, वे देख रहे थे कि फौज को, या उसके बड़े हिस्से को बैरकों में बुला लिया गया है, और यही वक्त इस अभिशप्त शहर से निकल जाने का है। बेशक उन्होंने शहर के मुख्य रास्तों पर फौज को निगरानी करता हुआ पाया, देहात तक जाने वाली कुछ सड़कों को बंद कर दिया गया था, मगर शहर से बाहर निकलने के लिए और भी दूसरे रास्ते और गलियाँ थीं, जिनका फौज को पता नहीं था या जिन्हें निगरानी के काबिल नहीं माना गया। फौज ने रात को कत्लेआम किया था। अभी उन्हें सोना चाहिए; यह सबसे बेहतर वक्त था। मेडिकल कॉलेज से निकलने के पाँच मिनट बाद प्रोफेसर ने एक बस पकड़ी। यह अभी तक पूरी भरी नहीं थी और उसे इस पर चढ़ने में कोई दिक्कत नहीं हुई। बस मुख्य घाट तक जाने वाली थी, या कम से कम उस पर ऐसा ही लिखा हुआ था। मूती जहाँनारा को अपने घुटनों पर बिठाए, और गट्ठरों को अपने पाँवों के नीचे दबाए, ड्राइवर के करीब बैठ गई, और

शाहजू अपने पिता के बगल में बैठा जो अपनी छाती से कुछ छोटे गट्ठर दबाए हुए था। ड्राइवर ने कोई पैसा नहीं लिया; वह खासे-अच्छे मनमिजाज में था; हर कोई बात कर रहा था, और वे सब बूढ़ी गंगा नदी को पार करने के बेहतरीन और सबसे महफूज रास्ते पर चर्चा कर रहे थे। अचानक वे सब एक जोखिम में शरीक हो गए थे और आजादी का अहसास उनमें एक नशा भर रहा था। ड्राइवर गा रहा था, "हो हो हो, चल पड़े हैं हम !" जैसे वह सँकरी गलियों में गाड़ी घुमा रहा था, यह गीत किसी फौजी गश्त द्वारा रोके जाने की आशंका पर उसके दिमाग को देर तक टिकने से बचा रहा था। वह रायर बाजार नाम के एक दलदली जिले की तरफ बढ़ रहा था जो बहुत कम जाना जाता था और वहाँ फौजी अधिकारी शायद ही कभी धमकते थे। हजारों लोगों का यही इरादा था। ढाका के हर तरफ से लोग इस दलदली इलाके की ओर उमड़ रहे थे। बस अचानक एक पुलिस थाने के बाहर रुक गई जिस पर अभी भी बंगाली पुलिस वालों का कब्जा था, और वे सब कुछ ऐसा देखने को उतर आए, जिसे देखने की कल्पना उन्होंने कभी नहीं की होगी—लोगों का एक विशाल हुजूम नदी की तरफ बढ़ रहा था। उनके सामने, वसंत की धूप में बिछी हुई चमकदार रंगों की एक कालीन की तरह शरणार्थी थे।

वे दलदली सड़क पर एक-दूसरे से लगे चल रहे थे, अमीर, गरीब, लँगड़े, जवान, बूढ़े। वे अपने सिरों पर केतली, गत्ते की पेटियाँ, कपड़ों के तुड़े-मुड़े गट्ठर, मोड़ी हुई चटाइयाँ और घरेलू साजो-सामान, यहाँ तक कि साइकिलें भी ढो रहे थे। बैलगाड़ियाँ, ठेले, रिक्शा, टोएटा, जीप, मोटरसाइकिल, सब थे जिन पर सामान लदे पड़े थे, मगर ये गाड़ियाँ आगे बढ़ते हुए विशाल जुलूस में डूबती नजर आ रही थीं। सड़कों के किनारे, जिन्हें जरूरत-हो उन्हें बिना पैसे के नारियल पानी और चावल देते हुए कई गुमटियाँ उग आई थीं। इसी बीच जुलूस आगे बढ़ रहा था, शांति के साथ और बहुत तेजी से भी नहीं, लोग अपनी ऊर्जा बचा रहे थे, उनमें से ज्यादातर नंगे पाँव, सिर झुकाए और बिना यह जाने चल रहे थे कि वे कहाँ जा रहे हैं, एक विशाल ज्वारीय लहर में, अपनी तादाद और अपनी अप्रतिरोध्य ताकत के प्रति सजग। अगर पाकिस्तानी विमान ऊपर आ जाते और उन पर बम बरसाने लगते, तब भी वे अपनी इसी रफ्तार में आगे बढ़ना जारी रखते।

इस खामोश जुलूस में लगभग पचास हजार लोग जरूर रहे होंगे और उनमें से बहुत कम को यह पता होगा कि उनकी रात कहाँ कटेगी। किसी भी कीमत पर ढाका से बाहर! वे अंधों की तरह चल रहे थे, हर कोई अपने आगे चलने वाले पर झुका हुआ था। बच्चे हाथ थामे हुए थे। एक बूढ़ा आदमी किसी गाय की पूँछ से चिपका हुआ था। तुड़ी-मुड़ी उजली साड़ी में एक बुढ़िया घिसट रही थी, और बीच-बीच में, जब भी वह गिरती हुई-सी लगती, कुछ हाथ उसे थामने के लिए निकल आते। और अगर कोई गिर पड़ता तो उसे तेजी से और बड़ी मुस्तैदी से उठाकर बैलगाड़ी पर डाल दिया जाता या थोड़ी जान डालने के लिए पानी पिलाया जाता, और रफ्तार में कोई फर्क नहीं पड़ता,

कोई ठेलमठेल नहीं होती, दिलासे की फुसफुसाहटों के अलावा कोई आवाज नहीं होती। और वास्तव में इस जुलूस की सबसे अजीबोगरीब बात वह खामोशी थी जो सिर्फ बच्चों की हलकी पिनपिनाहट और दलदली सड़क पर नंगे पाँवों की धप-धप से टूटती थी।

प्रोफेसर एक लंबा आदमी था और हुजूम के सिरों के ऊपर से देख सकता था, मगर जहाँनारा जो कंधों पर चढ़ी हुई थी, और लंबी हो गई थी। उसके लंबे काले बाल हवा में लहरा रहे थे, उसका मुँह खुला हुआ था, और वह इस नजारे की सत्यता से चौंधियाई हुई थी। शाहजू मूती को देख रहा था, उसका हाथ थामे हुए था, उसकी गठरियाँ उठा रहा था, बुरी तरह चिंतित, क्योंकि वह हाँफ और थरथरा रही थी। "बस, अब ठीक है, मूती, जल्दी ही हम नदी किनारे होंगे," उसने मूती से कहा, और कल्पना की कि जब वे नदी किनारे पहुँच जाएँगे तो वह आराम करेगी और अपने पाँव धोएगी। वह अपने अब्बा के बगल में, अपना सीना ताने और सिर ऊँचा किए, अपने में मुस्कुराता हुआ चल रहा था। उसके ठीक सामने उजली रुई के विशाल बंडल में लिपटा हुआ एक बूढ़ा हिंदू था जो लाठी टेकता, हलका लँगड़ाता चल रहा था, जबकि उसके पीछे एक छोटा-सा लड़का तीन दुबली-पतली बकरियों को लाठी से हाँक रहा था। हैरतनाक ढंग से, बकरियाँ कोई आवाज नहीं कर रही थीं और कभी-कभी शाहजू लड़के की तरफ एक हौसला-अफजाई करने वाली मुस्कान फेंकता जिसे बकरियों को दलदली इलाके में भटकने से रोकने में दिक्कत पेश आ रही थी।

ऐसे लम्हे आते थे जब प्रोफेसर पूरी तरह भूल जाता कि वह एक पागल फौज के हाथों में पड़े शहर से निकलने की गहरी उम्मीद लिए एक शरणार्थी है। उसे यह अजीब अहसास हो रहा था कि वह किसी जीत के जुलूस में शिरकत कर रहा है। कितने गुरूर से भरे थे ये लोग ! कितनी संजीदगी और कितने मानीखेज ढंग से ये चल रहे थे ! उसे अपनी बीवी का खयाल आया जो तीन साल पहले कैंसर से गुजर गई थी, जो अक्सर उसके खयालों में मौजूद रहती थी, और यह उसके दिमाग में आया कि वह अपने साथ उसकी तसवीर लाना भूल गया है; वह बड़ी आसानी से अपनी मेज के ऊपर टँगी तसवीर को उतार सकता था, मगर उन आखिरी मिनटों में, कपड़ों के छोटे-छोटे बंडल बनाने में वह बेहद व्यस्त था। लगभग हजार रुपए उसकी मेज में छुपे रह गए थे और उसने अपने चश्मे का दूसरा जोड़ा वहीं छोड़ दिया था, और यह ज्यादा चिंता की बात थी। एक बार जहाँनारा का घुटना उसके चश्मे पर पड़ गया जिससे वह चेहरे से बिलकुल बाहर निकल आया। "किसी भी हाल में यह दुबारा मत करना," उसने कहा, "मैं अंधा हो जाऊँगा।" और जब भी चश्मा खो जाता था तब की अपनी बेचैनी को, और दुबारा उसे खोज निकालने पर अपनी बेइंतिहा खुशी को याद करते हुए, उसे अचानक अपने चश्मे के बिना अपनी खौफनाक बेबसी का खयाल हो आया। वह उसके कंधों पर झूल रही थी, उसके बाल थामे हुए, उससे लुत्फ लेती हुई, और कभी-कभी वह नीचे झुकती और उसके कान में कुछ फुसफुसा देती।

जब वे नदी किनारे आए तो उन्होंने बीस नावों को उन्हें पार ले जाने के लिए

इंतजार करता हुआ पाया और क्योंकि यह नीची जमीन थी, वे दूसरे किनारे पर भी जुलूस को इकट्ठा होता और क्षितिज की तरफ बढ़ता देख सकते थे। एक पुलिसवाला उन्हें नदी के किनारे तक का रास्ता दिखा रहा था। वह इस बात का खयाल रख रहा था कि एक नाव पर बहुत ज्यादा लोग न बैठ जाएँ, और इसलिए उन्हें अपनी गिनती पूरी करने तक रुकने का हुक्म दिया। हर कोई सब्र से काम ले रहा था और अच्छे मिजाज में था। वहाँ एक बैलगाड़ी ढो सकने वाली बड़ी और सपाट नावें थीं। किसी ने धारा के पार अपने गाँव तक ले जाने के लिए एक नाव किराए पर लेनी चाही और माँझी के सामने कुछ पैसे लहराए।

"किराए के लिए कोई नाव नहीं है !" पुलिस वाले ने कहा, "देखते नहीं, हम सब लोगों को नदी पार कराने की कोशिश कर रहे हैं !"

उस आदमी ने कुछ पैसे पुलिस वाले के हाथ पर रखने चाहे। पुलिस वाला हँसा और उसने पैसे को हवा में उछाल दिया, और न तो उस व्यापारी ने, जिसने यह पैसा दिया था, और न ही उसके आस-पास खड़े लोगों ने इसे उठाने की कोशिश की।

नदी किनारे छोटी-छोटी गुमटियाँ बना दी गई थीं। सायबानों के हरे साए में बेंत की टोकरियों में चावल, नारियल, केले, दाल, मसूर और फलों के रस रखे हुए थे। सिर्फ उन्हें ही यह मिल रहा था, जिन्हें खाने की बहुत ज्यादा जरूरत थी। खासकर बूढ़े और बच्चे। "पैसे का मतलब यहाँ खत्म हो गया है, क्योंकि हम सब इसमें एक साथ हैं," प्रोफेसर ने ज़ोर से कहा, और इस बात पर अचरज किया कि लोगों को यह महसूस करने में इतना वक्त क्यों लग गया है कि धरती की सभी चीजों पर सभी का हक है। उसने एक नारियल फोड़ा और इसे मूती, जहाँनारा और शाहजू के बीच बाँट दिया।

यह मार्च का अंत था और देहात इससे ज्यादा खूबसूरत कभी नहीं होता था। खेतों में हलकी हरी धान की बालियाँ घुटनों तक उठी हुई थीं, शीशे जैसे पोखरों में आसमान का अक्स बन रहा था, हवा में पलाश के पेड़ हिल रहे थे और चटख लाल पँखुड़ियाँ गिरा रहे थे। जहाँ से वह नाव पर खड़ा था, प्रोफेसर ने तीन अलग-अलग गाँव काफी दूर, खपरैलों के छोटे छायादार सिलसिले जैसे, अपने अलगपन में आसमान के विशाल मेहराब के तले अपनी शांति में, आराम करते हुए देखे। यह वह वक्त था जब आम और कटहल के पेड़ खूब पके होते थे, जब चंपा खिली होती थी, जब हवा में खुशबू होती थी। वह अभी भी ढाका में था, मगर ढाका खत्म हो चुका था; वहाँ सिर्फ नदी थी, पेड़ थे, और खुले खेत थे।

अजीब बात यह थी कि कुछ भी अजीब नहीं था। प्रोफेसर को खुद यह याद दिलाना पड़ा कि यह समारोह, सलीकेदार हुजूम पूरी तरह उन लोगों का है जो वह शहर छोड़ रहे हैं जहाँ उन्होंने अपनी पूरी जिंदगी गुजारी थी। रंग-बिरंगी पालों वाली नावें नदी में तैर रही थीं। पूरी तरह नीले आकाश में मैनाओं की उड़ान ने एक हलचल भर दी। पुलिस वाला कह रहा था, "जल्दी करो, नाव पर आ जाओ !" उसने दूर कहीं मशीनगन की गोलीबारी की आवाज सुनी थी। पाकिस्तानी फौज ने मुख्य घाट पर अपनी मशीनगनें

तैनात कर दी थीं और भीड़ में गोले छोड़कर मजा ले रहे थे।

वे नदी पार कर गए थे। प्रोफेसर, उसके दो बच्चों और मूती ने फरीदपुर की दिशा में अपना बढ़ना जारी रखा था। जहाँनारा अपने अब्बा के कंधों पर अब भी सवार थी, यह एहतियात बरतती हुई कि उनका चश्मा न छू दे। मूती अब अपनी गठरियाँ नहीं ढो रही थी। हाँफते, घरघराते उसका चेहरा सफेद पड़ गया था, उसका सिर लटक गया था, उसके पाँव चलने के हिसाब से काफी सूज गए थे, बस वह भीड़ की मद्धिम रफ्तार के साथ चल भर पा रही थी। शाहजू ने उसकी गठरी सिर पर ले ली थी, उसे दिलासा देने के लिए उसका हाथ थाम रखा था, जब भी उसे सड़क के किनारे गुमटियाँ दिखाई देतीं, और वे करिश्माई ढंग से उस वक्त दिखाई दे जातीं जब उनकी जरूरत महसूस होती थी, वह तीर की तरह दौड़ता और मूती के लिए थोड़ा चावल या नारियल का एक टुकड़ा ले आता।

अपनी गठरियों को बहुरंगी पगड़ी की तरह पहने हुए शाहजू, किसी बकरी-सा फुर्तीला, अपनी खामोश मुस्कुराहट मुस्कुराता, जो कुछ भी हो रहा था, उसे दिलचस्पी-भरी खुशी के भाव से देखता हुआ, इधर-उधर भागता हुआ, किसी भी दिखाई पड़ने वाले को मदद करने की पूरी कोशिश करता हुआ और अपनी ऊर्जा खपाता हुआ—एक लंबे जुलूस के दौरान किस तरह का बरताव नहीं करना चाहिए, इसकी एक मिसाल सुलभ करा रहा था, या ऐसा उसके अब्बा का खयाल था।

"बस मूती का खयाल रखो—इतना ही काफी है !" प्रोफेसर ने कहा, "इधर-उधर भागो मत !"

"मैं ताकतवर हूँ !" अपना सीना तानकर शाहजू ने जवाब दिया।

"मेरे खुदा, तुम बहुत ताकतवर नहीं हो ! तुम्हारी ताकत की तुम्हें बाद में जरूरत पड़ेगी।"

"क्यों पापा, मैं बड़े आदमी की तरह ताकतवर हूँ !" शाहजू ने कहना जारी रखा, इस डर से अपना चेहरा दूसरी तरफ मोड़ते हुए कि कहीं पापा उसकी फैली हुई मुस्कुराहट न देख लें, "आपको पता है, मुझमें कितनी ताकत है !"

प्रोफेसर को कुबूल करना पड़ा कि उसे थकान हो रही है; नींद की कमी और उत्तेजना उस पर सवार थी। अनिच्छा के साथ उसने जहाँनारा को अपने कंधों से उतार दिया, मगर वह उसके बग़ल में चलती हुई इतना ठुनकने लगी कि शाहजू ने अपनी गठरी अपने अब्बा को दे दी और उसे अपने कंधों पर बिठा लिया, और उसके बाद ज्यादा शांत हो गया। उसने सोचा नहीं था कि वह इतनी वजनी होगी।

वे सुबह से देर दोपहर तक चलते रहे, दो और नदियों और तीन नहरों को पार करते हुए; और उस रात वे खेत में सोए। लंबे सफ़र की थकान से चूर, वे गहरी नींद सोए। जब वे सुबह के झुरमुटे में जागे, उन्होंने लोगों को खाने की बाल्टी लिए अपने बीच प्रेतों की तरह घूमता हुआ पाया, हालाँकि उन्होंने बहुत बचाकर खाना खाया। और दूसरे दिन की दोपहर को वे पद्मा नदी के किनारे पहुँचे, एक मील चौड़ी, नीले इस्पात

के रंग की, इसके किनारों पर बालू के पीले ढूह यहाँ-वहाँ बिखरे थे, और हर ढूह पर उजली चिड़ियाओं की एक फौज थी।

औरंगाबाद के नदी किनारे के गाँव में तीन बंगाली पुलिसवालों ने जिम्मा सँभाला हुआ था। पूरे गाँव में मिट्टी की बीस से ज्यादा झोंपड़ियाँ नहीं थीं, मगर उस रात और कई रातों तक यह एक बड़े शहर में बदल गया था। वहाँ पहले कभी अस्पताल नहीं था; मगर अब था, भले ही आप इसे शायद ही अस्पताल के रूप में पहचान पाते। यह महज किसी खेत का एक कोना था, जहाँ कुछ खाटें डाल दी गई थीं जिन पर सफर के दौरान बीमार पड़ गए लोग उन डॉक्टरों और नर्सों की देख-रेख में आराम करते थे, जो खुद भी शरणार्थी थे और अगली सुबह कहीं और जा सकते थे। रहस्यमय ढंग से, किसी बड़े शहर में मुहैया होने वाली सारी सेवाएँ वहाँ भी वजूद में आ गईं। वहाँ एक डाकघर हो गया था; उम्मीद की जाती थी कि दूर के शहरों और गाँवों में जाने वाले लोग चिट्ठियाँ बाँटेंगे। वहाँ मल-व्ययन की व्यवस्था हो गई, पुलिस ने कुछ लड़कों को घेरा, उन्हें फावड़े दिए और खुशमिजाजी से कुछ गड्ढे खोदने का हुक्म दिया। वहाँ अतिरिक्त पुलिस वाले हो गए, बिजली वाले हो गए, सिविल इंजीनियर, सूचना अफसर और कब्रगाह निदेशक हो गए। हरी झंडी वाला एक बड़ा खंभा 'खोया-पाया' दफ्तर के रूप में जाना जाने लगा। यहाँ खोई हुई बीवियों को उनके शौहर मिल जाते थे। खोए हुए बच्चों को उनके अभिभावक और खोए हुए सामानों को उनके मालिक। खबरों की तख्तियाँ पसरने लगीं। "अमल गाँगुली ऐसे दोस्तों की तलाश में है जो चौदंग जा रहे हों। पुलिस स्टेशन के नजदीक पहले टेलीग्राफ खंभे के पास मुझसे मिलने की इनायत करें।" पुलिस स्टेशन एक छोटी-सी चौकोर पक्की इमारत थी, पुलिस वालों के लिए पनाह लेने की एक जगह, जिनके पास औरंगाबाद आने-जाने वाली नावों की निगरानी करने के अलावा कोई काम नहीं था।

चूँकि मूती बुरी तरह थकी हुई थी, इसलिए प्रोफेसर ने रात की नावों से नदी पार करने और फरीदपुर जाने की जगह गाँव में ही रात गुजारने का फैसला किया। उसने पुलिस स्टेशन के पार के एक खेत में उसे बच्चों और गठरियों सहित छोड़ा, इस बात को एहतियात के साथ दर्ज करते हुए कि वे कहाँ हैं, ताकि उसे उन्हें दुबारा खोजने में कोई परेशानी न हो। वह उनके लिए कुछ खाने का जुगाड़ करना चाहता था और कुछ खबरें भी पाना चाहता था। वह अखबारों का कोई बेताब पाठक नहीं था, कभी-कभार ही रेडियो सुनता था, उसके पास अपना ट्रांजिस्टर तक नहीं था, और वह रोजाना की सुर्खियों से ज्यादा अहम उन वाकियों को मानने का आदी था जो मुस्लिम समाज में सैकड़ों साल पहले हुए थे। मगर अभी वह जानना चाहता था कि क्या फौज ने ढाका पर दुबारा हमला किया, पूर्वी पाकिस्तान के दूसरे शहरों में क्या हो रहा है, और इन सबसे बढ़कर उसके अपने गाँव कुमेरखाली और उसके सबसे नजदीक के बड़े शहर कुश्तिया में क्या हो रहा है।

गाँव में लालटेनें जली हुई थीं और वह किसी अखबार की तलाश में बीस झोंपड़ियों

में भटका। उन सारी खबरों की तख्तियों के बीच कुछ था जो अखबार से मेल खाता था। मगर नहीं, वहाँ सोए हुए सामानों और लोगों के बारे में जानकारी चाहते दूसरे लोगों के सैकड़ों पैगाम थे, मगर मुल्क के हालात के बारे में कुछ भी नहीं था। अपने कानों में इयरप्लग ठूँसे एक बूढ़ा आदमी ट्रांजिस्टर सुन रहा था। उसके चेहरे पर गहरी दिलचस्पी का भाव था; वह कलकत्ता लगाकर शास्त्रीय संगीत सुन रहा था। प्रोफेसर ने उससे कुछ देर के लिए ट्रांजिस्टर माँगा और रेडियो ढाका की संक्षिप्त खबर सुनी जो बता रही थी कि ढाका में सब कुछ सामान्य है, कुछ बलवाइयों को गिरफ्तार किया गया है। प्रोफेसरों को विश्वविद्यालय लौटने का हुक्म दिया गया है, और लेफ्टीनेंट जेनरल टिक्का ख़ान ने एक निगरानी दौरे के बाद 'सहूलियतों की बहाली'—इसका जो भी मतलब हो—को लेकर गहरा संतोष जाहिर किया है। प्रोफेसर ने बूढ़े आदमी को ट्रांजिस्टर लौटा दिया।

"क्या कहता है ?" बूढ़े आदमी ने पूछा, "क्या ढाका लगाया था ?"

"हाँ, कहता है, सब कुछ सामान्य है और हम वापस जा सकते हैं।"

"अह ! इसने ऐसा कहा और मेरे दोस्त, क्या तुम्हें इस पर यकीन है ?"

"बोलने वाले की झूठ बोलती आवाज थी और एक झूठ बोलता अंदाज, और वह झूठ शब्द बोल रहा था," प्रोफेसर ने बहादुरी से कहा, "आदमी जो देखता है उसी पर यकीन करता है।"

थोड़ी देर बाद उसने एक नौजवान छात्र से बात की जो दो फीट लंबा रुपहला ऐंटीना लगा क्रोम प्लेट युक्त शार्टवेव ट्रांजिस्टर बड़े ध्यान से सुन रहा था। रेडियो जापान का बना हुआ था और बहुत साफ था। बीबीसी की सधी हुई आवाज साझा बाजार, राष्ट्रपति पॉम्पीड्यू की जर्मनी की राजकीय यात्रा, निचले सदन में स्वास्थ्य मंत्री के एक भाषण के बारे में बता रही थी और इसके बाद वह पूर्वी पाकिस्तान की खबरों पर आने वाली थी। प्रोफेसर शार्टवेव रेडियो के सपाट मुँह वाले मालिक के ठीक बाद उँकडू बैठ गया। छह या सात दूसरे छात्र भी यह प्रसारण सुन रहे थे। आखिरकार उद्घोषक कह रहा था, "इस सुबह इस्लामाबाद से जारी एक सूचना के अनुसार समूचे पूर्वी पाकिस्तान में हालात काबू में हैं और अभी वहाँ शांति है। भारतीय सरहदों पर विश्वस्त सूत्रों के अनुसार ढाका के बाहरी इलाकों में, और चिटगाँव, कौमिला और कुश्तिया में लड़ाई शुरू हो गई है। हाल ही में कलकत्ता पहुँचने वाले संवाददाता ढाका में मरने वालों की संख्या सात हजार बताते हैं। उनका कहना है कि बड़े पैमाने पर सिविल जंग अवश्यंभावी है और तीखी लड़ाई की आशंका है।" फिर खबर बुलेटिन दूसरे विषयों की ओर मुड़ गई।

"उम्मीद करनी चाहिए कि और लड़ाई नहीं होगी," प्रोफेसर बुदबुदाया और उसने रेडियो सुनने देने के लिए छात्र का शुक्रिया अदा किया।

"इसका मतलब ? इसका मतलब ? क्या तुमने यह कहा कि उम्मीद है, अब लड़ाई नहीं होगी ?"

एक गठीली पेशानी के नीचे उस छात्र की बड़ी-बड़ी आँखें थीं; वह नाटा मगर

मजबूत गठन का था, और वह निश्चय ही उन लोगों में था जो मूर्खों को खुशी-खुशी नहीं झेलते रहते हैं।

"कौन हो तुम ?" वह नाराजगी के साथ बोल रहा था, "कौन है यह बेवकूफ जो उम्मीद करता है कि लड़ाई नहीं होगी ?" वह दूसरे छात्रों की ओर मुड़ा, "कौन है यह ? हमारे साथ, या हमारे खिलाफ ? तुमने उसकी बात का क्या मतलब निकाला ?"

"मेरा नाम मोहम्मद अख़्तर है। मैं ढाका विश्वविद्यालय में इस्लामी इतिहास का प्राध्यापक हूँ..."

"मैं ढाका विश्वविद्यालय का एक छात्र हूँ," शार्टवेव रेडियो के सपाट चेहरे वाले मालिक ने कहा, "और मैंने कभी तुम्हारा नाम नहीं सुना।"

एक हुजूम जमा हो रहा था। छात्र की आवाज ऊँची हो रही थी। प्रोफेसर ने उठने की कोशिश की लेकिन एक छात्र ने उसकी लुंगी खींची और वह जमीन पर लुढ़क गया। किसी दूसरे ने उसकी कमीज खींची और उसे फाड़ते हुए उसकी जेब से बटुआ झपट लिया। लालटेन की रोशनी में चेहरे लाल चमक रहे थे। प्रोफेसर को लग रहा था कि सैकड़ों चेहरे उसे मुजरिमाना ढंग से घूर रहे हैं। उसने सोचा, "यह अंत है। वे मुझे मार डालेंगे, और यह सब इसलिए हुआ है कि मैंने कहा कि मुझे और लड़ाई होने की उम्मीद नहीं है।"

"यह आदमी कहता है कि यह ढाका विश्वविद्यालय का प्राध्यापक है और हमने इसका नाम नहीं सुना है," भीड़ को बताता वह छात्र बोल रहा था।

"हमारा खयाल है इस आदमी को गिरफ्तार कर लेना चाहिए," दूसरे छात्र ने कहा। अगर यह कोई जासूस है तो हम इससे कभी भी निबट सकते हैं। वह प्रोफेसर की तरह बात नहीं करता है ! जासूस की तरह बात करता है।

इतना कहते हुए, छात्र ने प्रोफेसर के चेहरे पर मारा, जो अपने पाँवों पर खड़ा होने को था, और खून निकलने लगा। वह फिर लुढ़क गया। इस बार उसका चश्मा छितरा गया था। प्रोफेसर सहसा जोर से चिल्लाया, "मेरा चश्मा !" उसकी आँखों से आँसू फूट पड़े, "कहाँ है मेरा चश्मा ? मुझे दे दो !"

सपाट चेहरे वाले छात्र ने उसके पेट में लात मारी, जिससे वह दुहरा हो गया, उसका घुटना छाती के पास आ गया, उसकी बाँहें छितरा गई थीं, उसका सिर काँप रहा था। उसके मुँह में खून भर रहा था। वह किसी तरह अपने पाँवों पर खड़ा होने की कोशिश कर रहा था। अपने चश्मे के बिना वह कुछ भी साफ नहीं देख सकता था—रोशनी, चेहरे, तने हुए मुक्के, हिलती हुई लालटेनें। हर कोई चिल्लाता लग रहा था। तीन पुलिस वालों में से एक वहाँ तेजी से पहुँचा। वह भारी-भरकम कद-काठी का था और उसकी वर्दी में उसका मोटा पेट फँसा हुआ था। सपाट चेहरे वाला छात्र बता रहा था कि प्रोफेसर साफ तौर पर एक जासूस है और उसकी गर्दन में पत्थर बाँधकर उसे नदी में फेंक देना चाहिए। पुलिस वाले ने धक्का देकर छात्र को किनारे किया, प्रोफेसर को उठाया, और पूछा, "यह सब क्या हो रहा है ?"

"खुदा जाने ! इन्होंने मेरा बटुआ चुरा लिया है और मेरा चश्मा ले लिया है।"

"इनका चश्मा कहाँ है ?" पुलिस वाले ने पूछा।

किसी ने डरे-डरे ढंग से पुलिस वाले के हाथ में चश्मा रख दिया। एक शीशा चकनाचूर हो चुका था, एक की किनारी टूट गई थी। प्रोफेसर ने उसे लगाने की कोशिश की, आँखें झपकाई, और कंधे झटके।

"कौन हो तुम ?"

"ढाका विश्वविद्यालय का प्रोफेसर मोहम्मद अख़्तर ।"

"तुम्हारे पास पासपोर्ट है ?"

"नहीं।"

"कैसे साबित करोगे कि तुम एक प्रोफेसर हो ?"

"मैं लेक्चर दे सकता हूँ।"

"ठीक है, एक लेक्चर दो।"

अपने हाथों में अपना टूटा हुआ चेहरा पकड़े, और लहूलुहान चेहरा लिए प्रोफेसर ने मुगल सल्तनत के अधीन बंगाल की बगावत के बारे में बोलना शुरू किया : "किस तरह वक्त-वक्त पर बगावत को दबाने के लिए दिल्ली से सबक सिखाने वाली टुकड़ियाँ भेजी जाती थीं; किस तरह दमन के इन सालों में बंगाल का मनोबल बना रहा जब तक कि वह आखिरकार अंग्रेज लार्ड क्लाइव के अधीन विदेशी शासन के तले नहीं आ गया, मगर तब भी प्रतिरोध का जज्बा बना रहा। वह बढ़िया से बोला, जानते हुए कि उसकी ज़िंदगी उनके भरोसा करने पर ही निर्भर है। कोई बुदबुदाया, "देखो, क्या शुद्ध बँगला वह बोलता है !" और किसी और ने ज़ोर से कहा, "वह सच में प्रोफेसर है !" दस मिनट बाद प्रोफेसर ने आजादी के बंगाली जज्बे पर अपना लेक्चर इन लफ़्जों के साथ खत्म किया, "आप जो भी चाहें मेरे साथ करें ! यह अहमियत नहीं रखता है ! इतने बड़े आकार की इस त्रासदी के सामने, एक ज़िंदगी क्या चीज है ? अगर अपने मकसद को हासिल करने के अति उत्साह में, कृपया यह एहतियात बरतें कि सिर्फ यह मानकर कि वह आपमें से एक नहीं है, किसी को मार न डालें ! जब हमारा एक आजाद मुल्क़ है, और जब हम एक आजाद मुल्क बनाने के लिए लड़ रहे हैं, हमेशा इंसाफ करने का खयाल रखिए। जय बांग्ला !"

कोई ताली नहीं बजी, मगर कुछ था जो उसकी निगाह में ताली से ज्यादा कीमती था। चेहरे रोशन थे, भीड़ में लोग मुस्कुरा रहे थे, और एक-दूसरे से तारीफ के अंदाज में फुसफुसा रहे थे, पुलिस वाला किसी लड़के से टूटे हुए चश्मे की मरम्मत की कोशिश करने को कह रहा था, किसी ने उसे चेहरा साफ करने के लिए एक कपड़ा और एक प्याला पानी लाकर दिया, किसी और ने घबराए हुए उसका बटुआ लाकर उसके हाथ में दबा दिया और गुम हो गया, गाँव की एक बूढ़ी औरत उसके लिए एक प्याली चाय ले आई, और जल्दी ही यह अफवाह उड़ी कि पाकिस्तान के विमान औरंगाबाद के रास्ते पर हैं और आदेश हुआ कि सभी बत्तियाँ बुझा दी जाएँ। पुलिस वाले और बच्चों के

एक झुंड के सहारे प्रोफेसर वहाँ वापस पहुँचा जहाँ उसने मूती, जहाँनारा और शाहजू को छोड़ा हुआ था।

"आपको इतनी देर हो गई," जहाँनारा ने शिकायत की, और फिर उसकी खून से सनी कमीज देखकर पूछा, "आपको क्या हुआ था ?"

"कुछ नहीं, कुछ नहीं, मैं गिर पड़ा था।"

वह जहाँनारा को अपनी बाँहों में लिए सोने चला गया।

अगली सुबह से चीजें गलत होने लगीं। न जाने कैसे, नाव के घाट तक के रास्ते में मूती खो गई और उसे खोजने में दो घंटे लग गए। वह किसी झोंपड़ी में चली गई थी, फर्श पर लेट गई थी और उसने अपना चेहरा दीवार की तरफ कर लिया था। किसी ने उस पर ध्यान नहीं दिया था। वह उठी तो घाट तक जाने लायक ताकत उसमें ठीक-ठाक आ गई थी, मगर अब वह बच्चों के साथ ज्यादा गपशप और हँसी-मजाक नहीं कर रही थी, और खुद में डूबी हुई थी। भारी बादल घिर आए थे, हवा तेज हो गई थी, नदी तरंगायित हो गई थी, और वे जब दूसरे किनारे पहुँचे तो दोपहर बाद का समय हो चुका था। मूती नाव में बुरी तरह बीमार पड़ गई और उसे एक तख्ते पर टाँग कर लाना पड़ा था। एक एंबुलेंस उसे फरीदपुर ले गई, और वह अस्पताल में जहाँनारा का हाथ थामे, चुपचाप मर गई।

पाकिस्तानी फौज अभी तक फरीदपुर नहीं पहुँची थी, मगर हर कोई कह रहा था कि वे जल्दी ही पहुँचने वाले हैं। यह माना जा रहा था कि लोग गाँवों में ज्यादा महफूज हैं। "बड़े शहरों से बचो !" अस्पताल के डॉक्टर ने कहा, "सबसे बेहतर है, भारत चले जाओ ! जल्दी ही वे जहाज से हम पर बम बरसाएँगे !" शुरू में प्रोफेसर ने उस पर यकीन करने से इनकार कर दिया; उन्होंने ढाका पर कोई जहाज नहीं भेजे थे; वे अनगिनत छोटे गाँवों वाले इन सुदूर इलाकों में अपने जहाज क्योंकर भेजेंगे ? उन्हें क्या हासिल होगा ? "मैं नहीं जानता कि उन्हें क्या हासिल होगा, मगर मुझे यकीन है, वे जहाज भेजेंगे," डॉक्टर ने कहा। वह कुश्तिया से आया था और खासा परेशान था क्योंकि उसने सुना था कि शहरी आबादी ने छोटी टुकड़ियों पर हमला बोल दिया, पाकिस्तानियों को मार डाला और बांग्ला देश, एक बंगाली मुल्क, की आजादी का ऐलान कर दिया। "वे अपनी सबसे अच्छी टुकड़ियाँ कुश्तिया भेजेंगे," डॉक्टर बोल रहा था। "मैं आपको उस जगह के नजदीक भी जाने की सलाह नहीं दूँगा।"

"लोगों ने जो कुश्तिया में किया, क्या आप उसकी तारीफ नहीं करते ?" प्रोफेसर ने पूछा।

"उन्होंने कुछ ज्यादा ही अच्छा कर दिया और गलत वक्त पर किया," डॉक्टर ने तल्खी से कहा, "हम बंगाली—हम नतीजों के बारे में सोचे बिना हमले के लिए दौड़ पड़ते हैं। देखिएगा। कुश्तिया के गरीब बदकिस्मत लोगों को इसकी कीमत चुकानी पड़ेगी। आप कुमेरखाली जा रहे हैं। ठीक है, यह कुश्तिया से काफी नजदीक है।" और फिर थोड़ी देर बाद डॉक्टर ने कहा, "एक करोड़ लोग बेदखल हो गए हैं। वे इधर-उधर भटक

रहे हैं, खाना नहीं, साफ-सफाई नहीं, डॉक्टर नहीं। इस साल के अंत तक, आप क्या सोचते हैं, कितने लोग जिंदा रहेंगे ?"

प्रोफेसर का कुमेरखाली तक पहुँचने का इरादा पक्का था। डाक्टर ने एक नक्शा निकाला और उसे फरीदपुर के आसपास का इलाका दिखाया। पाँच मील दूर तक के एक गाँव तक के सफर के लिए एक रिक्शा लिया जा सकता था जहाँ से किस्मत अच्छी रही तो घोड़ा करके दूसरे गाँव का सफर मुमकिन हो जाता। हर जगह छोटी नदियाँ और नहरें थीं; पुलों को गाँव वालों ने सुनियोजित ढंग से तोड़ दिया था; दो या तीन दिन में, या शायद चार दिन में, वह गोराय नदी तक पहुँच पाता जहाँ उसे सीधे कुमेरखाली तक पहुँचने के लिए नाव मिल जाती। "आवागमन मद्धिम है," डॉक्टर ने कहा, "रास्ते जाम हैं, पुल टूटे हुए हैं, गाँव वाले संदेह से भरे हुए हैं और अगर उन्हें लगा कि आप दूसरी तरफ के हैं तो वे आपको मार डालेंगे। अगर मैं आपकी जगह होता तो मैं हथियार लेकर जाता। मुझे उम्मीद है, आप इस टूटे हुए चश्मे से देख सकेंगे।"

डॉक्टर गठीले चेहरे वाला एक लंबा आदमी था, अखरोट की तरह भूरा, उसकी आँखों और होंठों पर एक सिलवट-भरी मुस्कान हमेशा रहती थी जो किनारों पर कम हो जाती थी। वह साफ तौर पर एक जटिल इनसान था जिसने जिंदगी में इतने दुःख देखे थे, जितने उसने देखने नहीं चाहे होंगे और फिर भी सारी चीजों के बावजूद एक रूखी खुशमिजाजी बनाए रखने में कामयाब था।

"तो आप मेरी चेतावनी के बावजूद घर जा रहे हैं ?" डॉक्टर ने पूछा।

"हाँ, मैं घर जा रहा हूँ।"

"ठीक है, एक चीज याद रखिए—हमेशा अपना पीने का पानी उबाल लीजिएगा।"

इतना कहकर वह हँसा और गलियारे से निकलते हुए उसने हाथ हिलाए। एक बार वह मुड़ा और उसने उन्हें वहीं खड़ा पाया—अपनी फटी हुई, लहूलुहान कमीज में दुबला-पतला, झुका हुआ प्रोफेसर, और उसका हाथ पकड़े उसके बच्चे। और किसी वजह से वे उसे बहुत यादगार मालूम हुए, मानो अपने खामोश इरादे और अपनी हताशा में वे बांग्लादेश नाम के एक समूचे नए मुल्क की नुमाइंदगी कर रहे थे जो अपनी तकलीफ के साथ पैदा होने वाला था।

प्रोफेसर कुमेरखाली पहुँचने के लिए कृतसंकल्प था, भले ही यह कुश्तिया के नजदीक था। उसे एक रिक्शा मिल गया जो पाँच टका लेकर उसे उस गाँव तक ले जाता जहाँ घोड़ा मिल जाएगा। शाहजू उसके बगल में बैठा और जहाँनारा उसकी गोद में दुबक गई। उसे खयाल आया कि जहाँनारा ने मूती की मौत को बड़ी सहजता से लिया था, बिना रोए या काँपे, यह कहती हुई, 'मूती मर गई', और फिर अपना चेहरा दूसरी तरफ घुमा लिया था। उसे समझ में आया कि बच्चे मौत के सामने बालिगों की तुलना में ज्यादा मजबूत होते हैं; वे इसे कुबूल करते हैं; वे इससे उससे ज्यादा नहीं उलझते जितना पेड़ से गिरते हुए पत्तों से उलझते हैं; और वे मृतकों के बीच सधे हुए कदमों से जाते हैं। मगर जैसे वे रिक्शे से गाँव की ओर बढ़े, वह चुपचाप, लगातार रोती रही, उसका

चेहरा प्रोफेसर के सीने में छुपा हुआ था, उसके आँसू उसे तपा रहे थे।

"मत रोओ," उसने कहा, "इससे कुछ भला नहीं होगा, बेटी।" एक बार जहाँनारा ने सिर उठाया, उसका चेहरा आँसुओं से भीगा हुआ था, और कहा, "उन्हें उसके चेहरे पर कपड़ा नहीं रखना चाहिए था। वे गलत थे। उन्हें यह नहीं करना चाहिए था !"

उसने उसके लंबे रेशमी बाल सहलाए और कुछ नहीं कहा, जानते हुए कि उसकी बात काटना बेकार है। उसने जहाँनारा की ठुड्डी उठाई और एक लम्हे के लिए उसका पूरा अंडाकार चेहरा निहारा, उसके आँसुओं ने रहस्यमय ढंग से उसकी काली, बड़ी आँखों को और बड़ा बना दिया था, होंठ काँप रहे थे, नाक दुख से सिकुड़ी हुई थी, उसके गीले बाल गीले पत्तों की तरह गाल से चिपके हुए थे। उसकी नाक के पुल के पार कुछ चकत्ते थे। उसकी भौंहें भारी और घनी थीं, और जब वह उसकी ओर देखती थी तो अपनी भँवों का मेहराब बना लेती थी, मगर अपने दुःख में वह अभी इतनी खोई हुई थी कि मेहराब का खेल खेलने की उसे सुध नहीं थी। वह लगातार दूसरे खेल भी खेला करती थी, तिरछी लंबी निगाहों का खेल, दबे हुए होंठों का खेल, गुस्से और बदतमीजी का खेल जो एक लम्हे में एक खुशी-भरी हँसी से खत्म हो जाता था, क्योंकि वह एक खुशमिजाज लड़की थी जो शायद ही कभी रोती थी, और शायद ही कभी लोगों के सामने कोई माँग रखती थी। शाहजू ने मूती की मौत को सहजता से, लगभग सर्द ढंग से लिया था, हालाँकि वह उसे प्यार करता था। प्रोफेसर इस बात से डरा हुआ था कि कहीं इसकी विलंबित प्रतिक्रिया शुरू न हो, और बस उम्मीद कर रहा था कि तेजी से बदलते हुए नजारे उसका दिमाग मरी हुई आया की तरफ से हटा सकेंगे।

फरीदपुर के पार का कुदरती नजारा ढाका के आसपास के नजारे की तरह दिखाई पड़ता था। झरने, नहरें, नारियल के दरख्त, केले के झुरमुट, धान के खेत, बाँस और फूस के कई छोटे गाँव, अलाव की तरह धधकते पलाश। पोखर उजले बगुलों से भरे थे जो इसी साल बाद में कमल के गुलाबी फूलों से लबालब हो जाएँगे, छोटे लड़के छोटी भूरी बकरियाँ चरा रहे थे; धान के खेत खूब हरे थे, और घुटनों तक आ रहे थे, हालाँकि फरवरी में बोई गई जूट अभी मुश्किल से एक इंच की हो पाई थी; और हवा में अजीब खामोशी और खालीपन था। प्रोफेसर को यह अजीब सा अहसास था कि जब भी वे किसी गाँव से गुजरते हैं उन पर कुछ अदृश्य गाँव वाले करीबी निगाह रखे रहते हैं। इस बात से भी उसे अचरज हुआ कि कोई और सफर नहीं कर रहा है। लोगों की उस विशाल भीड़ का क्या हुआ जो औरंगाबाद के गाँव के छोटे से घाट पर उमड़ी हुई थी ? शायद वे सब पश्चिम की तरफ बढ़ रहे थे, भारतीय सरहद तक पहुँचने की कोशिश करते हुए। रिक्शे के फट्टों के बीच बैठा रिक्शा वाला चालीस के आसपास का था, उसके कंधों, पुट्ठों और भूरे पिस्टन जैसे पाँवों पर मोटी गाँठें पड़ी हुई थीं। उसका चेहरा तेज-तर्रार था, और जिन गाँवों से वे गुजरते थे, उनका नाम लेना उसे अच्छा लगता था। एक बार, जब वे दो मील चल चुके थे, उसने एक गाँव की सीमा पर साल के पेड़ के साए में रिक्शा खड़ा किया, पहली झोंपड़ी के भीतर गया और एक बर्तन में साफ

चमकता पानी लेकर लौटा जो उसने बच्चों और प्रोफेसर को भी पिलाया। साफ तौर पर झोंपड़े के भीतर लोग थे, मगर कोई बाहर नहीं आया। यह भी इतना ही साफ था कि वे अजनबियों से डरे हुए थे और छुप कर रह रहे थे। प्रोफेसर ने किसी को धान के खेतों में काम करते नहीं देखा था, मगर उसे यकीन था कि वे वहाँ काम कर रहे हैं। सभी दिशाओं से आँखें उसे घूर रही थीं, मगर उसने किसी को नहीं देखा।

वे एक मील और चले थे, और अचानक रिक्शेवाले ने आसमान की तरफ इशारा किया और चिल्लाया, "हवाई जहाज !" दूर, काफी दूर उत्तर में नीले खड़िया आसमान पर तीन छोटे धब्बे नजर आ रहे थे। एक बार फिर रिक्शा वाला उन्हें एक साल की छाँव में ले गया। समुद्री चिड़ियों की तरह सुंदर दिखते ये जहाज आकाश की सिधाई में उड़ रहे थे, और अचानक फरीदपुर के पार उन्होंने गोता लगाया और बम के धमाकों की अजीब गड़गड़ाती आवाजें गूँज उठीं।

प्रोफेसर ने अपने हाथों में अपना चेहरा छुपा लिया। जहाज गोते से ऊपर उठ चुके थे और फिर से उड़ रहे थे, धूप में चमकते हुए, और एक लम्हे के लिए लगा कि वे एक बार फिर नावों के ऊपर गोते लगाने वाले हैं, मगर इसकी जगह वे ढाका की दिशा में उड़ते चले गए। रिक्शा वाला उन्हें मुँह बाए देख रहा था। शाहजू भी मुँह बाए खड़ा था जैसे जहाजों के ओझल हो जाने का उसे डर हो। बमबारी काफी दूर हुई थी, जहाज आसमान में छोटे धब्बों की तरह दिख रहे थे, मगर खयाल का कोई चकमा उन्हें काफी करीब ले आया था, जिससे कि वे ठीक उनके सिरों के ऊपर लग रहे थे। प्रोफेसर को पता नहीं था कि पद्मा नदी पार करती दो नावों पर बमों का निशाना चूक गया था, और औरंगाबाद ोग गलियों में नाच रहे थे, खुशी मना रहे थे।

उसे उम्मीद थी कि मंडीपुर गाँव में एक घोड़ा उन्हें किराए पर मिल जाएगा, मगर जो बूढ़ा किसान आसपास के इलाके के एकमात्र घोड़े का मालिक था, उसने देने से मना कर दिया। वह एक तंदुरुस्त आदमी था, धूप से उसकी चमड़ी काली पड़ गई थी, उसकी उजली दाढ़ी में नुकीलापन था, और उसने बस एक बेदाग सफेद लुंगी पहन रखी थी। शुरू में उसे भरोसा नहीं हुआ। "प्रोफसर, हुँह ! और दो बच्चे, कोई बीवी नहीं ?" बाद में वह दोस्ताना हो गया, और अपने बीच एक प्रोफेसर को पाकर खुश गाँव वालों ने उससे कुछ और दिन रुकने को कहा जब तक कि वे उसे कुमेरखाली तक पहुँचाने का कोई महफूज तरीका नहीं निकाल लेते। गाँव में करीब बीस लोग थे और सब अपनी-अपनी राय जाहिर कर रहे थे। डॉक्टर की ही तरह, उनका भी खयाल था कि कुश्तिया के इलाके से अभी दूर रहना चाहिए। गाँव वालों की अपनी सुरक्षा समिति भी थी, मगर उन्होंने दु:ख के साथ बताया कि हथियारों के नाम पर उनके पास बस चाकू, कुल्हाड़ियाँ और शिकार की राइफलें हैं।

आखिरकार बूढ़ा किसान पिघल गया; वह उन्हें आधे दिन के लिए अपना घोड़ा देगा, और वह उनके साथ अपने लड़के को भेज देगा। कोई बीस मील दूर फ़िरोज़ घाट तक पहुँचने में उन्हें दो दिन लग जाएँगे, और फिर किस्मत रही तो वहाँ से कुमेरखाली

ले जाने के लिए नाव मिल जाएगी या एक बहुत छोटी नाव में वे नहर से होकर उत्तर की तरफ बढ़ सकते हैं। खाने की मेज पर एक नक्शा बनाया गया। अफवाहें थीं कि हथियारबंद कारों में फौजी टुकड़ियाँ देश-भर में गश्त कर रही हैं, मगर किसी ने इन अफवाहों को गंभीरता से नहीं लिया क्योंकि पाकिस्तानी फौज छावनियों में जमी हुई थी और यह नामुमकिन था कि वे इस मोड़ पर, बड़े शहरों को घेरे में लेने के सिवा किसी दूसरे काम के लिए छावनी छोड़ते और कुमेरखाली और मंडीपुर के बीच कोई बड़ा शहर नहीं था। सबसे करीब का बड़ा शहर जैसोर दक्खिन की तरफ लगभग पचास मील दूर था, जहाँ हवाई अड्डे से लगी एक विशाल अच्छी तरह किलेबंदी की हुई छावनी थी। अफवाह यह भी थी कि आधी आबादी भारतीय सरहद के पार भाग चुकी है।

एक पहर में, घोड़े पर वे करीब पंद्रह मील का रास्ता तय कर सकते थे और इसलिए प्रोफेसर घोड़ा कर्ज पर देने के लिए अहसानमंद था। प्रोफेसर जहाँनारा और शाहजू घोड़े की पीठ पर बैठे, और लगभग अठारह साल का बूढ़े किसान का बेटा, चिहुँकती हुई-सी आवाज निकालता, उनके साथ-साथ दौड़ता रहा। जहाँनारा ने बालों में फूल लगा रखे थे। गाँव की एक औरत ने उसे एक हारा लाल स्कार्फ दिया था जो हवा में लहरा रहा था, और प्रोफेसर को भी अपनी उस फटी हुई, खून सनी कमीज की जगह एक नई कमीज मिली जो उसने पहले पहन रखी थी। उन्होंने काफी जोशो-खरोश से काफी सुबह सफर की शुरुआत की थी। रास्ते में पड़ने वाले कुछ गाँवों में उन्होंने थोड़ा आराम किया, और गाँव वालों ने उन्हें अपनी झोंपड़ियों में बुलाया। केले, नारियल, दूध जो भी उनके पास था, उन्होंने इन लोगों को पेश किया। झोंपड़ियों के बाहर उन्होंने बांग्लादेश का हरा, लाल और सुनहरा झंडा फहरा रखा था। वे प्रोफेसर से तुरंत पूछते थे कि ढाका और फरीदपुर में क्या हो रहा है। क्या यह सच है कि पाकिस्तानी फौजी छात्रों को मार रहे हैं ? क्या यह सच है कि फौजियों ने जमकर गोलीबारी की है और हजारों लोगों का कत्लेआम किया है ? नारियल पानी पीते हुए और खिड़कियों से शांत खेतों को निहारते हुए जहाँ उजले बगुले आलस के साथ गर्म हवा में उड़ रहे थे, प्रोफेसर को यकीन करना मुश्किल लगा कि वह जंग में फँसे एक मुल्क में रह रहा है और उसने उन किसानों से रश्क किया जो इतनी शांति से, इतने भरोसे के साथ उसे देख रहे थे।

"हाँ, यह सब सच है," उसने कहा, "उन्होंने पहले छात्रों को मारा, फिर प्रोफेसरों को, फिर पुलिस को और फिर ईस्ट पाकिस्तान राइफल्स को और तब बाकी को—अंधाधुंध।"

"क्यों ?"

"किसी को पता नहीं।"

"और यह चलता रहेगा ?"

"हाँ, यह लंबे समय तक चलता रहेगा।"

"और हम कुछ नहीं कर सकते ?"

"नहीं, हम बहुत कुछ कर सकते हैं। हमें लड़ना है। उनका खयाल है, वे हमें आतंकित कर सकते हैं, मगर क्या आपने ऐसे बंगाली के बारे में कभी सुना है, जो

दहशत के आगे घुटने टेकता हो ? मुझे पूरा यकीन है, हम करारा जवाब देंगे।"

वह उनसे पूछता था कि उन्होंने पाकिस्तानी फौजियों का क्या देखा है और वे आमतौर पर बताते थे कि उन्होंने कोई पाकिस्तानी फौजी नहीं देखा है। एक बूढ़े आदमी ने गुरूर से कहा कि उसने जिंदगी में कोई फौजी देखा ही नहीं है। "एक फौजी है क्या," उसने पूछा, और सब हँसने लगे जब उसने एक खौफनाक चेहरा बताया, अपने गाल फुलाए, एक खयाली बंदूक से निशाना लगाया, और कहा, "ठाँय ! ठाँय !" कम से कम उसे पता था कि बंदूक क्या होती है। यह पता चला कि जिस बूढ़े आदमी ने कभी सिपाही नहीं देखा था, उसने कभी अगला गाँव नहीं देखा था जो महज तीन मील दूर था।

प्रोफेसर को अजीब लग रहा था कि ये गाँव वाले, जो इतने अनजान हैं, इतने समझदार भी हैं। वे दुनिया के बारे में बहुत कुछ जानते थे क्योंकि वे ट्रांजिस्टर सुनते थे, हजारों मील दूर घटने वाली घटनाओं की खबर उन्हें रहती थी, और बहुत हद तक बिलकुल सही-सही वे अमेरिका और सोवियत रूस की राजनीति पर चर्चा कर सकते थे। यह सब हाल ही में हुआ था। अतीत में, बूढ़े गाँव पर हुकूमत करते थे; मगर अब नौजवान बूढ़ों से ज्यादा जानते थे।

जब प्रोफेसर घोड़े पर बैठी जहाँनारा को गाँव का चक्कर लगाता देख रहा था, उसके बाल हवा में उड़ रहे थे, उसे खयाल आया कि ट्रांजिस्टर के आविष्कार ने नाटकीय ढंग से ताकतों का संतुलन एशिया के पक्ष में कर दिया है, गाँव वाले शहरियों की तरह ही जानकार हो गए थे, अफसरशाहों से ज्यादा जानकार। "जब मैं लड़का था," उसने कहा, "हम गाँव वाले दुनिया में सबसे बेखबर लोग होते थे। मगर, अब ट्रांजिस्टर के साथ, हमें अपनी सूचनाओं का स्रोत चुनने की आजादी है। अब आखिरकार, हम अपने मालिक हैं, क्योंकि हम सबूतों को तौल सकते हैं और तय कर सकते हैं कि कौन सच बोल रहा है।"

गाँव वाले सहमति में सिर हिला रहे थे, मगर यह साफ था कि वे इस नई हासिल ताकत से पूरी तरह खुश नहीं थे। गाँव के बूढ़ों को परेशानी होती थी क्योंकि उन्हें अब रेडियो से हासिल सूचनाओं की बिना पर फैसले करने को मजबूर होना पड़ता था। किस पर यकीन करें ? ढाका ? कलकत्ता ? बीबीसी ? "कभी-कभी गलती से ढाका सच बोलता है," हँसी से हिलता-डुलता एक बूढ़ा आदमी बोल रहा था।

प्रोफेसर अपने दो बच्चों के साथ अगले गाँव की तरफ चल पड़ा, जो आजमपुर था। फिर जो लड़का उनके साथ था, घोड़ा लेकर वापस चला गया। आजमपुर के गाँव वाले डरे हुए थे क्योंकि उन्होंने गोली चलने की आवाज सुनी थी, मगर यह काफी दूर से आई मालूम हो रही थी। वे घबराए हुए थे और ज्यादा बात नहीं कर रहे थे, हालाँकि उन्होंने प्रोफेसर को अपने साथ खाना खाने की इजाजत दी। दोपहर में, उन्हें नदी के पार पहुँचा दिया गया। जहाँनारा को बुखार हो गया था। प्रोफेसर उसे गोद में लिए हुए था। हमेशा की तरह उम्मीद से भरे शाहजू ने सलाह दी कि अगर वे उत्तर-पश्चिम की

तरफ बढ़ें तो उनका कुमेरखाली पहुँचना तय है, जहाँ तक शायद एक दिन का सफर बाकी है। उसने नक्शे का मुआयना किया था मगर उसे पता नहीं था कि यह बुरी तरह गलत है। रात होते-होते वे भटक गए थे, उन्हें दिशा का कुछ अंदाजा नहीं लग रहा था, और दूर-दूर तक कोई नदी दिखाई नहीं पड़ रही थी। वे अँधेरे में बढ़ते रहे, बाखबर कि आसपास कोई नदी है, आखिरकार उन्हें नदी मिली और वे उसके किनारे सो गए। दूसरा गाँव करीब ही पड़ता था; वहाँ अँधेरा था और कोई हलचल नहीं थी। वहाँ से जली हुई लकड़ियों की गंध आ रही थी, और एक दूसरी गंध भी—मरे हुओं की गंध।

सुबह, झुटपुटे के तुरंत बाद वे गाँव में दाखिल हुए जहाँ उन्हें कौवों और भटकते हुए कुत्तों के अलावा कोई जीवित नहीं मिला। घर जली हुई लकड़ियाँ हो गए थे और यहाँ तक कि केले के पेड़ भी काले तनों के अलावा कुछ नहीं थे। मशीनगन की गोलियों से, या हथगोलों से चिथड़ी हुई लाशें गाँव-भर में बिखरी पड़ी थीं। गाँव के आखिर में कब्रिस्तान के नजदीक गाँव वालों को एक लंबी कतार में खड़ा कर दिया गया था और मशीनगनों की झड़ी से गोली मार दी गई थी। उनमें ज्यादातर मर्द थे, मगर उनके बीच औरतें और बच्चे भी थे। शाहजू ने उनकी गिनती की। "इक्कीस," उसने कहा, "और गाँव में चौदह और। यानी पैंतीस।" मगर घरों के मलबों में भी कई पड़े थे। शायद रात को, नदी में गश्त लगा रही कोई पाकिस्तानी टुकड़ी यहाँ उतरी थी, उसने दोनों छोरों पर गाँव की नाकाबंदी कर दी थी, और बिना किसी चेतावनी के, सुनियोजित ढंग से सभी मकानों पर गोलीबारी की थी, और जो भी दिखाई पड़ा उसे मार डाला था। मगर क्यों ? उन्हें क्या हासिल होने की उम्मीद थी ? और फिर प्रोफेसर को खयाल आया कि लाशों में कोई भी लड़की या जवान औरत नहीं है, और अब आगे यह पता करना बेकार था कि वे क्यों आए थे।

प्रोफेसर को यह सोचकर अजीब लगा कि शाहजू कितना भावनाशून्य, कितना निर्लिप्त हो गया है। वह संजीदगी से लाशों का मुआयना कर रहा था, और अगर वे उल्टी-सीधी स्थिति में पड़ी थीं तो वह उनके अंगों को व्यवस्थित कर देता था ताकि उन्हें ज्यादा आराम हो।

वे नदी किनारे बैठे हुए थे, उम्मीद करते हुए कि एक नाव आएगी और उन्हें दूर ले जाएगी। एक बादल ने सूरज को ढँक दिया और नदी धूसर हो गई। अचानक प्रोफेसर को महसूस हुआ कि शाहजू वापस गाँव में चला गया है। वह डरा हुआ था। शाहजू की तलाश में जाने की अपनी इच्छा से उसे लड़ना पड़ा। सहसा एक चीख सुनाई पड़ी, और अपने फेफड़ों की पूरी ताकत से चिल्लाता और हाथ लहराता वह लड़का नदी किनारे दौड़ता टकराता चला आ रहा था, "वह मुझे मिल गया है! वह मुझे मिल गया है !"

"क्या हुआ है तुम्हें ?" प्रोफेसर ने सख्ती से पूछा, "क्या तुम्हारा दिमाग खराब हो गया है ?"

"एक फौजी—वह मरा हुआ है !" शाहजू ने एक साँस में कहा, "आइए देखिए !"

वे लंबी घास से टकराते बढ़े और उन्होंने गोरक्षी पेड़ के नीचे एक फौजी को मरा

हुआ पाया। वह लगभग अठारह साल का था, बिना दाढ़ी का, गोल, गठीला चेहरा, उसका मुँह खुला हुआ था और उसकी आँखें वहशियों की तरह घूर रही थीं। उसके हाथों में अभी भी एक रिवॉल्वर था, और प्रोफेसर इस नतीजे तक पहुँचा कि उसने गलती से घोड़ा दबा दिया और खुद को गोली मार ली। उसकी छाती पर खून का विशाल भूरा ललछौंहा दाग था। वह छितराया पड़ा था, उसके पाँव फैले हुए थे, उसके बाल अस्त-व्यस्त थे, और उसकी आँखों में पागल की-सी चमक थी। जहाँनारा कूद कर उसके बगल में जमीन पर खड़ी हो गई और उसके बाल सहलाते हुए गाने के अंदाज में कहने लगी, "मर गया, मर गया, मर गया...।" जबकि शाहजू ने अपनी सख्त, आधिकारिक आवाज में कहा, "देखिए पापा, उसके पास बंदूक है। एक कुंदा और हथगोले भी। अब हम अपनी हिफाजत कर सकते हैं। नहीं, पापा ?"

शायद प्रोफेसर ने यह नहीं सोचा होता। उसने फौजी को वहीं छोड़ दिया होता, जहाँ वह गाँव वालों को मारने और गाँव में आग लगाने के बाद अपने जहाज तक लौटते हुए गलती से, मौत का शिकार हो, नदी की ओर मुँह किए पड़ा हुआ था। वह कुछ लड़कियों को रिवॉल्वर की नोंक पर जहाज की तरफ ले जा रहा हो सकता था। कोई कभी नहीं जान सकेगा कि वास्तव में क्या हुआ था। अहम बात उसके हथियार, गोला-बारूद और जो भी काम की चीज उसके पास हो, उसे ले लेना था। पहला काम उसके मृत हाथों में सख्ती से जकड़ा हुआ रिवॉल्वर हटाने का था। उसने रिवॉल्वर को छुड़ाया और उसकी जेब की पूरी तलाशी ले ली जिसमें कई जरूरी चीजें हासिल हुईं जो काम की साबित हो सकती थीं—एक चाकू, एक स्क्रू ड्राइवर, एक नोटबुक जिसके कुछ ही पन्नों पर कुछ दर्ज था, किसी लड़की की तस्वीर जिसका नाम बचकाने अक्षरों में लिखा हुआ था, और खासी मात्रा में चॉकलेट। उसकी पिछली जेब में जापान का बना एक ट्रांजिस्टर भी था। यह पूरी तरह चालू हालत में था, क्योंकि जब उसने स्विच घुमाया, संगीत के एक कड़कदार धमाके ने उसका अभिनंदन किया। इस अचानक संगीत से जहाँनारा इतनी डर गई कि रोने लगी।

जब वे गाँव से बढ़े तो ज्यादा बेहतर मिजाज में थे। शाहजू एक कंधे पर राइफल टाँगे मार्च कर रहा था जबकि उसके दूसरे कंधे पर कई तरह की चीजों की एक विशाल गठरी टँगी हुई थी। मरे हुए फौजी को खोज निकालने के लिए उसे खुद पर खासा गुरूर हो रहा था। अब वे किसी भी तरह असहाय नहीं थे; उनके पास हथियार थे, वे अपनी हिफाजत कर सकते थे। प्रोफेसर जहाँनारा को अपने कंधों पर बैठाए हुए था, और इस बात से डरा हुआ था कि कहीं वह ठोकर खाकर गिर न पड़े, क्योंकि उसकी जेब में भरा हुआ रिवॉल्वर और हथगोले थे। वह फौजी का लहूलुहान कोट पहने हुए था। इस बात से उसे कोई परेशानी नहीं हो रही थी कि उसने एक मरे हुए आदमी का कोट पहन रखा है।

वे उत्तर की तरफ बढ़ते हुए नदी किनारे चलते रहे। प्रोफेसर ने समझाया कि अगर उन्हें कोई पाकिस्तानी गश्ती नाव दिखाई पड़े तो तुरंत छुप जाना है, और अगर उन्हें

कोई बंगाली नाव दिखे तो उन्हें तेजी से हाथ हिलाना और जोर-जोर से पुकारना होगा। उन्होंने कोई नाव और कोई जिंदा आदमी नहीं देखा। सूरज अभी भी बादलों से ढँका हुआ था और छायाएँ लंबी हो रही थीं।

आखिरकार, शाम के आसपास, जब वे लगभग उम्मीद छोड़ चुके थे, और सोच रहे थे कि कुमेरखाली तक का बाकी रास्ता उन्हें पैदल ही तय करना पड़ेगा, उन्होंने एक छोटी-सी नाव देखी। सभी नावों की तरह यह भी एक बेहद सुंदर नाव थी, जिस पर एक गोलाकार पाल था, नाव के बीच के हिस्से में एक झोंपड़ी बनी हुई थी और इसका अगला सिरा भी सुंदर था। यह किनारे से लगी चल रही थी जहाँ लहर बहुत तेज नहीं थी। इसलिए वे किनारे से चिल्लाए, उन्होंने अपने हाथ हिलाए और प्रोफेसर पानी में चलता हुआ उसकी तरफ बढ़ा जब-तक पानी घुटनों तक नहीं आ गया, क्योंकि उसे डर था कि कहीं माँझी उन्हें लिए बिना ही न निकल जाए। माँझी एक बूढ़ा आदमी था और उसके साथ बारह और तेरह साल के दो बेटे थे। जैसा कि पता चला, वह चावल की कुछ गठरियाँ लिए कुमेरखाली के नजदीक के एक गाँव जा रहा था। उसने चिल्लाकर कहा कि उन लोगों को साथ लेकर उसे खुशी होगी और किनारे के नजदीक आ गया। प्रोफेसर और जहाँनारा नाव पर चढ़ गए, और अब शाहजू की बारी थी, जो राइफल और कुंदे इस तरह ढो रहा था, उन्हें अपने सिर के ऊपर लहराता हुआ, मानो वे किसी जीत से हासिल ट्राफियाँ हों, मगर बूढ़ा डर गया और उसने अपनी लंबी लहराते हुए चप्पू से धकेलकर नाव को किनारे से दूर हटा लिया। शाहजू को साथ लेने के लिए माँझी को समझाने में प्रोफेसर को लगभग दस मिनट लग गए, वह भी सिर्फ इस शर्त पर, कि अगर कोई पाकिस्तानी गश्ती नाव नजदीक आई तो वह राइफल को पानी में फेंक देगा।

"अगर वे तुम्हें हथियार लिए देखते हैं तो मार डालते हैं," बूढ़े माँझी ने कहा।

"हाँ, और अगर तुम्हारे पास कोई हथियार न हो तो भी मार डालते हैं," प्रोफेसर ने तल्खी से जवाब दिया। मगर उसने और कुछ नहीं कहा, इस डर से कि कहीं माँझी बुरा न मान जाए।

धीरे-धीरे वे लहर की तरफ बढ़ते गए, नदी शांत थी और अचरज में डालने की हद तक बेहलचल। सितारों की रोशनी में आधी रात तक वे नाव खेते रहे जब-तक उन्होंने किनारे के नजदीक लंगर नहीं डाल दिए। अगले दिन उन्होंने अपना घुमावदार सफर जारी रखा, उन्हें कोई पाकिस्तानी नाव नहीं मिली और बहुत कम दूसरी नावें दिखीं। सामान्य वक्त में नदी में नावों का न खत्म होने वाला आवागमन जारी रहता, मगर यह सामान्य वक्त नहीं था। और कभी-कभी, काफी दूर, मशीनगनों की गड़गड़ाहट भी उन्हें सुनाई पड़ती।

तीसरे दिन, देर शाम, वे कुमेरखाली पहुँच गए। जहाँनारा प्रोफेसर की बाँहों में सोई पड़ी थी और शाहजू उसके बगल में ऊँघ रहा था। सहसा प्रोफेसर ने नदी के मोड़ पर नीची चट्टानों के जाने-पहचाने आकार को पहचान लिया। माँझी गाँव को अच्छी तरह जानता था और उसने नाव को ढलवाँ रास्ते से कगार की ओर खींच लिया जहाँ अक्सर

कुमेरखाली आने वाले मुसाफिर उतरते थे। प्रोफेसर ने माँझी का शुक्रिया अदा किया, उसे कुछ पैसे दिए और उसका हाथ कुछ लंबे समय तक थामे रखा, कहा, "तुमने हमें बचा लिया। हम नाउम्मीद हो चुके थे। हम तुम पर अपनी जिंदगी का कर्ज मानते हैं।" और माँझी मुस्कुराया। उसने सिर हिलाया और नीची चट्टानों की दिशा में इशारा करते हुए कहा, "यह अल्लाह की मर्जी थी।"

सोई हुई जहाँनारा को बाँहों में लिए, और बगल में चलते शाहजू के साथ प्रोफेसर ऊपर रास्ते की तरफ चढ़ा। शाम को हलकी बारिश हुई थी, ढाल फिसलन-भरी थी, चाँदनी नहीं थी। बस सितारों की पतली-पानीदार रोशनी थी। प्रोफेसर एक-दो बार थोड़ा लड़खड़ाया और उसे डर हुआ कि कहीं जहाँनारा को गिरा न दे, और उससे भी ज्यादा डर कि उसकी जेब में पड़े हथगोले फूट सकते हैं और उन लोगों की ठीक उसी वक्त जान ले सकते हैं, जब वह अपनी मिट्टी पर पाँव रख रहा है। जब वे ढलवाँ पगडंडी के बिलकुल ऊपर पहुँच गए और पहली बार अँधेरे में डूबे गाँव पर निगाह डाली, जहाँ बिना रोशनी के कुछ मकानों और पेड़ों के आकार दिखाई पड़ रहे थे, दो आदमी अचानक अँधेरे से निकलकर उनकी ओर झपटे। वे विशालकाय और डरावने लग रहे थे और शिकारी राइफल से लैस थे। वे कुछ चिल्ला रहे थे मगर वह समझ नहीं सका कि वे क्या बोल रहे हैं। अचानक रोशनी के एक बड़े झपाके से उसकी आँखें चुंधिया गईं।

किनारे पर खड़े दोनों लोगों ने इसीलिए गोली चलाना स्थगित रखा था कि उन्हें अपनी ओर चले आ रहे आदमी में कुछ अस्पष्ट ढंग से जाना-पहचाना लग रहा था। उसने किसी फौजी का खून से सना कोट और लुंगी पहन रखी थी, पाँवों में सैंडिल थे और उसका चश्मा डोरी से बँधा हुआ था और वह अपनी कमर में एक कुंदा टाँगे हुए था। उसके बगल में गोल चेहरे वाला एक लड़का एक राइफल, और अपने ही बराबर की धुलाई के कपड़ों की-सी लगती गठरी लिए चल रहा था।

बिजली की-सी आवाज में प्रोफेसर चिल्लाया, "मैं कुमेरखाली का प्रोफेसर मोहम्मद अख़्तर हूँ।"

फिर वह सीधे उनकी ओर बढ़ा और बढ़ता ही चला गया जब तक कि वह गाँव में अपने घर नहीं पहुँच गया।

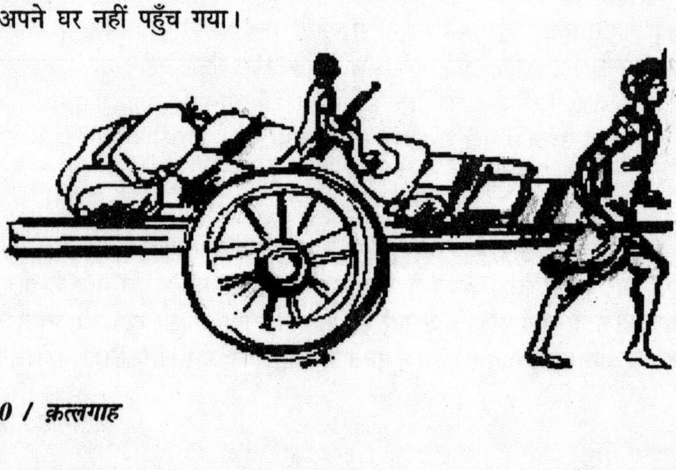

कबाड़िए

आठ

अपनी गिरफ्तारी के एक हफ्ते बाद शेख़ मुजीबुर्रहमान को कड़ी चौकसी में आदमजी स्कूल के उनके कमरे से निकाला गया जहाँ उन्हें कैद रखा गया था, और एक इंतजार करती हुई लिमोज़ीन में बैठाया गया। कैदी ने अंदाजा लगाया कि उसका बहुप्रतीक्षित मार्शल लॉ शुरू होने वाला है; यह बहुत छोटा होगा और उसे जल्दी ही गोली मार दी जाएगी। शायद कोर्ट मार्शल भी नहीं होगा। शायद उसे कोर्ट मार्शल का लाभ लिए बिना गोली खानी होगी। उसने अपने खयालों में अपनी सजा-ए-मौत का इतना पूर्वाभ्यास किया था कि इसमें पुराने इतिहास के नजर आने जैसा कुछ था। अक्सर वह बिना आँख में पट्टी बाँधे, हाथ में एक पाइप लिए और मजबूती से पाँव रोपे, किसी दीवार से लगकर अपने खड़े होने की कल्पना करता जिसके सामने भारी भरकम राइफलों से लैस भावनाशून्य आठ लोग होते। गोली से तो साफ-सुथरी मौत होती। उसे पता नहीं था कि प्रेसिडेंट याह्या ख़ान उसे फाँसी पर चढ़ाने का पक्का इरादा रखता है।

जैसे ही वह लिमोज़ीन में दाखिल हुआ, शेख़ मुजीबुर्रहमान ने ध्यान दिया कि भारी परदे खींच दिए गए हैं और उन्हें शीशे की एक मोटी दीवार से ड्राइवर से अलग कर दिया गया है। दो सख्त आँखों वाले अफसर लिमोज़ीन के पिछले हिस्से में उनके बगल में बैठ गए और दो और ड्राइवर के बगल में बैठे। किसी भी अफसर ने उनसे कुछ नहीं कहा। यह भी, वही था जिसकी उन्होंने उम्मीद की थी—सजा-ए-मौत को, शुरू से आखिर तक, ख्वाब की-सी चुप्पी के अंदाज में अंजाम दिया जाएगा। शाम के आठ बज रहे थे, सजा-ए-मौत के लिए एक नामुमकिन वक्त, मगर पाकिस्तानियों में किसी भी नामुमकिन वक्त में, जो उन्हें भाता, उन्हें मारने का माद्दा था। उन्होंने अपने हाथों को देखा और पाया कि वे काँप नहीं रहे हैं, और इससे उन्हें खुशी हुई। फिर उन्होंने अपनी जेब से पाइप निकाला, उसमें तंबाकू भरी, और शांति से उसे सुलगा लिया।

उनके दाईं तरफ का अफसर चौंका, "अपने मुँह से पाइप निकालो !"

शेख़ मुजीबुर्रहमान ने धूम्रपान जारी रखा। उन्होंने कुछ नहीं कहा। प्रावधानों में ऐसा कुछ नहीं था जो कहे कि वतन से गद्दारी के लिए मरने को अभिशप्त एक कैदी को धूम्रपान नहीं करना है।

लिमोज़ीन तेजी से ड्राइव वे से निकली और छावनी से बाहर ले जाने वाले राजपथ

की ओर मुड़ गई। वे बगल वाली खिड़कियों से देख नहीं पा रहे थे क्योंकि उन पर परदे पड़े हुए थे और उन्हें सिर्फ सामने की सड़क का थोड़ा सा हिस्सा दिख पा रहा था। शाम की सिर्फ आम आमदरफ्त जग रही थी, कुछ जीपें थीं, एक स्टाफ कार, हेडलाइट्स की उजली चकाचौंध, कुछ फौजी टहल रहे थे और गृह युद्ध के इस वक्त में, वे हैरतनाक ढंग से सहज थे। शेख़ मुजीबुर्रहमान की इस बात में जरा भी शक नहीं था कि जंग अभी जारी है, क्योंकि वे हर रोज शहर से आ रही मशीनगनों की गड़गड़ाहट सुनते थे और आदमजी स्कूल चाँदमारी की जगह से करीब था जहाँ छावनी के भीतर कैदियों को गोली मारी जाती थी। उन्हें पता था कि शहर में अभी भी कई जगहों पर आग लगी हुई है, हालाँकि वे लपटें नहीं देख पा रहे थे। उन्होंने कहा, "यहाँ घुटन हो रही है। खिड़कियाँ खोलो !"

एक अफसर ने शीशे नीचे करने के लिए थोड़ी हरकत की, मगर एक लम्हे बाद उसके हाथ वापस गोद में आ गए। उनको दी गई हिदायतें साफ थीं। कैदी को गोपनीय ढंग से हटाया जाना है। मगर यह कैसे करना है ? उसे एक थैले में बंद करके स्कूल से बाहर ले जाने की चर्चा हुई, किसी ने सलाह दी कि पूरी हिफाजत के लिहाज से उसे एक टैंक में स्कूल से बाहर किया जा सकता है, और किसी और की सलाह थी कि उसका पाकिस्तानी अफ़सर के रूप में भेस बदल दिया जाए। लेफ्टिनेंट जेनरल टिक्का ख़ान को एक फोन से पैगाम आया कि उस शाम जेनरल की बुलेट प्रूफ लिमोज़ीन का इस्तेमाल नहीं किया जा रहा है। इसमें परदे लगे हुए थे, यह बहुत तेज़ थी, और इसकी एक ही खराबी थी कि यह बेहद चर्चित और बहुत आसानी से पहचान में आने योग्य थी, और इसी वजह से जेनरल इसका कम से कम और सिर्फ इमर्जेंसी में इस्तेमाल करता था। 'खिड़कियाँ खोलो !' इसलिए कुछ संदेह के साथ देखा गया। वास्तव में बुलेट प्रूफ खिड़कियाँ सील की हुई थीं और उन्हें खोला नहीं जा सकता था।

शेख़ मुजीबुर्रहमान संतोष के साथ अपनी पाइप से कश लगाते रहे, जो सभी मुश्किल अवसरों में उन्हें राहत देता था। उन्होंने लिमोज़ीन को पहचान लिया था, और उन्हें खयाल आया कि पूर्वी पाकिस्तान के फौजी गवर्नर की सरकारी लिमोज़ीन में बैठाकर उन्हें कत्लगाह में ले जाया जाए, यह मुमकिन नहीं है। एक लम्हे के लिए उन्हें खयाल आया कि गवर्नर से मुलाकात के लिए उन्हें उसके महल में ले जाया जाएगा। निश्चय ही, ऐसी मुलाकात से कुछ हासिल होने वाला नहीं था, और उन्होंने तुरंत इस खयाल को बर्खास्त कर दिया, हालाँकि लिमोज़ीन शहर के मुख्य हिस्से की ओर से जाने वाले राजमार्ग से ही गुजर रही थी। सहसा लिमोज़ीन हवाई अड्डे की ओर मुड़ गई और मैदान की पूरी लंबाई को पार कर गोली की तरह उस अकेले कोने में पहुँची जहाँ एक पाकिस्तानी इंटरनेशनल एयरलाइन बोइंग 707 उनका इंतजार कर रहा था। जहाज अँधेरे में खड़ा था, खिड़कियों पर ब्लैक आउट किया हुआ था; जहाज के चारों ओर संगीनें लिए हथियारबंद सैनिक खड़े थे।

"तो वे मुझे पाकिस्तान ले जा रहे हैं," उन्होंने सोचा, "क्या नायाब खयाल है !

वाकई उनका दिमाग पूरी तरह खराब हो गया है। आखिर उन्हें हासिल क्या होगा इससे ?"

जो अफसर लिमोज़ीन में उनके साथ चल रहे थे, उनके पीछे सीढ़ियाँ चढ़ने लगे। पाँच मिनट बाद, हवाई जहाज हवाई पट्टी पर दौड़ने लगा, तेज़ी से उठा, उसने ढाका के ऊपर एक चक्कर काटा, और कराची की तरफ उड़ चला।

हालाँकि फौजी अफसरों ने इस बात की हर मुमकिन एहतियात बरती थी कि छावनी में शेख़ मुजीबुर्रहमान के ठिकाने या बाद में उनकी कराची उड़ान का पता न चले, वे कभी भी इन चीजों को गोपनीय रखने में कामयाब नहीं हुए। हर जगह जासूस थे, यहाँ तक कि छावनी में, हवाई अड्डे में और गवर्नर के महल में भी मगर ये खास किस्म के जासूस थे। उन्हें किसी को रिपोर्ट नहीं करना था। अवामी लीग के नेता फरार थे या कैद में थे या मर चुके थे। ढाका के भीतर पाकिस्तानी फौजी तानाशाही की कोई संगठित मुखालफत नहीं थी। लोग बेहद स्तब्ध थे, बेहद कमजोर, जवाबी लड़ाई के लिहाज से बेहद ग़मगीन। बस बहुत छोटे गिरोह अपनी पहचान बनाए रखने में और कातिलों का कत्ल करने के जरूरी काम के लिए खुद को तैयार करने में कामयाब थे।

शेख़ मुजीबुर्रहमान को कराची ले जाए जाने के बाद की सुबह, कबाड़ियों का नेता फ़ैजुल हक़ और बूढ़ा एक पुराने कब्रिस्तान में मिले। वे एक-दूसरे को पहले से जानते थे मगर अच्छी तरह या अंतरंगता के साथ नहीं। उनका कद लगभग बराबर था और भाइयों जैसे दिखाई पड़ते थे। बूढ़े की रंगत थोड़ी गहरी थी, उसके गोल चेहरे का रंग पुराना तांबई था, मगर उसकी आँखें ज्यादा बड़ी और चमकती हुई थीं। बूढ़ा नंगे पाँव था, जबकि फ़ैजुल हक़ ने घिसी हुई चप्पलें पहन रखी थीं। यह साफ था कि दोनों में किसी को अपने कपड़ों या अपने आम चेहरे-मोहरे में जरा भी दिलचस्पी नहीं थी। दोनों अपने नौजवान अंगरक्षकों के साथ आए थे जो खुद को कब्रों के पत्थरों के पीछे छुपाए हुए थे।

"वे कल रात शेख़ को पाकिस्तान उड़ा ले गए," फ़ैजुल ने कहा।

बूढ़े की साँस अटक-सी गई।

"तुम्हें पूरा यकीन है ?" उसने पूछा। उसकी गोल पेशानी पर एक गहरे चुभती शिकन नज़र आने लगी थी।

"हाँ, पूरा यकीन है। हमें पता है, वे आदमजी में नहीं हैं। हमने कल रात टिक्का की लिमोज़ीन को बाहर जाते देखा। हमने जहाज को जाते देखा। भले ही उन्हें किसी ने नहीं देखा। वे चीजों को छुपाना पसंद करते हैं।"

बूढ़े ने सिर हिलाया।

"क्या यह ठीक है ?" उसने पूछा।

"क्या ठीक है ?"

"उन्हें पाकिस्तान ले जाना ?"

"यह हमारे लिए अच्छा है और उनके लिए बुरा है," एक लंबे ठहराव के बाद फ़ैज़ुल हक़ ने कहा, "शेख़ अब उनकी जिम्मेदारी है। अब यहाँ जो कुछ भी होता है, उसके लिए वे हम पर इल्जाम नहीं मढ़ सकते। अब हम अपने मालिक हैं।"

"तुम्हें कैसे पता कि कल रात शेख़ ही गए ?"

"मैंने तुम्हें कहा न ! हमने टिक्का की लिमोज़ीन को छावनी से निकलते देखा। कोई गारद नहीं। कुछ नहीं। बहुत तेज। फिर हवाई जहाज उड़ा। यह टिक्का नहीं हो सकता था। और कौन हो सकता था ?"

"जेनरल राव फ़रमान अली हो सकता था..."

"नहीं, वह कुछ ज्यादा गुरूर वाला है। वह जीप से हवाई अड्डे जाता।"

"क्या और भी कोई हो सकता है ? टिक्का खुद भी ?"

"दोनों में कोई। टिक्का या शेख़, और यह टिक्का नहीं था," फ़ैज़ुल हक़ ने यकीन से कहा, "आखिर में इससे फर्क नहीं पड़ता कि शेख़ मुल्क में हैं या नहीं—हमें लड़ाई लड़नी है ! यह एक लंबी लड़ाई होगी।"

"कितनी लंबी ?"

"दस साल," जो भी पहली संख्या उसके दिमाग में आई, बोलते हुए उसने कहा।

अपने सभी दाँत दिखाते हुए बूढ़ा हँसा। वह तनावमुक्त लग रहा था।

"तब मैं तेईस साल का हो जाऊँगा," उसने कहा, "हम बिलकुल ठीक हैं ! हमारे पास जीने को कुछ जिंदगी होगी।"

यह शुरुआती बातचीत थी। वे अपने गिरोह को एक बनाने की चर्चा के लिए मिले थे। फ़ैज़ुल हक़ आठ या नौ लड़कों पर यकीन कर सकता था, बूढ़ा ग्यारह या बारह पर। तो उन्होंने लगभग बीस की फौज बनाई, जिसने अब तक एक टैंक पर निष्फल हमला किया था और सड़क पर तार लगाकर एक जीप के ड्राइवर का गला काट लिया था। यह कोई बहुत खास कारनामा नहीं था, दोनों ने माना, "हमें,'' बूढ़े ने कहा, ''एक ऐसी योजना की जरूरत है जिससे हम शर्मिंदा न हों !"

"योजना से तुम्हारा क्या मतलब है ?"

बूढ़ा हैरत में दिखाई दिया। बस एक ही तरह की योजना थी जो वह समझता था।

"उन्हें मारना," उसने कहा।

"हाँ, मगर कैसे ?"

"कैसे, इसकी कोई अहमियत नहीं है। वे गोलियों से मारते हैं, मगर हमें गोलियाँ इस्तेमाल नहीं करनी है। छुरे भी नहीं ! पेड़ों पर तार। मुझे पता है, हमें कहाँ से तार मिल सकते हैं, और मैं कुछ अच्छी जगहें जानता हूँ, जहाँ उन्हें लगाया जाए। जीप भी। जानते हो, मैं क्या ख्वाब देखता हूँ ? एक जीप को भारी विस्फोटकों से भरने और उसे टिक्का की कार से टकरा देने का। टिक्का हवा में उड़ जाता है—जूँऽऽऽऽ। मेरे पास एक जीप हो गई है जिसके शीशे टूटे हुए हैं। अब मुझे विस्फोटक चाहिए।"

"मेरा यही मतलब था," फ़ैज़ुल हक़ ने बताया, " 'मारो उन्हें' कहने का कोई फायदा नहीं है। उन्हें मारने के लिए हमारे पास एक योजना होनी ही चाहिए। हमें कोई रास्ता निकालना ही होगा–ऐसा, जिसका कोई मतलब हो और जिसमें कामयाबी का कुछ भरोसा हो। तुम कहते हो 'ज़ूँऽऽऽऽ!' मगर यह इतना आसान नहीं है। हमें एक आदमी यहाँ रखना होगा, दूसरा वहाँ और तीसरा कहीं और। अगर पहला नाकाम रहा है, दूसरा कामयाब हो सकता है, और अगर दूसरा नाकाम रहता है–ठीक है, तीसरा तो है ही। हम टिक्का को मारेंगे ? कैसे ?"

बूढ़े को असलियत में एक साजिशाना दिमाग मिला था, मगर उसने कभी संजीदगी से पूर्वी पाकिस्तान के फौजी गवर्नर का कत्ल करने की योजना नहीं बनाई थी। उसने इसके बारे में बहुत देर तक सोचा था, मगर वह सिर्फ असर के लम्हे के बारे में सोचता था। एक साथ कई मशीनगनें गवर्नर की लिमोज़ीन पर बरसने लगती थीं, खिड़कियों से हथगोले फेंके जाते थे, पेड़ों के बीच बँधा तार गवर्नर का सिर काट लेता था, और डाइनामाइट से भरी जीप लिमोज़ीन से टकराती थी और फूट जाती थी। यह गवर्नर के मारे जाने की कई बार बनाई गई एक रोमानी, गड़बड़ तसवीर थी और इसका यथार्थ से कोई वास्ता नहीं था। फ़ैज़ुल हक़ का दिमाग ज्यादा तार्किक और व्यवस्थित था।

"हम एक योजना से शुरू करते हैं," उसने कहा, "कई वैकल्पिक योजनाएँ। मगर एक मुख्य योजना। हम टिक्का को मारें। कहाँ ? दिन के किस वक्त ? किन 'हथियारों' से ? कितने हिस्सा लें ? कितने सक्रिय हों, और कितने बस मददगार रहें, जो जरूरत पड़ने पर सामने आएँ, जैसे फौज में रिजर्व टुकड़ियाँ होती हैं। सबसे बड़ी बात है, कैसे ? हम सड़क के नीचे एक सुरंग खोद सकते हैं और उसमें विस्फोटक भर सकते हैं और जब उसकी कार इस पर से गुजर रही हो तो उसमें विस्फोट कर सकते हैं। इसके बारे में तुम्हारा क्या खयाल है ?"

बूढ़े को कबूल करना पड़ा कि उसने इसके बारे में नहीं सोचा था। इस पर और ज्यादा विचार करना वह पसंद करेगा।

"एक और योजना है। हम एक असली पाकिस्तानी फौजी ट्रक लें और इसकी साइड में थोड़ा-सा सुराख निकाल लें। हम गवर्नर की कार के बगल से गुजरें और अचानक किनारे की दरार से गोलीबारी कर दें। हाँ, हम पाकिस्तानी वर्दी पहने होंगे।"

"हम छोटे हैं," बूढ़े ने कहा, "अपने आकार की वर्दियाँ हमें कहाँ से मिलेंगी ?"

"हमारे पास कुछ औरतें हैं जो उन्हें काटकर हमारे आकार का बना देंगी। यह बड़ी बात नहीं है। बड़ी बात यह है कि हमले की एक योजना तैयार की जाए। एक बार हम सोच लें, कहाँ, कैसे और कब इसे अंजाम देना है। हथियार, इस्तेमाल किए जाने वाले लोगों की तादाद, हमले की दिशा, खतरे का हिसाब–तुम देखो, यह सब खुद-ब-खुद चले आते हैं। सुनो, हम उसे मारने जा रहे हैं या नहीं ?"

"हम उसे मारने जा रहे हैं ।"

"तो कैसे ? सिर्फ कैसे के बारे में सोचो !"

"हमारे पास जो कुछ भी है, उस सबसे ?"

"नहीं, हमें चुनना है, तय करना है। हमें चीजों को तौलना और उन पर सोचना होगा। अगर हमने यह कर लिया, तो फिर उसका कत्ल दुनिया का सबसे आसान काम हो सकता है, मगर तब-तक नहीं, जब तक हम सारी संभावनाओं पर विचार न कर लें।"

बूढ़ा दूसरे ढंग से काम करता था। एक हिंदू होने के नाते, वह जज्बातों की एक धधकती ज्वाला था, और खुद को अपनी ही लपटों का शिकार देख उसे खुशी होती थी। फ़ैज़ुल हक़ के व्यावहारिक और हिसाबी दिमाग ने उसे उखाड़ दिया। एक पल को उसे लगा कि वह अपने गिरोह को एक ऐसे आदमी की नुमाइंदगी वाले गिरोह से जोड़ने का खयाल छोड़ दे जो सिर्फ कहता रहता है, 'कैसे ?' 'कैसे ?' कहने का क्या मतलब है, जबकि आखिरी लम्हे में कुछ अकल्पनीय अक्सर घट जाता है और तुम्हें उसे बिलकुल दूसरे ढंग से मारना पड़ता है?

जल्दी ही वे जानकार सलाह की जरूरत पर चर्चा कर रहे थे क्योंकि दोनों को अपने लड़कपन, अपने कच्चेपन और अपने प्रशिक्षण के अभाव का अहसास था। बूढ़े की सलाह थी कि वे आसानी से किसी पाकिस्तानी फौजी को कैद कर सकते हैं और उसे यातना देकर हथियार के इस्तेमाल के बारे में वह सारी जानकारी उगलवा सकते हैं जो उसके पास होगी—हथगोले कैसे फेंके जाते हैं, मोर्टार से गोलीबारी कैसे की जाती है, हलकी मशीनगन कैसे चलाई जाती है। फ़ैज़ुल हक़ का मशविरा था कि उन्हें कोई बंगाली फौजी, अगर मिल सके तो कोई अफसर खोजना चाहिए, जो उन्हें हथियारों का प्रशिक्षण दे सके। बूढ़े ने विरोध किया, "बड़े लोग—बड़े लोगों का क्या काम है ? वे सब भाग रहे हैं।"

"तब हम कैसे सीखेंगे ?" फैजुल हक़ ने संजीदगी से पूछा, "हमें बड़े लोगों की जरूरत है, भले ही हम उन्हें पसंद न करते हों," उसने फिर कहा।

"बड़े लोग !" बूढ़े का चेहरा गुस्से से तना हुआ था, "क्या कबाड़ा कर दिया है उन्होंने सारी चीजों का।"

तिस पर भी वे ऐसे आदमी की तलाश के लिए राजी हो गए जो उन्हें मशविरा दे सके। वे अपने साधन मिलाने और हर दो दिनों पर मिलने को भी राजी हो गए। आखिरकार वे एक नियत तारीख पर राजी हो गए : लेफ्टिनेंट जेनरल टिक्का दस दिनों के भीतर मरेगा। किसी वजह से बूढ़ा एक सस्ती थर्मस फ्लास्क में भरकर गर्म चाय लाया था, और थर्मस के साथ लगे टिन के कप में उन्होंने जेनरल की मौत के घूँट लिए।

"मुझे एक शानदार खयाल आया है !" बूढ़े ने ऐलान किया, "तुम किसी थर्मस फ्लास्क में एक हथगोला रख दो। सोचो कि शीशे के इतने सारे टुकड़े जेनरल की धज्जी-धज्जी उड़ा देंगे !"

इसके बाद जब भी वह जेनरल को मारने की सोचता—मशीनगनों से होती गोलीबारी, सड़क पर खिंचे हुए तार, और हथगोलों की बाढ़—तो गुलाबी गुलाबों के प्लास्टिक कवर वाले थर्मस फ्लास्क के लिमोज़ीन से टकराने और जेनरल के चेहरे पर

फूटने का एक नायाब दृश्य उभर आता।

आने वाले दिनों के दौरान कोई 'व्यवस्थित हल' तलाशने के लिए फ़ैज़ुल हक़ और बूढ़ा लगभग रोज़ मिलने लगे। जेनरल पर करीब से निगाह रखी जा रही थी। और हर रात उसकी हरकतों की रिपोर्ट होती थी, जहाँ तक वे जान पाते थे। हर सुबह, 8.45 पर वह छावनी से गवर्नर के महल के लिए निकलता था, यह लगभग चार किलोमीटर का सफर था। अक्सर उसके साथ मोटरसाइकिल पर एस्कोर्ट होता था, मगर कभी-कभी वह पीछे छूट जाता था। शाम साढ़े पाँच बजे, या कुछ मिनट बाद, वह छावनी में लौटता और अपने हरम की औरतों के साथ शाम गुजारता। दिन में वह कभी भी महल से नहीं निकलता था, न ही उसे महल के अहाते में घूमते देखा जाता था, और न ही वह महल की सीढ़ियों पर मेहमानों का स्वागत करता था। उसके बाहरी दफ्तर में स्टेनगन लिए तीन लोग होते थे और उसके दफ्तर तक पहुँचने वाले गलियारे में और भी ज्यादा हथियारबंद लोग होते थे। कमजोर बिंदु वह खिड़की थी जहाँ से महल का अहाता दिखाई पड़ता था, और फ़ैज़ुल हक़ संजीदगी से, पाकिस्तानी वर्दी में छुपकर महल के अहाते में दाखिल होने, और खिड़की की मार्फत जेनरल को गोली मार देने की सोच रहा था। उसे पूरा यकीन था कि जेनरल का काम तमाम करने का रास्ता निकाला जा सकता है और इस पर बहुत एहतियाती मुआयने और लंबे प्रयोग के बाद ही अमल किया जा सकता था।

लेफ्टिनेंट जेनरल टिक्का ख़ान ब्रिटिश फौजी मूँछों, पीली रंगत, नुकीली ठुड्डी और आमतौर पर गहरे शीशों के पीछे छुपी रहने वाली गहरी भूरी आँखों वाला, भारी-भरकम गठन का आदमी था। टिक्का मतलब 'गर्म लाल', यह नाम उसने जवानी के उन दिनों अख्तियार किया था जब उसे मुक्केबाज के रूप में थोड़ी शोहरत मिल गई थी। मुक्केबाजी के अनुभवों से उसे एक टूटी हुई नाक, एक दिलचस्प लुढ़कती हुई चाल और हिंसा में जंगली किस्म की खुशी हासिल हुई थी। प्रेसिडेंट याह्या ख़ान ने मार्च की शुरुआत में उसे इस उम्मीद में ढाका भेजा था कि हिंसा की उसकी शोहरत से घबरा कर बंगाली घुटने टेक देंगे। उसने बलूचिस्तान में सात अलग-अलग अभियानों में हिस्सा लिया था जहाँ उसने बलूच औरतों, बच्चों और मर्दों का क़त्लेआम करने की उल्लेखनीय भूख का मुजाहिरा किया था, और उसे 'बलूचिस्तान का कसाई' के नाम से जाना जाता था। उसके साथी अफसर उसे तारीफ और बढ़ावे के जज्बे के साथ 'कसाई' पुकारते थे। बिना तारीफ किए बंगाली भी उसे इसी नाम से पुकारते थे, यह जानते हुए कि अपनी हुकूमत लादने के लिए वह किसी भी मौजूद हथियार का इस्तेमाल करने को तैयार रहता है। शायद ही कोई दूसरा पाकिस्तानी अफसर था जो कत्ल की इस कला में इतना डूबा हुआ था।

फिर भी, कायदे से वह जरा भी फौजी नहीं था। रणनीतियों और दाँव-पेंचों के बारे में उसे लगभग कुछ भी पता नहीं था, स्टाफ कॉलेज से बस अपने शिक्षकों की करिश्माई मदद के सहारे निकला था, और बलूचिस्तान के उसके अभियान फौजी अभियान नहीं

थे। बलूची गाँव वालों के खिलाफ काफी बड़ी तादाद में आग्नेयास्त्रों और गोला-बारूद का इस्तेमाल किया गया था, बावजूद इसके कि इसके पहले ही बम बरसाते जहाजों की लहर-दर-लहर ने उन पर बमबारी की थी। वह रैंक्स से होता हुआ ऊपर उठा था, और यह डींग मारना उसे पसंद था, "तो साहबो, आप फौजी जीवन के बेहतरीन पहलुओं के बारे में सब कुछ जान सकते हैं—मगर मैं, मैं मुश्किल हालात से आगे आया हूँ। मैं आपका कमांडर हूँ। मैं रूखेपन से पेश आता हूँ और मैं चीजों पर अमल करवाता हूँ।"

यही उसने किया, मगर उस कीमत पर, जिसे पाकिस्तान की अर्थव्यवस्था किसी हाल में नहीं झेल सकती थी। बलूचिस्तान के सातों अभियान खौफनाक ढंग से महँगे पड़े थे। सरकार की आधी से ज्यादा आय पूरी तरह बेमानी फौजी अभियानों में जाया हो रही थी, और समूचे फौजी खर्चे का एक-चौथाई जेनरलों और बड़े अफसरों की जेब में जाता था। भ्रष्टाचार, बहुत शुरुआती दौर में ही पैठ चुका था। अब पूर्वी पाकिस्तान में, अपने ज़ाती कर लगाकर और उन माफीनामों की बिक्री से जेनरल अपनी दौलत में इजाफा कर रहा था जो सिर्फ एक भारी-भरकम फीस के भुगतान पर ही व्यवसायियों को अपना काम करने की इजाजत देते थे और यह फौज के वित्तीय ब्यूरो के नाम जाती थी। जिन व्यवसायियों ने इस फीस के भुगतान से इनकार किया, उन्हें गिरफ्तार किया गया और तब तक यातना दी गई जब तक उनका हृदय परिवर्तन नहीं हो गया। अगर वे मुल्क से बाहर जाना चाहते थे, उन्हें दूसरी फीस देनी थी। फौज द्वारा अंजाम दी जा रही लूट-खसोट भी बेहद फायदेमंद थी। जेनरल इस खामखयाली में था कि पूर्वी पाकिस्तान अनिश्चित काल तक फौज के आला लोगों के लिए दौलत का अंबार लगाता रहेगा, यह भूलते हुए कि फौज कामगार ताकत को मार रही है और मुल्क को आर्थिक जड़ता तक महदूद कर दे रही है।

तिस पर भी जेनरल अपने प्रशासन की प्रगति पर बेइंतहा संतुष्ट था। उसके दफ्तर में लगी रंगीन तालिका के मुताबिक, फौजी शासन मुल्क में 98.2 फीसदी के ऊपर असरदार था। ट्रेनें वक्त पर चल रही थीं, उन कुछ रेल लाइनों पर, जहाँ ट्रेनें अभी भी चल रही थीं। निर्यात खस्ताहाल था; कारीगरों, हर तरह के कुशल कारीगरों और प्रशासकों की कमी हो गई थी, मगर यह बेशक मुल्क की बेतरतीब हालत के चलते हुए था। फौजी नियंत्रण में, बैंकों ने अपने लाभांश का भुगतान रोक लिया था; दुकानों में नहीं के बराबर खाद्य पदार्थ थे; उसने ऐसी खबरें सुनी थीं कि लोग भूख से मर रहे हैं। मगर बलूचिस्तान में इससे भी बुरा हाल था। प्रेसिडेंट याह्या ख़ान को जा रही उसकी रपटें लगातार आशावादी थीं।

हमले के ठीक एक महीने बाद जेनरल को अपनी डेस्क पर प्रेसिडेंट याह्या ख़ान का एक डीकोडेड तार मिला, जिस पर 'बेहद ज़रूरी, सिर्फ गवर्नर के लिए' लिखा हुआ था। तार ने उसे नाराज कर दिया, क्योंकि इसमें फौजी साझेदारी और समझदारी की कमी दिखाई पड़ती थी। तार में लिखा था :

पूर्वी पाकिस्तान पर काबू पाने में तुम्हारी समझ से कितना वक्त लगेगा, तुरंत

बताओ विराम दूसरे सूत्रों से हासिल सूचनाओं की रोशनी में 98.2 फीसदी मुल्क में असरदार फौजी हुकूमत आँकड़ा कबूल नहीं विराम हथियारबंद बंगालियों के आवारा गिरोहों को खुलकर काम करने की इजाजत क्यों विराम भारत के खिलाफ दीर्घावधिक अभियान शुरू करने के पहले मुझे पूर्वी इलाके में पूरा अमन चाहिए विराम हताहतों की फेहरिस्त बीमे के आँकड़ों से तुलना पर गलत लगती है विराम कृपया इस पर अपना पूरा ध्यान दो * * * याहूया ख़ान।

लेफ्टिनेंट जेनरल टिक्का ख़ान इस तार से चिड़चिड़ा-सा गया और उसकी यह चिड़चिड़ाहट और बढ़ गई जब उसने पूरा तार पढ़ने के बाद पाया कि उसकी मेज पर एक छोटा सा टेलीग्राम पड़ा हुआ है। इसमें लिखा था :

24/4/71 को गए मेरे पिछले तार का जवाब क्यों नहीं मिला विराम तुरंत जवाब चाहिए * * * याहूया ख़ान।

उसकी समझ में आया कि उसे बहुत तेजी से काम करना होगा और एक कायदे का जवाब तैयार करने में अपने सलाहकारों की मदद की जरूरत पड़ेगी।

जेनरल स्टाफ के ऐतिहासिक और सांख्यिकीय विभाग का प्रमुख मेजर इक़बाल सईद, बदकिस्मती से अभी छावनी के अपने दफ्तर में था और उसे महल में आने में कुछ वक्त लग जाता। मगर उसके चीफ आफ स्टाफ, मुख्य योजना अफसर, शहरी मामलात के प्रमुख अफसर और ढाका गैरीसन की कमान सँभालने वाला अफसर, सभी महल में ही थे और उन्हें तुरंत बुलाया जा सकता था। जो सवाल उसके दिमाग पर बहुत भारी पड़ रहा था वह यह कि क्या उसे उन्हें याहूया ख़ान का तार दिखाना चाहिए और बताना चाहिए कि वह राष्ट्रपति के इल्जामों का जवाब देने के लिए उनकी मदद लेने की सोच रहा है, या उसे तार को गोपनीय रखने और मेहनत से खुद ही जवाब लिखने की कोशिश करनी चाहिए। साफ तौर पर ढाका के ऐतिहासिक और सांख्यिकीय विभाग द्वारा राष्ट्रपति के दफ्तर की ओर बहाई जा रही आँकड़ों की धारा से राष्ट्रपति नाखुश थे, और इसके लिए कुछ करना पड़ेगा। उतने ही साफ तौर पर दो जवाब होंगे--एक, 'आपके ताजा तार की मार्फत उठाए गए बड़े सवालों' पर विचार करने के लिए थोड़ा और वक्त माँगने की गुजारिश करता हुआ, और दूसरा एहतियात के साथ भेजा गया तार्किक जवाब।

जेनरल को चेहरा अचानक खिंच जाने की बीमारी थी। लंबे या छोटे अंतरालों पर उसकी आँख के आसपास का इलाका सिकुड़ने लगता था, इसकी पहले से कोई चेतावनी नहीं मिलती थी, यह हमला चार या पाँच सेकेंड टिकता था और कभी-कभी इसके तुरंत बाद ज्यादा बड़ा खिंचाव शुरू हो जाता था। जेनरल को अहसास था कि ऐसे मौकों पर वह बहुत ही खौफनाक दिखता है, क्योंकि एक बार, इन खिंचावों से गुजरते हुए, उसने हजामत वाले आईने में खुद पर एक निगाह डाल ली थी। काले शीशों की यही वजह थी।

हालाँकि चेहरे का यह खिंचाव बिना चेतावनी के आता था, पर वह उन अवसरों

पर ज्यादा जल्दी आता था जब वह गहरे स्नायविक तनाव से गुजर रहा होता। तार छक्के छुड़ाने वाला था और उसका चेहरा-मोहरा अचानक बेकाबू ऐंठनों में ढेर हो गया। अपनी मेज से उठकर उसने कमरे में चहलकदमी शुरू कर दी। अपने प्रमुख सलाहकार कर्नल अब्दुल्ला मेहदी से उसका राज छुपा हुआ नहीं था, और उसने उस लंबे सख्त शख्स के आगे अपना दिल खोलकर रख दिया जिसके पास अपने कमांडिंग जेनरल का वफादार खादिम होने के सिवा कोई दूसरा खयाल नजर नहीं आता था।

"इसका मतलब यह है कि जो आँकड़े हम भेज रहे हैं, उन पर याह्या ख़ान को यकीन नहीं है। मुझे याद नहीं आता कि मैंने सीधी फौजी हुकूमत के तहत मुल्क का 98.2 फीसदी हिस्सा होने का दावा किया है, मगर मैं यह दावा करता हूँ कि मारे जाने वालों की संख्या को लेकर हम पूरी तरह ईमानदार रहे हैं। मैं खरेपन के मामले में अड़ियल रहा हूँ। तुम समझ सकते हो, मैं कमबख्त लाशों की गिनती करता नहीं घूमता, मैं सब कुछ के लिए जिम्मेदार नहीं हो सकता। यह देखना सांख्यिकी वालों का काम है कि मरने वालों की तादाद वे कायदे से दें। भाड़ में जाए यह, मेरा काम सरकार चलाना है, आँकड़ों में हेर-फेर करना नहीं।"

"मैं समझता हूँ सर," कर्नल ने अपनी सबसे मीठी आवाज में कहा।

"अब मैं क्या करूँ ?"

"मेरा खयाल है सर, राष्ट्रपति के तार का जवाब देना सबसे जरूरी काम है।"

"वह तो साफ है, मगर मैं कहूँ क्या ?"

"मेरा खयाल है, आपको चीफ आफ स्टाफ के साथ इस मामले पर चर्चा करनी चाहिए।"

"जब आँकड़ों की बात आती है, इस कमबख्त को सिर-पैर कुछ पता नहीं चलता। नहीं, मेरा खयाल है, यह काम हमें खुद ही करना होगा। मैं चाहता हूँ मेहदी कि तुम एक तार तैयार करो जिसमें कुछ ही घंटों के भीतर एक ब्योरेवार जवाब भेजने का वायदा हो। इससे वह कुछ वक्त के लिए शांत रहेगा। इसके बाद ही मेरा खयाल है हमें चीफ आफ स्टाफ से इस मामले पर चर्चा करनी चाहिए। इसलिए अच्छे आदमी की तरह एक तार लिखो जिससे अपना प्यारा बूढ़ा याह्या ख़ान खुश हो जाएगा। उसे बताओ कि यह बहुत ही संजीदा मसला है—इस पर गहरा विचार-विमर्श चाहिए—कि हम सब उसके साथ हैं—बेशक—उसे खुश कर दो। तुम समझ रहे हो ! मैं नहीं समझता कि उसने यह तार लिखा है—यह उसका अंदाज कतई नहीं है—मगर मेरे और तुम्हारे बीच हमें यह दिखावा करना होगा कि यह सीधे वहीं से आया है, समझे ?"

"हाँ, सर, मैं पूरी तरह समझ गया।"

"तो ठीक है, काम में लग जाओ प्यारे। जितनी जल्दी मुमकिन हो, मुझे एक प्रारूप बनाकर दे दो।"

कर्नल के जाने के बाद जेनरल ने एक बार फिर तार का मुआयना किया। जो चीज खासतौर पर उसे परेशान कर रही थी, वह यह कि इस्लामाबाद में प्रेसिडेंट के दफ्तर

में कोई है जो मारे गए लोगों की संख्या की जाँच कर रहा है। यह मुश्किल नहीं था। पाकिस्तानी फौजियों की लाशें दफनाए जाने के लिए पश्चिमी पाकिस्तान लाई जा रही थीं, नेताओं को बीमे की इकट्ठा राशि के साथ मुआवजे का भुगतान किया जा रहा था। साफतौर पर यह हुआ था कि पाकिस्तान पहुँचने वाली लाशों की संख्या मरने वालों की घोषित संख्या से मेल नहीं खा रही थी। कहीं कोई चूक हो रही थी। सांख्यिकी और ऐतिहासिक विभाग बदमाशी की हद तक लापरवाह था, और वे अफसर भी, जिन्होंने मारे गए जवानों की संख्या की रिपोर्ट की थी। जेनरल ने टेलीफोन उठाया और मेजर इक़बाल सईद को फोन किया, बताते हुए कि उसे महल में तुरंत आना है और अपने साथ हमला शुरू होने के बाद से मरने वालों का सारा रेकार्ड लाना है। मेजर ने समझा कि जेनरल को मरने वाले बंगालियों से जुड़े दस्तावेज चाहिए और वह गलत आँकड़े उठा लाया।

इसी बीच याह्या ख़ान के तार में एक वाक्य था जो अलग से खौफनाक ढंग से खड़ा था। पूर्वी पाकिस्तान पर काबू पाने में तुम्हारी समझ में कितना वक्त लगेगा, तुरंत बताओ। यही मूल चीज थी, और इसका जवाब दिया जाना था। मगर जेनरल ने कभी यह नहीं समझा था कि बंगालियों पर काबू पाने का काम एक दिए हुए वक्त में करना है। उसे याद था, उसने राष्ट्रपति को कहा था कि यह काम बहत्तर घंटों में खत्म हो जाएगा, या शायद अड़तालीस घंटों में–इससे ज्यादा वक्त की कल्पना उसने की थी, उसे याद नहीं था। मगर वाकई चीजें बदल गई थीं। बंगालियों की बगावत उग्र थी, वे पुलों को, बिजली के तारों को और रेल की पटरियों को उड़ा रहे थे, वे फौज बना रहे थे, और जैसे-जैसे उसकी फौज देहातों में पसर रही थी, वे बड़ी संख्या में मारे जा रहे थे। बंगालियों के मरने की संख्या हर रोज बढ़ रही थी। नाखुश करने वाली बात यह थी कि पाकिस्तानियों की भी। यह भी एक मामला था जिस पर यह तय करते हुए ध्यान दिया जाना था कि वह बंगालियों के साथ जंग लड़ रहा था या महज उन पर काबू पा रहा था।

कर्नल अब्दुल्ला मेहदी ने एक संतोषजनक तार तैयार किया था, जो चापलूसी, मिजाजपुर्सी और पछतावे से भरा हुआ था। वह इन शब्दों के साथ खतम होता था, **“आपके मौजूँ सवालों का सही-सही जवाब देने में दिन का हर लम्हा लगा रहा हूँ।”** उसे ‘मौजूँ’ और ‘सही-सही’ पसंद आए।

“असली मसला, अगर मुझे अपनी राय रखने की इजाजत दी जाए, पहले सवाल पर प्रेसिडेंट को संतुष्ट करने का है,” कर्नल ने कहा, “मुझे यकीन है, बाकी चीजें उनके लिए कम अहमियत रखती हैं।”

“बिलकुल।”

“मेरी राय में हम आला अफसरों को बुलाएँ और उनसे दो-टूक पूछें कि उनकी राय में मुल्क पर काबू पाने में कितना वक्त लग जाएगा। मेरा खयाल है सर, कि इस तरह हम किसी आम राय तक पहुँचने में कामयाब हो सकते हैं।”

"बहुत ठीक, मेहदी। नायाब खयाल है। हम उन्हें कागज का एक टुकड़ा देंगे, पाँच मिनट सोचने का वक्त देंगे, और मुल्क पर काबू पाने में उनके हिसाब से कितना वक्त लगना चाहिए, यह लिखवाएँगे। मैं उनके सामने उस तरह सवाल नहीं रखूँगा, जिन शब्दों में प्रेसिडेंट ने रखे हैं। यह कुछ ज्यादा ही उजागर करने वाला होगा। मैं उनसे कहूँगा, 'सज्जनो, हम इन गरीब बंगाली खटमलों को महीने भर से कुचल रहे हैं, और मैं आपसे पूछ रहा हूँ, हर आदमी से अलग-अलग, कि हमें कितने वक्त तक और इनका यह इलाज करते रहना होगा। कुछ ऐसा ही, क्यों !"

"अगर गुस्ताखी माफ हो सर, मैं इसे कुछ और कायदे से पेश करना चाहूँगा।"

"ठीक है। कैसे करोगे ?"

"कुछ इस तरह। 'दोस्तो, इस शांति अभियान में आपको और कितना वक्त लगने की उम्मीद है और आपकी उम्मीद की बिना क्या है ?' "

"बिलकुल ठीक, यही मैं करूँगा।"

जब पहले तार को संकेतों में बदला और इस्लामाबाद भेजा जा रहा था, महल में मौजूद सीनियर अफसरों को लेफ्टिनेंट जेनरल टिक्का ख़ान के दफ्तर में एक कान्फ्रेंस में आने का हुक्म दिया गया। लगभग बीस अफसर, उनमें से ज्यादातर जेनरल स्टाफ का लाल फीता लगाए हुए थे, पहुँचे और जेनरल की मेज के आगे अर्द्धवृत्ताकार होकर बैठ गए। चूँकि वह उन्हें दफ्तर में बहुत कम बुलाता था, निश्चित रूप से उसके पास कहने की कोई बेहद महत्त्वपूर्ण बात थी, और वे कायदे से उसकी ओर ध्यान और उम्मीद लगाए हुए थे। जेनरल ने अपने काले शीशों की मार्फत उन पर निगाह डाली और कहा, "एक सवाल है जिस पर मैं काफी वक्त से विचार करता रहा हूँ और जिसका हम सब पर खासा असर पड़ रहा है। हमने एक शांति अभियान शुरू किया था, जो वास्तव में हम पर थोपा गया था, और सवाल उठता है—यह सब कितना लंबा चलने वाला है। दोस्तो, मुझे पता है आप सबने इस सवाल पर विचार किया है, और मैं आपका आकलन जानना चाहता हूँ। मैं चाहता हूँ आप मुझे बताएँ कि आपके हिसाब से पूर्वी पाकिस्तान पर काबू पाने में कितना वक्त लग सकता है और आपके हिसाब की बुनियाद क्या है। मेरे पास कुछ परचे हैं। मैं चाहता हूँ आप इस पर महीने या साल लिखें जो इसमें लगेंगे, अपनी वजह जोड़ें और मुझे लौटा दें। आपसे बस मैं इतना ही चाहता हूँ दोस्तो !"

हालाँकि जेनरल ने उस तार का जिक्र नहीं किया जो उसे प्रेसिडेंट याह्या ख़ान से मिला था, यह जताने की कोशिश करते हुए कि यह उसका अपना खयाल है, मगर किसी भी अफसर को प्रेसिडेंट याह्या ख़ान का छुपा हुआ हाथ पहचानने में कोई मुश्किल नहीं हुई, और वे खामोशी से ही, आपस में ऐसा जवाब देने को राजी हो गए जिससे प्रेसिडेंट खुश हों। उन्होंने परचे लिए, उनका मुआयना किया, और अपना-अपना झुंड बनाकर, जल्दी-जल्दी फुसफुसाने लगे, इस उम्मीद में कि उन लोगों में उस संख्या को लेकर आम राय बन जाएगी जिसमें उनकी वफादारी और होशियारी का मुजाहिरा करने की क्षमता हो।

"नहीं दोस्तो, बातचीत नहीं, प्लीज," जेनरल कह रहा था। 'चोरी नहीं ! सब अपना काम खुद करेंगे ! मैं चाहता हूँ, आप इस सवाल पर संजीदगी से विचार करें, क्योंकि बहुत कुछ इस पर निर्भर हो सकता है। मैं उन जेनरलों में नहीं हूँ जो मनमाने फैसले लेते हैं। मैं अपने स्टाफ की होशियारी और निर्णय क्षमता पर भरोसा करता हूँ। इस लिए मैं चाहता हूँ आप अपना जवाब साफ-साफ लिखें, उस पर दस्तखत करें और फिर मुझे दे दें। सबसे पहले वक्त का हिसाब, फिर आपकी वजह, फिर आपका दस्तखत। मैं इस पर सोचने के लिए आपको पाँच मिनट दूँगा !"

"हमारे प्यारे टिक्का !" किसी ने जोर से गाया, और जेनरल कुबूल करने के ढंग से अपने उन अफसरों पर मुस्कुराया, जो उसे इतना चाहते थे, मुल्क के लिए इतने समर्पित थे, इनसानी रहम और समझदारी के अमृत से इतने भरे-पूरे थे।

"आप सबसे बेहतर लोग हैं, जिनके साथ मैंने काम किया है," उसने जोर से कहा।

"हमारे प्यारे टिक्का !" किसी दूसरी आवाज ने गाया और जेनरल ने फुसफुसाकर कर्नल मेहदी से इन अच्छे लोगों के लिए कुछ ड्रिंक तैयार रखने को कहा, जो जल्दी ही उसकी मुश्किलों का हल लेकर आएँगे।

मगर मुश्किल इतनी आसान नहीं थी, और अपने तमगों की कतार और अपने चमचमाते लाल फीतों से सजे-सँवरे अफसरों ने इसे खौफनाक ढंग से मुश्किल पाया, क्योंकि उन्हें पता नहीं था कि उनसे किस तरह के जवाब की उम्मीद की जा रही है। वे फुसफुसा रहे थे, अँगुलियों से इशारा कर रहे थे, शब्दों के अनुसार मुँह चला रहे थे, बुरी तरह जानना चाह रहे थे कि हर दूसरा आदमी क्या सोच रहा है। उनकी फुसफुसाहटें इतनी ऊँची हो गईं कि जेनरल को अपनी बेंत मेज पर ठकठकानी पड़ी और उनकी फुसफुसाहटों की आवाज के ऊपर बोलना पड़ा, "सुनिए, सुनिए, मैंने आपको फुसफुसाने को मना किया है। आत्मनिर्भर होइए साथियो, आपमें से हर एक को खुद ही मुश्किल के बारे में सोचना है !"

समस्या जटिल थी, क्योंकि इसका कोई हल नहीं था। अपने सरलतम रूप में इस सवाल को दुबारा कहा जा सकता था, "साढ़े सात करोड़ बंगालियों को फौजी तानाशाही के आगे घुटने टेकवाने में कितना वक्त लगेगा ?" उसके बाद दूसरा साधारण सा सवाल आता था, "बाकी को आत्मसमर्पण करवाने के पहले कितने लोगों को जान देनी होगी ?" आखिर में एक तीसरा सवाल था, "उन लोगों को मारने में कितना वक्त लगेगा जिन्हें हर हाल में मारा जाना है ?" जबकि अफसर विचार ही कर रहे थे, ऐतिहासिक और सांख्यिकीय विभाग का प्रमुख मेजर इक़बाल सईद भूरे कागज के एक विशाल फोल्डर के साथ पहुँचा, जिसमें 'दुश्मनों की मौतों' का सांख्यिकीय विश्लेषण दर्ज था। 25 मार्च, 1971 से 24 अप्रैल, 1971 तक कुल जमा 2,047 मौतें दर्ज हुई थीं जिसमें ढाका से सिर्फ 302 मौतें दर्ज की गई थीं। सबसे ज्यादा मौतें उत्तर में राजशाही में, और दक्षिण में चिटगौंग में हुई थीं। मेजर सईद को पूरा अहसास था कि आँकड़े ज्यादातर काल्पनिक हैं क्योंकि किसी ने सही आँकड़े बताने की जहमत मोल नहीं ली थी। उसने

एक दिलचस्प नोट जोड़ रखा था, "कत्लेआम की मौजूदा दर से बीस लाख बंगालियों को मारने में अस्सी साल लगेंगे। सवाल पूछा जा सकता है कि इस अभियान की लागत के औचित्य के लिहाज से क्या कत्लेआम की दर संतोषजनक है। एक और सवाल मैदान में हमारे अफसरों द्वारा दिए गए आँकड़े की विश्वसनीयता के बारे में पूछा जा सकता है।"

जेनरल पूर्वी पाकिस्तान में दुश्मनों की मौतों से जुड़े मेजर सईद के सांख्यिकीय विश्लेषण के पन्ने पलट रहा था कि उसे याद आया कि उसने अपने अफसरों को एक समस्या दी है जो उन्होंने अभी तक हल नहीं की है। उस विशाल आयताकार कमरे में शांति का साम्राज्य था; खुली खिड़की की मार्फत आ रही हवा में नीले परदे फड़फड़ा रहे थे; और अफसर आसपास खड़े थे या बेंचों और आरामकुर्सियों पर बैठे थे, उनके सिर विचारपूर्वक झुके हुए थे, उनकी भौंहों पर शिकन थी, और हैरतअंगेज ढंग से बड़ी संख्या में अफसरों के होठों पर उनकी पेंसिलें लगी हुई थीं। वे समस्या के आखिरी हल, हकीकत के लम्हे के करीब आ रहे थे। कभी-कभार ही उनकी फुसफुसाहट सुनाई पड़ती थी।

"याद रखो, कोई फुसफुसाहट नहीं दोस्तो !" जेनरल ने झिड़कते हुए कहा।

उसने अपनी घड़ी पर निगाह डाली। वह उन्हें समस्या हल करने के लिए लगभग चौथाई घंटा दे चुका था। निश्चय ही, यह बहुत लंबा था ! उसे अचरज हुआ कि उनके साथ क्या गड़बड़ी है, क्यों वे इतना अहमकाना बरताव कर रहे हैं। निश्चय ही वे चौथाई घंटे के भीतर एक समझदारी भरे अनुमान तक पहुँच सकते थे।

"ठीक है, नौजवानो, अब अपने परचे मुझे दे दो !" जेनरल ने ऊँची, आधिकारिक आवाज में कहा।

अब आखिरकार उसके पास उस सवाल का जवाब हो गया था जो उसे परेशान कर रहा था। यह बहुत ही आसान था। वह अपने पास आए आँकड़ों का औसत निकालेगा और ऐलान कर देगा कि यह उसके स्टाफ के सभी आला अफसरों की आम राय है। मगर आखिरी लम्हे में कुछ पूरी तरह अप्रत्याशित हुआ। कमरे के दूसरे सिरे से एक आवाज कह रही थी, "सर, सर, पूरे अदब के साथ, सर, क्या हमें पाँच मिनट और मिल सकते हैं ?"

"हैरतनाक !" कर्नल मेहदी की तरफ मुड़कर जेनरल ने कहा।

"नहीं, सर। यह उनके लिए बहुत मुश्किल सवाल है सर !"

"वाहियात ! उनके पास दिमाग है। नहीं है ? वे इतने आसान सवाल का जवाब क्यों नहीं दे सकते ?"

"वे कहते हैं उन्हें भविष्यवाणी की नियामत नहीं मिली है..."

"मैं भविष्यवाणी नहीं चाहता। एक समझदारी-भरा हिसाब काफी है। इसका मतलब यह है। इन नाशुकरे बंगालियों से हमारा पीछा छूटने में कितना वक्त लगेगा ? उनके पास कोई लीडरशिप नहीं है, अनुशासन नहीं है, और नहीं के बराबर हथियार

हैं। आदमी पर आदमी भी हम उनसे बीस गुना बेहतर हैं। हम उन खटमलों के साथ जो चाहें, कर सकते हैं, नहीं कर सकते हैं ?"

"हाँ, सर ।"

जेनरल ने कहा, "ठीक है नौजवानो, तुम पाँच मिनट और ले सकते हो। इससे ज्यादा एक लम्हा भी नहीं।"

उसने अपनी घड़ी पर निगाह जमाए रखी। मिनट का काँटा हैरतनाक मद्धिम रफ़्तार से घूम रहा था, और जब तक पाँच मिनट बीते, उसके सब्र का प्याला छलकने लगा था।

"ठीक है, अब दे दो मुझे !"

हालाँकि कर्नल मेहदी और मेजर सईद, कौतूहल के साथ परचों पर एक निगाह डालने का एक मौका तलाशते हुए जेनरल के आसपास मँडरा रहे थे, जेनरल ने उन्हें अपनी छाती से लगा रखा था और किसी और को देखने नहीं दिया। और जैसे वह एक परचे से दूसरे परचे की तरफ बढ़ रहा था, और किसी आम राय तक पहुँचने की कोशिश कर रहा था, वह आगबबूला होता गया। वे सब इतने अलग अलग आँकड़ों के साथ सामने आए थे कि उनके बीच कोई औसत निकालना पूरी तरह नामुमकिन था। एक अफसर ने लिखा, "एक महीना।" दूसरे ने लिखा, "तीन महीने।" दो अफसरों ने लिखा, "नौ महीने।" एक ने लिखा, "एक साल।" बाकी ने लिखा, "दस साल।" उनकी व्याख्याएँ भी इतनी ही तरह-तरह की थीं। "क्योंकि उनका दिमाग सही करने में इतना ही वक्त लगेगा," उस अफसर ने लिखा जो मानता था कि बंगालियों पर काबू पाने में दस साल लगेंगे। जिस अफसर ने लिखा था, "तीन महीने," उसने गोपनीय ढंग से लिखा था, "रणनीतिक आकलन।" और इसी तरह सारा था। एक भी अफसर ने वास्तव में समस्या का विश्लेषण नहीं किया था, और न ही कोई समझदारी-भरे नतीजे तक पहुँचा था।

"ठीक है दोस्तो," सारे परचे पढ़ लेने के बाद, जेनरल ने कहा, "मुझे लगता है, आपमें से किसी को भी जरा सा अंदाजा नहीं है कि शांति-अभियान का यह दौर कब खत्म होगा। आपने इसके बारे में सोचा ही नहीं है, अपना दिमाग लगाया ही नहीं है। मुझे आप सबसे निराशा हुई है ! अब आप जा सकते हैं।"

कर्नल मेहदी, मेजर सईद और राव फ़रमान अली जेनरल को दिलासा देने के लिए रुक गए, जिसने दिलासा लेने से इनकार कर दिया। उसका दिमाग बिलकुल फट पड़ने के कगार पर था। उसने कड़वाहट से कहा, "मैं इनसे कुछ बेहतर की उम्मीद करता था ! अहमक हैं सब के सब !"

"हम फौजी हैं," जेनरल राव फ़रमान अली ने कहा, "आप हमें एक सियासी आकलन करने को कह रहे थे।" उसने नरमी से कहा, "यह एक ईमानदार प्रयोग था और आपने इसे काबिले-तारीफ तरीके से अंजाम दिया।"

"हाँ, और उन्होंने सारे प्रयोग को मिट्टी में मिला दिया ! बेवकूफों का हुजूम ! जहाँ

तक तुम्हारी बात है राव, मैं इतना ही कह सकता हूँ कि दस साल का तुम्हारा आकलन तुम्हारे सब्र की ही गवाही देता है। दस साल ! क्या तुम्हें वाकई यकीन है कि दस साल के वक्त तक हम यहाँ रह लेंगे ?"

"अगर हमने अपने पत्ते अच्छी तरह चले, हम यहाँ जब तक चाहें, तब तक रह सकते हैं," जेनरल राव फ़रमान अली ने कहा, "आखिरकार एक मुल्क के इतिहास में दस साल कोई लंबा वक्त नहीं है।"

"हमारे मुल्क के इतिहास में यह लंबा समय है," जेनरल ने टिप्पणी की।

बाकी सारे दिन, वह प्रेसिडेंट याह्या ख़ान को भेजे जाने वाले तार का मजमून बनाने की कोशिश करते हुए, मेजर सईद और कर्नल मेहदी के साथ बैठा रहा। तार का सबसे मुश्किल हिस्सा पहला ही वाक्य था, **"पूर्वी पाकिस्तान पर काबू पाने में तुम्हारी समझ से कितना वक्त लगेगा, तुरंत बताओ।"** उन्होंने प्रेसिडेंट के इरादों की कुछ थाह पाने की उम्मीद में उनके भाषण पढ़े। दोपहर को चार बजे के आसपास, एक जवाब के छह अलग-अलग मजमून तैयार करने के बाद, उन्होंने नतीजा निकाला कि तार का मतलब वाकई वही है जो उसमें लिखा हुआ है–प्रेसिडेंट को वक्त का अंदाजा जेनरल टिक्का ख़ान से चाहिए, किसी और से नहीं। उसने तय किया कि दो साल एक सुरक्षित समय है; इतने वक्त तक वह फौजी गवर्नर और चीफ मार्शल लॉ प्रशासक बने रहने का मजा ले लेगा। साफ तौर पर, मुल्क का 98.2 फीसदी हिस्सा असरदार फौजी नियंत्रण में नहीं था और इस आँकड़े को सुधार कर नीचे लाते हुए 92 फीसदी कर दिया गया। जहाँ तक हथियारबंद बंगाली गुरिल्लों का सवाल है, वे लुटेरों के असंगठित गिरोह से कुछ ही ज्यादा हैं जिन्हें बहुत संजीदगी से लेने की जरूरत नहीं है। अगर पाकिस्तान भेजी गई लाशों के आँकड़े बीमे के आँकड़ों से पूरी तरह मेल नहीं खाते तो इसलिए कि हालात अभी भी बदल रहे हैं और ज्यादा सही आँकड़ों की उम्मीद आने वाले दिनों में की जा सकती है। तार के मजमून से जेनरल पूरी तरह संतुष्ट नहीं था और उसने उसे और ज्यादा मुआयने के लिए घर लाने का फैसला किया, इस इरादे के साथ कि वह देर शाम को इसे संकेतित कर इस्लामाबाद के लिए रवाना करवा देगा। ठीक साढ़े पाँच बजे वह गवर्नर के महल से छावनी तक के अपने चार मील के सफर के लिए निकला।

रास्ते चौड़े थे, सड़कों पर बहुत कम आमदरफ्त थी और जेनरल की विशाल काली मर्सीडीज़ बेंज़ पचास मील प्रति घंटा दौड़ रही थी। उजला हेलमेट पहने एक अकेला मोटरसाइकिल सवार हिफाजत के लिए चल रहा था। जेनरल कार की पिछली सीट पर मेजर इक़बाल सईद और कर्नल अब्दुल्ला मेहदी के साथ बैठा हुआ था, जिनके साथ तार के बिलकुल सही मजमून पर कुछ और घंटों तक बात की जा सकती थी। मगर वे सफर के दौरान बात नहीं कर रहे थे; जेनरल अपने खयालों में डूबा हुआ था। मुश्किल सवाल उसे बुरी तरह खिन्न करते थे और जिंदगी में पहली बार प्रेसिडेंट याह्या ख़ान को लेकर वह नाराजगी महसूस कर रहा था। यह तथ्य भी उसे खिन्न कर रहा था कि

वक्त बीता जा रहा है और जल्दी ही उसे इस्लामाबाद तार भेजना है।

छावनी के लंबे रास्ते की आधी दूरी पर दो जीपें चक्कर काट रही थीं। एक कैद किए गए फौजी की वर्दी में बूढ़ा जीप चला रहा था, जबकि फ़ैज़ुल हक़ दूसरी जीप चला रहा था। बूढ़ा अपनी जीप में अकेला था जबकि फ़ैज़ुल हक़ के साथ दो लड़के थे। उन्होंने अपनी योजना बहुत एहतियात से तैयार की थी। बूढ़े को अपनी जीप सीधे गवर्नर की कार के सामने ले आनी थी, जिससे वह रुक जाए या इतनी धीमी हो जाए कि फ़ैज़ुल हक़ अपने हथियारों का भारी-भरकम जखीरा उधर मोड़ सके। जीप पर एक घुमाऊ, उठी हुई लाइट मशीनगन थी, आठ हथगोले थे, चार पेट्रोल बम थे, एक सिग्नल फ्लेअर था और हर लड़के के पास एक रिवॉल्वर और एक पिस्तौल थी। फ़ैज़ुल हक़ के अनुसार जो ब्यौरों में यह सब तैयार करने के लिए मुख्य तौर पर जिम्मेदार था, शायद मर्सीडीज़ बेंज़ वह गोलाबारी नहीं झेल पाएगी, जो उस पर बरसाने की उनकी तैयारी है। मूल तौर पर उसका इरादा था कि उसके लड़कों में कोई एक वह बेहथियार जीप चलाए जिसे गवर्नर की कार से टकराना है, मगर बूढ़ा इज्जत के सवाल पर अड़ गया कि सबसे खतरनाक काम उसी को दिया जाना चाहिए। उसे यकीन था कि आखिरी लम्हे में वह जीप से छलाँग लगाने में कामयाब रहेगा और बच जाएगा।

जब मुख्य जीप चलाते हुए बूढ़े ने उजला हेलमेट पहने एक मोटरसाइकिल सवार को अपनी ओर आता देखा, जिसके पीछे लगभग तीस गज की दूरी पर एक काली लिमोज़ीन थी तो वह अपनी खुशकिस्मती पर यकीन नहीं कर सका। सड़क पर कोई दूसरा ट्रैफिक नहीं था। आसमान बहुत खूबसूरत ढंग से साफ था। वह उजले हेलमेट के नीचे मोटरसाइकिल सवार का चेहरा देख सकता था। दूर, बेतुके ढंग से नीचे उड़ता, एक हवाई जहाज़ लैंड करने के लिए आ रहा था। दोनों जीपें आठ मील प्रति घंटे की रफ्तार से, बिना हिलते-डुलते सरक रही थीं। उजला हेलमेट बगल से गुजर गया। बूढ़े के लिए जीप को लिमोजीन के रास्ते पर टकराने के लिए ले आने और कूद जाने का यही मौका था। लिमोज़ीन को पहचानने में कोई गलती नहीं हुई थी जिस पर आड़ी तलवारों के साथ हरा-पीला पाकिस्तानी झंडा लहरा रहा था। यह ऐसा लगता था मानो टिक्का ख़ान अपनी मौजूदगी को प्रचारित करने का इरादा रखता है, मगर वाकई अक्सर यह संभावना भी होती थी कि यह एक धोखादेह का हो, और यहाँ तक कि जेनरल ने इसमें किसी को घर भेजा हो।

"हुर्रे !" बूढ़ा अपने फेफड़े की पूरी ताकत से चिल्लाया, "जॉय बांग्ला !"

एक लम्हे में उसने जीप लिमोज़ीन की ओर घुमा दी, व्हील को जोर से कसे हुए, और ऐक्सीलरेटर पर दबाव बढ़ाते हुए–उसके पाँव इतने छोटे थे कि वह खड़ा होता लग रहा था।

ठीक टकराने से पहले वह उछला, सीधे एड़ी से ऊपर उठते हुए, लिमोज़ीन के रेडिएटर के पार तैरता हुआ, और सड़क के बगल के एक गड्ढे में गिरा। बाद में उसे खयाल आया कि उसे भौचक्क ड्राइवर की एक झलक मिली थी जब वह सामने से आ

रही जीप से बचने के लिए गाड़ी घुमाने की बेमतलब कोशिश कर रहा था। उसे एक उजला चेहरा, खुला हुआ मुँह, निकली हुई आँखें, और फूली हुई गर्दन पर कसी हुई किसी गहरे कपड़े की बनी वर्दी दिखाई पड़ी।

जब वह हवा में तैर रहा था उसने टकराने की आवाज सुनी। यह एक संतोष देने वाली आवाज थी, एक धमाके की तरह और इसके बाद दूसरी संतोष देने वाली आवाजें भी शुरू हो गईं–फ़ैज़ुल हक़ की हलकी मशीनगन की गड़गड़ाहट, और हथगोलों के धमाके।

सहसा हवा में बारूद और कॉरडाइट की गंध पसर गई थी। बूढ़ा गड्ढे से चढ़ता हुआ बाहर आया और उसने कुछ ऐसा देखा जिससे उसे इतनी खुशी हुई जितनी जीवन में किसी दूसरे नजारे से नहीं हुई होगी। बस बीस गज दूर लिमोज़ीन एक तरफ उलटी हुई थी, खाई में आधी लटकी हुई, और उसकी अपनी हरी जीप उसके अगले हिस्से पर लगी हुई थी, और किसी विशाल काले कीड़े पर झपटती एक भीमकाय टिड्डी की तरह दिख रही थी। लिमोज़ीन के दो चक्के अभी भी घूम रहे थे। लगभग दस फीट से थोड़ी सी ज्यादा दूरी पर फ़ैज़ुल हक़ मर्सीडीज़ बेंज़ के तुड़े-मुड़े ढाँचे पर मशीनगन से गोलियाँ बरसा रहा था जबकि उसके दो साथी जोशो-खरोश के साथ इस पर हथगोले फेंक रहे थे। धमाके पर धमाका हो रहा था। यह अकल्पनीय लग रहा था कि लिमोज़ीन के भीतर कोई भी जिंदा बच सकेगा, और जैसे ही उन्होंने उत्तर से एक कार करीब आती देखी, फ़ैज़ुल हक़ जीप भगाकर फुर्र हो गया। आधा मील दूर जाकर उन्होंने जीप छोड़ दी, सड़क किनारे की एक झोंपड़ी में घुस गए, और जब दुबारा नमूदार हुए तो उन्होंने वर्दियाँ नहीं पहनी हुई थीं। वे कमीज और लुंगी पहने तीन लड़के थे जिन्हें पड़ोस के किन्हीं दूसरे लड़कों से अलग नहीं पहचाना जा सकता था। बूढ़ा खेतों के पार दौड़ गया और तुरंत अपनी वर्दी से निजात पा ली। वह गिरने से बुरी तरह जख्मी हो गया था, मगर खून नहीं बहा था। उन्हें यकीन था कि उन्होंने पूर्वी पाकिस्तान के फौजी गवर्नर को मार डाला है और वे निश्चिंत थे कि उन्होंने उसकी लिमोज़ीन को मुड़े-तुड़े कबाड़ में बदल डाला था।

वास्तव में जेनरल टिक्का ख़ान अभी भी जिंदा था। किस्मत ने जो जिंदगी-भर उसके साथ लगी रही थी, इस बार भी उसे गले लगाया था। जब जीप लिमोज़ीन से टकराई, वह उसके फर्श पर ढेर हो गया और ठीक उसी वक्त ड्राइवर के पीछे लगा बुलेट प्रूफ शीशा उसके ऊपर आ गिरा। टकराहट ने इंजन को अगली सीट पर फेंक दिया था और ड्राइवर का तुरंत देहांत हो गया। मेजर सईद और कर्नल मेहदी गोलियों से छलनी पाए गए। लिमोज़ीन के भीतर साफ तौर पर हथगोले के एक धमाके से उनका चेहरा कुचलकर लुगदी बन गया था। जब दस मिनट बाद जेनरल टिक्का ख़ान को मलबे से निकाला गया, हर किसी को अचरज में डालते हुए पाया गया कि वह अभी भी साँस ले रहा था। वह बेहोश था, उसके पेट में गोली लगी थी, लेकिन उसे अन्यथा चोट नहीं पहुँची थी। उसे छावनी के अस्पताल में पहुँचाया गया और उसे कत्ल करने की कोशिश

के एक ही घंटे के भीतर उसका इमरजेंसी ऑपरेशन किया गया। वह अगली सुबह जागा और उसने एक कड़ी व्हिस्की की माँग की।

वह एक बुरा मरीज था और उसे पूरी तरह उनींदा रखा जाना था। उसकी देखभाल करने वाली नर्सें उसकी स्नायविक सिकुड़न से खौफजदा थीं और उन्होंने उसे काले शीशे पहनने की इजाजत दे दी थी। उससे पूछताछ करने वाली पुलिस को कुछ पता नहीं चला, क्योंकि वह कुछ याद नहीं कर सकता था। लिमोज़ीन को हुए नुकसान से फौजी पुलिस परेशान थी; उसने पचास गोलियों के छेद गिने और कम से कम दस हथगोले छत पर, बगल में और निचले हिस्सों में फटे थे; और उन्हें हादसों की वह कड़ी जोड़ना मुश्किल हो रहा था जिसमें लिमोज़ीन को कचरे में बदल दिया गया था और जेनरल को जिंदा छोड़ दिया गया था। शुरू में उन्होंने संजीदगी से यकीन कर लिया कि पाकिस्तानी फौज के जवानों ने उस पर हमला कर दिया होगा। उन्हें खासतौर पर जीप से मिले एकमात्र हथियार ने ज्यादा उलझन में डाला—लाल गुलाबों की डिजाइन वाला एक थर्मस फ्लास्क, जिसमें गैसोलीन भरा था और एक बाती लगी हुई थी। बूढ़े का इरादा लिमोज़ीन पर अपना पेट्रोल बम फेंकने का भी था, मगर वह इसके बारे में भूल गया था।

जेनरल को चंगा होने की ताकत खासतौर पर मिली हुई थी और तीन दिनों के भीतर डॉक्टरों ने ऐलान किया कि वह खतरे से बाहर है। उसे इस डर से उनींदी हालत में रखा गया था कि वह अस्पताल से निकल आएगा और गवर्नर के महल जाने के लिए एक लिमोज़ीन मँगवाएगा। कभी-कभी उनींदी हालत में वह कल्पना करता कि वह एक लंबे जुलूस के आगे मार्च कर रहा है, हवा में अपनी रुपहली छड़ी उछालता और उसे आसानी से लपकता हुआ। यह गर्मी का दिन था। फौजी संगीत बजाया जा रहा था, घोड़े पिछले पाँवों पर कूद रहे थे, इंद्रधनुषी रंग की पगडंडियाँ चमक रही थीं, अपनी सुनहरी और चमचमाती लाल मूठों से तलवारें खींची जा रही थीं और धूप में झिलमिला रही थीं। तमाशबीनों की भी एक दीर्घा थी, मगर वह इस दीर्घा में उस महान हस्ती को नहीं देख पा रहा था। शायद वह खुदा था, शायद याह्या ख़ान था। मानो बहुत लंबी दूरी से उस तक परेशान करने वाले तार की याद आ गई। वह क्या था ? याह्या ख़ान ने उसे कुछ आँकड़े भेजने को कहा था, मगर वह कुछ याद नहीं कर पा रहा था।

उस पर हुए जानलेवा हमले के एक हफ्ते बाद जेनरल राव फ़रमान अली फूल लेकर उसे देखने आया।

"आप बहुत अच्छे लग रहे हैं टिक्का ! बहुत ही तेजी से सुधरी है सेहत आपकी। जल्दी ही आप उठ खड़े होंगे ! हमारे पास आपको बधाई देते तारों का अंबार लगा हुआ है..."

"कमबख्त किस बात के लिए मुझे बधाई दी जा रही है ? पेट में गोली खाने के लिए ?"

"फर्ज के प्रति आपकी वफादारी, सर। आपकी हिम्मत, मुसीबत के बीच आपका काबिले-मिसाल सब्र। हम सब खुदा के शुक्रगुजार हैं कि उसने आपको बचा लिया !"

"मुसीबत के बीच मेरे काबिले-मिसाल सब्र का क्या मतलब है ? अगर तुम मेरी कार पर हुए हमले की बात कर रहे हो, मुझे कुछ भी याद नहीं है। मुझे नहीं पता, क्या हुआ था। मुझे बताया गया है कि मुझ पर पाकिस्तानी वर्दी में छोकरों ने हमला किया, और बेचारे अब्दुल्ला और इक़बाल मारे गए। बस यही उन्होंने मुझे बताया है।"

"ड्राइवर भी मारा गया है।"

"बेचारा। तीन साल से मेरी गाड़ी चला रहा था। सात बच्चे थे। कभी पीता नहीं था। कुत्ते की तरह मेरे पीछे रहता था। बहुत बढ़िया आदमी था।"

"हम सब उसके बारे में अच्छी राय रखते थे।"

"मुझे जानकर अच्छा लगा। एक ड्राइवर एक कुत्ते की जिंदगी जीता है। बस पुकारे जाने के लिए इंतजार करना। क्या तुम्हें यह काम अच्छा लगता है राव ?"

"कतई नहीं।"

"मुझे भी नहीं। मुझे लोगों पर निर्भर रहने से नफरत है। अब मैं डॉक्टर पर निर्भर हूँ। मैं इस सड़े हुए अस्पताल में पड़ा हुआ हूँ और डॉक्टर बताता है, मुझे क्या करना है, और जब डॉक्टर चला जाता है, नर्सें बताती हैं। अगर तुम्हें वही करना है जो वे बताते हैं तो मुख्य मार्शल लॉ प्रशासक और गवर्नर होने का क्या मतलब हुआ ? तुम्हें बताते हुए मुझे बुरा नहीं लग रहा है यार, कि मैं सड़ गया महसूस करता हूँ। वे मुझे बताते हैं कि कुछ दिनों में वे मुझे रावलपिंडी भेजने जा रहे हैं और मैं दो महीने की बीमारी की छुट्टी पर डाल दिया जाऊँगा। क्या उन्होंने उन लड़कों को पकड़ लिया है, जिन्होंने यह किया ?"

"नहीं सर, मगर हम उन्हें पकड़ लेंगे !"

"जल्दी !"

"क्या कहा सर ?"

"जल्दी ! हम उन्हें जल्दी पकड़ेंगे। मुझे ऐसे गंदे कीड़ों के बचे रहने के खयाल से नफरत है।"

हालाँकि उसने लगाव और फिक्र के कायदे के जज्बात जाहिर किए, जेनरल राव फ़रमान अली इस खबर से फूला नहीं समा रहा था कि यह जख्मी शख्स जल्दी ही बीमारी की छुट्टी पर जाने वाला है। फौजी गवर्नर की गैर-मौजूदगी में वही असली फौजी कमांडर हो गया था और अपने व्यापक नए अधिकारों के इस्तेमाल का मजा ले रहा था। इसी कम समय में वह समूचे जेनरल स्टाफ को फिर से संयोजित कर रहा था, अपने खास लोगों को ताकत की जगह पर बैठाता हुआ, और कमान की बिसात इस तरह सजाता हुआ कि लगभग सभी ताकतें उसके हाथ में रहें। अगर जेनरल टिक्का ख़ान को तीन महीनों तक अलग रहने के लिए समझाया जा सके, तो लौटकर वह यही पाएगा कि अब वह अपरिहार्य नहीं रहा है।

जब जेनरल राव फ़रमान अली अपनी जीत में बाग-बाग था, जेनरल टिक्का ख़ान भी एक जीत का मजा ले रहा था। उसे असली हालात का पता था। गोली निकाली

जा चुकी थी, जख्म संतोषजनक ढंग से भर रहा था, डॉक्टर बता रहे थे कि कुछ दिन में वह अस्पताल के अपने कमरे के भीतर टहलने लायक हो जाएगा और एक या दो हफ्ते में वह अपने काम पर लौटने के काबिल हो जाएगा। जेनरल टिक्का खान ने, अपने से जूनियर अफसर के चेहरे के भाव पढ़ने के खयाल से, रावलपिंडी की अपनी उड़ान का जिक्र किया था।

सात दिन बाद अस्पताल का एक अँगरखानुमा कपड़ा पहने जेनरल टिक्का ख़ान गवर्नर के महलवाली अपनी मेज पर लौट आया था। वह दवाओं के असर से पीला, और कमजोर लग रहा था, उसका वजन गिर गया था, और उसका इरादा पहले से ज्यादा पक्का था जब उसने 'मारकर बंगालियों की लुगदी बना देने' को कहा। मगर यह पाया गया कि अब वह छावनी से अपनी गाड़ी पर मुख्य सड़क पर नहीं निकलता था। इसकी जगह वह हेलीकाप्टर से उड़कर गवर्नर के महल तक पहुँचता था और महल के मैदान के एक किनारे वाले हिस्से में उतरता था। यह भी पाया गया कि अब वह कम काम करता था, अपनी मेज पर आने वाली भारी-भरकम रपटों के कुछ पन्ने पढ़ने के बाद ही थक जाता था, और कर्नल मेहदी के इंतिकाल से बेइंतिहा दुखी था जो उन ढेर सारे कामों का बोझ अपने कंधों पर उठा लेता था जो जेनरल को खुद करने चाहिए थे।

"कोई प्यारे मेहदी की जगह नहीं ले सकता," वह सच्ची आवाज में कहता, "अब कहाँ से हमें वैसा आदमी मिलेगा ?"

कर्नल मेहदी की जगह कर्नल अब्दुल अज़ीज़ ख़ान ने ली जो सतर्कता के साथ सुझाव देता था जो अक्सर इन शब्दों की भूमिका से शुरू होते थे, "अगर मैं यह राय जाहिर करने की जुर्रत करूँ।" फौजी गवर्नर लगभग अपना आपा खो देता। वह चाहता था कि अज़ीज़ उसके लिए फैसले कर दे। "मुझे अधपके सुझाव नहीं चाहिए !" वह गरजता था। "मुझे तथ्य चाहिए !" 'तथ्य' से उसकी मुराद किसी ऐसी मुश्किल के हल से होती थी जिसे वह समझ नहीं पाता था।

ऐसी ही एक पहेली जो वह समझ नहीं पाता था, यह थी कि यह कैसे हो सका कि बंगाली उसका कत्ल करने में लगभग कामयाब हो गए थे ! क्यों कोई गिरफ्तार नहीं किया गया ? यह कैसे हो सकता था कि एक अकेली जीप इतना ज्यादा नुकसान कर सकती थी ? क्यों उसके मोटरसाइकिल सवार को कुछ भी संदेह नहीं हुआ ? हमले में कितने लोग शामिल थे ? कैसे उनका भागना मुमकिन हो सका होगा ? नक्शे पेश किए गए थे, सड़क, मर्सीडीज़ बेंज़ और जीप की स्थिति बताते स्केल मॉडल उसे दिखाए गए, मगर वह हादसा पहले जितना ही रहस्यमय बना रहा। जेनरल राव फ़रमान अली को जाँच का प्रमुख बनाया गया था। उसे कोई सुराग, कोई संदिग्ध आदमी नहीं मिला। जेनरल टिक्का ख़ान आगबबूला हुआ, उसने नतीजे की माँग की, जेनरल राव फ़रमान अली पर इल्जाम लगाया कि वह जाँच पर पूरा जोर नहीं दे रहा है, और फिर एक हफ्ते के लिए मामले को भूल गया। जब वह अगली बार जेनरल राव फ़रमान अली से शहरी मामलात पर बातचीत कर रहा था, तो उसने कहा, "तुम्हारी पुलिस दुनिया में सबसे

वाहियात है। पूरी तरह नाकाबिल !" जेनरल राव फ़रमान अली ने इशारा समझ लिया, और उस दोपहर एक खाका तैयार करने लगा। उसने गिरफ्तार लोगों की सूची पर एक निगाह डाली, इधर-उधर से छह या सात नाम चुने, और तय किया कि इन्हें जेनरल टिक्का ख़ान पर हमले की सजा भुगतनी होगी। उसने कुछ दिन इंतजार किया, जिन लोगों को उसने चुना था, उनसे जुड़े दस्तावेज इकट्ठा किए, दस्तावेजों में यह जाहिर करने के लिए हेर-फेर किया कि ये सब लोग हमले के बाद गिरफ्तार किए गए हैं, और फिर जेनरल टिक्का ख़ान से मिलने पहुँचा।

"हमने कुछ मुख्य संदिग्ध लोगों को पकड़ लिया है," जेनरल राव फ़रमान अली ने कहा, "इसमें कोई शक नहीं है, उन पर मुकद्दमा चलाया जाएगा। मुझे उम्मीद है, हम उनसे इकबालिया बयान हासिल कर लेंगे।"

"ईमान से ? तुमने उन्हें वाकई पकड़ लिया है ! बुजुर्गवार मुझे इस बात से नफरत होगी अगर तुमने गलत लोगों को पकड़ने की जहमत उठाई। मैं जानना चाहता हूँ कमबख़्तों ने यह किया कैसे था ? यह याद रखना, मुझे जाली इकबालिया बयान नहीं चाहिए ! क्या यह कोई संगठित गिरोह था ?"

"हाँ, सर। वे खुद को अवामी टेररिस्ट स्क्वाड बोलते हैं। इस फेहरिस्त में हर कोई उसका सदस्य था।"

"बहुत अच्छे, काम में लग जाओ, और मुझे बताते रहो।"

जेनरल राव फरमान अली ने खुद को समझाने में लगभग कामयाबी हासिल कर ली थी कि उसने एक आतंकवादी संगठन का पता लगाया है। उसने फाइलों को अपने दफ्तर में रखा, उनका रोज अध्ययन करता था, उनमें जोड़ता था, उनसे घटाता था, उसने जाँच की प्रगति पर कई बैठकें भी की थीं, जो आगे नहीं बढ़ रही थीं, और वक्त-वक्त पर वह ऐलान करता था कि मामला तैयार किया जा रहा है और जल्दी ही वह मुकदमे की तारीख बताने लायक होगा। जेनरल टिक्का ख़ान इस प्रगति से खुश था। वह महल के भीतर धीरे-धीरे टहलता रहता था; अब उसने और फुर्तीलेपन से चलना शुरू कर दिया, कंधे गोल, छाती बाहर, चाँदी मढ़ी छड़ी उसकी काँख के नीचे दस डिग्री के कोण पर ठुँसी रहती थी, और वह थोड़ी रोबीली सूरत हासिल करने के लिए दस डिग्री के कोण पर ही सोने के काम वाली अपनी फौजी टोपी पहने रहता था। वह एक कामयाब फौजी की सच्ची मूरत दिखाई पड़ता था और खासतौर पर खुशमिजाज रहता था।

"मैंने सुना है कि मुकदमा जल्दी आ रहा है," उसने कर्नल अब्दुल अज़ीज़ ख़ान से कहा, "उन खटमलों के चेहरे देखना दिलचस्प होगा जिन्होंने मेरा कत्ल करने की कोशिश की।"

मगर मामला कभी सुनवाई के लिए नहीं आया। मई के आखिरी दिन सुप्रीम कोर्ट के जजों और विश्वविद्यालय के प्राध्यापकों के हालात पर गवर्नर के साथ एक लंबी बातचीत के बाद राव फ़रमान अली ने चलते-चलते कहा, "मामला पूरी तरह दूध का

दूध और पानी का पानी था, सर, इसलिए मैंने उन्हें गोली मरवा दी। मुझे नहीं लगा कि लंबा खिंचने वाले मुकदमे से कुछ हासिल होने वाला है। चीजें उजागर होने लगती हैं। एक मुकदमा, यहाँ तक कि कोर्ट-मार्शल भी, महज वक्त की बरबादी होता।"

"कितनों को गोली मारी गई ?"

"छह को सर।"

"ठीक है, मुझे उम्मीद है, तुम सही लोगों तक पहुँच गए होगे," जेनरल टिक्का ख़ान ने कहा और उस पर एक खोजी निगाह डाली।

उस दिन अल-सुबह पौ फटने से पहले ही, एक जवान अफसर ब्लॉक 18सी में दाखिल हुआ और उसने परेड ग्राउंड की घनघनाती आवाज में ऐलान किया, "आलाकमान के हुक्म से, और फौजी संहिता की धारा 26, सबसेक्शन तीन के अनुसार इन नजरबंदियों को मौत की सजा सुनाई गई है, सजा को तुरंत अंजाम दिया जाना है।" अनवर अमीर ने, जिसे अपने साथियों के पास मालगोदाम वापस भेज दिया गया था क्योंकि फौज उसे मारने को अभी भी तैयार नहीं थी, साँस रोककर नाम सुने, इस खयाल से कि इनमें से एक नाम उसका भी होगा। वह उनमें नहीं था। मौत की सजा पाए छह लोग धीरे-धीरे उठे, फिर झुककर बचे हुए लोगों की सलामती के लिए उन्होंने कुछ शब्द बुदबुदाए और सब-मशीनगनों से लैस चार हथियारबंद संतरियों की निगरानी में मालगोदाम से बाहर निकल गए।

चार मिनट बाद, मालगोदाम से लगभग सौ गज की दूरी से, राइफल का धमाका सुनाई पड़ा, और एक अकेली चीख आई। मालगोदाम के सख्त फर्श पर लेटे कैदी कड़े हो गए, सिहर गए, उनकी साँस थम-सी गई, और फिर एक साथ, उन सबके गले से एक खौफनाक लंबी-खिंची हुई आह निकली, जो जंगलों के बीच हहराती तेज हवा की आवाज या किसी बर्फानी किनारे पर पछाड़ खाती लहरों की आवाज से मिलती थी।

कुमेरखाली गाँव

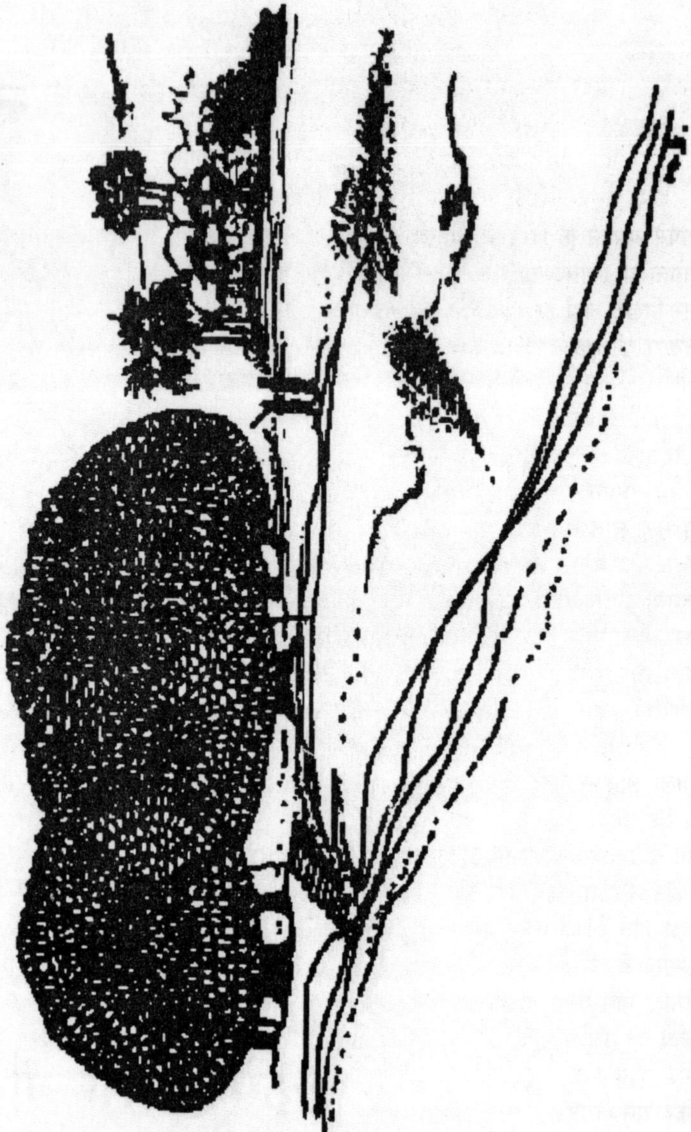

नौ

अपने बचपन के दिनों में प्रोफेसर को कुमेरखाली गाँव दुनिया की सबसे नायाब जगह लगता था। गुंबद वाली उजली मस्जिद, छायादार सड़कें, नीली नदी, गुलाबी कमलों से भरे पोखर, जहाँ हर वक्त एक अकेला उजला बत्तख उनकी निगरानी में रहता था, और सुनारों की वह छोटी-सी गली जहाँ हमेशा हथौड़ा पीटने की आवाज आती रहती थी; और जूट और धान के रंगीन खेत, और चगचगाती पीली सरसों के खेत उसे बेहद खुशी देते थे। उसकी पहली सजग स्मृति पक रहे गन्ने से भरे एक खेत में ले जाए जाने की, और गहरे नीले आसमान में लहराते गन्ने के ललछौंह पंख देखने की रही है; और उसके समूचे बचपन में गन्ना हमेशा उन सुंदर पंखों से जुड़ा रहा जो किसी तरह घोड़े के अयालों से मेल खाते थे। मगर सबसे ज्यादा वह गोराय नदी और उस इलाके की पैदावार से भरी ऊँचे मस्तूल वाली नावों से प्यार करता था जो इतनी सहजता से तैरती थीं कि ख्वाबों की किसी दुनिया से आई लगती थीं। और, मछली मारने जाना कितना आसान और बेतुका था ! उसे बस किसी की छोटी-सी नाव ले लेनी होती थी, उसे खेते हुए बीच धार में ले जाना होता था, और लगभग तुरंत दो-तीन मोटी, मीठी, चमचमाती रोहू मछलियाँ उसके जाल में होतीं।

उन दिनों वह सरकारों के बारे में शायद ही जानता था। कुश्तिया में एक अंग्रेज जिला आयुक्त होता था जो दुनिया की सारी चीजों पर फैसले दिया करता, और वे बताते थे कि उसका चेहरा एक उबले हुए बड़े टमाटर जैसा है और उसकी कड़क लाल मूँछें हैं। वे यह भी बताते थे कि उसकी आवाज कभी चीख से नीचे नहीं जाती थी। वह स्कॉट था और कभी-कभी घाघरे जैसा एक कपड़ा पहन लेता था जिससे बच्चे बेतरह खुश होते थे जो उसे थमी हुई साँसों और मचलते कौतूहल के साथ देखते रहते, इस उम्मीद में कि हवा का एक झोंका उठेगा और उसके घाघरे को थोड़ा-सा उठा देगा। उसका नाम ऐंगस मैकडोनाल्ड था और वह पूरे इलाके का मालिक था। किसी शरारती बच्चे को उसकी माँ सबसे बुरे ढंग से यही कहकर डरा सकती थी, "मैकडोनाल्ड साहब तुम्हें पकड़ने के लिए आ जाएगा !" इन शब्दों के साथ बच्चे तुरंत शांत हो जाते और फिर रोने लगते।

वास्तव में मैकडोनाल्ड एक रहमदिल शासक था जो लगभग त्रुटिहीन बांग्ला, हिंदी

और उर्दू बोल सकता था और जिसे इंडियन सिविल सर्विस का होनहार सदस्य माना जाता था। साल में दो बार वह अपने इलाके में निगरानी दौरे पर निकलता था, कभी-कभी हाथी पर सवार होकर और हमेशा बंगाली तलवारबाजों की तरह ही शानदार ढंग से सजीले, पगड़ी बाँधे संतरियों को साथ लेकर। किसी बड़े गाँव के बाहर लाल और उजली धारियों वाला उसका बड़ा तंबू लगता और गाँव के बुजुर्ग को अपने बगल में बैठाकर वह जमीन मालिकों के मामलों का निबटारा करता, कर लगाता या रद्द करता, सभी गलत कार्यों के लिए उपयुक्त सजा सुनाता, बेवाओं और लावारिसों को मदद देता और उन लोगों को इनाम देता जो ब्रिटिश राज की मेहरबानी के लायक होते। उसे किसी महाराजा से ज्यादा ताकत हासिल थी; किसी महाराजा के विपरीत वह बराबरी के इंसाफ के साथ हुकूमत करता। यह लंबे समय तक याद किया जाता था कि एक बार एक मुसलमान जमींदार ने अपने हक में किसी जमीन की बिक्री करवाने के लिए उसे एक लाख रुपए घूस की पेशकश की थी। मैकडोनाल्ड साहब ने कुछ नहीं कहा। उसने बस एक कागज पर कुछ लिख दिया और अगले दिन जमींदार को कैदी वाले कपड़े पहने और सड़क मरम्मत करने वाले दल के साथ काम करते हुए पत्थर तोड़ते देखा गया। ऐसा लगता था मानो जिला आयुक्त ईश्वर की वैधता लेकर आई कोई स्थायी संस्था थी। 1947 में भारत के विभाजन के साथ भारत का यह सारा पूरबी इलाका पूर्वी पाकिस्तान बन गया और जिला आयुक्त की जगह एक पाकिस्तानी फौजी अफसर ने ली जो इतनी तत्परता से घूस लेता था कि हर कोई, जो सर्किट हाउस में दाखिल होता, इस बात का ध्यान रखता कि उसके पास ढेर सारे पैसे हों।

जब प्रोफेसर बड़ा हो रहा था, ब्रिटिश राज ने कुमेरखाली पर कोई बड़ा अत्याचार नहीं किया। जितना मुमकिन था, उतने कम सीधे दखल के साथ, गाँव का एक बुजुर्ग या दो-तीन बुजुर्ग गाँव पर हुकूमत करते। आबादी का तीन-चौथाई हिस्सा मुसलमान था, एक चौथाई हिंदू, मगर दोनों मेल-मिलाप के साथ रह रहे थे। कुमेरखाली में यह गुरूर की बात थी कि यहाँ कभी मजहबी दंगे होने की इजाजत नहीं दी गई। उस पीली चट्टान पर, जहाँ जहाज मुसाफिरों को उतारते थे, जो पहली चीज आपको दिखाई पड़ती, वह अपने बालों में नरमुंड बुने रहने वाली, छह बाँहों वाली देवी दुर्गा का मंदिर था।

प्रोफेसर के पिता उसी इलाके में स्कूल मास्टर थे और उनका घर एक शांत छायादार गली में था जो उस स्कूल से जहाँ वह पढ़ाते थे, महज पाँच मिनट के रास्ते पर पड़ता था। यह एक आँगन के चारों तरफ बना लकड़ी का साधारण-सा घर था जिसके पीछे जंगली बगीचा था। बगीचे में नहाने और मछली रखने के लिए एक बड़ा तालाब था; घास लंबी थी; वहाँ जंगली फूल उगते थे; खजूर, अमरूद और लीची के पेड़ अपनी छायाएँ तालाब पर फेंकते थे। आँगन में चूजे सारा दिन घूमते रहते, और एक बूढ़ा काला कुत्ता, जिसका नाम जिला आयुक्त के नाम पर ऐंगस था, धूप में बैठा रहता। आँगन में भी बड़े अंगूर जैसे फलों की बेलें लिपटाए पपीते के पेड़ थे, खुशबूदार मीठे आम के पेड़ थे, और मकान जितना ही ऊँचा एक केले का पेड़ था। अपने कोटरों में

बैठे नीले कबूतर बीच-बीच में कूजते रहते थे। जब वह लड़का था, तो उसे लगता था कि दुनिया की सारी आमदरफ्त इसी आँगन से होकर होती है। फाटक से बैलगाड़ियाँ दाखिल होती थीं, और कुटाई के लिए धान लाती थीं। मजदूर खलिहान बनाने के लिए या घर की मरम्मत के लिए आते। बच्चे आकर मास्टर के अध्ययन कक्ष में बैठते, जिसमें लकड़ी की हिलती-डुलती आलमारियों पर किताबों की कतार थी, जबकि वह उन्हें पढ़कर सुनाता, या जरूरी हिदायतें देता या फिर उनके सबक में उनकी मदद करता। अब रिटायर हो चुका, बूढ़ा और उजली दाढ़ी वाला, स्कूल मास्टर, जिसकी आँखें बेकार हो रही थीं, अभी भी उसी घर में रहता था। उस रात जब प्रोफेसर अपने दो बच्चों के साथ कुमेरखाली पहुँचा, उसने उसका स्वागत इन शब्दों से किया, "तुम इस बार काफी पहले आ गए मोहम्मद ! हैरत की बात है ! आमतौर पर, तुम हमेशा जून के शुरू में आते हो।" फिर, अपना सिर हिलाता, खुद ही कुछ बुदबुदाता, वह अपने कमरे में चला गया। यह साफ था कि ढाका में जो कुछ भी हो रहा था, उसके बारे में उसे कुछ पता नहीं था।

यह मकान, यह आँगन, यह जंगली बगीचा प्रोफेसर और उसके बच्चों के लिए घर था। वे इसे शिद्दत से प्यार करते थे, इसलिए और भी ज्यादा कि यह अलग-सा नहीं था और गाँव के दूसरे सौ मकानों जैसा ही दिखता था, मजबूत, शांत और निराभिमानी। वे जब गर्मी की छुट्टियों में कुमेरखाली आते थे तो खुशी से लगभग दीवाने हो जाते थे। शाहजू अपने पसंदीदा पेड़ पर चढ़ा करता, जहाँनारा रसोई में चली जाती और बूढ़े रसोइए को वह सब कुछ बताती जो ढाका में होता था, और प्रोफेसर गाँव में घूमता और अपने पुराने दोस्तों से गपशप करता।

मगर इस साल कुछ बदल चुका था; लोग कुछ ज्यादा शांत थे, कुछ ज्यादा अपने में सिमटे हुए, कम हँसते थे, और बेवकूफों को कम खुशी से झेलते थे। कुछ हिंदू, भारत पहुँचने की उम्मीद में, पहले ही गाँव छोड़ चुके थे और कुछ मुसलमान उनका अनुसरण करने की सोच रहे थे। गाँव के करीब की बहुत बडी जमीन के मालिक दो मुसलमान जमींदारों के पश्चिमी पाकिस्तान में होने का अंदाजा था और उनके लौटने का कोई इरादा नहीं बताया जाता था। इन सबसे ज्यादा अहमियत वाला एक तथ्य प्रोफेसर के लिए अनजाना था, यह कि यह गाँव पाकिस्तानी फौजियों के हमले की जद में पहले ही आ चुका था। यह कोई पूरे पैमाने का हमला नहीं था; यह एक ही झटके की चोट की तरह आया था और बस कुछ ही लोग मारे गए थे। अपनी शर्म और तकलीफ में गाँव वाले खामोशी की एक साजिश में लिप्त हो गए थे। प्रोफेसर ने उनके जख्मों को, उनकी बौखलाहट को पहचाना, मगर इसे कोई नाम न दे सका। गाँव उसके लिए जाना-पहचाना था; वह लगभग हर किसी को जानता था; उनके घरों में आजादी से जाता था; हिफाजती दस्ते का एक सदस्य हो गया था जिसकी सदारत इक्कीस साल का, अनगढ़, काली दाढ़ी वाला और जोशो-खरोश से भरा कबीर कर रहा था जिसके पिता कभी बहुत अच्छा व्यवसाय न करने वाले दुकानदार थे और जिसकी हर हरकत से जाहिर

होता था कि पिता के गुनाहों का असर बेटे पर नहीं है; और किसी ने उसे नहीं बताया कि गाँव बुरी तरह जख्मी हो चुका है।

एक दिन, कुमेरखाली पहुँचने के कुछ वक्त बाद, उन दिनों में एक दिन, जब आसमान नदी के ऊपर छहलाने लगता है, वह अपने दोस्त कबीर के साथ गाँव में टहल रहा था और दूर देहात की तरफ बढ़ रहा था। यह खासतौर पर शीतल दिन था, फूलों की खुशबू से भरा हुआ और उसने खुद को खुशी के लगभग बौरा देने वाले अहसास के साथ, अपने कामकाज में लगे लोगों को देखता पाया। सिर पर घड़ा ढो रही, साड़ी पहने तांबई औरतों के नजारे ने उसे खासतौर पर ख़ुशी दी, मगर धूल में दौड़ते हुए लड़के का नजारा भी उतना ही खुशनुमा था। उसने खुद को किसी जादू में जकड़े शख्स की तरह महसूस किया। कितनी अजीब, खूबसूरत और शानदार होती है जिंदगी गाँव में। कोई वित्तीय दबाव नहीं, कोई व्याख्यान नहीं देना, कोई परचा नहीं जाँचना, किसी कुलपति को खुश रखने की जरूरत नहीं ! उसे थोड़ा अफसोस हुआ कि उसने छात्र होने के लिए, फिर लेक्चरर होने के लिए, फिर प्रोफेसर होने के लिए, अकादमिक झगड़ों और सख्त दिनचर्याओं के रहमो-करम पर रहते हुए, गाँव को छोड़ दिया था। कबीर ढाका की जिंदगी के बारे में पूछ रहा था, जहाँ वह कभी नहीं गया था।

"तुम कुछ नहीं खोते," प्रोफेसर कह रहा था, "जहाँ तक ढाका का सवाल है, वहाँ किसी आधुनिक शहर की सारी बुराइयाँ हैं—बहुत ज्यादा भीड़भाड़, मोटरगाड़ियों से निकलते धुएँ के बीच तुम साँस नहीं ले सकते, और ढेर सारी ऊँची इमारतें हैं। होटल इंटरकॉन्टिनेंटल तेरह मंजिल ऊँचा है। सोचो जरा ! तेरह माले ! और हर जगह फौजी हैं—वहाँ सबसे बुरी चीज यही है ! नहीं, अगर तुम एक इनसान की तरह रहना चाहते हो तो गाँव में ही रहो।"

सभी गाँव वालों की तरह कबीर भी शहरी लोगों की जिंदगी का दीवाना था, सिनेमा, टेलीविजन स्टूडियो, बढ़िया कपड़ों से सजी दुकानों से भरी गलियाँ, विदेशी सामान, हाई-फाई रेडियो, गेरार्ड टर्न टेबल, वे सारी चीजें जो उसने रंगीन पत्रिकाओं में देख रखी थीं। वह चाव से जींस पहनता था और जिसे वह 'अमेरिकी शर्ट' बताता था, उसे भी खूब पसंद करता था। वह कभी-कभार ही अखबार पढ़ता था, मगर ट्रांज़िस्टर नियमित सुनता था और दुनिया में जो कुछ भी हो रहा है, उससे अच्छी तरह परिचित था। वह ढाका से रेडियो पाकिस्तान सुनता था, कलकत्ता से रेडियो बांगलादेश, बी बी सी भारत के किसी रिले केंद्र से और साइगॉन से शक्तिशाली आर्म्ड सर्विसेज के प्रसारण सुनता था। कई दूसरे गाँववालों की तरह वह बी बी सी को सबसे ज्यादा भरोसेमंद मानता था, मगर बदकिस्मती से इस पर उसके अपने देश के बारे में बहुत कम खबरें आती थीं। वह नए तरह का ग्रामीण था, होशियार, चौकस, दुनिया से जुड़ा हुआ।

प्रोफेसर उसकी जानकारियों से चमत्कृत था। कबीर ने, जो किताबें मिल गईं, पढ़ डाली थीं, मगर नई किताबें हासिल करने की कोई कोशिश नहीं की थी। एक किताब अपने-आप में आखिरी हो जाती थी, पढ़ने के लिए, धीरे-धीरे स्वाद लेने के लिए, और

वह कई दिनों तक उस किताब के बारे में सोचता रहता जो उसने पढ़ी होती। अगर वह किसी को कोई किताब पढ़ते देखता, वह उससे बाद में कभी देने को कहता। यह बात अहमियत नहीं रखती थी कि किताब किस विषय पर है; इतना ही काफी था कि किताब का वजूद है, कि किसी ने उसे लिखने की जहमत उठाई है। हाल ही में वह आकृति विज्ञान पर एक किताब पढ़ता रहा था।

"चेहरे—नायाब चीज हैं," उसने कहा, "इनसान के चेहरे पर सब कुछ होता है, नहीं प्रोफेसर ?"

"मुझे नहीं पता तुम क्या बात कर रहे हो !"

"मैंने इस किताब में पढ़ा कि आप किसी आदमी के चेहरे से उसके बारे में सब कुछ बता सकते हैं। उसमें तालिकाएँ थीं—होंठ, नाक, ठुड्डी, ललाट, यहाँ तक कि कान का आकार भी। अगर आप आकृति विज्ञान पढ़ें तो किसी आदमी का चरित्र बिना किसी चूक के बता सकते हैं। आँखों की खास तौर पर अहमियत—"

"हाँ, ऐसा होता है, मगर मैं यह नहीं कहूँगा कि वे चरित्र बता ही देते हैं।"

आकृति विज्ञान के अध्ययन को, नक्षत्रशास्त्र की तरह ही, प्रोफेसर ऐसे बेमानी अध्ययन के रूप में देखने का इच्छुक था, जो कहीं नहीं पहुँचाता।

"मैं कभी एक बेहद बदसूरत आदमी को जानता था जो साथ-साथ भैंगा भी था, और उसका स्वभाव मेरे जानते लोगों में सबसे बढ़िया था। वह इस्लामी अध्ययन का मेरा प्रोफेसर था। नहीं, मुझे यकीन नहीं कि आकृति विज्ञान हमें बहुत ज्यादा बता देता है, और मैं नहीं मानता कि तालिका पर बहुत भरोसा किया जा सकता है।"

"क्या आपने उन्हें पढ़ा है ?"

"नहीं।"

"फिर आप कैसे कह सकते हैं कि वे काबिले-यकीन नहीं हैं ? जो किताब मैं पढ़ रहा था उसमें एक पूरा अध्याय तिलों पर है—उनका क्या मतलब होता है। यह इस बात पर निर्भर करता है कि वे कहाँ हैं। नाक पर तिल बहुत खौफनाक होता है। दाएँ गाल पर, ऊपर उठा हुआ तिल हिम्मत और मर्दानगी की निशानी होता है, और बाएँ गाल का तिल ठीक इसका उल्टा होता है। ठुड्डी पर भी—ऊपर उठे हुए होठ के ठीक नीचे के तिल का मतलब हिम्मत होता है।"

"तुम इस बकवास पर यकीन करते हो ?"

"क्यों नहीं ? इसमें कुछ भी गलत नहीं है, और यह किताब में लिखा हुआ है !"

यह नजर आ रहा था कि कबीर फंतासी, नक्षत्र विज्ञान, वशीकरण, भूतों और जादू में यकीन रखता था। साथ ही वह अच्छा मिस्त्री भी था, गाड़ी की मरम्मत कर सकता था, बंदूकों के बारे में वह सब कुछ जानता था जो जाना जा सकता है, और एक मोटरवाली बोट का मालिक भी था जिसका वह अब इस्तेमाल नहीं करता था क्योंकि गैसोलीन नहीं मिल रहा था और क्योंकि पाकिस्तानी गश्ती नावें कभी-कभी गोराय नदी में दिखाई पड़ती थीं। वह अपनी नाव में विस्फोटक भरकर उन गश्ती नावों से टकराने

की योजना बना रहा था, मगर इस पर अमल के लिए वक्त चाहिए था। वह नया गाँव वाला था, मगर उसकी जड़ें अभी भी अतीत के अंधविश्वासों में थीं। इस बात ने प्रोफेसर को ताज्जुब में डाला, जो मानता था कि नया ज्ञान अंधविश्वासों को बुहार देगा।

"आप बस माओत्सेतुंग और शेख़ मुजीबुर्रहमान पर निगाह डालिए !" कबीर बोल रहा था, "माओत्सेतुंग की ठुड्डी पर तिल है, और मुजीबुर्रहमान के गाल पर–वह भी दायीं तरफ !"

प्रोफेसर ने इन तर्कों के आगे खुद को असहाय महसूस किया और कुछ वक्त वे खामोशी से चलते रहे। नदी की तरफ से हवा बह रही थी। पेड़ सरसरा रहे थे, और केले के बड़े-बड़े पत्ते हाथी के कान की तरह डोल रहे थे। गाँव के आखिरी सिरे के नजदीक साल के पेड़ों के झुरमुट के बीच कुछ बच्चे हाथ में हाथ डाले टहल रहे थे। इस निहायत गँवई नजारे को देख प्रोफेसर को यकीन करना मुश्किल लगा कि एक जंग चल रही है।

अचानक कबीर रुका और उसने रास्ते के ठीक बगल में जमीन के एक डूबे हुए हिस्से की ओर इशारा किया।

"आपको पता है, वहाँ क्या हुआ था ?" उसने हलके से पूछा।

"कहाँ ?"

"उस गड्ढे में ?"

"अच्छा, क्या हुआ था ?"

"इसी जगह उन्होंने मार्च के आखिरी दिन हमारी औरतों को मारा था। पंजाबी एक जीप और हथियारवाहक लिये आए, गाँव में घुसे, गाँव के आखिरी सिरे के दो मकानों के पास रुके, और फिर भाग गए। उन दो घरों की सारी औरतों को वे अपने साथ ले गए, उनके साथ मुँह काला किया, और उन्हें गोली मार दी और संगीनों से काट दिया। उन्होंने कुल्हाड़ियाँ भी इस्तेमाल की होंगी, क्योंकि हमने कटे हुए हाथ-पाँव बरामद किए–एकदम भुरते की तरह। सिर, हाथ, पाँव और ढेर सारा भुरता। हम यकीन नहीं कर सके। हमें पता नहीं चला कि वे कहाँ से आए थे और कहाँ गए। उन्होंने गाँव को कोई नुकसान नहीं पहुँचाया–हवा में फायर किया–तेजी से दाखिल हुए–आखिरी घरों के आगे अचानक रुके, और उन्हें सात औरतों को बाहर खींच निकालने में एक मिनट से ज्यादा वक्त नहीं लगा होगा। एक लड़का जो पेड़ों के झुरमुट में खड़ा था, उसने यह सब देखा और हमें बताया कि क्या हुआ था। उसने कुछ बहुत अजीब बताया। उसने कहा कि औरतें चिल्ला नहीं रही थीं, एक शब्द भी नहीं कह रही थीं, जरा भी हरकत नहीं कर रही थीं, यह ऐसा था मानो उनकी ताकत चुक गई हो और वे बलात्कार के पहले ही मर गई हों।"

प्रोफेसर ने गड्ढे की तरफ अविश्वसनीय निगाह से देखा। एक डरावना महाप्रलय किसी तूफान या बवंडर की तरह, किसी ढलवाँ खोखल-सी लगती उस छोटी सी जगह पर घटित हुआ था। जमीन के उस छोटे से टुकड़े पर, जहाँ जंगली फूल उगे हुए थे,

आम के दो पेड़ अपनी छायाएँ फेंक रहे थे। प्रोफेसर उस जगह को देख रहा था, उम्मीद करता हुआ कि खून का एक झरना वहाँ से उठता हुआ, आसमान के बराबर पहुँच जाएगा। फिर उसने सिर झुका लिया और पेशानी पर हलके से अँगुलियाँ फिराने लगा, कोशिश करता हुआ कि वह उन जंगली फूलों को न देखे।

"तो यह हुआ है यहाँ," उसने कहा, और उसका मतलब था--अब आखिरकार मुझे समझ में आया कि गाँव वालों की आँखें प्रेतग्रस्त क्यों हैं।

"हाँ, उन सातों को। उनमें से एक ग्यारह साल की लड़की थी। उन्होंने सिर कुचल दिया और हम उसकी पहचान नहीं कर सके। वे ऐसे काम क्यों करते हैं ?"

प्रोफेसर ने कुछ नहीं कहा। ढाका से अपने सफर के दौरान उसने एक समूचे गाँव को मरा हुआ पाया था। साफ तौर पर, पाकिस्तानी फौजी शहरों में जितना कत्लेआम कर रहे थे, उतना ही, या शायद उससे भी ज्यादा कातिलाना वे गाँवों में थे। तो, यह मानना बेहतर था कि वे जहाँ भी गए, एक जैसे कातिलाना रहे, और इसे ध्यान में रखना होगा। हर जगह और कहीं भी, उनका एक ही मकसद था--कत्ल। प्रोफेसर को अपने घर लौटते हुए इसके सिवा कुछ याद नहीं था कि कबीर सारे रास्ते उसके साथ था और कह रहा था, "थोड़ा आराम कर लीजिए, प्रोफेसर। बैठ जाइए। यह आपके लिए बेहतर होगा।"

उस शाम कबीर के घर हिफाजत समिति की एक बैठक थी। वे ठीक उन्हीं विषयों पर चर्चा कर रहे थे जिन पर समिति की पिछली सारी बैठकों में चर्चा करते रहे थे, पहले, हथियार, फिर औरतों की हिफाजत, फिर पाकिस्तानी फौज के इरादे, और खासकर यह कि कुश्तिया को लेकर उसका क्या इरादा है। कबीर स्कूल से एक तख्ती ले आया था और इसे उसने दीवार पर टाँग दिया था। समिति के आठ सदस्य मौजूद थे और यह बताया गया कि बाकी चार पहरे पर हैं। प्रोफेसर देर से पहुँचा, ठीक कुश्तिया के हालात पर एक रपट का शुरुआती हिस्सा सुनने के वक्त, जिसे एक मछली पकड़ने वाली नाव का मालिक, छोटा, चीमड़-सा शख्स पेश कर रहा था जिसका चेहरा धूप में जलकर लगभग काला पड़ गया था। वह शांति से, बिना किसी हाव-भाव के बोल रहा था। प्रोफेसर ने नोट लिखा :

नाव का मालिक और मछुआरा। बड़े हाथ। रूखी आवाज, एकसार। शुरू किया, "मैं आपको कुश्तिया के बारे में बताऊँगा," और उसी अंदाज में बोलने लगा।

पच्चीस मार्च की रात, साढ़े दस बजे बिना किसी चेतावनी के पाकिस्तानी फौज ने—मशीनगनों और रिकॉयल राइफलों से लैस (सभी अमेरिकी हथियार) बारह हथियारबंद ट्रकों और जीपों में, लगभग 250 लोगों की दो टुकड़ियाँ—लड़कों के जिला स्कूल, रेडियो स्टेशन, सर्किट हाउस और पुलिस हेडक्वार्टर पर बिना विरोध के कब्जा कर लिया। स्कूल में उनका शिविर था। साढ़े पाँच बजे सुबह, फौज ने मुकम्मिल कर्फ्यू का ऐलान करते हुए गलियों में परेड की। किसी को भी सड़क पर आने की इजाजत नहीं थी। फौजी अधिकारियों के हुक्म से सारे कामकाज, समूची आमदरफ्त ठप्प।

समूचा शहर नदी के तल में पड़ी मछली की तरह शांत। दिन के दौरान बारह किसान जो वहाँ घूम रहे थे, उन्हें बिना कुछ कहे कर्फ्यू तोड़ने के लिए गोली मार दी गई। लाशें सड़क पर पड़ी रहीं। हमने इंतजार किया। हम रात को घूमा करते थे। कर्फ्यू 28 मार्च को उठाया गया।

29 मार्च को सुबह चार बजे हमने हमला किया। सबसे पहले हमने पुलिस स्टेशन पर हमला किया, फिर पुलिस लाइन पर, फिर स्कूल पर, फिर सर्किट हाउस पर, फिर रेडियो स्टेशन पर। हमारे साथ पाँच हजार लोग थे, मगर सिर्फ सौ लोग हथियारों से लैस थे। शिकार वाली राइफलें, रिवॉल्वर, एक लाइट मशीनगन, जबकि बाकी हम सबके पास छुरे, गदे और पत्थर थे।

हमने पुलिस स्टेशन पर धावा बोला, बंदूकें ले लीं—303 एनफील्ड राइफलें और पिस्तौलें—और दो जत्थों में बँट गए, एक ने पुलिस लाइन पर हमला किया, दूसरे ने स्कूल को घेरा। हमने लाइन पर तेजी से कब्जा कर लिया, मगर स्कूल में ज्यादा मुश्किल पेश आई। स्कूल के आसपास सारे दिन लड़ाई चलती रही। हम स्कूल के भीतर दाखिल नहीं हुए, क्योंकि हम अपनी जिंदगियाँ बेमतलब कुरबान करना नहीं चाहते थे। दोपहर तक हम कुल दो या तीन सौ राइफलें और पिस्तौलें इकट्ठा कर चुके थे और इंतजार करना गवारा कर सकते थे।

दिन के दौरान हमने बिना कोई जान गँवाए सर्किट हाउस और रेडियो स्टेशन पर कब्जा कर लिया।

रात को स्कूल के फौजियों ने अंधाधुंध गोलीबारी की। हमने अपने फायर थामे रखे। उन्हें पता नहीं था कि हम कहाँ हैं और वे हैरान थे। अब सुबह पौ फटने के पहले उन्होंने वही किया जिसकी उनकी ओर से किए जाने की हमें उम्मीद थी। लगभग आधे बचे हुए लोगों, लगभग सत्तर लोगों ने जीपों और ट्रकों में भरकर निकलने का फैसला किया, और इमारत से तड़तड़ाती बंदूकों के साथ गरजते बाहर आए। छह जीपें और ट्रक थे। तीन ने रास्ता बना लिया, दो को रोक लिया गया और आखिरी को बाद में कब्जे में ले लिया गया। हमने फौजियों पर गोलियाँ जाया नहीं कीं। हमने उनके गले काट डाले। फिर हमने स्कूल पर हमला किया, यहाँ महज तीस या चालीस फौजी बचे हुए थे। हमने सबको मार डाला।

मैंने कहा कि तीन ने रास्ता बना लिया, और उन्होंने ऐसा ही किया था। वे कुश्तिया से बाहर निकल आए, मगर यह उनकी बदकिस्मती की शुरुआत थी। किसानों ने सड़कों पर रुकावटें खड़ी की हुई थीं और कुछ जगहों पर उन्होंने गलियों में बड़े-बड़े गड्ढे खोद डाले थे। इस रास्ते पर सभी तीन जीपें रोक ली गईं। अपनी कैद के लिए उन्होंने हमें खूब छकाया क्योंकि वे घुमाऊ मशीनगनों से लैस थे और हमारे कई किसान मारे गए, लगभग तीस। हम आखिरी ट्रक को नहीं पकड़ सके, मगर बाद में इसे जंगल में पड़ा पाया, और जितने भी लोग इसमें थे, वे हमारे किसानों के शिकार हो गए थे।

हालाँकि जैसोर में छावनी के फौजी कमांडरों को इन वाकियात का पूरा पता था

और कुमुकें भेजने में उन्होंने कोई कसर नहीं छोड़ी। मगर उन्हें भी सजा भुगतनी पड़ी। उन्होंने नौ ट्रकों और जीपों में पंजाबियों की एक कुमुक भेजी। पहले दो ट्रक लकड़ियों और लतरों से ढँके एक गहरे गड्ढे के छुपे जाल में गिर पड़े और हमने 72 लोगों को वहीं मार डाला और तीस या चालीस नजदीक ही मारे गए। बाकी बचे लोगों ने वापस जैसोर जाने की कोशिश की, मगर बस एक ही जीप काम करने वाली हालत में बची थी।

सीखने के लिए सबक। हमने अभी तक समझदारी से काम लिया है। हमने गोला-बारूद बचाए, लोगों की जिंदगियाँ बचाए रखीं, हथियारों का ठीक-ठाक जखीरा इकट्ठा कर लिया है। हम रात में हमले करते थे जैसे वे करते थे, मगर वे हमसे ज्यादा खौफजदा थे। वे नक्शों का मुआयना करते हैं, मगर कायदे से उन्हें सड़कों का पता भी नहीं। हम सबसे ज्यादा कामयाब तब थे, जब हमने वही सब कुछ इस्तेमाल किया जो हमारे पास था—पेड़ों को काटने के लिए कुल्हाड़ी और गड्ढे खोदने के लिए फावड़े।

साथ ही, वे हमें नहीं समझते, न ही समझने की कोशिश करते हैं, और हम उन्हें समझते हैं।

हमारी खामियों में बेसब्री, थोड़ी कामयाबी पर खुश हो जाना, और स्पष्ट संगठन का अभाव है। हमारे पास अच्छे अफसर हैं। ज्यादातर पुलिस और ईस्ट पाकिस्तान राइफल्स हमारी तरफ चली आई है, मगर हम तत्परता से उनकी बात नहीं मानते।

हमें संगठित होना होगा। हमें और बंदूकें और वाकी-टाकी चाहिए।

हालाँकि हमने अब तक कुश्तिया में बहुत अच्छी तरह काम किया है, हमें बहुत अच्छी तरह पता है कि यह बस शुरुआत है।

सावधान।

प्रोफेसर नाव के मालिक के शांत और आधिकारिक अंदाज से, उसकी मुकम्मिल निराभिमानिता से बेहद प्रभावित हुआ जबकि वह बता रहा था कि उसने क्या देखा और क्या जाना है। इसके बाद नाव वाले से सवाल पूछे जा रहे थे और वह उनका उसी शांत, चौकस और बिना दिखावे के जवाब दे रहा था। पूछा गया कि लड़ाई में उसने क्या भूमिका निभाई, उसने जवाब दिया कि वह उन लोगों में था जिन्होंने लड़कों के जिला स्कूल पर हमला किया और खुशकिस्मती से उसके पास एक हथगोला था जिसे उसने ठीक स्कूल में दाखिल होते वक्त फेंका, इसके पहले कि फौजियों को कुछ समझने का वक्त मिलता, वह उनके बीच था। इसका असर झकझोर देने वाला था। बीस फौजियों में आठ तुरंत मारे गए, और बाकी भी लड़ाई जारी रखने की हालत में नहीं थे। "नजदीकी लड़ाई के लिए मैं हथगोलों को बेशकीमती मानता हूँ। अगर कहीं आपके हाथ में एकाध आ जाए तो उसे सँभाल के रखिए।" श्रोता उसके दाएँ हाथ को देख रहे थे, जिसने हथगोला फेंका था और कुश्तिया में पाकिस्तानी बल के लगभग दसवें

हिस्से के सफाए के लिए जिम्मेदार था। उसने कहा, "सभी गाँव संगठित हो रहे हैं। यह अच्छा है। मगर दुस्साहसी होने से बचने की कृपया पूरी कोशिश कीजिए। किसी फौजी सिपाही या पुलिस वाले को पकड़िए, यह जानने के लिए कि हथियार का इस्तेमाल कैसे किया जाता है। एक आदमी को कमांड में रखिए। उस पर यकीन कीजिए ! अपनी बंदूकें तैयार रखिए और अपना संपर्क खुला रखिए। सोइए मत, याद रहे, वे रात को आते हैं। हम कहते हैं हमने कुश्तिया में बढ़िया किया है, मगर यह सिर्फ आखिरी जंग है जो बढ़िया रही है। सावधान !

यह ऐसा शब्द था जो वह अक्सर दुहराता था, मगर अच्छी वजह से। जो चीज रात को उसे जगाए रखती थी वह बिना किसी चेतावनी के पाकिस्तानी फौज के आ धमकने का खयाल था क्योंकि कोई उनके आने का इशारा करने में नाकाम रहा था। बंगाली हर जगह थे; इसलिए वे फौज की हरकतों की खबर दे सकते थे; लेकिन अगर संपर्क टूट गया तो क्या होगा ? एक पूरा का पूरा शहर हारा जा सकता था महज इसलिए कि एक आदमी अपने काम में नाकाम रहा।

देर शाम को कुश्तिया वापस जा रहे माँझी के साथ-साथ नदी तक हिफाजत समिति के कुछ सदस्य भी गए। यह एक चमकती चाँदनी रात थी, तारे नीले-सुनहरे थे, चाँद के चारों ओर बने जामुनी छल्ले स्पंदित हो रहे थे, नदी पिघली हुई चाँदी की तरह दमक रही थी। चूँकि चाँदनी चुँधिया देने वाली थी, वे इसकी रुपहली चमक के चलते कभी-कभी अपनी आँखों पर छाँह कर लेते थे।

नदी किनारे तक का यह छोटा-सा सफर किसी मजहबी जुलूस से मेल खा रहा था क्योंकि उनके मन में माँझी को लेकर हर तरह की श्रद्धा थी, मानो वह उनकी देखभाल के लिए सौंपा गया कुछ बेहद बेशकीमती हो। वे उसके साथ नाव तक गए, फिर नाव खेते दूसरे किनारे भी चले गए, कुछ सौ गज और चले और उसके आगे भी उसके साथ बने रहते अगर उसने पूरी तरह यह जिद नहीं की होती कि उसने रास्ता देखा हुआ है, मदद की जरूरत नहीं है, चार बार पहले ही खुदा हाफ़िज़ कह चुका और किसी मैदान में एक आदमी के पीछे चलते रहने से ज्यादा जरूरी चीजें करने को पड़ी हुई हैं। वे उस चीथड़, चौड़े कंधे और एक माँझी की लहरदार चाल वाले शख्स को दूर कहीं गुम होते देखते रहे। उन्होंने उसे फिर कभी नहीं देखा।

दो दिन बाद, सुबह दो बजे, स्वचालित बंदूकों और टैंकों से लैस पाकिस्तानी फौज की चार कंपनियाँ कुश्तिया में दाखिल हुईं और उन्होंने शहर में आग लगा दी। शहर से बाहर निकलने वाली सभी सड़कों पर मशीनगनें तैनात कर दी गईं। ये टुकड़ियाँ जेनिया से आई थीं जो वहाँ से घंटे-भर की दूरी पर था। उन्हें हुक्म दिया गया था कि जूट और चीनी मिलों को काम करता छोड़कर बाकी शहर को तबाह कर दें, जवान लड़कों को मार डालें, औरतों के साथ जो जी में आए, करें, और दो हफ्ता पहले पाकिस्तानी फौज की जो बेइज्जती हुई थी, उसका बदला लें। फौज ने इन हिदायतों का पालन किया, और आगजनी और लूटपाट के एक हफ्ते बाद शहर किसी नाभिकीय

विस्फोट का नतीजा लगने लगा। सारा अनाज पाकिस्तानी फौज के हाथ में आ गया, मवेशियों को पकड़ लिया गया, बैंकों और गहनों की दुकानों को लूट लिया गया, और लड़कियों का जिला स्कूल वेश्यालय हो गया। हिफ़ाजत समिति को महज आधे घंटे पहले चेतावनी मिली, इतने वक्त में बस मुख्य सड़कों पर रुकावटें खड़ी की जा सकीं और लगभग पाँच हजार औरतों को शहर छोड़कर गाँवों में पनाह लेने के लिए भेज दिया गया। जब तक पौ फटी, कुश्तिया मर रहा था।

कुमेरखाली में नदी के ऊँचे किनारे पर खड़ा होकर प्रोफेसर दूर क्षितिज पर उठती हुई लपटों को देख रहा था और बंदूकों की आवाजें सुन रहा था, और उस वक्त, सुबह तीन बजे उसे पता था कि कुश्तिया की तबाही चल रही है।

गाँव में चेतावनी की घंटियाँ बज रही थीं, सभी बच्चों और औरतों को जगा दिया गया था और उन्हें जल्दी से जंगलों और सुरंगों में उनके छुपने की जगहों पर भेजा जा रहा था। प्रोफेसर के पास एक राइफल थी, एक पिस्तौल, और एक बेशकीमती हथगोला, जो उसे जले हुए गाँव में फौजी की लाश से मिला था। उससे चालीस फीट दूर, नदी किनारे, एक दूसरा संतरी था, एक नाव बनाने वाला, जिसके पास बस एक शिकारी राइफल और किसी कसाई का छुरा था। सारा गाँव संतरियों से घिरा हुआ था और यह सब कुश्तिया पर हमले के आधे घंटे के भीतर हो चुका था।

इन तैयारियों पर ठीक कैसे-कैसे अमल किया गया था, यह उसे पता नहीं था, और ऐसे विषयों को उसने कबीर और हिफाजत समिति के दूसरे ज्यादा तजुर्बेकार साथियों पर छोड़ दिया था। उसे बस इतना पता था कि कुमेरखाली की हिफाजत के लिए जो कुछ भी किया जा सकता था, किया जा चुका था। अगर पाकिस्तान की गश्ती नाव टुकड़ियों को नीचे चट्टानों के बीच उतारती तो यह मुमकिन था कि जैसे-जैसे सिपाही किनारे पर आते, उन्हें एक-एक कर भून दिया जाता। अगर गाँव तक पहुँचने वाले तीनों रास्तों में किसी एक की भी मार्फत कोई पाकिस्तानी ट्रक आ जाता, वह सड़कों पर बड़े हुनर के साथ बनाए गए ढँके हुए गड्ढों में गुम हो जाता। चेतावनी का तंत्र भी बहुत एहतियात से तैयार किया गया था। गाँव की हिफाजत के लिए मानवीय कौशल से जो कुछ भी किया जा सकता था, किया जा चुका था, फिर भी प्रोफेसर सोचे बिना नहीं रह सका कि कितना कुछ अभी भी किया जाना बाकी है। और जब वह बंदूकों की आवाज सुन रहा था और लपटें देख रहा था, वह जानता था कि जल्दी ही कुमेरखाली राख का एक ढेर हो सकती है। कम से कम दो लाख बाशिंदों के शहर, कुश्तिया के साथ वे ठीक वही कर रहे थे जो उन्होंने उस गाँव के साथ किया था जिससे वह कुमेरखाली तक के अपने सफर के दौरान गुजरा था।

अगले दिन कुश्तिया के पहले शरणार्थी कुमेरखाली पहुँचे। कुछ नावों से भागे थे, कुछ पैदल और कुछ बैलगाड़ियों में। उन्होंने बताया कि उन्हें काफी सुबह जगाया गया और 'किसी भी कीमत पर भाग जाने' को कहा गया। सारा दिन, सारी रात वे धमाके सुनते रहे, लपटें देखते रहे। वे दोपहर के काफी बाद पहुँचे, थके हुए और सुन्न, बिना

जाने कि वे कहाँ जा रहे थे, अजीब ढंग से खामोश। उन्होंने कुछ नहीं माँगा। अगर आप उनकी आँखों में देखते, वहाँ आपको कोई भाव दिखाई नहीं देता, बस एक तरह का खालीपन, एक सूखे तालाब की तरह, जिसमें पानी की आखिरी बूँद भी मिट्टी की दरारों से होकर गुम हो गई हो। उन्होंने गाँव में 'कुछ' आता हुआ और सामने पड़ जाने वाली हर चीज को मारता हुआ, और मशालों, लपटें फेंकने वाली, आग लगाने वाली गोलियों की पहुँच के भीतर आने वाली हर इमारत को तबाह करता हुआ देखा था। जब वे कुश्तिया से निकले थे, वे लपटों की ओर देखने के लिए नहीं मुड़े। उन्हें आकाश में झलकते हुए देखना, उन्हें सुनना ही काफी था और इसलिए वे कुश्तिया की गलियों में बैठ गए और किसी का इंतजार करने लगे जो उनका जिम्मा ले ले।

खाना एक समस्या थी। शरणार्थियों को खाना खिलाने की कोई योजना हिफाजत समिति ने बिलकुल तैयार नहीं की थी। जब दोपहर को समिति बैठी, प्रोफेसर ने खिन्नता से कहा, "हमें वास्तव में इसे हिफाजत समिति नहीं कहना चाहिए। हमारे पास खुद की हिफाजत करने के लिए कुछ भी नहीं है। हमें इसे 'जितना मुमकिन हो उतनी मदद समिति' कहना चाहिए, और हम हमेशा इतना ही कर पाएँगे। इन लोगों का क्या होगा ?"

"कुछ लोग यहाँ रहेंगे," कबीर ने कहा, "कुछ दूसरे गाँवों में चले जाएँगे, कुछ भारत चले जाएँगे। हम अभी उन्हें खिला रहे हैं, मगर यह काफी नहीं है। हमें खाना बचाना होगा।"

"कल यहाँ कुछ और शरणार्थी होंगे ?"

"हाँ, कल और ज्यादा होंगे।"

हर दिन, कुश्तिया का एक हिस्सा लपटों के हवाले होता, और हर रात, जो लोग आखिरी वक्त तक पूरी ढिठाई से अपने घरों से चिपके हुए थे, वे किसी तरह, पाकिस्तानी गश्ती दलों को छकाते हुए निकल भागते। कुछ रिश्वत देकर भी निकलने में कामयाब हुए थे; एक हजार टके के लिए कोई पाकिस्तानी फौजी आपके कत्ल का इरादा छोड़ सकता था, और अगले हजार के लिए वह आपकी बीवी के साथ बलात्कार करने का फैसला बदल सकता था, जबकि ठीक-ठाक पैसे के लिए किसी बच्चे की जिंदगी छोड़ी जा सकती थी। अगर आपको पता है कि कहाँ जाना है, और आप बिना कत्ल हुए वहाँ पहुँच गए, आप किसी सार्जेंट मेजर के सामने मेज पर बैठ सकते थे और कह सकते थे, "मेरे पास पाँच सौ टके हैं। बस इतना ही मेरे पास है। मैं आपको दे देता हूँ।" यह सार्जेंट मेजरों को स्वीकार्य फार्मूला था। लेकिन अगर आप कोई व्यवसायी होते, बैंक में आपकी मुलाकात किसी लेफ्टिनेंट से होती जो बड़े सब्र से आपके खाने की जाँच करता, सारा कुछ स्थानीय फौजी सरकार के नाम पर जब्त कर लेता और बदले में आपको एक लाल कार्ड देता, जिससे आपको जिंदा रहने की इजाजत मिल जाती। फौजियों को हुक्म था कि वे सभी बैंकों, सभी मिलों, सभी बिजली की दुकानों, सभी अनाज गोदामों, सभी गेराजों और सभी गाड़ी मरम्मत केंद्रों को बख्श दें। अफसरों की

हताशा के लिए उन्होंने दो बैंकों और एक अनाज गोदाम में आग लगा दी थी। कुश्तिया, एक सप्ताह तक जलते रहने के बाद, अगले सप्ताह तक सुलगता रहा। फौजियों का मुख्य हिस्सा शहर के किनारे सर्किट हाउस के पास शिविर लगाए हुए था।

कुमेरखाली से गुजरने वाले शरणार्थियों ने कुश्तिया के बारे में खौफनाक दास्तानें सुनाईं। उन्होंने ऐसे लोगों के बारे में बताया जो सुनियोजित ढंग से चलते हुए आग में दाखिल हो गए; उन लोगों के बारे में, जिन्हें कतार में खड़ा कर दिया गया और बहुत सटकर, सामने वाले आदमी की पीठ से सीना सटाकर, खड़ा होने का हुक्म दिया गया, और फिर एक फौजी आखिरी आदमी के पीछे खड़ा हो गया और उसने दस लोगों की सीधी कतार में एक गोली चलाई। इस तरह उस निकेल मढ़ी गोली से सबके-सब मारे गए; और फिर वह फौजी उछल पड़ा और उसने अपने घुटने थपथपाए, इतनी आसानी से इतने सारे लोगों को मार डालने के लिए खुद को बधाई दी। उन्होंने एक औरत के बारे में भी बताया, घर में छुपे चार बड़े बेटे-बेटियों की माँ के बारे में, जिसने मुस्कुराते हुए पाकिस्तानी फौजियों का स्वागत किया और खुद को उनके सामने पेश कर दिया ताकि उसके बच्चों को भागने का वक्त मिल जाए। उन्होंने यह भी बताया कि पाकिस्तानी फौजी जवान लड़कियों की आँखें निकाल ले रहे हैं क्योंकि किसी अफसर ने कहा है कि उसे एक हजार आँखों से ज्यादा कुछ भी पसंद नहीं है

कुश्तिया जल रहा था, और कुमेरखाली इंतजार कर रहा था। पाकिस्तानी देहातों में छिटपुट छापे मार रहे थे, मगर वे सूबे की राजधानी में लूट इकट्ठा करने में इतने व्यस्त थे कि गाँव पर ध्यान देने की उन्हें फुरसत ही नहीं थी। रेडियो ढाका बताता था कि कुश्तिया फल-फूल रहा है, मगर कबूल करता था कि शहर का कुछ हिस्सा बदमाशों ने जला दिया है। वह बताता था कि आस-पास के इलाकों के गाँव वाले कुश्तिया के बाजार में अपने सामानों के साथ टूट पड़ रहे हैं, मगर जहाँ बाजार हुआ करता था, वहाँ काली राख का ढेर था। कोई किसान नहीं आ रहा था और कुश्तिया में अनाज कम पड़ रहा था। कुमेरखाली में हिफाजत समिति ने अनाज को छितरा देने का हुक्म दिया। पड़ोस के सात घर, जो सबके सब गाँव के बाहर थे, अनाज गोदामों के रूप में चुने गए। उनका तर्क था कि इन गोदामों में अगर एक दुश्मन के हाथ पड़ भी गया तो बाकी छह बचे रहेंगे।

कुश्तिया के रौंदे जाने के तीन हफ्ते बाद, कुमेरखाली में चेतावनी की घंटियाँ बज उठीं। कलकत्ता रेडियो सुन रहा और साथ-साथ कुछ पढ़ रहा प्रोफेसर अपने घर में ही था। शाहजू 'आलिवर ट्विस्ट' की एक मुड़ी हुई प्रति लिए औंधा लेटा हुआ था और जहाँनारा अपनी गुड़िया से खेल रही थी। सबको पता था कि चेतावनी की घंटी सुनने के बाद क्या करना है। जहाँनारा ने अपनी गुड़िया छोड़ी और अपने सामानों से भरा एक छोटा-सा थैला उठाकर फाटक की तरफ चल दी, जहाँ से उसे शेफाली पेड़ों के झुरमुट के नीचे बनी भूमिगत पनाह में ले जाया गया। शाहजू उस कोने से गोली की तरह उठा जहाँ वह पढ़ रहा था, और बगीचे में दौड़ा और उसने तेजी से खासतौर पर

लंबे एक खजूर के पेड़ पर चढ़ना शुरू कर दिया। एक व्हिसिल और छह या सात कूट-संकेतों से लैस वह भेदिए की तरह काम कर रहा था। उसने पहले ही ऐसे किसी अवसर के लिए खुद को तैयार करते हुए पेड़ पर कई घंटे गुजारे थे। प्रोफेसर भी, एक स्वचालित राइफल, एक रिवॉल्वर और दो हथगोले लिए, घर से बाहर दौड़ा। उसके पास ज्यादातर गाँव वालों से ज्यादा बेहतर हथियार थे जिन्हें बंदूकें दी गई थीं, और यह इसलिए था कि वह गाँव में किसी भी दूसरे आदमी की तुलना में ज्यादा हथियार लाया था, और किसी वजह से यह मान लिया गया था कि उसे इनका इस्तेमाल आता है। वास्तव में वह इन हथियारों से डरा हुआ था।

जब चेतावनी-घंटियाँ बजीं, उस समय छुपा लेने वाले हरे और पीले रंगों से रँगे दो टोएटा जीपों और एक बड़े ट्रक का कारवाँ आधा मील की दूरी पर गाँव की ओर दौड़ रहा था। चूँकि कुमेरखाली तक पहुँचने वाली सभी सड़कों पर कड़ी निगरानी थी, इसलिए उनकी मौजूदगी की यही एक व्याख्या थी कि उन्हें नाव से नदी के पास पहुँचाया गया है, या छिछले पानी की नाव से उतारा गया है। यह शाम का धुँधलका था, उनकी हेडलाइटें चमक रही थीं, और ट्रक और जीप के लोग सेमी-ऑटोमैटिक हथियारों से लैस थे जबकि कारवाँ के आगे चल रही जीप पर घुमाऊ, उठी हुई मशीनगन लगी हुई थी। एक गाँव वाला नदी वाले रास्ते की निगरानी कर रहा था; उसने घंटी बजाई थी; और अब वह घूमकर गाँव की तरफ लौट रहा था। गाँव के दूसरे सिरे पर प्रोफेसर पाँच दूसरे गाँव वालों के साथ एक नीची दीवार के पीछे छुपा हुआ था जहाँ से मुख्य रास्ता दिखाई पड़ता था, यह हिंदू मंदिर से दूर नहीं था। झाड़ियाँ, झड़बेरियाँ और पेड़ इस पोजीशन को लगभग अभेद बनाते थे और गाँव के बचाव की हर योजना गाँव में दाखिल होने वाले रास्ते पर पड़ती इस नीची दीवार पर टिकी थी, जिससे मजबूती से बचाया जाना था। बदकिस्मती से पाकिस्तानी दूसरे सिरे से गाँव में दाखिल हो रहे थे।

जब वे गाँव में दाखिल हुए, तब क्या हुआ, यह प्रोफेसर को बहुत समय तक मालूम नहीं हुआ, हालाँकि वह इसमें से ज्यादातर का अनुमान लगा सकता था। कायदे के बचाव के लिए तैयारी का वक्त नहीं था। सिर्फ बंदूकों और रिवॉल्वरों से लैस तीन या चार लोग कारवाँ का इंतजार कर रहे थे; दो तत्काल मारे गए, तीसरा समझदारी से एक गड्ढे में घुस गया, एक मकान के पीछे पहुँचा, और वहीं से फायरिंग करता रहा, जिसमें ट्रक में सवार एक आदमी मारा गया, जो लुढ़का और सड़क पर गिर पड़ा। चौथे आदमी ने, जिसकी लाश सड़क से कुछ दूरी पर पाई गई, लड़ाई में हिस्सा लिया भी हो सकता है और नहीं भी; कोई हथियार नहीं मिला और मुमकिन है, वह बस ओट के लिए भागता हुआ मारा गया हो।

चेतावनी का वक्त इतना कम था कि सिर्फ आधी औरतों को खाली कराया जा सका था। पाकिस्तानी हाईस्कूल में अपना मुख्यालय बनाने की सोचकर आए लगते थे और शायद उनका रात को ठहरने का इरादा था। कारवाँ स्कूल के बाहर रुका और वे जीप और ट्रक से उतर रहे थे कि गोलियाँ चलने लगीं। किस्मत से कबीर, और करीब

दस लोग एक मकान में पहुँच गए थे जहाँ से स्कूल दिखाई पड़ता था, और खिड़कियों से गोली चला रहे थे। दो और पाकिस्तानी गिरे जिन्हें सिर में गोली लगी, चूँकि वे हेडलाइट के आगे खड़े होने के कारण सबसे आसान निशाने थे। लेकिन तब मशीनगन चलने लगी, किसी ने लकड़ी से बने उस घर पर आग लगाने वाली गोली दागी थी, और कबीर के पाँच आदमी कम हो गए। पाकिस्तानी आग की तीव्रता से हैरत में पड़ गए और भाग निकले। सड़क से सौ गज दूर जाकर वे रुके, एक घर में दाखिल हुए, वहाँ गोलियाँ चलानी शुरू कीं और तीन औरतों के साथ निकले जिन्हें ट्रक के पीछे डाल दिया गया। वे चिल्ला रही थीं और चेतावनी की घंटियाँ अभी भी बज रही थीं।

अगर पाकिस्तानियों ने कुश्तिया में ठहरने का फैसला किया था, बाद में उन्होंने उससे बेहतर सोचा, क्योंकि छह लोगों का दूसरा जत्था कबीर के लोगों के साथ मिल गया और गाँव में एकदम खुली जंग छिड़ गई। ट्रक और जीप अपनी बत्तियाँ बुझाकर धीरे-धीरे बढ़ रहे थे, या शायद कबीर के लोगों ने हेडलाइटें गोलियों से फोड़ डाली थीं। चार या पाँच मकान जल रहे थे और लकड़ियों की खौफनाक चटचटाहट और जलते हुए बाँस की गहरी लाल लपटें और धुएँ में विशालकाय घूमती छायाएँ पूरे नजारे में दुःस्वप्न सरीखी खासियत भर रही थीं। कबीर डरा हुआ था कि वे सारे गाँव में आग लगा देंगे। वह करीब आ रहा था। वह ट्रक में लहूलुहान चेहरा लिए बैठे दो लोगों को देख सकता था और उसे अचरज हो रहा था कि कैसे वे गोली चलाते रह सकते हैं। वह अपने लोगों से टायरों पर गोली मारने को कहता रहा। ज्यादा से ज्यादा हथियारबंद गाँव वाले आ रहे थे, और इस वक्त तक कारवाँ गाँव के बीच की मस्जिद तक पहुँच गया था। यहाँ वे रुक गए, साफ तौर पर मस्जिद को एक मजबूत मोर्चा बनाने और जीत लेने के इरादे से। गोलीबारी के बीच थोड़ी खामोशी के दौरान एक पाकिस्तानी लेफ्टिनेंट भोंपू पर चिल्ला रहा था, "कुमेरखाली के बहादुरो ! अब हमसे और मत लड़ो ! हम शांति के साथ आए हैं ! तीन लोगों को भेजो जिनकी बाँहों पर सफेद रूमाल बँधे हों, हम युद्ध विराम पर बात करेंगे !" जब तक वह चीखता रहा, कबीर ठहाका लगाता रहा और जंग जारी रही। पाँच मिनट बाद, मस्जिद और सात-आठ दूसरे घरों में आगजनी वाली गोलियों से आग लगाने के बाद कारवाँ कुमेरखाली से निकलने के लिए भागा।

प्रोफेसर नीची दीवार के पीछे उनका इंतजार कर रहा था। जब लगभग छह लोगों से भरी जीप बीस गज दूर रह गई, उसने गोली चलाने का हुक्म दिया। उसने एक हथगोला फेंका; जीप हवा में उड़ गई और पलटकर गिरी, चक्के अभी भी घूम रहे थे और उसके ठीक पीछे से आ रहा ट्रक वक्त रहते घूम गया और निकल गया, और उसके पीछे दूसरी जीप थी। ट्रक को निशाना बनाकर फेंका गया एक हथगोला फूट नहीं सका। उनकी तकलीफ के लिए उनके पास घुमाऊ मशीनगन लगी एक बिगड़ी हुई जीप रह गई थी, जिसकी शायद मरम्मत की जा सकती थी, दो हजार चक्र गोला-बारूद थे, छह सेमी-ऑटोमैटिक राइफलें थीं, तीन मरे हुए पाकिस्तानी फौजी थे, और तीन, जो जिंदा

थे और अपनी जान की भीख माँग रहे थे। प्रोफेसर ने अपनी घड़ी देखी। उसके चेतावनी घंटी सुनने के बाद से घंटा-भर से भी कम वक्त गुजरा था।

हमले के बाद वाले दिन, जब मृतकों को दफनाया जा चुका था और रात की बारिश से आखिरी लपटें तक बुझ गई थीं, प्रोफेसर नदी किनारे टहल रहा था जब उसकी मुलाकात कबीर से हुई जो उसे ही खोजता हुआ आया था। कबीर अपनी चीते-सी चाल से मैदान पार करता हुआ आया था और उसकी घनी काली दाढ़ी पर बारिश की बूँदें दमक रही थीं, दूर से वह मदरसे के किसी नौजवान छात्र सरीखा लगता था, उन बुनियादपरस्त छात्रों में एक, जो लगातार कहा करते हैं कि पाकिस्तान को इस्लामी राज्य हो जाना चाहिए और हर किसी को फौजी तानाशाही के आगे घुटने टेक देने चाहिए। प्रोफेसर इन उन्मादी छात्रों को पूरी तरह नापसंद करता था क्योंकि वे तानाशाही के दलालों और जासूसों की तरह काम करते थे और उसकी रीढ़ में खौफ की सिहरन दौड़ गई जब उसने याद किया कि वह किस तरह उनसे हमेशा खौफजदा रहा करता था। मगर जब कबीर उसके पास आया, वह खुशनुमा ढंग से मुस्कराया और वे कदम से कदम मिलाकर चलने लगे। हलकी फुहार गिर रही थी और नदी का दूर वाला किनारा बारिश के कुहरे में डूबा हुआ था।

प्रोफेसर बताना चाहता था कि वह कबीर का कितना बड़ा मुरीद है, इन आखिरी दिनों के दौरान कितना अक्सर वह इस नौजवान के आत्मविश्वास और दबाव के तहत साफ-साफ सोचने की काबिलियत से हैरत में पड़ा है, और फिर उसे खयाल आया कि कोई भी तारीफ गलत समझी जाएगी और कि किसी भी हाल में इनसे कोई मकसद हल नहीं होगा। कबीर साफ तौर पर गाँव में ऐसा अकेला आदमी था जिसे हमेशा पता होता था कि वह ठीक-ठीक क्या कर रहा है, जिंदगी से इतना भरा-पूरा कि वह एक ही साथ कई जिंदगियाँ जीने और सिहरती हुई उत्सुकता के साथ सबका लुत्फ लेते रहने का अहसास कराता था। और इसीलिए उसे हैरत हुई जब कबीर ने कहा, "मैं समझ नहीं पाता कि हम कैसे जारी रख सकते हैं, प्रोफेसर। जारी रखने के लिए है क्या ? वे हिंदुस्तान पहुँचने की कोशिश करने की चर्चा कर रहे हैं, और मैं उन्हें कहता हूँ, 'नहीं, हमें यहीं रहना है,' मगर दिल के भीतर की गहराइयों से मैं उनसे राजी हूँ। वे सब किसी और हमले से डरे हुए हैं। उन्हें पता नहीं कि क्या करें।"

कबीर एक ऐसे आदमी की तरह बोल रहा था जो अपनी आखिरी हद तक निचुड़ चुका हो।

"मेरा खयाल था उन्होंने अच्छी तरह काम किया," प्रोफेसर ने कहा, "तुमने उन्हें अच्छी तरह संगठित किया। तुमने औरतों और बच्चों को बाहर निकाल लिया, और हमने काफी लोगों को मारा।"

"हमने छह मारे और बीस खोए। हमारे पास तीन कैदी हैं—उनका वक्त घुटने रगड़कर हमसे रहम की भीख माँगने में बीतता है। मगर यह खास बात नहीं है। खास बात यह है कि गाँव वालों ने उम्मीद छोड़ दी है। वे उन बीस लोगों के बारे में सोचते

हैं जिन्हें हम गँवा चुके और उन चार-पाँच लोगों के बारे में, जो कमोबेश बुरी तरह घायल हैं। वे उन तीन औरतों के बारे में सोचते हैं जिन्हें पाकिस्तानी ले गए। यह आप उनकी आँखों में देख सकते हैं, प्रोफेसर !''

वे कुछ वक्त खामोशी के साथ चलते रहे। बारिश में भुतहा-सी लगती धारीदार भूरी पाल वाली नाव नदी के दूसरी तरफ धीरे-धीरे चल रही थी। कबीर बोल रहा था, ''वे सिर्फ तभी जी सकते हैं जब उनमें उम्मीद हो। उन्हें पता है पाकिस्तानी दुबारा आएँगे। अगली बार यह ज्यादा खौफनाक होगा।''

''बिलकुल,'' प्रोफेसर ने कहा, जैसे यह इतनी जाहिर सी बात हो कि कहना बेकार हो।

''और फिर तीसरी और चौथी बार होगा,'' कबीर बोल रहा था, ''और इसके बाद कुमेरखाली नहीं रहेगा। उन्हें रोकने के लिए कुछ नहीं है !''

''मेरा खयाल है, तुम गलत हो,'' प्रोफेसर ने कहा, ''उन्हें रोक लिया जाएगा।''

''उन्हें कौन रोक सकता है ?''

''मेरा खयाल है कि मदद आएगी। मैं नहीं जानता, कहाँ से आएगी, मगर मैं जानता हूँ वह चल पड़ी है। शायद मुक्तिवाहिनी से, शायद हिंदुस्तान से, शायद रूस से--खुदा जाने कहाँ से आएगी, मगर आएगी जरूर। ऐसा नहीं है कि दुनिया नहीं जानती कि क्या हो रहा है--दुनिया को अच्छी तरह पता है ! बी.बी.सी. है, वॉयस ऑफ अमेरिका है, कलकत्ता रेडियो है, सब बता रहे हैं कि हमें हलाल किया जा रहा है। पाकिस्तानी विदेशी खबरनवीसों को मुल्क में आने देने से रोक रहे हैं, मगर तिस पर भी वे आ-जा रहे हैं। कलकत्ता ने कल कुमेरखाली पर हमले की खबर दी। उन्हें कैसे पता चला ? मगर हम सबने यह सुना, और हम सबको पता है कि उन्हें पता है, और यही चीज है जो मुझे उम्मीद देती है।''

जब बारिश नदी की तरफ से झटास में आने लगी, उन्होंने एक मछुआरे की छोड़ी हुई झोंपड़ी में पनाह ली। उसमें एक खटिया थी, टूटी हुई मसहरी, दीवार पर टँगे गोले थे, मिट्टी तेल का एक तुड़ा-मुड़ा कनस्तर था, जिसमें थोड़ा-सा मिट्टी तेल था और शेख़ मुजीबुर्रहमान का एक धुँधला हुआ पोस्टर था। हालाँकि झोंपड़ी में धूसर-सा अँधेरा था, तो भी उम्मीद फैलाने वाली और बड़ी, बुद्धिमत्तापूर्ण आँखों वाली, जानी-पहचानी रूपरेखा को पहचानना मुश्किल नहीं था। खटिया पर प्रोफेसर के लिए ज्यादा इज्जत वाली जगह छोड़ते हुए, कबीर जमीन पर बैठ गया।

''क्या आपको लगता है कि वह अभी भी जिंदा हैं ?'' कबीर ने फीके पड़े पोस्टर की तरफ अँगुली का इशारा करते हुए पूछा।

''मर गए हैं,'' प्रोफेसर ने हलके से कहा।

''ऐसा क्यों सोचते हैं आप ?''

''क्योंकि वे कुछ भी कर सकते हैं। वे बच्चों का कत्ल करते हैं जो खुदा के लिए पाक होते हैं और अगर तुम बच्चों को मार सकते हो तो किसी को भी मार सकते हो।

एक बार वह उनके हाथ में पड़ गए, दुनिया में कोई चीज उन्हें उनका कत्ल करने से नहीं रोक सकती। उन्होंने उनकी मौत का ऐलान नहीं किया है, लेकिन उन्हें ऐसा क्यों करना चाहिए ? उन्हें पता है वे क्या कर रहे हैं !"

"वे क्या कर रहे हैं ?"

"यह बहुत आसान है। वे अपने रास्ते में पड़ने वाले हर किसी का कत्ल कर रहे हैं। उन्हें लगता है कत्ल करना आसान है, मगर ऐसा है नहीं। वे अपने लिए मुल्क की दौलत चाहते हैं, और वे सोचते हैं कि अगर वे हमें मार डालेंगे, तो मुल्क उनका हो जाएगा, मगर वे भूल जाते हैं कि जूट मिलों में काम करने के लिए और खेत जोतने के लिए बंगालियों की जरूरत पड़ेगी। वे भूल जाते हैं कि हमें मारकर उन्होंने हमें न सिर्फ अपना दुश्मन, बल्कि अपना आखिरी जल्लाद बना दिया है, और अगर वे हम सब को मार डालते हैं, सभी साढ़े सात करोड़ लोगों को, तो हमारे भूत उनका गला दबा देंगे। वे वही हथियार इस्तेमाल कर रहे हैं जो जर्मनों ने किया था और मुझे यकीन है कि वे उसी नियति द्वारा ग्रस लिए जाएँगे जो जर्मनों पर तारी हुई थी। उन्होंने हम पर जंग थोपी है–मौत की जंग–मगर वे ऐसी जंग नहीं लड़ रहे हैं जिसमें किसी कायदे की तामील होती हो, या जिसकी कोई पहचान में आने लायक जंगी सरहद हो। कोई गाँव, कोई शहर–उस पर हमला करो, सामने पड़ने वाले हर किसी को मार डालो, घड़ियाँ और जेवर ले लो, मकानों में आग लगा दो, फिर भागो, और अगले गाँव चले जाओ। यह बहुत खास तरह की जंग है। यह बहुत ही उबाऊ और खतरनाक है, और यही वजह है कि लोगों को यातना देकर वे इतने खुश होते हैं–बस यही एक खुशी उनके पास होती है।"

"और बलात्कार ?"

"हाँ, मगर बलात्कार आनंद नहीं है। यह मुकम्मिल हताशा और आत्महीनता की कार्रवाई है। इन बेचारे दरिंदों के पास जीने को कुछ नहीं होता, क्योंकि सरकार ने इन्हें जीने के लिए कुछ दिया ही नहीं है। सरकार कहती है, 'मारो !' इसलिए वे बेदिमागी और वहशत के साथ मारते हैं, और हर कत्ल के साथ वे और ज्यादा बेदिमाग और वहशी हो जाते हैं। लेकिन जब असली जंग की बारी आती है, वे इतने भ्रष्ट, इतने बेबस हो जाएँगे कि वे हमारे पास आएँगे और कहेंगे, 'हमें मार डालो ! अब हम इस हाल में और जिंदा नहीं रह सकते !' मगर हम उन्हें मारेंगे नहीं, हम उन्हें पंजाब और सिंध और जहाँ से भी वे आए हैं, वहाँ भेज देंगे, और वे बेहद खुश होंगे और अपने लोगों को मारना शुरू कर देंगे।"

पाकिस्तानी फौजों द्वारा खुद को मार डालने का आग्रह करने और अपने घर जाने का हुक्म देकर उन्हें सजा देने के खयाल पर कबीर हलके से हँस पड़ा।

"आप संजीदा नहीं हैं ?" उसने थोड़ी देर बाद पूछा।

"नहीं, मैं हूँ। मुझे पूरा यकीन है कि जब भी वे हममें से किसी एक गरीब किसान का कत्ल करते हैं, वे कुछ ऐसा खो बैठते हैं जो उनके लिए बेहद बेशकीमती है–अपने

इनसान होने का अहसास। मैं मानता हूँ कि लोग कमजोरी के चलते कत्ल करते हैं।'' उसने दीवार पर टँगी शेख़ मुजीबुर्रहमान की तस्वीर की ओर इशारा किया। ''प्रेसिडेंट याह्या ख़ान ने अपनी कमजोरी के चलते शेख़ मुजीब का कत्ल कराया, इस अहसास के चलते कि वह हुकूमत करने में पूरी तरह नाकाबिल है और मुल्क पर तारी सवालों के जवाब उसे नहीं पता हैं। इसलिए उसने बेरहमी से यह कत्ल कर दिया, यह सोचकर कि उसने मुश्किल हल कर ली है, मगर इसकी जगह उसने कई मुश्किलें खड़ी कर लीं।''

''तो आपको पूरा यकीन है कि अब शेख़ नहीं हैं ?''

''पूरा। वे जिस रास्ते पर चल पड़े हैं उसका तार्किक नतीजा यही है। सिर्फ याह्या नहीं, पूरी पाकिस्तान फौज इसी तरह सोचती है--कत्ल से सब कुछ हल हो जाता है। इसके उल्टे, कत्ल से कुछ भी हल नहीं होता। वे अब कत्ल करने के इतने आदी हो गए हैं कि और कुछ नहीं कर सकते। उनके पास कोई दिमाग नहीं है, कोई समझ नहीं है, सिर्फ़ कत्ल की कल्पना है जिसे वे हैरतनाक विचित्रता के साथ अंजाम देते हैं। ठीक है कि ये कातिलाना रोबो कुछ लम्हे के लिए कामयाब रहते हैं, मगर लंबे समय के लिए नहीं। यही वजह है कि उम्मीद है, यही वजह है कि हमें हताश नहीं होना चाहिए।''

''सुनिए, आप बोलते हैं कि हम जंग जीत रहे हैं,'' कबीर ने कहा, और इसमें थोड़ी तल्खी छुपी हुई थी, ''वे खुद टूट जाएँगे, अहँ, क्योंकि उन्होंने अपनी इनसानियत खो दी है ?'' मगर उनके पास हमें कई बार मार डालने के लिए अमेरिका और चीन से हासिल काफी बंदूकें, गोलियाँ और नापाम हैं। हमारे मुल्क में क्या बचा रह जाएगा ?''

''यह धरती और नदियाँ बची रहेंगी,'' प्रोफेसर ने कहा, और फिर फुसफुसाहट में कहा, ''लोग बचे रहेंगे।''

''वे जो जिंदा रहते हैं ?''

''हाँ, वे जो जिंदा रहते हैं और मरे हुए भी। वे हमारे बीच रहते हैं।''

यह कहकर प्रोफेसर ने अपनी पाइप और नीले रंग का, चमड़े का बना अपना तंबाकू का थैला निकाला, और एहतियात से, रेशेदार तंबाकू की हर तह को थपथपाते हुए और दो तहों के बीच थोड़ी जगह छोड़ते हुए, बाउल भरने लगा। उसकी मान्यता थी कि इस तरह पाइप से बढ़िया कश लिया जा सकता है और एक बार उसने हैरत से सोचा भी था कि उसे भौतिकी विभाग के अपने किसी दोस्त से पता करना चाहिए कि यह मान्यता सही भी है या नहीं। वाकई, मान्यताओं के साथ यह मुश्किल रहती है जब तक उनका परीक्षण नहीं हो जाता है, वे मान्यताएँ ही रहती हैं। बांगलादेश के भविष्य की उसकी मान्यता का परीक्षण वक्त आने पर होगा, शायद बहुत जल्दी। कातिल हताश हो जाएँ और उनमें कड़ी जंग लड़ने की ताकत ज्यादा बची नहीं रहेगी जिसका नतीजा यह होगा कि छापामार उनका कीमा बना देंगे। जीत की कुंजी अनुशासन में थी, और यही चीज थी जो उन कातिलाना फौजियों के गिरोह में चुकती थी जिन्होंने गाँव पर हमला किया था। बिना यह जाने कि वे पहले ही जंग हार चुके हैं।

प्रोफेसर अख़्तर के लिए यही भरोसे थे जो उसे दिलासा देते थे। यह काफी पहले

उसके दिमाग में आया था कि समूचे इतिहास में सभी लड़ाइयाँ शुरू होने के पहले ही हारी जा चुकी थीं।

पाइप से कश लेते हुए उसने उन लड़ाइयों पर विचार किया जिनका उसने क्लासरूम में अध्ययन किया था। उसे याद आया कि लगभग सभी मामलों में किसी लड़ाई के नतीजे का कभी भी अनुमान नहीं लगाया जा सकता था, क्योंकि वह अक्सर इनसानी क़िरदार और मैदान के ढेर सारे हादसों पर टिकी होती है। उसने काफी पहले नतीजा निकाल लिया था कि बड़ी लड़ाइयों के नायक अक्सर अपनी जीत के पहले लुढ़कते रहे हैं और यह जानने के लिहाज से वह पाकिस्तानी जेनरलों के बारे में काफी कुछ जानता था कि वे अपनी हार सुनिश्चित करने में कोई कसर नहीं उठा रखेंगे।

नदी किनारे की किसी माँझी की इस झोंपड़ी में उसे बहुत अच्छा लगा। यह पूरे तौर पर किसी दार्शनिक की कुटिया थी–उजाड़, सरल साफ रेखाओं और रहे जाने के अहसास से भरी हुई, और यहाँ तक कि दरवाजे बंद हो जाने पर भी आप नदी को घिसी हुई चटाइयों की मार्फत देख सकते थे। मगर अँधेरा गहरा हो रहा था, नीचे झुके बादलों से अलग कर नदी को पहचानना मुश्किल था और जल्दी ही वे गाँव की तरफ लौट रहे थे, खयालों से भरे हुए, दोनों इस बात से थोड़े चकित कि उन्होंने अपने साथी के भीतर किसी चीज को खोजा है। प्रोफेसर यह जानकर हैरत में था कि कबीर जितना दिखाई देता है, उससे कम आत्मविश्वासी और ज्यादा उलझनों से भरा है, और कबीर यह जानकर हैरान था कि प्रोफेसर को सारे हालात के बावजूद यकीन था कि पाकिस्तानी हार की कगार पर हैं।

"तो आपको पूरा यकीन है कि हम लोग जीतेंगे और शायद बहुत जल्दी," जब वे गाँव की तरफ चले तब उसने पूछा।

"हाँ, बिलकुल," प्रोफेसर ने जवाब दिया। क्या तुम्हें क़ुरआन-पाक याद नहीं दिलाता, कितनी बार अल्लाह के करम से छोटी ताकत ने बड़ी ताकत को शिकस्त दी है ? अल्लाह उनके साथ होता है जो दृढ़ता से अपने रास्ते पर टिके रहते हैं।"

दिन गुजरते गए और कुमेरखाली अपने जख्मों से उबरता रहा, किसी भी गाँव वाले को इस बात में शुबहा नहीं था कि पाकिस्तानी लौटेंगे। किसी ने भी जलकर खाक हुए मकानों को दुबारा बनाने या स्कूल की टूटी हुई खिड़की की मरम्मत करने या हिंदू मंदिर में दुर्गा की प्रतिमा का सिर बदलने की कोशिश नहीं की। अजीब ढंग से लोग इस तरह जीने में कामयाब थे, मानो कुछ हुआ ही नहीं था, या कम से कम वे इसी तरह जीते दिखाई पड़ते थे। वास्तव में वे डरे हुए थे और पूरी एहतियात बरत रहे थे। गाँव तक पहुँचने वाली सभी सड़कों पर निगरानी बिठा दी गई थी; नदी किनारे चौकसी करने वाले तैनात कर दिए गए थे; और यहाँ-वहाँ सड़कों में बारूदी सुरंगें बनाने और कभी-कभार पत्थरों के पुल बनाने की कोशिशें हो रही थीं। मगर सबसे जरूरी काम औरतों और बच्चों की हिफाजत करना था, यह सुनिश्चित करके कि उनके छुपने की जगहें हों। जब पाकिस्तानी फौजी आएँ तो गाँव में उन्हें कोई औरत और बच्चा न मिले और उनके

छुपने की जगहों को बहुत ज्यादा लोगों को न बताया जाए, क्योंकि यह डर बना रहेगा कि यातना के आगे उन्हें कोई उजागर कर देगा। अचानक औरतें और बच्चे बेहद बेशकीमती हो गए थे।

मगर गाँव वालों को लेकर सबसे ज्यादा ध्यान खींचने वाली बात उनके रंग-ढंग में आया बारीक बदलाव था। एक शांत गंभीरता उनमें घर कर गई थी। हँसने की कुव्वत उनमें अभी भी थी मगर वे बहुत कम हँसा करते थे; वे अभी भी गाते थे, मगर उनकी आवाजें मद्धिम हो चुकी थीं। वे ज्यादा वजनी और चौकस कदमों से चलते थे, और एक-दूसरे पर काफी करीबी निगाह रखते थे, ऐसा नहीं कि उन्हें गद्दारी का डर था, मगर क्योंकि अब वे एक-दूसरे के ज्यादा आसरे हो गए थे। इसी बीच, कई लिहाज से, गाँव का काम बिलकुल पहले की तरह चलता रहा था। पटसन किसान अभी भी खेतों में काम करते थे, मगर उनमें से कुछ पिस्तौल रखने लगे थे। अपनी नक्काशी की किताबों से घिरे सुनारों ने अभी भी कंगन, पाजेब और सोने के भारी हार बनाना जारी रखा था, मगर वे पाइपगन और पिस्तौलें भी बना रहे थे। कुमेरखाली में आठ सुनार थे; वे मिट्टी के फर्श पर पालथी मारकर बैठे छोटी-छोटी तंग दुकानों में काम करते थे और गरीबी के मारे दूसरे मजदूरों की ही तरह दिखते थे; असलियत में वे बेहद अमीर थे। वे गाँव में इसलिए रह गए कि गाँव छोड़ने का खयाल उनके दिमाग में आया ही नहीं। यही नानबाइयों, चर्मकारों, रेशम के व्यापारियों, धोबियों, मछुआरों और नाव बनाने वालों ने किया। उन्होंने खुद से कहा कि गाँव उनका घर है; दो हमले वे झेल चुके हैं, और कुछ और हमले भी झेल सकते हैं, और उनके अकेलेपन ने उन्हें बचाए रखा।

किसी दूसरे गाँव का अजनबी सोच सकता था कि कुमेरखाली जंग की बदतरीन तबाही से बचा रह गया है और कुछ नहीं बदला है, सिवा इसके कि गाँव में बाहरी हिस्से में कुछ ताजा खुदी कब्रें हो गई हैं, मगर ऐसा नहीं था। सबसे गहरे जख्म उनकी आत्माओं पर थे। न दिखाई देने वाले घाव सड़ रहे थे, खौफ ने उन्हें जकड़ लिया था; और कभी-कभी बीच रात को सहसा कुछ चीरती हुई चीखें आतीं और गाँव के कुत्ते भूँकने लगते।

हमले के चार दिन बाद, धुँधलके में, मुक्तिवाहिनी के तीन लोग गाँव में आए। उन्हें सबसे पहले गाँव के बीच, बरगद के पेड़ के नीचे खड़ा देखा गया, काले चेहरे, दाढ़ी और हथियारों से लैस, वे अपने पाँव फैलाए आराम से खड़े थे, विजेताओं की तरह। किसी ने उन्हें आते नहीं देखा था, और उस विशाल बरगद के नीचे उनके अचानक नमूदार होने में कुछ रहस्यमय-सा था, मानो वे आसमान से टपक पड़े हों। शुरू में लोगों को लगा कि वे पाकिस्तानी फौजी हैं, जिन लोगों ने उन्हें देखा वे भागने लगे, हालाँकि वे पुकार रहे थे, 'हम मुक्तिवाहिनी हैं।' उनकी एक तरह की वर्दी थी, खाकी कमीजें, जालीदार पट्टे और खाकी पतलून। उनमें से दो लंबे और मजबूत गठन वाले थे, जबकि तीसरा, जो स्टील फ्रेम का चश्मा पहने हुए था, थोड़ा हलका था और अपने विचारशील, आत्मलीन तौर-तरीकों से विश्वविद्यालय का छात्र समझा जा सकता था। धीरे-धीरे एक

छोटा हुजूम उनके आस-पास इकट्ठा हो गया।

''हाँ, हम मुक्तिवाहिनी हैं,'' छात्र की तरह दिखने वाले ने कहा, ''आपको डरने की जरूरत नहीं। नजदीक आ जाइए !''

''चार दिन की देरी से,'' किसी ने हुजूम के बीच से टिप्पणी की, और तल्ख हँसी की लहर दौड़ गई।

सहसा कबीर दिखाई पड़ा, मक्खन को काटते चाकू की तरह उसने भीड़ में अपना रास्ता बनाया।

''मैं गाँव की हिफाजत समिति का प्रमुख हूँ,'' मुक्तिवाहिनी के सबसे लंबे जवान के पास सीधे जाकर उसने कहा, ''कहाँ से आए हो ? क्या चाहते हो ?''

''हमें रंगरूट चाहिए।''

''अच्छा, तो तुम हमारे नौजवान लोगों और लड़कों को हमसे दूर ले जाने आए हो ?''

''हाँ, सच्चाई यही है, हम इसीलिए यहाँ आए हैं। हम चौदंग से आए हैं। हम तुम्हारी मदद के लिए यहाँ हैं।''

''तुम हमारे लोगों को ले जाओगे, इससे हमारी मदद नहीं होगी,'' कबीर ने हुजूम को सुनाने लायक ऊँची आवाज में कहा, ''हम पर हमला हुआ है, और जब तक हम सोचने-समझने की स्थिति में आएँगे, उससे पहले जल्दी ही हम पर फिर हमला हो सकता है। हम अपने किसी आदमी को मुक्तिवाहिनी से नहीं जुड़ने देंगे।''

''हाँ बिलकुल ठीक,'' किसी ने हुजूम में से कहा।

अँधेरा हो रहा था और जल्दी ही बरगद के नीचे खड़ा छोटा-सा हुजूम अँधेरे में खो गया और उनकी आवाजें फुसफुसाहटों में डूब गईं।

एक-एक कर गाँव वाले अपने घर लौटने लगे। मामला उनके हाथ से बाहर था। वे अब संतुष्ट थे कि मुक्तिवाहिनी के तीन लोग उनके बीच पहुँच गए थे और कई फैसले किए जाने थे, और ये फैसले अच्छे होंगे या बुरे, यह उन घटनाओं से तय होगा जो उनके काबू से बाहर हैं। उस रात वे कुछ ज्यादा सुकून से सोए, यह जानते हुए कि मुक्तिवाहिनी उनके साथ ठहरी हुई है, और यह भूलते हुए कि उनके आने का अकेला मकसद अपनी फौज के लिए जवान लोगों और लड़कों को भर्ती करना है।

उन लोगों को कायदे से खाना खिलाने के बाद कबीर ने उनके लिए हिफाजत समिति की एक बैठक बुलाई। बैठक प्रोफेसर अख्तर के पुस्तकालय में लालटेन की रोशनी में हुई। मौजूद थे, एक मछुआरा, एक डॉक्टर, एक नाव बनाने वाला, हाईस्कूल का एक लड़का और अवामी लीग का एक स्थानीय नेता, जो साथ ही साथ गाँव की सभी सड़कों, नहरों, पुलों और सार्वजनिक इमारतों की देखभाल करने वाला सिविल इंजीनियर भी था। पुस्तकालय में पर्याप्त कुर्सियाँ नहीं थीं, इसलिए ज्यादातर मेहमान फर्श पर बैठे। शाहजू और जहाँनारा लोगों को चाय और चावल का मीठा पिट्ठा परोस रहे थे, गाँव वालों की तरफ से कबीर ही ज्यादा बातचीत कर रहा था, जबकि दुबला-

पतला, आलिम दिखने वाला मुक्तिवाहिनी का लड़का, जिसने अपना नाम रशीद बताया था, तीनों जवानों की तरफ से सबसे ज्यादा बोल रहा था।

''हमारी अपनी एक फौज होनी ही चाहिए,'' रशीद गंभीरता से बोल रहा था, हर वक्त वह अपनी काली रेशमी छोटी-सी दाढ़ी सहलाता रहता था, जो, ऐसा नहीं लगता था कि कभी अपनी पूरी लंबाई तक बढ़ेगी। ''आप देखिए, एक-एक गाँव की अलग से हिफाजत करने में कोई भलाई नहीं है; हमें पूरे मुल्क की हिफाजत करनी है, और यह काम हम मैदान में एक फौज के साथ ही कर सकते हैं। हमें वापस लड़ना है। हमें अपना वक्त और अपनी जगह चुनने लायक बनना है, आप समझिए, और यह हम नहीं चुन सकते अगर हम खुद को गाँव में हथियारों से लैस करें और उनके आने का इंतजार करें। जल्दी ही मानसून आ जाएगा और हम लोग ट्रेनिंग में होंगे, और जब बारिश रुकेगी, हम पलटकर हमला करेंगे।''

''पाकिस्तानी फौज के खिलाफ ?'' कबीर ने हलके से पूछा।

''हाँ, बिलकुल।''

''आपको गोला-बारूद कहाँ से मिलेंगे ?''

''हम जब्त करेंगे और जो नहीं कर पाएँगे, उसे भारत के अपने दोस्तों से हासिल कर लेंगे।''

''क्या आपको बमबार जहाज भी मिलेंगे ?''

''वक्त पर हमें सब कुछ मिल जाएगा जिसकी जरूरत होगी—विमान, जहाज, टैंक, जीप, हथियारवाहक, सब कुछ। मगर हथियार सबसे अहम चीज नहीं है। जज्बा सबसे अहम है। अगर जरूरी हुआ तो हम अपने खाली हाथों से लड़ेंगे। अगर हम बीस लाख को--पचास लाख लोगों को--खो देते हैं तो भी हम उन्हें बाहर कर सकते हैं। चींटियाँ हाथी को खा जाएँगी !''

वह मुस्कुराया और उसने अपने चारों ओर निगाह डाली। हर कोई आगे झुककर, बहुत ध्यान से सुन रहा था। मुक्तिवाहिनी के बाकी दो लोग रजामंदी में सिर हिला रहे थे। प्रोफेसर के दिमाग में आया कि मंदिरों की हिफाजत में कहीं-कहीं दिखने वाले पत्थर के दो शेरों से वे मेल खा रहे हैं।

''पाकिस्तानी हाथी की तरह ही बेवकूफ भी हैं,'' रशीद बोल रहा था, ''वे समझते हैं कि वे मजबूत हैं क्योंकि वे असहाय लोगों को मार सकते हैं। ठीक है, अब हम असहाय नहीं रह गए हैं। बंदूकों और प्रशिक्षित फौजियों के साथ, लड़ने की काबिलियत में हम उनसे बराबरी करेंगे और जज्बात में उनसे आगे रहेंगे। यही वजह है कि हमें नौजवान, मजबूत जिस्म वाले लोग चाहिए, ऐसे लोग जो अनुशासित सिपाही बनेंगे। वे अब हमारे पास आ रहे हैं, मगर हम और ज्यादा तादाद चाहते हैं। रेडियो बांगलादेश लगाइए। आप हमारे बारे में, हमारी गतिविधियों के बारे में सुनेंगे, हालाँकि अभी हमें नामों और जगहों को छुपाना पड़ता है। हम अभी ही दुश्मनों से जंग लड़ चुके हैं, इसलिए अपने जवान लोगों से कहो कि हमारे साथ आएँ।''

हिफाजत समिति पर इसका असर पड़ा था। इसमें शक नहीं था कि अपनी दाढ़ी को थोड़ी हिचक से सहलाने के बावजूद रशीद को पता था कि वह क्या कर रहा है।

"अगर सबसे अच्छे लोग यहाँ से निकलकर फौज में भर्ती हो जाएँगे तो हमारी औरतों का क्या होगा ?" डॉ. मोहम्मद अयूब ने पूछा।

वह एक नाटा, बल्कि झुर्रियाया हुआ, काली आँखों वाला इनसान था जिसने हाल ही में एक जवान लड़की से शादी की थी, हालाँकि वह साठ से काफी ऊपर का बताया जाता था; यह अफवाह थी कि उसकी मरीज औरतें उसकी खास तीमारदारी करती थीं, और इसमें शक नहीं था कि जब भी किसी खूबसूरत लड़की पर उसकी निगाह पड़ती, उसका चेहरा खिल जाता और उसके कुछ साल कम हो जाते। उसे गाँव की हिफाजत समिति में इसलिए रखा गया था कि वह खुद को सहज दिखाई पड़ने वाली जिंदादिली से लैस रखता था।

"तो, इसका क्या होगा ?" जोर देकर आगे झुकते हुए डॉक्टर ने पूछा, "क्या यह जरूरी सवाल नहीं है ? हमारी औरतों का क्या होगा ?"

"वे अकेले बिस्तर में सोएँगी," रशीद ने कहा, उसके होंठ कसे हुए थे।

"मैं यह बात नहीं कर रहा था," डॉक्टर ने तेजी से जवाब दिया, "हम उन्हें गाँव से दूर, जंगलों में, सुरंगों में, झोंपड़ियों में छुपाकर रखते हैं। अगर पाकिस्तानी आते हैं तो हमारी सारी औरतों को कहीं न कहीं चले जाना होता है। मगर हालाँकि हम उन्हें छुपाते हैं, फिर भी बंदूकों के साथ उनकी हिफाजत तो होनी ही चाहिए।"

"मेरा खयाल है, थोड़े बड़े लोग यह जिम्मेदारी उठा सकते हैं," रशीद ने कहा, और पहली बार उसकी आँखों में कुतूहल की एक कौंध दिखाई पड़ी। "हम लड़कों और बड़े लोगों को आपके पास छोड़ देंगे। हमें सत्रह से तीस साल की उम्र का हर कोई चाहिए। हम उन्हें जंगलों में ले जाएँगे और प्रशिक्षित करेंगे, और मानसून के बाद हमारे पास ढाई लाख लोगों की फौज होगी और उन्हें हम पाकिस्तान के खिलाफ इस्तेमाल करेंगे।" और फिर, थोड़ा ठहरकर, उसने कहा, "यही हम चाहते हैं, और इंशाअल्लाह, हम यह हासिल करने जा रहे हैं।"

कुछ गाँव वालों ने, जो वहाँ मौजूद थे, बाद में बताया कि रशीद की इस बात के बाद लंबी खामोशी पसर गई, मानो सहसा उन सब पर बेबसी का अहसास तारी हो गया हो, उन जवान लोगों के बारे में सोचकर, जो गाँव छोड़कर फौज में भर्ती होंगे, और दुबारा कभी दिखाई नहीं पड़ेंगे, मगर प्रोफेसर को कुछ दूसरे ढंग से ही यह वाकया याद पड़ता था। उसे याद आता था कि उसने ठीक उसी वक्त लालटेन की बाती बढ़ाई थी, उसकी लौ उछल रही थी, और उस चमकदार पीली लौ की रोशनी में कमरे में मौजूद हर कोई बेहद खूबसूरत दिखाई पड़ रहा था, शाहजू और जहाँनारा खामोशी से कमरे में घूमते हुए, कमाल की एकाग्रता के साथ, केले के पत्तों पर चावल का मीठा पिट्ठा परोस रहे थे और वे सबसे ज्यादा खूबसूरत थे। वे लगभग पारदर्शी-से, बिलकुल लौ हो गए लगते थे। "सभी जवान लोग गाँव छोड़ देंगे, और हमारा क्या होगा ?" इस लम्हे

प्रोफेसर ने खुद से पूछा था। वह लालटेन में पूरी तरह लगे होने का बहाना कर रहा था। "हमें यह सब पहले सोचना चाहिए था—हमने इतना लंबा इंतजार क्यों किया ?" लौ अब स्थिर हो चुकी थी, यह शाम के मुकाबले कुछ ज्यादा चमकदार हो गई थी और अब दीवारों पर छायाएँ हिल-डुल नहीं रही थीं। रशीद गाँव में सबसे मजबूत लोगों के नाम पूछ रहा था, ऐसे लोगों के जिन पर सबसे ज्यादा यकीन किया जा सकता हो। "हमें जोशीले लोग चाहिए,—लड़ाके !" उसने कहा, कमरे में चारों ओर किसी ऐसे आदमी के अंदाज में देखते हुए, जिसने मुखालफ़त की उम्मीद की हो और इसे न पाकर अचरज में हो।

"हमारे सारे जवान जोशीले हैं," कबीर ने हलके से कहा, "उन सबने हमारी मरी हुई औरतों को देखा है।"

"अच्छा !" रशीद ने कहा, "कितने हैं !"

तीन या चार सौ जवान, और उनमें पचास ऐसे हैं जो आला दर्जे के फौजी निकलेंगे। अभी आपको कितने लोग चाहिए ?"

रशीद और उसके साथ के दो लोग आपस में फुसफुसाने लगे। साफ तौर पर उन्होंने तय नहीं किया था कि कितने लोगों को वे तुरंत ले जाना चाहते हैं।

वे अभी फुसफुसा ही रहे थे कि एक अजीबो-गरीब वाकिया हुआ। प्रोफेसर अख़्तर के बूढ़े पिता कमरे में दाखिल हुए। उन्होंने बस एक लुंगी और हलकी पीली चप्पल पहन रखी थी, और वे घिसटते हुए कदमों से आए, उनका सिर झटका खा रहा था, बुरी तरह कमजोर और असहाय दिखते हुए—एक प्रेत जो अँधेरे से नमूदार हुआ हो। वे बेचैन थे, सो नहीं पा रहे थे, शायद हलका बुखार था, और वे लकड़ी की दीवार के पार से सुनते रहे थे और जो सुना उसका कोई मतलब नहीं समझ सके, सिवा इसके कि जवान लोगों को गाँव से बाहर भेजा जा रहा है। और वहाँ खड़े होकर, दाएँ-बाएँ अपना सिर हिलाते हुए, जबकि उनके होंठों के किनारे से निकलती लार उनकी सफेद दाढ़ी में पहुँच रही थी, उन्होंने ऊँची आवाज में कहा, "तुम सबको बस इतना ही करना है कि सब-सेक्शन के ऑफिस इंचार्ज के पास जाओ और कहो, 'साहेब हमारी हिफाजत कीजिए।' हम अक्सर यही कहा करते थे। 'साहब हमारी हिफाजत कीजिए।' और अफसर हमें बैठने को कहता और चाय पिलाकर गाँव का हालचाल पूछता, और वह हमेशा बदमाशों को भगाने के लिए सिपाहियों को भेजता। अब मैं बूढ़ा हो गया हूँ, मगर उसका नाम मुझे याद है—जेम्स ओ हिगिंस। तुमको उसकी याद नहीं होगी, मगर वह बहुत नेक और भला मानुष था। मेरा खयाल है वह चला गया और इंग्लैंड में कहीं रिटायर हो गया, और किसी दूसरे ने आकर उसकी जगह ली है। जब अंग्रेज यहाँ थे तो हम अक्सर कहा करते थे, 'साहेब, हमारी हिफाजत कीजिए,' और उन्होंने हमें कभी नाउम्मीद नहीं किया !"

चूँकि वे निहायत बूढ़े और कमजोर थे और चूँकि वे सब उनके जादू की गिरफ्त में थे, कमरे में हर किसी ने उन्हें ध्यान से सुना। उनमें से ज्यादातर के लिए वे सदियों

पहले के किसी दूसरे जमाने से बोल रहे किसी शख्स की तरह थे। क्या यह मुमकिन था, क्या इस पर यकीन किया जा सकता था, कि अंग्रेजों के राज में सिर्फ सब-सेक्शन चीफ के पास जाना और हिफाजत माँगना काफी था और वह तुरंत मिल जाती थी ? आखिर में वह कुछ लम्हों के लिए शांत पड़ गए और प्रोफेसर उनके पास पहुँचा, उसने उनका हाथ थामा और कहा, "अब आपको थोड़ी देर सो लेना चाहिए।"

"नहीं, नहीं, मैंने उनसे बात की है," बूढ़े स्कूल मास्टर ने कहा, "वहाँ कोई न कोई अफसर होता ही है। ये लोग यह नहीं समझते ! मैं उनसे बात करना चाहता हूँ !"

"फिर कभी," अपने बूढ़े अब्बा को भीतर ले जाते हुए प्रोफेसर ने कहा।

दरवाजे पर प्रोफेसर ने कहा, "हम अपनी जिंदगियों के लिए लड़ रहे हैं, अब्बा। अब कहीं कोई पावर में नहीं है। कोई नहीं है जिसके पास जाएँ, अब्बा—सिर्फ हम हैं।"

अचानक बूढ़े आदमी का चेहरा सिलवटों से भरा लगने लगा, उनके होंठ बुरी तरह थरथराने लगे, और वे रोने लगे। वे अपने हाथों को हलके झटके से हिला रहे थे जिन पर नीली नसों की गाँठें थीं, और फिर सहसा उन्होंने थोड़े अचरज के साथ अपना हाथ चेहरे तक उठाया और अपने नम गाल छुए, यह पाकर हैरान कि वे रो रहे थे। फिर अपने बेटे की बाँहों में भारीपन से झूलते हुए वे घिसटते से आगे बढ़े और बारादरी के दूसरी तरफ के अपने शयनकक्ष में चले गए।

इस नजारे से रशीद भी भौंचक रह गया जो पूरी तरह खामोश रहा जब तक वह बूढ़ा आदमी बोल रहा था। जब प्रोफेसर वापस लौटा, बैठक खत्म ही हो रही थी। घर के बाहर कुछ लड़के और नौजवान, मुक्तिवाहिनी के लोगों को देखने की उम्मीद में इकट्ठा हो गए थे और रशीद ने उन्हें धीमी आवाज में संबोधित किया और बताया कि इस रात वह दस लोगों को अपने साथ मुख्य शिविर ले जाना चाहता है और इसी हफ्ते के दौरान अगले दस लड़कों के लिए वह संदेशवाहक भेजेगा और यह भी जोड़ा कि उसने हिफाजत समिति की इजाजत ले ली है। फिर वह कबीर की ओर मुड़ा जो उसके करीब खड़ा था और उसने पूछा, "कैदियों का क्या हुआ ? मैं उन्हें देखना चाहता हूँ।"

"हमने उन्हें जेल में रखा है," कबीर ने कहा, "हमें यह सोचने का वक्त ही नहीं मिला कि उनका हम क्या करें।"

"क्या तुम कोई मुकदमा चलाने जा रहे हो ?"

"हमने अभी इसके बारे में भी नहीं सोचा है।"

रशीद ने कुछ नहीं कहा। वे पुलिस स्टेशन गए। यह एक अँधेरी रात थी। जवान लड़के मद्धिम आवाज में बात कर रहे थे, मगर जब कबीर, रशीद और दो संतरी जेल में दाखिल हुए, वे खामोश पड़ गए। गाँव के पुलिस वाले ने लोहे के भारी ताले में चाबी घुमाई। एक लालटेन की रोशनी में उन्होंने हथकड़ी पहने तीन कैदियों को फर्श पर बैठे देखा, उनके पाँव जंजीरों से बँधे हुए थे। वे कोठरी में तीन हथियारबंद लोगों की मौजूदगी से खौफजदा थे, ऊपर देख रहे थे और लालटेन की रोशनी में उनके चेहरे पीले पड़े हुए थे। काफी देर तक रशीद उनकी ओर देखता रहा, और वह अपनी ऐड़ियों पर मुड़ जाता

और उन्हें अकेला छोड़ देता अगर उनमें से एक ने रिरियाती आवाज में नहीं कहा होता, "सर-सर, प्लीज़, सुनिए सर। मुझे एक शिकायत करनी है। हमें बस एक दिन में एक बार खाना दिया जाता है। जंग के कानूनों के अनुसार–"

रशीद आगे बढ़ा, अपनी बेल्ट से उसने एक चाकू निकाला और उस आदमी का गला काट दिया, और फिर, मानो यह एक सिलसिलेवार हरकत का ही हिस्सा हो, उसने बाकी दो के गले भी काट डाले।

"हम उन पर गोलियाँ बरबाद करना गवारा नहीं कर सकते," पीछे मुड़ते हुए रशीद ने कहा, "हमारे पास जितनी गोलियाँ हैं, उन सबकी हमें जरूरत है।"

कैप्टन और जेनरल

दस

"बिलकुल मोहतरमा, हम उसके लिए जो भी मुमकिन होगा, करेंगे," अपनी मेज पर झुकते हुए और अपने सामने बैठी औरत की ओर मुस्कुराते हुए, जेनरल राव फ़रमान अली ने कहा। "मैं आपसे वायदा करता हूँ कि उसे कोई चोट नहीं पहुँचाई जाएगी। उसके साथ अच्छा बरताव हो रहा है, मगर वह एक सियासी कैदी है। इसमें कुछ नहीं किया जा सकता। मगर मैं आपको भरोसा दिलाता हूँ कि फौज अपने सियासी कैदियों के साथ अदब से पेश आती है। उसे लिखने की सामग्री मिली हुई है और एक बड़ी लाइब्रेरी के इस्तेमाल की इजाजत भी। वह असल में ब्लॉक 18सी में है, जहाँ सिर्फ खासमखास सियासी कैदियों को रखा जा रहा है।"

वह उस औरत की आँखों में देख रहा था, जो काली, बड़ी और चमकदार थीं और अचानक ऐसा लगा मानो उनकी रोशनी चली गई हो और उसी वक्त अहसास से परे एक सिहरन उसके चेहरे से गुजर गई हो। उस औरत की मुश्किल के मुकम्मिल अहसास के साथ उसने सोचा कि 'खासमखास सियासी कैदी' इन शब्दों ने उसे फिलहाल बहुत गहरे छुआ है, मगर वह गलत था। उस औरत को ब्लॉक 18सी के बारे में खूब पता था क्योंकि जेनरल टिक्का ख़ान की हत्या की कोशिश का बदला लेने के लिए जिन लोगों को गोली मार देने का हुक्म दिया गया था, उनमें से एक करिश्माई ढंग से बच गया था और उससे भी ज्यादा करिश्माई ढंग से छावनी के बाहर निकल गया था। अभी वह ढाका के एक निजी अस्पताल में था। उस औरत को ब्लॉक 18सी का खूब पता था, और दरअसल जेनरल से ज्यादा ही पता था जिसने कभी वह मालगोदाम नहीं देखा था जहाँ, उसके कहे मुताबिक, सबसे खासमखास सियासी कैदी रखे जाते थे। दूसरी तरफ वह यातनागृहों में हमेशा जाया करता था हालाँकि शायद ही कभी कुछ मिनट से ज्यादा वहाँ ठहरता हो।

हासना अमीर की आँखों में रोशनी आ गई थी और उसने जेनरल की ओर बेहद नेक और दिलफरेब मुस्कान फेंकी।

"हम सब जानते हैं हमारे अजीज जेनरल," उसने कहा, "कि फौज मुल्क की बेहतरीन खिदमत कर रही है। हम सब यह समझते हैं। मगर मुझे यह लगता है कि अगर आप पारिवारिक जिंदगी को तोड़ते हैं तो आप मुल्क की बुनियाद को तोड़ते हैं।

मेरे शौहर ही मेरे सब कुछ हैं। उन्होंने कोई गुनाह नहीं किया है। अभी आपने खुद कहा कि वे पूरी तरह बेकसूर हैं और उन्हें बस इसलिए हिरासत में लिया गया है कि फौज को पूछताछ में कुछ मदद मिले। तो क्या फिर आप मुझे उन्हें देखने नहीं दे सकते हैं ? सिर्फ एक लम्हे के लिए, सिर्फ एक लम्हे के लिए !"

जेनरल मुस्कुरा रहा था और अपना सिर हिला रहा था। एक निहायत खूबसूरत औरत से बात करना हमेशा खुशनुमा होता है। उसे हैरत हुई कि कैसे एक लगभग काला आदमी एक ऐसी औरत से शादी करने में कामयाब हुआ जो इतने साफ रंग की है।

"बिलकुल, बिलकुल," उसने दिलासा देते हुए कहा, "मैं आपसे वायदा करता हूँ कि जो भी मुझसे बन पड़ेगा, मैं करूँगा। आपकी छोटी-सी इच्छा को भी मैं अपने लिए हुक्म मानूँगा।"

"शुक्रिया जेनरल।"

"मुझे शुक्रिया न कहें। मैं इस बड़ी मशीन का एक छोटा-सा दाँता-भर हूँ। जो भी मुमकिन होता है, मैं करता हूँ और मुश्किल में पड़ी मोहतरमाओं के लिए तो मैं कोई कसर नहीं उठा रखता। मुझ पर यकीन कीजिए, आपके शौहर को आपकी बाँहों में वापस लौटाने की हरचंद कोशिश की जाएगी।"

इस तरह की बातचीत वह नींद में भी कर सकता था, क्योंकि इसी से मिलती-जुलती बातचीत पहले भी कई बार हो चुकी थी। बीते महीने के दौरान कम से कम तीस औरतें अपने शौहरों की तरफ से बीच-बचाव करने के लिए उसके पास आ चुकी थीं, और वह उनके साथ उसी तरह खेलता रहा था जैसे कोई मछुआरा मछली से खेलता है, उन्हें लुभाते हुए, सवालों से फाँसते हुए, उस लम्हे को दिलचस्पी-भरी तटस्थता से देखते हुए जब आँसुओं से उनकी आँखें भर जाती थीं। क्या वे वाकई सोचती थीं कि उनके आँसू किसी मरे हुए शौहर को वापस ला सकते हैं या किसी यातना से जख्मी आदमी की सेहत सुधार सकते हैं ? कितनी बेतुकी थीं वे, पिघली हुई आँखों और मांसल जिस्म वाली ये औरतें ! कितनी खामोशी और कितने खौफ से वे उसके दफ्तर में दाखिल होती थीं। वे खुद को ज्यादा दिलफरेब बनाने के लिए इत्र से सराबोर रहतीं, मगर वह खौफ की एक गंध हमेशा पकड़ लेता। मगर सबसे ज्यादा दिलचस्प उसे उनका यह यकीन लगता था कि वे उसके दफ्तर में आकर, अपने शौहरों की तरफ से कुछ पूरा कर रही हैं, जबकि असलियत में, वे अपने हालात को और मुश्किल बना रही थीं। अक्सर वे उसे मजबूर करती थीं; अक्सर वह उन्हें उनके ही सिक्कों में भुगतान कर देता। वह इन औरतों के साथ नेकी से, भरोसेमंद ढंग से, सहजता से, और उनके डरों को किनारे करता हुआ बात करता। और क्या मजाक था यह ! फिर भी वह इस मजाक का मजा लेता था और सबसे ज्यादा मजा अपने खून सर्द कर देने वाले उचाटपन का लेता था। उसके हाथों में उनकी जिंदगी और मौत थी। औरतें उसके दफ्तर में दाखिल होती थीं; वह उन्हें लुभाता था; फिर, सिर झुकाता, मुस्कुराता, वह उनके साथ दरवाजे तक आता; आधे घंटे बाद वे मर जाती थीं, उनकी गर्दन के पीछे गोली लगी होती थी, या फिर उन्हें छावनी

में ही ब्लॉक सात ए में ले जाया जाता, अफसरों की खिदमत के लिए नई हासिल वेश्याओं का ब्लॉक, या फिर उन्हें फौजी वाहन में घर छोड़ दिया जाता। उसके सामने कई विकल्प खुले थे, मगर उसने अभी तय नहीं किया था कि हासना अमीर का वह क्या करेगा। उसने कहा, "मुझ पर यकीन कीजिए मोहतरमा, मुल्क की तकलीफों पर जितनी तकलीफ मुझे होती है, उतनी किसी और को नहीं होती होगी ! मैं इन्हें दूर करने के लिए सब कुछ कर रहा हूँ। जल्दी, किसी की उम्मीद से बहुत जल्दी हम अपने सारे सियासी कैदियों को रिहा कर देंगे।"

"अगर ऐसा होता है तो हम आपके बेहद शुक्रगुजार रहेंगे जेनरल।"

"हाँ, मैं यह समझता हूँ। मैं समझता हूँ कि आप तनाव में--बहुत गहरे तनाव में रह रही हैं। मैं चाहता हूँ कि इन हालात में सुधार कर पाता। मैं चाहता हूँ कि आपको आपके शौहर की एक झलक दिखा पाता, मगर फौज के अपने कानून होते हैं--दुनिया की बेहतरीन मंशा के साथ यह मुमकिन नहीं है। मैं आपसे एक वायदा करता हूँ। मैं उसके मामले की विशेष जाँच करवाऊँगा और आपको रिपोर्ट करूँगा। बस एक और सवाल है जो मैं आपसे पूछना चाहता हूँ। आप कभी अवामी लीग की सदस्य नहीं रही हैं, नहीं न ?"

"नहीं, मेरे शौहर भी नहीं।"

"आप लोगों ने कभी किसी रूप में उनकी कोई मदद नहीं की ?"

"नहीं, मुझे सियासत में कोई दिलचस्पी नहीं है। मैं शौहर और बच्चों के लिए जीती थी।"

"आपके बच्चे कहाँ हैं ?"

"एक इंग्लैंड में, दूसरा अमेरिका में।"

"ओह, मैं भूल गया था कि आपके बच्चे विदेश में हैं। वे कब पूर्वी पाकिस्तान से बाहर गए ?"

"दो या तीन साल पहले। वे अभी पढ़ रहे हैं। मेरा बेटा मेसाच्यूसेट्स इंस्टीट्यूट ऑफ टेक्नॉलॉजी में है।"

"मैं समझता हूँ। यह बहुत बड़ी बात है। एक तकनीशियन, और हमें तकनीशियनों की सख्त जरूरत है।"

"वह इलेक्ट्रॉनिक इंजीनियरिंग में डॉक्टरेट कर रहा है।"

"बहुत अच्छे। यह निहायत जरूरी है कि मुल्क के पास ऊँची काबिलियत वाले इंजीनियर हों। हाँ, निहायत जरूरी और बिलकुल, प्रेसिडेंट याह्या ख़ान बार-बार कहते रहे हैं कि हमें प्रशिक्षित कामगार चाहिए। मैं आपको बधाई देता हूँ।"

"मेरे बच्चे को अपने पिता की गिरफ्तारी का पता चल गया है और इससे उसकी पढ़ाई पर असर पड़ रहा है।"

"आपका उसके साथ संपर्क बना हुआ है ?"

"बिलकुल जेनरल।"

"और आप बता रही हैं कि आपका दूसरा बेटा इंग्लैंड में है ?"

"नहीं, बेटी।"

"कितनी बड़ी है ?"

"बीस साल की।"

"मोहतरमा मुझे हैरत हो रही है कि आपको बीस साल की बेटी है ! मैं तो कहता कि आप तीस के आस-पास की हैं, तीस से एक दिन ऊपर नहीं। आप बेहद बहादुर और खूबसूरत औरत हैं। मेरा खयाल है कि कई लोगों ने आपसे यह कहा होगा।"

"नहीं जेनरल, मैं बहादुर नहीं हूँ और मैं नहीं सोचती कि मैं खूबसूरत हूँ। मैं दुख की मारी और परेशान हूँ। मुझे आपकी मदद चाहिए।"

"मैं करूँगा।"

यह दोपहर के काफी बाद का वक्त था, गवर्नर के महल में आने वाली कारों की हेडलाइट जली हुई थी, और जल्दी ही धुँधलका, गर्मियों की रात के अँधेरे में बदल जाता। दूर, गवर्नर के महल का उजला फाटक हलका सा झिलमिला रहा था। मद्धिम पड़ती रोशनी में उसमें एक रहस्यमय चमक थी। जल्दी ही गवर्नर के महल में सर्चलाइटें घूम रही होंगी, और चूँकि वह अक्सर देर तक काम करता था, और उसे सर्चलाइटों में चुँधिया जाना नापसंद था, इसलिए वह उठा और उसने हरे परदे खींच दिए, अपने-आप में मुस्कुराते हुए, अभी तक अनिश्चित, कि वह इस अनोखी खूबसूरत औरत के साथ बलात्कार करेगा, या उसे मार देगा, या फिर उसे आजाद जाने देगा। जब वह मुड़ा उसने देखा कि वह कमरे में पसर आए नीमअँधेरे में उसकी ओर देखकर मुस्कुरा रही थी। उसने मेज पर रखा छोटा-सा लैंप जला दिया। वह अभी भी मुस्कुरा रही थी। यह यकीन और आपसी समझ और एक तरह की खुशी की मुस्कान थी और वह उसकी नशीली मुस्कान पर विचार करने के लिए कुर्सी पर पीछे झुक गया।

"क्या शानदार औरत हो तुम !" उसने हलके से कहा, "तुम मुझसे जरा भी डरी हुई नहीं हो।"

"मैं क्यों डरूँ ?"

"औरतें हमेशा फौजियों से डरती हैं, हासना। अपने बहुत गहरे में वे फौजियों से नफरत करती हैं। तुम जन्म देती हो, हम तहस-नहस करते हैं, और तुम जन्म देने में बेहतरीन हो और हम तहस-नहस करने में बेहतरीन हैं।"

उसने सिर हिलाया, मानो कहने के लिए, "हाँ बिलकुल। लेकिन तुम मुझे यह क्यों सुना रहे हो ?"

"मैं तुम्हें यह इसलिए बता रहा हूँ कि मुझे महसूस हो रहा है कि तुम हमदर्दी रखती हो," उसने बड़ी संजीदगी से कहा, "प्यारी हासना, तुम उन बहुत कम लोगों में हो जो उन मुश्किल हालात को समझते हैं, जिनमें हम हैं। बंगालियों के प्रति अपनी मोहब्बत के चलते हमें उन्हें तबाह करना पड़ रहा है। यह बड़ा अजीब है। हमारा यह इरादा नहीं था—हमें मजबूर किया गया। मुझे लगता है कि तुम उन लोगों में हो जो वाकई समझते

हैं और हमारे साथ हमदर्दी रखते हैं।''

वह उसके नजदीक आता चला गया जब तक कि वह उसकी साँसों को अपने चेहरे पर महसूस न करने लगी। उसकी आँखें काली, चमकती खोखल थीं। वह फतह की उत्तेजना से काँप रहा था, उसकी धौंकनी चल रही थी, और उसकी आवाज मद्धिम और तत्पर थी। वह उसे प्रेसिडेंट याह्या ख़ान की तस्वीर के नीचे, दीवार से लगे दीवान तक ले गया और उसे खामोशी से देखता रहा जबकि उसने तेजी से अपनी साड़ी की तहें खोलीं और कुशन पर नंगी लेट गई, मेज के लैंप की हलकी रोशनी में उसका जिस्म दमक रहा था, उसके होंठ बेहद दिलकश मुस्कुराहट के साथ खुले हुए थे।

''आइए,'' उसने कहा और देखती रही जबकि उसने अपनी बेल्ट खोली, अपने जूते फेंके और अपनी पतलून को एड़ियों तक गिर जाने दिया।

ठीक इसी वक्त एक धमाके की आवाज आई, जो ऐसी लग रही थी मानो महल में कहीं एक टन का डाइनामाइट फूटा हो, मेज की बत्ती बुझ गई, खिड़की का शीशा हजार टुकड़ों में चकनाचूर हो गया और जहाँ हासना लेटी हुई थी, उस दीवान से बस कुछ फीट ऊपर गोलियाँ दीवार में धँस गईं। बिना जाने कि यह क्या कर रही है, उसने जेनरल को दीवान पर खींच लिया। गोलियों की अगली कतार ने भी दीवार को छलनी कर दिया, इस बार कुछ नीचे।

''तुमने मेरी जान बचाई,'' उसने कहा, और उसने तुरंत जवाब दिया, ''फर्श पर लेट जाइए, वहाँ ज्यादा सुरक्षित है।'' उसने खुद को फर्श पर गिरा लिया, काबू के बाहर खौफ से थरथराता हुआ, अजीबोगरीब रिरियाती हुई आवाज निकालता हुआ, जबकि वह उसकी बगल में लेटी थी, उसे दिलासा देती हुई, उसे अपनी बाँहों में पुचकारती हुई, और बार-बार कहती हुई, ''सब ठीक है ! सब ठीक है !'' शादी के पहले वह कलकत्ता में अभिनेत्री थी। वह एक किरदार कर रही थी और उसी वक्त खुद से पूछ रही थी, ''क्या अब मैं उसे मार डालूँगी ? इससे क्या मकसद हल होगा ?''

लोग, पूरे जोर से चिल्लाते हुए, गलियारे में भाग-दौड़ कर रहे थे। हरा परदा कमरे के भीतर लहरा रहा था, चूँकि सभी शीशे मशीनगन की गोलियों से चकनाचूर हो गए थे। गोलीबारी मद्धिम पड़ रही थी, मगर महल के दूसरे सिरे से गोलियों की आवाज सुनी जा सकती थी। ऐसा लग रहा था कि महल के भीतर आमने-सामने की जंग लड़ी जा रही हो। जेनरल दरवाजे की दिशा में फर्श पर रेंग रहा था। घुटनों के बल ही, उसने दरवाजे खोले और गलियारे में झाँका। मगर वहाँ सिर्फ अँधेरा था और वह कुछ देख नहीं सका। वह चिल्लाया, ''वहाँ क्या हो रहा है ?'' वहाँ कोई जवाब नहीं था, सिर्फ उसकी ही आवाज गूँज कर वापस आ गई। फिर वह चिल्लाया, ''यहाँ तुरंत आओ !'' और इस बार भी कोई जवाब नहीं था, सिर्फ महल के घुमावदार हॉलों में उसकी लंबी, मजाक उड़ाती हुई गूँज थी।

अचानक पता नहीं कहाँ से महल के संतरियों में एक सिपाही एक लंबी फ्लैशलाइट लिए नमूदार हुआ जिसका रुख उसने जेनरल की ओर, उसे चुँधियाते हुए, कर दिया।

किसी वजह से जेनरल इतना नाराज था कि उसका हाथ अपनी बेल्ट से बँधे हॉल्स्टर पर चला गया और फिर उसे याद आया कि उसकी बेल्ट, हॉल्स्टर और पतलून उसके दफ्तर के फर्श पर पड़े हुए हैं। उसने बेबसी से पूछा, "क्या हो रहा था ? अब हम क्या कर रहे हैं ?"

"मुक्तिवाहिनी ने महल पर हमला कर दिया, सर। मेरा खयाल है, हमने उन्हें भगा दिया !"

"क्या मतलब—तुम्हारा खयाल है ?"

"असल में अब गोलीबारी नहीं हो रही है।"

कहीं महल के पूर्वी हिस्से से जोर के धमाके की आवाज़ आई। जेनरल जमीन पर दुबक गया। जब उसने सिर उठाकर देखा, तो संतरी को अभी भी वहीं खड़ा देख हैरान रह गया। उसने कहा, "कमबख्त इस फ्लैशलाइट को बंद करो। क्या तुम चाहते हो, हम सब मारे जाएँ !" तब एक बार फिर वह अँधेरे में था, और उसे लगा, मगर यकीन के साथ नहीं, कि संतरी हलके से हँस रहा था। वह इस संतरी के लिए किसी कायदे की सजा के बारे में सोच रहा था कि उसे खयाल आया कि उसने संतरी का चेहरा नहीं देखा है और वह उसे पहचान नहीं सकेगा। "तुम्हारा नाम क्या है, संतरी," उसने पूछा। कोई जवाब नहीं मिला। संतरी गलियारे के अँधेरे में गायब हो गया था।

हासना ने अपनी तहदार, चमकते रंगों वाली साड़ी में खुद को लपेट लिया था, और अपने में मुस्कुराती, दीवान पर लेटी हुई थी। वह जेनरल और संतरी के बीच की बातचीत सुन रही थी, क्योंकि दरवाजा खुला हुआ था, और यह जानकर उसे खुशी हुई कि मुक्तिवाहिनी ने पूर्वी पाकिस्तान की फौजी सरकार के बिलकुल दिल पर हमला किया है और वह उम्मीद कर रही थी कि कुछ और गोलियाँ चलेंगी, कुछ और धमाके होंगे, कुछ और शीशे टूटेंगे और गोलियों से छने कुछ और परदे रात की हवा में लहराएँगे।

जल्दी ही गलियारों में मोमबत्ती लिए कुछ नौकर भागते आए। महल के भीतर एक जीप दौड़ रही थी और कहीं दूर गोली चलने की आवाज आ रही थी। जेनरल ने किसी तरह पतलून पहनी। एक नौकर से, जो उसकी मेज पर मोमबत्ती रख रहा था, उसने पूछा, "मेरा खयाल है, यहाँ जो कुछ भी होता रहा है, उसका छोटा ब्योरा तुम नहीं दे सकते ?"

"नहीं सर !"

"हूँ, तुम्हें क्या लगता है, क्या हुआ ?"

"मेरा खयाल है, वे भीतर आ गए थे, सर। उनके पास एक मोर्टार और मशीनगनें थीं। मेरा खयाल है, यह बहुत ही करीबी मामला था, सर। मैं तो कहता हूँ, मुक्तिवाहिनी की एक कंपनी थी। और सर, मेरा खयाल है कि वे अभी भी बाहर हैं, और मैं नहीं सोचता कि आपको खिड़की के करीब खड़ा होना चाहिए, और मैं नहीं सोचता कि आपको इस कमरे में रहना चाहिए, सर ?"

"आज रात कार्रवाई का इंचार्ज कौन है ?"

"मेरा खयाल है कर्नल हाफ़िज़ सर !"

"तो मैं जाकर उससे तुरंत मिलूँगा।"

"हाँ सर।"

उसने मोमबत्ती बुझा दी। नौकर कुछ बुदबुदा रहा था। जेनरल अँधेरे में ही उसकी ओर मुड़ा।

"तुम क्या कह रहे थे ?"

"मेरा खयाल है सर, अगर आप मुझे इजाजत दें, कर्नल हाफ़िज़ ने कहा है कि वह ऑपरेशन रूम में किसी को नहीं देखना चाहते। वह बेहद गुस्से में हैं सर, और बुरी तरह उनका सिर दुख रहा है। वह यह पता करने की कोशिश कर रहे हैं कि कैसे मुक्तिवाहिनी हमारी रक्षा-पंक्ति भेद सकी।"

"तुम्हें यह सब कैसे पता ?"

"मैं वहीं, ऑपरेशन रूम में था सर, और उनके सिर पर ठंडे फाहे लगा रहा था।"

"क्या जेनरल टिक्का ख़ान को इसके बारे में पता है ?"

"नहीं सर, टेलीफोन लाइन कटी हुई है।"

"फिर कर्नल हाफ़िज़ कैसे कार्रवाई की देख-रेख कर रहा है ?"

"वह नक्शे देख रहे हैं और दौड़ाकों से पैगाम भेज रहे हैं, मैं सिपाही नहीं हूँ, सर।"

जेनरल राव फ़रमान अली हासना को साथ लेकर ऑपरेशन रूम पहुँचा जहाँ उसने पाया कि सब कुछ हू-ब-हू वैसा ही था जैसा नौकर ने बयान किया था। मोमबत्तियों से रोशन एक मेज पर ढाका का एक विशाल नक्शा पसरा हुआ था। कर्नल और उसके दो लेफ्टिनेंट, आपस में कुछ बुदबुदाते, उस पर झुके हुए थे। सभी टेलीफोन—कमरे में कुल बीस टेलीफोन थे—डेड थे। कर्नल को ऑपरेशन रूम में एक औरत को देखकर जरा भी हैरत नहीं हुई, उसने मान लिया कि यह उसकी नई सेक्रेटरी होगी। उसने उसकी ओर देख खुशनुमा ढंग से सिर हिलाया, मुस्कुराया और फिर बड़ी गहरी तल्लीनता के भाव से नक्शा देखने में जुट गया, जैसे कि वह महज नक्शा देखकर ही तमाम मुश्किलों को हल कर सकता है।

अगर इस वक्त पॉप गनों से लैस पाँच बंगाली गवर्नर के महल में दाखिल हो जाते तो उन्होंने इस पर कब्जा कर लिया होता।

"तुम्हें क्या लगता है, वे हमसे कितनी दूर होंगे कर्नल ?" जेनरल ने पूछा।

"अभी तक चार या पाँच मील, मेरा खयाल है। वे पाकिस्तानी वर्दियाँ पहने हुए थे जिसके चलते उन्हें पहचानना मुश्किल था। बीस लोग, दो या तीन ट्रक, मशीनगन और मोर्टार। बिलकुल योजनाबद्ध। मुझे बताइए जेनरल, क्या जेनेवा कन्वेंशन के मुताबिक दुश्मनों का हमारी वर्दियाँ पहनना जुर्म नहीं है ?"

हासना उस पर मुस्कुरा रही थी। यह रहम और नासमझी की मुस्कुराहट थी। तो यही लोग थे जो पूर्वी पाकिस्तान पर हुकूमत करते थे, सजा-ए-मौत देते थे और यकीन

करते थे कि वे धरती के मालिक हैं। कर्नल का चेहरा थकान से धूसर था। वह ऐसा दिख रहा था जैसे सदमे से गुजर रहा हो और उसे जरा भी अंदाजा नहीं हो कि अगला वार कहाँ होगा।

"अगर वे अगले दस मिनट में फिर हमला कर देते हैं," कर्नल बोल रहा था, "तो हम मुश्किल में होंगे। मैंने महल के पहरे के लिए छावनी से लोगों की एक टुकड़ी भेजने को कहा। वे आएँगे, मगर वे अभी तक नहीं आए हैं।"

"तो हम हमले के लिहाज से गैरमहफूज हैं ?"

"हमारे पास बीस संतरी थे। वे बदमाशों के पीछे गए हैं। मेरा खयाल है, उन्होंने कुछ को मार डाला है, मगर कोई पक्की खबर नहीं है। लोग अब टेलीफोन लाइन की मरम्मत कर रहे हैं, मगर चिल्लरों ने इसे पाँच जगह से काट डाला है। यही उन्होंने मुझे बताया है। बहुत ही बुरी बात है जेनरल, अगर हम गवर्नर के महल की भी हिफाजत नहीं कर सकते।"

उसे खयाल आया कि पाकिस्तानी फौज के कामकाज के ढंग को लेकर हासना उससे ज्यादा जान ले रही है जितना उसके लिए बेहतर है। ऑपरेशन रूम से अचानक निकलकर, वह उसे एक दूसरे कमरे में ले गया जहाँ परदे खिंचे हुए थे और किनारे की मेज पर एक अकेली मोमबत्ती लपलपाती लौ के साथ जल रही थी। उसने कहा, "मैं औरतों की बहादुरी की कद्र करता हूँ। मैं मारा जाता अगर तुमने मुझे फर्श पर खींच नहीं लिया होता।"

"हाँ," उसने कहा, जैसे वह किसी निर्विवाद तथ्य को रख रहा हो।

"तुम मुझसे कुछ नहीं माँग रही ?"

"मैं पहले ही माँग चुकी हूँ।"

"हाँ, मुझे याद है। तुमने अपने शौहर के लिए कहा है। वह तुम्हें मिल जाएगा। शायद आज नहीं, और कल भी नहीं, मगर मैं वायदा करता हूँ, वह तुम्हारे पास चला आएगा।"

कुछ मिनट बाद वह झपकी लेने लगा और अल्ल सुबह जब वह जागा तो उसने अपने शोफर को हुक्म दिया कि वह हासना को वापस घर छोड़ आए।

इस वक्त तक फ़ैजुल हक़ और बूढ़ा एक छोटी-सी मछुआरा नाव पर ढाका से दस मील दूर निकल चुके थे। उन्होंने दो पाकिस्तानी ट्रकों को एक पुराने मालगोदाम में छुपा दिया, अपनी वर्दियों, मोर्टार और उस हलकी मशीनगन को गाड़ दिया जिससे उन्होंने गवर्नर के महल पर गोलियों की बौछार कर दी थी, और उन पाँच लोगों की तरह जिन्होंने इस हंगामे में उनका साथ दिया था, देहात की गुमनामी में खो गए। उनकी मंजिल दक्षिण में बड़ीसाल था, जहाँ उन्होंने सोचा कि उनकी कुछ हफ्तों की हिफाजत पक्की रहेगी जिसके बाद में भारी तादाद में बंदूकें और डाइनामाइट लेकर ढाका लौटेंगे। 'कबाड़ियों'

का गिरोह अभी भी छोटा ही था, मगर वे बांगलादेश की कामचलाऊ सरकार के संपर्क में थे जिसकी घोषणा अप्रैल में हुई थी और जिसकी रिहाइश कलकत्ता में थी। कामचलाऊ सरकार उन्हें संजीदगी से लेती थी और उसने उन्हें हथियार देने का वायदा किया था। इसलिए एक हथियारबंद मछुआरा नाव पर हथियार भेजने का इंतजाम सुंदरवन के रास्ते किया जा रहा था, भारी जंगलों और सैकड़ों धाराओं का वह तटवर्ती इलाका, जहाँ अभी भी बंगाल टाइगर घूमते थे। मुश्किल, असल में इस कारण थी कि पाकिस्तानी गश्ती नावें किनारे पर पड़ी रहती थीं और कभी-कभी मछुआरा नौकाओं पर झपट पड़ती थीं।

फ़ैज़ुल हक़ बड़ीसाल की बोली बोलता था और कद-काठी में बड़ीसाल का ही लड़का नजर आता था। उसका दावा था कि उसके दादा एक आराकान डाकू सरदार थे और उसकी दादी सीलोन की राजकुमारी थी जिन्हें डाकू सरदार ने उठा लिया था, मगर हकीकत यह थी कि उसने कभी अपने दादा-दादी को नहीं देखा था, और अपने माँ-बाप की भी उसे बहुत धुँधली-सी याद थी, जो उसके काफी छुटपन में ही गुजर गए थे। उसे उसके एक मामा ने पाला था जो बड़ीसाल से दस मील दक्खिन एक छोटे से गाँव के मछुआरे और व्यापारी थे। उसकी सबसे पुरानी स्मृतियाँ जहाजों और चमचमाती मछलियों के पहाड़ की थीं। वह नदियों का ऐसा आदी या जैसे वे उसका कुदरती हिस्सा हों।

रात को बंगाल की हर छायादार धारा में खामोश मुसाफिरों का एक कारवाँ होता। खासकर अँधेरी रातों को मुड़ी हुई नावों से नदियाँ भर जातीं; और कोई इनसान अपनी जिंदगी के ख्वाब देखता सख्त चादरों पर लेटा रह सकता था, भूलते हुए कि वह अपने नीचे की फूस में छुपी बंदूकों के ढेर पर लेटा हुआ है। बंगालियों के लिए नदियाँ हिफाजत थीं, सिर्फ जमीन खतरनाक थी।

फ़ैज़ुल हक़ की योजना छावनी और गवर्नर का महल उड़ाने की थी; उसका इकलौता मकसद पाकिस्तानी आलाकमान को चीथड़ों में उड़ा देने लायक डाइनामाइट या बारूद हासिल करना था। बूढ़े का मकसद ज्यादा नेक था, क्योंकि वह सिर्फ जेनरलों को, और वह भी अपने खाली हाथ से, मारने के ख्वाब देखता था। फ़ैज़ुल हक़ शांति से एक ट्रक डाइनामाइट लेकर छावनी में दाखिल होने के बारे में बोलता था, जबकि बूढ़ा उतनी ही शांति से किसी जेनरल की पीठ में छुरा घोंपने के बारे में बोलता था। दोनों को कमअक्ल पंजाबी फौजियों से नफरत थी जो अपने अफसरों के हुक्म से कत्ल करते थे। काफी पहले उन्हें पता चल चुका था कि जवानों के जुर्म के लिए जेनरल जिम्मेदार हुआ करते हैं।

छावनी को उड़ाने लायक डायनामाइटों से लैस एक मछुआरा जहाज सुंदरवन के एक मुहाने तक आ गया था, मगर हफ्ता-भर तक न तो फ़ैज़ुल हक़ और न ही बूढ़ा, इसको खोज सके। जब उन्होंने उसे खोज निकाला तो उन्हें कप्तान को यह समझाने में सबसे ज्यादा मुश्किल पेश आई कि वे ही इस इतने बेशकीमती माल के दावेदार हैं।

चौदह साल के दो लड़के, जिनके जिस्म पर लुंगी के अलावा कुछ नहीं था, हँसते हुए डेक पर नाच रहे थे और ऐलान कर रहे थे कि यह समूचा माल उनका है। कप्तान ने उनसे कागजात माँगे। वे ठहाके लगाने लगे। "कैसे कागजात ? हम गृहयुद्ध लड़ रहे हैं," फ़ैज़ुल हक़ ने संजीदगी से कहा। "हम दस्तावेजों से नहीं लड़ सकते।" कप्तान अपने सामान की कीमत आँक रहा था; न्यूनतम मुमकिन अनुमान में भी यह एक लाख डॉलर का होगा; वह इसे इन गली के छोकरों को सौंपने को जरा भी तैयार नहीं था जो एक-दूसरे का हाथ थामे, चिल्लाने की हद तक हँस रहे थे। और पूरे जहाज में इस तरह दौड़ा-दौड़ी कर रहे थे जैसे उन्होंने अपनी जिंदगी में इतनी बेशकीमती चीज न देखी हो, और वे हर हाल में इसका मुआयना कर लेंगे। कप्तान के केबिन में बातचीत जारी रही। सिवा इसके कि लड़कों ने लुंगी के ऊपरी सिरे में रिवॉल्वर खोंस रखे थे, वे ठीक कलकत्ता के आवारा लड़कों जैसे ही लग रहे थे।

"कितने आदमी तुम्हारे नीचे काम करते हैं ?" उनका मजाक उड़ाने के फैसले के साथ कप्तान ने पूछा।

बूढ़े ने फ़ैज़ुल हक़ की ओर देखा, जिसने वापस उसकी ओर देखा। यह साफ तौर पर एक बेतुका सवाल था और इसीलिए इसका एहतियात से जवाब दिया जाना था।

"कोई नहीं !" बूढ़े ने गुरूर से कहा, "एक आदमी भी नहीं !"

"मैं इतने सारे हथियार कैसे किसी ऐसे शख्स को दे सकता हूँ जिसके नीचे कोई नहीं है ?"

"तुमने पूछा कि कितने आदमी मेरे नीचे हैं। तो मेरे नीचे कोई आदमी नहीं है। लेकिन अगर तुमने यह पूछा होता कि कितने लोग मेरी बात मानते हैं, तो यह कुछ अलग होता। ढाका के सैकड़ों-हजारों लड़के मेरी बात मानेंगे, और जरूरत पड़ी तो उनकी सैकड़ों-हजारों बहनें भी मानेंगी। हमने दिखा दिया है कि हम क्या कर सकते हैं ! हमने कई तोरण उड़ाए हैं, उनके टेलीग्राफ के तार काट दिए हैं, गवर्नरों के महल पर हमला किया, गवर्नर पर हमला किया, जीपों और ट्रकों पर कब्जा किया—दो ट्रक और तीन जीप, मगर हम और ज्यादा पर कब्जा कर सकते थे अगर पता होता कि उनका क्या करें। कुल मिलाकर हमने बीस या चालीस दुश्मनों को मारा है। यह बड़ी बात नहीं है। मगर यह याद रखो मिस्टर कि हमारे किसी लड़के का नुकसान नहीं हुआ। डायनामाइट से हम छावनी, गवर्नर का महल और होटल इंटरकॉन्टिनेंटल उड़ा सकते हैं। हमें बंदूकें और डायनामाइट दो, और हम उन्हें ढाका से निकाल बाहर करेंगे।"

कप्तान थोड़ा मायूस था। उसको मिली हिदायतों के मुताबिक पूर्वी पाकिस्तान की धारा में दाखिल होते ही उसे मुहरबंद हुक्म खोलना था। मुहरबंद हुक्म में लिखा था कि बांगलादेश की कामचलाऊ सरकार का एक एजेंट तुम्हारे जहाज पर चढ़ेगा और संकेत वाक्य बोलेगा, जो यह है, बूढ़ा मछली मारने जाना चाहता है। उसे सारी जरूरी मदद देना। उसका अभियान जरूरी और अहम है। जिस वक्त बूढ़ा उसके पास आया और हलके से बोला, "बूढ़ा मछली मारने जाना चाहता है," कप्तान को पता चल गया

था कि उसके सामने एक लड़के के हुक्म पर चलने का खतरा है।

चार दिन बाद वह हथियारबंद जहाज मछलियों की खेप लेकर कलकत्ता के लिए रवाना हो गया। सैकड़ों धाराओं, नदियों और पद्मा और मेघना के जलमार्गों से होकर छोटी-छोटी नावों को तल में छुपाए हुए और पुआल से ढँकी बंदूकें और डायनामाइट धीरे-धीरे घूमकर ढाका पहुँचने लगे। डायनामाइट की एक तीली भी जाया नहीं हुई और सारी बंदूकें अपनी मंजिल तक महफूज पहुँच गईं।

ढाका में गवर्नर के महल पर हुए हमले की जाँच को जेनरल टिक्का ख़ान की गाड़ी पर हुए हमले की जाँच से ज्यादा कामयाबी नहीं मिली। यह मान लिया गया कि कोई नुकसान नहीं हुआ है, कि भविष्य में कुछ और औचक छापों की उम्मीद की जा सकती है, और कि महल के संतरियों की तादाद जरूर बढ़ाई जाए और उन्हें लगातार चौकस रखा जाए। महल की हिफाजत के तरीकों की चर्चा के लिए तमगों की चार कतार लगाए अफसर मेज के चारों ओर बैठे, पहरे के कप्तान की बात सुनने के लिए, जो यह बताने की कोशिश कर रहा था कि हमले की रात क्या हुआ था। वाकियात का ठीक-ठीक सिलसिला स्पष्ट नहीं था, मगर यह निश्चित था कि कम से कम एक मोर्टार और दो मशीनगनों का इस्तेमाल किया गया था। क्या मुक्तिवाहिनी महल के अहाते में दाखिल हो गई थी ? लोहे के जंगले का एक हिस्सा टूटा हुआ था; ऐसा लगता था कि किसी ट्रक ने जंगले में पीछे से ठोकर मारी हो। अगली सुबह महल के अहाते में वास्तविक घुसपैठ के कोई निशान नहीं मिले, कोई कदमों के निशान नहीं, इस्तेमाल किए हुए कारतूसों का कोई खोल नहीं।

''बिलकुल साफ-सुथरा काम,'' जेनरल राव फ़रमान अली ने कहा, ''और कमबख्तों ने मुझे तो लगभग मार ही डाला था। भविष्य में ऐसे छापामार हमलों का सिलसिला जोर पकड़ने की उम्मीद हम कर सकते हैं।''

महल और अहाते और हमले की संभावित दिशा को बताने वाली विशाल तालिका को करीने से मोड़कर रख दिया गया।

''हम ये काम बहुत अच्छी तरह करते हैं,'' जेनरल बोल रहा था, ''हम शानदार नक्शे बनाते हैं और जब जंग खत्म हो जाती है, तो काबिले-तारीफ खाके खींचते हैं जिसमें सात अलग-अलग रंगों की स्याही से दिखाया गया होता है कि कौन किस वक्त कहाँ था। हमें अब एक नया नजरिया चाहिए।'' वह अपनी बगल के जवान कैप्टन की ओर मुड़ा, ''इसीलिए मैं कैप्टन इस्कंदर ख़ान को जाँच के एक नए दफ्तर का इंचार्ज बना रहा हूँ। उनका काम मौजूदा हालात का जायजा लेना, और खासकर मुक्तिवाहिनी के लड़ने की ताकत की बाबत सही नतीजे निकालना होगा। वह एक छोटे से अमले के साथ पूर्वी पाकिस्तान का दौरा करेंगे। मैं उम्मीद करता हूँ कि वे कुश्तिया, जैसोर, मैमनसिंह, बड़ीसोल, कोमिला, चिटगौंग, और चार या पाँच दूसरी जगहों पर भी जाएँगे। वे स्पॉट पर हालात का जायजा लेंगे और मुझे ज़ाती तौर पर रिपोर्ट करेंगे। हमें नए आइडियाज़ चाहिए और हम लेकर रहेंगे। मेरी बात याद रखिए, हम उन्हें बिना सजा

पाए हमले करके निकल जाने की इजाजत नहीं देंगे। हम यहाँ मालिक नस्ल हैं, और हमें यहीं रहना है।''

यह कहते हुए जेनरल मुड़ा और उसने खूबसूरत जवान अफसर की ओर देखते हुए सिर को हलका सा झटका दिया जैसे उसे उम्मीद हो कि कैप्टन खड़ा होकर छोटा सा भाषण देगा जिसमें पाकिस्तानी फौज के सामने पेश आ रही सारी मुश्किलें असरदार तरीके से हल हो जाएँगी। कैप्टन कड़वाहट के साथ मुस्कुराया, उसने कुछ कागजात समेटे और कुछ नहीं कहा। वह यह काम नहीं करना चाहता था, जिसे 'ऑपरेशन न्यू अप्रोच' का नाम दिया गया था जिससे कई अफसर खीजे हुए थे जो मानते थे कि पुराना नजरिया ही काफी था।

''तुम्हारी सिफारिशें ऊँचे हलकों तक जाएँगी,'' जेनरल फिर बोल रहा था, ''मुझे तुम पर भरोसा है कैप्टन, कि तुम हमें एक नया नजरिया दोगे। इसका मतलब यह है कि हमें न्यूनतम मुमकिन वक्त में मुक्तिवाहिनी और सभी दूसरे असामाजिक तत्त्वों को खत्म करने का रास्ता खोजना है, और सवाल यह है कि हम यह कैसे करने जा रहे हैं ? हम उन्हें इस बात के लिए पछताने पर मजबूर कर देंगे कि उन्होंने हमारे खिलाफ़ इस जंग की शुरुआत की ! तुम्हारा काम वह औजार तलाशना है जो उन्हें पछताने पर मजबूर कर दे !''

असलियत में पाकिस्तानी फौज के हथियारों का अपना जखीरा पहले ही चुक गया था जिससे लोग पछता रहे थे और वहाँ कुछ भी नया खोजे जाने के लिए नहीं था। वे बेहद बढ़ी हुई रफ्तार से बंगालियों का कत्ल कर रहे थे। उन्होंने खुद-ब-खुद अवामी लीग के सदस्यों और पेशेवर जमात के लोगों को मार डाला था; वे जब-तब गाँवों में हमला करते थे, वे ढाका में सड़कों की नाकाबंदी कर देते थे और वहाँ मौजूद हर किसी को व्यवस्थित तरीके से मार डालते थे। अगर उनका मकसद खौफ पैदा करना था तो उन्होंने बहुत पहले ही यह पूरा कर लिया था। मगर जैसे-जैसे लंबी गर्मियाँ जारी रहीं, उन्हें पता चलता गया कि कत्लेआम और लूटपाट में नुकसान ही है। उन्होंने कुश्तिया को नक्शे से लगभग साफ ही कर दिया था, इसके आधे बाशिंदों को मार डाला था, और लगभग बाकी सबको देहातों की तरफ भागने को मजबूर कर दिया था, मगर कुश्तिया में तैनात फौजी कोई रणनीतिक मकसद पूरा नहीं कर रहे थे; वे बस एक मलबे की हिफाज़त कर रहे थे। अपना मन बहलाने और लूट और औरतें हासिल करने के लिए फौजी कभी-कभार पास-पड़ोस के गाँवों पर धावा बोलते थे। ये धावे अक्सर कामयाब नहीं होते थे। उन्हें अपने आदमी और हथियार खोने पड़ते थे। गाँव वाले अपने गाँवों से चिपके हुए थे; उन्हें पता था कि कुश्तिया का क्या हुआ मगर उनका यह यकीन गहरा था कि आखिरी वक्त तक आप अपना गाँव नहीं छोड़ते। इसी बीच आपसी संपर्क और संचार बढ़ रहा था, मुक्तिवाहिनी संख्या में बढ़ रही थी, रात को घूमते हरकारे होने वाले हमले की चेतावनी दे देते, और बांगलादेश रेडियो प्रतिरोध का जज्बा भड़काने में लगातार असरदार हो रहा था।

जब कैप्टन इस्कंदर ख़ान अपनी जाँच के अभियान पर निकला तो उसे देश की असली हालत का कतई अंदाजा नहीं था। उसका पहला पड़ाव हरिहरपुरा था, जो ढाका जिले की मुख्य कत्लगाह कहा जाता था, हालाँकि उतने ही लोग छावनी के भीतर भी कत्ल किए जा रहे थे। वह दोपहर बाद काफी देर से पहुँचा और उसने पाया कि स्थानीय फौजी मुख्यालय पाकिस्तान नेशनल ऑयल कंपनी के विशाल गोदाम की बगल में टिन की छत वाली एक छोटी सी इमारत में बना हुआ था। गोदाम के बाहर के अहाते में लगभग तीस ट्रक इकट्ठा थे और हर ट्रक में कैदी भरे हुए थे, हरेक की आँख पर पट्टी थी और सबके हाथ उनकी पीठ की तरफ बँधे हुए थे। वे रो-बिलख रहे थे, उनकी आवाजें उठती-डूबती थीं। हर ट्रक में करीब चालीस औरतें और मर्द थे। वे काफी लंबे समय से ट्रकों में रहे होंगे, क्योंकि वे सब धूल से भरे हुए थे, थके हुए थे और पस्त पड़े थे। यह एक बेहद गर्म दिन था और वे कई घंटों से ट्रकों पर खड़े थे।

कैप्टन इस्कंदर ख़ान ट्रकों को धीरे-धीरे पार करता हुआ मुख्यालय की इमारत पहुँचा जो बाहर से साधारण दिखाई पड़ती थी मगर भीतर आरामदेह, बल्कि आलीशान भी थी। इस क़त्लगाह का इंचार्ज कैप्टन अब्दुल बारी टूथब्रश जैसी मूँछों वाला एक ठिगना चीमड़ आदमी था। वह अपनी कायदे से सिली वर्दी पर तमगे के फीतों की तीन कतारें लगाता था। एक चमकती हुई शीशम की मेज के पीछे बैठा वह एक ऐसे स्टाफ अफसर की मौजूदगी से साफ तौर पर झल्लाया हुआ था जो अपनी टोपी पर कानून वाली लाल पट्टियाँ और लाल फीते लगाए हुए था, जिससे पता चलता था कि वह, अस्थायी तौर पर भले हो, मगर जेनरल के स्टाफ से है। वह कैप्टन की बेहद साफ तौर पर अच्छी शक्लो-सूरत और कुछ हद तक जवानी की बू से भी झल्लाया हुआ था। कैप्टन अब्दुल बारी पचास के आसपास का था और शायद ही कोई इसे जवान मानने को तैयार होता। उसने ध्यान दिया कि उसके आगंतुक ने कोई तमगा नहीं लगा रखा है।

''अगर आप मुझसे मेरे काम के बारे में पूछने आए हैं,'' कैप्टन अब्दुल बारी ने बचाव के लहजे में कहा, ''तो मैं आपको बताना चाहूँगा कि मुझे यह पसंद नहीं था, मगर मुझे यही करने का हुक्म दिया गया। मैं हुक्म की तामील करता हूँ। यह कोई खुशनुमा काम नहीं है, मगर मैं इसे अच्छी तरह अंजाम देता हूँ।''

कैप्टन इस्कंदर ख़ान ने हमदर्दी में सिर हिलाया।

''मैं इंस्पेक्टर जेनरल नहीं हूँ,'' उसने कहा, ''मैं आपके सुलूक या ऐसी किसी चीज की जाँच नहीं कर रहा। मैं बस यह जानना चाहता हूँ कि आप काम कैसे करते हैं। जेनरल राव फ़रमान अली को खासतौर पर यह जानने की फिक्र थी कि आप कैसे काम करते हैं, आपका तरीका क्या है ?''

''तो उन्हें किसी ऐसे आदमी को भेजना चाहिए था जो मेरे काम से ज्यादा परिचित हो—मसलन जज-एडवोकेट के दफ्तर से किसी को। मैं देख रहा हूँ, आप स्टाफ से हैं।''

''मैं स्टाफ से हूँ और मुझे कुछ पता नहीं कि आप कैसे काम करते हैं, और यही

वजह है कि मुझे भेजा गया है।''

कैप्टन बारी ने एक सिगरेट सुलगाई, ठंडी साँस खींची, मेज की दराज से एक खाका निकाला और एक्सटर्मिनेशन सेंटर पर होने वाले सामान्य कामकाज को पेंसिल से समझाने लगा।

''यह सबको इकट्ठा करने की जगह है, फिर वे दाखिले वाले इलाके से गुजरते हैं, जो आप देखेंगे कि गोदाम के फाटक के पास है, जहाँ हर कैदी की जाँच की जाती है, और यह सारा इलाका''–उसने गोदाम की दीवार से लगे नदी के किनारे, खंभों और चौड़ी बूढ़ी गंगा नदी की ओर इशारा किया, ''यह सारा ठिकाने लगाने के लिए है।''

''फिर उन्हें डुबा दिया जाता है ?''

''नहीं सर, उन्हें गोली मार दी जाती है। पहले हम उन्हें बाँध देते हैं, फिर वे जब नदी की तरफ बढ़ रहे होते हैं, हम उन्हें गोली मार देते हैं, और फिर हम उन्हें खोल देते हैं। हम नाव वालों को चाकू देकर रस्सियाँ काटने के लिए भेजते हैं और वे गहरी धारा में बह जाते हैं।''

कैप्टन इस्कंदर ख़ान ने सिर हिलाया, हालाँकि उसे पक्का यकीन नहीं था कि कामकाज उसकी समझ में आ गया है।

''एक दिन में आप कितने लोगों को ठिकाने लगाते हैं ?''

''लगभग हजार को। ठिकाने लगाने का काम रात के वक्त होता है।''

''यानी हम रोज हजार लाशों से नदी को गँदला कर रहे हैं।''

''हाँ सर, हमने पाया कि नदी एक हद तक गँदलेपन को झेल लेती है।''

''जिन लोगों को मैंने ट्रकों पर खड़ा देखा है, उनका क्या हो रहा है ? क्या आप उन्हें खाना दे रहे हैं ?''

''नहीं सर !''

''क्या उन्हें पेशाब-पाखाने की सुविधा है !''

''नहीं सर ?''

''क्यों नहीं है ?''

''क्योंकि आज रात वे सब मर जाएँगे। उन्हें बहुत लाड़-प्यार से रखने की कोई जरूरत नहीं है। वक्त-वक्त पर हम उन्हें एक बाल्टी पानी दे देते हैं।''

''एक ट्रक के लिए बस एक बाल्टी ?''

''बिलकुल।''

''एक बार ?''

''बस एक बार।''

कैप्टन इस्कंदर ख़ान ने अपनी छोटी सी काली नोटबुक में कुछ दर्ज किया।

''औरतों और बच्चों को भी ?'' सिर उठाकर उसने पूछा।

''हाँ औरतों-बच्चों को भी। वे सब बदमाश हैं और उन्हें जो मिल रहा है, उसी लायक हैं।''

"तुम उन्हें खाना नहीं देते ?"

"कैसे दे सकते हैं ? हमारे पास कोई सुविधा नहीं है और यहाँ इन्हें खिलाने के लिए कोई आवंटन नहीं है। दरअसल उन्हें खाना न खिलाना ज्यादा रहमदिली है। जब हम उन्हें नदी की तरफ ले जाते हैं, उस वक्त तक वे ऐसी जड़ हालत में पहुँच जाते हैं कि उन्हें पता नहीं चलता, उनके साथ क्या हो रहा है।"

"उनसे निबटने का यह तरीका किसने सोचा ?"

"मैंने। मैंने जर्मन तरीकों के बारे में पढ़ा है। और मेरा खयाल है, मेरा तरीका ज्यादा साफ-सुथरा और तेज है। कोई गैस चैंबर नहीं, कोई जहर की गोली नहीं। साफ-सुथरी गोली मारो और नदी उन्हें धोती हुई दूर ले जाती है। जेनरल राव फ़रमान अली को मेरा तरीका पसंद है और उन्होंने मुझे ज़ाती तौर पर बधाई दी है।"

"तो वे सब मर जाते हैं ?"

"बिलकुल ठीक। हम उनमें छँटनी नहीं करते। वे मेजों के पार घिसटते जाते हैं, और कभी-कभार जब हम पाते हैं कि कोई गलती से गिरफ्तार कर लिया गया है तो हम उसे कतार से निकाल लेते हैं। मगर वे सब मर जाते हैं, लगभग सब।"

"आप रेकार्ड रखते हैं ?"

"हाँ सर," जेनरल बारी ने कहा, "हाँ, हम रेकार्ड रखते हैं।"

उसने हाथों से कुछ इस तरह हरकत की जैसे जताना चाहता हो कि दस्तावेजों की कोई अहमियत नहीं। यह एक ऐसा सवाल था जिसके पूछे जाने की उसे उम्मीद नहीं थी।

"हमने अपने रेकार्ड के सिस्टम को सरल बना दिया है," वह बोल रहा था "संख्या, मैं यकीन दिलाता हूँ, बिलकुल सही है। हम नामों को लेकर बहुत ज्यादा परवाह नहीं करते। मैं आपसे पूछता हूँ, एक अफसर से अफसर के तौर पर, इन कमबख्तों के नाम जानने का क्या फायदा ? खुदा जाने उनके नाम। फौज में हम इन मामलों को खुदा पर छोड़ते हैं।"

"हाँ, हाँ, मगर कायदे—"

"आपको हमारे प्रति बहुत सख्त नहीं होना चाहिए, सर। मैं कबूल करता हूँ कि हम पूरी तरह कायदों पर नहीं चल रहे हैं। ओह हाँ, शुरू में हमने नाम, पते, पेशे, कहाँ गिरफ्तारी, किसके द्वारा, किस जुर्म में, फौजी कानून की कौन-सी धारा, सजा-ए-मौत का पक्का वक्त, गोली मारकर, लटकाकर, किस तरीके से, यह सब दर्ज किया। बाद में मैंने एकरूपता और कार्यकुशलता के हक में उन सबसे छुटकारा पा लिया।"

दीवार में बनी एक सैफ से उसने एक बड़ा सा काला रजिस्टर निकाला जिसमें एक्सटर्मिनेशन सेंटर के रेकार्ड दर्ज थे। कैप्टन इस्कंदर ख़ान ने पन्ने पलटे, काले हरूफों वाले उन भरे हुए पन्नों से चमत्कृत और दहशतजदा, वह अजीबो-गरीब घूमी हुई लिखावट, बिना किसी चरित्र के भुनगों के बेइंतिहा जुलूस जैसे, जिन्हें फौजी क्लर्कों के बीच बढ़ावा मिला था। पूरे नाम, पते, पेशे, जुर्म तक, जिनका उन पर आरोप था—मुल्क

के खिलाफ बगावत, हथियारबंद फौजों पर हमला—ये सारी चीजें उन भारी सफों में शामिल थीं। फिर बीस या तीस सफों के बाद, फौज का क्लर्क लापरवाह और बेध्यान हो गया था। 'और पाँच दूसरे,' 'सात अन्य के साथ,' और 'उनका परिवार'। यह जानने का कोई जरिया नहीं था कि परिवार कितना बड़ा था। अगले तीस सफों के बाद नाम संक्षिप्त हो गए थे, लिखावट ढीली पड़ गई थी, शब्द एक दूसरे पर चढ़ रहे थे, और बुक खत्म होने के काफी पहले क्लर्क लिख रहे थे, 'दत्त, 1 म, 1 पि, 2 बे, 1 बे। दत्त हिंदू नाम था और पूरा नाम देना जरूरी नहीं माना गया। मुसलमान नाम अक्सर लिख दिए जाते थे। दूसरी बुक में संक्षिप्तीकरण और जबरदस्त था, और तीसरी में नाम तक गायब कर दिए गए थे और सिर्फ़ संख्याएँ थीं, कभी-कभार इन इशारों के सिवा, कि कुछ हिंदू थे, बाकी मुसलमान। हैरत के साथ—चूँकि कैप्टन को उम्मीद थी कि ज्यादातर बदमाश हिंदू होंगे—उसने पाया कि हिंदू नामों से ज्यादा मुसलमान नाम थे। ये सारी प्रविष्टियाँ अंग्रेजी में लिखी हुई थीं।

कैप्टन इस्कंदर ख़ान इन सफों पर निगाह दौड़ा ही रहा था कि सहसा उसने एक धमाके की आवाज सुनी जिसके बाद एक औरत की चीरती हुई चीख आई, और फिर काफी करीब से, और काफी तेज, मशीनगन की संक्षिप्त गड़गड़ाहट। वह मुख्यालय की इमारत से गोदाम के पीछे जल रही रोशनियों की ओर दौड़ा। गोदाम की दीवार तक उठी टेक के सहारे खड़ी ये रोशनियाँ नदी को रुपहली आग में बदल दे रही थीं। वह साफ-साफ देख सकता था कि क्या हुआ था। रस्सी से एक साथ बँधे सात या आठ लोग टखनों तक के बूट पहने एक फौजी द्वारा हाँके जा रहे थे, जब तक वे किनारे से बीस फीट दूर, छिछले पानी में नहीं रह गए। उनकी आँखों पर पट्टियाँ बँधी थीं। मशीनगन से फायरिंग हुई; वे दो या तीन फीट पानी में गिरे; और जहाँ वे गिरे, वहीं उन्हें छोड़ दिया गया, कुछ अपने जख्मों से और कुछ डूबने से मर रहे थे। एक ठोस टेक से लगी मशीनगन से हुई इस एकलय और भारी गोलीबारी ने ज्यादातर को तुरंत ही मार डाला था।

कैप्टन बारी अपनी मूठदार छड़ी के साथ भागा आया। छड़ी के जरिए वह नदी की भारी-भरकम धुआँती रुपहली धारा में एक बुलबुले की तरह के छोटे काले धब्बे की ओर इशारा करने लगा।

"वहाँ वे हैं !" उसने कहा, और कैप्टन इस्कंदर ख़ान तेजी से उसकी ओर मुड़ा और बोला, "मुझे इस तरह इशारे से बताने की जरूरत नहीं है !"

कैप्टन बारी घबराहट के साथ मुस्कुराया और उसने उसे थोड़ी रुई पेश की।

"कानों के लिए।" उसने कैफियत दी, और अपने कानों में रुई के फाहेदार टुकड़े ठूँसने लगा। "वे कभी-कभी चीखते हैं," उसने जोड़ा।

कैप्टन इस्कंदर ख़ान ने रुई ली और उसे अपनी अँगुलियों से फिसलकर गिर जाने दिया।

रोशनियों की हद के पार सिर्फ अँधेरा था; ऐसा लग रहा था जैसे सिर्फ सौ फीट

की नदी हो और गोदाम की चमकती हुई दीवार हो और बाकी सब हाथ को हाथ न सुझाई देने वाला अँधेरा हो। रोशनी में हर कुछ विरूपित नजर आ रहा था। लोग ज्यादा लंबे दिख रहे थे; छायाएँ गहरी काली थीं; काला बुलबुला पसरा और छोटा पड़ गया, और इससे कोई आवाज नहीं आई। प्लेटफार्म पर खड़े लोग बहुत साफ और दमकते हुए दिखाई पड़ रहे थे जैसे वे किसी स्टेज पर खड़े हों और उनकी सारी भंगिमाएँ नाटकीय लग रही थीं। दूसरी कतार की तैयारी हो रही थी। बड़ी मुश्किल से, क्योंकि उन्हें रस्सियों से एक साथ बाँध दिया गया था, वे कुछ डग आगे बढ़ रहे थे और टखनों तक के रबर के जूते पहने एक फौजी उन्हें एक बल्ली से ठेल रहा था। कैप्टन इस्कंदर ख़ान तीन मर्दों, दो औरतों और एक दस साल के बच्चे को नदी की तरफ घिसटता हुआ देख पा रहा था। ''इस तरफ,'' फौजी बोल रहा था। एक आदमी कुछ गा रहा था और उसकी आवाज पानी के ऊपर से साफ आ रही थी। एक औरत थकान से, या कोमलता से, एक मर्द के कंधे पर सिर रखे हुए थी। लड़का अपना सिर अलग-अलग दिशाओं में हिलाता जा रहा था, शायद इस उम्मीद में कि इस तरह वह अपनी आँख पर कसकर बँधी पट्टी को खोल लेगा। चुँधियाती हुई नदी में छह लोगों की विशाल छायाएँ पड़ रही थीं, और एक सातवीं भी, उस सिपाही की जो एक लंबी बल्ली हिला रहा था।

अचानक कैप्टन इस्कंदर ख़ान ने खुद को अपने फेफड़ों की पूरी ताकत से चीखते पाया। उसे पक्का पता नहीं था कि वह क्या चिल्ला रहा है। वह मशीनगन की तरफ दौड़ा जो करीब सौ गज दूर थी, इतना तेज जितना वह जिंदगी में कभी नहीं दौड़ा होगा। मशीनगन के सामने खड़े होकर वह अपने परेड ग्राउंड की आवाज में चिल्लाया, ''रोको ! सही कायदों का इस्तेमाल नहीं हो रहा है ! इन लोगों को वापस ले जाओ !''

प्लेटफॉर्म पर अफरातफरी मच गई। संतरी और फौजी दौड़े-दौड़े उस अफसर को देखने आ गए जिसने जेनरल स्टाफ के अफसर वाला लाल फीता लगा रखा था और इसलिए हरिहरपुरा एक्सटर्मिनेशन सेंटर से जुड़े सारे अफसरों से बड़ा था। लंबा, खूबसूरत, चौड़े कंधों वाला, किसी भी नाटकीय किरदार से ज्यादा नाटकीय दिखता हुआ, उसने हुक्म दिया और उसके हुक्म की तुरंत तामील हुई। कैप्टन बारी चेतावनी-भरे अंदाज में अपनी छड़ी लहराता दौड़ा आया।

''आप मेरे साथ यह नहीं कर सकते,'' कैप्टन बारी बोल रहा था, उसकी आवाज ऊँची हो रही थी।

''तुम्हारे साथ ? मैं उन बेचारों के बारे में सोच रहा हूँ ! उन लोगों को वापस लाओ !''

''मैं सहायक जेनरल से आपकी रिपोर्ट करूँगा,'' कैप्टन बारी बोल रहा था, ''कायदे—''

''कायदे-कानूनों पर ही तुम अमल नहीं कर रहे हो। इसके लिए कायदे बने हुए हैं। तुम उन पर नहीं चल रहे। मुकदमा चलना चाहिए। तुमने गवाहियाँ नहीं सुनीं। कोई

आरोप पेश नहीं किया गया। इन लोगों को घेर लिया जाता है और तुम्हारे पास लाया जाता है और तुम खुद-ब-खुद उन्हें गोली मार देते हो—यह फौजी कायदों के खिलाफ है। यह तुम समझते हो ? फौजी कानून में ऐसा कुछ नहीं है जिससे तुम्हें बिना मुकदमे के सजा देने की इजाजत मिल जाए। तुम्हारे पास इनके लिए खाना है ?"

"नहीं सर !"

"तब तुम्हें इन्हें जाने देना होगा। कैदियों को आठ घंटे से ज्यादा बिना खिलाए रखना फौजी कानूनों के खिलाफ है। अपने लोगों से कहो कि वे सारे बंदियों को तुरंत रिहा करें।"

जो लोग नदी में थे, किनारों की तरफ लौट रहे थे। फौजी उन्हें लंबी बल्ली से ठेल रहा था, मगर इस बार वह उन्हें हिफाजत की तरफ ठेल रहा था। मशीनगन पर तैनात आदमी के होंठों पर सिगरेट चमक रही थी। कैप्टन ने सिगरेट छीन ली और नदी में फेंक दिया। फिर उसने बल्ली लिए हुए सिपाही से चिल्लाकर कहा, "उनकी पट्टियाँ उतारो ! उनकी रस्सियाँ खोलो, और उन्हें ऊपर आने में मदद करो।"

"मुझे हुक्म मिला हुआ है," कैप्टन बारी बोल रहा था, "जो भी मैंने किया है, मंजूर कायदों के मुताबिक ही किया गया है। मेरे पास एक मुश्किल और नामुराद सा काम है और यह मैं अपनी पूरी काबिलियत से कर रहा हूँ।"

"अपने कान से रुई निकालो और ध्यान से सुनो। तुम्हें अपने काम में लापरवाही के चलते गिरफ्तार किया जाता है और कल तुम्हारा कोर्टमार्शल होगा !"

यह कहकर कैप्टन इस्कंदर ख़ान गोदाम की तरफ बढ़ा जहाँ रात की हवा में लंबे तारों पर झूलते छोटे, नंगे बिजली के बल्बों की मार्फत बहुत हलकी सी रोशनी हो रही थी। लगभग दो या तीन सौ कैदी गोदाम में खड़े थे, सभी जिस्मानी तौर पर निचुड़े हुए, सबकी आँखों पर पट्टियाँ बँधी हुईं, सबके हाथ पीछे पीठ की तरफ बँधे हुए, सबके सब गरीब और उनमें ज्यादातर किसान थे जिन्हें बगल के शहर नारायणगंज से, और ढाका से भागने की कोशिश करते हुए उठा लिया गया था। कैप्टन को सबसे ज्यादा जिस चीज ने झिंझोड़ा, वह थी उनकी गरीबी, उनकी थकान, जबकि वे वहाँ सिर झुकाए हुए, एक-दूसरे को धीरे-धीरे दिलासा देते, और रात के अँधेरे की तरह अंधे, खड़े थे।

कैप्टन ने कैदियों की कतार का एक चक्कर लगाया, कहा, "उनकी पट्टियाँ हटाओ और उन्हें खोल दो ! वे सब आजाद हैं !" और जब संतरी कैदखाने के अफसरों के चिड़चिड़े अंदाज में रस्सियाँ खोलने और पट्टियाँ हटाने में वक्त लेने लगे, तो उसने कहा, "जल्दी करो ! मैं पाँच मिनट के भीतर सबको बाहर देखना चाहता हूँ !" कैदियों से उसने कहा, "तुम सब आजाद हो, मगर जितनी जल्दी हो, तुम्हें यहाँ से निकल जाना होगा !"

वह किसी भ्रम में नहीं था। उसे पता था कि आने वाली रात शायद फिर कैप्टन बारी इस क़त्लगाह का इंचार्ज बना रहे और ट्रकों में भरकर और ज्यादा कैदी एक्सटर्मिनेशन सेंटर लाए जाएँ। उसने संतरियों को किसी भी कैदी का पीछा न करने का हुक्म दिया

और सूने गोदाम में आधे घंटे तक इंतजार करता रहा ताकि उन्हें देहातों में छितरा जाने का मौका मिले। वे बिना किसी शिकायत के, खामोशी से चले गए, प्रेतों की तरह।

देर रात को अपनी कार के पिछले हिस्से में भारी-भरकम काले रजिस्टर और कैदी की तरह कैप्टन बारी को साथ लिए, वह ढाका की तरफ चल पड़ा।

ग्यारह

कई हफ्तों से धूप लगातार तीखी होती जा रही थी। धीरे-धीरे दोपहर में गर्मी ऐसी होने लगी जिसे शायद ही झेला जा सके। धरती और आसमान से गर्मी फूटती थी, जरा भी राहत नहीं थी। जैसे-जैसे वसंत के बाद गर्मी आई, फूल मुरझाने लगे और जल्दी ही फूल अपने पौधों से गिर गए और कुएँ सूखने लगे। कुमेरखाली में लोग दरवाजे के बाहर खाट पर सोते और दिन का ज्यादा-से-ज्यादा वक्त नदी में गुजारते। ये वे दिन थे जब आसमान सख्त गर्म नीला रह गया और सूरज किसी इनसान की छत से कुछ इंच ऊपर से ही निकलता दहकते लाल कोयलों का कटोरा बन गया था।

हालाँकि गर्मी बेरहम थी, मगर कुमेरखाली के लोगों ने काफी पहले इसके साथ समझौता कर लिया था। वे खाते कम थे, पानी ज्यादा पानी पीते थे और जितना मुमकिन हो सके, उतना कम बाहर निकलते थे, अपनी ऊर्जा को उस वक्त के लिए बचाते हुए, जब मानसून की बरखा से भरे, नीले फूले हुए बादलों के पीछे सूरज छुप जाता है। गाँव में इतने सारे पेड़ थे कि आदमी छाया-छाया में ही एक सिरे से दूसरे सिरे तक पहुँच सकता था। बगीचों में इतने तालाब थे कि खुद को ठंडक पहुँचाने के लिए नदी तक जाना जरूरी नहीं था। मिट्टी की सुराहियाँ घर का पानी ठंडा रखती थीं। और फिर, बेशक, सबसे बड़ी राहत नींद की थी, चूँकि दोपहर को लगभग हर कोई घर के सबसे ठंडे कमरे में सोया रहता था। जो लड़के मैदान में भैंस की पीठ पर सवार रहते थे, वे भैंस की छाया में सो जाते थे।

उस साल मानसून देर से आया और हमेशा की तरह अनिश्चित, मगर फिर भी खास किस्म के, मानसून के हरकारे होते थे। उल्काएँ देखी गई थीं। एक बार दोपहर को हुई अप्रत्याशित हलकी बारिश ने एक तिहरा इंद्रधनुष बनाया, या कम-से-कम कुछ गाँव वालों ने कहा कि उन्होंने देखा है। तेज हवाएँ उठती थीं, धूल गलियों में बौराती थी, केले के पत्ते बुरी तरह लहराते थे, और जितनी तेजी से हवा उठती थी, उतनी ही तेजी से बैठ जाती थी। कुछ धूसर बादल दिखाई पड़ते थे, उत्तर की तरफ जाते हुए, और कभी-कभार थोड़ी-बहुत बूँदा-बाँदी होती थी, मगर कुल मिलाकर कोई बारिश नहीं थी। हवा के मँडराते झोंकों और धूसर बादलों के बाद लंबे गर्म दिन आ जाते जब लोग साँस लेने के लिए हाँफते और जब हवा एक अजीब सूखी कँपकँपाती आवाज से

दरकती-सी लगती। लोग खेतों में काम करते थे मगर धीरे-धीरे। मंदिर में औरतें बरसात के लिए देवी दुर्गा की प्रार्थना करतीं और वही प्रार्थना उजली दाढ़ी वाले मुल्ला मस्जिद में करते। मानसून का आना अभी भी कुछ दिन दूर था।

कुमेरखाली में आम मान्यता थी कि मानसून उनकी हिफाजत करेगा। यह माना जाता था कि सड़कों पर ढेर सारा पानी और कीचड़ होगा, और पाकिस्तानी जीपों और हथियारवाहकों के लिए उस पर सफर करना मुश्किल हो जाएगा और नदी पाकिस्तानी गश्ती नौसेना के छिछले तल वाली नावों के लिए काफी धोखादेह होगी। मानसून के दिनों में, उनके लिए गाँवों में आग लगाना और मुश्किल, लगभग नामुमकिन होगा। और मानसून में भारत भागना तो आसान होगा, जबकि पाकिस्तानी फौज का खतरा कम महसूस करते हुए मुक्तिवाहिनी अपना प्रशिक्षण शिविर चला सकेगी। जैसा कि कबीर ने कहा, "मानसून बांगलादेश के लिए एक सौगात है। हम उम्मीद करें कि यह जल्दी आए और साल के अंत तक बना रहे।" कभी-कभी मानसून जून में ही आ जाता था और अक्तूबर तक ठसके से बना रहता था। कबीर का मतलब यह था कि वह खास तौर पर लंबे मानसून की उम्मीद कर रहा है।

हिफाजत समिति में लोग संजीदगी से यह अंदाजा लगाने में जुड़ गए कि मानसून कब आएगा और कब खत्म होगा। यह लिखित दस्तावेजों के अध्ययन का सवाल नहीं था, हालाँकि माना जाता था कि मौसम विज्ञान का एक दफ्तर ढाका में है, और दूसरा कुश्तिया में। किसी भी सूरत में वे लिखित दस्तावेजों पर यकीन नहीं करते। कुमेरखाली के लोगों की याददाश्त अच्छी थी और ऐसे बूढ़े थे जो बता सकते थे कि बीते सत्तर सालों के किस दिन के किस घंटे में मानसून आया। कुछ मानते थे कि सात सालों का एक चक्र है, और कुछ का मानना था कि सात, पंद्रह और अठारह सालों के तीन आपस में गुँथे हुए चक्र हैं, और कुछ ऐसे भी थे जो अपनी जानकारी के आधार पर कह रहे थे कि मानसून का आना उतना ही अनिश्चित है जितना समुद्री तूफान का आना, जो नवंबर, 1970 में मुल्क के दक्खिनी हिस्सों में आया था और जिसने दर्ज इतिहास में किसी भी तूफान से ज्यादा तबाही मचाई थी, गंगा के मुहाने से बीस फीट ऊँचे ज्वार की लहरें गरजती हुई द्वीप पर आती थीं। कबीर, प्रोफेसर और सिविल इंजीनियर ने मिलकर खुद को मानसून के अध्ययन की समिति का सदस्य बनाया, और ढेर सारे बूढ़े लोगों, ढेर सारे मछुआरों और कुछ ऐसे लोगों से मिलने के बाद जिनका दावा था कि उनके पास अकाट्य ज्ञान है, उन्होंने नतीजा निकाला कि इस साल मानसून शायद देर से आएगा, शायद तीन हफ्ते देर से, और शायद सितंबर के शुरुआती हिस्से में खत्म हो जाएगा। जहाँ तक मानसून की लंबाई का सवाल था, ज्यादा उम्मीद करने लायक कुछ नहीं था।

लेकिन निश्चित रूप से कुमेरखाली समिति इस मुश्किल का जायजा लेने में मशगूल अकेली समिति नहीं थी। पाकिस्तानी फौजी हुकूमत भी आधा दर्जन शहरों से हासिल मौसम के दस्तावेजों की मार्फत इसका जायजा ले रही थी; मुक्तिवाहिनी भी इसे जाँच

रही थी; कलकत्ता रेडियो मौसम विज्ञान के प्रोफेसरों को माइक पर बुलाता था, जो कुदरत पर, मानसून की वजह, उसकी भूमिका और उसके आने की संभावित तारीख पर एक ऐसी तकनीकी भाषा में बात करते थे जिसे दूसरे मौसम विज्ञानियों के अलावा और कोई नहीं समझ सकता था; और पूर्वी पाकिस्तान की सरहद के ठीक भीतर या बाहर से काम कर रहा बांगलादेश रेडियो भी अपने अनुमान पेश करता था। हालाँकि अगर कोई जंग नहीं भी होती, यह सवाल किसानों के लिए गहरी दिलचस्पी का हुआ करता। कबीर ने कहा, "मैं मौसम विज्ञानियों को झेल नहीं सकता। हर किसी को पता है कि हम नहीं जानते। सड़क का कोई अंधा भिखारी भी उन कमबख्त मौसम विज्ञानियों जितना जानता है।"

"हमारे पास एक जानकार सहज बुद्धि हो सकती है," प्रोफेसर ने सुझाया, "इल्म जानकार सहज बुद्धि में होता है। हम उससे ज्यादा जानते हैं जितना हमें पता है।"

"आखिर तुम्हारा मतलब क्या है ?"

"मेरा मतलब है कि एक बूढ़ा किसान धरती के बारे में—मौसम के बारे में, मिट्टी के बारे में, फसलों के बारे में—किसी कृषि संस्थान या प्रोफेसर से ज्यादा जानता है। वह जानता है क्योंकि वह इसका हिस्सा है। हम प्रोफेसर—हम बाहर से जानते हैं। जब हमने सात, पंद्रह और अठारह सालों के चक्र के साथ मानसून के आँकड़े लिए तो हम इस नतीजे पर पहुँचे कि मानसून जल्दी आएगा, मगर जब हमने बूढ़े किसानों से बात की, उन्होंने बताया कि देर से आएगा, लेकिन वे यह नहीं बता सके कि क्यों देर से आएगा। आखिरकार हमने उन पर यकीन किया। क्यों ?"

"मेरा खयाल है इसलिए कि हम उन्हें पसंद करते हैं। ज्ञान, मेरे प्यारे प्रोफेसर, बस हमारे लगाव का कुल जमा है।"

प्रोफेसर ने संजीदगी से सिर हिलाया।

"बिलकुल," उसने कहा, "इस बात को याद न रखना हमेशा खतरनाक होता है। मगर इसे पाकिस्तानियों पर लागू मत करो। हम उनके बारे में जो कुछ भी जानते हैं, उसका हमारे लगाव से कोई लेना-देना नहीं है। ज्ञान नफरत से भी आता है। मैं हमेशा यह समझने की कोशिश करता रहता हूँ कि क्यों पाकिस्तानी इस तरह बरताव करते हैं, और मैं किसी नतीजे के आस-पास नहीं पहुँच पाता हूँ। वे हमसे नफरत करते हैं, हाँ, लेकिन क्यों ? हमने ऐसा क्या किया है कि हमारा उनके हाथों कत्ल और बलात्कार हो ? यहूदियों ने जर्मनी में ऐसा क्या किया था कि वे हिटलर द्वारा मारे जाएँ ? क्या कोई वाकई जानता है ? क्या हिटलर जानता था ? क्या याह्या ख़ान जान्ता है ? मुझे यकीन है उन्होंने कभी जानने की कोशिश भी नहीं की। मुझे यकीन है ये चीजें वे बिना सोचे करते हैं, बिना परवाह किए, अपने लोगों के प्रति किसी लगाव के बिना, और उन लोगों के प्रति बिना किसी सच्ची नफरत के जिन्हें वे अपना दुश्मन बताते हैं। मैं हिटलर के उन शब्दों को खासी अहमियत देता हूँ, जब उसने कहा था, 'मैं नींद में चलने वाला आदमी हूँ।' यही वजह है कि मुझे यकीन है कि हमें नींद में चलने वाले को उसके ख्वाबों

की दुनिया से जगाना होता है, और हकीकत से उसकी मुठभेड़ करानी होती है; और जो एक हकीकत वह पहचानता है, वह हार है। जब हम उसकी छाती पर बंदूक रख देंगे तो वह जागेगा, और हम उसे गोली मारने को होंगे, तब वह अपनी फैली हुई मासूम आँखों से कहेगा, 'तुम यह क्यों कर रहे हो ? मैंने ऐसा क्या किया है ?' यही चीज है जिसे हमें समझना चाहिए—नींद में चलने की बीमारी, तानाशाहों का निद्राचार।''

''आपको आपके अध्ययन के लिए मुबारकबाद,'' कबीर ने कहा, ''जब तक आप निद्राचार का अध्ययन कर रहे हैं, मैं कुछ और गोला-बारूद खोजने के लिए निकलता हूँ। हमने सुना है कि हम दस ली एनफील्ड राइफलें खरीद सकते हैं, और एक हलकी मशीनगन भी। आपको पता है, हमें कहाँ से यह सब मिल रहा है ? खुद पाकिस्तानियों से ही। निद्राचारियों के बारे में सोचते हुए इस बात को भी याद रखिएगा !''

यह अच्छी खबर थी, मगर प्रोफेसर ने जान-बूझकर कबीर के हथियार हासिल करने के तरीके के बारे में कुछ नहीं पूछा, क्योंकि यह अक्सर बेहतर होता है कि कुछ गिने-चुने लोग ही इन चीजों के बारे में जानें ! अनुमानतः वे पाकिस्तानी फौज के बलूचियों से खरीदे जा रहे थे; वे सिर्फ तभी लड़ते थे जब उन्हें लड़ना होता था, अपने पंजाबी अफसरों को भीतर से नापसंद करते थे और आम तौर पर अपने मुसलमान भाइयों का कत्लेआम करने में दिलचस्पी नहीं दिखाते थे। आँकड़ों, गणनाओं और सभी जाने और याद आने वाले मानसूनों की स्मृति से भरी अपनी कॉपी के साथ पीछे रह गया प्रोफेसर अपने घर की अटारी पर चढ़ा और उसे उसने उस टिन के बक्से में रख दिया जहाँ वह वे सारी चीजें रखता था जिसे वह 'अपने कागजात' बताता था। कुल मिलाकर यह नहीं कहा जा सकता था कि मानसून का अध्ययन करने के लिए बनी कुमेरखाली समिति ने कोई खास मकसद पूरा किया हो।

लेकिन अगर उस साल मानसून देर से आने वाला था, तो कम-से-कम इस बात की संभावना थी कि वह अपना वह काम कर लेगा जो हमेशा किया करता था जब गर्मियों के दौरान कुमेरखाली आता था। वह हमेशा शेलीदाह जाता था, एक गाँव, जहाँ महाकवि रवींद्रनाथ टैगोर रहे थे, जो महज छह या सात मील दूर था, और वह हमेशा ललोन शाह की मजार पर प्रार्थना करता था, जो लगभग बीस मील दूर, कुश्तिया के बाहरी हिस्से में थी। कुश्तिया एक बड़ा शहर था जिस पर अभी पाकिस्तानी फौज की एक बड़ी टुकड़ी ने कब्जा कर रखा था, और वहाँ जाना ज्यादा खतरनाक होता। शेलीदाह हाथ-भर की दूरी पर था। दोपहर को, जब कबीर एनफील्ड राइफलों और हलकी मशीनगनों को लेकर की जा रही खुफिया बातचीत के बाद कुमेरखाली लौटा तो प्रोफेसर ने उसे अपनी योजना बताई।

''मेरा खयाल है, यह बिलकुल ठीक है,'' कबीर ने कहा, ''मगर अब रात के सिवा कहीं का भी सफर बुरी तरह खतरनाक है। रात को जाइए और अपने साथ एक बंदूक ले जाइए।''

किसी वजह से टैगोर के घर के सफर में बंदूक लेकर जाने के खयाल से प्रोफेसर

झल्ला गया।

"बकवास !" उसने जोर से कहा, "टैगोर के घर--बंदूक के साथ ! इससे तो बेहतर नहीं जाना होगा।"

कबीर ने अपने कंधे झटके।

"मैंने आपको बता दिया, सफर करना खतरनाक है। वे मशीनगन लगी जीपों के साथ आते हैं--खुदा जाने कहाँ से ! गाँव ज्यादा सुरक्षित है !" उसकी आवाज फुसफुसाहट में ढल गई। "हमने एक हलकी मशीनगन और हजारों राउंड गोलियाँ हासिल कर ली हैं। उनके बारे में सोचिए ! मैंने उसे जाँचा भी है ! हम इसे खोलने जा रहे हैं और इसके एक-एक नट-बोल्ट का मुआयना करेंगे। एल. एम. जी. के मुआयने के लिए हम शायद एक कुमेरखाली कमिटी भी बनाएँगे। क्या बताऊँ कि कितने पैसे इसके लिए हमने दिए--भरपूर पैसा ! मैगज़ीन में पैंतालीस राउंड हैं, लेकिन उनके मुकाबले मीडियम मशीनगन के 250 राउंड हैं"--वह इस नए हासिल खिलौने की सारी खूबियाँ बताने जा रहा था, मगर प्रोफेसर ने बीच में टोक दिया।

"टैगोर के शेलीदाह वाले मकान को लेकर कुमेरखाली कमिटी का क्या हुआ ?" उसने पूछा, "इसके बारे में कोई कुछ जानता है ? इसका इंचार्ज कौन है ?"

"मेरा खयाल है कि सिविल इंजीनियर जानता है। बेहतर हो आप उनसे पूछिए।"

प्रोफेसर सिविल इंजीनियर के पास गया, मगर जितना उसे पहले से मालूम था, उससे ज्यादा कुछ पता नहीं चला। यह साफ दिख रहा था कि कोई कवि के घर की देखभाल नहीं कर रहा है, जो गिरता हुआ मलबे और खंडहर में तब्दील हो रहा था।

"आखिरकार," सिविल इंजीनियर ने कहा, "मकान की क्या अहमियत है ? किताबें काफी पहले हटा ली गई थीं। टैगोर मर चुके हैं। कोई घर की देखभाल नहीं कर रहा है। मुझे याद है, दो या तीन साल पहले हमें टैगोर के मकान की हालत पर ढाका से रिपोर्ट करने का हुक्म हुआ था, हमें जवाब देने का वक्त ही नहीं मिला, और उन्होंने दुबारा हमें परेशान नहीं किया। मेरे अजीज दोस्त, एक मकान एक कवि के आगे कुछ नहीं है। उसकी कविताएँ पढ़ो, इससे उसके मकान तक जाने से बच जाओगे।"

प्रोफेसर ने सिविल इंजीनियर की सलाह का शुक्रिया अदा किया और घर चला गया। उस घर तक जाने का उसका इरादा और पक्का हो गया था। उसने सोचा कि बच्चों को ले चलें, फिर यह इरादा छोड़ दिया क्योंकि खतरे की हलकी सी गुंजाइश तो थी। अगली सुबह, बिलकुल भोर में वह बस एक पुरानी कमीज, एक फीकी पड़ रही लुंगी, एक चौड़ी किनारी वाली स्ट्राँ हैट और चप्पल पहने, अकेले शेलीदाह के लिए रवाना हो गया। लुंगी के ऊपरी सिरे पर उसकी छोटी सी पिस्तौल खुँसी हुई थी जिसमें छह गोलियाँ मैगजीन में और एक चैंबर में थी। वह बहुत खास उपयोगी हथियार नहीं था, शायद तीस गज के आगे बेकार था, मगर इससे उसे आत्मविश्वास का अहसास होता था।

आसमान बेहद खुला हुआ था, जरा भी बादल नहीं थे, सूरज नीचे चमक रहा था

और उसकी सियाह छाया उसके आगे-आगे चल रही थी। वह कई बार शेलीदाह हो आया था और इसलिए उसे सड़क पर ध्यान नहीं देना था, कभी वह छोटी सी पगडंडी पकड़ लेता और कभी खेतों से होकर लंबे रास्ते से चलता। चूँकि वह एक तीर्थ पर जा रहा था, उसे टैगोर की वे सारी कविताएँ दुहराने में मजा आ रहा था जो उसे याद थीं। छोटे बच्चे भैंसों पर बैठे हुए थे या भूरी बकरियों के झुंड की रखवाली कर रहे थे। पोखरों में कुमुदिनियाँ गर्मी से मर रही थीं, घास पीली पड़ रही थी, और किसानों के छाजनों वाले घर भी शुरुआती गर्मी में सूखे, भुरभुरे दिखाई पड़ रहे थे। कभी-कभी, हालाँकि यह काफी सुबह थी, उसे खेतों की ओर जाते लोगों से भरी सड़क मिली। उसने कुमेरखाली की बोली में उनसे बात की, यह जानते हुए कि वे अजनबियों को संदेह से देखते हैं। "नमस्कार बाबू मोशाय," उसने पुकारा, "मैं शेलीदाह जा रहा हूँ।" यह एक तरह से ठीक था, क्योंकि उनके पास संदेह करने और घबराने की वजह थी। कभी-कभी वे हँसते थे, मजाक करते थे और उसकी सेहत के बारे में पूछते थे, मगर कुल मिलाकर वे उससे सतर्क थे, उसकी मौजूदगी में थोड़ी असुविधा से भरे, क्योंकि वह किसान नहीं था, उन लोगों में से एक नहीं था। इसलिए वह उठी हुई पगडंडी पर चलता रहा, छुट्टी बिताने जा रहे किसी स्कूली लड़के की तरह खुश, और आखिर में जूट और गन्ने के खेतों के पार, सड़क खत्म होने पर उसे पेड़ों के बीच लाल ईंटों की एक इमारत दिखाई पड़ी, जहाँ टैगोर ने अपने बचपन और बीच की उम्र का खासा हिस्सा गुजारा था, एक विक्टोरियन इमारत, जिसमें एक बुर्ज, बरामदा और सपाट छत थी और यह सब दीवारों से घिरे एक बगीचे के बीच था, और पास-पड़ोस से इतना अलग, कि पुकारता मालूम होता था, "मैं महाकवि रवींद्रनाथ टैगोर का हूँ।" मगर महाकवि को गुजरे तीस साल हो गए थे और प्रोफेसर को पता था कि यह काफी वक्त से वीरान पड़ा है और किसी का नहीं है।

कभी-कभी जब वह पहले शेलीदाह आता था, यह बात उसे अचरज में डालती थी कि महाकवि की याद में श्रद्धांजलि देने वाले मुसाफिरों से सड़क भरी क्यों नहीं रहती। देश का हर स्कूली बच्चा टैगोर की कविताओं से परिचित था। लड़कियाँ उन्हें गातीं और उन पर नृत्य करती थीं; 'सोनार बांग्ला' कविता मुल्क का अनधिकृत राष्ट्रगान थी; उनका जज्बा, उनके गीत, साम्राज्यवादी ताकत को उनकी चुनौती, उनकी चाहत कि बंगाली अपनी जंजीरें उतार फेंके और अपनी विरासत से जुड़ें, ये सारी चीजें बंगालियों की आत्मा में धँसी हुई थीं। अभी भी, उनके इंतिकाल के काफी बाद भी, वह उनके बीच घूमते मालूम होते थे, नेक भौंहों, उजली लंबी दाढ़ी और उजली पोशाक में एक शाही और रूहानी आकृति।

एक इतिहासकार के तौर पर प्रोफेसर का कोई नायक नहीं था और उसने काफी पहले खुद को इस यकीन का आदी बना लिया था कि हुक्मरान अक्सर उन लोगों के लायक नहीं होते, जिन पर वे हुकूमत करते हैं। मगर टैगोर के लिए, उसके दिल में बेपनाह श्रद्धा थी, वह कोई हुक्मरान नहीं थे; वह अपनी भाषा के लिए एक अचूक जज्बे

के साथ व्यापक दायरे वाले एक कवि थे। यहाँ शेलीदाह में, उन्होंने 'गीतांजलि' सहित अपने कुछ दूसरे नायाब ग्रंथों की रचना की थी, और उनका घर, उनके खेत और उनके आसपास की सारी चरागाह उनकी मौजूदगी के गहरे असर में थे।

इसीलिए यह हुआ कि, रास्ते से किनारे हटने के बाद, ताकि वह उस लाल मकान को बिना पेड़ों की रुकावट के देख सके, उसने वह किया जो वह अपनी शेलीदाह यात्रा में हमेशा किया करता था। उसने झुककर श्रद्धा से धरती छुई, और मकान की भव्यता को देर तक निहारता रहा, और फिर ऊँची आवाज में अपनी प्रिय कविता पढ़ने लगा :

"जब मस्तिष्क निर्भय है,
और मस्तक ऊँचा तना हुआ
जहाँ ज्ञान स्वतंत्र है
जहाँ विश्व संकीर्ण स्वार्थ की
दीवारों से
टुकड़ों-टुकड़ों में बँटा हुआ नहीं है;
जहाँ शब्द सत्य की गहराई से
बाहर आते हैं;
जहाँ अथक परिश्रम
अपनी बाँहें परिशुद्धता की ओर
फैलाता है;
जहाँ तर्क की स्वच्छ धारा
मृत आदतों के वीरान रेगिस्तान में
खो नहीं जाती है;
जहाँ मस्तिष्क को तू
व्यापकतर विचार और कर्म की ओर
लिए चलता है—
स्वतंत्रता के स्वर्ग में,
मेरे पिता,
मेरा देश वहीं जागे।"

'मेरा देश वहीं जागे,' मकान की ओर बढ़ते हुए वह दुहरा रहा था, मानो नशे में हो और सुध-बुध खो चुका हो।

वह बगीचे की दीवार से लगकर बने चबूतरे के किनारे-किनारे बगीचे में टहलता रहा। बगीचा उजाड़ हो गया था, गुलाब के पौधे गर्मी में कुम्हला गए थे, गुलाब की पंखुड़ियाँ जड़ों के पास बिखरी पड़ी थीं। जब टैगोर जिंदा थे, तब इसी चबूतरे पर धानी रंग की पोशाकों में नर्तक मीलो-मील से आकर इकट्ठा होने वाले गँवई दर्शकों के सामने प्रदर्शन करते थे, और गायक 'बाउल' गाते थे। अब यह चबूतरा गर्मी में टेढ़ा-मेढ़ा हो गया था, इस पर दरारें पड़ गई थीं। वह घर की सीढ़ियों की तरफ बढ़ा, मानते हुए

कि दरवाजा बंद मिलेगा, मगर यह पूरी तरह खुला हुआ था और वह सूने मकान में चहलकदमी कर रहा था, देख रहा था कि पिछली बार जब वह आया था, उसके मुकाबले अब फर्नीचर कम हैं और शीशे वाली किताबों की बंद आलमारियों में वही किताबें खड़ी हैं, उनमें ज्यादातर 1886 के आगे से 'कलकत्ता गजट' है। हॉल के रास्ते में लाल रंग से रँगी काठ की एक विशाल पालकी रखी हुई थी और इतनी भारी कि उसे अपने कंधों पर ढोने के लिए सोलह कहार चाहिए होते थे। टैगोर के वक्त में कहार लाल रंग के लंबे कुर्ते और सोने के भारी कड़े पहना करते थे। अपने लड़कपन में, टैगोर पालकी में छुप जाया करते और कल्पना किया करते कि वे सुदूर इलाकों में ले जाए जा रहे हैं। वे खिसकाने वाले दरवाजे बंद कर, अपने ख्वाबों में खोए, घंटों पालकी के अँधेरे में गुजार देते; और अगर लोग उन्हें घर या बगीचे में तलाश नहीं पाते तो सहसा किसी को याद आता, "वह जरूर पालकी में होगा।"

घर वीरान था, मगर फिर भी यहाँ घूमते हुए प्रोफेसर को पूरा सुकून मिल रहा था। वह सीढ़ियों से होता हुआ छत तक पहुँच गया और वहाँ से क्षितिज तक परारे छोटे-छोटे गाँवों और दरख्तों के विशाल नजारे को निहारता रहा। टैगोर के दिनों में पद्मा एस्टेट के किनारे-किनारे बहा करती थी, मगर बढ़ती हुई गाद के चलते नदी ने अपना रास्ता बदल लिया था और अब वह एस्टेट से मील-भर की दूरी पर थी। खुली छत से आसपास का सारा इलाका एक विशाल बाग की तरह लगता था; छोटे-छोटे गाँव, उठी हुई सड़कें, डूबे हुए खेत और दरख्तों के इतने झुरमुट थे, इतने सारे लंबे साल और देवदार, कि खेत, गाँव और सड़कें दरख्तों की भव्यता के आगे झुककर कहीं विलीन हो जाते थे।

प्रोफेसर एक मील से ज्यादा चौड़ी और एक विशाल रुपहली झील-सी दिखाई पड़ती पद्मा की ओर निहारता, पालथी मारे छत पर बैठा था। वहाँ वह ध्यान लगाए करीब एक घंटे बैठा होगा कि तभी उसे अहसास हुआ कि उस घर में कोई और भी है। शुरू में उसने सोचा कि यह शायद आसपास के गाँव का कोई हो या मकान की देखभाल करने वाला हो; और दूर से आ रही पदचापों पर कोई ध्यान नहीं दिया। कुछ मिनट बाद वह उठा और सीढ़ियों से उतरने लगा; और जब वह आधे रास्ते पर ही था तो उसने पाया कि दो लोग सीढ़ियों से ऊपर उसकी तरफ आ रहे हैं। उनमें से एक पाकिस्तानी अफसर था और दूसरा सिपाही, शायद अफसर का अर्दली।

"क्या आप यहाँ के कस्टोडियन हैं ?" अफसर ने अंग्रेजी में पूछा।

"हाँ, बिलकुल," प्रोफेसर ने हलके से कहा।

"तो शायद आप हमें यहाँ घुमा सकें। हमें थोड़ी मदद चाहिए।"

अतीत में, प्रोफेसर अक्सर इस मकान में अपने दोस्तों को घुमाता था; यह काम वह काफी आसानी से कर सकता था; अफसर एक ऐसा इनसान लग रहा था जो जानने की तमन्ना रखता हो। जीने की धुँधली रोशनी में भी वह संजीदगी से, और आम पाकिस्तानी शेखीबाजी के बिना पेश आता हुआ, समझदार लग रहा था।

"ठीक है," प्रोफेसर ने कहा, "हम नीचे से शुरू करके ऊपर की ओर बढ़ सकते हैं।"

प्रोफेसर उन्हें मकान में घुमाने लगा। यह स्वागत कक्ष था, यह अध्ययन कक्ष, यह डाइनिंग रूम। उसने लाल पालकी और उसके सोलह कहारों के बारे में बताया, जिन्हें सवारी को झटका दिए बिना अविश्वसनीय रफ्तार से दौड़ने का प्रशिक्षण दिया गया था, और बचपन में टैगोर के पालकी में छुप जाने की आदत के बारे में, जबकि वह नौजवान अफसर सिर हिला रहा था और सवाल पूछ रहा था।

"क्या मकान अभी तक वैसा ही है, जैसा टैगोर छोड़ गए थे ?" उसने पूछा।

"नहीं, ज्यादातर फर्नीचर गायब है," प्रोफेसर ने बताया, "उनके पास कुछ बहुत बढ़िया मेज-कुर्सियाँ थीं। वे मुझे बताते हैं कि उनमें से कुछ कुश्तिया के सर्किट हाउस में हैं। बस एक मेज और आरामकुर्सी के अलावा बाकी सब कुछ चला गया है।"

"नहीं—मेरा मतलब—इसमें कुछ बदलाव हुआ है ?"

"जरा भी नहीं। यह बिलकुल वैसा ही है जैसा तीस साल पहले उनके इंतिकाल के वक्त था। अगर वे वापस आ जाएँ तो फर्नीचर को छोड़ बाकी सारी चीजों को हू-ब-हू पाएँगे।"

"यह मकान कब बना था ?"

"1830 के आसपास। यह उनके पहले उनके दादा और पिता का था। यह उसके पहले भी बना हो सकता है—जमीन का आवंटन काफी पुराना है, कम-से-कम अठारहवीं सदी के आखिर का। टैगोर घराने की काफी बड़ी जागीर थी। अगर आप छत पर खड़े हो जाएँ और चारों तरफ देखें, तो जहाँ तक आप देख सकेंगे, उसकी मिल्कियत उन्हीं के पास थी।"

"तो वे बेहद अमीर थे।"

"बेतरह अमीर, लेकिन उनके बारे में शायद यह सबसे कम अहमियत रखने वाली बात है। खास बात यह है कि टैगोर उस परिवार से आए।"

"मैंने 'गीतांजलि' पढ़ी और मुझे लगा कि वे बेहद गरीब थे," कैप्टन ने कुछ इस तरह कहा मानो अफसोस कर रहा हो कि एक अमीर जमींदार भी एक कवि हो सकता है। "एक बड़े जमींदार, हूँ, हर जगह जागीरें। मुझे याद आता है कि हिंदुस्तान में भी उनकी जागीर है। टैगोर 1941 में मरे, नहीं ?"

प्रोफेसर ने सिर हिलाया। टैगोर के जीवन और कृतित्व में कैप्टन की गहरी दिलचस्पी ने किसी वजह से उसे बहुत गहरे छुआ था। वह जंग को पूरी तरह भूल गया था, भूल गया था कि वह एक दुश्मन से बात कर रहा है।

"किसी तरह मुझे खयाल हो आया कि वे ताजिंदगी एक गरीब आदमी थे—जीवन के आखिर तक," कैप्टन बोल रहा था, "हमेशा की तरह, मुझे सारी बातें गलत हासिल हुई मालूम होती हैं। मुझे उनके बुढ़ापे की देखी हुई एक तस्वीर याद है—उजले लबादे में उजली दाढ़ी, बहुत नेक दिखाई पड़ रहे थे। क्या उन्होंने 'गीतांजलि' के अलावा दूसरी

रचनाएँ भी लिखी हैं ?''

''बहुत सारी,'' प्रोफेसर ने जवाब दिया, ''बहुत सारी रचनाएँ--शायद कुल मिलाकर तीन सौ किताबें।''

कैप्टन की साँस थमी की थमी रह गई।

''कैसे कोई आदमी तीन सौ किताबें लिख सकता है ? क्या यह वाकई मुमकिन है ?''

''टैगोर के लिए सब कुछ मुमकिन था। उन्होंने कभी लिखना नहीं छोड़ा और कभी जीना नहीं छोड़ा। और हाँ, उन्होंने काफी लंबी उम्र जी।''

वे जीना चढ़कर पहले माले में पहुँचे, जहाँ स्टूडियो, एक बेडरूम और एक बाथरूम थे। फर्नीचर हट जाने के कारण ये कमरे खुले-खुले और हवादार लग रहे थे; वे बड़े-बड़े थे, हलके रंगों की आभा के साथ उनमें एक सादगी थी। टैगोर के जमाने में वहाँ भारी-भरकम मेज-कुर्सियाँ हुआ करती थीं, हर तरफ गमले, दीवारों पर तस्वीरें टँगी होती थीं, और नौकरों की एक फौज घर में इधर से उधर घूमा करती थी। कवि ने बहुत राजसी जीवन जिया था और यह विशाल लालमहल एक लबादा था जिसे उसने अपने चारों ओर लपेट रखा था। तिस पर भी वह एक सच्चा कवि था और इस बात से बेखबर लगता था कि वह अतुलनीय भव्यता के साथ रह रहा है। जब वे छत पर पहुँचे तो प्रोफेसर ने दूर बहती नदी की ओर इशारा किया और कहा, ''जब टैगोर जिंदा थे, नदी महज सौ फीट दूर थी। उनकी अपनी नावें थीं और वे सिर्फ टहलते हुए घर से बाहर आते और नदी में ही शाम गुजारा करते। उनके माँझी उनके लिए गाया करते। वे कहा करते थे कि माँझी और जुलाहे दुनिया के सबसे अच्छे गायक होते हैं। और फिर, अभी आप जो देख रहे हैं, वह हाल का है। पेड़ों का वह छोटा सा झुरमुट विशाल जंगल का अवशेष-भर है, और कभी अपनी जवानी के दिनों में टैगोर हाथी पर बैठकर बाघ के शिकार के लिए जाते थे।''

कैप्टन और उसका अर्दली छत के किनारे खड़े थे, क्षितिज तक पसरे, धूप में झुलसते खेतों को देख रहे थे। छत पर बहुत शांति थी। बहुत ऊपर बाज चक्कर काट रहे थे, कुछ उजले बादल क्षितिज की गोद में दुबके हुए थे, एक धूल-भरी घुमावदार सड़क पर एक बैलगाड़ी बढ़ी जा रही थी। यहाँ से दुनिया गर्मी के अपने सुकून में सिमटी मालूम होती थी, अपनी शांति और विशालता में बेहद सुंदर।

सहसा पल-भर को प्रोफेसर के दिमाग में कौंधा कि अगर वह चाहे तो महज दो कदम की दूरी से कैप्टन और उसके अर्दली को गोली मार सकता है। उसका हाथ अपनी लुंगी की तह में छुपी छोटी सी पिस्तौल तक चला गया। अपनी यादों में जमा नफरत और हताशा का गुस्सा उसके सिर पर सवार होने लगा। पहले अफसर, फिर अर्दली; और अगर वे नीचे नहीं गिर पड़ते तो पाँच और गोलियाँ उसकी पिस्तौल में होंगी। उसने कल्पना की कि यह हो रहा है, गोलियाँ चली हैं और लाशें बारादरी में जा गिरी हैं। और क्यों नहीं ? वे मरने के ही लायक हैं ! निश्चय ही वे कई-कई बार मरने के लायक रहे

हैं ! कैप्टन बोल रहा था, "मैं सारा दिन, बिना कुछ किए, बस खामोशी से यहाँ बैठे हुए गुजारना चाहता हूँ।"

वे जीने से नीचे उतर रहे थे, कैप्टन आगे-आगे था, एक बार फिर प्रोफेसर ने महसूस किया कि वे उसकी दया पर हैं। वह अर्दली के सिर के पीछे पिस्तौल लगभग सटा सकता था। सात गोलियों के साथ उसे पक्का यकीन था कि वह दोनों को मार सकता है; वे जीने के नीचे पड़े होंगे, वह लाशों को खींचता हुआ ले जाएगा और बगीचे में दफन कर देगा और किसी को पता नहीं चलेगा कि वे कहाँ हैं। उसे हैरत हुई कि उसमें इतनी हिचक है, हिम्मत की इतनी कमी है। खुदा ने उसे पिस्तौल दी है। इसका इस्तेमाल वह क्यों नहीं करता ? दो बार उसे दोनों को बहुत करीब से मारने का मौका मिला और उसने कुछ नहीं किया।

बैठक में एक मेज पर आगंतुक पुस्तिका पड़ी हुई थी। अभी भी 'कस्टोडियन' की भूमिका निभाते हुए प्रोफेसर ने कैप्टन से उस पर कुछ लिखने को कहा।

"हाँ, क्यों नहीं ?" पुस्तिका के भारी पन्ने पलटते हुए कैप्टन ने कहा।

उसने ध्यान दिया कि आखिरी आगंतुक कोई फ्रांसीसी था जो सर्दियों में शेलीदाह आया था और ढेर सारे विस्मयबोधक चिह्नों के साथ सात लाइन की एक जज्बाती तकरीर लिख गया था। कैप्टन फ्रेंच नहीं पढ़ सकता था। उसने मुस्कुराते हुए लिखा, "कैप्टन इस्कंदर खान। यहाँ आना और इस घर की शांति का आनंद लेना अच्छा लगा।" जब वह ये शब्द लिखना खत्म कर चुका था, तब भी वह खुले दरवाजे की तरफ से बगीचे को निहारता बैठा रहा। वह वहाँ देर तक बैठा रहा, फिर उठा, उसने प्रोफेसर का शुक्रिया अदा किया और बाहर खड़ी जीप में बैठ गया। कुछ पल बाद वह धूल के बादलों से होता हुआ निकल गया।

कैप्टन जेनरल राव फ़रमान अली द्वारा सौंपे गए मिशन के तहत दो दिन पहले कुश्तिया आया था। वह पहले ही कोमिला, बड़ीसोल और चिटगोंग घूम चुका था, और उसने पाया था कि फौज की टुकड़ियाँ पस्तहिम्मत, नाकाबिल, हिफाजत में लापरवाह, शहरी आबादी के प्रति बेरहम और मुक्तिवाहिनी से लड़ने की आशंका से खौफजदा हैं, और यह सब महज दमन के दो महीने बाद का हाल था। फौजी जी भरकर लूटपाट और बलात्कार कर चुके थे और हर छावनी में एक बड़ा गड्ढा था जिसमें वे अपने शिकारों को फेंक देते थे। मगर भले ही वे निहत्थे और पूरी तरह बेहिफाजत बंगालियों को मार रहे थे, जंगलों में छुपे छोटे-छोटे गुरिल्ला दस्तों का पीछा करने में किसी की दिलचस्पी नहीं थी। संचार तंत्र बिखरा हुआ था चूँकि गुरिल्लों ने टेलीफोन लाइनें काट रखी थीं और रेल यातायात को बुरी तरह तबाह कर दिया था, और हर टुकड़ी खुद को ज्यादा से ज्यादा अकेला और असुरक्षित महसूस कर रही थी। जेनरल राव फ़रमान अली अभी भी किसी ऐसे छुपे हुए हथियार के बारे में बोलता था जिससे पाकिस्तानी फौज पूर्वी पाकिस्तान को अपने काबू में रख सकेगी, लेकिन अगर ऐसा कोई हथियार होता भी तो फौज की समझ में नहीं आता कि उसका इस्तेमाल कैसे करे। सिपाहियों और छोटे

अफसरों से बात करते हुए कैप्टन इस्कंदर ख़ान को यह पूरा-पूरा अहसास हो गया था कि हालाँकि उनमें से हरेक खासी दौलत जमा कर रहा था और बंगालियों पर काबिज होने से खुश था, लेकिन हर किसी की दिली ख्वाहिश यही थी कि वह वापस पाकिस्तान चला जाए। बाहर से फौज 'कायदे कानूनों के अनुसार' काम करती नजर आ रही थी। लेकिन वास्तव में हरिहरपाड़ा की तरह ही, जरूरी कायदे कहीं अमल में नहीं लाए जा रहे थे, अनुशासन की अवहेलना हो रही थी, और कमांडिंग अफसर अपनी मनमानी करता था। जब कैप्टन ने बीते महीनों की गिरफ्तारियों के आँकड़े माँगे तो उसे तीन तरह के आँकड़े दिए गए और यह भी मालूम हुआ कि कोई मुकदमा नहीं चला था। दस्तावेज कायदे से नहीं रखे जा रहे थे। कभी-कभी सजा-ए-मौत पा चुके लोगों के नाम कागज के अजीब टुकड़ों पर लिखे गए थे। फौजियों की सबसे बड़ी शिकायत पश्चिमी पाकिस्तान में पैसा भेजने की मुश्किलों से जुड़ी हुई थी। वह डाकघर में इसके बारे में पूछने गया और उसे बताया गया कि भारी संख्या में मनीआर्डरों के चलते देर हो रही है। हर सिपाही और हर अफसर स्थानीय बंगालियों से चुराया या जब्त किया गया पैसा अपने घर भेज रहा था।

कुश्तिया की कमान कर्नल मोहम्मद अयूब के हाथ में थी जो खूब लहराती हुई मूँछों और डोलती हुई नाक वाला एक स्थूलकाय इनसान था। उसे गठिया की बीमारी थी और हमेशा तकलीफ रहती थी, मगर व्हिस्की उसे यह तकलीफ भूलने में मदद करती। ढाका के साथ संचार में उसे कोई मुश्किल नहीं थी क्योंकि कुश्तिया का रेडियो स्टेशन अच्छी हालत में था। लेकिन उसे अपने स्टाफ से शिकायत थी जो उसे 'एक बूढ़े घोड़े—काफी बूढ़े घोड़े' से ज्यादा की अहमियत देने को तैयार नहीं थे और काफी पहले दूसरे विश्व युद्ध के उसके किस्सों से उकता चुके थे। इन दो दिनों में कैप्टन इस्कंदर ख़ान ने बीस अफसरों और इतने ही जवानों से बात की थी, एकाउंट सिस्टम का जायजा लिया था, एक परेड और फौजी कवायद में शामिल हुआ था, उन अस्थायी कैदखानों में घूमा था जहाँ कैदियों को रखा जाता था, डाकघर में एक घंटा गुजारा था, और जली हुई इमारतें देखता सड़क-दर-सड़क भटका था, और एक बार एक जूट फैक्ट्री में भी पहुँच गया था जहाँ उसने पाया कि बंगाली कामगार भूखे मर रहे थे और हथियारबंद संतरियों ने उन्हें जबरदस्ती रखा हुआ था। एक बार जब एक संतरी ने उसे सलामी दी, तेजी से सावधान की मुद्रा में आने के लिए अजीब ढंग से कूदते हुए, और खड़ाक की आवाज के साथ अपनी राइफल का कुंदा पटकते हुए, तो उसकी फूली हुई जेब से सोने का एक हार जमीन पर आ गिरा। कैप्टन ने नेकलेस उठाया, उसका थोड़ा सा मुआयना किया, कहा, "क्या यह तुम्हारा है सिपाही ?" और उसे वापस कर दिया। सिपाही का चेहरा लाल हो गया, इतना लाल कि कैप्टन की लाल पट्टी से लगभग मेल खाने लगा।

"वे इसे अपना हक मानते हैं," कर्नल मोहम्मद अयूब कह रहा था, "आप मानेंगे कि इन गरीबों को भी कुछ पैसा चाहिए, नहीं ? हार वाला वह जवान—हाँ, वह वही कर रहा था जो बाकी सारे करते हैं। हर बंगाली अपने बिस्तर के नीचे कुछ सोना छुपाए

होता है, नहीं ?''

''मेरा खयाल है, उसने यह किसी औरत के गले से छीना है ?''

''मुमकिन है, उसने यह किया हो, मुमकिन है, नहीं भी। हो सकता है, उस औरत ने उसे दिया हो। हम कुछ भी छुपा नहीं रहे हैं कैप्टन। मैं यह कहने की हिमाकत करता हूँ कि ढाका में भी आप यही चीज पाएँगे। हम सब इसमें लगे हुए हैं। हम यहाँ छुट्टियों का मजा लेने नहीं आए हैं, आए हैं क्या ?''

''हम कैसे अपनी टुकड़ियों का हौसला बुलंद रख सकते हैं अगर वे बस लुटेरों की फौज हैं ?''

''यह शब्द मैं इस्तेमाल नहीं करूँगा, कैप्टन। मेरा खयाल है, आपको मुगालता है कि ढाका में इस तरह का काम नहीं होता ? हाँ, वे यह करते हैं ! हर कोई करता है ! आपके सिवा हर कोई ! सचमुच कैप्टन, आप बस मेरी टाँग खींच रहे होंगे !''

''इसके उलट मैं बुरी तरह संजीदा हूँ। अगर हम लूटना शुरू कर देते हैं तो हम फौज नहीं रह जाते, हम बस एक भीड़ रह जाते हैं, और हमारे बुरे दिन आते हैं।''

''आप वाकई कुछ बढ़ाकर कह रहे हैं !''

''कतई नहीं। हम यहाँ एक बगावत पर काबू पाने के लिए आए हैं, उन लोगों को लूटने नहीं जो बुरी तरह गरीब हैं।''

कैप्टन के शेलीदाह जाने के दूसरे दिन, वे नाश्ते की मेज पर बात कर रहे थे, एक विशाल मेज के एक सिरे पर बैठे हुए, जिस पर पचास लोग बैठ सकते थे। सब-मशीनगन लिए एक संतरी दरवाजे पर खड़ा था, लाइट-मशीनगन के साथ एक पोर्च पर तैनात था और दूसरा बालकनी के जीने पर। कर्नल का मिजाज उखड़ा हुआ था और वह अपनी मूँछें खींचता जा रहा था।

''मेरा खयाल है आप हमारे बारे में एक सड़ी हुई सी रपट देने जा रहे हैं,'' उसने कहा, ''आप जो चाहें लिख सकते हैं। मैं परवाह नहीं करता। मैं जेनरल टिक्का ख़ान से मिलूँगा और आपके बारे में उतनी ही बुरी रिपोर्ट उन्हें दूँगा। आप मानेंगे कि आपने जो भी जानकारी चाही हमने आपको दी। हम आपके प्रति बेहद उदार, बेहद सहनशील रहे हैं। आपकी रपट बनाने में आपकी मदद के लिए हमने काफी मुश्किलें भी उठाईं, और आप कहते हैं कि हम लुटेरों के गिरोह के अलावा कुछ भी नहीं हैं ! मैं चुपचाप बैठे यह सब देखता नहीं रहूँगा ! मेरा खयाल है आप एक हंगामेदार कोर्ट मार्शल के लिए रावलपिंडी जा रहे हैं। वहाँ भी आप जवानों की हालत यहाँ से बुरी पाएँगे। वे भारतीय सरहदों के काफी करीब हैं और इसीलिए और ज्यादा गोली चलाते हैं। उन्हें हमेशा डर रहता है कि हिंदुस्तानी वहाँ चले आएँगे और बम फेंक देंगे या भारी गोलाबारी से उनकी धुनाई कर देंगे। आप पाएँगे कि राजशाही में उन्होंने हजारों-हजार बंगालियों को मार डाला है, लेकिन हमने सिर्फ सैकड़ों में मारा है। यहाँ लोगों से हमारे अच्छे रिश्ते हैं, कैप्टन। वे हमारी इज्जत करते हैं। मैं नहीं चाहता आप ऐसा कुछ करें जिससे हमारे लिए उनकी इज्जत कम हो जाए। हम कुश्तिया में बढ़िया से चल रहे हैं।''

नाश्ते में उबले अंडे, छोटे केले और गर्म कॉफी थी। बेयरा बंगाली था जो जब भी मेज के करीब आता, दहशतजदा दिखाई पड़ता। खिड़की से साफ दिखाई पड़ रहे बगीचे में एक बंगाली लड़का ताड़ के पेड़ पर चढ़ रहा था और रात को पेड़ की फुनगी से चूने वाली ताड़ी इकट्ठा कर रहा था।

''यहाँ बंगालियों के साथ हमारे अच्छे रिश्ते हैं,'' कर्नल बोल रहा था, ''मुझे नहीं लगता कि किसी और अफसर के यहाँ घरेलू कामकाज के लिए बंगालियों को रखा जाता है। मेरे यहाँ बंगाली खानसामा, बंगाली बेयरा, बंगाली नौकर और बंगाली माली हैं; मुझे इस बात का गुरूर है कि मैं उन्हें समझता हूँ। जो भी मुमकिन है, मैं उनके लिए कर रहा हूँ। इसलिए एक अच्छे शख्स की तरह एक अच्छी रपट भेजिए, नहीं !''

कैप्टन फिक्रमंद कर्नल से ज्यादा उसकी गुजारिश की ढिठाई पर मुस्कुराया जो बंगालियों के लिए साफ तौर पर इतनी हमदर्दी रखता था कि उन्हें सर्किट हाउस में आने की इजाजत दे रहा था। रपट में इसका भी उल्लेख होगा, मगर समझदारी और नेकदिली की मिसाल की तरह नहीं। इसकी जगह इस दुस्साहस के लिए बेचारे कर्नल की खबर ली जाएगी।

कर्नल की व्हिस्की नाक सुबह की धूप में चमक रही थी, वह बुरी तरह लँगड़ाते हुए कैप्टन को हथियारबंद वाहन की तरफ ले जा रहा था जो उसे राजशाही ले जाने के लिए तैयार थी।

''हमारा मिलना अच्छा रहा !'' कर्नल चिल्ला रहा था, ''अच्छे शख्स की तरह हमारे लिए कुछ नरम शब्द लिखिए, नहीं ?''

कैप्टन ने हाथ हिलाया मगर कुछ कहा नहीं। कर्नल या उसकी पस्तहिम्मत टुकड़ी के लिए नरम शब्द इस्तेमाल करने का उसका कतई इरादा नहीं था।

जिस वक्त कैप्टन राजशाही के लिए रवाना हो रहा था, ठीक उसी वक्त कुमेरखाली में हिफाजत समिति की एक खासमखास बैठक हो रही थी। आमतौर पर यह बैठक दोपहर को देर से, या शाम को शुरू होती थी, मगर यह एक घंटे से भी कम समय की इत्तिला पर बुलाई गई बैठक थी क्योंकि एक माँझी से कुछ बहुत ही चिंताजनक खबरें मिली थीं। माँझी के मुताबिक फौजी टुकड़ी का कमांडर पूरे मुल्क में कुछ बड़ी कार्रवाइयों की योजना बना रहा था। किसी कैप्टन इस्कंदर ख़ान को फौज में 'एक हमलावर जज्बा' उभारने के लिए इंस्पेक्टोरेट जेनरल ऑफ आर्मी द्वारा कुश्तिया भेजा गया था। गाँवों में हमला, आगजनी और लूटपाट होगी; खौफनाक कत्लेआम होगा। यह खबर सर्किट हाउस में काम कर रहे बंगाली नौकरों की मार्फत आई थी। हिफाजत समिति ने, जिसके पास यह जानने का कोई जरिया नहीं था कि खबर गलत है, इसे बड़ी संजीदगी से लिया और यह तय पाया गया कि गाँव तक आने वाली तीनों मुख्य सड़कों पर तुरंत बारूदी सुरंगें लगा देनी चाहिए, टैंकों के लिए दो और गड्ढे खोदे जाने चाहिए और चेतावनी की व्यवस्था को और पुख्ता करना चाहिए। गाँव में बेपनाह हलचल और तेजी आ गई और आने वाले हमले और मदद के लिए मुक्तिवाहिनी को खबरें जाने लगीं। शाम के पहले

ये सारी योजनाएँ छोड़ दी गईं। मानसून आन पड़ा। दक्षिण से काले बादलों की एक बड़ी दीवार उठी, तापमान गिर गया, हवा में एक तीखी गंध घुल गई, कुत्ते भूँकने लगे, चिड़ियों के शोर को दबाते हुए दूर कहीं बिजली गड़गड़ाने लगी और उजले बगुलों का झुंड क्षितिज से उठी इस काली दीवार द्वारा लील लिए जाने से बचने के लिए आकाश में उड़ान भरने लगा। सूरज से ज्यादा तेज बिजली कौंधी, और कुछ ही पलों में खुरदरे काले बादलों ने आसमान के पूरे विस्तार को ढँक लिया और बारिश की पहली गर्म बूँदें गिरने लगीं, जिस पल वे धरती छूतीं, सूख जातीं। इस वक्त आखिरकार मानसून आ गया था।

अपनी धूल-भरी पीली सड़कों और हलके हिलते केले के पेड़ों के साथ दोपहर तीन बजे तक कुमेरखाली वैसा ही दिखाई पड़ रहा था, जैसा मई-जून में दिखता था। साढ़े तीन बजते-बजते पूरा गाँव नहाया हुआ था, सड़कें झील हो गई थीं, केले के पेड़ बुरी तरह हिल रहे थे, बच्चे दीवानों की तरह इधर-उधर दौड़ रहे थे, एक-दूसरे को छींटे पड़ाते, हँसते और गाते हुए, "वाह, मानसून आ गया है," मानो यह भरा-पूरा तथ्य उनके बड़ों की निगाह से बच निकला था, और किसी को चमकती बिजलियों और गड़गड़ा रहे बादलों के मुजाहिरे से कोई डर नहीं था। और फिर मानसून के साथ ही, घर के हर कोने को भरती हुई, खेत-खलिहानों की मीठी ऐंद्रिक खुशबू चली आई। बाद में कूड़े और सड़न की बदबू भी आती, मगर मानसून के इन शुरुआती लम्हों में यह खुशबू अपनी पाकीजगी के लिहाज से साँस रोक देने वाली थी। मूसलाधार बारिश हो रही थी, हर काम रुक गया था, लोग सड़कों पर कुछ इस तरह टहल रहे थे मानो वे किसी झील में तैर रही खुशनुमा ढंग से सजी नावें हों, और हर कोई जीने की सहज उत्तेजना में खो-सा गया था।

कई दिन बीतने के बाद मानसून पश्चिमी पाकिस्तान पहुँचा जहाँ मियाँवाली नामक छोटे से औद्योगिक शहर की एक जेल में शेख़ मुजीबुर्रहमान पड़े हुए थे। उनकी गिरफ्तारी के छह दिन बाद उन्हें विमान से कराची लाया गया और अगले दिन उन्हें एक छोटी सी पुताई की हुई कोठरी में धकेल दिया गया जहाँ बस एक चौकी, पानी का जग, पाखाने की बाल्टी, एक फटा-पुराना कंबल और घिसी हुई चप्पलों का एक जोड़ा था जिसे जरूर किसी पिछले कैदी ने छोड़ दिया होगा। कोठरी का दरवाजा झनझनाता हुआ बंद हो गया था। यह शुरुआती अप्रैल की दुपहरिया थी और बेचैन कर देने वाली गर्मी थी। कहीं दूर फौजियों की चाँदमारी की आवाज वे सुन सकते थे।

जैसे-जैसे महीने गुजरे, गर्मी बदतर होती गई। बिन बादल के दिन जाते, बिन बादल के दिन आते, और ऐसा लगने लगा कि गर्मी की ताकत और उसका वजन धरती को तबाह कर उसे एक काले अंगार में महदूद कर देंगे। हर रोज उन्हें कैदियों के लिए बने पचास फीट लंबे और दस फीट चौड़े एक ऐसे गलियारे में घंटा भर कसरत करने की

इजाजत थी जो पच्चीस फीट ऊँची, कँटीले तारों से भरी बाड़ के साए में था। मगर शुरुआती जुलाई के इस दिन उनमें कसरत करने की ताकत नहीं बची थी। वे चौकी पर पड़े थे, उनका दिमाग गर्मी से चुहचुहाया हुआ था, गला सूखा हुआ था, उनका दिल जोर से धड़क रहा था, वे किसी खयाल को नतीजे तक पहुँचाने लायक नहीं थे। उन्होंने हिसाब लगाया कि अभी ही, सूरज उगने के एक घंटे के बाद तापमान 108° पहुँच चुका था। दोपहर तक गर्मी खौफनाक ढंग से यकीन के बाहर बढ़ जाएगी और इस बात की कतई उम्मीद नहीं थी कि उनकी कोठरी में हवा कहीं से रास्ता बना पाएगी।

चाँदमारी हमेशा से पहले शुरू हो गई थी, शायद इसलिए कि फौजी गर्मी में गोली दागना मुश्किल पा रहे थे।

उस सुबह कुछ बेहद असाभान्य बात हुई थी। तीन महीनों से वे कोठरी में अकेले पड़े रहे थे और एक संतरी और कभी-कभार एक पुलिस अफसर के अलावा कोई और दिखाई नहीं पड़ता था। वे दोनों उनसे बात करते मगर उन्हें कोई जवाब नहीं मिलता। आज पहली बार उनके पास जेलखाने का अधीक्षक हबीब अली आया था, नाटा, गठीला, गोल चेहरे वाला एक शख्स, जिसका आगे का एक दाँत टूटा हुआ था और जो फौजी वर्दी इस तरह पहनता था मानो खुद को कभी इसका आदी न बना सका हो। शेख़ मुजीबुर्रहमान जब पहली बार इस जेल में आए थे तब उन्होंने उसे हलके से देखा था, मगर उसकी कोई खास याद नहीं थी।

"हम आपको बिजली का पंखा देने जा रहे हैं, शेख़," हबीब अली ने कहा, "और पानी का एक टब ला दे रहे हैं। अगर गर्मी तकलीफदेह हो जाती है तो आप टब में बैठकर ठंडक हासिल कर सकते हैं। हमें पता है, आपको यहाँ तकलीफ हो रही है।"

कैदी ने कसम खा रखी थी कि वह पाकिस्तानी अधिकारियों के साथ किसी किस्म की बातचीत नहीं करेगा। उसने कुछ नहीं कहा। अगर वे उसे जिंदा रखना चाहते हैं तो यह उनका काम है।

"मुश्किल यह मालूम होती है कि ईंटें गर्मी सोख लेती हैं," जेल का अधीक्षक बोल रहा था, "हम नहीं चाहते कि आपको लू लग जाए। अगर हम कुछ कर सकें तो हमें बताइए। अगर आप अपनी खुराक में कोई बदलाव चाहें–।"

कोई जवाब नहीं मिला।

"क्या आपको कुछ चाहिए ?"

फिर भी कोई जवाब नहीं।

"कभी-कभी शेख, मैं सोचता हूँ कि आप बेहद अहसानफरामोश हैं। संतरी मुझे बताते हैं कि आप उनसे बेहद मामूली और गैरनुकसानदेह मसलों पर भी बात नहीं करते। मैं–हम–हममें से हरेक आपकी भलाई के लिए सोच रहा है। हम वाकई मददगार होना चाहते हैं–।"

कैदी ने यह जाहिर करने के लिए हलका सा सिर हिलाया कि जेल अधीक्षक की मुश्किलों और परेशानियों से उसे गहरी हमदर्दी है, कि जो कुछ भी उससे कहा गया है

उसने सुना और समझा है, और फिर भी कुछ करने को तैयार नहीं है। जब तक वह एक कैदी है, वह कम-से-कम, और अपनी तरफ से कुछ नहीं बोलेगा।

जेल का अधीक्षक संतरियों के साथ यह चर्चा करने के बाद चला गया कि वह पंखा कहाँ लगवाना चाहता है—बिस्तर के नजदीक एक मेज पर—और ठीक किस तरह इसे मौजूदा बिजली के कनेक्शन से तार की मार्फत जोड़ा जाना चाहिए जो अभी छत पर लगे लैंप के काम आता है। उसने यह भी इशारा किया कि उसके खयाल से पानी का टब कहाँ रखा जाना चाहिए। फिर वह संतरी की पोस्ट की तरफ बढ़ा, और जब वह आधे रास्ते पर था तो उसे कुछ याद आया जो इसके दिमाग में उस वक्त था जब वह कैदी से बात करने की कोशिश कर रहा था। सहसा उसे यह बेहद जरूरी जान पड़ा और उसने एक बार फिर वापस लौटने, और कम-से-कम अपने जमीर की खातिर आखिरी बार उससे गुजारिश करने का फैसला किया। जब वह कोठरी में लौटा, कैदी दीवार से लगकर बैठा हुआ था, बेहद कमजोर और डूबा हुआ दिखाई पड़ रहा था, और उसके चेहरे पर इतनी नाउम्मीदी और हताशा दर्ज थी कि अधीक्षक दरवाजे पर ही ठहर गया, उस निगाह से हैरान जो उसे कैदी के चेहरे पर दिखाई पड़ रही थी।

उसने हलके से कहा, "अगर मैं किसी डॉक्टर को बुला लाऊँ तो आप उसे दिखाएँगे, शेख़ ? मुझे आपकी सेहत की फिक्र है। क्या आप किसी डॉक्टर को अपनी जाँच करने देंगे ?"

"इससे क्या फर्क पड़ जाएगा ?" अपनी तकलीफ की गहराइयों से कैदी ने मद्धिम स्वर में जवाब दिया।

"तो क्या आप मुझे डॉक्टर को बुलाने देंगे ?"

कोई जवाब नहीं मिला और जेल अधीक्षक को समझ में नहीं आ रहा था कि उसे सुना भी गया है या नहीं। फिर भी उसने महसूस किया कि उसने एक छोटी सी फतह हासिल की है। पंखा, पानी का टब, डॉक्टर—ये सब, उसे लगा, कैदी के हालात में कुछ बदलाव ला सकते हैं। वह इस अहसास के साथ दफ्तर लौटा कि चाहे जितना भी छोटा हो, अपने सबसे खास कैदी की तरफ से उसने कुछ तो हासिल कर लिया है।

आधे घंटे के भीतर कारीगर पंखा लगाने आ गया। शराब के पीपे की तरह दिखता एक पानी का टब लुढ़काते हुए कमरे में लाया गया और उसकी टोंटी में पाइप लगाकर पानी भर दिया गया। लगभग इसी वक्त संतरी को अगले आदेश तक कैदी को ताले में बंद न रखने की हिदायत दी गई; अगर वह चाहे तो कोठरी के बाहर सो सकता था; और संतरियों को कैदी के हाव-भाव का खास खयाल रखना था, और अगर कोई बदलाव दिखे तो तुरंत बताना था। घंटे-भर बाद डॉक्टर आ गया। वह बुरी तरह पीले चेहरे और बेहद गहरी आँखों वाला एक नौजवान शख्स था, और शायद मेडिकल स्कूल से अभी बाहर आया ही था। शेख़ मुजीबुर्रहमान ने डॉक्टर को अपनी नब्ज और रक्तचाप देखने, अपने मुँह और आँख की जाँच करने, और एक छोटे से लकड़ी के हथौड़े से अपना घुटना और अपनी छाती थपथपाने की इजाजत दे दी। मरीज के हाव-भाव से डॉक्टर को

तपेदिक का शक हुआ और उसने टिप्पणी लिखी कि उसकी फ्लूओरोस्कोप से, या फिर मुमकिन हो तो पोर्टेबल एक्स-रे मशीन से जाँच की जानी चाहिए। उसकी जाँच का नतीजा यह था कि शेख़ मुजीबुर्रहमान बेहद कमजोर हैं, उन्हें बुखार है और उन्हें विटामिन और साल्ट की गोलियाँ तुरंत देनी चाहिए। बेहतर तो यह होगा कि उन्हें मुआयने के लिए अस्पताल ले जाया जाए। डॉक्टर मरीज की आँखों की हालत से खासतौर पर चिंतित था, जो लग रहा था कि एक जगह टिक नहीं पा रही हैं।

"आपकी क्या राय है—मेरा मतलब है, उनकी सामान्य सेहत के बारे में ?" हबीब अली ने पूछा जब डॉक्टर उसके दफ्तर में आया।

"बुरी तरह कमजोर, और गर्मी में यह और बदतर होती चली जाएगी," डॉक्टर ने जवाब दिया, "मुआयने के लिए उनका अस्पताल जाना निहायत जरूरी है। इस बीच कम-से-कम आप उन्हें विटामिन और साल्ट की गोलियाँ और थर्मस फ्लास्क में बर्फ का पानी जरूर दें। वे बहुत जल्दी थक जाते हैं। मैंने दस मिनट उनकी जाँच की, वे पूरी तरह सहयोग कर रहे थे, लेकिन आखिर में वे थक गए। विद्रूप यह है कि उन्हें लंबा आराम चाहिए।"

हबीब अली ने सिर हिलाया।

"उनकी आँखों का हाल बुरा है, और जब वे कमरे से बाहर जाते हैं तो उन्हें काला चश्मा पहनना चाहिए। उन्हें आँख के डॉक्टर की जरूरत है। मगर सबसे अहम चीज उन्हें अस्पताल ले जाना है।"

डॉक्टर के जाते ही हबीब अली ने अपने खुद के मुआयने और डॉक्टर की राय के आधार पर शेख़ मुजीबुर्रहमान को जल्दी से जल्दी अस्पताल में भरती कराने की गुजारिश करते हुए कमांडेंट जेनरल ऑफ प्रिज़न के नाम एक स्मरण पत्र तैयार किया। एक हफ्ते बाद जवाब आया। कमांडेंट जेनरल ने कहा कि मामले को 'आला अमलों' तक भेजा गया था, मगर खेद की बात है कि ऊपर से यह हुक्म आया है कि किसी भी हालात में, चाहे वे जो भी हों, कैदी को मियाँवाली से न हटाया जाए। विटामिनों और काले चश्मे के लिए इजाजत दे दी गई थी, और चूँकि उसकी सेहत अस्थिर नजर आती थी इसलिए यह गुजारिश की गई कि हफ्ते में दो बार उसकी सेहत की रपट की चार कापियाँ भेज दी जाएँ, और अगर मरीज किसी गंभीर बीमारी की चपेट में आ जाता है तो रोजाना रपटों की जरूरत पड़ेगी। पोर्टेबल एक्स-रे मशीन के लिए जेल अधीक्षक के आग्रह का कोई जिक्र नहीं था और न ही आँखों के डॉक्टर की सेवाओं के बारे में कुछ कहा गया था।

शेख़ मुजीबुर्रहमान ने जेल की हालत में आए बदलाव को निहायत बेरुखी के साथ देखा। वह अपने-आप में सिमटते जा रहे थे, किसी रहस्यमय दुनिया में जहाँ वह अपनी हताशा के साथ बिलकुल अकेले थे। उन्होंने पूरी तरह उम्मीद नहीं छोड़ दी थी, मगर धागा इतना पतला था कि किसी भी लम्हे टूट सकता था। वे लंबे दिवास्वप्नों में खो जाते जो लगभग दुःस्वप्नों सरीखे होते और कभी-कभी उन्हें लगता कि वे ढाका की

सेंट्रल जेल में कैद हैं, जहाँ उन्होंने ब्लॉक चालीस के पागलों की चीखें सुनते हुए, अपनी जिंदगी के दस साल नजरबंदी में गुजारे थे। लेकिन ढाका में उन्हें छोटी सी लाइब्रेरी रखने की, जेल की बारादरी में फूल उगाने की, और एक पिंजड़े में रह रहे हरे तोते की देखभाल करने की इजाजत थी। वह एक बड़ी कोठरी थी—छह फीट चौड़ी और लगभग चालीस फीट लंबी। मियाँवाली की छोटी-सी कोठरी उन्हें जिस्मानी तौर पर भी दबाती थी; यहाँ पढ़ने के लिए किताबें नहीं थीं, उगाने के लिए फूल नहीं थे, और तकलीफ में साथ देने वाला कोई हरा तोता भी नहीं था। यहाँ एक बड़ा लाभ यह था कि उन्हें हर रात पागलों की चीख-पुकार और अचानक खिलखिलाहटें नहीं सुननी पड़ती थीं। ढाका की सेंट्रल जेल में उन्होंने खुद को किसी तरह समझा लिया था कि पाकिस्तानी अधिकारियों ने जान-बूझकर उन्हें इस कोठरी में रखा है, इस उम्मीद में कि वे भी पागल हो जाएँगे। इसी तरह मियाँवाली में कभी-कभी वे सोचते थे कि चाँदमारी का अभ्यास उन्हें तोड़ने के लिए किया जा रहा है। बेहद पुख्ता हौसलों वाले कैदी भी अपशकुनों के आगे घुटने टेक देते हैं। हलकी सी करकराहट की आवाज, किसी संतरी की कोई भंगिमा, यहाँ तक कि हवा की दिशा में बदलाव भी रहस्यमय मानी अख्तियार कर लेते हैं। वह आवाजें सुनता है और खुद को अनदेखे कैदियों से बात करता पाता है, और हैरान रह जाता है जब सुबह उठकर देखता है कि रात में ही जग तीन इंच खिसक चुका है।

हालाँकि गर्मी ने उन्हें जड़ बना दिया था, मगर उनका दिमाग दिन-भर काम करता रहता था। हर रोज वे नफे-नुकसान का हिसाब लगाते। उन्हें इस बात का मोटा-सा ठीक अंदाजा था कि पूर्वी पाकिस्तान में क्या हो रहा है। अगर पाकिस्तानी फौज पच्चीस मार्च को ढाका को लपटों के हवाले करने को तैयार थी, तो वह दूसरे सभी शहरों, सभी गाँवों, सभी बस्तियों में हमला करने को भी तैयार थी। उन्होंने खुद से कहा कि 'मेरे बंगाली' मुँहतोड़ जवाब दे रहे हैं; वे जाँबाज लड़ाके हैं; वे पाकिस्तानी फौज के आगे घुटने नहीं टेकेंगे। उन्होंने जंगलों में और नदियों में जंग की कल्पना की, और यह खौफनाक था कि जिंदगियाँ जाया हों, मगर गुलामी में रहना ज्यादा खौफनाक था। उन्हें पूरा यकीन था कि एक दिन बांगलादेश अपनी आजादी हासिल कर लेगा। दीवार पर कुछ-कुछ चेहरे का आकार बनाता एक अजीब सा धब्बा था और वे कभी-कभी खुद को उसे संबोधित करता पाते, खासकर शाम को जब चेहरे की तरह लगते उस धब्बे में मुँह, नाक, आँखें और एक जोड़ा कान उभरते से लगते :

रहमान : मुझे पता है हमने कई गलतियाँ कीं, मगर हम और क्या कर सकते थे ? हमारी गलतियाँ भी हम पर थोपी गईं। हमने हमेशा साफ-दिमाग होने की कोशिश की, मगर मेरा खयाल है हम कभी पूरी तरह नहीं हो सके। हमें क्या करना चाहिए था ?

चेहरा : तुम बेहद उतावले थे। तुम्हीं थे जिसने कहा था, "बंकरों की तरफ बढ़ो।" मगर कभी-कभी तुम्हारे पास बंकर बनाने का वक्त नहीं होता था।

रहमान : मैं कबूल करता हूँ कि मैं उतावला था। मगर मैं तुम्हें यकीन दिलाता हूँ कि

हमने अपने बंकर काफी मजबूती से बनाए थे। ठीक है कि उन्होंने उन्हें तोड़ गिराया। यही काम वे हर वक्त करते थे। फिर भी हम आगे बढ़े। याद रखो, हम एक मुकम्मिल तानाशाही के खिलाफ लड़ रहे थे। किसी बेवकूफ के नेतृत्व में चल रही फौजी तानाशाही से बदतरीन दुनिया में कुछ नहीं हो सकता।

चेहरा : तुम गलत हो। अगर वह मुश्किल तानाशाही होती, उन्होंने तुम्हें कब का मार दिया होता।

रहमान : उन्होंने मुझे ज़िंदा क्यों रहने दिया ?

चेहरा : इसकी कई वजहें थीं। निश्चय ही, वे तुम्हें इस्तेमाल करने की उम्मीद रखते थे। कैद में तुम मरे हुए थे, मगर वे जब भी चाहते, तुम्हें जिंदा कर देते। फिर, वे तुम्हें सजा भी दे रहे थे। वे तुम्हें अच्छी तरह जानते थे। वे जानते थे कि तुम समूह में जीने वाले हो और तभी जागोगे जब अपने लोगों के बीच होगे। यह सबसे बड़ी सजा थी जो वे तुम्हारे लिए सोच सकते थे। तुम्हें कबूल करना होगा कि वे तुम्हें अच्छी तरह समझते थे। और फिर, तुम्हीं आंदोलन के नेता थे और उन्हें पता था कि तुम्हारे बिना आंदोलन कारगर ढंग से नहीं चल सकता है। अगर च्यांग काई शेक ने माओत्से तुंग को मार डाला होता या केरेंस्की लेनिन का कत्ल करने में कामयाब हो गया होता तो क्या होता ?

रहमान : इतिहास लोगों से बनता है, अकेले नेताओं से नहीं।

चेहरा : मुझे शहीदों की मजारों पर कुछ पल अदब के साथ खामोश रहने की इजाजत दो, उन लाखों लोगों के लिए जो मर गए ताकि लेनिन और माओत्से तुंग जी सकें।

रहमान : मुझे सचमुच यकीन है कि मैं लोगों से ताकत हासिल करता था। मैं उनके बिना कुछ नहीं हूँ। मैं उनके लिए तड़पता हूँ, उनके लिए मरने को तैयार हूँ।

चेहरा : यह तुमने कई बार कहा है, मगर गुरूर से बचो रहमान। क्या तुम उनके लिए घुटन और तकलीफ में मरने को तैयार हो ? अपनी कोठरी के कोने में गोली खाने को ?

रहमान : हाँ, इसके लिए भी।

चेहरा : वे तुम्हें दफन भी नहीं करेंगे, बल्कि कुत्तों के आगे डाल देंगे।

रहमान : तब भी।

चेहरा : और इसमें कोई गरिमा नहीं होगी, कोई इसके बारे में नहीं जानेगा, और वे कहेंगे, "शेख़ मुजीबुर्रहमान का जो कुछ भी हुआ," और दूसरी जरूरी चीजों पर चर्चा करने लगेंगे।

रहमान : तब भी।

चेहरा : मुझे यकीन है, मगर मैं देखता हूँ कि तुममें अपने गुरूर के उचित हिस्से से कुछ ज्यादा ही है। क्या तुम अपने मुल्क के पिता के तौर पर इतिहास में

नहीं जाना चाहते ?

रहमान : चाहता हूँ।

चेहरा : चलो, तुम कम-से-कम खुद के साथ ईमानदार हो। मगर इतिहास, जैसा कि तुम जानते हो, बहुत सनकी होता है। वे कुछ और भी कह सकते हैं। मसलन, वे कह सकते हैं, अगर तुम नहीं होते, अगर तुमने ग़लतियाँ नहीं की होतीं, तो एक बंगाली मुल्क होता। लेकिन तुमने उतावली में काम किया इसलिए बंगाली मुल्क लाशों का ढेर हो गया और धरती के नक्शे से गायब हो गया। तुम इस पर क्या कहते हो ?

रहमान : मैं कहता हूँ कि खुदा की मरजी रहेगी।

चेहरा : अच्छा जवाब है, मगर तुमने अपनी जगह खुदा के कंधों पर जवाबदेही डालकर बस मेरे सवाल को टाल भर दिया है। आखिरकार तुमने सोच-समझकर आंदोलन को खड़ा करने और दिशा देने की जवाबदेही अख्तियार की थी। अपने लोगों की जान सहित, सब कुछ तुमने एक ही बाजी में दाँव पर लगा दिया। तुम जवाबदेह हो।

रहमान : हाँ सही है, मगर लोग मेरे पीछे थे। हम सब जवाबदेह हैं।

चेहरा : तुम्हें युसुफ हारून की याद है ?

रहमान : बिलकुल याद है। उसने मेरी गजब की मदद की थी। वह न होता तो मैं नहीं बच पाता। उसने मुझे नीचे की आढ़त दी थी, जिससे मैं माली तौर पर आत्मनिर्भर हो गया। हाँ, मुझे उसकी अच्छी तरह याद है। वह बेहद सौम्य था, बेहद संजीदा और उसके पास क़ुरआन की काफी पुरानी कॉपी और गांधार की मूर्तियों का अच्छा-खासा संग्रह था। उसे याद करने में क्या गलत है ?

चेहरा : तुमने कभी सोचा है कि तुम्हारी वित्तीय मदद मुहैया कराने के पीछे उसका कोई छुपा हुआ मकसद था ?

रहमान : वह मेरा दोस्त था। यह उसने मुझसे लगाव और मुल्क से मोहब्बत के चलते किया। वह पश्चिमी पाकिस्तान में गवर्नर रहा था। वह इतना अमीर था कि उसका कोई छुपा हुआ मकसद क्या होगा।

चेहरा : अमीर लोग इतने मासूम नहीं होते मेरे दोस्त। अमीर लोग हमेशा गुनहगार होते हैं। क्या तुमने सोचा है कि एक आदमी को दौलतमंद बनाने के लिए कितने लोगों को मरना पड़ता है ? क्या तुमने दक्षिण अफ्रीका में सोने की खानों में उतरने वालों के बारे में सोचा है, और कितने लोग मर गए ताकि सोने के व्यापारी जिंदा रह सकें ? ताकतवर भी कभी मासूम नहीं होते और तुम्हें कुबूल करना होगा कि अपने वक्त में तुम भी ताकतवर रहे हो।

रहमान : तुम फिर मुझ पर ताना कस रहे हो।

चेहरा : बिलकुल। मैं इसीलिए यहाँ हूँ। किसानों के बारे में सोचो—सिर्फ किसानों के बारे में। और अब शांत हो जाओ।

कभी-कभी इस तरह की बातचीत कई दिनों तक चलती रहती, मगर ऐसे भी हफ्ते होते जब चेहरा दीवार से पूरी तरह गायब रहता। कभी-कभी बातचीत बहुत छोटी होती, कुछ वाक्यों से ज्यादा की नहीं, या चेहरे की ओर से सहसा डरा देने वाला कोई हुक्म उन्हें एक लंबे तर्क-वितर्क के लिए उछाल देता। एक बार चेहरे ने कहा, "तुममें गुरूर है—तुम सारा गौरव अपने लिए चाहते हो !" और उन्होंने जवाब दिया, "नहीं, मैं सारी तकलीफें चाहता हूँ।" चेहरा उस पर किसी जज या अभियोजक से ज्यादा उग्रता के साथ आरोप लगाता और वह जितना मुमकिन हो, उतना अपना बचाव करते, पूछते हुए कि क्या एक भ्रष्ट और बेरहम फौजी हुकूमत का कैदी होने में कोई गौरव है ? उन्होंने खुद से कहा कि एक ही चीज ने उन्हें जिंदा रखा है—अपने लोगों से उनका गहरा प्यार। यहाँ, मियाँवाली में भी, वे खुद को उनके बहुत करीब महसूस करते थे, मानो वे लाखों-लाख लोग उनके पास मौजूद हों, उनसे बात करते हुए, उनका हौसला बढ़ाते हुए, जबकि बदले में वे भी उन लोगों से बात करते, उनकी हौसलाअफजाई करते। और कभी-कभी वे खुद को अपने-आप से भी, और अपने लोगों से भी फुसफुसाते हुए सुनते, "आखिर तक टिके रहो।"

कुछ बहुत आला सरकारी अफसरों को छोड़कर शायद ही किसी को पता था कि वे कहाँ हैं। उन्हें पंखा और पानी का टब मिलने के दो दिन बाद किसी खबरनवीस ने प्रेसिडेंट याह्या ख़ान से पूछा कि कैदी कहाँ है। "मैं आपको नहीं बता सकता कि वह कहाँ है," प्रेसिडेंट ने कहा, "मगर मैं आपको यह बता सकता हूँ कि बंगाली नेता जिंदा है और पश्चिमी पाकिस्तान की जेल में बेहतरीन दर्जे में अच्छी तरह है। हालाँकि 'आज के बाद' के लिए मैं शेख़ के जीवन की गारंटी नहीं दे सकता। उस पर मुकदमा चलेगा, मगर इसका मतलब यह नहीं है कि कल मैं उसे गोली मरवा दूँगा। वह कुदरती मौत भी मर सकता है। वह जेल में आला दर्जे में है। वह कोई काम नहीं करता, एक छोटा-सा कमरा उसके पास है, जिसमें चौकी, गर्म पानी, पंखे और देखभाल के लिए एक डॉक्टर का इंतजाम है।" गर्म पानी के जिक्र से शेख़ मुजीबुर्रहमान चक्कर खा गए होते, लेकिन यह सही था कि उनके कमरे में बिजली का पंखा था।

विदेशी खबरनवीस को इंटरव्यू देने के बाद प्रेसिडेंट याह्या ख़ान अपनी छाया कैबिनेट की बैठक में शामिल हुआ। हर किसी को छाया कैबिनेट के वजूद का पता था, मगर कोई इसे संजीदगी से नहीं लेता था। वास्तव में, यह छाया कैबिनेट, जिसमें उसकी आठ रखैलें थीं, बड़ा संजीदा मसला था। वह एक ऐसी मेज के एक सिरे पर बैठता था, जो हरी बनात से ढँकी थी और जिसके बीचोबीच फूलों से भरा एक चीनी का कटोरा हुआ करता था। वह सुनहरी स्कंधिकाओं और तमगों की सात कतारों के साथ पूरी वर्दी पहनता था और उसकी रखैलें सबसे भड़कीली पोशाक पहनने में एक-दूसरे से मुकाबला करती थीं। मेज पर कलम और पैड पड़े रहते और वह उन्हें नोट लेने के लिए उत्साहित करता रहता। अमीर और खूबसूरत औरतों की सियासी समझ के बारे में उसकी राय बेहद ऊँची थी।

"तो मोहतरमाओ," वह अपनी सोना-मढ़ी, तख्त जैसी कुर्सी पर बैठकर ऐलान करता, "एक बेवकूफ अमेरिकी पत्रकार ने अभी तुरंत मुझसे पूछा है कि मैं शेख़ मुजीब के साथ क्या करने जा रहा हूँ। वाकई, मैंने कुछ नहीं कहा। मैं कोई मछली नहीं हूँ, उसने मुझे कोई चारा मुहैया नहीं कराया, मैंने कोई वजह नहीं देखी कि एक बेहद नफीस बयान देने के अलावा मैं कुछ और बताने की तकलीफ करूँ। मगर जैसा कि आपको पता है मोहतरमाओ, यह एक काफी वजनी मसला है जो आपकी पूरी तवज्जो चाहता है। जेनरल रानी, तुम्हारा क्या खयाल है ?"

जिस औरत को जेनरल रानी कहा गया था, वह एक भूतपूर्व अभिनेत्री थी जो इसलिए जेनरल कही जाती थी कि वह उसकी रखैलों की मुखिया थी। उसने विह्वलता से मुस्कुराते हुए कहा, "ओह डियर, यह सवाल ! मैं तो चाहती हूँ कि तुम उसे गोली मारो और मसला खत्म करो ?"

"क्यों ?"

"क्योंकि यह तुम्हें हर रात जगाए रखता है, डियर। तुम इतने परेशान हो। तुम सोते नहीं हो, और कभी-कभी सोए हुए में भी मैंने पाया है कि तुम 'शेख़ शेख़' बुदबुदा रहे हो। अगर इससे छुटकारा पा लो तो कायदे से सो तो सकोगे।"

जेनरल याह्या ख़ान के दिमाग में आया कि जेनरल रानी सच नहीं बोल रही है। वह अपनी खासमखास जगह पर जोर देती हुई हरम की दूसरी औरतों के मुकाबले खुद को ऊँचा उठा रही है, जबकि वह उसके साथ हफ्ता-भर से नहीं सोया है। अपरिहार्य तौर पर दूसरी औरतें अब अलग रुख अख्तियार करेंगी।

वह उसकी ओर देख कर मुस्कुराया और मैडम ऐंबेसड्रेस से मुखातिब हुआ, जो एक पाकिस्तानी राजदूत की बीवी थी।

"डियर मैडम ऐंबेसड्रेस," वह बुदबुदाया, "मैं आपकी बेशकीमती राय का इंतजार कर रहा हूँ।"

"याह्या डियर, मेरी बेशकीमती राय यह है कि एयरकंडीशनिंग कुछ ज्यादा ही ठंडी है। हम सब अपने हलके कपड़ों में यहाँ काँप रही हैं। मगर संजीदगी से, मेरा खयाल है शेख़ मुजीबुर्रहमान पर खुला मुकदमा चलाया जाना चाहिए और कानून के मुताबिक फैसला होना चाहिए। मुझे लगता है उसे गोली मारना गलत होगा।"

"तुम्हें नहीं लगता कि उसे आजाद कर देना चाहिए ?" प्रेसिडेंट ने खासे व्यंग्य से पूछा।

"मेरा खयाल है तुम उससे कुछ ज्यादा परेशान हो, याह्या डियर। तुमने उसकी सारी ताकत छीन ली है, वह जेल में सड़ रहा है, और बुरी तरह टूटा हुआ है, उसके साथ कोई नहीं है—या कहूँ, जैसा मुझे अखबारों से लगता है। मेरा खयाल है, अगर तुम उसे आजाद कर दो तो इससे कोई फर्क नहीं पड़ेगा, सिवा इसके कि बाहर के प्रेस में हम ज्यादा अच्छी हालत में होंगे। हम वाकई जनसंपर्क के लिहाज से बहुत बुरे हैं, याह्या प्यारे।"

मैडम ऐंबेसड्रेस छाया केबिनेट की सबसे तेज औरत थी और अक्सर प्रेसिडेंट उसकी सलाह ध्यान से सुनता था। मगर इस वक्त उसके शब्दों से वह बुरी तरह नाराज हो रहा था और वह बहुत तेजी से अपनी बंगाली रखैल की ओर मुड़ा, जिसके साँवले नैन-नक्श बाकी आसपास बैठे गोरे चेहरों से अजीब-सा कंट्रास्ट पैदा कर रहे थे। वह उसकी ओर झटके से मुड़ा, "मेरे बंगाली कैदी के बारे में बंगाली औरत क्या सोचती है ?"

उसने हलकी चमचमाती मुस्कुराहट फेंकी, अपना सिर झुकाया और बोली, "मैं आपकी ही तरह सोचती हूँ।"

उसे खयाल आया कि वह छाया कैबिनेट की सबसे कुशल राजनीतिज्ञ थी, क्योंकि उसे कभी याद नहीं था कि उसने कोई गलत जवाब दिया हो।

उसने उम्मीद की थी कि छाया कैबिनेट से कुछ नए तर्क सामने आएँगे, मगर मैडम एंबेसड्रेस को छोड़कर कोई भी समस्या से मुखातिब नहीं हुआ था और उसने मैडम के तर्कों को परेशान करने वाला पाया। उसने कहा, "आप मेरे लिए बहुत मददगार रही हैं, मोहतरमाओ। मेरा खयाल है आप इस बात से सहमत होंगी कि मैंने शेख़ मुजीबुर्रहमान को जीते रहने देकर बेमिसाल रहमदिली का मुजाहिरा किया है। निश्चय ही उसे मरना होगा। उसी तरह उन लोगों को भी जो कौम के गद्दार रहे हैं। अगर कौम को बचे रहना है तो इन गद्दारों को कड़ी-से-कड़ी सजा देनी होगी। मगर वे कब और कैसे मरेंगे, यह बिलकुल अलहदा मसला है।

शेख़ मुजीबुर्रहमान को पता था कि गिरफ्तारी के पहले ही उनकी सजा तय है। पूरे पूर्वी पाकिस्तान में ऐसे लोग थे जिन्हें पता था कि उनकी सजा तय है। ढाका की छावनी में ब्लॉक 18सी के फर्श पर लेटे अनवर अमीर को अपनी इस नीमउम्मीदी पर खासी तकलीफ थी कि उसे खींचकर बाहर निकाला जाएगा और गोली मार दी जाएगी। ढाका में मानसून आ चुका था, ब्लॉक 18सी एक इंच पानी में डूबा हुआ था और पानी का रंग पचास कैदियों के खून से लाल था।

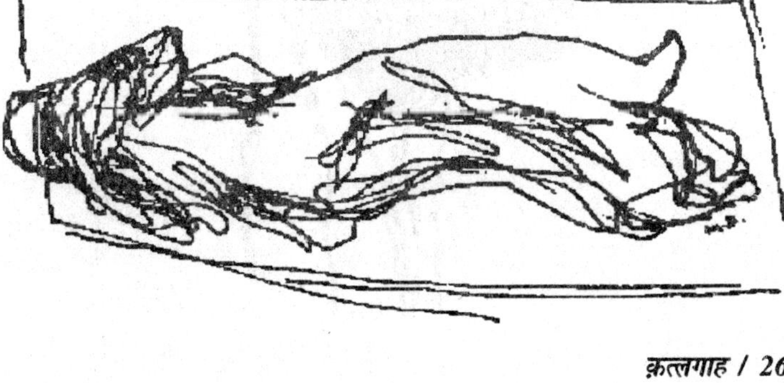

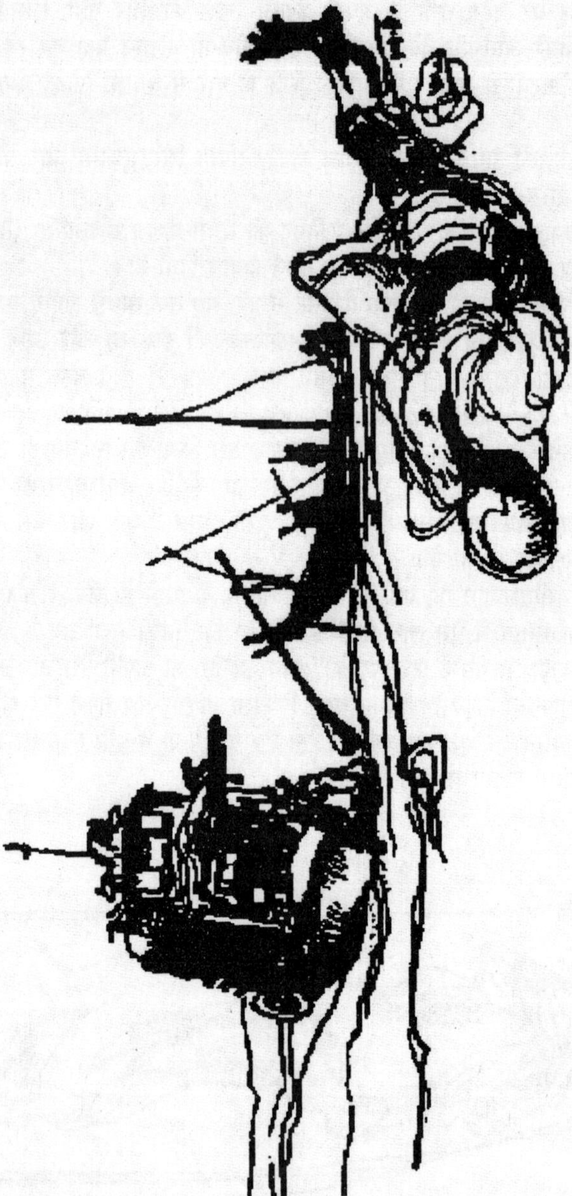

कुमेरखाली से

बारह

जब प्रोफेसर कुमेरखाली की ओर बढ़ रहा था तो उस वक्त उसे अपना गाँव अमन का घर लगा था, एक ऐसी जगह जहाँ वह विश्वविद्यालय पर हमले के खौफनाक अनुभव के बाद आराम कर सकता था। उसके खयालों में कुमेरखाली एक सुंदर और सुदूर जगह थी, सुंदरता और सुदूरता ही जिसकी हिफाजत करती थी। लेकिन उसे समझ में आया कि कहीं भी सुरक्षा नहीं है, सपना धुँधला हो चुका था, वह अक्सर डरा रहता था, शायद ही कभी किताबों के लिए वक्त निकाल पाता हो, अक्सर किसी एक या दूसरे काम से इधर-उधर भागता रहता था, हर सुबह हाईस्कूल में पढ़ाते हुए, रोज एक या दो घंटा शाहजू और जहाँनारा की पढ़ाई के लिए निकालते हुए, और हफ्ते में दो बार शाम को वह गाँव वालों को भी व्याख्यान देता था। इसके अलावा, हिफाजत समिति की बैठकों में शामिल होता था, राइफल के अभ्यास में हिस्सा लेता था, और मुख्य खबरें इकट्ठा करने वाले की तरह काम करते हुए हर रोज एक बुलेटिन तैयार करता था। कुमेरखाली बेपनाह हलचलों और फिक्रों की जगह बन गई थी।

मानसून के आने के बाद कुछ दिन तक सारा गाँव खुशी की तरंगों में डूबा रहा। बारिश अविराम होती रही; सड़कें कीचड़ हो गईं; नदी उठ आई; चक्कर काटते और हहराते पानी की आवाज उनके जीवन के हर पल उनके साथ रहने लगी; और वे बारिश में, बादलों में, बिजली में, खौफनाक गड़गड़ाहटों में खुशी से डूबते-उतराते रहे, इसलिए और ज्यादा कि मानसून काफी देर से आया था। बारिश के साथ-साथ वनस्पतियों की खुशबू भी आई और धान की उन बालियों की हलकी तीखी गंध भी, जो पानी से भरे धान के खेतों में निकल आई थीं, और किसी हैरतअंगेज अंदरूनी कारीगरी से बालियों का ऊपरी सिरा हमेशा पानी की सतह से ऊपर रह जाता था। ऊपर से यह लगातार बारिश गाँव को तबाह करती दिखती थी, लेकिन वास्तव में इसकी छुअन हर किसी में रफ्तार भर रही थी।

अब गाँव में काले छाते दिखाई देने लगे थे, और यहाँ-वहाँ पार होने लायक रास्ता बनाने के लिए लट्ठे बिछाने की कोशिश हो रही थी; लेकिन अक्सर इन लट्ठों को उफनती हुई लहरें बहा ले जातीं। गाँव के सभी मैदान झील हो गए थे और सारे तालाब उफन रहे थे। अपने घर की लकड़ी की सीढ़ियों पर बैठकर अपनी बंसी पानी में डाले

कोई आदमी उम्मीद कर सकता था कि उसके हिस्से का खाना उसे बिना हाथ-पाँव हिलाए मिल जाएगा; और एक ही दिन में सभी फलदार पेड़ दो इंच बढ़ गए और उनके फल भारी हो गए। कभी-कभी पेड़ अपने फलों के भार से और बारिश की वजह से टूट जाते थे।

जल्दी ही घरों में सड़ी हुई लकड़ियों और बाँबियों की गंध आने लगी, और फिर अपने पंख झाड़ते, हर हासिल जगह पर कब्जा करते, झोर में गिरते और दीयों और मोमबत्तियों को अलग-अलग पहचानते दीमकों की बटालियन भी आ पहुँची। लेकिन दीमकों का हमला कुछ ही दिन रहा। मेढकों, साँपों, बिच्छुओं और कनगोजरों का हमला ज्यादा दिन टिका। छतों पर पटापट पड़ते पानी के संगीत के अलावा दीवार की छिपकलियों का भी एक संगीत था—किर्र, किर्र, किर्र—जो नम हवा और कीड़ों की बहुतायत वाले खाने से इतनी मोटी हो गई थीं कि दीवार और छत से 'धम्म' की आवाज के साथ फर्श पर गिर पड़ती थीं।

मानसून के पहले तीन या चार दिनों के दौरान कुमेरखाली के लोग पाकिस्तानियों को पूरी तरह भूल गए। एक पूरे दिन प्रोफेसर ट्रांजिस्टर सुनता और रेडियो बांग्लादेश, रेडियो कलकत्ता और सिंगापुर से प्रसारित हो रहे बी बी सी पर आधारित खबरों का अपना बुलेटिन तैयार करना भूल गया। वह हिफाजत समिति की तयशुदा बैठक में भी नहीं शामिल हुआ और जंग की फितरत और उसके मकसद पर एक तय व्याख्यान नहीं दे सका। वह अपने घर की छप्पर की मरम्मत में और एक पेड़ काटने में, जिसके गिरने का खतरा था, इतना मसरूफ रहा कि पाकिस्तानियों की चिंता नहीं कर सका। मानसून ने पाकिस्तानियों को काफी किनारे कर दिया था। उम्मीद के अनुसार इसने उन्हें पूरी गर्मी तक इंतजार कराए रखा था।

तीसरे दिन चीजें सामान्य होनी शुरू हुईं। इस बात पर बैठकें और अनंत चर्चाएँ हुईं कि किस तरह गाँव को हमेशा तैयारी की स्थिति में बनाए रखा जाए, हाईस्कूल के दरवाजे खुले, और उस शाम स्कूल के सभागार में मौजूद बीस लोगों के सामने प्रोफेसर ने अपना तयशुदा व्याख्यान दिया। अपनी बालिग जिंदगी में ज्यादातर वक्त वह जंग की फितरत के बारे में सोचता रहा था क्योंकि इतिहास उसका पसंदीदा विषय था, और क्योंकि इतिहास बड़े पैमाने पर जंग और जंगों के असर से जुड़ा हुआ था, यह एक ऐसा तथ्य था जो उसे परेशान करता था, मगर फिर भी इसका अध्ययन करने की उसे जरूरत नहीं पड़ी थी। वह बिना नोट लिए बोल रहा था, और कभी-कभी अपने विश्वविद्यालय के अभ्यास के मुताबिक एक नाम या तारीख ब्लैकबोर्ड पर लिख देता था। क़बीर स्टेनगन से लैस होकर व्याख्यान सुन रहा था।

"जंग हमारे दौर की केंद्रीय समस्या है," प्रोफेसर ने कहा, "और हमें इसका सामना करना ही होगा। यहाँ कुमेरखाली में हम देख ही चुके हैं कि यह क्या कर सकती है और इसने क्या किया है। हम सब जंग के जानकार हैं, मगर हम क्या इसे वास्तव में समझते हैं ?

"हमें अपने-आप से पूछना होगा कि जंगें क्यों होती हैं, क्या इनकी कोई तार्किक कैफियत मुमकिन है, और जंग से सामना होने पर हमारा फर्ज क्या होना चाहिए। बने-बनाए जवाब हम सबको पता हैं, मगर हमें पूछना है कि क्या वे वाकई संतोषजनक हैं, क्या वे तर्क की कसौटी पर खरे उतरते हैं। एक तथ्य से शुरू करें—हाल-हाल तक जंग पेशेवर फौजों के बीच लड़ी जाती थी, वे मोर्चा लेते थे, वे बंदूकों, जहरीली गैसों, और जो भी हथियार हासिल हो, उसे लेकर एक-दूसरे पर टूट पड़ते थे, कुल मिलाकर वे नागरिकों को किनारे छोड़ देते थे। इसलिए सदियों तक किसान अपने खेतों में शांति से रहते थे और व्यापारी दुकानें बंद कर लेते थे जब फौजें शहर में दाखिल होती थीं, भारी हर्जाना दिया जाता और फौजें वापस चली जातीं।

"लेकिन अब, आप देख रहे हैं, फौज शहरियों से लड़ती है और जंग के कानून पूरी तरह भाड़ में झोंके जा चुके हैं, और हमारे पास और कोई चारा नहीं है सिवा इसके कि जो भी हथियार हमें हासिल हो, उससे हम लड़ें, और फिर—और यही चीज सबसे खौफनाक है—हम खुद को ठीक फौज की तरह बरताव करता पाते हैं। हम बेरहम और संगदिल हो जाते हैं और अपनी इनसानियत खो बैठते हैं। यह एक चीज है जो हमें समझना है, क्योंकि अगर हमें एक कौम और एक मुल्क की तरह बचे रहना है तो अपनी इनसानियत को बचाए रखना होगा, क्योंकि ऐसे अवाम से बदतर कुछ नहीं हो सकता जो फौजियों का-सा मिजाज रखता हो।

"मेरा खयाल है, यहाँ एक गहरा रहस्य है, और रहस्य का नाम है कत्ल। हमें इस सवाल का जवाब देना होगा : लोग एक दूसरे का कत्ल क्यों करते हैं ? और हालाँकि इसका कोई तैयार, माना हुआ जवाब नहीं है, हमें अपने तरीके से इसका जवाब तलाश करने की कोशिश करनी चाहिए। मैं उन वैज्ञानिकों के बारे में सोचता हूँ जो बहुत खतरनाक जीवाणुओं को अलग करते हैं और तब तक उनका अध्ययन करते हैं जब तक उन्हें खत्म करने वाली दवा न खोज लें। हमें कत्ल को जितना मुमकिन हो, उतनी भावहीनता के साथ देखना चाहिए। हमें सब्र के साथ समझना होगा कि यह कैसे वजूद में आता है और कैसे इसे खत्म किया जा सकता है। मुझे यकीन है कि इसका जवाब है और मैं मानता हूँ कि एक वक्त हम इसे तलाश लेंगे।

"मैं एक अपरिहार्य नतीजे तक पहुँचता हूँ—कत्ल, सब कुछ के परे, कुदरत के खिलाफ एक गुनाह है। कत्ल करना एक ऐसा काम करना है जो करने के लिए हम धरती पर नहीं आए हैं। इससे खुदा की रजामंदी नहीं है और न हो सकती है। यह एक कमजोरी है, एक प्लेग है, एक छुतहा बीमारी है, जिसे, इसके पहले कि हम सब कातिल हो जाएँ, इसके पहले कि इसकी छूत के असर में आ जाएँ, हर हाल में रोका जाना चाहिए। पेड़ कत्ल नहीं करते। फूल कत्ल नहीं करते। जानवर कत्ल नहीं करते। सिर्फ इनसान कत्ल करता है। हमें समझना है कि ऐसा क्यों है, क्यों इनसान अकेला जीव है जो जान-बूझकर जीवन की धारा के खिलाफ जाता है, लगातार उसे तबाह करता, बिगाड़ता जो उसके भीतर सबसे बेशकीमती है, जो अपने-आप में जीवन है।

"और, आप देखिए, इसकी एक वजह है, या कम-से-कम एक आसान कैफियत है जिसे इनसान पेश करना पसंद करते हैं क्योंकि इससे उनके गुनाह का बोझ दूर होता है। उन्हें यह मानना—या मानने का बहाना करना—अच्छा लगता है कि जंग बेकाबू ताकतों का, आबादी के दबावों का, बहुत गहरे महसूस की जाने वाली ऐतिहासिक दुश्मनियों के वजूद का, खेती लायक अच्छी जमीन की चाहत का—नतीजा होती है, मगर मैं इतिहास का जितना ज्यादा अध्ययन करता हूँ, उतना ही इस नतीजे पर आता जाता हूँ कि इन सबसे ज्यादा अहम चीज नंगी महत्त्वाकांक्षा है। किसी मुल्क की महत्त्वाकांक्षा नहीं, बल्कि अकेले इनसान की महत्त्वाकांक्षा। एक नेपोलियन, एक हिटलर उभरता है। वे किसी भी कीमत पर जंग चाहते हैं, चाहे लोगों को कितनी भी तकलीफें हों, ताकि उन्हें महान विजेता होने की शोहरत मिल सके। यही चंगेज ख़ान, तैमूर लंग और बाकी हमलावरों का सच है। वे 'महान आदमी' होना चाहते हैं, मानो आदमी होना ही काफी न हो। वे ताकत चाहते हैं—आम आदमी को मौत के घाट उतारने की ताकत, क्योंकि यही ताकत का आखिरी रूप है।

"इसलिए जब याह्या ख़ान बांगलादेश के लोगों के खिलाफ जंग का ऐलान करता है, तो इसलिए कि वह बंगालियों को जीतने वाले के रूप में जाने जाने का इरादा रखता है, उस शोहरत और प्रसिद्धि का मजा लेने का, जो फतहों से हासिल होती है। निश्चय ही, अपने लुत्फ में वह अकेला नहीं है। उसके जेनरल उसकी फ़तहों में साझा करेंगे और वे मिलकर फतह के इनामों का लुत्फ लेंगे। लेकिन असल प्रेरक ताकत याह्या ख़ान है जो कभी-कभी दावा करता है कि वह पुराने फारस के बादशाहों का वारिस है और अपने परिवार की पुरानी शोहरत को कायम रखना चाहता है। असल में बादशाहों का वारिस होने का उसका दावा पूरी तरह काल्पनिक है और वह एक आम किसान का बेटा है।

"खयाल बचा रहता है, हकीकत छुप जाती है। एक बार हम महसूस कर लेते हैं कि लगभग सभी लड़ाइयाँ अकेले इनसान की महत्त्वाकांक्षाओं का नतीजा होती हैं तो हम इन पर विराम लगाने के लिहाज से बेहतर स्थिति में रहते हैं। हम यही सोचते रहते हैं कि दुश्मन फौज है, कि फौज हमारा सफाया कर रही है, और यह बस उतना ही सच है जितना यह कि किसी कातिल द्वारा इस्तेमाल किए गए चाकू की कोई निजी इच्छा होती है। असली दुश्मन याह्या ख़ान है और उसके गिने-चुने सलाहकार। अगर हम उनका काम तमाम कर सकें तो यह जंग खत्म कर सकते हैं, और हालाँकि हर कत्ल नापाक होता है, सबसे कम खौफनाक जेनरलों और राजनीतिकों का कत्ल होता है जो जंग को न्योता देते हैं।

"एक गद्दीदार कमरे में याह्या ख़ान की कल्पना कीजिए। पागलखाने का एक खादिम आता है और सलाखों की मार्फत उसकी ओर देखता है। 'आज सुबह कैसी रही प्रेसिडेंट साहब ?' खादिम पूछता है, और याह्या ख़ान बोलता है, 'बहुत बढ़िया। मैंने ढाका को आग की लपटों के हवाले करने की एक योजना के बारे में सोचा है। मेरी योजना को अमल में लाओ।' 'बिलकुल मि. प्रेसिडेंट,' यह कहकर खादिम निकल जाता

है। आधे घंटे बाद वह लौटता है। 'ढाका का क्या हाल है ?' याहूया ख़ान पूछता है। 'सब कुछ तहस-नहस हो गया है,' खादिम बताता है। 'याहूया ख़ान वाकई तुमने तबाही के लिए बेहतरीन दिमाग पाया है।' याहूया ख़ान खुद पर हलके से हँसता है। 'अब कुश्तिया को तबाह करो ! हर किसी को मार डालो ! कोई रहमदिली नहीं !' और खादिम बाहर जाता है और दोपहर को इस खबर के साथ लौटता है कि कुश्तिया तबाह हो चुका है। तानाशाह हँसता है और कहता है, 'मेरा खयाल है, इस वक्त हम चिटगौंग को समंदर में डुबा दें और ब्रह्मपुत्र का रास्ता बदल दें। ब्रह्मपुत्र के तिब्बत की तरफ से होकर बहने का इंतजाम करो।' खादिम अपनी एड़ियाँ बजाता है और कहता है, 'जैसा आपका हुक्म मि. प्रेसिडेंट।'

"मैं जिस ओर इशारा कर रहा हूँ, वह यह कि तानाशाह और राष्ट्रपति फंतासी की एक दुनिया में जीते हैं, मगर यह बेहद खास किस्म की फंतासी होती है–यह एक ऐसी फंतासी होती है जिसमें अक्सर आम लोग उजाड़े जाते हैं, उन्हें तकलीफ दी जाती है, उनकी इज्जत लूटी जाती है, उन्हें मारा जाता है। लोगों को हर हाल में तकलीफ झेलनी पड़ती है। हिटलर, चियांग काई शेक, याहूया ख़ान, भुट्टो, ये सब वे लोग हैं जिन्हें आम आदमी की तकलीफों का जरा भी अहसास नहीं है। वे बड़ी आसानी से, लगभग मनचाहे ढंग से, अपने खौफनाक फैसले करते हैं। वे कहते हैं, 'अच्छा, जंग होने दो। लोगों को मरने दो ! इससे क्या फर्क पड़ता है ?' हमारे रोंगटे खड़े हो जाएँ अगर हम देखें कि वे कितने हलकेपन से कितने खौफनाक नतीजों तक पहुँच जाते हैं।

"इसलिए हमें उन्हें मार डालना है। यह ऐसा फर्ज है जो हमारी इनसानियत हम पर लाद रही है–हमें इन 'महान लोगों' से हर हाल में छुटकारा पाना है, जिनका जिंदगी में अकेला मकसद लोगों की हत्या करके अपने लिए शोहरत और नाम हासिल करना है। वे लोगों को कीड़ा-मकोड़ा समझते हैं, मगर असल कीड़े वे खुद हैं। एक बार वे सबसे ऊँची सत्ता हासिल कर लेते हैं, फिर कोई जहर उन्हें कातिलों में बदल देता है, इसलिए हमें एक ऐसा राज्य बनाने की कोशिश करनी होगी, जहाँ कोई सबसे बड़ी ताकत हासिल न कर सके और जहाँ आम आदमी और औरतों के लिए सत्ता द्वारा भ्रष्ट बना दिए गए लोगों की हुक्मरानी झेलने के लगातार खौफ के बगैर भी जीना मुमकिन हो।"

यह एक लंबा व्याख्यान था और कहीं बीच में ही प्रोफेसर अपने श्रोताओं से दूर जा चुका था। उन्होंने उसकी लकीर पकड़ने की कोशिश की, मगर नाकाम रहे। बस वे उसके इस आग्रह को समझ सके कि किसी भी सूरत में तानाशाही बेरहम होती है और दुनिया को तानाशाहों से छुटकारा दिलाने के लिए कुछ भी किया जाना चाहिए, और यह एक ऐसी चीज थी जो वे अपने भीतर से समझते थे। व्याख्यान के आखिर में कुछ लोगों ने आकर उससे हाथ मिलाया और बताया कि उसकी बात सुनना उन्हें कितना अच्छा लगा। एक बूढ़ा वैद्य, जो कुमेरखाली में मशहूर था क्योंकि उसकी जड़ियाँ चमत्कारी असर करती थीं, उसके पास आकर बोला, "प्रोफेसर, यह बहुत तेज दवा है। क्या आप मशविरा दे रहे हैं कि हमें नेताओं को मारना चाहिए ?"

"हाँ, अगर वे पागल हो जाएँ," प्रोफेसर ने जवाब दिया।

"फिर हमें कैसे पता चले कि वे कब पागल होते हैं ?"

"हमें हमेशा पता होता है," प्रोफेसर ने उदासी के साथ कहा, "हमें पता होता है, मगर हम इसको लेकर कुछ नहीं करते।"

वह फ़ैज़ुल मुकीम ख़ान के साथ घर वापस आया, वह लाल गालों वाला एक गठीला बूढ़ा आदमी था जिसकी गाँव के किनारे कुछ जमीन थी, मगर वह कहीं से जमींदार नहीं दिखता था। वह एक फौजी रहा था, उत्तरी अफ्रीका के मोर्चे पर लड़ा भी था और कभी उसने संजीदगी से फौज को अपना कैरियर बनाने के बारे में भी सोचा था, मगर उसकी इतनी आय नहीं थी कि वह अपनी जायदाद की देखभाल के अलावा कुछ न करे और इसलिए वह बाकी जिंदगी वापस लौटकर कुमेरखाली में गुजार रहा था। उसने कायदे से शादी की, अपनी जमींदारी में भी और जायदादें जोड़ीं और तीन बच्चों का बाप बना। गाँव वाले उसे पसंद करते थे; वह दिल खोलकर हँसता था जो दो सौ गज दूर भी सुनाई पड़ सकता था; और किसी भी नेकी के लिए अपना हिस्सा देने में वह सबसे आगे रहा करता था। अगर मस्जिद की दीवार की मरम्मत की जरूरत पड़ती थी या कोई बेहद गरीब आदमी मर जाता था और उसका परिवार किल्लत से गुजर रहा होता था तो वह पहला आदमी हुआ करता था, जिसके पास लोग पहुँचते थे। वह एक छाता लिए चलता था जो सामान्य आकार से कम-से-कम दुगुना था और उसकी तरह उसी की हर चीज काफी बड़ी, नेक और हिफाजत देने वाली होती थी।

"बहुत बढ़िया भाषण था प्रोफेसर," उसने कहा, "नहीं कह सकता कि मैं समझ गया। मैं भाषण सुनने में कभी बहुत बढ़िया नहीं रहा। हालाँकि मैंने हर शब्द सुना। तुम्हारा लहजा बेहतर हो रहा है और मुझे यह देखकर खुशी हो रही है कि तुम्हारा ढकैया अंदाज छूट रहा है। अब तुम मुझे कुमेरखाली के लगते हो।"

फ़ैज़ुल मुक़ीम ख़ान शायद ही कभी इससे बेहतर तारीफ कर पाता हो। बारिश हो रही थी, और वे एक ऐसी जगह पहुँच गए थे जहाँ यह तय करना जरूरी था कि लट्ठे के एक टुकड़े से दूसरे टुकड़े तक फलाँगते हुए जाएँ या एड़ी-भर कादो में उतर कर जाएँ। वे फलाँग रहे थे। दोनों नंगे पाँव थे और अपनी लुंगी दोनों ने घुटनों तक उठाकर खोंसी हुई थी।

"हाँ, बिलकुल ! हाँ, बिलकुल !" बूढ़ा फौजी बोल रहा था, अपने ही ठहाकों से उसकी साँस रुक सी जा रही थी, "तो तुम्हें यहाँ वापस लाने के लिए एक खूनी जंग की जरूरत पड़ गई। चलो, शुक्र है ख़ुदा का। मगर मैं इस बारे में तुमसे बात नहीं करना चाह रहा था। बात यह है कि तुम तैंतालीस या चवालीस के हो, तुम्हारे साथ दो बिन माँ के बच्चे हैं, यहाँ तुम्हारी थोड़ी सी जायदाद है और ढाका में एक अच्छी नौकरी, और मैं सोचता रहा हूँ कि यही वक्त है जब तुम दुबारा शादी कर लो। क्या खयाल है ?"

फ़ैज़ुल मुक़ीम ख़ान की बातचीत में बहुत नफासत नहीं होती थी। वे एक बहुत अँधेरी गली से गुजर रहे थे, लट्ठे अब नहीं थे और वे एक गड्ढे से दूसरे गड्ढे में होते

हुए बढ़ रहे थे।

"मैंने इस पर सोचा नहीं है," प्रोफेसर ने कहा, "हकीकत तो यह है कि इस पर मैंने जरा भी नहीं सोचा है।"

"मगर तुम्हें सोचना चाहिए ! तुम बड़े हो रहे हो, तुम्हें पता है। जिंदगी की कुछ अच्छी चीजों से महरूम भी हो। मसलन, मेरी बेटी है, मेरियम। वह अच्छी बीवी होगी। कलकत्ता से बी.ए. है। दूसरी चीजें भी। उसकी अपनी जायदाद भी है। बहुत समझदार, सलीके वाली लड़की है..."

हालाँकि प्रोफेसर ने कभी-कभार ही उस लड़की को देखा था, तो भी उसे उसके बारे में काफी कुछ पता था। वह वाकई वैसी थी जैसी उसके पिता बता रहे थे। शांत, रहमदिल, नेक, बहुत गुरूरवाली नहीं, अगर बहुत खूबसूरत नहीं तो बदसूरत भी नहीं, अपने पिता की तरह गोल चेहरे वाली। उन्नीस साल की उम्र में उसने कलकत्ता में एक अखबारनवीस से शादी की थी जिससे उसे एक संतान हुई और फिर अखबारनवीस ने उसे छोड़ दिया था। उसके पिता को उसका पता नहीं चल रहा था, खत वापस आ जा रहे थे; आखिरकार उसने कलकत्ता में अपने दोस्तों को लिखा, और उन्होंने उसका पता लगाया। मालूम हुआ कि वह बहुत तकलीफ में है और कहीं सेक्रेटरी के रूप में काम कर रही है जिससे उसका गुजारा किसी तरह हो जा रहा है। वह उसे जबरदस्ती कुमेरखाली ले आया, हाईस्कूल में पढ़ाने की नौकरी का इंतजाम कर दिया और अब उसके बच्चे के साथ खेलते हुए उसे बहुत मजा आता था। वह छब्बीस की थी, मगर और ज्यादा की दिखाई देती थी, और गाँव में आमतौर पर यही माना जाता था कि वह दुबारा शादी नहीं करेगी।

"बस इसके बारे में सोचना बरखुरदार !" बूढ़े फौजी ने कहा जब वे प्रोफेसर के घर के पास आ गए। "इस पर विचार करना ! गुड नाइट ! अच्छी नींद सोओ !"

इतना कहकर वह गाँव के दूसरी तरफ अपने मकान के लिए बारिश और कीचड़ से होता, छाता लहराता चल पड़ा।

ग्रामीण समाज के एक मजबूत स्तंभ, फ़ैज़ुल मुक़ीम ख़ान से अपनी इस मुलाकात पर प्रोफेसर थोड़ा चकित सा था। तो जिंदगी चलती रहती है, उसने सोचा; शादियाँ तय होती हैं, बच्चे पैदा होते हैं, और जंग के वक्त भी लोग कुदरती मौत मरते हैं। मगर वह एक बार घर में दाखिल हुआ कि उसने दिमाग से इस मसले को निकाल दिया। जहाँनारा अपनी गुड़ियों के बीच गहरी नींद में सोई हुई थी, और शाहजू मेज पर किताबों का ढेर लिए, यह जानने को बैठा था कि रेडियो कैसे काम करता है। प्रोफेसर अपने पिता को देखने गया जो हाथ में एक माला लिए बिस्तर पर बैठे थे और धीरे-धीरे मनके घुमा रहे थे।

"कैसा लग रहा है अब्बा ?" प्रोफेसर ने पूछा, और बूढ़े आदमी ने मुस्कुराते हुए कहा, "जब तुम बूढ़े हो जाते हो तो कोशिश करते हो कि जिस्म के बारे में न सोचो।"

"आप क्या सोचते हैं ?"

"मैं क़ुरआन पढ़ता हूँ और ख़ुदा के चेहरे के बारे में सोचता हूँ।" बिस्तर पर बैठे और कंधे से ऊनी शॉल लपेटे, वे बेहद कमजोर लग रहे थे।

प्रोफेसर ने उनके हाथ छुए और पाया कि वे अजीब ढंग से ठंडे हैं मगर इसके बारे में ज्यादा नहीं सोचा। उसने जहाँनारा को बिस्तर पर सुलाया और कुछ मिनट रेडियो बनाने के तरीके पर शाहजू के साथ चर्चा करता रहा। "यह एक अच्छी दुनिया है," उसने खुद से कहा, "बस पाकिस्तानी यहाँ से चले जाएँ।" जब शाहजू सो गया, और घर पूरी तरह खामोश हो गया, सिवा इसके कि बारिश की बूँदें छप्पर पर लगातार बज रही थीं, तो प्रोफेसर आखिरकार अपने पसंदीदा काम में जुटा—रेडियो सुनना, नोट बनाना और खबरों का अपना बुलेटिन तैयार करना। कबीर ने उसके लिए बहुत महँगा शार्टवेव रेडियो ला दिया था, पूरी तरह क्रोमिक और काले रंग का, जो मेज पर बेहद खूबसूरत लगता था। इसमें इयर-फोन लगे हुए थे और इसलिए दुनिया-भर से आ रही आवाजों से घर में कोई और परेशान नहीं होता था। प्रोफेसर ने कागज पर सबसे ऊपर लिखा, '17 जुलाई, 1971 की खबरों का बुलेटिन', कागज पर कलम को जोर से दबाते हुए, क्योंकि उसके नीचे तीन कार्बन लगे हुए थे। इस बुलेटिन की बस चार कॉपियाँ तैयार की जाती थीं मगर गाँव के कम-से-कम तीस लोग इसे अगले दिन पढ़ लेते थे।

कुछ देर उसने रेडियो कलकत्ता सुना, फिर रेडियो बांगलादेश, जिसके पास कहने को बहुत कम होता था, और फिर बी बी सी। आस्ट्रेलिया का एक स्टेशन साफ आता था, मगर उसे आस्ट्रेलियाई भेड़ों के दाम जानने में कोई दिलचस्पी नहीं थी, और जल्दी ही वह रेडियो ढाका सुन रहा था जहाँ से जेनरल टिक्का ख़ान का एक इंटरव्यू फिर से प्रसारित हो रहा था। वह बता रहा था कि पूर्वी पाकिस्तान से मुतल्लिक लगभग सभी मुश्किलें हल कर ली गई हैं और मुल्क में तेजी से हालात आम हो रहे हैं। जब प्रोफेसर ने रेडियो कलकत्ता लगाया तो पता चला कि राजशाही और कोमिला में कत्लेआम का नया दौर शुरू हो गया है, जबकि चिटगौंग में मुक्तिवाहिनी ने एक पावर स्टेशन को तबाह कर दिया है। वह लगभग बीस मिनट तक सुनता रहा था कि उसने बी बी सी पर व्हाइट हाउस से जारी एक बयान सुना जिसके मुताबिक प्रेसिडेंट निक्सन ने बीजिंग में माओत्से तुंग से मुलाकात का न्योता कुबूल कर लिया था, और कि बातचीत के लिए इस बैठक का इंतजाम डॉ. हेनरी किसिंजर द्वारा किया गया जो चीनी नेताओं से मिलने हाल ही में पश्चिमी पाकिस्तान से बीजिंग गए थे। मिट्टी तेल के दीए की रोशनी में प्रोफेसर ने ये सब खबरें लिखी थीं। इस चीज ने उसे थोड़ा हैरत में डाला। आखिर बीजिंग से यह साम्यवाद-विरोधी प्रेसिडेंट क्या हासिल करना चाहता है ? उसे याद आया कि डॉ. हेनरी किसिंजर इस्लामाबाद जाने के पहले कुछ देर के लिए दिल्ली में रुके थे; प्रेसिडेंट के दूत और श्रीमती इंदिरा गाँधी के बीच थोड़ी देर की मुलाकात हुई थी और फिर वह इस्लामाबाद रवाना हो गए थे। भारतीय रेडियो पश्चिमी पाकिस्तान की राजधानी में किसिंजर के अभियान की उतनी ही लंबी चर्चा कर रहा था और यह उल्लेख किया जा रहा था कि दूत ने पूर्वी पाकिस्तान से भारत में उमड़ रहे लाखों शरणार्थियों

के लिए जरा भी हमदर्दी जाहिर नहीं की और पूर्वी पाकिस्तान में जारी लगातार कत्लेआम से उनका कोई सरोकार मालूम नहीं होता था। मालूम होता था कि वह भारत को नापसंद करते हैं और उन्हें पाकिस्तान अच्छा लगता है, और साफ तौर पर उसके इरादे में कुछ गड़बड़ी है। मगर क्या गड़बड़ी ?

सहसा, जबकि वह रेडियो सुन रहा था, उसे अपने पिता के कमरे से रोने की आवाज सुनाई पड़ी। उसने बत्ती जलाई और जल्दी से अपने पिता को देखने गया, जो अपनी आँखों में अजीब हैरत भरा भाव लिए बैठे थे, हाथ से वे पेट दबाए हुए थे।

"मुझे दर्द हो रहा है, बेटे," बूढ़े आदमी ने कहा, "यहाँ दुखता है।"

"कहाँ पर ?"

"यहाँ नीचे।"

प्रोफेसर ने अपने पिता के पेट पर अपना हाथ रखा जो बहुत ठंडा मालूम होता था, और फिर पानी गरम किया। गर्म पानी की बोतल भरी और उसके चारों ओर कंबल लपेट दिया। उसने सोचा कि गर्मी से तकलीफ कम होगी और सुबह वह डॉक्टर को बुला लाएगा।

"कुछ अच्छा लग रहा है ?"

"थोड़ा सा।"

"आप सो पाएँगे ?"

"कोशिश करूँगा।"

बूढ़े आदमी की बात से प्रोफेसर को तसल्ली नहीं हुई, और इसलिए वह रसोई में गया, औषधयुक्त चाय खौलाई जिससे नींद आती थी, और उसे पिता को दिया। जल्दी ही पिता सो गए और प्रोफेसर, अब पूरी तरह से जगा हुआ, रेडियो सुनने लौट गया। डॉ. किसिंजर के इस्लामाबाद से बीजिंग के दौरे के बारे में और ज्यादा ब्यौरे आ रहे थे। साहगौन से एक अमेरिकी प्रसारण ऐलान कर रहा था कि यह गोपनीय दौरा 'सदी का हेर-फेर है', प्रोफेसर यह सोचने को विवश था कि सदी में इससे भी बड़े हेर-फेर हुए हैं। उसने खबरों का बुलेटिन खत्म किया, थोड़ी मुश्किल नींद सोया और पौ फटने से पहले उठ गया। बारिश अभी भी हो रही थी। वह अपने पिता को देखने दबे पाँव आया जो गर्म पानी की बोतल अपने पेट पर दबा रहे थे।

"आप सोए ?"

"ज्यादा नहीं बेटे।"

आवाज स्थिर थी। साफ तौर पर अब तकलीफ कम थी।

"रोशनी होते ही मैं डॉक्टर को बुला लाऊँगा। और कुछ चाहिए आपको ?"

"थोड़ी सी जड़ी वाली चाय दे दो। इससे उनींदा हो जाता हूँ, बेटे।"

प्रोफेसर की सुबह व्यस्त रही। उसने डॉक्टर को बुलाया जिसने बूढ़े आदमी का मुआयना किया और बताया कि उन्हें पेट की गड़बड़ी से ज्यादा कुछ नहीं हुआ है, और कुछ दवाएँ दे दीं।

"अगर वे आराम करते हैं और दवा खाते हैं तो शाम तक पूरी तरह ठीक हो जाएँगे," डॉक्टर ने कहा।

"आपको यकीन है कोई संजीदा बात नहीं है ?"

डॉक्टर ने सिर हिलाया।

"हाँ, वे बूढ़े और कमजोर हैं और उनका रक्त संचार ठीक नहीं है। विटामिन फायदा करेगी। मगर दर्द सिर्फ पेट-गड़बड़ के चलते है। इसका मुझे यकीन है।"

प्रोफेसर को इतना यकीन नहीं था।

"मेरा खयाल है, उन्हें बहुत ज्यादा तकलीफ थी। दर्द से आराम दिलाने के लिए मुझे क्या करना होगा ?"

"मैं एक दर्दनाशक भेज दूँगा।"

प्रोफेसर की सुबह खासी व्यस्त गुजरी। हाईस्कूल में उसने चीन के भूगोल पर एक व्याख्यान दिया। "बीजिंग कहाँ है ?" उसने छात्रों से पूछा और यह जानकर हैरान रह गया कि उनमें से ज्यादातर को अंदाजा नहीं था कि बीजिंग कहाँ है। "इस्लामाबाद कहाँ है ?" इसका जवाब उन्हें पता था, और वे पाकिस्तान के तीस शहरों के नाम बता सकते थे, मगर चीन के एक शहर का भी नहीं। इस चीज ने उसे परेशान किया; उसने चीन पर कई व्याख्यान देने का फैसला किया। नदी बढ़ रही थी और यह अफवाह चारों तरफ पसर रही थी कि फौजी अधिकारी छिछले पानी में चलने वाली नावें चीन से आयात कर रहे हैं।

"हमने सुना है कि उन्होंने चिटगौंग में नावें उतारी हैं।"

"अब वे नदी से होकर जब चाहें तब आ सकते हैं। हमें पता है कि उनके पास काफी हथियारों से सजी गश्ती नौकाएँ हैं, मगर छिछले पानी वाली ये नावें ज्यादा खतरनाक हैं। हमने सोचा था, मानसून हमें बचा लेगा, मगर हम गलत भी हो सकते हैं। मुक्तिवाहिनी ने हमें पैगाम भेजा है कि हम उनकी ताक में रहें।"

"मुक्तिवाहिनी वाले कहाँ हैं ?"

"सबसे नजदीक वाले पंद्रह मील दूर जंगल में हैं। प्रशिक्षण में लगे तीन सौ लोग। कुल मिलाकर अभी नौ हजार लोग ट्रेनिंग ले रहे हैं। सबसे बड़ी मुश्किल सही प्रशिक्षण देने वालों को तलाशना है। हमें वे मिल जा रहे हैं। मेरा खयाल है, मानसून बीतने के बाद पाकिस्तानी अपनी जिंदगी का सबसे बड़ा अजूबा देखेंगे।"

यह अच्छी खबर थी और हिफाजत समिति को पहले सही आँकड़े हासिल हुए थे।

"हमारी गिनती के मुताबिक पाकिस्तानी फौज के करीब दो लाख लोग बांगलादेश में हैं," कबीर बोल रहा था, "और इसलिए हमारी तादाद बेहद कम है। मुक्तिवाहिनी को उम्मीद है कि अगस्त के अंत तक उसकी ताकत 80,000 आदमियों की हो जाएगी। मतलब यह कि उनके पाँच के मुकाबले हमारे दो होंगे और तय है कि उनके पास आधुनिक हथियार होंगे। मगर हमारे अस्सी हजार के साथ उनके लोग होंगे और इसी से सारा फर्क पड़ जाता है। वे पूरी संजीदगी से साल के अंत तक पाकिस्तानियों

का सफाया कर देने की योजना बना रहे हैं।"

प्रोफेसर ध्यान से सुन रहा था और सारे वक्त अपने पिता के बारे में सोच रहा था, इतने बूढ़े, इतने कमजोर, और आँखों में वह हैरानी का भाव लिए। अचानक उसे डॉ. किसिंजर के दौरे के वक्त इस्लामाबाद से जारी एक विज्ञप्ति की याद आई जो उसने सुनी थी। विज्ञप्ति के मुताबिक डॉ. किसिंजर पेट की गड़बड़ी से परेशान थे और स्वास्थ्य लाभ के लिए नाथिया गली गए थे, जो उत्तर पूर्वी सरहदी सूबे में अंग्रेज गवर्नरों के लिए गर्मी के मौसम का आवास हुआ करता था। इसकी जगह वे प्रेसिडेंट निक्सन और चेयरमैन माओत्से तुंग की मुलाकात तय करवाने इस्लामाबाद से बीजिंग चले गये। जबकि कबीर छिछले पानी वाली नावों और मुक्तिवाहिनी के संसाधनों के बारे में बता रहा था, और जबकि हिफाजत समिति की छोटी सी बैठक कुमेरखाली और आसपास के इलाकों का नक्शा देख रही थी, प्रोफेसर के दिमाग में चुँधिया देने वाली स्पष्टता के साथ यह बात आ गई कि डॉ. किसिंजर का चीन-दौरा उसके मुल्क के लिए खौफनाक नतीजे लाने वाला हो सकता है।

याह्या ख़ान जैसे लोग थे जो उन लोगों की किस्मत से पूरी तरह बेपरवाह रहते थे जिन पर वे हुकूमत करते थे। वह इस तथ्य से कतई हैरान या परेशान नहीं था कि उसके हुक्म से पूर्वी पाकिस्तान लाशों के ढेर में बदलता जा रहा है, कि गाँवों में आग लगाई जा रही है, कि औरतों की इज्जत लूटी जा रही है, कि बच्चों को मशीनगनों से भूना जा रहा है, और हर कोई दहशत की हालत में रह रहा है। उसने हुक्म दिया है, बस, इसके बाद इससे उसे कोई मतलब नहीं है। वह उन लोगों में था जो अपने खौफनाक कारनामों के नतीजों से पूरी तरह बेपरवाह रहते हैं और इसलिए उसे इनसानी नस्ल का ही दुश्मन मानना चाहिए। और डॉ. किसिंजर, पूर्वी पाकिस्तान के लोगों के खिलाफ इस लंबी चल रही खौफनाक जंग के बीच इस्लामाबाद आकर, खुद को याह्या ख़ान से जोड़ते हुए, याह्या ख़ान की कारगुजारी का छुपा हुआ समर्थन करते हुए, और उसे अमेरिकी बंदूकें और गोला-बारूद मुहैया कराते हुए ताकि ज्यादा-से-ज्यादा बंगाली किसान मारे जाएँ, और चेयरमैन माओत्से तुंग और प्रेसिडेंट निक्सन के बीच बैठक रखवाने के लिए बीजिंग में साम्यवादी हुक्मरानों से अपनी रहस्यमय दोस्ती और याह्या ख़ान के कूटनीतिक संपर्कों का सहारा लेते हुए—यह डॉ. किसिंजर भी इनसानी नस्ल का दुश्मन था। पूर्वी पाकिस्तान के कत्लेआम के खिलाफ डॉ. किसिंजर ने एक शब्द भी नहीं कहा था। एक फुसफुसाहट-भर से भी उसने हमदर्दी या तकलीफ का जरा सा भी अहसास जाहिर नहीं किया। इसके उलट उसने याह्या ख़ान को यह यकीन सा दिलाया था कि अमेरिका उसकी तरफ है और किसी भी मुश्किल में उसकी मदद करेगा। अमेरिका और पश्चिमी पाकिस्तान के बीच, वाशिंगटन और इस्लामाबाद के बीच एक बहुत खास रिश्ता मौजूद रहा करता था। मगर क्यों ? आखिर दुनिया में ऐसा क्या है जो अमेरिकियों को यकीन दिलाता है कि पूर्वी पाकिस्तान के बंगाली इसी कत्लेआम के लायक हैं ?

और अब आखिरकार गड्डमड्ड पहेली के सारे टुकड़े अपनी सही जगह लगना शुरू हो रहे थे। 'पेट की गड़बड़ी' एक झूठ थी, और जो दौरा प्रेसिडेंट निक्सन करने वाले थे, उसके स्रोत इतने सारे झूठों में थे कि इसके सारे नतीजे असाध्य ढंग से गलत होने थे। इस्लामाबाद को इस दौरे का लाभ मिलेगा; उसे बंदूकों और टैंकों से नवाजा जाएगा; डॉ. किसिंजर और प्रेसिडेंट याह्या ख़ान गोपनीय समझौतों का खाका खींचेंगे; और टैंक और बंदूकें बंगालियों के खिलाफ इस्तेमाल की जाएँगी। अमेरिका की निगाह में हिंदुस्तान और बांगलादेश किनारे किए जा सकने लायक थे। प्रोफेसर को अब समझ में आया कि वजूद की यह जंग उससे ज्यादा लंबी और खौफनाक होगी जितने की उसने कल्पना की थी।

कबीर के साथ पानी से भरी गलियों में टहलते हुए प्रोफेसर ने डॉ. किसिंजर के बीजिंग दौरे के बारे में बताना शुरू किया।

"यह समूची तसवीर बदल देता है," उसने कहा, "क्या तुम यह नहीं देख रहे ? यह नहीं कि पेशेवर साम्यवादविरोधी एक साम्यवादी से मिल रहा है—यह समझ में आने लायक है, क्योंकि अतियाँ मिलती हैं। मगर इसका मतलब यह है कि गरीब बांगलादेश को अमेरिका, चीन और पाकिस्तान की ताकतवर गुटबाजी के सामने खड़ा होना है और हमारे अकेले दोस्त हिंदुस्तानी हैं जो अभी ही हमारे बीस या तीस लाख शरणार्थियों की मदद कर रहे हैं जिससे उनकी अर्थव्यवस्था निचुड़-सी गई है। इसके असर से हम बहुत ज्यादा घाटे में रहेंगे। निश्चय ही, डॉ. किसिंजर बड़े ताकत-गुटों के संदर्भ में सोचता है और इस बात से बेपरवाह हो सकता है कि छोटे मुल्कों के साथ क्या होता है। लेकिन, हकीकत यह है कि हम छोटे मुल्क नहीं हैं। हम साढ़े सात करोड़ हैं और हमें एक मुल्क के रूप में बने रहना है, हालाँकि इसकी कीमत मेरी कल्पना से ज्यादा खौफनाक हो सकती है। सबसे ज्यादा यह सवाल मुझे परेशान कर रहा है कि चीन पाकिस्तान को हथियारों से लैस क्यों कर रहा है। साफ तौर पर उन्हें पता है कि वे सारी राइफलें और छिछले पानी वाली नावें हमारे खिलाफ इस्तेमाल की जा रही हैं ?"

"बड़ी ताकतों का बरताव बड़ा अजीब होता है," कबीर ने कहा, "वे जिसे अपना स्वार्थ समझते हैं, उसके लिए गुट बनाते हैं। अमेरिका भारत के खिलाफ पश्चिमी पाकिस्तान के साथ गुटबंदी किए हुए है, और वही अमेरिका भारत की अर्थव्यवस्था को सहारा देने के लिए भी लाखों डॉलर झोंक रहा है। इसका कोई मतलब समझ में नहीं आता।"

"भले ही इसका कोई साफ मतलब नहीं दिखता हो, मगर हमें इसे समझने की कोशिश करनी है," प्रोफेसर ने जवाब दिया, "हम बस अपना हाथ झाड़कर यह नहीं कह सकते कि यह सब पागलपन है। हमें खुद से पूछना होगा कि क्यों अमेरिका एक तानाशाह, एक कत्लेआम करने वाले, याह्या ख़ान की हर मुमकिन मदद करता है और हमारी मदद के लिए कुछ नहीं करता। इसके पीछे जरूर कोई वजह है। यह महज अंधापन नहीं हो सकता। अमेरिकियों को पता है कि वे क्या कर रहे हैं। वे बेवकूफ

नहीं हैं !"

"अमेरिका एक तानाशाह है," कबीर ने सुझाया।

"मैं ऐसा नहीं कह सकता।"

"अगर सारी ताकत कुछ ही हाथों में हो तो यह तानाशाही है। प्रेसिडेंट निक्सन हुकूमत करता है और कांग्रेस बात करती है। अगर सारा अमेरिकी अवाम भी हमारी तरफ आ जाए तो भी कुछ नहीं किया जा सकता। यही हाल चीन का है—एक आदमी, या बहुत कम आदमियों का छोटा सा समूह सत्ताधारी पार्टी के हक में सारे फैसले लेता है, और नतीजा यह होता है कि लोग पूरी तरह चुप कर दिए जाते हैं। यह कुछ ऐसा है मानो हर आदमी की जीभ उसकी जड़ से काट दी गई हो; हाँ, मैं कहूँगा कि अमेरिका में तानाशाही है, और सोवियत रूस या चीन से जरा भी कम या ज्यादा नहीं। आपको यह तथ्य कुबूल करना होगा कि इस दुनिया में लोगों के पास कोई ताकत नहीं होती अगर उनके हाथ में बंदूक नहीं हो।"

"ये बेचारी शिकारी राइफलें !" प्रोफेसर ने ताना कसा।

"नहीं, असली बंदूकें—और बंदूकों से भी ज्यादा !" कबीर ने मजबूती से कहा, महसूस करते हुए कि इस बार प्रोफेसर बात पकड़ रहा है। "यह जंग ख़त्म होने से पहले मुक्तिवाहिनी के पास छह इंच की बंदूकें होंगी। हमारे पास जहाज भी होंगे, और टैंक और आज के जमाने की लड़ाइयों के बाकी हथियार भी। वे लड़ाई के मैदान में पिटने जा रहे हैं, और यह इकलौती सजा है जो उन्हें समझ में आती है। और इसकी कोई अहमियत नहीं है कि चीन और अमेरिका क्या करते हैं—वे यहाँ से काफी दूर हैं और उन्हें पता नहीं है कि नदियों और नालों से भरे हमारी तरह के मुल्क में कैसे लड़ा जाए। टैंकों के लिहाज से यह अच्छा मुल्क नहीं है, और हवाई जहाज से यहाँ वे बहुत कुछ नहीं कर सकते। यह एक ऐसा मुल्क है जहाँ राइफल किसी भी दूसरे हथियार की तुलना में ज्यादा कारगर है। और हम जीतेंगे, ताकत-गुट चाहे जो भी कहें, क्योंकि हम बहुत लंबे समय से सताए जाते रहे हैं और इन सूअरों से छुटकारा पाने का हमारा इरादा पक्का है ! यही चीज सबसे ज्यादा अहमियत रखती है—किसिंजर या निक्सन नहीं।"

"तुम उन्हें गद्दार नहीं मानते ?"

"नहीं, मैं नहीं मानता। मैं उन्हें नालायक मानता हूँ जिन्होंने इतिहास में दाखिल होने की भारी भूल की है। आप एक प्रोफेसर हैं और आप इतिहास को अपनी अवधारणाओं के मुताबिक देखते हैं। ठीक है, मेरी कोई अवधारणा नहीं है। मैं बस इन सूअरों को अपनी पीठ पर से हटाना चाहता हूँ। अगर उन्हें पता होता कि वे क्या कर रहे हैं तब आपकी अवधारणाओं के लिए कुछ कहने को हो सकता था। क्या आपका खयाल है कि याह्या ख़ान को कुछ समझ में आता है—कुछ भी ?"

"मेरा खयाल है, जितना तुम सोचते हो, उससे कहीं ज्यादा वह समझता है। वह हथियारों को समझता है। वह गठजोड़ों को समझता है। उसे पता है कि ताकत को अपने चंगुल में कैसे रखा जाए। उसे किसानों के बारे में कुछ पता नहीं है। मुझे नहीं लगता

कि उसे अहसास है कि इतिहास में पहली बार, एशिया के किसान सियासी तौर पर इतने सजग हुए हैं, और यह ट्रांजिस्टर के चलते हुआ है। यह खास बात है। किसान बहुत कुछ नहीं कर सकते, मगर पहली बार उन्हें पता है कि क्या हो रहा है। इस चीज से सारे हालात बदल जाते हैं।"

"अगर हम बहुत कुछ नहीं कर सकते तो इससे चीजें कैसे बदलती हैं ?"

"सिर्फ इसलिए, कि हमें पता है कि वह झूठ बोल रहा है, कबीर, यह समझना बेहद जरूरी है कि कोई राजनीतिज्ञ कब झूठ बोल रहा है। और अब हम जानते हैं ! और कभी-कभी वह हुकूमत में रह सकता है, क्योंकि उसके साथ फौज और पुलिस है और वह हमें मनचाहे ढंग से मार सकता है और तकलीफ दे सकता है, लेकिन अब हमें पता है कि वह क्या कर रहा है और इसे हम कभी नहीं भूलेंगे। इससे हमें वह चीज हासिल हुई है जिसकी हमें कतई उम्मीद नहीं थी—सच्चाई। चूँकि हम उसकी बात सुन सकते हैं और कुछ पल बाद उन लोगों की भी जो उसका विरोध करते हैं, इसलिए हम अपनी एक राय बना सकते हैं। किसान बेवकूफ नहीं हैं, और उनके पास एक ऐसा हथियार है जो तुम्हारी सभी बंदूकों से ज्यादा बेशकीमती है—उनके पास जानने की ताकत है। और यह सब लगभग जादुई ढंग से ट्रांजिस्टर की छोटी सी बिल्लौरी छिपटी का नतीजा है।"

"बंदूकों से मसले तय होते हैं," कबीर ने जोर देकर कहा, "मैं रेडियो पर यकीन नहीं करता। मैं ढाका पर कतई यकीन नहीं करता और कलकत्ता पर आधा यकीन करता हूँ। मुझे दुश्मन का पता है। यही खास बात है, प्रोफेसर। इस बात को समझाने के लिए आपके किसी नियम की जरूरत नहीं है कि हम सबको दुश्मन का पता है, हमें उसके बारे में इसके सिवा कुछ भी जानने की जरूरत नहीं है कि वह दुश्मन है।"

"और तुम उसे मारने जा रहे हो ?"

"बिलकुल। यही तो हमें करना है--बंदूकों से।"

पानी अभी भी बरस रहा था, उसी तरह जैसे पिछले हफ्ते बरसा था, बहते हुए लाल कीचड़ के डबरे और झीलें बनाता हुआ, और गाँव में हर किसी की तरह वे भी झीलों और डबरों से बचने की तकलीफ किए बिना, उनसे होकर ही चल रहे थे। बारिश की आवाज उनके लिए संगीत सरीखी थी; इससे उनके मन खिल उठते थे और उन्हें वनस्पतियों की नायाब खुशबू और चीजों का तेजी से बढ़ना बहुत भाता था। ढाका में मानसून की बारिश लोगों को नापसंद होती थी, मगर यहाँ गाँव में यह जलन ठंडा करने वाले लेप की तरह, आसमान से डाले गए किसी घूँघट सरीखी आती थी। नारियल और केले के पत्तों का बारिश में रुपहला हो जाना और हवा में सरसराना, यह नजारा प्रोफेसर को सबसे ज्यादा पसंद था, और टिन की चद्दरों वाली छतों पर बरसात का झाग और फेन बनकर बिखरना भी उसे खुशी देता था। चूँकि बहस उलझती जा रही थी क्योंकि दोनों लोगों ने नाटकीय ढंग से अलग-अलग रुख अपना लिए थे, सो उसने ठहरकर कहा, "तुम्हें पता है कबीर, अभी भी मुझे अपनी खुशकिस्मती पर यकीन नहीं होता कि मैं

वापस कुमेरखाली में हूँ। मुझे कभी-कभी हैरानी होती है कि मैं गाँव छोड़कर गया ही क्यों ?"

कबीर हँसने लगा।

"हम इस बात पर हैरान हुआ करते थे कि हम यहाँ क्यों पड़े हैं," उसने कहा, "हम सब ढाका या कुश्तिया जाना चाहते हैं, मगर अब नहीं। मेरा खयाल है, हमने जंग के दौरान सीखा है कि चीजों की योजना में गाँव की भी अपनी जगह होती है।"

इस वक्त वे छापाखाने को पार कर रहे थे जो सड़क के पीछे, केले के पेड़ों के झुरमुट में दुबका हुआ-सा था। किसी सहज इच्छा से प्रोफेसर ने यह तय किया कि वह इस पुराने प्रेस पर एक निगाह डालेगा और फिर उसके दिमाग में बात आई कि गाँव वालों ने इसे शायद इस डर से यहाँ छुपाया हुआ है कि कहीं पाकिस्तानी आकर इसे तहस-नहस न कर दें।

"मेरा खयाल है, पुराना प्रिंटिंग प्रेस यहाँ पड़ा हुआ है। मैं उसे एक बार फिर देखना चाहता हूँ, मगर इसका क्या हुआ, यह पूछने की हिम्मत मेरी कभी नहीं हुई।"

"वह अभी भी यहीं है प्रोफेसर।"

"यानी कि तुमने उसे छुपाया नहीं है ?"

"नहीं, हम इसके बारे में पूरी तरह भूल गए थे। हमारे पास ज्यादा कागज नहीं थे और हम बाहर से मँगा नहीं सकते थे, इसलिए हमने इसे यूँ ही छोड़ दिया। आप इसे देखना चाहते हैं ?"

वे घनी, भारी घास पार करते हुए उस मकान तक पहुँचे जो पास-पड़ोस के दूसरे मकानों सरीखा ही दिखता था, सिवा इसके कि यह ज्यादा साफ, ज्यादा बड़ा और ज्यादा सफाई से रखा गया था। दरवाजा आधा खुला हुआ था, मगर उनकी दस्तक का किसी ने जवाब नहीं दिया और कबीर ने दरवाजे के पार इस हलकी सी उम्मीद के साथ झाँका कि प्रेस का बूढ़ा मालिक दिख जाएगा, मगर वहाँ कोई नहीं था। उसने प्रोफेसर की ओर देखकर सिर हिलाया और दोनों षड्यंत्रकारियों की तरह मकान में दाखिल हो गए।

हालाँकि भीतर अँधेरा था, मगर प्रोफेसर प्रेस की मशीन का नक्शा समझ पा रहा था। यह लगभग छह फीट ऊँची और ढले हुए लोहे की बनी थी। जरूर किसी बंगाली कलाकार ने इसकी डिजाइन बनाई होगी, क्योंकि लोहे के खंबे मछलियों और मगरमच्छों के आकार में ढाले गए थे, उड़ान भरते पंखों और डरावनी चोंच वाला एक बाज उसके ऊपर बना था, और कलाकार को जहाँ भी जगह मिली थी, उसने साँप और हार बना दिए थे। प्रेस का निचला हिस्सा बाघ के पाँवों जैसा था। उस अँधेरे कमरे में यह एक ज़िंदा मौजूदगी की तरह साए में खड़ा था। प्रोफेसर ने दरवाजा खोल दिया जिससे थोड़ी और रोशनी इस पर पड़ी और वह उस पर खुदे हुए शब्द पढ़ पा रहा था :

कोलंबियन प्रेस
नं. 1706
एडवर्ड बीवन

लेट क्लाइमर डिक्सन एंड कंपनी
ओरिजिनल पेटेंट्स
10, फिन्सबरी स्ट्रीट
1857 लंदन

"बताते हैं कि बंगाल पहुँचने वाला यह दूसरा प्रेस था," प्रोफेसर ने इसके स्क्रोल वर्क और अकेंथस लीव्स पर हाथ फेरते हुए कहा, "बाघ, मछलियाँ, मगरमच्छ ! देखो, उन दिनों लोग सिर्फ उपयोगितावादी चीजों से संतुष्ट नहीं थे। वे कुछ ऐसा चाहते थे जिसके साथ जिया भी जा सके।"

"मगरमच्छ की तरह का ?" कबीर ने हलके से पूछा।

"हाँ, मगरमच्छ की तरह का," प्रोफेसर ने जवाब दिया, "वे ऐसा प्रिंटिंग प्रेस चाहते थे जो उनकी ही तरह कल्पनाशील हो। वे एक खूबसूरत चीज चाहते थे और उन्होंने यह बनाई। जब यह कुमेरखाली पहुँची तो लोगों ने इसे एक बड़ी बैलगाड़ी पर लादा, इसे माला पहनाई, इस पर गुलाब जल छिड़का और इसे जीत की खुशी के साथ गलियों में घुमाया। तुम इसके बारे में क्या सोचते हो ?"

"मेरा खयाल है छापाखाने पर गुलाब जल छिड़कना दकियानूसी है," कबीर ने प्रेस के किसी काले जटिल हिस्से पर अँगुलियाँ फेरते हुए कहा।

जल्दी ही वह रोलर को ठीक जगह लगाते हुए और एक हलके से प्लेट को उठाते हुए, मशीन पर काम कर रहा था। साफ तौर पर मशीन चालू हालत में थी, और भले ही पिछले एक दशक में इस पर किसी मौके की विज्ञप्तियों के अलावा कुछ नहीं छपा हो, कई साल से इसका खयाल रखा जा रहा था। यह गर्मी के मानसून की हरी, पनियाई रोशनी में दमक रही थी और प्रोफेसर की निगाह में यह दुनिया की सबसे अजीज चीज थी।

कुछ वक्त बाद, जब वे बारिश में बाहर आ रहे थे, कबीर ने कहा, "ट्रांजिस्टर बिलकुल प्रेस से आगे निकल चुके हैं। यह बहुत भारी है, बहुत मुश्किल। यह विज्ञप्तियाँ और संपादकीय छापने के लिहाज से बढ़िया है, यह इतिहास को दर्ज करता है, और मेरा खयाल है, फैशन नोट औरतों के लिए उपयोगी हैं। लेकिन अखबार कभी गाँव वालों तक नहीं पहुँचते थे—जो, जैसा कि आपने कहा, ट्रांजिस्टर का चमत्कार है। और जब आप सोचते हैं कि पाकिस्तानियों ने खुद रेडियो को बढ़ावा दिया, यह मानकर कि बेचारे नासमझ लोग वही सुनेंगे जो वे उन्हें सुनाना चाहेंगे, तो इसमें खासा विद्रूप नजर आता है।"

"मैं सबसे ज्यादा वह पसंद करता हूँ," प्रोफेसर ने जवाब दिया, "कि रेडियो पर तुम इतिहास की आवाज सुन सकते हो, ऐसा नहीं कि हमेशा, और उतना अक्सर नहीं जितना मैं चाहता हूँ। मगर कभी-कभी यह ठीक तुम्हारे सामने होता है—धाँय !—कातिल की गोली, दर्द की चीख, किसी तानाशाह के तख्तापलट पर लोगों की खुशी से भरी चिल्लाहट ! यह रेडियो की मार्फत ऐसा होता है मानो तुम्हें, जो कुछ हो रहा है उसका

पूरा नजारा देखने को मिल रहा है ! फिर वह लम्हा गुजर जाता है और हम फिर दुनिया में लौट जाते हैं जहाँ सारे अहम फैसले चुपके-चुपके होते हैं, और शैतान तानाशाह अपने गुपचुप समझौते करते रहते हैं।"

जब डॉ. हेनरी किसिंजर एक घंटा देर से इस्लामाबाद पहुँचा तो उसे यह देखकर हैरत हुई कि वहाँ उसका इंतजार और स्वागत करने के लिए कोई नहीं था। उसका विमान हवाई अड्डे के एक सुदूर कोने में उतरा था और बीस मिनट बाद ही अमेरिकी राजदूत की कार उसे लेने पहुँची। डॉ. किसिंजर वाजिब तौर पर झल्लाया हुआ था और उसने बेजान ढंग से राजदूत का अभिवादन किया। वह अमेरिकी दूतावास पहुँचा, कुछ तारों पर निगाह डाली, स्क्रैब्लर फोन पर वाशिंगटन से थोड़ी बात की, राजदूत के साथ अगले दिन के चीन-दौरे के बारे में चर्चा की, और अपने मुताबिक पाकिस्तान के प्रेसिडेंट से एक शिष्टाचार मुलाकात के लिए चला गया जो शायद आधा घंटा चलती। लेकिन उसको खुश करने का उसके मेजबानों का इरादा पक्का था और बाकी दोपहर और शाम उसने प्रेसिडेंट के महल में ही बिताई।

प्रेसिडेंट याह्या ख़ान के प्रति एक वाजिब लगाव डॉ. किसिंजर के भीतर था, जो मनमौजी मनबहलावपसंद और बेहद खुले दिल वाला इंसान था। पाकिस्तान का प्रेसिडेंट नाटा, मोटा और जिंदादिल था। वह हमेशा मुस्कुराता था; डॉ. किसिंजर कुछ भी कहता, वह उससे अक्सर सहमत हो जाता; वह एक शानदार मेजबान था। इत्र की तीखी खुशबू, कपड़ों पर छिड़के यू-डी-कोलोन और नरम उजले हाथों को भूलना आसान था।

"बिना मनबहलाव के मैं आपको वाकई बीजिंग नहीं जाने दे सकता," प्रेसिडेंट ने कहा, "एक छोटा सा दौरा ! बेमतलब ? हम पुराने दोस्त हैं ! मैं आपसे दुबारा मिलने की राह इतने समय से देखता रहा हूँ !"

डॉ. किसिंजर ने प्रेसिडेंट को अपनी सबसे दिलफरेब मुस्कुराहट के साथ देखा। जल्दी ही शानदार रिसेप्शन रूम में व्हिस्की की बोतलों से सजी एक मेज पर आराम से बैठे वे एशिया के हालात पर चर्चा कर रहे थे, जिसमें पूर्वी पाकिस्तान एक चमकता हुआ बिंदु था।

"वहाँ पूरी तरह शांति है," प्रेसिडेंट याह्या ख़ान ने कहा, "मैं आपको यकीन दिलाता हूँ कि बाकी हिंदुस्तानी प्रचार है। उस पर जरा भी यकीन न करें ! हिंदुस्तानी पक्के झूठे हैं। शरणार्थी ? बस, कुछ हजार होंगे ! मुझ पर यकीन कीजिए ! हम पाकिस्तानी अपने सब्र और अपनी नेकनीयती के लिए जाने जाते हैं। हम हिंदुस्तानियों से न कभी डरे हैं और न कभी डरेंगे। हम सीधी गोली मारते हैं और कभी झूठ नहीं बोलते !"

डॉ. किसिंजर हमदर्दी के साथ मुस्कुराया।

"मैं कतई परवाह नहीं करता कि वह बूढ़ी कुतिया क्या कर रही है !" प्रेसिडेंट

याह्या ख़ान ने कहा, "मैं एक फौजी हूँ ! मैं उससे उसी तरह निबट सकता हूँ जिस तरह कोई फौजी किसी औरत से निबटता है। हम पाकिस्तानी शुरू में, आखिर में और हमेशा फौजी रहे हैं।"

वह हिंदुस्तान की प्रधानमंत्री श्रीमती इंदिरा गाँधी के बारे में बोल रहा था। डॉ. किसिंजर नेकदिली से मुस्कुरा रहा था और अपने हाथ खोल-बंद कर रहा था।

"हमें पता है कि कैसे उस बूढ़ी कुतिया से निबटना है और कैसे उसकी फौज से निबटना है," प्रेसिडेंट याह्या ख़ान बोल रहा था, "हम जब भी चाहें, उन्हें छठी का दूध याद दिला सकते हैं। हम अच्छी तरह प्रशिक्षित हैं और हथियारों से लैस हैं, और खुदा की कसम, हम उनकी कोई बेवकूफी बर्दाश्त करने नहीं जा रहे हैं। बस मुझे इतना ही करना है कि हुक्म दूँ और सारा कश्मीर हमारे हाथ में होगा, और मैं एक हुक्म और दूँगा और हम दिल्ली की तरफ़ चल पड़ेंगे, और बूढ़ी कुतिया गाँव-गाँव इतनी तेज भागती फिरेगी कि उसके बाल हवा में उड़ते रहेंगे, मगर हम उसे पकड़ेंगे और पिंजरे में बंद कर पिंडी ले आएँगे, और हो सकता है हम उस पर मुक़दमा चलाएँ, या हो सकता है हम उसे फौजियों को दे दें जिन्हें पता है कि कुतियाओं के साथ क्या किया जाता है ! हम मर्द हैं, हम औरत नहीं हैं, आप समझते हैं, और हम सरहद के उस पार से उस कमबख्त औरत का मिमियाना और हमें बद्दुआएँ देना खूब झेल चुके हैं।"

प्रेसिडेंट याह्या ख़ान का रंग गाढ़ा होता जा रहा था, उसकी आँखें चमक रही थीं, और वह थोड़े-थोड़े झटके देते हुए हाथ हिला रहा था जैसा कि वह अपने उत्तेजित होने पर हमेशा करता था। अचानक उसने अपनी अँगुलियाँ मारीं और उजली वर्दी पहने एक बेयरा, तानाशाह की हलकी सी फुसफुसाहट भी पकड़ने के लिए झुका हुआ, उसके बगल में आकर खड़ा हो गया।

"आप एक और ड्रिंक में मेरा साथ देंगे डॉ. किसिंजर," तानाशाह ने अपनी गूँजती हुई आवाज में कहा।

"खुशी से योर एक्सिलेंसी !"

"डॉ. किसिंजर का गिलास भरो !" भलमनसाहत से मुस्कुरा रहे बेयरे की तरफ मुड़ते हुए तानाशाह ने कहा, "इस बार ज्यादा सोडा नहीं। कोई भी देख सकता है कि हमारे दोस्त का सिर व्हिस्की के लिए पूरी तरह दुरुस्त है।"

"सिर नहीं—पेट एक्सिलेंसी," डॉ. किसिंजर ने कहा, "लोग कहते हैं कि मेरा पेट मजबूत है, मगर सिर उससे भी ज्यादा मजबूत है। जमकर पीना और जमकर सोचना ही मेरा मोटो है।"

चूँकि डॉ. किसिंजर खासे जर्मन उच्चारण के साथ अंग्रेजी बोल रहा था, प्रेसिडेंट याह्या ख़ान अक्सर उसके लफ्ज समझ नहीं पाता था जो बड़े अजीब ढंग से एक दूसरे के ऊपर चढ़ जाते थे। उस शाम दूसरी या तीसरी बार उसे राजदूत की बात समझ में नहीं आई थी, और उसके गोल दमकते चेहरे पर उलझन की लकीरें बीच-बीच में उभर आती थीं। इसीलिए अचानक उसे लगा कि डॉ. जर्मन में बोल रहा हो सकता है, एक

ऐसी जुबान में, जो उसे बहुत ही कम समझ में आती थी। दूसरी बड़ी जंग के दौरान जब कि वह इटली में एक जूनियर अफसर था, उसे जर्मनों ने पकड़ लिया था और वहीं उसने कुछ उपयोगी जर्मन मुहावरे सीखे थे, मगर डॉ. किसिंजर जो बोल रहा था, वह उनमें नहीं था। उसने अपनी उलझन छुपाने के लिए जल्दी से कहा, "हम यहाँ जलसे के लिए नहीं होते जनाब। हम पाकिस्तानी अपने दोस्तों से कोई राज नहीं रखते। हमारी एक छठी इंद्रिय होती है। हम जान जाते हैं कि किस पर भरोसा करें। और आप जनाब--आलिम और ईमानदार--दुनिया की सबसे बड़ी ताकत के माकूल नुमाइंदे--मैं आपको बताऊँ कि मैं आपको अपना ज़ाती दोस्त, और पाकिस्तान का दोस्त, और पाकिस्तानी अवाम का दोस्त मानता हूँ। चलिए, अपनी दोस्ती के नाम एक जाम पिएँ !"

अपने गिलास टकराने के बाद डॉ. किसिंजर यह देखकर हैरान रह गया कि प्रेसिडेंट याह्या ख़ान ने समूची व्हिस्की एक ही लंबे घूँट में हलक के नीचे उतार ली।

"बॉटम्स अप !" मेज पर गिलास उलटकर रखते हुए प्रेसिडेंट याह्या ख़ान ने कहा।

"बॉटम्स अप !" मेज पर अपना आधा भरा गिलास रखकर डा. किसिंजर ने तिरछी मुस्कुराहट के साथ कहा, "आप जीते एक्सिलेंसी ! आप मुझसे बेहतर इनसान हैं। आपकी हैरतनाक कुव्वत के लिए आपको मुबारकबाद दूँ, इसकी इजाजत दीजिए।"

प्रेसिडेंट की पेशानी की नसें उभरती जा रही थीं, उसका चेहरा लाल हो गया था, उसकी आँखों में खून उतर आया था। वह सिर से पाँव तक, अपने आपसे खुश था। फिर वह आगे झुका, उसकी आँखें अधखुली थीं और होठ थूथन जैसे मुड़े, और फिर कोई राज खोलते हुए किसी ऐसे आदमी के अजीबोगरीब अंदाज में, जिसे पता हो कि एक दिन यह राज खुलना ही था, उसने कहा, "हाँ, श्रीमती गाँधी के बारे में मैंने जो कुछ भी कहा, बेहद गोपनीय है। खुदा का शुक्र है, हम एक दूसरे को समझते हैं। हम हमेशा के दोस्त हैं, नहीं ? हम एक दूसरे को जानते और एक दूसरे पर यकीन करते हैं, और अगर आप मेरी भीतरी रूह में झाँक सकें तो आप पाएँगे कि वहाँ सिर्फ लगाव ही लगाव दर्ज है। मैं एक जज्बाती इनसान हूँ, डॉ. किसिंजर। शायद कुछ ज्यादा ही जज्बाती हूँ, दूसरों पर ज्यादा भरोसा करता हूँ, मगर यह मेरी फितरत है। मैं लोगों को प्यार करता हूँ, डॉ. किसिंजर। मैं चाहता हूँ हर कोई खुश रहे ! मेरी हैसियत के आदमी के लिए यह एक कमजोरी हो सकती है, मगर अब इतना बूढ़ा हो गया हूँ कि फितरत नहीं बदल सकता। बीस का होते-होते आदमी की एक अपनी फितरत बन जाती है--इस बात पर मुझे गहरा यकीन है--और अब मैं नहीं बदल सकता। मैं अपने दोस्तों के लिए सब कुछ--कुछ भी--कर सकता हूँ।"

नहीं लगा कि डॉ. किसिंजर पर इस राजदारी का कोई असर पड़ा हो। हकीकत यह थी कि उसने इस पर बहुत कम ध्यान दिया, क्योंकि वह उन चीजों पर सोच रहा था जो सही वक्त पर इस तानाशाह को कहने का उसका इरादा था। कुछ गोपनीय सुलहनामों पर दस्तखत होने थे, और फिर पूर्वी पाकिस्तान का चुभता हुआ सवाल भी था जहाँ लग रहा था कि कुछ ज्यादतियाँ हुई हैं। यह एक अंदरूनी मामला था, मगर

अमेरिकी जनमत को संतुष्ट करना भी जरूरी था; शायद प्रेसिडेंट को समझाया जा सके कि ज्यादा लोगों को न मारा जाए। प्रेसिडेंट उसकी तरफ कुछ अजीब ढंग से देख रहा था, जैसे किसी अनकहे सवाल का जवाब चाहता हो, और डॉ. किसिंजर ने जल्दी से कहा, "बिलकुल, दोस्ती ही बुनियाद का पत्थर है। हमारी दोस्ती खून में चिनी गई है। हम–मेरा मतलब है, मैं और प्रेसिडेंट–इस पर पूरा यकीन करते हैं।"

"हाँ, दोस्ती बुनियाद का पत्थर है," प्रेसिडेंट याह्या ख़ान ने दुहराया, "मगर मेरे खयाल से दोस्ती में कोई बंधन नहीं होना चाहिए–कोई शर्त नहीं। यह ऐसी बुनियाद है जो हम अपने दिल से डालते हैं।"

"बिलकुल !"

"मैं आपके महान प्रेसिडेंट रिचर्ड निक्सन के नाम एक जाम पीना चाहता हूँ। अगर मुझे कहने की इजाजत हो, वे हमारी मुश्किल सबसे ज्यादा समझते हैं। वे हमारे साथी हैं, हमारे दोस्त..."

प्रेसिडेंट निक्सन के नाम कई जामों में यह पहला था। सोने की तश्तरी में डिनर परोसा गया, और सात तरह की शराब। आधे डिनर के बीच प्रेसिडेंट याह्या ख़ान लड़खड़ाते हुए अपने पाँवों पर उठा कि वह "एक खासमखास इनसान के नाम, एक ऐसे इनसान के नाम पर जिस पर दुनिया की किस्मत टिकी है, हमारे खास दोस्त, मैं कहूँ, हमारे प्यारे प्रेसिडेंट निक्सन के नाम'' एक जाम उठाना चाहता है। डॉ. किसिंजर प्रेसिडेंट की तरफ से जाम कुबूल करने के लिए उठा, मगर उसने इस बात पर ध्यान नहीं दिया था कि याह्या ख़ान एक भाषण पढ़ना चाहता था और कुछ पीले रंग के सफों से बुदबुदा रहा था जो गलत क्रम में लगे मालूम होते थे। बदतर यह हुआ कि प्रेसिडेंट के चश्मे पर भाप आ गई। चूँकि वह भाप के चलते ठीक से शब्दों को पढ़ नहीं पा रहा था, उसने कागज एक तरफ फेंक दिया, और धाराप्रवाह बोलने लगा। प्रेसिडेंट निक्सन ''बहादुर बाज'' थे जो अपने साए में रहने वालों की हिफाजत करते थे और शायद ''दुनिया में इतना बड़ा इनसान'' कभी पैदा नहीं हुआ।" कुछ वाक्य थे जो उसे मूल भाषण से याद रह गए थे। "हम सिर्फ," वह बोल रहा था, "दोस्ती की उस बुनियाद को गहरा करने की उम्मीद करते हैं जो हमारे बीच मौजूद है।" वह पंद्रह मिनट बोला। डॉ. किसिंजर दस मिनट बोला। उसने विश्वसनीयता, नेकदिली, ''जम्हूरियत के सबसे विशिष्ट नेता प्रेसिडेंट याह्या ख़ान की दुनियावी मामलों पर सच्ची, समझदारी-भरी पकड़'' का हवाला दिया जो ''आम लोगों से काफी ऊपर हैं।'' डॉ. किसिंजर तैयार नोट्स से बोल रहा था। प्रेसिडेंट याह्या ख़ान कुछ शब्द ही समझ पाया क्योंकि उसके भाषण देते वक्त, उसका भारी, गड़बड़झाला उच्चारण लगातार बुरा होता जा रहा था; उसे उस वक्त समझना आसान था जब वे गपशप कर रहे थे। डॉ. किसिंजर का भाषण ख़त्म होने पर दोनों एक-दूसरे के गले लगे। यह लंबी गलबँहिया थीं। उन्होंने एक दूसरे की पीठ थपथपाई और गुब्बारे की तरह हलके और नरम ढंग से एक-दूसरे को रगड़ा, और जब वे दुबारा बैठे तो दोनों थक चुके थे।

प्रेसिडेंट के डाइनिंग रूम की उस विशाल मेज पर डॉ. किसिंजर यह देखकर दंग रह गया कि लगभग सभी मेहमान पूरी फौजी वर्दी में आने वाले जेनरल थे और हरेक अपनी बेपनाह खूबसूरत बीवी के साथ था। आँकड़ों के लिहाज से यह नामुमकिन सा था कि सभी जेनरल इतनी जवान बीवियों से शादी करें। वाशिंगटन में ऐसे ही किसी शानदार डिनर में अपनी बालिग उमर कब की पार कर चुकी मोटी बीवियाँ होतीं। वह एक ही तार्किक नतीजे तक पहुँचा : जेनरलों ने अपनी बीवियों को घर पर छोड़ दिया है और अपनी रखैलों के साथ आए हैं।

जब डिनर खत्म हो चुका, तब प्रेसिडेंट याह्या ख़ान ने ऐलान किया कि बॉलरूम में एक छोटा सा म्यूजिकल ब्रेक होगा। लेकिन जब यह हुआ तो छोटा-सा नहीं रहा। इसकी शुरुआत लड़कों के एक समूह द्वारा कौमी तराने के गायन से हुई और उसके बाद लोकगीत गाती, स्थानीय पोशाक पहने तलवार लहराती पंजाबी लड़कियों का झुंड आया। इसके बाद एक पूरा आरकेस्ट्रा शुरू हुआ, जिसमें 'प्रेसिडेंट याह्या ख़ान की शान में एक सिंफनी' बजाई जा रही थी, जो लगभग पच्चीस मिनट चली। डॉ. किसिंजर को संगीत की कोई खास जानकारी नहीं थी, मगर उसे खयाल आया कि कराची के किसी संगीतकार की इस सिंफनी में ब्रैंडेनबर्ग कन्सर्टो, 'इरोइका' के कुछ निशान और 'नाइंथ सिंफनी' के आखिरी हिस्से उसकी पकड़ में आ रहे हैं। इन साफ चोरियों के बावजूद सिंफनी बड़े जोशोखरोश से चल रही थी। आखिरकार जानी-मानी नर्तकी लीला-लीला को मंच पर लाया गया। जाहिरा तौर पर जेनरलों ने उसे पहले देखा था, क्योंकि उसके आगमन पर बेजान तालियों से कहीं ज्यादा हंगामा हुआ। लंबी बाँहों, लंबे पाँवों और कमर के नीचे तक लहराते बालों के साथ उसकी खूबसूरती चुँधिया देती थी, और उसने हीरों से सजा हार पहन रखा था, छातियों पर हीरों की पतली पट्टी पड़ी हुई थी। इसमें कोई शक नहीं था कि वे हीरे असली थे, क्योंकि वे असली लाल, हरी और पीली कौंध के साथ चमकते थे। बत्तियाँ बुझ गई थीं। लगभग नंगी नर्तकी पर स्पॉटलाइट पड़ रही थी, और वह थोड़ा किनारे, एक घुटना मोड़कर इस तरह खड़ी थी जैसे जमीन पर पाँव पटकने वाली हो और एक ऐसा नृत्य शुरू करने वाली हो जो ऊर्जा से भरपूर और धरती हिला देने वाला होगा।

प्रेसिडेंट याह्या ख़ान ने अपना हाथ डॉ. किसिंजर के घुटनों पर रखा।

"आपको हमारी बेली नर्तकियाँ अच्छी लगती हैं ?" उसने उत्सुकता से पूछा।

"मैं उनकी पूजा करता हूँ," डॉ. ने जवाब दिया।

"लीला-लीला हमारी सबसे बेहतरीन रक्काशा है। मैंने उसे खास तौर पर आपके लिए बुलवाया। वह अपना एक सीना एक तरफ घुमा सकती है जबकि दूसरा दूसरी तरफ घूमता रहता है। शानदार है ! बयान से बाहर !"

अपनी जिंदगी में डॉ. किसिंजर ने ऐसी कई बेली नर्तकियों को देखा था और खुद को इस कला का पारखी मानता था जिसे वह तवज्जो नहीं मिली जो मिलनी चाहिए थी। उसने तुरंत हिसाब लगा लिया कि लीला-लीला ताकत में, सूरत में और फन में

उन सबको मात देती है जिन्हें उसने अब तक देखा है। ज्यादातर ऐसी बेली नर्तकियाँ खुद को जालीदार घूँघट, और मनके और फुँदने लगे ब्रेसियरों से सजाए रखती हैं और उनके हार पर खूब भारी-भरकम काम हुआ करता था। लीला-लीला साफ तौर पर इन नकली सजावटों को हिकारत की निगाह से देखती थी। जिस आरकेस्ट्रा ने 'प्रेसिडेंट याह्या ख़ान की शान में 'सिंफनी' बजाई थी, वह बज रहा था, और अचानक नर्तकी ने खटाक की आवाज के साथ अपने पाँव जमीन पर पटके और अगले ही लम्हे वह फिरकनी बन गई, बॉलरूम के एक कोने से दूसरे कोने तक थिरकती हुई, उसके बाल लहरा रहे थे, उसकी बाँहें फैली हुई थीं, उसका जवान और तत्पर जिस्म कभी-कभी स्पॉट लाइट से ज्यादा तेज निकलता था जिसके चलते ऐसे मौके आते थे जब वह पूरी तरह गायब हो गई मालूम होती थी और स्पॉट लाइट के बाहर का अँधेरा उसकी मौजूदगी से भर जाता था।

प्रेसिडेंट और राजदूत चौड़ी, ऊपर तक उठी आरामकुर्सियों पर बैठे थे जबकि जेनरल और उनकी रखैलें उनके पीछे पार्टी वाली कुर्सियों पर लंबी कतार में बैठे थे। पूरी सिंफनी के दौरान बातचीत की फुसफुसाहट आती रही थी और एक लम्हा आया जब प्रेसिडेंट इसे ज्यादा झेल नहीं सका, पीछे मुड़ा और फुसफुसाते हुए उसने कहा, "खामोश ! तुम सब !" यह एक अप्रत्याशित तौर पर ऊँची आवाज थी जिसने सबको सिहरा दिया और एक अचानक और बेचैन चुप्पी छा गई। लेकिन जब लीला-लीला नाच रही थी तो किसी ने एक शब्द नहीं कहा, और औरतें भी, जिनसे उम्मीद की जा सकती थी कि वे एक ऐसी नर्तकी को लेकर अपना जज्बा जाहिर नहीं करेंगी जो उनमें से किसी से भी ज्यादा नाटकीय और उत्तेजक है, फुसफुसाहट-भरी चुप्पी के साथ आगे झुक गईं और नर्तकी के जिस्म की हर हरकत को निहारती रहीं जो कसी हुई चाँदी की तरह दमक रहा था।

अजीब बात यह थी कि वह शुरू में वह चीज पेश नहीं कर रही थी जिसके लिए उसे बुलाया गया था। सहज आह्लाद और काँपती हुई ऊर्जा के साथ वह तेजी से थिरक रही थी और कभी-कभी अचानक झटके में उसके केश उड़ते हुए सिर के ऊपर चले जाते और कुछ पल के लिए एक स्तंभ-सा बना देते, और लहराकर नीचे आते हुए आराम से उसके कंधों या चेहरे पर पसर जाते, जिससे कि उसके लहराते हुए केश नृत्य में उसके साथी से बन जाते, उसके वजूद का एक निहायत जरूरी और दिलफरेब तत्त्व। इस नृत्य में कुछ भी मांसल या कामुक नहीं था। जब वह दर्शकों के करीब आने लगी, तब जाकर उसका बेली नृत्य देखा जा सका, शुरू में बहुत धीमे, जैसे कि उसके पेट की हरकतें दर्शकों को गुदगुदाने के लिए अपने प्रदर्शन में शामिल दिशांतर से ज्यादा कुछ नहीं हों, और फिर एक जाज्वल्यमान तत्परता, एक आत्मत्याग, और एक यौन तीव्रता के साथ, जो बिलकुल दहला देने वाला था। अब तक झिलमिलाते इस्पात सरीखा उसका जिस्म तरल होता जा रहा था, उबलते दूध की तरह। उजला, मुलायम पेट हरकत में था; इसी तरह उसकी छातियाँ भी, और किसी रहस्यमय ढंग से यह हरकत उसके हाथों-पाँवों तक

पहुँची जा रही थी जो तेजी से लहरा रहे थे और उसके चेहरे पर भी। ऐसा लग रहा था जैसे अब वह नृत्य नहीं कर रही है। वह प्रेसिडेंट और राजदूत से कुछ ही फीट दूर खड़ी थी, झुकती हुई, थिरकती हुई, आगे बढ़ती हुई, पीछे झुककर बाँहों का मेहराब बनाती हुई, मांसल थिरकन के उन्माद में भूली हुई-सी, हर घूमती और धड़कती हुई पेशी लगातार हरकत में थी, और नृत्य अपने लंबे यौनिक चरम पर आ गया मालूम होता था। उसकी आँखें बंद थीं, मुँह खुला हुआ था, जैसे कमरे में इतनी हवा न हो कि उसके फेफड़ों में भर सके, और दूध के झाग की तरह पसीना उसके जिस्म से बह रहा था। तिस पर भी उसकी खूबसूरती बनी हुई थी और वह पूरी तरह अपना संतुलन बनाए हुए थी।

"वह फारसी है," याह्या ख़ान फुसफुसाया, "सभी बेली नर्तकियों की तरह। उसका अपना अंदाज है, नहीं ?"

"वाकई है !" डॉ. किसिंजर ने जवाब दिया।

"मैं आपको नजर कर दूँगा," याह्या ख़ान ने कहा, "अगर आप उसे चाहो तो हर इतजाम हो जाएगा।"

डॉ. किसिंजर ने जवाब नहीं दिया। शायद उसने सुना नहीं था; उसकी निगाहें लड़की पर गड़ी हुई थीं जो उससे कुछ ही फीट दूर थी। स्पॉट लाइट करीब आ रही थी और वह आरामकुर्सी पर पीछे की ओर खिसक रहा था, इस अंदेशे में कि कहीं रोशनी के इस छपाके में वह भी न आ जाए।

जेनरल उसे शाबाशी दे रहे थे और नायाब हरकतों के लिए उकसा रहे थे, कुछ तो भड़कीले संगीत के साथ एक लय में ताली बजा रहे थे, जो अपरिहार्य उठान की ओर बढ़ रहा था। उसकी चपल मुद्राएँ इतनी तेज और उग्र होती जा रही थीं कि उसका बचना नामुमकिन लग रहा था या मालूम होता था कि उसकी कोई भी हड्डी अपनी जगह पर नहीं रह जाएगी। वह किसी अमानवीय ताकत के वश में थरथरा रही थी और अपनी धज्जियाँ उड़ाने पर आमादा थी। मगर ठीक उरा वक्त जब लगा कि वह फट पड़ेगी, जब लगा कि घूमती हुई पेशियाँ किसी तरह उसकी त्वचा से बाहर निकल आएँगी, और जब वह तेज संगीत और अपनी जिस्म की हरकतों से पूरी तरह बिखर-सी जाती मालूम हो रही थी, तभी एक ठहराव आया, संगीत थम गया, उसका जिस्म शांत पड़ गया, और वह उसके आगे खड़ी थी, काँपती और थोड़ी हाँफती हुई, और उसके होंठों पर आधी सी मुस्कुराहट खेल रही थी। जबकि वह उनके आगे झुकी, उसे पूरा अहसास था कि उसने अपना काम पूरी महारत के साथ किया है।

"क्या बात है तुम्हारी !" तारीफ की आवाजों के ऊपर से याह्या ख़ान चीख पड़ा।

फिर उसने उसे इशारे से बुलाया, उसके कान में कुछ फुसफुसाया, उसके गालों पर चुंबन लिया, फिर कान में कुछ फुसफुसाया, और उसे खिलंदड़ा-सा धक्का दिया जिससे वह डॉ. किसिंजर की गोद में जा पड़ी। ठीक उसी वक्त, या तो पहले से तय योजना के मुताबिक, या फिर क्योंकि उसने देख लिया था कि क्या हो रहा है और डॉ. किसिंजर

को बचाना चाहता हो, स्पॉट लाइट सँभाल रहे कर्मचारी ने बत्ती बुझा दी, और बॉलरूम अँधेरे में डूब गया। लड़की ने अपनी बाँहें डॉक्टर के गले में डाल दीं, किसी जेनरल की रखैल ने एक तेज चीख मारी, और अचानक हर तरफ अफरा-तफरी मच गई। कुर्सियाँ उलटी जाने लगीं, याह्या ख़ान चिल्ला रहा था, "बत्ती जलाओ, बेवकूफ !" और डॉ. किसिंजर हैरान था कि यह कैसे मुमकिन हो सका कि वह एक लगभग नग्न लड़की को अपनी गोद में लिए रावलपिंडी में प्रेसिडेंट के महल में एक ठुँसी हुई आरामकुर्सी में बैठा हुआ है।

किसी तरह उसने उसे धकेला, मगर वह अपने आगमन की निशानी छोड़ गई थी। उसकी गोद में कुछ चिपचिपा, लसलसेदार पड़ा रह गया। शुरू में उसे जरा भी अंदाजा नहीं था कि यह क्या है और उसने बेखबरी के साथ उसे अपनी जेब में डाल लिया। कुछ लम्हे बाद ही वह इस खौफनाक असलियत से दो-चार हुआ कि वह एक सैनिटरी नैपकिन का इस्तेमाल कर रहा था। जब बत्तियाँ जलीं तब नर्तकी का कोई नामोनिशान नहीं था। याह्या ख़ान अपने किसी सलाहकार के साथ बातचीत में उलझा हुआ था, और डॉक्टर अकेले में कुछ लम्हों के लिए, जो उसे सदियों की तरह मालूम हो रहे थे, इस तथ्य पर गौर कर रहा था कि उसका कोट, उसके पायँचे, उसके हाथ खून से सने थे। उसकी पेशानी, और उसके ऊपरी मांसल होंठ पर पसीने की बूँदें उभर आईं। उसे लगा कि वह बेहोश हो जाएगा। उसकी तालीम ने कभी उसे ऐसे हालात से निबटना नहीं सिखाया था; न कूटनीति ने और न बड़ी ताकतों की राजनीति ने उसे यह दीक्षा दी थी।

अचानक उसकी ओर याह्या ख़ान मुड़ा, उसकी निगाह खून पर पड़ी और वह चीख पड़ा, "मेरे खुदा, किसिंजर तो लहूलुहान हैं !"

"मुझे चोट नहीं लगी है, मैं ठीक हूँ," डॉ. किसिंजर ने कहा, "बस छोटा सा हादसा है।"

"आपको क्या हुआ बुजुर्गवार ?"

"लीला-लीला मेरी गोद में बैठ गई थी," डॉ. किसिंजर ने कहना शुरू किया, फिर तय किया कि इससे ज्यादा नहीं बोलेगा।

ऐसी इमरजेंसी में याह्या ख़ान को अच्छी तरह पता था कि क्या किया जाना चाहिए। उसने तेजी से सबसे करीब के जेनरलों को इशारे से बुलाया, उर्दू के कुछ चुने हुए शब्दों में समझाया कि क्या हुआ है, और उनमें से आठ लोग डॉक्टर के चारों ओर एक घेरा बनाकर खड़े हो गए और उसे प्रेसिडेंट के दफ्तर में ले गए। कुछ लम्हे बाद डॉ. किसिंजर किसी पाकिस्तानी जेनरल का कोट और पतलून पहन रहा था।

"अब, जब आप एक पाकिस्तानी जेनरल हो गए हैं तो रात यहीं क्यों नहीं बिताते ?" याह्या ख़ान ने हलके मजाक से कहा।

"मुझे एंबेसी जाना होगा," डॉ. किसिंजर ने रुखाई से कहा, "बीजिंग के लिए रवाना होने के पहले मेरे लिए सोना जरूरी है।"

"मैं यकीन दिलाता हूँ, आप यहाँ उतनी ही अच्छी तरह, बल्कि ज्यादा बेहतर ढंग से सो सकते हैं। बेचारी लड़की को माफ कर दीजिए। आपको नुकसान पहुँचाने का उसका कतई इरादा नहीं था, मेरे अजीज दोस्त !"

साफ था कि डॉ. किसिंजर माफ करने के मूड में नहीं था।

"तो कल सुबह आप बीजिंग के लिए रवाना हो रहे हैं," याहूया ख़ान बोल रहा था, "मुझे आपसे रश्क होता है। कम्युनिस्टों से मिलना मुझे हमेशा रास आता है--आला दर्जे के लोग हैं। पौ फटते ही हवाई अड्डे तक मैं आपके साथ चलूँगा। हम पुराने सुलहनामे बनाए रखेंगे। हम ऐलान करेंगे कि आप बहुत ज्यादा काम से और पेट की गड़बड़ी से परेशान हैं, और स्वास्थ्य लाभ के लिए नाथिया गली गए हैं। निश्चय ही यह एक चाल है, मगर कभी-कभी हमें ऐसी चालें इस्तेमाल करनी पड़ती हैं, नहीं ?"

डॉ. किसिंजर हलके से मुस्कुराया। ऐसी चालबाजियों की जरूरत का उसे कुछ ज्यादा ही अहसास था। उसने कहा, "मैं आपको यकीन दिलाना चाहता हूँ कि चीनी साम्यवादियों के साथ यह गोपनीय मुलाकात तय करने में हमारी मदद करने के लिए प्रेसिडेंट निक्सन आपके बेतरह शुक्रगुजार हैं। वाकई, हमें काफी लंबे समय से पता रहा है कि आपका उनके साथ खास रिश्ता है। प्रेसिडेंट ने मुझे यकीन दिलाया है कि आपने जो वक्त लगाया है और जो मुश्किल उठाई है, उसकी भरपाई करने में वह कोई कसर नहीं उठा रखेंगे। मुझे यकीन है, हम इतिहास के एक चरम लम्हे के, एक बड़े--मैं कहूँगा--बेहद अहम--मोड़ के गवाह बन रहे हैं। अगर यह मुमकिन होता है, अगर मैं चेयरमैन माओत्से तुंग और प्रेसिडेंट निक्सन की बैठक तय करा पाता हूँ तो मुझे पक्का यकीन है कि प्रेसिडेंट याहूया ख़ान, कि इस बेहद अहम बदलाव के एक मुख्य एजेंट के रूप में इतिहास आपकी ओर इशारा करेगा। सर, आप हम सबके लिए एक चमकती हुई मिसाल हैं।"

प्रेसिडेंट याहूया ख़ान दमक रहा था, उसने किसिंजर की बाँह थामी और अपने महल के जीने से होता हुआ उसके साथ बाहर खड़ी लिमोज़ीन तक आया। लिमोज़ीन के रास्ते से गायब होने के काफी देर बाद तक वह रात के अँधेरे में देखता वहीं खड़ा रहा।

जब वह अपने दफ्तर लौटा तो उसने अपने सलाहकार से कहा, "लीला-लीला से कहो कि मेरे पास आए। वह बेहद-बेहद शरारती लड़की है।"

तेरह

डॉ. किसिंजर के खुफिया बीजिंग दौरे की खबर प्रोफेसर को परेशान करती रही। यह ख़याल कि अमेरिका, जिसे वह पसंद करता है, प्रेसिडेंट याह्या ख़ान की फौजी सरकार को सक्रिय मदद देने में लगा हुआ है, उसे किसी जहर, किसी कयामत की तरह लग रहा था। वह नाराज था और साथ-साथ अपनी नाराजगी खुद से भी छुपाने की कोशिश कर रहा था। अंतर्राष्ट्रीय राजनीति में ढेर सारी चीजें थीं जो उसे कभी समझ में नहीं आई थीं, मगर यह सबसे कम समझ में आने लायक चीज थी, क्योंकि यह मानना उसके लिए मुमकिन नहीं था कि अमेरिकी लोग दुनिया में सबसे खराब किस्म की सरकार—तानाशाही सरकार—का अपनी इच्छा से साथ देंगे। क्या वे जिम्मेदार थे ? क्या उन्हें पता था कि क्या हो रहा है? या सब कुछ खुफिया तौर पर किया गया था ?

जितना वह इसके बारे में सोचता था, जितना बी बी सी और वॉयस ऑफ अमेरिका सुनता था, जितना वह अमेरिका का इतिहास पढ़ता था, उतना ही उसे यकीन होता जाता था कि अमेरिकी लोगों को पता नहीं है या अहसास नहीं है कि उनका विदेश मंत्रालय हिंदुस्तान और बांगलादेश के खिलाफ पाकिस्तान का साथ दे रहा है। अमेरिकी सरकार में किसी को इस बात की परवाह नहीं थी कि सैकड़ों-हजारों बंगालियों का अभी ही कत्लेआम हो चुका है और लाखों लोग हिंदुस्तान भाग गए हैं। उसने नतीजा निकाला कि इसकी एक ही मुमकिन कैफियत है—प्रेसिडेंट हिंदुस्तान को तबाह करने और बांगलादेश को भेड़ियों के हवाले करने को उतारू है। इसको कायदे से समझने के लिए उसने एक छोटा सा परचा लिखा और तय किया कि इसे कुमेरखाली में हिफाजत समिति के सामने पढ़ेगा।

गद्दारी पर सवाल-जवाब

मुझे यकीन है कि गद्दारी हमारे दौर का एक मर्ज है और आने वाले दिनों में यह महामारी हो जाएगी। इसलिए गद्दारी के चेहरे को पहचानने से ज्यादा अहम मसला कोई दूसरा नहीं है।

अगर हम खुद से पूछें कि हमारे मुल्क में इतनी तकलीफ की वजह क्या है ? यहाँ,

वियतनाम में और दूसरी कई जगहों में इतने कत्लेआम की, तो हम इस अपरिहार्य तथ्य से दो-चार होते हैं कि दुनिया में ऐसे लोग हैं जो अपने भाई-बंदों की बदहाली से बेपरवाह रहते हैं, ऐसे लोग जो इनसान की नस्ल से गद्दार हैं और जिन्होंने खुद को किसी भी खुदाई कानून से परे रखा है।

गद्दार कौन होता है ? वह एक ऐसा आदमी होता है जिसकी कोई उम्मीद नहीं होती, कोई नियति नहीं होती और चूँकि उसकी कोई उम्मीद और नियति नहीं होती, इसलिए उसकी भीतरी रूह इस खयाल से तकलीफ पाती रहती है कि वह कहीं का नहीं है, दुनिया में उसकी कोई जगह नहीं है, कोई घर नहीं है। उसकी कोई नियति नहीं होती, इसलिए वह लगातार नियति की बात करता है।

जिनकी नियति होती है वे इसके बारे में बात नहीं करते, वे इससे बेखबर भी रहते हैं; यही काफी होता है कि उनकी एक नियति है।

गद्दार को कैसे पहचानें ? बर्फानी निगाहें, भिंचे हुए होठ, तेज मजाक उड़ाती आवाज, कवायद के मैदान का तरीका। वह अकड़ के साथ चलता है, न दाएँ देखता है न बाएँ, और उसकी हर हरकत में एक खौफनाक बेसब्री होती है। उसका हर शब्द हुक्म की सूरत अख्तियार कर लेता है, "यह करो, वह करो !" अपने बच्चों से, अपनी औरतों से, अपनी रखैलों से !! वह बेवजह झूठ बोलता है, क्योंकि किसी मकसद से झूठ बोलने से वह नीचा होता है। वह आदतन झूठ बोलता है और इसलिए कि वह अपने झूठों की चालाकी पर, और जब कभी वे खतरनाक साबित होने लगें, तो खुद को उनसे काट लेने की अपनी ताकत पर खुश होता है। ऐसे मौकों पर वह कृपा के साथ मुस्कुराता है। मुस्कुराना उसके लिए आसान होता है क्योंकि उसके लिए देर तक मुस्कुराना कतई जरूरी नहीं होता है।

गद्दार के हाथ खूब तराशे हुए होते हैं। अगर वह दिन में उन्हें कई बार धोता है तो इसलिए नहीं कि उसके भीतर गुनाह का कोई अहसास होता है—हालाँकि उसे अपने गुनाह का अंदाजा होता है—बल्कि इसलिए कि वह अपने हाथों को तबाही का एक नायाब हथियार मानता है।

लोगों को यातना देने में गद्दार को मजा मिलता है। वह बिना जज़्बाती हुए किसी आदमी को तकलीफ से मरता देख सकता है। अगर वह महसूस कर सकता तो वह जोर से रोता, यातना देने वाले से इल्तिजा करता कि यातना रोक दे, खुदा से अर्ज करता कि यातना खत्म हो जाए क्योंकि किसी को यातना देना सबसे बड़ा गुनाह है, सभी गुनाहों से बड़ा गुनाह। लेकिन चूँकि वह महसूस नहीं कर सकता (उसने खुद को गैर-जज़्बाती होने का प्रशिक्षण दिया होता है), वह उस वक्त मौजूद रहने की कोशिश करता है जब लोगों को यातना दी जा रही हो और लोगों को यातना देने के लिए हुक्म देते हुए बेपनाह खुशी हासिल करता है। अगर उसके सँवरे हुए हाथों पर खून का एक कतरा भी गिर पड़ता है तो वह तकलीफ से चीख पड़ता है। जोड़-घटाव के मामले में गद्दार बेहतरीन हिसाबी होते हैं; वे अवकलन सांख्यिकी के ज्यादा मुश्किल इलाके में कभी

दाखिल नहीं होते, जो तरक्की के खूबसूरत सूचकांक दिखाता है। हिसाब के सभी प्रतीकों में वे सिफर को प्राथमिकता देते हैं।

गद्दार कभी किसी औरत का पूरी तरह नहीं हो सकता, क्योंकि किसी भी किस्म का प्यार उसके लिए एक अजनबी तत्त्व है। धोखेबाजी, बलात्कार और यातना ही वे हथियार हैं जिनसे वह औरतों पर हावी होता है। अगर वह कभी असली प्यार करे तो वह गद्दार नहीं रह सकता।

अगर गद्दार वास्तव में देख ले कि वह कैसा है तो वह दहशत से मर जाए।

बेतरह यातना झेलकर सायन मछलियाँ खुद को धारा के खिलाफ ऊपर लाती हैं; और जब वे सबसे ऊँची जगह पहुँच जाती हैं, जब उनकी ऊर्जा निचुड़ चुकी होती है, जब वे जख्मी और खून से तरबतर होती हैं, तब मादा एक छोटा-सा खोखल बनाती है और अपने अंडे देती है, और नर के शुक्राणुओं से वे उर्वरित होते हैं। फिर वे मर जाते हैं, नर और मादा, दोनों, और उनकी लाश धारा में बहती नीचे चली जाती है। गद्दार वह होता है जो धारा के ऊपर नहीं आता; वह मरी हुई मछलियों के नीचे आने का इंतजार करता है।

मैंने कहा है कि आने वाले दिनों में गद्दारी एक बड़ा मर्ज बन जाएगी, लेकिन मैं कुछ ज्यादा आशावादी हो रहा था। यह अभी ही एक बड़ा मर्ज है। पाकिस्तानी फौज का दिमाग पूरी तरह बेरहम और साथ-ही-साथ हकीकत की किसी समझ से परे है। यह सीधे-सीधे यह मानने से इनकार कर देता है कि आम लोगों को, उनकी जटिलताओं के साथ, जीने का कोई हक है। वह उन्हें इकहरा बनाना चाहता है, बस इतने तक महदूद रखना चाहता है कि वे मशीनी तरीके से उसके हुक्म की तामील करें। वे खुद को ऐसी दुनिया का आदी नहीं बना सकते जिसमें कोई मालिक या गुलाम न हो।

मुझे यकीन है कि फौज को बहुत गहरे इस बात का अहसास है कि वह बीते दिनों की चीज हो चुकी है। नियंत्रित मिसाइलों और परमाणु बमों के सामने पाकिस्तानी फौज और दुनिया की सारी फौजें अपने अधूरेपन को महसूस करती हैं। वे अपने मुल्क की सरहदों के रक्षक के रूप में दयनीय ढंग से बेमानी हो गई हैं। इसलिए उन्हें एक ऐसे काम की तलाश है जो वे कामयाबी के साथ कर सकें। दुश्मन बहुत जल्दी खोज लिया गया है, दुश्मन शहरी आबादी है। सारी दुनिया में हम पा रहे हैं कि फौज शहरियों की ओर मुड़ रही है और शहरियों से अपना बदला निकाल रही है। अगर वे अपने माँ-बाप, भाई-बहनों और यहाँ तक कि बच्चों को भी मार रहे हैं तो यह बात उनके लिए अहमियत नहीं रखती। उन्होंने दुश्मन को खोज लिया है।

इन फौजों को हुक्म देने वाले इनसानी नस्ल के गद्दार हैं। प्रेसिडेंट याह्या ख़ान, प्रेसिडेंट निक्सन, डॉ. हेनरी किसिंजर, जेनरल टिक्का ख़ान—मैं इन सबको दुश्मन और इनसानी नस्ल का गद्दार कहता हूँ। सोचिए कि इन चार लोगों ने हमारे मुल्क का क्या कर दिया है। इन अनकही हजारों मौतों के लिए ये चारों जिम्मेदार हैं। निक्सन याह्या ख़ान को गोला-बारूद मुहैया कराता है, किसिंजर इस अभियान को आशीर्वाद देता है;

और हम मरते हैं। ऐसा नहीं है कि अमेरिका से गोला-बारूद इसलिए आ रहा है कि हम आतिशबाजी का मजा लें। इनसानी नस्ल के दुश्मन एक मकसद के साथ काम करते हैं और उन्हें पता होता है कि वे क्या कर रहे हैं।

गद्दारी से कौन बचा रह सकता है ? सबसे पहले नौजवान—यही वजह है कि नौजवानों की इतनी अहमियत है। फिर औरतें, क्योंकि उन्होंने अभी तक गद्दारी की कला नहीं सीखी है और शायद ही इसकी कल्पना कर सकती हैं। फिर किसान, जिन्हें अपनी जमीन से बेहद प्यार होता है, और फिर कारीगर, जिन्हें अपने हुनर से इतना लगाव होता है कि दुश्मन की तरफ नहीं जा सकते।

कौन हैं जो गद्दारी के चंगुल में आते हैं। फौजी, उद्योगपति, बैंकर, कुछ दुकानदार, कुछ मुनीम—जो अपने साथियों को शोषित किए जाने लायक लोगों की तरह, संस्थाओं की तरह, डालरों की तरह, ऐसी चीजों की तरह, जिन्हें खर्च किया जा सके, देखते हैं। ऐसे लोगों की गिनती हमारे अंदाजे से कहीं ज्यादा है।

सारे 'महान' लोग गद्दार होते हैं, और लगभग सभी अमीर लोग भी, क्योंकि अमीरों को अपने साथियों से ज्यादा अपने पैसों से प्यार होता है। गद्दारों की कतार में वे सबसे दयनीय होते हैं और उन्हें खोज निकालना सबसे आसान होता है।

गद्दार पूरी तरह सिफर होता है। उसकी सारी दिमागी ताकत, उसका सारा हुनर, उसकी सारी बेसब्री अपनी ही तरह की एक खाली दुनिया बनाने के लिए होती है।

प्रोफेसर अपने सवाल-जवाब पर देर रात तक काम करता रहा। कागज पर किरासन तेल के दीए की पीली रोशनी पड़ रही थी; उसकी आँखें कसक रही थीं, उसके होंठ सूखे हुए थे। अगर उसे अपने लिखे हुए से पूरी तसल्ली नहीं हो रही थी तो इसलिए कि वह कुछ ऐतिहासिक चरित्रों को शामिल करना चाहता था जिन्होंने गद्दारी का काम किया था, लेकिन इससे मामला सिर्फ उलझ जाता क्योंकि वह किसी भी कीमत पर गद्दार के दिमाग की एक तसवीर बनाना चाहता था, उसकी खासियतें समझना चाहता था ताकि उसे पहचानना मुमकिन हो, अगर वह कमरे में दाखिल हो। और जब उसका लिखना खत्म हो चुका, वह मेज पर ही सो गया, उसकी कलम अभी भी उसके हाथ में थी।

अगले दिन उसने हिफाजत समिति के सामने यह परचा यह कहते हुए पढ़ा कि उसे लगा था कि यह उपयोगी हो सकता है, मगर उसे यह यकीन नहीं है कि वह खुद भी साफ तौर पर समझ पाया है या नहीं। लेकिन जब वह पढ़ रहा था, उसने पाया कि वे रजामंदी में सिर हिला रहे हैं, उन्होंने जानवर को पहचाना, जो वह कहना चाह रहा था, उसे समझा। नूरुद्दीन नाम के एक भारी-भरकम और गठीले और चित्तीदार चेहरे वाले मछुआरे ने, जिससे मछलियों की गंध कुछ इस तरह आती रहती थी जैसे कुछ औरतों से इत्र और उबटन की आती है, उसे यह कहकर खासतौर पर खुश कर दिया—"इससे पता चलता है दुनिया में उससे कहीं ज्यादा गद्दार हैं जितनों को हम जानते हैं,

प्रोफेसर !" वह रुका, उसने चेतावनी की एक अँगुली उठाई, और बोला, "हमारे गाँव के बारे में क्या ख़याल है, अँह ? क्या हमारे यहाँ कोई गद्दार है ?"

"मेरी जानकारी में नहीं," प्रोफेसर ने कहा, "आप याद कीजिए, बूढ़े जमींदार फ़ैज़ुल्लाह ख़ान को—हाँ, आप सबको पता है कि उसने ठीक उस पहली रात हमें छोड़ दिया था जब उसने सुना कि कुश्तिया में खुली बगावत चल रही है। उसने सोचा कि उसके लिए यहाँ ठहरना खतरनाक है, और वह सही था। बताते हैं कि वह हज के लिए मक्का गया है।"

"बिलकुल ठीक, प्रोफेसर !"

"और किसी भी सूरत में वह सबसे बुरे जमींदारों में नहीं था," प्रोफेसर बोल रहा था, "मैं नहीं कहूँगा वह एक बुरा आदमी था—वह बस एक डरा हुआ आदमी था। उसे कभी फौज पसंद नहीं थी, उसने अपनी जिंदगी में कभी किसी का कत्ल नहीं किया। हमने कुछ गाँवों में ऐसे जमींदारों के बारे में सुना है जो तानाशाहों की तरह का सुलूक करते थे, मगर हम खुशकिस्मत रहे हैं। हमें अपने लोगों का पता है। यहाँ कोई गद्दार नहीं है। इसलिए मैं मानता हूँ कि समस्या सैद्धांतिक है। याह्या ख़ान हमारे वश में नहीं है और हम उसे सजा नहीं दे सकते। हम सब यही कर सकते हैं कि सुनिश्चित करें कि भविष्य की पीढ़ियाँ गद्दारी का चेहरा पहचान लें। हमें या तो यह सीखना होगा या हम मर जाएँगे !"

इस तरह प्रोफेसर के दिन खबरों का बुलेटिन लिखते, हाईस्कूल में भाषण देते, बैठकों में हिस्सा लेते, और पिता के सिरहाने बैठे बीत रहे थे। मानसून की बारिश लगातार, और तेज हो रही थी और गाँव बाढ़ से उफनती नदी के किनारे पर बेबस पड़ी एक झील हो गया था। लगभग हर दिन कुश्तिया में कत्लेआम हो रहा था, मगर कोई पाकिस्तानी कुमेरखाली में दाखिल नहीं हुआ। एक दिन शाहजू दौड़ता हुआ घर आया और उसने बताया कि उसने एक पाकिस्तानी गश्ती नाव देखी है। प्रोफेसर की धड़कन थम सी गई।

"तुमने वाकई देखा है," वह तेजी से बोला।

"हाँ, मगर वह चली गई पापा। हमने उसे बारिश के बीच देखा था। वह बहुत बड़ी थी और उस पर एक मशीनगन लगी हुई थी।"

"तुमने इसे कब देखा ?"

"दस मिनट पहले।"

चेतावनी की घंटी अभी भी बज रही थी। लोग अपने ठिकानों की ओर दौड़े। एक भारी तूफान इकट्ठा हो रहा था, बिजली चमक रही थी, और पूरा गाँव हरकत में आ गया था। मगर गश्ती नाव नदी में गुम हो गई थी और शाम होते-होते सबने महसूस किया कि खतरा टल गया था।

अगस्त के आखिरी दिनों की एक सुबह, जब पौ फटे बहुत देर नहीं हुई थी, प्रोफेसर नदी की तरफ टहलता जा रहा था। वह नंगे पाँव था, उसने एक कमीज और लुंगी पहन

रखी थी, और कंधे पर एक फटा-पुराना धूसर रंग का कंबल डाल रखा था। शाहजू ने उसे घर से निकलते देखा मगर अपने पिता के पीछे भागने या यह जानने की कोशिश नहीं की कि वे कहाँ जा रहे हैं। वह हैरान था और थोड़ा परेशान भी, मगर चूँकि अपने पिता के किसी काम को लेकर सवाल पूछने का खयाल उसे कभी आया नहीं था, इसलिए उसने मान लिया कि उसके पिता किसी जरूरी काम से, किसी दूसरे गाँव वाले से मिलने या हिफाजत समिति से मशविरा करने गए हैं। जो चीज उसे परेशान कर रही थी वह यह कि उसके पिता बहुत धीरे-धीरे चल रहे थे और बड़ी दृढ़ता से, और वे किसी खयाल में खोए मालूम होते थे।

हालाँकि मानसून की बारिश अभी भी हो रही थी और आसमान में नीले बादल काफी नीचे डोल रहे थे, मगर हवा में एक ताजगी थी जो उम्मीद जगाती थी कि मानसून जल्दी खत्म होगा। हालाँकि प्रोफेसर कंबल में लिपटा किसी भिखारी की तरह नजर आ रहा था, लेकिन वह अच्छे मिजाज में था। उसने आसमान की तरफ सिर उठाया, मुस्कुराया, और महसूस किया कि बारिश हलकी हो रही है और दिन में कभी भी सूरज निकल सकता है, और अपने मद्धिम, पाँव घसीटते अंदाज में केले के पेड़ों का झुरमुट और कीचड़-भरी सड़क से पीछे बने मकान पार करता हुआ चलता रहा। उसका इरादा, उसने खुद से कहा, नदी किनारे बैठने और ध्यान लगाने का था, ऐसा नहीं था कि उसने कभी ध्यान में बहुत वक्त गुजारा था; बस इतना था कि वह अपनी जिंदगी के बारे में नए सिरे से सोचना चाहता था—उस जिंदगी के बारे में, जो इतनी फिक्रों से भरी, इतनी दिलचस्प है, और साथ-साथ इतने भटकावों से भरी, इतनी अनिश्चित, और समझ में न आने वाली भी। उसे वाकई पता नहीं था कि वह अपनी जिंदगी के साथ क्या कर रहा था, या कि वास्तव में, वह कुछ 'कर' भी रहा था। वह घटनाओं पर प्रतिक्रिया भर कर रहा था; जो कुछ भी किया जाना है, उसे न बहुत अच्छे, न बहुत खराब ढंग से करते हुए, और अब जब मानसून खत्म हो रहा था और इलाके में नए सिरे से लड़ाई भड़कने की संभावनाएँ थीं, वह अपनी जिंदगी के वसंतों की तलाश करना चाहता था।

कुछ दिन पहले उसने अपनी डायरी में लिखा था, "खास बात। मेरा मकसद क्या है ? इतिहास के एक प्रोफेसर के रूप में मुझे अपने आस-पास होने वाली सभी अहम घटनाओं का सही-सही और एहतियात के साथ ब्यौरा लेना चाहिए। मेरा अपना वजूद है—या कम-से-कम मेरे अपने छोटे से ढंग से मेरा अपना वजूद है। लेकिन यह काफी नहीं है ! मुझे कलकत्ता, बी बी सी और रावलपिंडी से होने वाले प्रसारणों के सबसे गहन दस्तावेज बनाने चाहिए। मैं उनका अध्ययन नहीं कर रहा हूँ। मुझे इस जंग के बारे में 'ऐतिहासिक' संदर्भों में खोजना चाहिए; जो प्रासंगिक है, उसे अप्रासंगिक से पूरी तरह अलग करते हुए। अब तक मैं इस जंग को इतिहास के बाहर से देखता रहा हूँ, बिना किसी मकसद या समझदारी के। इसका हल खोजना होगा।"

लेकिन निश्चय ही उसे हल नहीं मिला था, उसने हर रेडियो प्रसारण नहीं सुना था, उसने हिफाजत समिति के साथ जंग के सभी संभावित पहलुओं पर चर्चा नहीं की थी,

हालाँकि इन विषयों पर उसने उनसे एक परचा तैयार करने का वायदा किया था, और उसने किसी भी रूप में उन चीजों को लेकर अपनी समझ बहुत साफ नहीं की थी जिसे वह 'हमारे आस-पास घट रही बेहद खास घटनाएँ' कहता था। यह जंग, यह कत्लेआम, लोगों की आम, रोजमर्रे की जिंदगी में एक पूरी तरह बेतुका हमला मालूम होते थे। क्या यह मुमकिन था कि पाकिस्तान के प्रेसिडेंट को वाकई यकीन हो कि पूर्वी पाकिस्तान के लोगों को मारकर वह समस्या हल कर रहा है ? उसमें अगर जरा भी समझ है तो उसे अपने भले के लिए ही, ठीक इसका उलटा करना चाहिए--उसे उनकी हर तरह से मदद करनी चाहिए। फिर यह कत्लेआम क्यों, यह हंगामा क्यों ? निश्चय ही इसकी एक अलग कैफियत भी होगी, इस दिखाई पड़ने वाले और पूरी तरह यकीन न किए जा सकने लायक सिद्धांत के अलावा भी कि फौज पागल हो गई है।

फिर भी, जब वह बाढ़ से उफनती नदी की ओर बढ़ रहा था, तो उसे सिद्धांतों की फिक्र कम और कर्म की चिंता ज्यादा थी। उसे क्या करना चाहिए ? उससे क्या उम्मीद थी ? किस जगह वह सबसे ज्यादा उपयोगी होगा ? कभी-कभी उसकी अंतरात्मा कहती थी कि उसे हिंदुस्तान चले जाना चाहिए, जहाँ उसे खूब जाना जाता है और आसानी से पढ़ाने की कोई जगह मिल सकती है, और यह सब उसे किसी और चीज के लिए नहीं, अपने बच्चों की खातिर करना चाहिए। लेकिन एक लम्हे के लिए भी उसने वाकई मुल्क छोड़ने के बारे में नहीं सोचा। क्यों ? उसे पता नहीं था और शायद कभी होता भी नहीं। जैसे-जैसे वह नदी के करीब आता जा रहा था, उसने पाया कि वह कुछ ज्यादा जल्दी-जल्दी, ज्यादा तत्परता से चल रहा है। नदी की ताजा-मीठी खुशबू उसके नथुनों में भर रही थी और वह खुद को बहुत हलका महसूस कर रहा था जैसे किसी दावत के लिए जा रहा हो।

हमेशा की तरह उसने हथियार लिये हुए थे। कंबल के भीतर उसके कंधे से एक चमड़े के पट्टे में लगी स्टेनगन झूल रही थी। यह इतना छोटा हथियार था और इतनी अच्छी तरह छुपा हुआ था कि उसे बारिश से होकर जाता देख किसी को खयाल तक नहीं आ सकता था कि वह हथियार से लैस है। उसने आदतन इसे रख लिया था, किसी इरादे से नहीं, और उसे इसका इस्तेमाल करने का अंदेशा नहीं था।

वह नदी के किनारे-किनारे, ख्वाबों में खोए किसी इनसान की तरह टहल रहा था, बिना ध्यान दिए और बिना जाने कि उसके कदम उसे कहाँ ले जा रहे हैं। उसका इरादा वही करने का था जो पीढ़ियों से बंगाली करते आए हैं जब भी वे किसी गहरी मुसीबत में रहे हैं; उनकी तरह वह पेड़ के तले बैठेगा और नदी की तरफ एकटक देखता रहेगा, जब तक कि उसके खयाल बाहर न निकल आएँ और उसका दिमाग पूरी तरह भावशून्य न हो जाए। किसी रहस्यमय ढंग से उसके जिस्म को पेड़ की जड़ों से ताकत मिलती थी और उसका दिमाग नदी से ताकत हासिल करता था। हिंदुस्तान में लोगों के लिए यह बहुत आम था कि वे पालथी मारकर पीपल के पेड़ के नीचे बैठें और किसी झील की ओर देखें, जैसा कि बुद्ध ने बोधगया में किया था, और उसे याद आया कि शेलीदाह

में लाल मकान के पीछे एक छोटी सी झील थी और टैगोर इसे देखते हुए घंटों गुजार देते थे, एक गठीले बकुल पेड़ के पीछे पीठ टिकाए, जो बताया जाता था कि दो सौ साल पुराना था। और फिर उसने याद किया कि कोई आदमी कहीं भी ध्यान लगा सकता है, पाखानाघर में या हमाम में, या किसी वेश्या की बाँहों में, या किसी चलती गाड़ी में भी, और इस बात की कतई अहमियत नहीं है कि कोई कहाँ ध्यान लगाता है। खास बात बस वह एकाग्रता हासिल करना है जो किसी खयाल को उसके चरम नतीजे तक पहुँचाने के लिए जरूरी होती है।

नदी के मील-भर आगे उसे वह जगह मिली जिसे वह बेध्यानी में तलाश रहा था, जहाँ किनारे पर पेड़ों का हुजूम था और नदी का तट ऊर्ध्व ढंग से सीधे गिरने की जगह धीरे-धीरे ढाल बनाता हुआ किनारे तक उतरता था। यहाँ घास घनी थी और तट से बीस फीट की दूरी पर एक विशालकाय बलूत का पेड़ खड़ा था। यह खूब घना पेड़ था और छोटे, महकते सितारों के आकार के फलों से पटा पड़ा था, और इतने बड़े पेड़ से इतने छोटे-छोटे फलों का आगमन अजीब बेमेल-सा लग रहा था। यह पेड़ माँझियों के लिए एक जाना-पहचाना निशान था और यहाँ नदी थोड़ा पीछे की ओर मुड़ जाती थी और इसलिए ज्यादा चौड़ी मालूम होती थी। जब बारिश हो रही थी और दूर का किनारा पानी की धुंध में छुपा हुआ था तो इस किनारे खड़े किसी मुसाफिर को वहम हो सकता था कि वह किसी बड़े समंदर के किनारे खड़ा है।

जब प्रोफेसर कंबल से लिपटा पेड़ के नीचे बैठा हुआ था तो उसने अपने सारे खयालों को छोड़ दिया जिन पर वह सोचता रहा था और खुद में शांत पड़ गया। यह बहुत सामान्य बात थी, अपने-आप से इस हद तक अलग हो जाना। यह ऐसा था जैसे जिस लम्हे वह पेड़ तले बैठा, और उसने अपना कंबल अपने चारों ओर और कसके लपेटा, वह एक तरह की जागती नींद में डूब गया। वह पूरी तरह सजग था। उसे पूरा पता था कि वह कहाँ है, उसे अहसास था कि वह कुमेरखाली से काफी सुबह चलकर आया है और कि बादल फट रहे थे और जल्दी ही किस्मत से धूसर नदी पर धूप के टुकड़े दिखाई पड़ने लगेंगे, और साथ ही साथ काफी गहरे उसे यह भी अहसास था कि वह पेड़ से, नदी से और विशाल आसमान से जुड़ा हुआ है और उनका एक हिस्सा है। नदी और पेड़ और आसमान उससे होकर बह रहे थे; वे उससे बात कर रहे थे और उनकी आवाजें साफ सुनाई पड़ रही थीं, और इसको समझना या इसका शब्दों में अनुवाद करना जरूरी नहीं था कि वे क्या कह रहे हैं। बस यह जानना जरूरी था कि वे बोल रहे हैं।

घंटों गुजर गए, और मानो बहुत दूर से, वह पानी पर रोशनी का खेल देख रहा था। यहाँ-वहाँ धूप के छपाके पानी पर गिर रहे थे, मगर बाकी जगहों पर बादलों से आ रही गहरी नीली, पनियाई रोशनी ही थी। उसने एक छोटी सी मछलीमार नाव लहरों पर आती देखी। कितनी नफीस थी वह ! बारीकी से गढ़े अगले हिस्से—मैदान और पिछले हिस्से—दुंबाल के साथ, बीच में गोलाकार चटाई से ढकी झोंपड़ी, जिसमें मछुआरा

धूप और बारिश से बचता था; कितनी खूबसूरती से बनाई गई थी। और जब वह नाव को देख रहा था, किसी अजीब ढंग से उसे लगा कि वह खुद नाव हो गया, वह लहरों पर तिर रहा था, वह उफनती नदी की विशालता में खो जा रहा था। वह जो कुछ भी देख रहा था, वही हो जा रहा था और उसे संतोष था कि ऐसा हो जा रहा है।

"इसका अंत कहाँ है ?" उसने पूछा और नदी ने जवाब दिया कि कोई अंत नहीं है, कि सभी चीजें शाश्वत हैं, हालाँकि सभी चीजें समंदर में खो जाती हैं। हर लम्हा अनंत था, हर आदमी समंदर में मिल रही एक नदी था।

इस तरह सुबह और आधी दोपहर नदी के खामोश ध्यान में बीत गई। शाम होते वक्त उसने एक आवाज सुनी जिसकी थोड़ी बहुत उम्मीद वह कर रहा था—दूर से आ रही डीजल से चलने वाले इंजन की छुक-छुक। जल्दी ही शाम की धुंध से पाकिस्तानी गश्ती नाव का धूसर नीला ढाँचा उभरा। नाव का मैदान नुकीला और उठा हुआ था और उसमें एक आदमी भारी मशीनगन के पीछे कुर्सी सरीखी किसी चीज पर बैठा था और दूसरा व्हील पर था, जबकि बाकी लोग ऑटोमेटिक राइफलें लिए नाव के पिछले हिस्से में सुस्ता रहे थे। वे लोग नाव को खड़ा करने के लिए किसी जगह की तलाश करते मालूम होते थे या फिर वे महज़ आस-पास के नजारे का जायजा ले रहे थे। वह उनके उजले चेहरे देख रहा था और सोच रहा था कि अगर वह उन्हें कभी दुबारा देखेगा तो पहचान लेगा।

किसी वजह से गश्ती नाव किनारे की तरफ मुड़ गई, वह तेजी से घूमता पानी पीछे की तरफ छोड़ती जा रही थी जो शाम के नीले धुँधलके में सफेद कौंध पैदा कर रहा था। उसने हिसाब लगाया कि यह तीस मील प्रति घंटे की रफ्तार से चल रही है; डीजल इंजन का शोर बहरा कर देने वाला था। उसने स्टेनगन उठाई और सीधे गश्ती नाव पर फायर कर दिया, और अचानक इंजन की छुक-छुक बंद हो गई थी, और उससे भी अचरज़ की बात यह थी कि नदी से लाल बैंगनी रंग की लपटें उठ रही थीं। फायर के इस धमाके के बाद गश्ती नाव का जो कुछ बचा रह गया था, वह किनारे तक आ गया था और जहाँ वह पेड़ के नीचे बैठा था, वहाँ से बीस गज से ज्यादा दूर नहीं था।

वह धीरे से उठा और टहलता हुआ नाव तक गया जो अभी भी जल रही थी। इस पर सवार छह लोगों में पाँच पहले ही मर चुके थे और छठा इस बुरी तरह जला हुआ था कि उसे तकलीफ से छुटकारा दिलाने के अलावा उसके लिए कुछ नहीं किया जा सकता था। प्रोफेसर दौड़ता हुआ गाँव लौटा और एक गश्ती नाव का काम तमाम करने की खबर सबको दी।

"चलो देखें, कि हम उसमें से क्या बचा सकते हैं," उसने कहा, "मुमकिन है हम उसकी मरम्मत करने में कामयाब हो जाएँ और फिर हमारे पास एक पाकिस्तानी गश्ती नाव होगी।"

कैदी

चौदह

सितंबर की शुरुआत में ब्लॉक 18सी में एक एंबुलेंस आई। एंबुलेंस के पिछले हिस्से से उजली वर्दी में दो लोग उतरे और उन्होंने संतरी को जेनरल राव फ़रमान अली के दस्तखत किए कुछ कागजात दिखाए जिसके तहत उन्हें 'नजरबंद पत्रकार अनवर अमीर' को उत्तरी ढाका के एक निजी अस्पताल ले जाने के लिए अधिकृत किया गया था। कोई वजह नहीं दी गई थी और संतरी एंबुलेंस वाले लोगों को मालगोदाम में आने देने से हिचक रहा था। उसने तस्दीक के लिए जेनरल के दफ्तर में फोन किया और उसे बताया गया कि हुक्म बिलकुल सही है। फिर एंबुलेंस वाले लोग मालगोदाम के पक्के फर्श पर नफासत से कदम रखते, पेशाब और टट्टी को एहतियात से पार करते हुए आए। उन्हें इशारे से अनवर अमीर को दिखाया गया और उसे वे एक स्ट्रेचर पर ले गए।

कुछ दिनों से पत्रकार कभी-कभार ही होश में रह पा रहा था। वह विभ्रम से गुजर रहा था और उसे लग रहा था कि वह अपने घर में है। स्ट्रेचर पर रखे जाने और एंबुलेंस से ले जाए जाने की उसे बहुत धुँधली याद रह गई थी। इस निजी अस्पताल को फौज ने अपने कब्जे में कर लिया था और इसके ज्यादातर मरीज दिमागी थकान से परेशान पाकिस्तानी अफसर थे। वे बेहद संजीदा रहते थे और अजगरों की तरह घूमा करते थे।

जैसे ही अनवर अमीर को यह अहसास हुआ कि वह एक निजी अस्पताल में है, वह घर लौटने की बेतरह कोशिश करने लगा। उसकी बीवी उसे देखने आई और उसमें आए बदलावों को देखकर दहशत से भर गई। आमतौर पर उसका वजन 172 पौंड हुआ करता था; मगर अब सौ पौंड से नीचे का था। उसका एक गुर्दा खराब हो चुका था, तिल्ली गड़बड़ा गई थी। पाँव का एक जोड़ उखड़ा हुआ था, एक आँख से रोशनी पूरी तरह जाती रही थी, दूसरी आँख से धुँधला दिखाई पड़ रहा था, और साथ-ही-साथ उसे आंशिक लकवा मार गया था। उसे तीन दिनों तक नसों के सहारे खाना दिया जाता रहा और एक हफ्ते के भीतर वह बिस्तर पर बैठा हुआ एक जापानी ट्रांजिस्टर पर कलकत्ता और सिंगापुर से आ रहे बी बी सी के प्रसारणों को सुन रहा था, एक इयर प्लग की मार्फत, ताकि किसी को पता न चले कि वह कौन सा स्टेशन सुन रहा है। तीन हफ्ते बाद डॉक्टर उसे घर जाने देने को राजी हो गए।

उसके दोस्त उसे व्हीलचेयर पर देखकर एकबारगी पहचान नहीं पाए। वह मुरझाया

हुआ और कमजोर दिखाई पड़ रहा था, उसके गाल धँस गए थे, बाल सफेद हो गए थे, और उसके हाथ किसी बूढ़े आदमी जैसे हड़ियल हो गए थे। उसने काला चश्मा पहना हुआ था जिसके चलते उसे पहचानना और भी मुश्किल हो गया था। जब वह मुस्कुराता था तो उसके बड़े-बड़े दाँत और उभर आते थे। चेहरा धीरे-धीरे वह आकार अख्तियार करता जा रहा था, जो शायद मौत के बाद का होता। अपने नीले सूट और रंगीन टाई के साथ चुस्त और कामकाजी, जिंदादिल, पुराना अनवर अमीर खत्म हो चुका था; उसकी जगह पाजामा पहने उसका एक भूत था जो अब कभी किसी अखबार में संपादकीय नहीं लिखेगा।

निश्चय ही जो कुछ दोस्त उसे देखने आए थे, वे गलत थे। काश कि वे जान सकते कि उसने ताकत के अपने कुछ स्रोत अभी भी बचा रखे हैं और यूँ ही मरने के लिए वह कतई तैयार नहीं है। उसकी बीवी उसकी देखभाल कर रही थी, उसे केले और चिकेन सूप पिलाकर मोटा कर रही थी, उसके कमजोर जिस्म की मालिश करती थी, उसकी आँखों में दवा की बूँदें डालती थी, उन जख्मों पर मलहम-पट्टी करती थी जो ठीक होने से इनकार कर रहे थे, और रात को अपने जिस्म की गर्मी से उसे गर्माहट देती थी। दोपहर को वह व्हीलचेयर से उसे बगीचे में ले जाती और उसे कुछ पढ़कर सुनाती, और शाम को वे सोफे पर साथ बैठते और ग्रामोफोन रेकार्ड सुनते। अब जब वह घर वापस आ गया था, उसने उसे कभी रेडियो सुनने की इजाजत नहीं दी और कभी उसने भी नहीं कहा।

"उसे छह महीने तक पूरा सुकून और आराम चाहिए, हो सके तो अँधेरे कमरे में," डॉक्टर ने कहा था, "कोई उत्तेजना नहीं, कोई मसालेदार खाना नहीं, कोई मेहमान नहीं, या बहुत कम," और डॉक्टर ने जोड़ा था, "अखबारों से उसे दूर रखिएगा।"

बाहर से वह डॉक्टर की हिदायतें मानता नजर आता था। फिर भी वह अखबारों से दूर नहीं रह सका और उसकी बीवी उसे पढ़कर सुनाती रही। वह ठीक होने के लिए इतनी मेहनत कर रहा था कि खतरा था कि कहीं उसकी ताकत न खत्म हो जाए। मोटे तौर पर उसे पता था कि क्या हो रहा है; मसलन उसे पता था कि अभी भी पूर्वी पाकिस्तान पर पूरी तरह पाकिस्तानियों का कब्जा है, कि किसी खुफिया फौजी अदालत में शेख़ मुजीबुर्रहमान पर मुकदमा चल रहा है, और मुक्तिवाहिनी मजबूत हो रही है और पाकिस्तानी फौज से कई जगह लड़ भी रही है। उसका वजन बढ़ रहा था, उसके गाल भर रहे थे, और हर रोज उसे लगता था कि वह पहले से बेहतर दिख रहा है। हर रोज वह खुद को कुछ ज्यादा मजबूत महसूस करता। उसके दोस्तों ने, हालाँकि जान-बूझकर, यह अफवाह फैला दी थी कि उसकी हालत बहुत खराब है और उसमें सुधार के कोई निशान नहीं हैं, क्योंकि वे जेनरल राव फ़रमान अली पर यकीन नहीं करते थे। उसने कैदियों को यातनागृहों में भेजा था, उन्हें आजाद किया था, अस्पताल में उन्हें देखने गया था, और जब उनकी सेहत में सुधार हो रहा था, तो उसने चुपचाप उन्हें गोली मार देने का हुक्म दे दिया था।

"अस्पताल बदतरीन था," पत्रकार ने कहा, "मुझे पता नहीं क्यों, लेकिन मुझे वहाँ कहीं और से ज्यादा दहशत होती थी। मेरा मानना है कि डॉक्टर वहाँ जो भी कर सकते थे, उन्होंने किया, लेकिन वहाँ फौज का कब्जा था। वे अक्सर हमारा जायजा लेने आते थे, देखते कि हम ठीक हो रहे हैं या नहीं, और फिर अपने अफसरों को खबर करते थे। अच्छा होना, जरूरी नहीं कि अच्छी चीज होता। मैं अस्पताल में मरना नहीं चाहता था। मैं जल्दी से जल्दी घर आना चाहता था। मुझे डर था कि वे मेरे खाने में जहर मिला देंगे या नसों में दवा भर देंगे।"

सबसे ऊपर, वह अपने स्वास्थ्य-लाभ का लुत्फ ले रहा था। उसे यह अजीब-सा अहसास हुआ कि किसी अनजाने स्रोत से उसमें ऊर्जा का संचार हो रहा है, और तब भी, जब वह दुनिया से कटा हुआ, बेहरकत और खामोश मालूम होता था, उसे ताकत के इस रहस्यमय आगमन का अहसास होता रहता था। छोटी-छोटी चीजें, जिन पर अब तक उसने ध्यान नहीं दिया था, उसे चमत्कृत करती थीं। वह दुनिया की खूबसूरती से चकित था, जिसे उसने बहुत हलके से देखा था। सुबह जल्दी जागकर, जबकि उसकी बीवी सोई ही रहती थी, वह देखता था कि उसके पुराने चलन के बिस्तरे के नीचे लगी तीन सुनहरी घुंडियों की तरफ रोशनी धीरे-धीरे बढ़ रही है और एक लम्हा ऐसा आता था जब वे सूरज की तरह चमकने लगती थीं। खास कर फूल अपनी खूबसूरती से, अपनी दमक से उसे अचरज में डाल देते थे। ऐसा लग रहा था मानो उसके भीतर नया खून बन रहा था और वह दुनिया को नई आँखों से देख रहा था। उसकी बीवी उसके लिए एक गिलास पानी लाती थी, और गिलास के भीतर की रुपहली रोशनी आकार बदलने लगती थी, दमकती थी, तैरती थी, खुद को एक सिरे से दूसरे सिरे तक लहरा देती थी, फूट पड़ती थी, गुम हो जाती थी, नए सिरे से जन्म ले लेती थी। और पानी कितना ठंडा रहा करता था ! कैसे यह नसों में दौड़ता मालूम होता था और उसे शीतल करता हुआ दुनिया की ओर से आश्वस्त बनाता था। और औरतों की हरकतें—ये भी उस पर नशा कर देती थीं। वह अपनी बीवी को गहरी हैरानी के साथ देखता, मुँह खोले, आँखें फाड़े, लगातार विस्मित कि कोई इतना खूबसूरत उसे देखने आ रहा है।

मगर जो चीज सबसे ज्यादा उसकी नई सेहत की सौगात ला रही थी, वह यह जानकारी थी कि उसके बहुत गहरे कहीं भीतर भविष्य में यकीन का बीज पड़ गया है। उसे भरोसा था कि जंग अपने खात्मे की ओर बढ़ रही है। यह उसकी समझ से परे था कि वह ठीक-ठीक कैसे इस नतीजे तक पहुँच गया। हवा में कुछ तिनके थे। मुक्तिवाहिनी मजबूत हो रही थी, पाकिस्तानी अफसर अपने परिवारों को वापस पाकिस्तान भेजना शुरू कर रहे थे, उनके यहाँ हताहतों की तादाद बढ़ रही थी, और अफसरों और निचली कतारों में भ्रष्टाचार इतने धड़ल्ले से पैठ गया था कि इसने पागलपन की सूरत अख्तियार कर ली थी। पाकिस्तानी विजेता भीतरी बिखराव के सारे दिखाई दे सकने वाले निशान जाहिर कर रहे थे। वे जंगल की आग को अपने पंखों से रौंदने की कोशिश कर रहे थे। उन्हें पता था कि यह अर्थहीन है और फिर भी किए जा रहे थे। तहेदिल

से वे जानते थे, और शुरू से जान चुके थे कि बंगाली जवाब देंगे, मगर यह जानकारी वे कबूल नहीं कर सकते थे।

एक दिन, जब वह अस्पताल में था, अनवर अमीर ने गलियारे से दो अफसरों को बात करते सुना था।

"कतई कबूल नहीं किया जा सकता," उनमें से एक गरजा।

दूसरा कम सुनता था।

"क्या कहा, क्या कहा ?" उसने पूछा, "क्या तुमने कहा कि कबूल नहीं किया जा सकता ?"

"बिलकुल ! कमबख्त बंगाली ! वे हमारी पीठ पीछे नहीं भागेंगे। बताओ अहमद, वे हमारी पीठ पीछे भागकर घर क्यों नहीं चले जाते ?"

पाकिस्तानी अफसरों की जमात के साथ असली मुश्किल यह थी, पत्रकार ने गौर किया, कि यह खंडित शख्सियतों से बनी थी। अपने खयालों में वे विजेता, डाकू, लुटेरे हुआ करते थे; हर शख्स खुद को दूसरे नादिरशाह की तरह देखता था, जिसने पूरा उत्तरी हिंदुस्तान लूट लिया था और दिल्ली से सारी खूबसूरत औरतों को उठाकर ले गया था; और असलियत में ये किसानों के गरीब बच्चे थे और ख्वाबों पर पलते थे। और उन्हें पता चल चुका था कि पूर्वी बंगाल, जिसे वे पूर्वी पाकिस्तान कहते थे, धीरे-धीरे उनके हाथ से फिसल रहा था।

उन्हें कोई उम्मीद नहीं थी और वे और ज्यादा दमनकारी हो गए थे। छावनी में एक बहुत बड़ा गड्ढा खोदा गया था। इसे गड्ढा नं. नौ कहते थे। हर रोज बीस या तीस बंगाली गड्ढे के किनारे तक लाए जाते थे और उन्हें गोली मार दी जाती थी। हर सुबह जेनरल राव फ़रमान अली को ऐसे नजरबंदों के नामों की सूची दी जाती थी जिन्होंने 'हुकूमत के खिलाफ गुनाह' किए थे और वह बस उन लोगों के नाम के बगल में छोटा सा निशान लगा देता था जिन्हें सजा दी जानी होती थी। लगभग इसी तरह वह रिहा किए जाने वाले लोगों की काफी छोटी सूची का भी काम देखता था। इसमें उसे कुछ ज्यादा मेहनत लगती थी क्योंकि इसमें अक्सर फिरौती की रकम भी शामिल होती थी और उसके मुताबिक एक राशि तक 'जो उचित हो और बहुत ज्यादा न हो', पहुँचना जरूरी होता था। यह सारा पैसा कराची में उसके अपने खाते में जाता था। कभी-कभी नजरबंद उसके मुताबिक 'खालिस रहमदिली की वजह' से भी रिहा किए जाते थे जिसका मतलब यह होता था कि उसने उनकी बीवियों को पसंद कर लिया है।

जेनरल राव फ़रमान अली ही इन सबके केंद्र में था, चूँकि नाकाबिल जेनरल टिक्का ख़ान को पाकिस्तानी फौज का चीफ ऑफ स्टाफ होने के लिए रावलपिंडी बुला लिया गया था। उसकी जगह जेनरल अमीर अब्दुल्ला ख़ान नियाजी ने ली थी, एक गूँजती आवाज वाला भारी-भरकम आदमी, जो खुद को 'टाइगर नियाजी' पुकारा जाना पसंद करता था। वह जेनरल टिक्का ख़ान से भी ज्यादा नाकाबिल था। वह बदसूरत और बदजुबान था और पूर्वी पाकिस्तान पर हुकूमत करने का उसका खयाल अपने पूर्ववर्ती

के कातिलाना दमन को जारी रखना भर था। पाकिस्तानी अफसरों के बीच उसकी शोहरत उसकी हाजिरजवाबी के लिए थी। ढाका पहुँचने के एक दिन बाद अफसरों को संबोधित करते हुए उसने कहा, ''यह नीचे की जगह है। यहाँ के लोग नीचे हैं, उन्हें उनकी जगह दिखा दो !'' इस टिप्पणी का जोरदार ठहाकों से स्वागत हुआ। किसी अनजानी वजह से प्रेसिडेंट याहूया ख़ान ने डॉ. अब्दुल मोतालेब मलिक नामक एक 66 साल के आँख के डॉक्टर को शहरी गवर्नर बहाल कर दिया था जिसने कई मंत्री पदों पर काम किया था और काफी पहले वह सब कुछ भूल चुका था जो उसने आँखों की शल्य चिकित्सा के बारे में पढ़ा था। वह कुश्तिया में पैदा हुआ था और खास कुश्तिया के लहजे में बँगला बोलता था। किसी को पता नहीं था कि उसका काम क्या है, और वह गवर्नर के महल के एक हिस्से में चुपचाप रहता था।

व्हीलचेयर वाला अनवर अमीर अखबार के दफ्तर में बैठे अनवर अमीर से कहीं ज्यादा जानकारी वाला आदमी हो गया था। लोग उसके पास अक्सर रात को आते थे। उसके दरवाजे से खबरें भीतर खिसकाई जाती थीं। बूढ़ा और फ़ैजुल हक़ स्कूली लड़कों की-सी अपनी लिखावट में ये खबरें भेजते थे, ऐलान करते हुए कि कब वे एक बिजलीघर उड़ा देंगे या कब होटल इंटरकॉन्टिनेंटल में बम लगा देंगे। इस वक्त तक एक खास तरह का डाक-तंत्र खड़ा कर लिया गया था; बहुत कम वक्त के भीतर पैगाम पूरे मुल्क में पहुँचा दिए जाते थे; और बहुत कम डाकिए पकड़े जाते थे। टेलीफोन काम कर रहे थे, और पाकिस्तानी फौजी अधिकारी शायद ही कभी टेलीफोन की बातचीत पकड़ने की जहमत मोल लेते थे क्योंकि ज्यादातर यह बातचीत बँगला में होती थी। जैसा कि जेनरल राव फ़रमान अली ने अपनी एक बेहद खास प्रेस कॉन्फेरेंस में कहा, ''अगर हमारे साथ पाँच हजार बंगाली होते तो हम इस मुल्क को वहाँ ले जाते जहाँ ले जाना चाहते हैं। बदकिस्मती से सिर्फ पचास बंगाली यकीन के काबिल हैं और उनमें से भी अड़तालीस बदमाश हैं।''

मगर जिस चीज ने बंगालियों की सबसे ज्यादा हौसलाअफजाई की, वह मुक्तिवाहिनी के हमला करने की सूचना थी। सितंबर में, कौमिला के आस-पास के इलाके में उन्होंने पाकिस्तानियों से दो सीधी लड़ाइयाँ लड़ीं और उन्हें खासा नुकसान पहुँचाया। जेनरल नियाजी ने ठीक उसी वक्त कमान सँभाली थी, जब ये लड़ाइयाँ लड़ी जा रही थीं, और जब पहली खबरें उसके पास पहुँचीं तो उसे यकीन ही नहीं हुआ। वह चीखता रहा, ''उनसे जरूर कोई गलती हुई है। उनसे जरूर कोई गलती हुई है।'' मगर शुरुआती खबरें बीस फीसदी तक सही थीं और ज्यादातर डिस्पैचों से ज्यादा सही थीं, और फिर इन लड़ाइयों को 'झड़पें' बताने वाली और बहुत हद तक कतरी हुई खबरें इस्लामाबाद जाने लगीं। ''साफ तौर पर उन्होंने गलती की है,'' प्रेसिडेंट याहूया ख़ान ने फौजी मुख्यालय में ऐलान किया, ''बंगाली खटमलों के पास लड़ने के लिए कुछ है ही नहीं।'' उसी दिन बाद में वह अपनी छाया कैबिनेट की एक बैठक में शामिल हुआ और वहाँ उसने घोषणा की, ''मोहतरमाओ, हमें अभी जेनरल नियाजी से खबर मिली है कि वह मुक्तिवाहिनी

के खिलाफ दो लड़ाइयाँ हार गया है। इस आदमी का दिमाग पूरी तरह खराब हो गया है !" उसने जोरदार ठहाका लगाया।

मुक्तिवाहिनी के लिए यह हँसने का मामला नहीं था; उन्होंने दिखा दिया था कि वे क्या कर सकते हैं। वे मजबूत हो रहे थे। उन्होंने दुश्मन की नाप-तौल कर ली थी। अपनी गतिशीलता और अपने अनायासपन के साथ एक छोटी टुकड़ी भी अपने से काफी बड़ी पाकिस्तानी टुकड़ी को तबाह कर सकती थी।

ढाका में इन दो जीतों की खुशी में खामोश जश्न चल रहे थे। बूढ़े और फ़ैज़ुल हक़ ने ढाका के बाहरी इलाके में एक पुलिस स्टेशन उड़ाकर अपने तरीके से यह खुशी मनाई। अनवर अमीर ने अपने घर में एक छोटी सी पार्टी के साथ यह जश्न मनाया, और उस शाम, जब सारे मेहमान चले गए थे उसने कुमेरखाली में अपने दोस्त प्रोफेसर मोहम्मद अख्तर को एक खत लिखा :

मेरे प्यारे मोहम्मद,

मैं चार महीनों से ज्यादा जेल में रहा। मैं इस नतीजे पर पहुँचा हूँ कि आदमी जितना हम सोचते हैं, उससे ज्यादा ताकतवर होते हैं। आदमी लाचार, मरणशील आदमी, ख़ुदा सरीखा होता है और मैं मानता हूँ कि वह जेल में सबसे ज्यादा ख़ुदा सरीखा होता है। मैंने हिम्मत की ऐसी-ऐसी मिसालें देखी हैं कि जब भी उनके बारे में सोचता हूँ, तो आँसू भर आते हैं। जब इनसानों को तकलीफ दी जाती है, या गोली मार दी जाती है तब क्या होता है, इसके बारे में मैं नहीं सोच रहा हूँ, मगर अपनी ही गंदगी में पड़े, संतरियों की यातना झेलते, और भूखे रखे जाते लोगों के बारे में, और कैसे वे एक-दूसरे की मदद करते हैं, कैसे एक-दूसरे को आराम पहुँचाते हैं, और कैसे एक-दूसरे के लिए कुरबान हो जाते हैं।

मुझे छावनी में ब्लॉक 18सी (जहाँ तक मुझे पता है, कोई ब्लॉक 18ए या 18बी नहीं है) में फेंक दिया गया था, जहाँ पेशेवर जमातों के ज्यादातर लोग भरे हुए थे। मैंने सोचा था कि हम सब कमजोर लोग साबित हो सकते हैं, मगर मैंने कमजोरी का कोई निशान नहीं देखा, बस एक लगातार दिखाई पड़ रही इनसानी ताकत थी। सबसे अच्छे लोग जेल में होते हैं, सबसे बुरे वर्दी में, सत्ता में। हमारे सारे लोगों की रूह में एक लहर थी। जब यह सब खत्म हो जाएगा, मुझे यकीन है हमें पता होगा कि सत्ता में बैठने वाले लोगों के साथ कैसे निबटा जाता है।

ज्वार अब लौट रहा है। हजार तरह से हम पाकिस्तानी हार के अपरिहार्य निशान देख रहे हैं, बावजूद इसके—या शायद इसीलिए—कि उनकी जोर-जबरदस्ती अपने चरम पर है। अपने बहुत भीतर उन्हें अहसास है कि उन्हें खत्म होना है। उन्होंने हमारे मुल्क को तबाह करने के लिए जो भी मुमकिन था, किया और इस प्रक्रिया में खुद तबाह हो रहे हैं। हमें अब पता है कि उन्हें अंत दिखाई दे रहा है।

मैं और हासना अक्सर तुम्हें याद करते हैं। आज रात एक छोटे से जश्न में ढाका से गुजर रहे किसी शख्स ने हमें बताया कि तुम जिंदा हो, और कुमेरखाली में अच्छी

तरह हो, और हमने सोचा कि तुम्हें अपनी शुभकामनाएँ भेजें। मेरे प्यारे दोस्त, हम अखबार को फिर से जिंदा करने की तैयारी कर रहे हैं। पुराने दिनों में हमें तुम्हारी कलम से बीच-बीच में ऐतिहासिक लेख मिलते रहे थे, और हम उम्मीद करते हैं कि तुम हमारे लिए लिखना जारी रखोगे।

प्यार के साथ तुम्हारा ताउम्र दोस्त
अनवर

प्रोफेसर को यह खत कुरियर की मार्फत चार दिन बाद उस वक्त मिला जब वह जमींदार की बेटी के साथ अपनी शादी की तैयारी में उलझा हुआ था। शादी एक लिहाज से और सभी लिहाजों से उसके बच्चों के लिए, उसके पिता के लिए, खुद उसके लिए भी और मेरीयम के लिए भी, बेहतरीन थी। वह वास्तव में उसे चाहने लगा; बच्चे उसके भक्त हो गए थे, बूढ़ा फ़ैज़ुल मुकीम ख़ान एक नया दामाद पाने की संभावना से फूला नहीं समा रहा था। यह सुविधा की शादी नहीं थी, यह एक सुविधाजनक और समझदारी भरी शादी थी। मेरीयम भी दमकने लगी थी, पहले से कमसिन दिखाई देती थी, कपड़ों और गहनों में दिलचस्पी लेने लगी थी, चेहरा और खासकर अपनी आँखें रँगने लगी थी, और एक सख्त और अनब्याहता चाल वाली स्कूल-शिक्षिका की जगह एक जवान लड़की हो गई थी जो अनायास धीरे-धीरे और सँभल-सँभल कर चलती थी, मानो उसे अहसास हो कि उस पर निगाह रखी जा रही है। मगर उसमें सबसे ज्यादा पकड़ में आने वाला बदलाव—वह बदलाव जिससे उसके पिता को सबसे ज्यादा खुशी हुई—उसकी खिलखिलाहटों की सौगात थी। अचानक वह फिर से हँसने लगी थी। वह अपना सिर पीछे फेंकती और बच्चों की तरह हँसती। वह घुटनों पर बैठ जाती और जहाँनारा के साथ खेलती, सारे वक्त हँसती हुई, और वे एक-दूसरे से इस तरह बात करतीं मानो एक-दूसरे को सारी उम्र से जानती रही हों। शाहजू से उसकी कुछ दूरी थी, जो एक बड़े आदमी की तरह बरताव करना शुरू कर रहा था और अपने पिता के प्यार में आ गए इस अप्रत्याशित साझेदार को खुद भी प्यार करने की संभावना से डरा हुआ था। वह ठीक से तय नहीं कर पा रहा था कि इस नए परिवार में उसकी माकूल जगह क्या है।

"यह जंग का वक्त है और हमें लंबा खिंचने वाले रिवाजों में नहीं पड़ना है, नहीं ?" अपने पुख्ता जमीनी अंदाज में फ़ैज़ुल मुकीम ख़ान बोल रहा था, "हम एक दावत ज़रूर देंगे। बिना दावत के शादी कैसी ? अगर आप इजाज़त देंगे, यह हम अपने घर कर लेंगे और थोड़े-बहुत मनबहलाव का इंतजाम भी। हम कुछ पल के लिए जंग को भुलाने की कोशिश करेंगे !"

आखिरकार तय किया गया कि दावत नहीं होगी; इसकी जगह खाना शरणार्थियों के लिए रख दिया जाएगा जो अभी भी कुमेरखाली आते थे। जंग को भूलना इतना आसान नहीं था। शादी की रस्म प्रोफेसर के घर हुई जिसमें आधे से ज्यादा मेहमान हथियारबंद थे और बाद में फ़ैज़ुल मुकीम ख़ान के यहाँ दावत हुई। प्रोफेसर लगभग दुल्हन की तरह ही घबराया हुआ था और हास्यास्पद ढंग से अपनी उम्र से काफी कम

का लग रहा था। उसके पिता अपनी बीमारी की वजह से शादी के समारोह में शामिल नहीं हो सके, दूल्हा शादी के पहले उनका आशीर्वाद लेने उनके बिस्तरे तक गया, और बाद में भी, जब वह अपनी दुल्हन और शाहजू और जहाँनारा के साथ था, जो पूरी शादी के दौरान खामोश और सिटपिटाए से रहे थे। जहाँनारा ने सलमे-सितारे जड़ी अपनी सबसे प्यारी पोशाक पहन रखी थी और उसके बालों में फूलों का ताज था।

पूरी रस्म के दौरान प्रोफेसर ने अपनी स्टेनगन अपनी पहुँच के भीतर रखी थी, क्योंकि हिफाजत समिति बहुत पहले इस नतीजे तक पहुँच चुकी थी कि हर वक्त हथियारबंद रहना जरूरी है, खासकर उस वक्त, जब किसी वजह से आप बहुत महफूज लग रहे हों। बूढ़े फ़ैज़ुल मुकीम ख़ान ने दीवार से एक सेमी-ऑटोमेटिक राइफल लगा रखी थी जबकि कबीर अपनी कमर में पिस्तौल खोंसे शादी में शामिल हुआ था। औरतें भी कभी-कभी हथियार लेकर चलती थीं, लंबे पिन, चाकू, यहाँ तक कि रिवॉल्वर भी। अगर पाकिस्तानी गाँव पर औचक छापा मारते और उन्हें कहीं ले जाने का वक्त नहीं होता तो वे अपने दम पर भी उनकी खबर लेने का हौसला रखती थीं।

कुमेरखाली गाँव ने इस साल बहुत कुछ झेला था, बाढ़, पाकिस्तानी हमले, शरणार्थी, कई नौजवानों की शहादत जो मुक्तिवाहिनी में शामिल हुए थे। अब वहाँ ज्यादा बच्चे और ज्यादा बूढ़े लोग रह गए मालूम होते थे, और यह देखा गया था कि वे अपने कामकाज पहले से ज्यादा शांति और दृढ़निश्चय से करते थे। उनमें बचे होने की समझ थी, एक गुरूर का जज्बा, और साथ ही साथ यह अहसास भी कि सबसे बदतरीन अभी आना बाकी है। भविष्य को लेकर किसी को कोई भ्रम नहीं था।

प्रोफेसर की शादी के चार दिन बाद दो पाकिस्तानी विमानों ने गाँव पर मशीनगन और बम से हमला किया। वे बहुत नीचे उड़ रहे थे और इसलिए उनका पता नहीं चला। हिफाजत समिति ने इस बात के ब्यौरेवार तरीके नियत कर रखे थे कि हवाई हमलों की हालत में लोगों को क्या करना चाहिए, बालू से भरी बाल्टियाँ और पंप सही जगहों पर रखे हुए थे और हर हफ्ते आग बुझाने का प्रशिक्षण दिया जाता था। मगर जब पहली बार विमान कुमेरखाली के ऊपर मँडराए तो लोग सड़कों पर निकल आए और चिल्लाने लगे, "जहाज ! जहाज !" और फिर सड़क के किनारे बने गड्ढों में कूदने लगे। चूँकि सड़कें घने पेड़ों की छाया में थीं और मकान उनकी शाखों से ढँके हुए थे, इसलिए हवाई जहाज में बैठे मशीनगन वाले ठीक से देख नहीं सके, और महज तीन लोग इसकी गोलियों से घायल हुए जबकि मारा कोई नहीं गया। पचास या साठ पौंड के आठ बमों ने मस्जिद को, पुलिस स्टेशन को और गाँव के हॉल को ध्वस्त कर दिया, मगर इन इमारतों में कोई नहीं था। लगभग पाँच सौ फीट की ऊँचाई पर उड़ रहे विमानों ने गाँव के दो चक्कर लगाए। हलकी मशीनगन से लैस कबीर ने विमानों पर गोली चलाई और उसे यकीन था कि कम-से-कम एक विमान गोलियों से छिद गया था। विमान सिर्फ सात या आठ मिनट के लिए गाँव के ऊपर रहे थे, मगर इतनी ही देर में उन्होंने खासा नुकसान पहुँचाया था। कुछ समय के लिए लगा कि पूरा गाँव आग की चपेट में है :

ललछौंही रंग की धूल के साथ मिली धुएँ की विशाल लपटें उठीं, बीस जगहों पर आग लग गई, नारियल के पेड़ों ने भी आग पकड़ ली, बमों और मशीनगनों के धमाकों और बचने के लिए भागते लोगों का शोर बहरा कर देने वाला था, और किसी को याद नहीं था कि गाँव में कभी इतनी हताश कर देने वाली अफरातफरी मची होगी। किसी को पता नहीं था कि क्या करें, कोई इसके लिए तैयार नहीं था, हर जगह दमघोंटू काला धुआँ पसरा हुआ था, और कई लोग ऐसे थे जो सोच रहे थे कि पूरे गाँव का सफाया हो जाएगा या एक बार लपटें पसर जाएँगी तो सारा गाँव अपरिहार्य रूप से भस्म हो जाएगा। मस्जिद की तबाही, जो लपटों में घिरी हुई थी और फिर लाल गर्म ईंटों और प्लास्टरों के ढेर के रूप में भरभरा गई, खास तौर पर हताश करने वाली थी क्योंकि किसी रहस्यमय ढंग से यह इशारा करती मालूम होती थी कि उन्हें खुदा के हाथों से सजा मिली है।

हमला दोपहर 2.35 पर हुआ था और चार बजे तक आग बुझा ली गई थी। कम-से-कम, कबीर के मुताबिक, गाँव वाले आग बुझाने में बेहतर रहे थे, जबकि हवाई हमलों के समय उन्होंने नालायकी के साथ काम किया था।

''यह चमत्कार ही है कि हमारे बीच से कोई मरा नहीं,'' उस दिन बाद में जब हिफाजत समिति की बैठक हुई तो कबीर ने कहा, ''दुश्मन के पास आगजनी करने का जितना सामान था, उसे देखते हुए मैं मानता हूँ कि हम खुशकिस्मत रहे। हकीकत तो यह है कि हममें से ज्यादातर हमले के वक्त बुरी तरह घबरा गए थे, हममें से किसी ने खुद को गुरूर के साथ नहीं छुपाया, और हमने बहुत बेवकूफाना बरताव किया। अगली बार मुझे उम्मीद है कि हम बेहतर ढंग से पेश आएँगे, हालाँकि मुझे यह उम्मीद है कि वह 'अगली बार' कभी नहीं होगा,'' उसने तलखी से कहा, ''हमने बूढ़ी औरतों की तरह का बरताव किया।''

किसी बुलडॉग की तरह दिख रहे फ़ैज़ुल मुकीम ख़ान का गोल चेहरा आगे की तरफ निकल आया, उसने कबीर की बात पर तीखा एतराज किया।

''कुछ बूढ़ी औरतों ने बहुत अच्छा किया, नौजवानों से कहीं ज्यादा बेहतर,'' उसने कहा, ''मुझे समझ में नहीं आता है, लोग इस तरह के मुहावरों का इस्तेमाल क्यों करते हैं। हुँह, बूढ़ी औरतें ! हमारे नए लड़कों के मुकाबले उन बूढ़ी औरतों में ज़्यादा होशियारी है।''

कबीर ने तुरंत यह कहते हुए खेद जाहिर किया कि वह गुस्से में बोल गया था; औरतों पर संदेह करने का उसका कोई इरादा नहीं था; उसे अभी भी यह लगता है कि गाँव वालों ने कायदे से बरताव नहीं किया। खुद वह भी बुरी तरह पेश आया। सच है कि उसने मशीनगन से विमानों पर निशाना लगाया था, मगर उन्हें गिराने में नाकाम रहा था और इसलिए उसकी भी गलती उतनी ही है जितनी बाकी गाँव वालों की। प्रोफेसर ने भी कबूल किया कि उसने भी कोई समझदारी का काम नहीं किया था, क्योंकि जैसे ही उसने विमानों की आवाज सुनी, अपने बीवी और बच्चों को बिस्तरे के

नीचे धकेल दिया, एक लकड़ी के बिस्तरे के नीचे, जो कतई उनकी हिफाजत नहीं करता था। "मेरा खयाल है," उसने कहा, "हवाई हमले के वक्त हम सब पर एक पागलपन छा गया था। कुछ लोग ऐसे भी थे जो बस पेड़ों के नीचे छुप गए थे।"

लेकिन हिफाजत समिति के सदस्यों को दरअसल दूसरी चीज परेशान कर रही थी। सवाल यह था—क्या पाकिस्तानी फौज ने जहाजों का इस्तेमाल गाँव के सफाए के लिए किया था ? इस हमले को न्योतने लायक कुमेरखाली ने क्या किया था ? इसका क्या मतलब निकलता है। मगर इन सवालों पर खासी चर्चा के बावजूद वे किसी नतीजे तक नहीं पहुँचे। जैसा कि फ़ैजुल मुकीम ख़ान ने ऐलान किया, "सारी चीजें ख़ुदा की मरजी से होती हैं, यहाँ तक कि मस्जिद का जलना भी !" कुमेरखाली पर हमले की कायदे की कोई वजह किसी को नहीं सूझी और हिफाजत समिति के ज्यादातर सदस्य यह मान चुके मालूम होते थे कि कुमेरखाली को गलती से चुन लिया गया था, और यह हमला जंग के एक भौंडे बेतुकेपन से ज्यादा कुछ नहीं था।

जल्दी ही साफ आसमान और वसंत के मौसम की-सी गरमाहट लिए नवंबर आ गया। नदी चुपचाप अपने किनारों में दुबकी रहती थी। ज्यादातर जली हुई झोंपड़ियाँ और मकान फिर से बना लिए गए थे; अपनी मूल जगह पर ही एक नई अस्थायी मस्जिद खड़ी कर ली गई थी; यहाँ तक कि जले हुए नारियल के पेड़ों से भी नए पत्ते निकल रहे थे। कुमेरखाली हलकी हवाओं में धूप तापता था और उजले बगुले नीले कमल वाले पोखरों की ओर मटकते जाते थे। गाँव में टहलते हुए, प्रोफेसर को लगता था कि वह जन्नत के बेहद करीब है, इतनी साफ और ताजा हवा थी और इतना चमकता हुआ आसमान था। कभी-कभी दूर से गोलियों की आवाज आती थी। सभी सरहदी इलाकों में मुक्तिवाहिनी दुश्मन से उलझी हुई थी।

शुरुआती नवंबर के उन दिनों प्रोफेसर के खयालों में जंग नहीं थी। उसके पिता मर रहे थे। हालाँकि पहले से ही पता चल चुका था कि यह तो जल्दी ही होना है, मगर वह खुद को इसका आदी नहीं बना सका था। बूढ़ा आदमी बिना किसी तकलीफ के, खुशी-खुशी, मर रहा था बिना जाने कि वह मर रहा है। वह बिस्तर पर पड़ा रहता, बहुत कम बोलता और सिर्फ तभी शिकायत करता जब कोई अनजाना कटोरा उसके आगे रखा जाता। मेरियम ने खुद को उसकी तीमारदारी में झोंक दिया था, वह उसकी गंदगी साफ करती थी, उसकी चादर बदलती थी, रात को उसके सिरहाने बैठती, उसके लंबे हड़ियल हाथों को अपने नरम-नाजुक हाथों में लेती। कभी-कभी अपने बचपन से याद रह गया कोई गीत बूढ़े के गले से फूटता; वह उन्हें कागज पर उतारने की कोशिश करती थी, मगर उसके शब्द अक्सर समझ में नहीं आते थे, और उसने यह कोशिश छोड़ दी थी। कभी-कभी वह उसे पढ़कर सुनाती थी। मालूम होता था, वह मेरियम को अपनी बेटी मान चुका है, और एक बार जब प्रोफेसर कमरे में दाखिल हुआ तो बूढ़े आदमी ने दहशतजदा आवाज में कहा, "उसे मुझसे अलग मत करो !"

उन आखिरी दिनों में शाहजू और जहाँनारा शांति से खेलते थे, जब वह बूढ़ा

आदमी मर रहा था। प्रोफेसर ने काम करना, भाषण देना, खबरें सुनना और बुलेटिन बनाना जारी रखा था। रेडियो ढाका से एक नई तरह की हड़बड़ाहट पकड़ी जा सकती थी, और उसके कार्यक्रम अक्सर कूट-भाषा में भेजे जा रहे अजीब संदेशों से बाधित होते रहते थे जो साफ तौर पर हथियारबंद टुकड़ियों को संबोधित होते थे। पश्चिमी पाकिस्तान से 'हिंदुस्तान को चूर-चूर कर दो' की मनहूस पुकारें आती थीं, जैसे हिंदुस्तान कोई बहुत बड़ा चना है जिसे सरोते से हजार टुकड़ों में तोड़ दिया जा सकता है। इस हड़बड़ी के अंदाज के साथ-साथ एक बौखलाहट का अंदाज भी था, बहुत ऊँची आवाज में लगातार चीखें आती थीं। पाकिस्तानियों को हिंदुस्तानी घुसपैठियों से सावधान रहने की चेतावनी दी जाती थी। 'हिंदुस्तानियों को मार डालो', रेडियो ढाका के किसी उद्घोषक ने नारा लगाया और प्रोफेसर को हैरानी हुई कि कैसे आप पचास करोड़ हिंदुस्तानियों को मार सकते हैं। रेडियो कलकत्ता से अभी भी शास्त्रीय संगीत और तथ्यपरक खबरें आती थीं। साफ तौर पर हिंदुस्तानी अपने दुश्मन की बौखलाहट के शिकार नहीं हो रहे थे।

'हिंदुस्तानियों को कुचल डालो', वे बोलते थे और वह हैरान होता था कि क्यों इतने मुल्क अपने पड़ोसियों को खत्म कर देना चाहते हैं, वह क्या चीज है जिसने लोगों को इतना ध्वंसात्मक बना दिया है ? क्यों—जब जिंदगी इतनी छोटी-सी है—वे उसे और छोटी करना चाहते हैं ? मुल्कों ने इतिहास से इतना कम सबक क्यों सीखा है ? ये अहम सवाल जो उसके दिमाग में अब तक अनसुलझे थे, वह इनके बारे में सोचना चाहता था और साथ ही साथ अपने परिवार और गाँव वालों के प्रति अपना फर्ज भी पूरा करना चाहता था, और इसलिए उसने अपनी दोपहर का कुछ हिस्सा नदी के करीब पटसन के एक पुराने खलिहान में गुजारना शुरू किया ताकि वह सोचे और इतिहास के बारे में, जिस पर उसने अपनी जिंदगी का बड़ा हिस्सा खपाया था, कुछ नतीजे निकाले। इस तरह उसने दोपहर बाद के दो घंटे बिना किसी रुकावट के ध्यान में लगाने की योजना बनाई। कभी-कभी जहाँनारा और शाहजू उसके साथ हो लेते थे, मगर अक्सर इस समझ के साथ कि खलिहान में पहुँचने के बाद वे बहुत शांत रहेंगे। प्रोफेसर के पिता, बूढ़े स्कूलमास्टर नवंबर के अंत में इतनी खामोशी के साथ गुजर गए कि लोगों को एक घंटे बाद ही पता चला कि वे नहीं रहे। वह उन खुशकिस्मत लोगों में थे जो नींद में ही गुजर जाते हैं। अपने ताबूत में अपने सफेद चेहरे, सफेद दाढ़ी के साथ और सफेद कपड़े पहने वे मोम से बनी एक आकृति लग रहे थे, लगभग अवास्तविक। जहाँनारा ने उनकी लंबी सफेद उँगलियों में कुछ फूल गूँथ दिए और मौत के आगे अपनी बेटी की बेरुखी देख प्रोफेसर ने खुद को अजीब ढंग से परेशान पाया। उसके पुराने दिनों में लोग बच्चों को मृतकों से दूर रखते थे; लेकिन अब के बच्चे मृतकों के बीच से सहजता से निकलते थे, क्योंकि उन्होंने बहुत सारी लाशें देखी थीं।

छह दिन बाद, एक दिसंबर को प्रोफेसर ने गाँव के बाहर नदी के ठीक सामने पड़ने वाले पटसन के खलिहान में जाने की अपनी आदत पर अमल शुरू किया। उसकी सुबह

व्यस्त रही थी, दोपहर को और ज्यादा काम किया जाना था, इसलिए वह देर से निकला था। बच्चे उसके साथ थे, हाथ में हाथ डाले उसके थोड़ा पीछे चलते हुए, चूँकि टहलते-टहलते ही वह अपने ध्यान की शुरुआत करना पसंद करता था। जब वे खलिहान में पहुँचे, वह खुले दरवाजे से नदी की ओर देखता हमेशा की जगह पर पालथी मारकर बैठ गया।

एक घंटा गुजरा, फिर दूसरा। बच्चे चुपचाप पटसन के बोरों के विशाल ढेर पर खेल रहे थे जो लगभग छत को छूते थे। अपने छुपने की जगह से, एक छोटी सी खिड़की की मार्फत वे बलुआहे किनारे और उसके नीचे बहती हुई नदी को देख रहे थे। लगभग छह बजे, जब छायाएँ लंबी होनी शुरू हो रही थीं, दो पाकिस्तानी फौजी खलिहान में आए, उन्होंने प्रोफेसर को ठीक दरवाजे के पास बैठा देखा, और इसके पहले कि उसे स्टेनगन के इस्तेमाल का वक्त मिलता जो उसके एक तरफ फूस पर पड़ी हुई थी, वे उस पर टूट पड़े। वे उसे खलिहान से बाहर ले गए, उसे बुरी तरह मारा, और उसे रस्सी से बाँधने की कोशिश करने लगे, साफ तौर पर उसे अपने साथ ले जाने के इरादे के साथ, तभी शाहजू अपने पिता के चिल्लाने और मारपीट की आवाज से चौकन्ना हो फिसलता हुआ पटसन के बोरों से नीचे उतरा, स्टेनगन उठाई और पूरी ताकत से चिल्लाता हुआ दोनों पाकिस्तानी सिपाहियों की ओर बढ़ा, जो अभी भी प्रोफेसर को बाँधने में मशगूल थे।

जब सिपाहियों ने शाहजू को देखा तो वे हँस पड़े, शायद यह सोचकर कि यह खिलौने वाली बंदूक है। मगर शाहजू करीब आता गया, जैसे दूर खड़े किसी शिकार को घेर रहा हो, चूँकि उसके अंदाज शिकारी के-से थे। उसे पता था स्टेनगन कैसे काम करती है, चूँकि उसने अपने पिता को इसका अभ्यास करते देखा था। फौजी नदी की दिशा में पीछे की तरफ बढ़ रहे थे। शाहजू ने तब तक इंतजार किया जब तक वे नदी के बिलकुल किनारे नहीं पहुँच गए, फिर फायर किया, और फिर उनके जिस्म कई टुकड़ों में बिखरते मालूम हुए, वे सब नदी में गिर रहे थे और नदी अचानक खून के रंग की होती जा रही थी। फौजियों के अवशेष के तौर पर बस रेत पर उनके कदमों के निशान रह गए थे।

जब प्रोफेसर ने शाहजू को खलिहान से बाहर आते देखा तो उसने खुद को बालू पर गिरा लिया। उसने शाहजू से चिल्लाकर कहा, "उन्हें मारो मत !" मगर काफी देर हो चुकी थी। जब प्रोफेसर बालू से उठा तो यह जानने के लिए उसने अपने आस-पास देखा कि फौजियों का क्या हुआ है, फिर पूछा, "उनका क्या हुआ ?"

"वे चले गए हैं," शाहजू ने कहा, "अब वे लौटकर नहीं आएँगे।"

जहाँनारा उनके पास आ गई थी, और हाथों में हाथ डाले, पसरते हुए अँधेरे में वे कुमेरखाली की ओर लौट चले।

पंद्रह

जबकि पूर्वी पाकिस्तान में जंग चल रही थी, पश्चिमी पाकिस्तान में जिंदगी बहुत कुछ हमेशा की तरह थी। रावलपिंडी में, पेशावर में, लाहौर और कराची में बहुत कम लोगों को उस दहशत का अहसास था जो हजार से ज्यादा मील दूर पर छाई हुई थी। अखबारों में छिटपुट रपटें आती थीं; कभी-कभार कुछ बदमाशों पर संक्षिप्त पैराग्राफ आते थे जो चिटगौंग या कुलना से राज्य के खिलाफ जुर्म करने के इल्जाम में पकड़े जाते थे, मगर वे क्या जुर्म करते थे, यह शायद ही कभी बताया जाता था; साजिशें उजागर की जाती थीं, पुलिस के शानदार काम की तारीफ होती थी, मगर साजिश की असली फितरत क्या थी, यह कभी जाहिर नहीं किया जाता था। पश्चिमी पाकिस्तान के अखबारों का कोई सावधान पाठक भी पूर्वी पाकिस्तान के वाकियों के बारे में बहुत कम जान पाता। गाँवों को जलाने के बारे में, कत्लेआम, जेल शिविरों, यातना की कोठरियों और छावनी के वेश्यालयों के बारे में एक शब्द भी नहीं होता था जहाँ छापामार टुकड़ियों द्वारा पकड़ी गई लड़कियाँ इस डर से नंगी छोड़ दी जाती थीं कि वे अपनी साड़ियों से खुद को फाँसी लगा लेंगी।

मगर हालाँकि पूर्वी पाकिस्तान के बारे में बहुत कम खबरें छपती थीं, तो भी बड़ी तादाद में लोगों को पता था कि वहाँ क्या चल रहा है और उससे भी बड़ी तादाद में यह अंदेशा था कि सब कुछ अच्छा नहीं चल रहा है। छुट्टियों पर घर लौटने वाले फौजी अपने अभियान के किस्से सुनाते थे। वे बताते थे कि किस तरह उन्हें गाँवों में सभी हिंदुओं को मारने का हुक्म दिया गया और कैसे वे सारे मर्दों को कतार में खड़ा कर लुंगी उतारने को कहते थे, और इस तरह यह तय करना मुमकिन होता था कि कौन हिंदू है और कौन मुसलमान, और जिन्हें ख़तना कराने का फख्र हासिल नहीं था, उन्हें वहीं गोली मार दी जाती थी। और इस तरह वे गाँव-गाँव जाते थे, हिंदुओं को मारते थे, उनकी औरतों को पकड़ लेते थे, उनके बच्चों को संगीनें भोंक देते थे, "क्योंकि, आप समझिए, हमें गोली-बारूद बचाने का हुक्म मिला था"—और इसमें जरा भी खतरा शामिल नहीं था क्योंकि कम-से-कम शुरुआती दिनों में दुश्मनों के पास हथियारों के नाम पर लाठियाँ और चाकू ही थे। कभी-कभी अपने जलवों को याद करते हुए फौजी अपनी जेबों से वे यादगारें निकालते थे जो उन्हें अपने-अपने अभियानों के दौरान हासिल हुई

थीं—अँगूठियाँ, कनबालियाँ, कंगन, पायल और सोने की अनगिनत छोटी-छोटी चूलों से सजे सोने के भड़कीले हार, जिन्हें वे पूर्वी पाकिस्तान की हिंदू औरतों से छीन लाए थे। फिर बहुत अदब से, रूमाल में लपेटकर इन चीजों को देखने वालों के सामने पेश किया जाता था जिन्होंने कभी किसी फौजी के हाथों में इतना खजाना नहीं देखा था। कभी-कभी वे सोने पर खून के जमे हुए थक्के भी देखते थे, और इससे सिर्फ उनकी उत्तेजना में, उनके रश्क में, और उनके बढ़ते हुए खौफ में इजाफा होता था।

ऐसा नहीं था कि सभी फौजी खजाना लिए लौटे थे। सैकड़ों फौजी हवाई जहाजों के प्रशीतित खानों में पैक करके भेजे गए और उनकी बीवियों को इत्तिला दी गई कि वे 'वतन के प्रति अपनी फर्ज अदायगी के दौरान' शहीद हो गए। उन्हें मृत्योपरांत तमगों से नवाजा गया, सरकारी खर्च पर उन्हें फौजी विदाई दी गई, उनके लिए मस्जिदों में नमाज पढ़ी गई और उनकी बीवियों को उनके पदों और उनकी नौकरी की अवधि के मुताबिक हर्जाने दिए गए। मगर अखबारों में उनकी मौत की खबर छापने पर रोक लगा दी गई और जून के बाद सिर्फ अफसरों की लाशें ही पश्चिमी पाकिस्तान भेजी जाने लगीं। धीरे-धीरे लोगों को यह महसूस होने लगा कि पूर्वी पाकिस्तान में 'थोड़ी बहुत मुश्किलात' से कहीं ज्यादा संजीदा हालात हैं और उन्हें शक होने लगा कि कहीं बी बी सी और ऑल इंडिया रेडियो की ये खबरें सही तो नहीं कि लाखों शरणार्थी हिंदुस्तान में उमड़े आ रहे हैं। पश्चिमी पाकिस्तान के लोग खौफजदा हो गए। वे अपने नेताओं की तरफ देखते थे कि वे सच बताएँ, मगर फौजी हुकूमत इस लायक नहीं थी कि सच बताए। उन्होंने बीच-बीच में यही बुलेटिन जारी रखा कि बदमाशों को पूर्वी पाकिस्तान में पकड़ा जा रहा है, कि सब कुछ ठीक जा रहा है, कि पूर्वी पाकिस्तान के मार्शल लॉ प्रशासक और फौजी गवर्नर फोन के जरिए प्रेसिडेंट याह्या ख़ान से रोजाना संपर्क में हैं, "जिनके हुक्म की हर्फ-ब-हर्फ तामील होती है।"

प्रेसिडेंट याह्या ख़ान एक अजीबोगरीब इनसान था। सबसे अजीब बात उसमें यही थी कि उसे कभी प्रेसिडेंट बनना ही नहीं चाहिए था। नीची पेशानी, बाहर को निकली काली भौंहें, सफेद होते बाल, छोटे से ऐंठे हुए मुँह, सख्त ठुड्डी और पेशानियों के ऊपर उजले बालों के एक छोटे से गुच्छे के साथ वह गोल चेहरे वाला नाटा-गठीला आदमी था। उसे कोई कुदरती नियामत हासिल नहीं थी और सामान्य हालात में वह सरहदी पुलिस फोर्स के सार्जेंट की पदवी से आगे नहीं जा सकता था। मगर हादसों के अजीबोगरीब सिलसिले के चलते वह मुल्क की सबसे आला कुर्सी तक पहुँच गया था। किसी ने उसके लिए वोट नहीं दिया था। उसके पास जनसमर्थन का कोई आधार नहीं था। तानाशाह फील्ड मार्शल अयूब ख़ान लंबे समय तक बदतरीन हुकूमत का नजारा पेश करने के बाद कुर्सी से उतर गया था और याह्या ख़ान ने चुपचाप उसकी जगह ले ली थी, या बल्कि, चूँकि चीजें इतनी सरलता के साथ नहीं हुआ करतीं, सीनियर फौजी अफसरों के गुट ने आपस में मिल-बैठ कर तय किया कि सदारत उसे सौंप दी जाए, यह मानते हुए कि वह सबसे लचीला और उपाय-संपन्न है और फौजी अफसरों के बीच

वही है जिसके सबसे कम दुश्मन हैं। उसने जुंटा को वह सब कुछ दिया जो उसे चाहिए था और इनमें पूर्वी पाकिस्तान की तबाही भी शामिल थी। उसने हरजाने की व्यवस्था लागू की जिसके मुताबिक पूर्वी पाकिस्तान के बंगालियों को अपनी जमा पूँजी का तीन चौथाई देकर आजादी हासिल करने की इजाजत मिली हुई थी। यह पैसा आफिसर्स कारपोरेशन के खाते में जाता था। सिर्फ बहुत अमीर लोगों को इससे तकलीफ होती थी। याह्या ख़ान इसे एक बहुत बड़े मजाक की तरह लेता था। "यह सब फौज के लिए ईंधन है," वह बोलता था, "बदकिस्मती से पूर्वी पाकिस्तान में बहुत सारे अमीर नहीं हैं। हम उनसे बस पाँच या छह करोड़ डॉलर ही निचोड़ सकते हैं।"

इस गिरोहबंद सरकार में याह्या ख़ान अपनी ताकत का लुत्फ लेते हुए एक दिलदार गॉडफादर की तरह काम करता था और उसके अपने खाते में ढेर सारा पैसा आता था। उसकी स्थिति पूरी तरह सुरक्षित थी। प्रेसिडेंट निक्सन और डॉ. हेनरी किसिंजर से उसके बहुत अच्छे रिश्ते थे और उसकी फौज तबाही के सारे आधुनिक हथियारों से लैस थी। उसे कोई नैतिकता बोध नहीं था और पूर्वी पाकिस्तान में अपनी फौज द्वारा ढाए जा रहे जुल्म से वह पूरी तरह बेफिक्र था, और यह जानकारी उसे बस सुकून देती थी कि हिंदुस्तान को चालीस-पचास लाख शरणार्थियों की देखभाल करनी पड़ रही है क्योंकि शरणार्थियों के चलते साफ तौर पर हिंदुस्तान की अर्थव्यवस्था पर बोझ पड़ रहा था। वह हिंदुस्तान को नापसंद करता था, और राजनीतिज्ञों को भी, हालाँकि कभी-कभी वह उन्हें उपयोगी मानता था। हाल के हफ्तों में उसने जुल्फिकार अली भुट्टो के प्रति अपनी खास नापसंदगी जाहिर की थी जो इन दिनों भाषण देता रहा था, यह इशारा करते हुए कि जिस तरह चीजें चल रही हैं, उससे वह खुश नहीं है। जून में भुट्टो ने प्रेसिडेंट से एक जरूरी मुलाकात के लिए अर्ज किया था। उसे मना कर दिया गया। उसने फिर जुलाई में जरूरी मुलाकात की गुहार की। इसे फिर इस बिना पर ठुकरा दिया गया कि "अभी वक्त नहीं आया है !" अब अगस्त में, और ज्यादा जरूरी गुहार के बाद याह्या ख़ान ने उसे कुछ मिनट की मुलाकात का वक्त दे दिया। "जैसा कि आपको अच्छी तरह पता होगा," प्रेसिडेंट ने लिखा, "मेरा वक्त मेरा अपना नहीं है। मेरा कामकाज कभी इतना बढ़ा हुआ नहीं रहा और मेरी फौजी ड्यूटी ऐसी है कि मुझे अपने अफसरों के लिए दिन-रात किसी भी वक्त हाजिर रहना होता है।"

जब भुट्टो रावलपिंडी में प्रेसिडेंट के महल में दाखिल हुआ, उसी वक्त उसे संगमरमरी सीढ़ियों पर मिलने वाले सहायक के अंदाज से मालूम हो गया कि उससे इंतजार कराया जा सकता है। झाड़फानूस के नीचे खड़े सहायक ने एक बार देर तक ठहरकर पूछ लिया, "आप यकीन के साथ कह सकते हैं कि प्रेसिडेंट के साथ आपकी मुलाकात तय है ?" भुट्टो ने उस नौजवान कैप्टन को तेज भेदती हुई निगाह से देखा जिसका मतलब था, "निहायत मूर्ख हो तुम ! यहाँ आने की जहमत मैं क्यों मोल लेता अगर मुलाकात तय नहीं होती ?" जब वे प्रतीक्षा कक्ष में पहुँचे, कैप्टन ने कहा, "आपको मेज पर कुछ पत्रिकाएँ मिल जाएँगी !" और फिर अपने पीछे दरवाजा बंद

करते हुए एड़ियों पर मुड़ गया।

भुट्टो को पूरा अहसास था कि ऊँचे ओहदों पर बैठे लोग अपने से कमतर लोगों के साथ बहुत अजीब बरताव करते हैं। वह खुद भी कई पाकिस्तानी सरकारों में मंत्री रहा था, और कई अवसरों पर उसने एक नपी-तुली हिकारत, और आम लोगों को उनकी औकात बताने की यही बेलगाम इच्छा जाहिर की थी। उसे ताकत की चालबाजियों का पता था, चूँकि उसने खुद उनका इस्तेमाल किया था। फिर भी उसे प्रेसिडेंट से मिलने और कुछ अहम मसलों पर चर्चा करने की जरूरत थी। वह पॉपुलर पार्टी का नेता था और हथियारबंद नौजवानों के एक संगठन की कमान भी उसके हाथ में थी जो नियमित फौज की तुलना में तो नहीं ठहरता था, मगर असलियत में एक फोर्स के बराबर पड़ता था और सरकार के लिए एक गंभीर चेतावनी खड़ी करता था। भुट्टो, जैसा कि वह खुद को याद दिलाता रहता था, अपने-आपमें एक ताकतवर आदमी था। हालाँकि वह प्रेसिडेंट याह्या ख़ान जितना ताकतवर नहीं था, और यह बात उसकी गंभीर परेशानी का सबब थी।

प्रतीक्षा कक्ष ईरानी कालीनों, पीले रंग के रेशमी गिलाफों से सजे सोफा सेट, दीवार पर चौड़े-चौड़े अंतराल पर लगे कामदार शीशों और फूलों से भरे चीनी गुलदस्तों से शानदार ढंग से सजा हुआ था और एक लंबी मेज पर 'प्ले ब्वॉय', 'पैंट हाउस', 'टाइम' और 'न्यूजवीक' की प्रतियाँ छितराई हुई थीं। कमरे पर सबसे ज्यादा छाई हुई थी याह्या ख़ान की एक बड़ी तस्वीर जो पुनर्जागरण के दौर की किसी कलाकृति के लायक मढ़े हुए कामदार फ्रेम में जड़ी थी और एक रंगीन फोटो के आधार पर बनाई गई लगती थी। तस्वीर में वह तमगों से लदी वर्दी पहने हुए था और सिर के चारों ओर एक ख़ास तरह की आभा दमकती दिखाई दे रही थी। भुट्टो ने प्रेसिडेंट के पोर्ट्रेट पर एक हिकारत-भरी निगाह डाली, आरामकुर्सी में धँस गया, अपने नोट्स का जायजा लिया जो उसने इस मुलाकात की तैयारी में उतारे थे, और सहसा खुद को अकेलेपन और नामर्दी के खौफनाक अहसास से घिरा पाया। उसे अपने आस-पास लोगों का होना रास आता था, वह बात करना पसंद करता था, और इस कमरे की चुप्पी डराने वाली थी। साथ ही, उसे यह भी अहसास था कि उस पर निगाह रखी जा रही है। उसे यह अंदाजा कतई नहीं था कि कौन निगाह रख रहा है या दीवार में खुफिया सूराख कहाँ बना हुआ है। तिस पर भी उसे यकीन था कि या तो इनसानी आँख के जरिए, या टेलीविजन के कैमरे की मार्फत उसकी निगरानी की जा रही है और इसलिए वह किसी ऐसे आदमी की तरह बिलकुल आम बरताव करने की कोशिश कर रहा था जिसका जीवन में अकेला मकसद लोगों की खिदमत करना हो—संजीदा, जिम्मेदार और सोच-विचार करता हुआ।

आधे घंटे बाद वह इंतजार का तनाव महसूस करने लगा। मुलाकात का वक्त दिन के 11.30 बजे नियत था। अब उसकी घड़ी के मुताबिक लगभग दोपहर हो गई थी, और वह बौखलाया हुआ था। बिना शक, इस बात की शानदार वजहें थीं कि क्यों प्रेसिडेंट और पाकिस्तान का मुख्य मार्शल लॉ प्रशासक मि. भुट्टो को इंतजार कराए।

प्रेसिडेंट सभी मुलाकातों में जान-बूझकर देर से पहुँचता था। उसे साफ तौर पर देर होना रास आता था। उन बेहद कम अवसरों को उसका स्टाफ बेइंतिहा अहसान के साथ दर्ज करता और याद रखता था जब वह वक्त पर पहुँचता था। हाल के हफ्तों में उसे एक नई रखैल मिल गई थी, वह दफ्तर में कम-से-कम वक्त गुजार रहा था और प्रेसिडेंट के कैलेंडर पर कम-से-कम ध्यान देता था। प्रेसिडेंट का कैलेंडर एक असरदार दस्तावेज था जो हर सुबह छपता था और जिसका मकसद यह बताना होता था कि दिन के हर वक्त वे कहाँ हैं और किससे बात कर रहे हैं। यह दस्तावेज बड़े-बड़े हर्फों में छपता था और इस पर प्रेसिडेंट की मुहर लगी होती थी। इस दिन इसमें खास तौर पर ढेर सारी व्यस्तताएँ थीं जिनमें एक परेड, चीन और अमेरिका दोनों के राजदूतों से मुलाकातें और उसकी पुरानी रेजीमेंट द्वारा उसकी शान में दिया जा रहा एक डिनर, शामिल थे।

भुट्टो ने प्रेसिडेंट का कैलेंडर नहीं देखा था और उसे पता नहीं था कि उसकी मुलाकात रद्द कर दी गई है। अपने हाथ से प्रेसिडेंट ने कैलेंडर पर उसका नाम घसीटा था और लिखा था, "लंच के पहले शायद कुछ मिनट ?" उसके स्टाफ के कुछ सदस्यों की राय में, जिन्हें प्रेसिडेंट की काट-पीट के साथ उसका कैलेंडर देखने का विशेषाधिकार मिला हुआ था, इसका मतलब था कि भुट्टो खुशकिस्मत होगा, अगर उसे प्रेसिडेंट से कुछ मिनटों से ज्यादा मिलने का मौका मिल जाए।

ठीक उस वक्त, जब वह लगभग इस नतीजे तक पहुँच चुका था कि उसे पूरी तरह भुला दिया गया है, और सारी दोपहर इस कमरे में बितानी पड़ सकती है, भुट्टो को यह देखकर बेइंतिहा खुशी हुई कि उजला-सुनहरा दरवाजा खुल रहा है। उसे लगा कि प्रेसिडेंट कमरे में दाखिल होने को है, मगर उसकी जगह पगड़ी लगाए एक लंबा-सा बेयरा एक बड़ी-सी ट्रे लिए दाखिल हुआ, जिस पर ब्लैक कॉफी का एक अकेला कप पड़ा हुआ था।

"कॉफी, साहेब," बेयरे ने कहा और भुट्टो पर निगाह डाले बिना मेज पर कॉफी रख दी।

भुट्टो की घड़ी में साढ़े बारह बज गए थे और वह लगभग घंटे-भर से इस बगल के कमरे में इंतजार कर रहा था।

बेयरे का रंग काला था, उसकी मूँछें थीं, उसके चेहरे पर कोई बात थी जिससे वह बहुत कुलीन घराने का लगता था। अगर उसने यह बताने के लिए पगड़ी और हरी पट्टी नहीं लगा रखी होती कि वह प्रेसिडेंट के महल का नौकर है, और आपसे कहीं गलियारे में टकरा गया होता तो शायद आप मान लेते कि वह फौज या पुलिस बल का, या यहाँ तक कि खुफिया पुलिस का कोई अफसर है। उसकी मूँछ में कुछ-कुछ सफेदी आ गई थी और शायद वह जितना दिखता था, उससे कहीं ज्यादा बड़ा था।

चूँकि बेयरा वहीं मँडरा रहा था मानो जैसे ही कॉफी पी ली जाए, वह प्याला लेकर चलता बने, भुट्टो का उससे बातचीत का इरादा हो आया। इससे शायद तनाव घटता और अकेलेपन के बुरी तरह तारी अहसास से भी शायद राहत मिल सकती थी।

"इन दिनों प्रेसिडेंट काफी मसरूफ होंगे ?" उसने कहा।

"हाँ, साहेब," चेहरे पर बिना कोई भाव लाए नौकर ने जवाब दिया।

"बहुत मेहनत करते हैं, नहीं ?"

कोई जवाब नहीं था।

"उनकी यह नई तस्वीर दीवार पर देख रहा हूँ। कोई बढ़िया चित्रकार होगा, या शायद बढ़िया फोटोग्राफर। यह बहुत अच्छे फोटोग्राफ की तरह लगता है।"

खुफिया महकमे के जासूसों से बात करते वक्त बहुत एहतियात बरतने की जरूरत पड़ती थी। भुट्टो ने यह जताने की कोशिश की कि उसकी राय इस तस्वीर के बारे में ऊँची है जो फोटोग्राफी के लिहाज से इतनी त्रुटिहीन है कि पेंटिंग नहीं लगती। बेयरे ने मुड़कर तस्वीर को देखा और कुछ नहीं कहा। वह किसी चीज का इंतजार कर रहा था, मगर यह साफ नहीं था कि किस चीज का। भुट्टो ने तय किया कि वह कॉफी नहीं पिएगा, इस डर से कि कहीं उसमें जहर न हो। उसने खुद से कहा कि उसे कम-से-कम अपने सेक्रेटरी को, या किसी सलाहकार को प्रेसिडेंट के महल में ले आना चाहिए था। इस तरह वह किसी और के कॉफी चखने का इंतजाम कर लेता, लेकिन सेक्रेटरी को साथ लाना आसान नहीं था, जब प्रेसिडेंट से बात करनी हो। उसे याद आया कि कुछ जहर इतने खतरनाक होते हैं कि उनका एक भी बेस्वाद, बेपहचान कतरा किसी शहर की जलापूर्ति में मिला दिया जाए तो पूरा शहर साफ हो जाए। उसने तय किया कि वह इसे छोड़ देगा।

"मुझे एक जरूरी फोन करना है," उसने अपनी तेज, कड़कती आवाज में कहा, "मुझे बताओ कि सबसे नजदीक टेलीफोन कहाँ पर है। बहुत जरूरी बात है !"

"नहीं साहेब, यहाँ कोई टेलीफोन नहीं है।"

"मतलब ?"

"बाहर फोन करने की इजाजत नहीं है।"

नौकर ने अपना राज खोल दिया था। अगर वह नौकर से ज्यादा कुछ नहीं होता तो इतने अधिकार से नहीं बोलता। उसमें अदब होता, माफी की हलकी छुअन होती। भुट्टो ने इस आदमी के चेहरे का देर तक जायजा लिया, उसे अपनी याद में दर्ज किया। फिर कहा, "तुम्हें पता है, मैं कौन हूँ ?"

"हाँ, साहेब।"

"मेरा नाम क्या है ?"

"जुल्फिकार अली भुट्टो।"

"गलत ! मैं महामहिम जुल्फिकार अली भुट्टो हूँ। मैं कई बार मंत्री रहा हूँ–किसी दूसरे आदमी से ज्यादा बार–और तुम मुझे बता रहे हो कि मैं प्रेसिडेंट के महल से एक जरूरी फोन नहीं कर सकता ?"

"माफी चाहता हूँ, साहेब।"

"भले ही मैं यहाँ घंटा-भर से ज्यादा वक्त से इंतजार कर रहा हूँ ?"

"साहेब, मैं किसी हुक्म पर सवाल नहीं उठाता। मैं बस उनकी तामील करता हूँ। क्या मैं महामहिम को याद दिलाऊँ कि आपकी कॉफी ठंडी हो रही है ?"

अपने गले में ही कुछ बुदबुदाते हुए--कोई दुआ या बददुआ--भुट्टो ने सहसा एक ही घूँट में कॉफी का पूरा प्याला खत्म कर दिया और फिर उसे हलके से तश्तरी पर रख दिया। नौकर ने गुरूर के साथ प्याला और रकाबी उठाई, उन्हें ट्रे पर रखा, सिर झुकाया, और उजले-सुनहरे दरवाजे की ओर बढ़ा। जब वह दरवाजे तक लगभग पहुँच गया था, तब भुट्टो ने पीछे से पुकारा, "तुम्हारा नाम क्या है ?"

नौकर ने बहुत अदब के साथ मुड़कर कहा, "मेरा नाम, साहेब, फ़ैज़ुल्लाह ख़ान है।"

"मुझे याद रहेगा," भुट्टो ने मुस्कुराते हुए जवाब दिया। उसकी आवाज में धमकी का एक पुट था, मगर यह पुट से ज्यादा कुछ नहीं था, और नौकर ने बहुत मद्धिम मुस्कुराहट से उसका जवाब दिया और महल के अनंत गलियारों में कहीं गुम हो गया।

भुट्टो एक बार फिर आरामदेह पीले सोफे पर बैठकर इस बुरी हालत पर सोचने लगा, जो उसके लिए पूरी तरह अप्रत्याशित थी और जिसके लिए वह कतई तैयार नहीं था। हालाँकि उसे पता था कि प्रेसिडेंट उससे खुश नहीं है; मुलाकात छोटी ही होनी थी और शायद हंगामाखेज भी; लेकिन कम-से-कम मुलाकात तो होती। उसके इस बैठक में आए हुए अड़सठ जरूरी मिनट गुजर गए, और वह बहुत मुश्किल से खुद को आगबबूला होकर निकल जाने से रोक रहा था।

अचानक पहली बार उसे किसी एयरकंडीशनर की घरघराती हुई मद्धिम आवाज सुनाई पड़ी। कमरा, जो पहले से ही ठंडा लग रहा था, अब और ज्यादा ठंडा होता मालूम हुआ। उसे खयाल आया कि किसी कमरे का तापमान इस हद तक घटा देना मुमकिन है कि उसके भीतर बैठा हर शख्स जम कर मर जाए। वाकई, यह बहुत ठंडा होता जा रहा था और वह सिहरने लगा। दहशत से उठकर वह दरवाजे तक गया, और जब उसका हाथ दरवाजे की घुंडी तक पहुँच गया था, तब उसे लगा कि गलियारे में निकलने से कुछ हासिल होने वाला नहीं है और बेहतर होगा कि वह बैठक में ही प्रेसिडेंट के हुक्म का इंतजार करे। वह सोफे पर लौट आया। फिर उसने अपनी घड़ी पर निगाह डाली, यह बहुत आधुनिक घड़ी थी, स्वचालित, और इसमें घंटे के लिए दो काँटे थे, लाल काँटा पश्चिमी पाकिस्तान का वक्त बताता था और नीला वाला न्यूयॉर्क का, और उसने ठंडी साँस भरी।

"इस प्रेसिडेंट की चमड़ी उतरवा लूँ और उससे अपना पाँवपोश बनवाऊँ," वह बुदबुदाया, और उसने, अगर जरूरत पड़े तो अगले सत्तर मिनट तक इंतजार करने का मन बना लिया।

जहाँ भुट्टो बैठा हुआ था, वहाँ से पचास फीट से भी कम दूरी पर प्रेसिडेंट याह्या ख़ान अपने हज्जाम, अपने केशतराश और नख-प्रसाधक की खिदमतों में डूबा अपनी हजामत वाली कुर्सी पर बैठा हुआ था। उसकी सुबह बहुत व्यस्त रही थी। वह एक फौजी

कवायद में शामिल हुआ था। सलामी मंच पर एक घंटे तक खड़ा रहा था और फिर पश्चिमी पाकिस्तान पहुँचने वाले टैंकों, बंदूकों और गोले-बारूद के बारे में अमेरिका के राजदूत से लंबी बातचीत की थी। अमेरिका के राजदूत ने जताया था कि वह मुल्क की असली हालत से बखूबी वाकिफ है और प्रेसिडेंट ने उसकी समझ और होशियारी की देर तक दाद दी थी। राजदूत ने प्रेसिडेंट निक्सन की तरफ से वायदा किया था कि अब जरूरी हथियार भेजने में और देर नहीं की जाएगी, और दोनों एक-दूसरे के बारे में ऊँची राय बनाने का भाव जाहिर करते विदा हुए थे। अमेरिका के राजदूत से मुलाकात के बाद एक छोटी सी बैठक उसने अपने स्टाफ-प्रमुखों के साथ की, और उसके बाद कुछ देर के लिए उसकी एक नई-नवेली रखैल उससे मिलने आ गई। ठीक साढ़े ग्यारह बजे, जो वक्त प्रेसिडेंट के कैलेंडर पर जुल्फिकार अली भुट्टो के लिए तय था, प्रेसिडेंट उस कमरे में दाखिल हुआ जिसे वह 'हज्जाम की दुकान' कहता था। यह एक लंबा, सँकरा-सा कमरा था जिसमें एक तरफ आईनों की कतारें थीं और दूसरी तरफ नीली उजली टाइलें, और इस कमरे में एक हजामत की कुर्सी, एक रेफ्रिजरेटर, एक लंबा नीचा बिस्तरा, कुछ आरामकुर्सियाँ और एक छोटा सा टेलीविजन सेट था। टेलीविजन सेट पर प्रेसिडेंट देख सकता था कि उसके अलग-अलग कमरों में क्या हो रहा है। इसमें छह टेलीविजन स्कैनरों से जुड़े छह बटन थे। अपनी हजामत की कुर्सी पर बैठते ही उसने दूसरा बटन दबाया और बैठक का दृश्य आने लगा। उसने भुट्टो को कमरे में दाखिल होते देखा, मुस्कुराया और कहा, "हमें अब इसकी जरूरत नहीं है," और टेलीविजन सेट बंद कर दिया।

हज्जाम, जो खुद को केशतराश (हेयर ड्रेसर) कहा जाना पसंद करता था, एक खूबसूरत इतालवी नौजवान था जिससे वाशिंगटन में प्रेसिडेंट की मुलाकात अमेरिका के एक दौरे के दौरान हुई थी जब वह निरीक्षक के रूप में फौजी अभ्यास देखने गया था। हर कोई उसे लुईजी कहता था, मगर उसका असली नाम मर्केंटोनियो फ्रैंकिनी था। किसी ने वाशिंगटन में प्रेसिडेंट से उस नौजवान केशतराश की तारीफ की थी और वह उसकी नफासत और उसका हुनर देखकर खुश था, और जब उसने इशारा किया कि उसे एक औरत की तलब है, वह अपनी रिश्ते की एक बहन को छिपाकर होटल ले आया और उसने उसे बाकायदा पेश करते हुए धीरे से कहा, "आपके लिए मुफ्त है।" यह एक लंबी दोस्ती की शुरुआत थी।

लुईजी का काम चेहरे की मालिश, गर्दन की थपकी, विटामिन बी से युक्त बताए जाने वाले एक तेल तथा नवजात भेड़ों के अंगणुओं से तैयार किए गए एक खुफिया लोशन के चेहरे पर लेप से शुरू हुआ। इन जरूरी शुरुआतों के बाद ही लुईजी अपना ध्यान बालों की तरफ मोड़ता, पहले खोपड़ी की मालिश करता, फिर बिजली के कर्लिंग आयरन इस्तेमाल करता, फिर सूखा शैंपू करता, फिर उजली तहों पर खिजाब लगाता और करीने से सँवारता, जो प्रेसिडेंट की हेयरस्टाइल की सबसे खास बात थी। जब यह लंबा और मशक्कत-भरा काम पूरा हो जाता तो प्रेसिडेंट की मोटी, झाड़ीदार भौंहों की

बारी आती, जिन्हें पहले काले खिजाब में रँगा और सँवारा जाता, और कुछ-कुछ मेफिस्टोफिलिस जैसा असर पैदा करने के लिए ऊपर की तरफ मेहराबनुमा बनाया जाता। बीच-बीच में लुईजी प्रेसिडेंट के चेहरे पर खुशबुओं का छिड़काव करता चलता और ऐसे मौकों पर कभी-कभी वह बताता कि खुशबुओं की एक 'सिंफनी' तक रची जा सकती है। प्रेसिडेंट को खुशबुओं में फर्क करने की खासी तमीज थी, और उसके पास इत्र की शीशियों का बढ़िया संग्रह था, लेकिन इत्रों की सिंफनी बनाने लायक लुईजी का जोशो-खरोश उसमें नहीं था। इस सिंफनी के बारे में वह नौजवान की बेइंतिहा बातें झेल लेता था, यही उसके गहरे लगाव का सबूत था।

इन विस्तृत सज्जा-सत्रों पर प्रेसिडेंट को कोई अफसोस नहीं होता था। वह मानता था कि सभी बड़े लोगों के बाल कायदे से सँवरे होने चाहिए। 'हजामत की दुकान' का खर्च और लुईजी का वेतन फौज के खजाने से जाता था।

जिस वक्त लुईजी उसके बाल और चेहरे की देखभाल कर रहा होता था, उस वक्त उसके हाथ-पाँव का खयाल उसकी ज़ाती मैनिक्योरिस्ट फातिमा दि लियोन रखा करती थी जो आधी पाकिस्तानी और आधी कास्टिलियन होने का दावा करती थी। वह अक्सर एक रेशमी धारीदार तौलिए के सिवा कुछ नहीं पहनती थी। उसके हाथ इतने मुलायम थे कि पिघलते-पिघलते से मालूम होते थे, अपनी चाल-ढाल में वह बहुत दिलकश थी, और उसका जिस्म बेहद, बेहद कमनीय था! उसका वेतन भी फौजी खजाने से जाता था और जब वह उसकी उन खिदमतों के लिए छोटे-छोटे नीलम और मणियों की सौगात दिया करता था जो उसके पेशेवर क्रियाकलाप में नहीं आती थीं, तो इसका भुगतान प्रेसिडेंट्स स्पेशल फंड, कैटेगरी बी, अवार्ड फॉर एक्सेप्शनल करेज एंड डिवोशन इन ड्यूटी (सिविलियन ओनली) से किया जाता था।

इस सुबह प्रेसिडेंट का मिजाज कुछ-कुछ उखड़ा हुआ था। इसकी कई वजहें थीं। उसे इस बात का धुँधला-सा अहसास था कि भुट्टो के साथ चालाकी बरतना खतरनाक है, और इस बात का भी अहसास था कि जरूरी फैसले लेने का वक्त तेजी से करीब आता जा रहा है। जेनरल स्टाफ के साथ संक्षिप्त बातचीत के सत्र में जो मुद्दे उठे थे—वे बहुत संक्षेप में उठाए गए थे और तुरंत उन्हें आगे की चर्चा के लिए पुनरीक्षण बोर्ड के पास भेज दिया गया था—कि शेख़ मुजीबुर्रहमान पर मुकदमा चलाया जाए या उन्हें चुपचाप गोली मार दी जाए, और यह कि क्या पूर्वी पाकिस्तान के अभियान में कुछ लाख और सिपाहियों को दाँव पर लगाया जा सकता है। मगर जेनरल स्टाफ की निगाह में इन सवालों पर संजीदगी और सावधानी से विचार करने की जरूरत थी। अपने जेनरलों के बेहद एहतियाती रुख से प्रेसिडेंट याहूया ख़ान थोड़ा परेशान हुआ। उसका खयाल था कि इन मुद्दों पर किसी नतीजे तक आसानी और काफी तेजी से पहुँचा जा सकता था।

मगर एक और मामला था जिसमें प्रेसिडेंट का ध्यान लगा हुआ था। दीवार पर लगे आईने के सामने उसका जो चेहरा उससे मुखातिब था, उससे उसे बहुत खुशी नहीं

हो रही थी। उसका वजन बहुत बढ़ रहा था, ठुड्डी का दुहराव बहुत साफ समझ में आने लगा था, आँखों के नीचे सियाह दाग पड़ रहे थे, और उसे लग रहा था कि वह बढ़ती उम्र के निशानों की पहचान ले रहा है। उसे खयाल आया कि उसकी निपट काली भौंहों की डिजाइन कुछ ज्यादा भड़कीली है और उसे इन पर लुईजी के साथ बैठकर संजीदगी से बात करनी होगी। वह छप्पन साल का था और पिछले बारह साल से खुद पर गुरूर करता आ रहा था कि वह चालीस से ज्यादा का नहीं लगता। हकीकत यह थी कि अब, आखिरकार उसकी उम्र छुपने से इनकार कर रही थी और इस चीज से उसे बहुत राहत नहीं मिलती थी।

मिस फातिमा लियोन उसके पाँवों के पास घुटनों के बल बैठी उसके पाँव के अँगूठे का नाखून तराश रही थी। उसकी मौजूदगी गर्माहट और सुकून देती थी और पाँवों को सहलाने और उनकी मालिश करने का उसका ढंग कुछ ऐसा था कि प्रेसिडेंट को मजा आता था, वह उत्तेजित होता था, और कभी-कभी तो उसकी साँस रुक-सी जाती थी। जब वह अपनी मुलायम, ललकती आवाज में कहती, "आपके अँगूठे बेहद खूबसूरत हैं," या फिर जब वह अपने लंबे बालों को उसके नंगे पावों पर लहराने देती तो उसे कुछ ऐसा सुख मिलता था जो उसकी कला के किसी भी दूसरे सुख से बड़ा था। वह आज उससे खास तौर पर खुश था, और साथ ही साथ लुईजी की लंबी खिंच रही खिदमतों से बेसब्र भी। एक घंटे बाद उसने फिर टेलीविजन सेट खोला। भुट्टो अभी भी सोफे पर अपनी पुरानी जगह पर बैठा था, मगर उसका चेहरा पहचाना नहीं जा सकता था, वह ठंड से नीला पड़ गया था।

"यह मेरा नायाब खयाल था," वह अपने-आपमें बुदबुदाया।

जाहिरा तौर पर ऊँची आवाज में उसने कहा, "जल्दी करो लुईजी, फातिमा मुझे मोजे पहनाओ। तुम्हें पता नहीं है कि मुझे भुट्टो से मिलना है ?"

एक बजने के कुछ मिनट पहले जब भुट्टो प्रेसिडेंट के कमरे में दाखिल हुआ तो वह थकान और बौखलाहट की ऐसी हालत में था जिसे उसके लिए बिलकुल नया तजुर्बा कहा जा सकता था। अब तक उसे पूरा यकीन हो चुका था कि जान-बूझकर उससे इंतजार कराया जाता रहा है, और उतना ही यकीन इस बात का भी कि प्रेसिडेंट की हिदायतों के मुताबिक ही एयरकंडीशनर को सबसे ठंडा रखा गया था। वह खुद भी बेगुमान मेहमानों के साथ ऐसी चालाकियाँ करता था, जब वह राज्य मंत्री हुआ करता था; उसे लोगों को चोट पहुँचाने और उन्हें अपनी ताकत दिखाने में बहुत मजा आता था, लेकिन यह शायद ही कभी हुआ कि उसे अपनी दवा खुद चखनी पड़ी हो।

प्रेसिडेंट अपनी मेज पर बैठा था, उसके सामने कागजात का पहाड़ लगा हुआ था, और उसकी बगल में एक सहायक खड़ा था, जो प्रेसिडेंट का दस्तखत होने के बाद एक-एक करके कागज अलग करता जा रहा था। बड़े दिखावे के साथ किए जाने वाले उन बड़े-बड़े, झुँझला देने वाले, नेपोलियन सरीखे, दस्तखतों को कमरे के दूसरे हिस्से से देखा जा सकता था। सहायक इस बात का खयाल रख रहा था कि कागजों पर स्याही

से बहुत ज्यादा धब्बे न रह जाएँ और जैसे ही उसे कागजात मिलते थे, वह दस्तखतों पर सोखता लगा देता था।

"जब तक मैं दस्तखत कर रहा हूँ, तुम मुझसे बात कर सकते हो," प्रेसिडेंट ने कहा, "किस चीज का इंतजार कर रहे हो ? मैं बहुत व्यस्त हूँ। चीनी राजदूत लंच के लिए आ रहा है।"

भुट्टो की पहली इच्छा हुई कि वह चीख पड़े, "कैसे बेवकूफ हो तुम ! मालिश करवाते और इत्र लगाने में तुमने पूरी सुबह जाया की ! जिस वक्त मैं दाखिल हुआ, उसी वक्त से तुम्हारी बू महसूस कर सकता था।" मगर इसकी जगह उसने सिर झुका कर कहा, "मि. प्रेसिडेंट, मुझे लगा कि वक्त आ गया है कि अब हमें कुछ मुद्दों पर बातचीत कर लेनी चाहिए।"

प्रेसिडेंट ने तेजी से उसकी ओर देखा, उसकी मोटी भौंहें उठी हुई थीं।

"कैसे तुम्हें लगा कि वक्त आ गया है जुल्फी ?"

"क्योंकि–," अपना एक-एक शब्द एहतियात के साथ तौलते हुए भुट्टो ने शुरू किया, "क्योंकि हालात लगभग बदतरीन हैं और रोज-ब-रोज और बदतरीन हो रहे हैं।"

"किन हालात की बात कर रहे हो तुम ?"

"आपको अच्छी तरह पता है कि मैं किन हालात की बात कर रहा हूँ, मि. प्रेसिडेंट। मुल्क का बुरा हाल है, तनख्वाहें घट गई हैं, कर बढ़ गए हैं, फौज पूर्वी पाकिस्तान में उलझी हुई है, जो अब कंगाल और पूरी तरह अनुत्पादक हो चुका है, और एक सभ्य मुल्क के तौर पर हमारी इज्जत बस इतनी रह गई है कि कोई भी पत्रकार हमें कुछ कहने का मौका दिए बिना हम पर हमला बोल देता है। हमें अब नई, कल्पनाशील नीतियों की जरूरत है–"

"जो तुम बताना चाहते हो ?"

"मैं अच्छी तरह बताऊँगा। आप, मि. प्रेसिडेंट, उन्हें और अच्छी तरह बता सकते हैं। सबसे अहम चीज एक नया नजरिया है–पूर्वी इलाके में चैन कायम कीजिए, शेख़ मुजीबुर्रहमान को रिहा कर दीजिए, कर घटाइए, भ्रष्टाचार पर रोक लगाइए। दमन बहुत लंबा खिंच चुका है, और उसे शुरू ही नहीं होना चाहिए था।"

"तुम उस वक्त राजी थे, याद करो। बल्कि यह मशविरा देने वाले तुम्हीं पहले थे।"

"मैं दमन के लिए राजी हुआ था–गृह-युद्ध के लिए नहीं। गिरफ्तारियाँ भर, खूनखराबा नहीं।"

प्रेसिडेंट मुस्कुरा रहा था।

"तुम सब कुछ के लिए राजी हुए थे जुल्फी ! तुम जानते हो कि तुम राजी थे। तुम इसमें सिरे से शामिल रहे हो, और अगर जरूरत पड़ी–हालाँकि यह मेरे और तुम्हारे, दोनों के वक्त की बरबादी होगी–मैं तुम्हारे अपने शब्द दुहरा सकता हूँ। अगर तुम अपनी जिम्मेदारी से भागने की कोशिश कर रहे हो तो यह बेकार है, जैसा कि तुम जानते हो। भ्रष्टाचार के बारे में या शेख़ मुजीब को रिहा करने के बारे में बात मत करो ! मेरे

यहाँ कोई भ्रष्टाचार नहीं है, और अपनी आखिरी साँस तक मैं शेख़ मुजीब को रिहा करने वाला नहीं हूँ।''

''क्या शेख़ मुजीब जिंदा है ?''

''बिलकुल, वह जिंदा है। जब उसे गोली मारी जाएगी तो उसका ऐलान होगा।''

''खुदा के लिए उसे मारिएगा मत !''

''क्यों नहीं जुल्फ़ी ? एक गद्दार को गद्दार की मौत मिलनी चाहिए, नहीं ? यह मेरा मामला है, बरखुरदार। तुम वक्त का छूटा तीर वापस नहीं ला सकते। उस शख़्स ने एक जुर्म किया है और उसे इसकी सजा भुगतनी होगी। मैं उसे अपने हाथ से निकलने नहीं दूँगा ! शक नहीं कि वह मेरे रहमो-करम पर है ! मैं उसे लटकाऊँगा !''

''आप ऐसा न करें—''

''बाखुदा, क्यों नहीं ?''

''क्योंकि यह मुल्क के लिए ठीक नहीं है, क्योंकि उसे शहीद बनाने से कुछ हासिल होने वाला नहीं है, क्योंकि वह इतना बड़ा आदमी नहीं है कि आप उसे मारें !''

प्रेसिडेंट अभी भी दस्तावेजों पर दस्तखत कर रहा था, मगर थोड़ी धीमी रफ्तार से और बिना देखे, उसका सहायक उसकी मदद कर रहा था। उसने कभी भुट्टो पर यकीन नहीं किया था जो लोमड़ी की तरह चालाक था और उसमें किसी फौजी की एक भी खूबी नहीं थी। फौजी वर्दी में भुट्टो की कल्पना करने-भर से प्रेसिडेंट को हँसी आने लगती थी।

''इतना बड़ा आदमी नहीं है कि मैं उसे मारूँ ?'' प्रेसिडेंट ने पूछा, और उसका चेहरा काला पड़ गया। ''तुम सोचते हो कि मैं इतना बड़ा नहीं हूँ कि उसे मार सकूँ ?''

''यह मैंने नहीं कहा था।''

''तुमने यही कहा जुल्फ़ी बरखुरदार। मेरे पास सारी दुनिया से आ रहे तारों और खतों का तीन फीट ऊँचा अंबार लग गया है जिनमें मुझसे कहा गया है कि उसे चोट न पहुँचाऊँ, उसके खूबसूरत सिर का एक बाल भी बाँका न करूँ। ठीक है, मैं उसे चोट पहुँचाने नहीं जा रहा हूँ। मुझे बताया गया है कि फाँसी लटकाना तुरत-फुरत का काम है और इसमें तकलीफ भी नहीं होती। मैं मुल्क का सबसे ताकतवर आदमी हूँ और दुनिया के सबसे ताकतवर लोगों में एक हूँ, और वे मेरी ताकत कम करके आँकते हैं, अगर समझते हैं कि किसी गद्दार को सजा-ए-मौत देने की हिम्मत मुझमें नहीं है !''

''अभी वह कहाँ है ?''

''जेल में, और उसकी अच्छी तरह देखभाल हो रही है, इतना बता सकता हूँ। जब तक फौजी अदालत अपना फैसला नहीं सुनाती, उसे वहीं रहना है।''

''यानी, अभी उसे फौजी अदालत नहीं ले जाया गया है ?''

''खुफिया तौर पर नहीं !''

''आप उसे किसी हाल में मारिएगा मत,'' भुट्टो ने दुहराया, ''मुझे उससे कोई प्यार नहीं है, मगर मुझे पता है कि जिस दिन आप उसकी सजा-ए-मौत का ऐलान करेंगे,

उस दिन क्या होगा।''

''क्या होगा ?''

''सारी दुनिया हम पर टूट पड़ेगी ! खासकर अमेरिकी ! आप चाहे जितने बंगालियों को मारें, उन्हें फर्क नहीं पड़ेगा, मगर वे शेख़ मुजीब को नहीं मारने देंगे।''

''अमेरिकी अभी मेरी जेब में हैं। तुम मुझे नहीं बता सकते कि अमेरिकी क्या करेंगे, क्या नहीं करेंगे। क्या तुम सोचते हो कि निक्सन को इस बात की परवाह है कि शेख़ का क्या हो रहा है ? मैं निक्सन को अच्छी तरह जानता हूँ। हम एक-दूसरे के लगातार संपर्क में हैं। हम एक-दूसरे को समझते हैं और किसिंजर—हाँ, वह यहूदी है, मगर उसकी एक इज्जत है—और जब मैंने शेख़ का सवाल उठाया तो उसने कहा, 'यह आपका मामला है।' और यही होने जा रहा है !''

भुट्टो को यह अजीब सा अहसास हुआ कि वह किसी पहेली में भाग ले रहा है। प्रेसिडेंट याह्या ख़ान अभी भी कागजात पर दस्तखत कर रहा था, सहायक अभी भी उसके हाथों को निर्देशित कर रहा था, और मेज पर पड़े उस विशाल अंबार में से बस अब कुछ ही कागजात रह गए थे। भुट्टो को लगा कि ये कागजात सजा-ए-मौत के हैं और प्रेसिडेंट उन्हें बिना देखे दस्तखत कर रहा है, मशीनी ढंग से, बेध्यानी से, जल्दी-जल्दी, और सारे वक्त वह बातचीत में मशगूल था, और इस तरह वह दो अलग-अलग लोगों में बदल जा रहा था जो एक ही वक्त में दो नाटक कर रहे हों। ये मेज का ऊपरी सिरा एक मंच था जिस पर दो अदाकार अपने किरदार कर रहे थे, एक मौत के कागजात पर दस्तखत कर रहा था और दूसरा खुद को उन आरोपों से बचा रहा था जो भुट्टो ने सीधे या छुपे हुए तौर पर लगाए थे।

दीवार पर प्रेसिडेंट के ऊपर, काले रंग की उदास पोशाक में मोहम्मद अली जिन्ना की आदमकद से भी बड़ी तस्वीर टँगी हुई थी, चेहरा झुका हुआ और तकलीफ में मालूम होता था, एक बाँह नाटकीय ढंग से उठी हुई थी जैसे वतन की ओर इशारा कर रही हो। प्रेसिडेंट के कमरे की दीवार उजली और सुनहरी थी, फर्नीचर पर गहरे लाल रंग के मखमली गिलाफ थे; दो परदे छत से फर्श पर पहुँचते थे। ''ऐसी जगह पर कोई इनसान चैन से कैसे रह सकता है ?'' भुट्टो ने खुद से पूछा, फिर उसने कहा, ''शेख़ मुजीबुर्रहमान कहाँ हैं ?''

''मैं तुम्हें बता चुका हूँ,'' प्रेसिडेंट ने कहा, ''अगर मुझे पता होता कि वह किस जेल में है, जो पता नहीं है, तो क्या तुम सोचते हो, मैं तुम्हें बता देता ?''

आखिरी कागज पर दस्तखत हो चुका था, और प्रेसिडेंट किसी गहरे बोझ से उबर चुका मालूम होता था। वह मेज पर आगे की ओर झुक आया और उसने कवायद के मैदान वाली अपनी आवाज में कहा, ''मैं तुम्हारे सवालों से तंग आ चुका हूँ जुल्फी ! मुझे पता है, तुम्हारा इरादा क्या है ! सँभलकर रहना ! मैं गद्दारों को सूँघ लेता हूँ। अब हम जंग की हालत में हैं। मैं किसी को यह बताने का अवसर नहीं देता कि मुझे क्या करना है, तुम्हें भी नहीं। अगर तुम्हें लगता है कि मैं अपनी कोशिशों को ढीला छोड़

दूँगा, तो तुम्हें गलतफहमी है, और तुम्हें यह भी गलतफहमी है अगर तुम सोचते हो कि तुम मुजीब की गर्दन बचा लोगे ! तुम बोलते हो कि मुल्क बुरी हालत में है, और तुम फिर गलती पर हो ! हम कभी बेहतर हाल में नहीं थे ! मेरी हुकूमत पाकिस्तान के इतिहास की सबसे शानदार हुकूमत के रूप में याद की जाएगी ! यह याद रखना !"

एक सहायक प्रेसिडेंट के कमरे में लगभग दौड़ता हुआ आया। जब वह मेज के नजदीक पहुँचा, उसने गूँजती हुई आवाज में कहा, "चीन के राजदूत की कार दरवाजे तक आ रही है।" प्रेसिडेंट अपनी कुर्सी से उछलकर खड़ा हुआ, मुस्कुराया, संजीदा, शांत और नेक भाव अख्तियार किया, और कमरे से निकलने ही वाला था कि उसे याद आया कि भुट्टो मेज के दूसरी तरफ अभी भी बैठा हुआ है।

"बस एक चीज याद रखना जुल्फ़ी," उसने कहा, "मैंने कमान सँभाली है ! मेरे रास्ते में मत आओ ! तुम्हें एक बुजुर्ग की तरह सलाह दे रहा हूँ, कुछ वक्त के लिए सियासत से परे रहो—तुम्हारी भलाई इसी में है।"

फिर उसने अपने कंधे चौड़े किए, कमरे से मार्च करता हुआ निकला और प्रेसिडेंशियल महल की सीढ़ियों पर चीनी राजदूत से मिलने पहुँच गया।

साफ आसमान से धूप आ रही थी, जहाँ एक सुनहरा बाज सहज शान के साथ गोता लगा रहा था और ऊपर आ रहा था, जैसे अपनी आजादी उस कैदी को दिखा रहा हो जो अपनी कोठरी की सलाखों के पीछे से उसे देख रहा था। बिना किसी मुश्किल के कैदी आसमान का एक बड़ा टुकड़ा देख सकता था और बाज की नफीस हरकतों पर दूर तक निगाह रख सकता था। हालाँकि काफी सुबह थी, धूप अभी ही लगभग असहनीय हो गई थी और आसमान का रंग दोपहर की तरह का गहरा नीला, लगभग बैंगनी हो चुका था। यह यकीन करना नामुमकिन था कि सूरज की गर्मी से घायल हवा के बीच बाज उड़ान भर रहा है। यह विशाल चक्कर में उड़ान भर रहा था, काहिली के साथ, हवा के कुशन पर ऊपर उठता हुआ, और फिर अचानक, बिना किसी वजह के, वह धरती की ओर गोता मारता था, तीर की तरह नीचे की तरफ जाता हुआ, गिरते हुए धूप की सुनहरी किरणों में फँसता हुआ, बस उतरने की खुशी से हजार फीट नीचे उतर जाता हुआ, और फिर उसी सहज खूबसूरती के साथ ऊपर उठता हुआ उस विशाल चक्र में वह अपनी पुरानी जगह हासिल कर लेता था, जहाँ उसे साफ-सुथरी हवा में साफ-सुथरे ढंग से उड़ान भरने के अलावा कुछ नहीं करना था।

लगभग बीस मिनट से शेख़ मुजीबुर्रहमान सलाखों के पीछे से बाज को देख रहे थे, उसके मनबहलाव में शरीक थे, खुश, क्योंकि बाज अपनी आजादी में विभोर था। यह कितना खूबसूरत लगता था जब उसके पंख धूप में खुले होते थे, चमचमाते सोने की तरह चमकता हुआ, और जब वह नीचे उतरता था और सोने के एक छींटे के अलावा कुछ नहीं रह जाता था तो यह और भी जादुई लगता था क्योंकि यह अपना आकार

अपनी मरजी से बदल सकता था। कभी-कभी जेल की बारादरी के ऊपर एक तेज चमकती हुई छाया नजर आती थी—एक बाज की छाया।

अचानक, जहाँ पहले नीला आसमान और सुनहरा बाज था, वहाँ एक खुरदरा, दढ़ियल चेहरा और लाल डोरे वाली घूरती आँखें आ गईं। सलाखों के पार से एक नया संतरी उनकी ओर घूर रहा था, और उससे सड़े हुए दाँतों और बदबूदार जिस्म की गंध आ रही थी। यह एक भारी, बेरहम चेहरा था; शेख़ मुजीबुर्रहमान पीछे हट गए; वह आदमी तसल्ली के साथ मुस्कुराया। फिर ताले में चाबी के खरखराने की आवाज आई। शेख़ मुजीबुर्रहमान पर गद्दारी के आरोप और दस दूसरे सजा-ए-मौत के काबिल जुर्मों के मुकदमे का सातवाँ दिन शुरू होने वाला था।

हालाँकि लायलपुर में लाल रंग वाली अदालत जेल के ठीक बगल में थी, मगर कैदी के अदालत में दाखिल होने से पहले लंबे-लंबे गलियारों के आखिरी सिरे पर बने चार लोहे के फाटकों को खोलना पड़ता था। हर दरवाजे पर पूरी जंग की वर्दी में एक सिपाही सब-मशीनगन लिए तैनात रहता था। जब शेख़ मुजीबुर्रहमान अपनी कोठरी से चार संतरियों से घिरे नमूदार होते, एक उनके आगे होता, एक पीछे, और दो दाएँ-बाएँ, तब हर दरवाजे पर छोटी सी कॉन्फ्रेंस हो जाती, विशेष पास दिखाए जाते, पर्चियों पर दस्तखत होते, फिर उन पर रबर की मुहर लगाई जाती, और फिर कायदे से एक संतरी उसे दूसरे तक बढ़ा देता, उनमें से हरेक उन तमाम दस्तावेजों का ध्यान से मुआयना करता, जो 'नजरबंद' शेख़ मुजीबुर्रहमान को—यह हमेशा 'नजरबंद' होता था, कभी कैदी नहीं—एक गलियारे से दूसरे गलियारे में पार होने की इजाजत देते। इस तरह दो सौ गज की दूरी तय करने में पंद्रह मिनट लग जाते।

ऐसे अवसरों पर शेख़ मुजीबुर्रहमान खुद को एक तरह की बेखुदी की हालत में ले आते थे, संतरियों या सिपाहियों पर कतई ध्यान नहीं देते, उनसे उतनी बेरुखी बरतते कि लगता कि उन्हें उन लोगों के वजूद का अहसास ही नहीं है। वह अपनी रफ्तार में धीरे-धीरे गलियारे से गुजरते। जब वह पाकिस्तानी झंडों से सजी, बेंचों की कतार वाली और ऊँचे मंच वाली विशाल अदालत में पहुँचते थे, तो उनकी दिलचस्पी बहुत ही कम रहती थी, चूँकि मुकदमे में हिस्सा लेने का उनका कोई इरादा नहीं था। वह कभी अपना बचाव नहीं करते थे और न ही अपने आरोपियों पर कोई हमला करते थे। सबसे आखिर में वे चुप्पी का हथियार के तौर पर इस्तेमाल करते थे। यह एक ऐसा हथियार था जिसे उन्होंने कई मुकदमों के दौरान पैना किया था और कौशल और बारीकी के साथ इसका इस्तेमाल किया था, हालाँकि उसकी सीमाओं से वे बखूबी वाकिफ थे। बस एक बार उन्होंने कुछ कहा था, और वह तब जब सदारत कर रहे जज ने मुकदमे की बिलकुल शुरुआत में उनसे पूछा था कि उन्हें अपने बचाव में अपना कोई बयान देना है या नहीं। उन्होंने कहा, "जब आप मुझे खत्म कर दें, तो मैं चाहता हूँ कि मेरे जिस्म को मेरे प्यारे बांगलादेश ले जाया जाए।" समूचे मुकदमे के दौरान बस यही चीज उन्होंने उनसे चाही थी।

चूँकि मुक़दमा खुफिया तौर पर हो रहा था और लोगों को आने की इजाजत नहीं थी, बेंचें खाली थीं। शेख़ मुजीबुर्रहमान दूसरी बेंच पर बैठे हुए थे, सदारत करने वाले जज के ठीक सामने, जो गहरी आँखों, उजली दाढ़ी और धँसे गालों वाला एक संजीदा आदमी था और आम तौर पर लाहौर में दीवानी अदालत की सदारत करता था। उसके अगल-बगल कम-से-कम दस जज बैठे थे जो फौज के जज एडवोकेट महकमे से आए थे, सब फौजी वर्दी में थे, सब के सब तमगों की कई कतारों से लदे-फँदे थे, और सबके चेहरे पर फौजी ताकत के दर्प के चिह्न आसानी से पहचाने जा सकते थे। जज एडवोकेट महकमे से तीखे चेहरे वाला एक अभियोजक भी था। शेख़ मुजीबुर्रहमान की इच्छा के खिलाफ उन्हें एक जाना-माना बचाव वकील दिया गया था, जो कैदी की जिंदगी के लिए लड़ रहा था, मगर उसे कैदी से जरा भी मदद नहीं मिल रही थी। गवाहों को, जो पूर्वी पाकिस्तान से बुलाए गए थे, साथ के एक कमरे में रखा गया था और एक-एक कर अदालत में बुलाया जा रहा था। उनमें से ज्यादातर बंगाली थे जो गवाही दे रहे थे कि उन्होंने शेख़ मुजीब के भड़काने वाले भाषण सुने हैं और उनके बयानों को मेहनत के साथ अंग्रेजी में अनुवाद करना पड़ रहा था। अभियोजन का हर गवाह दूसरे से मिलता-जुलता था और बचाव के लिए कोई गवाह नहीं था। अदालत को घेरे हुए सात-आठ सिपाहियों और ग्यारह जजों को छोड़कर अदालत में बस गिनती के लोग थे।

सातवें दिन के मुकदभे की आधिकारिक शुरुआत के ठीक पहले बचाव का वकील शेख़ मुजीबुर्रहमान के पास आया और उसने फुसफुसाकर पूछा, "आप अपने बचाव में खड़े नहीं होंगे ?"

"नहीं।"

"यह आपकी अपनी जिंदगी का सवाल है।"

"नहीं, यह भी नहीं है।"

"तो फिर क्या है ?"

"मेरे लोगों की जिंदगी। मेरी जिंदगी की क्या अहमियत है ? नहीं, मैं उनसे बात नहीं करूँगा।"

"क्या आप मुझसे बात करेंगे ?"

"नहीं।"

"आप मेरे लिए बहुत मुश्किल पैदा कर रहे हैं।"

"मुझे पता है, मगर मैं क्या कर सकता हूँ ? मैं प्रधानमंत्री चुना गया था। मेरे बारे में, या मेरे लोगों के बारे में फैसला करने वाली कुर्सी पर बैठने का हक उन्हें नहीं है। इस अदालत की कानूनन कोई वैधता नहीं है।"

"तो आप किसी भी सूरत में अपना बचाव नहीं करेंगे ?"

"नहीं, किसी भी सूरत में नहीं।"

जज कुछ दर्ज कर रहे थे, बचाव वकील सामने की बेंच पर बैठा था और उसने हाथों से चेहरा ढाँपा हुआ था, और अभियोजन का वकील एक गवाह से कुछ-कुछ

फुसफुसा रहा था जिसने बाद में गवाही दी कि उसने शेख़ मुजीबुर्रहमान को यह कहते सुना था कि पाकिस्तान की तबाही उनका इकलौता मकसद है। अदालत का स्टेनोग्राफर मंच के ठीक नीचे अपनी जगह ले चुका था। हथौड़ा गिरा और शेख़ मुजीबुर्रहमान ने पीछे की ओर पीठ टिकाते हुए आँखें मूँद लीं।

गवाह भारी-भरकम मूँछों वाला एक मोटा सा व्यवसायी था। उसने अच्छा-खासा अभ्यास किया हुआ था और अपनी गवाही रटी हुई थी। एक बार सदारत करने वाले जज ने आगे झुककर पूछा, "मैं तुम्हें याद दिलाऊँ कि तुम हलफ लेकर बोल रहे हो। क्या तुम्हें पूरा यकीन है कि तुम सच, सिर्फ सच, और सच के सिवा कुछ नहीं बोल रहे हो !" गवाह तुरंत घबरा गया, उसने अभियोजन के वकील की ओर याचना-भरी निगाह से देखा, फिर अपनी आँखें झुका लीं, कुछ कागज टटोलने लगा और फिर जज की ओर चुपचाप देखने लगा।

"मुझे एतराज है योर ऑनर," अभियोजन के वकील ने कहा, "गवाह अपनी कुव्वत-भर सच बोल रहा है। वह और कुछ नहीं कह सकता।"

"मैं आपसे मुख़ातिब नहीं था। मैं गवाह से मुख़ातिब था। क्या तुम सच बोल रहे हो ?"

"हाँ, योर ऑनर।"

"ठीक है, गवाही आगे बढ़ाओ।"

पाँच मिनट बाद बचाव वकील गवाह से जिरह कर रहा था, जो इस बार बुरी तरह घबरा गया, उसने तारीखें और जगहें उलट-पुलट डालीं, कबूल किया कि उसने शायद शेख़ मुजीबुर्रहमान को कुछ और कहते सुना था, और आगे कुबूल किया कि जब ये शब्द कहे गए थे तब वह वहाँ मौजूद नहीं था और उसने अपने किसी दोस्त से सुना था जिसका नाम वह भूल गया है। और अचानक बचाव वकील ने गवाह की ओर आगे बढ़कर पूछा, "शायद तुमने इन्हें ढाका में फौज के खुफिया प्रमुख कैप्टन अब्दुल हसन से सुना," और फिर गवाह बुरी तरह काँपने लगा और उसने अभियोजन वकील की बाँह पकड़ ली।

"तो तुम सच बोल रहे हो या नहीं ? क्या तुमने वाकई शेख़ मुजीबुर्रहमान को ये शब्द कहते सुना था ?"

"नहीं सर !"

"मुझे और कुछ नहीं पूछना है।"

गवाह को ले जाया गया।

इस तरह मुकदमा सारी सुबह चलता रहा, जबकि सदारत कर रहा जज गवाहों के बयानों से ज्यादा-से-ज्यादा चौकन्ना होता गया और उसके साथी जज छोटे-छोटे हुजूम में इकट्ठा होकर गवाहों के बरताव पर चर्चा कर रहे थे जिन्हें साफ तौर पर अच्छी तरह रटाया गया था।

शेख़ मुजीबुर्रहमान इन बहसों को इस तरह सुन रहे थे मानो वे कहीं दूर हो रही

हों। जब उन्होंने अपनी आँखें मूँदीं तो आसमान के नीले विस्तार में उस सुनहरे बाज को चक्कर काटते देखा, अपनी उड़ान में पूरी तरह आजाद और स्वच्छंद। वहाँ सिर्फ बाज था, उसकी निकली हुई आँखें थीं, चाकू-सी तेज चोंच थी और तपे सोने से बने पंख थे। जब उन्होंने अपनी आँखें खोलीं, बाज दीवारों से होता हुआ अदालत में चक्कर काट रहा था, उसके पंखों के किनारे जज और साथी जजों से टकरा रहे थे और उन्हें फर्श पर गिरा दे रहे थे, और फिर दीवारें गिर गईं, सिर्फ नीला आसमान था, और बाज उस समूचेपन में चक्कर काट रहा था।

एक बार अभियोजन की ओर से एक लंबी भाषणबाजी के बीच दढ़ियल जज ने रुकावट डाली और खुश्की से कहा, "गवाहों को खुद बोलने दो कर्नल ! तुम पहले ही अपनी शुरुआती दलील रख चुके हो। तुम्हारा काम, जहाँ तक मेरा खयाल है, गवाहों से जिरह करना है, भाषण देना नहीं।"

लाल चेहरे के साथ अभियोजक ने कहा, "मैं योर ऑनर से माफी चाहता हूँ। मगर कैदी द्वारा किए गए जुर्म की संगीनी मुझे बहा ले गई थी।"

"क्या जुर्म ?"

"गद्दारी।"

"याद रखो कर्नल, कि जुर्म साबित होने के पहले तक प्रतिवादी बेकसूर होता है। तुम्हें साबित करना होगा कि उसने जुर्म किया है, और तुमने अभी तक यह नहीं किया है।"

इस बात पर शोर-शराबा होने लगा। साथी जज चिल्लाने लगे, उनमें से एक ने अपने सामने की मेज पर एक किताब पटक दी; बचाव वकील ने उसके 'तुम्हें साबित करना होगा' शब्दों पर एतराज किया, यह कहते हुए कि इससे कैदी के प्रति पूर्वग्रह झलकता है।

"तुम अच्छी तरह जानते हो कि मेरा मतलब क्या है," जज ने तीखेपन से जवाब दिया, "कैदी को लेकर मेरा कोई आग्रह-दुराग्रह नहीं है। साफ तौर पर अभियोजक वकील कानून द्वारा खींची गई सरहदों का उल्लंघन कर रहे थे। मैं सबको याद दिला दूँ कि यह कानूनी अदालत है और हमारा वास्ता मुकदमे की तह तक पहुँचने से है। मैं अभियोजक को भी याद दिला दूँ कि मुकदमे के गवाहों को किसी भी तौर पर मोड़ा नहीं जाना चाहिए। आप सवाल पूछिए, मगर आप गवाह के मुँह में शब्द नहीं डाल सकते।"

एक साथी जज ने टोक कर ध्यान खींचा कि जज बचाव पक्ष से ज्यादा अभियोजक पर बरस रहे हैं।

"बिलकुल गलत !" जज ने कहा, "मैं संतुलन बनाए हुए हूँ। यहाँ एक प्रतिवादी है, एक शहरी, और उसके सामने दस फौजी जज और जज एडवोकेट महकमे से अभियोजक वकील हैं, और अगर मैं संतुलन बनाए न रखूँ तो मुकदमा मजाक होकर रह जाएगा। क्या मुझे आप सबको याद दिलाना होगा कि क़ानून के मुताबिक कैदी तब

तक बेकसूर होता है जब तक उस पर बिला शक जुर्म साबित नहीं होता।"

जब फिर उसी साथी जज ने एतराज किया कि "यह कानून का निहायत तंग नजरिया है," तो जज ने तल्खी से जवाब दिया, "यह कोई जंग के वक्त की फौजी अदालत नहीं है। हमारा काम सच तक पहुँचना है। इससे ज्यादा या कम कुछ भी नहीं। जिसे तुम कानून का तंग नजरिया बता रहे हो, वह कानून की बुनियाद और इंसाफ का दिल है।"

मगर ऐसे झगड़े कभी-कभार ही होते थे। ज्यादातर मुकदमे ने पूर्वी पाकिस्तान से लाए गए गवाहों की न खत्म होने वाली कवायद की शक्ल ले ली थी जो कसम खाते थे कि 'नजरबंद' शेख़ मुजीबुर्रहमान ने जायज हुकूमत को चुनौती दी है और दहशतगर्दी को बढ़ावा दिया है; उसने बगावत का झंडा बुलंद किया है, आतंकवादी अवामी लीग को हथियारबंद किया है, उस पाक रिश्ते को तोड़ने की कोशिश की है जो पूर्वी और पश्चिमी पाकिस्तान को जोड़ता है, और पूर्वी पाकिस्तान के सारे संसाधनों को हिंदुस्तानी हुकूमत के हवाले करने की पेशकश की है। उसने खुद को कानून से ऊपर कर लिया है। बचाव वकील के लिए मुकदमे का सबसे तकलीफदेह हिस्सा उन गवाहों को सुनना था जो दावा करते थे कि उन्हें अवामी लीग को हथियार मुहैया कराने के लिए कुछ पैसे दिए गए थे। वे शेख़ मुजीबुर्रहमान के साथ बस अड्डों पर अपनी खुफिया मुलाकातों के बारे में बताते, जो ऐसी मुलाकातों में शामिल हो ही नहीं सकता था। कभी-कभी वे ऐसे गवाह को भेजते थे जो साफ तौर पर कैदी के पक्ष में होता था, जो अवामी लीग के कामकाज और मकसद के बारे में सुलझे हुए तरीके से बोलता था, जैसा कि उसने शेख़ मुजीबुर्रहमान के मुँह से सुना था, और अक्सर ये गवाह जज के सामने बहुत हलके से सिर झुकाते और फिर मुड़कर उसी तरह शेख़ मुजीब के आगे भी सिर झुकाते जिससे साथी जज बुरी तरह चिढ़ता जिसकी माँग थी कि कैदी को कोई विशेष सुविधा न दी जाए, यह सुविधा भी नहीं कि लोग उसके आगे सिर झुकाएँ।

इस तरह मुकदमा हफ्ता-भर के लिए रोज चलता रहा, और हर रोज दोपहर को चार बजे के आस-पास शेख़ मुजीबुर्रहमान अपनी कोठरी में पहुँचा दिए जाते। उन्हें पढ़ने-लिखने के लिए कुछ सामग्री लेने की इजाजत दे दी गई थी। कभी-कभी बचाव वकील को उनसे मिलने की इजाजत थी, मगर कैदी शायद ही कभी कुछ बोलता था। एक बार उसे सुबह के बयानों का दस्तावेज दिया गया और उसने उस पर घसीट दिया, "सब झूठ !" एक दूसरे मौके पर उसने लिखा, "गद्दारी क्या है ? क्या यह मानना गद्दारी है कि हमें सताया जा रहा है ?" उसको बचाव वकील मान बैठा था कि वह मौत के खयाल तक से बेफिक्र हो चुका था और कुतूहल से इसका इंतजार कर रहा था।

अगस्त में एक दिन प्रेसिडेंट याह्या ख़ान महल के अपने दफ्तर में पहुँचा और अपनी मेज पर कागजात के विशाल अंबार पर निगाह डाली। उसे उन सबको देखना था, उनमें से कई पर दस्तखत करने थे, कई दूसरों का मुआयना करना था, और यह

तय करना था कि कुछ कागजात दूसरे मंत्रियों द्वारा देखे जाएँगे।

"मुझ पर इतना ज्यादा बोझ है," उसने ठंडी साँस भरते हुए वे कागजात उठाए जिनमें लायलपुर के मुकदमे का एक दिन पहले का हर्फ-ब-हर्फ ब्यौरा दर्ज था। "मैं देख रहा हूँ कि शेख़ अभी भी बोलने से इनकार कर रहा है। खामोश। ठीक है, मैं भी यह खेल खेल सकता हूँ। जजों को बता दो कि मुकदमा खत्म हो गया है और कैदी को वापस मियाँवाली भेज दो। हमें मुकदमे की जरूरत नहीं है–कभी नहीं थी। मुक़दमे की कोई अहमियत नहीं है। मैं ही जज हूँ।"

अगले दिन जजों और वकीलों ने पाया कि लायलपुर की लाल ईंटों वाली अदालत को फौज ने घेर लिया है और किसी को दाखिल होने की इजाजत नहीं है।

सोलह

हालाँकि अभी दिन था, मगर इस्लामाबाद के फौजी मुख्यालय में बत्तियाँ पूरी चमक के साथ जल रही थीं। उस विशाल मरमरी इमारत में खूब गहमागहमी थी। स्टाफ के अफसर न खत्म होने वाले गलियारों में कवायद कर रहे थे, संदेशवाहक आ-जा रहे थे, असामान्य तौर पर तेज आवाज में हुक्म दिए जा रहे थे, और माहौल में बहुत खास किस्म की जल्दबाजी थी। किसी ने अभी तक नहीं कहा था कि जंग होने ही वाली है, मगर हर किसी को इसका पता था। उत्तेजना लगभग मूर्त हो चुकी थी; और सबसे नीचे के संतरियों से लेकर अफसर तक इसमें डूबे हुए थे।

वार रूम में सात या आठ लाल पगड़ियों वाले अफसर हिंदुस्तानी उपमहाद्वीप के विशाल और दुरूह नक्शे पर निगाह जमाए हुए थे। यह एक बड़ा नक्शा था जिसकी पीली, भूरी और हरी रेखाएँ ऊपर लगे लैंपों से दमक रही थीं और ये लैंप चार अलग-अलग रेडिएटरों के चलते पैदा होने वाली गर्मी में इजाफा कर रहे थे। बीच-बीच में किसी वायलिन का तार टूटने जैसी हलकी सी आवाज के साथ पसीने की बूँदें नक्शे पर चू पड़ती थीं। "अगर हिंदुस्तान की तबाही के लिए मुझे जिंदा भुन जाने की कीमत चुकानी पड़े," एक पाकिस्तानी अफसर ने टिप्पणी की, "तो भी इसमें कोई हर्ज नहीं है।" रजामंदी की फुसफुसाहटें उठीं और फिर चमकते चेहरों के साथ वे नक्शे का जायजा लेने में जुट गए। वार रूम की खिड़कियों पर भारी काले परदे लगे हुए थे क्योंकि यह निहायत जरूरी था कि कोई न देख पाए कि भीतर क्या हो रहा है।

शायद स्टाफ प्रमुख जेनरल हमीद ख़ान कुछ ज्यादा ही चौकन्नापन दिखा रहा था। आखिरकार वार रूम तीसरे माले पर था और फौजी मुख्यालय के बाहर खड़ा कोई शख्स भीतर नहीं झाँक सकता था। सिर के ऊपर टँगी रोशनियों को थोड़ा मद्धिम किया जा सकता था जबकि उससे कोई फर्क नहीं पड़ता, और दो रेडिएटरों को सबकी सेहत का खयाल रखते हुए बंद किया जा सकता था। इस बात की कोई वास्तविक वजह नहीं थी कि क्यों बिलकुल जंग की पोशाक में एक संतरी थाम्पसन सब-मशीनगन लिए दरवाजे के भीतर तैनात रहना चाहिए जबकि एक बाहर तैनात था। जेनरल हमीद ख़ान कुछ ज्यादा ही चौकन्ना आदमी था। "हिफाजत," वह कहा करता था, "एक ऐसी चीज़ है जिसे हलकेपन से नहीं लेना चाहिए, खासकर जब यह हमारे प्यारे प्रेसिडेंट की

हिफाजत का सवाल हो।" इसलिए उसने हुक्म दिया था कि फौजी मुख्यालय को फौज की दो टुकड़ियाँ घेरे रहें।

कमरे में इतनी ज्यादा गर्मी होने की वजह बहुत सामान्य थी। प्रेसिडेंट याह्या ख़ान को गर्मी पसंद थी और ठंड नापसंद थी, और सबको पता था कि वह हलके फ्लू से उबर रहा है। इसलिए उसे फौजी मुख्यालय के दसवें माले पर एक अस्थायी फ्लैट दिया गया था ताकि उसे खुली हवा में निकलना न पड़े। वह पाकिस्तानी फौज का कमांडर-इन-चीफ़ था और सारे जरूरी फैसले उस पर टिके होते थे।

नक्शे पर लगे निशान हिंदुस्तानी और पाकिस्तानी टुकड़ियों की असली पोजीशन बता रहे थे। हिंदुस्तानी निशान लाल थे, जबकि पाकिस्तानी निशान हरे थे। साथ ही लाल और हरे गोलाकार निशान हवाई अड्डों की स्थिति की जानकारी दे रहे थे। इनमें भारत के बहुत भीतर से लेकर पूर्वी पाकिस्तान की सरहद तक के अड्डे शामिल थे। जेनरल हमीद ख़ान के मुताबिक ज्यादातर लड़ाई कम-से-कम शुरू के दस दिनों तक पश्चिमी क्षेत्र में होनी थी, जब लगने लगे कि हिंदुस्तानी फौजों को निहायत सियासी वजहों से पूर्वी पाकिस्तान में भेजा जा सकता है। हिंदुस्तान के खिलाफ जंग 36 दिनों तक खिंचने की उम्मीद थी और इस अवधि के आखिर में समूचे कश्मीर को आज़ाद करा लिया जाता और पाकिस्तानी फौजें दिल्ली के बाहरी इलाकों में पहुँच जातीं। जेनरल हमीद ख़ान ने जर्मनी पर जेनरल पैटन के हमले का, और 1967 की जंग में मोशेडेयन के सिनाई डिसर्ट पर हमले का गहराई से अध्ययन किया था। जिसे वह पैटन-डेयन रणनीति बताता था, उसके बेहतरीन इस्तेमाल से हिंदुस्तान को ऐसी चोट पहुँचाने का उसका इरादा था जिससे वह एक पीढ़ी तक नहीं उबर पाए।

"आप देखिए, सर," लाल निशानों पर हरे निशानों को बढ़ाते हुए वह बोल रहा था, मानो वह योद्धा की चाल चल रहा हो, "हर कुछ हमारे फायदे में है। पहली बात, हमारा एक पाकिस्तानी सिपाही दस हिंदू सिपाहियों के बराबर है, और दूसरी बात, रसद और साजो-सामान पहुँचाने के हमारे अड्डे अभेद हैं, और फिर तीसरी बात, हम उन्हें हैरत में डाल सकते हैं, और चौथी बात यह कि चीन और अमेरिका के हमारे दोस्तों ने हमें पूरी मदद देने का वायदा किया है। हम हार नहीं सकते। बदतरीन हालात में हमें कुछ दिन यहाँ-वहाँ रुकना पड़ सकता है। मेरा खयाल है, हम कह सकते हैं कि बुढ़िया जीवन का मजा इस बार चखने जा रही है।"

'बुढ़िया' के जिक्र से प्रेसिडेंट याह्या ख़ान, जिसने मेजर जेनरल की वर्दी पहन रखी थी, खुशी से मुस्कुराया। उसकी मुस्कुराहट में कुछ बचकाना, कुछ मासूम-सा था। हिंदुस्तान की प्रधानमंत्री को बेचैन कर देने का खयाल उसे एक अजीब-सी खुशी देता था।

"कोई सवाल ?" जेनरल ने संजीदगी से पूछा।

सारी आँखें प्रेसिडेंट याह्या ख़ान की तरफ मुड़ गईं जो सबसे बड़ा अफसर होने के नाते पहला सवाल पूछने का हक रखता था, और फिर चाहे जितने सारे सवाल पूछ सकता था।

"अगर तुम मुझे यह कहने के लिए माफ करो बरखुरदार," प्रेसिडेंट ने कहा, "लेकिन अभी तक मेरे दिमाग में कुछ चीजें साफ नहीं हैं। हाँ, तुमने छंब और पुंछ सेक्टर को लेकर नायाब योजना बनाई है, मगर पूर्वी हिस्से के बारे में तुमने कुछ नहीं कहा, या नहीं के बराबर कहा है। हमने बड़ी तादाद में लोगों को और साजो-सामान को इस इलाके में झोंक रखा है, मगर मैं यह नहीं कह सकता कि हम पूरी तरह कामयाब रहे हैं। हमने अपनी जमीन बचाए रखी है। और बदमाश बंगालिगों को अच्छी तरह सजा दी है, मगर मुझे कहना पड़ेगा कि यह तस्वीर का बेहद अहम हिस्सा है। हम ऐसा कुछ नहीं कर सकते जिससे पूर्वी पाकिस्तान पर हमारी पकड़ कमजोर पड़े। मैं चाहता हूँ कि यह बात साफ समझ ली जाए।"

इस खबर को पसरने देने के लिए जान-बूझकर एक लंबी चुप्पी बरती गई। किसी ने कोई टिप्पणी नहीं की क्योंकि प्रेसिडेंट नहीं चाहता था कि कोई टिप्पणी हो। रजामंदी की हलकी सी फुसफुसाहट उसे मिली, जो वह चाहता था। वह मुस्कुराया, नक्शे पर झुक गया और स्थिरता से पूर्वी पाकिस्तान को निहारने लगा, एक अकल्पनीय तौर पर बेआकार सरहदों वाला मुल्क, जिसमें साथ ही साथ इतनी नदियाँ थीं कि यह अचरज की ही बात थी कि यह एक विशाल डेल्टा में क्यों नहीं बदल गया। पूर्वी पाकिस्तान को देखते हुए प्रेसिडेंट हमेशा एक तरह की बेचैनी महसूस करता था। ऊपर के बल्बों की गर्मी ने उसे तर-ब-तर कर दिया था और पसीने की तीन बूँदें नक्शे पर बिखर गईं और फुफकारती-सी आवाज करती भाप में बदल गईं। प्रेसिडेंट ने धीरे-से अपना सिर उठाया और जेनरल हमीद की आँखों में गहराई से झाँकते हुए कहा, "तुम्हें पक्का भरोसा है–"

"पक्का सर !"

"बिना किसी हिचक के ?"

"बेहिचक। मैंने बहुत एहतियात से मुआयना किया है। प्यारे नियाज़ी ने सब कुछ को कायदे से काबू में रखा है। हमने भारतीय सरहदों से लगे काफी गहरे, सुरक्षित बंकर बनाए हैं और हमारे पास इतना रसद और गोला-बारूद है कि जरूरत पड़ने पर तीन महीने तक चलेगा। आपको इस मामले में फिक्र करने की कतई जरूरत नहीं।"

"और मुक्तिवाहिनी का क्या होगा ?"

"खोखले हैं सर ! बदमाश हैं, मगर बदमाश से ज्यादा कुछ नहीं !"

"और हिंदुस्तानी हवाई फौज ?"

"बैठी हुई बत्तखें, सर ! दिन ढलते ही हम उनके अड्डे तबाह कर देंगे, और अगली सुबह हिंदुस्तानी जागकर देखेंगे कि उनकी हवाई फौज बची ही नहीं है।"

कुछ लम्हे तक प्रेसिडेंट जेनरल हमीद को परखती हुई निगाहों से देखता रहा जिसकी अजीब सी हरी-भूरी आँखों में मासूम और समर्पित किस्म की तेजी नजर आती थी। फिर अपने शब्दों को पूरी तरह तौलते हुए, और अपने पूरे कद में तनकर खड़ा होते हुए उसने कहा, "प्लान ए पर तुरंत अमल शुरू कर दिया जाएगा। आज रात हम हिंदुस्तान पर हमला करेंगे।"

शुक्रवार, 3 दिसंबर, 1971 का दिन नई दिल्ली में बाकी दिनों जैसा ही एक दिन था। हमेशा की तरह का हुजूम क्नाट सर्कस के आसपास चक्कर लगा रहा था और जाड़े की धूप का मजा ले रहा था; छोटी-छोटी गुमटीनुमा दुकानों में, जहाँ तिब्बत के शरणार्थी पीतल के बरतन और मोतियों से सजी डिबियों में तोहफे बेच रहे थे, अच्छा कारोबार चल रहा था; बच्चे हाथ में हाथ डाले चिड़ियाघर में घूम रहे थे और उजले बाघों और अच्छी तरह सजे हुए हाथियों को निहार रहे थे। बहुत कम लोग पाकिस्तान से जंग के बारे में सोच रहे थे, हवाई छापों से बचने के लिए टेढ़े-मेढ़े खड्ड नहीं खोदे जा रहे थे, और किसी को खिड़कियों पर कागज लगाने की फिक्र नहीं थी कि टूटे हुए शीशे उनकी धज्जियाँ उड़ा देंगे। हवा खुशबू से भरी थी और पूरा चाँद निकलने के आसार थे।

संसद के उच्च सदन राज्यसभा का सत्र चल रहा था। विदेश मंत्री सरदार स्वर्ण सिंह एक सदस्य को निजी विधेयक रखने में मदद कर रहे थे जिसका वास्ता पूर्वी पाकिस्तान से आ रहे शरणार्थियों को और ज्यादा मदद देने से था, जिसे हिंदुस्तानी अब बांगलादेश बोल रहे थे। सरदार स्वर्ण सिंह ने अपना भाषण खत्म किया, टहलते हुए निकले, और एक चाय पार्टी में शरीक हो गए जो संसद के लॉन में चल रही थी। भारत के राष्ट्रपति वी. वी. गिरि की सदारत में चल रही यह चाय पार्टी लोक लेखा समिति की रजत जयंती पूरा होने की खुशी में रखी गई थी। लोक लेखा समिति के सदस्यों को लोक लेखा के असरदार दस्तावेज के लिए, उनकी कड़ी मेहनत, वफादारी और फर्ज अदायगी के लिए बधाई दी जा रही थी। भाषण पर भाषण हो रहे थे। वी. वी. गिरि 76 साल के थे; उन्हें गपशप करने में मजा आता था और अक्सर वे बातचीत को सफलतापूर्वक अपने प्रिय विषय सामाजिक सुधारों पर खींच लाते थे, भले ही उन्हें किसी संगीत सम्मेलन या कला प्रदर्शनी में ही क्यों न बुलाया गया हो। सरदार स्वर्ण सिंह अपनी कुर्सी पर औंधे थे और भाषणों पर बहुत कम ध्यान दे रहे थे। उनका ध्यान इस बात पर गया कि बहुत कम मंत्री मौजूद थे। प्रधानमंत्री श्रीमती इंदिरा गाँधी एक भाषण देने कलकत्ता गई हुई थीं। वित्त मंत्री चव्हाण बंबई गए हुए थे और जगजीवन राम पटना में थे। वे विदेशमंत्री थे। सरदार स्वर्ण सिंह ने धीरे से राष्ट्रपति गिरि से कहा, "वे सब बाहर गए हुए हैं और मुल्क हमारे हाथ में छोड़ गए हैं।" राष्ट्रपति को थोड़ा कम सुनाई पड़ता था। उन्होंने कहा, "हाँ, मुल्क तो अच्छे हाथों में है। कहाँ हैं श्रीमती गाँधी ?" सरदार स्वर्ण सिंह ने मुस्कुराते हुए कहा, "अब तक वे कलकत्ता पहुँच चुकी होंगी।" राष्ट्रपति ने सिर हिलाया। भाषण खत्म हो रहे थे। चाय की प्यालियों के खनखनाने की आवाज आ रही थी, पगड़ी लगाए नौकर छोटे से हुजूम के बीच आ-जा रहे थे। सरदार स्वर्ण सिंह की निगाह धूसर चाँद पर टिकी हुई थी जो कुछ ही देर बाद चुंधिया देने वाली रोशनी बिखेरने लगेगा। "कितनी शांत शाम है," वे बुदबुदाए, और राष्ट्रपति ने कहा, "पचास साल पहले लोग आज से बेहतर भाषण दिया करते थे।" पहले तारे निकल रहे थे और आसमान का रंग गहरा बैंगनी हुआ जा रहा था जो सर्दियों की रात में नई दिल्ली की अपनी ख़ासियत हुआ करती थी।

सहसा, जैसे, सब तरफ से समूचे आसमान को भेदती हुई, हवाई हमलों की चेतावनी देने वाले सायरन की सुबकती-चीखती, तीखी आवाज गूँजने लगी।

सरदार स्वर्ण सिंह अपनी कुर्सी से इस तरह उछल पड़े जैसे उन्हें गोली लगी हो। भारत के राष्ट्रपति ने कहा, "ये क्या है ? ये क्या है ? वे क्या कर रहे हैं ?" विदेश मंत्री ने जवाब दिया, "जंग, यह जंग है।" और अपनी कार की तरफ दौड़े, यह एक छोटी सी अंबैसडर थी जो आम तौर पर तीस मील प्रति घंटे की रफ्तार से दौड़ती थी। उस शाम अंबैसडर का स्पीडोमीटर साठ मील प्रति घंटे पर पहुँचा हुआ था।

सारे हिंदुस्तान में बत्तियाँ गुल कर दी गई थीं। कलकत्ता, मद्रास, बंबई, बनारस, त्रिचुरापल्ली, पटना और दूसरे सैकड़ों शहरों में हवाई हमले की चेतावनी देने वाला सायरन सुनाई पड़ रहा था। श्रीमती गाँधी ने इसे कलकत्ता में एक कान्फेरेंस के बीच सुना, और उन्हें इसके कुछ ही लम्हे पहले दिल्ली से एक रेडियो-संदेश मिल चुका था। शहर की अँधेरी सड़कों से होते हुए उन्हें दमदम दवाई अड्डे तक लाया गया और वहाँ से उन्होंने दिल्ली के लिए उड़ान भरी। उनके विमान के चारों ओर लड़ाकू विमानों का एक जत्था था, परदे खिंचे हुए थे, सभी बत्तियाँ बुझी हुई थीं। जहाज में ही रेडियो से उन्हें पता चला कि श्रीनगर, अवंतीपुर, अमृतसर, फिरोजपुर, चंडीगढ़, फरीदकोट, पठानकोट, सादेक, ओखा, जोधपुर, उत्तरलाई और अगरतल्ला के हवाई अड्डों पर बम गिराए गए हैं। उन्हें यह भी पता था कि एक भी हिंदुस्तानी विमान को कोई नुकसान नहीं पहुँचा है क्योंकि हमलों के वक्त उन सबको भूमिगत पार्किंग की जगहों में छुपा दिया गया था। वे शांत बैठी हुई थीं और अपने खयालों को तरतीब दे रही थीं। एक बार उन्होंने जोर से कहा, "उन्हें क्या पाने की उम्मीद है ?" मगर उन्हें अच्छी तरह पता था कि वे क्या चाहते हैं। अँधेरे जहाज में खिंचे हुए परदों के बीच झाँककर वे चाँदनी में चमकते भूदृश्य पर निगाह दौड़ा रही थीं, भारतीय रात की चारों तरफ पसरी हुई खामोशी में यह धूसर रुपहली जमीन बहुत साफ नहीं दिख रही थी, मगर उन्हें हिमालय से लेकर उष्ण कटिबंधों तक पसरी इस विशाल और ऊबड़-खाबड़ जमीन के विस्तारों का एहसास था। अपने थोड़ा ऊपर उड़ते हुए एक लड़ाकू विमान के एक पंख पर उनकी निगाह पड़ी जो चाँदनी में चमक रहा था, और यह देहयुक्त उजला पंख किसी रहस्यमय ढंग से समूची सुरक्षा प्रदान करता मालूम हो रहा था। उन्होंने कहा, "हमें जो चीज बचाए रखनी है, वह सच्चाई है, उजला पंख है, ईश्वर का हाथ है।" उन्होंने उस भाषण के नोट बनाने शुरू किए जो उन्हें उस शाम अपरिहार्य तौर पर आकाशवाणी से प्रसारित करना था। वे दिल्ली के ऊपर उड़ रहे थे जहाँ कोई रोशनी दिखाई नहीं पड़ रही थी, साढ़े दस बजे रात उनका विमान उतरा। हवाई अड्डे पर जो लिमोज़ीन जहाज की ओर दौड़ रही थी, उसमें कोई बत्ती नहीं जली थी।

सचिवालय की लाल इमारत के उनके दफ्तर में कैबिनेट इंतजार कर रही थी। खिड़कियों पर मोटे परदे पड़े हुए थे; रोशनी डरावने ढंग से जल-बुझ रही थी; और उनकी घुमावदार मेज के बगल में सुनहरे बुद्ध अपनी आंतरिक आभा से आलोकित हो रहे थे।

कैबिनेट के सदस्यों के चेहरों पर फिक्र की रेखाएँ थीं, मगर तीनों सेनाओं के प्रमुख, जो थोड़ी देर के लिए आए और चले गए, कतई परेशान नहीं लग रहे थे। यह दिख रहा था कि पूरे भारत में ब्लैकआउट है, कि सभी हुक्मों पर कायदे से अमल हो रहा है, और पूर्वी और पश्चिमी पाकिस्तान की सरहदों पर तैनात भारतीय फौजें आगे बढ़ने की तैयारी कर रही हैं। भारत के राष्ट्रपति ने पहले ही आपत्काल की घोषणा कर दी थी। प्रधानमंत्री तेजी से कमरे में दाखिल हुईं, मंत्रियों पर उन्होंने एक निगाह डाली, और मेज पर बैठकर वहाँ पड़ी ताजातरीन रपटों को देखने लगीं। उन्होंने कहा, "यह एक लंबा युद्ध हो सकता है, यह हमें निचोड़ सकता है, बरबाद कर सकता है, मगर हम उससे अच्छी तरह और इज्जत के साथ लड़ेंगे। उन्होंने इसे शुरू किया है और उन्हें इसका नतीजा भुगतना होगा। दो मोर्चों पर एक साथ युद्ध ! मुझे पूरा यकीन है, हम दोनों मोर्चों पर जीतेंगे।"

यह एक स्नेह-भरी आवाज थी, थोड़ी नीची, पर किसी युद्ध के सौदागर की आवाज नहीं थी, बल्कि ऐसी स्त्री की आवाज थी जो युद्ध से इतनी घृणा करती हो कि वह इसके बारे में सोचना तक नहीं चाहती। फिर भी, अब जब युद्ध आसन्न था, उन्हें अपनी सशस्त्र सेनाओं पर गहरे गौरव की अनुभूति हो रही थी और विजय के उसी विश्वास की भी, जिसका उन्हें जहाज में ही पता था। बस एक ही चीज उन्हें परेशान कर रही थी—यह एक लंबा युद्ध हो सकता है और इसमें कई अज्ञात अंतर्राष्ट्रीय जटिलताएँ पैदा हो सकती हैं। अगर सिर्फ पूर्वी और पश्चिमी पाकिस्तान के दुश्मनों से लड़ने का सवाल होता तो जीत सुनिश्चित थी।

कैबिनेट के मंत्री मद्धिम आवाज में बोल रहे थे। वित्त, शस्त्रीकरण, तेल की आपूर्ति, कर जैसे मसलों पर चर्चा हो रही थी। इनमें से ज्यादातर सवाल इस अबोली मान्यता से निकले थे कि उन्हें एक लंबी जंग का सामना करना पड़ सकता है। चार-पाँच महीनों की जंग में ही भारतीय अर्थव्यवस्था पतली हो जाएगी। अमेरिका और साम्यवादी चीन पाकिस्तान का समर्थन कर रहे थे; इन महाद्वीपीय ताकतों के वजन की बराबरी के लिए भारतीयों ने अगस्त में सोवियत यूनियन के साथ दोस्ती, सहयोग और शांति की संधि की थी, यह महसूस करते हुए कि इस तरह की दोस्ती के फायदे उनके खतरों से कहीं ज्यादा हुआ करते हैं। उन्होंने कहा, "याह्या ख़ान हमेशा यही गलती करता है। वह सोचता है कि हम असहाय लोग हैं, बिना संकल्प वाले। हम लोग पूरी तरह असहाय नहीं हैं, हमारे दोस्त और साथी हैं, और हममें आखिरी क्षण तक लड़ने का निश्चय है।"

रात बारह बजकर बीस मिनट पर उन्होंने आकाशवाणी पर लोगों को संबोधित किया, बहुत मृदुता से बोलीं। याह्या ख़ान ने पाकिस्तान रेडियो पर ऐलान किया था कि यह 'जेहाद' है, मजहबी जंग है, और श्रीमती गाँधी ने हैरत जताई कि कैसे वह इस नतीजे पर पहुँच गया है जबकि बांगलादेश के लोग, जो ज्यादातर मुसलमान हैं, इस्लामाबाद के हुक्मरानों द्वारा कुचले जा रहे हैं। क्या वह भी एक जेहाद है ? नहीं, विचारों की आड़ में एक असली जंग लड़ी जा रही है; फौजी तानाशाही लोकतंत्र के साथ

युद्ध कर रही है, और फौजी तानाशाही नाकाम होगी। "पूरी शक्ति से युद्ध कीजिए मेरे देशवासियो," उन्होंने कहा, "जीत हमारी होगी।"

हिंदुस्तानी कभी-कभी अपनी जानकारी से ज्यादा बेहतर ढंग से लड़े। जब इंदिरा गाँधी रेडियो पर बोल रही थीं तो उसके ठीक पहले, आधी रात को पूर्वी समुद्र तट पर विशाखापटनम के नौसैनिक अड्डे के आसपास के समुद्र में गश्त लगाते पोतमारक 'राजपूत' ने अपनी सोनर स्क्रीन पर एक जहाज की मौजूदगी पकड़ी। पानी में मार करने वाले गोले फेंके गए और आधे घंटे बाद पानी के भीतर एक जोरदार धमाका हुआ जिसने विशाखापटनम की खिड़कियाँ चूर-चूर कर दीं। चार दिन बाद गोताखोरों ने नीचे उतर कर पाया कि पाकिस्तान का जंगी पोत 'गाज़ी' अपनी कुचली हुई नाक के साथ समुद्र तल में पड़ा हुआ है। पाकिस्तानियों की नौसेना का गुरूर छिन चुका था।

वाशिंगटन में इस खबर को बहुत अविश्वास के साथ लिया गया कि पाकिस्तान ने भारतीय हवाई अड्डों पर अपनी तरफ से हमला किया। खासकर प्रेसिडेंट निक्सन को इस पर यकीन नहीं आया। उन्हें इत्तिला दी गई थी कि पाकिस्तानी फौजी अधिकारी हिंदुस्तान पर एक मारक हमला करने का इरादा रखते हैं, मगर उन्हें यह नहीं बताया गया था कि मारक हमलों का मतलब ऐसे हवाई अड्डों पर हमले हैं जहाँ कोई जहाज नहीं था। उन्होंने पाकिस्तानियों से बेहतर प्रदर्शन की उम्मीद की थी। उन्होंने कहा, "पाकिस्तानियों की मदद के लिए मैंने क्या नहीं किया। क्या वे इससे बेहतर नहीं कर सकते ?"

डॉ. किसिंजर ने उन्हें याद दिलाया कि अभी जंग के कुछ ही घंटे हुए हैं, पूर्वी पाकिस्तान में गहरे धँसे हुए भारतीय फौजी बल को शायद जल्दी ही पीछे हटना पड़ेगा। कश्मीर में पाकिस्तानी हमला शायद ज्यादा फायदेमंद होगा; अभी ही हिंदुस्तानी फौजों के पाँव उखड़ रहे हैं, और उन्हें दो मोर्चों की जंग लड़ने का भी नुकसान है।"

"कोई बेवकूफ भी यह समझ सकता है !" प्रेसिडेंट ने टिप्पणी की, "पाकिस्तानी भी दो मोर्चों पर जंग लड़ रहे हैं। दोनों मोर्चे भारत की पूरी चौड़ाई से अलग किए हुए हैं। यह एक बेतुकी हालत है। पाकिस्तानी ज्यादा बदतर हालत में फँसें, इससे पहले जंग रुकवानी होगी। अगर यह मुमकिन नहीं है तो फिर हमें पाकिस्तान की मुकम्मिल मदद करनी होगी।"

"हाँ सर !"

"तुम्हारी 'हाँ' जंग रोकने से रजामंदी के लिए है या फिर पाकिस्तान को भरपूर मदद देने की रजामंदी के लिए !"

"जब मैंने 'हाँ सर' कहा मि. प्रेसिडेंट, तो बस मैं आपके तर्क को समझ रहा था। मैं नहीं मानता कि दोनों में से कोई भी रास्ता अमेरिका के हित में सबसे बेहतर है।"

"तो फिर ?"

"मेरा ख़याल है, हमें कुछ दिन इंतजार करके देखना चाहिए कि वहाँ चीजें कैसे आकार ले रही हैं। हमें रूसियों को भी टटोलना होगा, संयुक्त राष्ट्र को और दूसरी कई चीजों को भी !"

"और जब तक हम इंतजाम करते रहेंगे, कमबख्त पूरी पाकिस्तानी फौज का सफाया हो जाएगा !"

"हमें यह नहीं पता है सर, मेरा खयाल है कि हमारे पाकिस्तानी दोस्तों के जीतने के बेहतर आसार हैं।"

"तब हम उन्हें पूरी मदद करेंगे। मिसेज़ गाँधी की धज्जियाँ उड़ा दो। जो भी करो, उसकी धज्जियाँ उड़ा दो ! मैं तुम्हारा बचाव करूँगा।"

प्रेसिडेंट का गुस्सा कई अवसरों पर पहले भी फूट पड़ता रहा था। उन्हें भारतीय उपमहाद्वीप के बारे में बहुत कम पता था; वे हिंदुस्तानियों को नापसंद करते थे जो नैतिकता और दर्शन की बात करते थे, और उन्हें पाकिस्तानी अपने फौजी रुख और अनुशासन के लिए अच्छे लगते थे और इसलिए भी कि वे नैतिकता नहीं हाँकते थे। सबसे ज्यादा वह श्रीमती गाँधी से नफरत करते थे क्योंकि वह औरत थी, और क्योंकि वह अक्सर उसूलों वाले जुमले इस्तेमाल करती थी और नैतिकता के उसके अहसास को आवाज देती थी। बहुत पहले उन्होंने समझ लिया था कि सियासत में नैतिकता की कोई जगह नहीं होती।

"ईसा के लिए, उसे मजा चखाओ, हेनरी ! मैंने जो कहा, उस पर शब्द-शब्द अमल करो !"

"मैं आपको समझता हूँ, मि. प्रेसिडेंट। मैंने कभी कुछ और नहीं सोचा है," किसिंजर के चेहरे पर उसकी सबसे धूर्तता-भरी मुस्कुराहट थी, "मैंने वाकई कभी नहीं सोचा है कि आप चाहते हैं कि मैं उस औरत को कोई छूट दूँ। मि. प्रेसिडेंट, मैं उसे मजा चखाऊँगा।"

उसने गुस्से को सँभालने की कोशिश की थी, मगर कामयाब नहीं रहा था।

"जब से वह हुकूमत में आई है, उसने सबके साथ दोहरी चाल चली है। रूस के साथ उसका गठजोड़ वाकई खतरनाक है। यह खौफनाक है। अब रूस को उसने अपनी तरफ कर लिया है, और वह काफी बड़े पैमाने पर उसे हथियार दे रहा है, और वह सोचती है कि अब वह मुझे कोने में धकेल देगी ! गोपनीय कूटनीति के समूचे इतिहास में इससे खौफनाक कुछ नहीं हो सकता। लेकिन मुझे किनारे करना मुमकिन नहीं है। मैं शुरू से, आखिर तक, और हमेशा पाकिस्तानियों के साथ हूँ ! भविष्य श्वेत और पीली नस्लों का है—यह पक्का है। ये चालाक, घटिया हिंदुस्तानी कहीं नहीं ठहरते—बस वे बच्चे पैदा कर सकते हैं। इसलिए खुदा के लिए, उसके साथ जरा भी हमदर्दी बरतने की जरूरत नहीं है !"

राष्ट्रपति की धुआँधार वक्तृता में किसी कमी के आसार नहीं दिख रहे थे; वे बोलते गए, बला की रफ्तार के साथ गंदी गालियों तक उतरते हुए, जैसे कोई गीज़र उबल रहा हो। किसिंजर को खयाल आया कि दुनिया के सबसे बड़े मुल्क का राष्ट्रपति साफ-सुथरे दिमाग से महरूम है और अपनी बेइज्जती तक करवा सकता है।

"मध्यमार्ग—" किसिंजर ने शुरू किया और तुरंत चुप हो गया, महसूस करते हुए

कि उसने दूसरे धमाके का बटन दबा दिया है।

"मध्यमार्ग !" प्रेसिडेंट चिल्लाने लगे। "मेरे सामने दुबारा यह बेहूदा शब्द मत इस्तेमाल करना। मैं बुरी तरह तंग आ गया हूँ इस जुमले से। तुम और तुम्हारा मध्यमार्ग ! मुझे कार्रवाई चाहिए—तेज और फैसलाकुन कार्रवाई। यह बकवास मेरे आगे नहीं। मैंने इतने साल सियासत में गुजार कर समझ लिया है कि मध्यमार्ग मौत है ! यह समझते हो तुम ? हम उस बेहूदा औरत को हर हाल में रोकेंगे, भले ही कलकत्ता को तबाह करने के लिए हमें सातवाँ बेड़ा भेजना पड़े। अगर पूरे हिंदुस्तान में आग लग जाती है तो भी मुझे इसकी परवाह नहीं। पूरे हिंदुस्तान में !"

यह किसी ऐसे आदमी को देखने जैसा था जिसे मिरगी का दौरा पड़ गया हो। प्रेसिडेंट का चेहरा विकृत हो चुका था, उनके भारी गालों पर अजीब लाल धब्बे दिखाई पड़ रहे थे, उनके होंठ काँप रहे थे और मुँह के कोनों से लार बाहर आ रही थी। ऐसे अवसरों पर किसिंजर को याद आता कि काफी शुरुआती सालों में उसने सार्वजनिक तौर पर कहा था कि "निक्सन में राष्ट्रपति होने की काबिलियत नहीं है।" अभी भी कभी-कभार उसे शक होता था कि निक्सन में अपने ऊँचे ओहदे के लिए जरूरी खासियतें हैं भी या नहीं ! वह हाथ खोलता-बंद करता हुआ, चुपचाप बैठा था, उसके मांसल होंठों के कोने पर मद्धिम मुस्कुराहट खेल रही थी। वह तूफान के खत्म होने का इंतजार कर रहा था।

"अगर आप मुझसे पूछिए," किसिंजर ने कहा, "यह सिर्फ लॉजिस्टिक का सवाल है। हमारी सूचना है कि हिंदुस्तानी फौज पूर्वी पाकिस्तान में भीतर तक धँसी हुई है, कश्मीर अभी भी हिंदुस्तान के हाथ में है, और पाकिस्तानी बमबाज एक भी हिंदुस्तानी जहाज को जमीन पर तबाह करने में नाकाम रहे हैं, जबकि उनके पास अचानक हमला करने का मौका था। मगर उनके सिपाही बहुत बढ़िया हैं। हाँ, जेनरलशिप में खासी खामियाँ हैं।"

"तो तुम्हारी राय में क्या करना चाहिए ?"

"मैं लड़ाई रुकवाने की कोशिश कर रहा हूँ। अभी तक यह मुकम्मिल जंग नहीं है। मैं इसे खिलने से पहले मसलने की कोशिश कर रहा हूँ।"

"अच्छा है, और यह करोगे कैसे ?"

"मैं कोशिश कर रहा हूँ कि वे युद्धविराम का हुक्म दें और जंग से पहले की अपनी पोजीशन में लौट आएँ।"

"कहाँ तक तुम्हें कामयाबी मिली है ?"

"हम केबल पर तैयारी कर रहे हैं।"

"तो अभी तुम यह सोचने भर तक पहुँचे हो कि केबल भेजा जाए या नहीं ?"

वास्तव में वह वहीं तक गया था, और एक बार फिर प्रेसिडेंट विस्फोट के कगार तक आते मालूम हुए। किसिंजर ने ठंडी साँस ली।

"हम संयुक्त राष्ट्र से कार्रवाई की उम्मीद कर रहे हैं," वह बोल रहा था, "यह

बहुत जटिल हालात हैं जिसमें बहुत सारी चीजों का पता नहीं है, और हमें बहुत एहतियात से काम करना होगा। ठीक है कि हमें लंबे समय से मालूम था कि इस तरह का कुछ हो सकता है। लेकिन हमने यह उम्मीद नहीं की थी कि पाकिस्तान इस तरह हमले की पहल कर देगा।''

''तुम्हें किससे हमले की उम्मीद थी ?''

''हिंदुस्तानियों से।''

''तो उन्होंने पहल नहीं की ?''

''नहीं !''

''मुझसे लिखवा लो, कोई बेवकूफ भी समझ सकता है कि हिंदुस्तानियों ने पहले हमला किया है। वे हमेशा अपनी चालबाजियों में लगे रहते हैं। मैं याह्या ख़ान को जानता हूँ। वह एक अच्छा फौजी है और उसका दिमाग़ सही-सलामत है। क्या तुम मुझे बता रहे हो कि याह्या ख़ान ने हमें बिना खबर दिए अपनी ओर से हमले की पहल कर दी !''

''यस सर !''

''मुझे यकीन नहीं है, हेनरी ! इन मामलों में मेरी एक सहज बुद्धि काम करती है। मुझे पता है कि वह ऐसा नहीं करेगा। मैं चाहता हूँ तुम यह समझ लो—हम हर हाल में पाकिस्तानियों के पीछे हैं। मुझे काम चाहिए, हेनरी। मैं इस बात की परवाह नहीं करता कि तुम क्या करते हो—जो तोड़-फोड़ करनी हो, करो। लेकिन चीजों को अपने रास्ते लाओ ! और अगर पाकिस्तानी हार रहे हैं, तो तुम्हें खुदा के लिए, यह जंग रुकवानी है !''

''मैं यही कोशिश कर रहा हूँ, मि. प्रेसिडेंट !''

बाकी सुबह किसिंजर ने जंग रुकवाने की कोशिश करते बिताई।

सभी दिशाओं में केबल भेजे गए; संदेशवाहकों को इस्लामाबाद और नई दिल्ली ले जाने के लिए ऐंड्रूज फील्ड में विमानों को चौकस कर दिया गया; जंग के आखिरी नतीजों को समझने की कोशिश में कश्मीर और पूर्वी पाकिस्तान के जंग वाले इलाकों से आ रही खबरें कंप्यूटर में डाली गईं; संयुक्त राष्ट्र के प्रतिनिधियों को समझाया जाने लगा कि वे तुरंत युद्धविराम के लिए वोट दें। प्रेसिडेंट निक्सन ने प्रेसिडेंट याह्या ख़ान को फोन करके कहा, ''हम पूरी तरह आपके साथ हैं और विमान या हथियार आप जो भी चाहें, आपको मिलेंगे।'' जॉर्डन, इराक और तुर्की से इस वायदे के साथ विमान और हथियार पश्चिमी पाकिस्तान पहुँचाए जाने लगे कि उनकी जगह अमेरिकी अड्डों से नए विमान और हथियार आ जाएँगे। मगर जंग जारी रही और प्रेसिडेंट निक्सन का मिजाज बुरी तरह उखड़ता चला गया। उन्होंने आधी रात को किसिंजर को टेलीफोन किया।

''मैंने तुम्हें कहा नहीं था कि मुझे कार्रवाई चाहिए, हेनरी ? जिस तरह तुम पेश आ रहे हो, उससे तो मुझे कहना पड़ेगा कि तुम हरामी हिंदुस्तानियों की तरफ हो। तुम कुछ भी क्यों नहीं कर सकते ?''

''जो भी मुमकिन है, मैं कर रहा हूँ, मि. प्रेसिडेंट। मैं तीन बजे तक अपने दफ्तर

में काम कर रहा था। मैंने चार स्थिति पत्र तैयार किए हैं और पचास लोगों से बातचीत की है।''

''ठीक है, मुझे एक खयाल सूझा है। मैं चाहता हूँ तुम वहाँ चले जाओ, अभी ही, आज की रात। हम और वक्त जाया नहीं कर सकते।''

''आप मुझे कहाँ भेजना चाहते हैं ?''

''इस्लामाबाद, दिल्ली। लड़ाई रोको ! ये कमबख्त मारे जा रहे हैं, यह सोचकर मुझे नींद नहीं आती।''

''मेरा खयाल है, मैं यहीं ज्यादा असरदार रहूँगा मि. प्रेसिडेंट। वहाँ मर रहे बेचारों के प्रति आपके दुःख में मैं भी शरीक हूँ और लड़ाई रोकने को सब कुछ कर रहा हूँ जो मेरे वश में है। अगर आप थोड़ा सो लेंगे तो सुबह इस मसले पर फैसला करने की बेहतर स्थिति में होंगे। बस, थोड़ा सो लीजिए !''

''ठीक है, हेनरी ! मगर अभी भी मुझे लगता है कि तुम्हें वहाँ भेजने का खयाल बढ़िया है।''

अगली सुबह व्हाइट हाउस के तहखाने में बने सिचुएशन रूम में जाकर प्रेसिडेंट ने नक्शों पर निगाह डाली और लड़ाई की ताजातरीन खबरें हासिल कीं। यह पहली दफा था जब उन्होंने पूर्वी पाकिस्तान के नक्शे पर नजर डाली थी। ''कुचले हुए खरगोश-सा लगता है,'' उन्होंने कहा। उस मुल्क की अजीबोगरीब तुड़ी-मुड़ी आकृति उन्हें देर तक आकर्षित करती रही। ''पूरी तरह हिंदुस्तान से घिरा हुआ है,'' वे बोल रहे थे। ''यानी मुझे लगता है हिंदुस्तानियों को सारे फायदे हैं। किसी ने मुझे क्यों नहीं बताया कि यह हिंदुस्तान से घिरा हुआ है ?'' नक्शे पर बने झंडे हिंदुस्तानी और पाकिस्तानी फौजों की स्थिति बता रहे थे; लाल हिंदुस्तानियों के लिए, हरा पाकिस्तानियों के लिए। मुक्तिवाहिनी की फौजों के लिए भी छोटे-छोटे नारंगी झंडे बने हुए थे। उत्तर, पूरब और पश्चिम में हिंदुस्तानी फौजें काफी भीतर तक दाखिल हो चुकी थीं और साफ तौर पर मुक्तिवाहिनी की टुकड़ियों से संपर्क बनाए हुए थीं। सभी लाल और नारंगी झंडे ढाका की ओर इशारा करते मालूम होते थे। जिस वक्त प्रेसिडेंट नक्शा देख रहे थे, उस वक्त भी ढाका के एक इंच और करीब एक लाल झंडा खोंस दिया गया। दो दिनों से जंग चल रही थी और पाकिस्तानियों की शिकस्त अभी ही शुरू हो गई थी।

''उनके साथ क्या गड़बड़ है,'' प्रेसिडेंट ने सवाल किया, ''क्या वे लड़ना नहीं चाहते हैं ? क्या हमने उन्हें अपने फौजी सलाहकार नहीं भेजे हैं ? हम उन्हें बंदूक, जहाज और टैंक दे रहे हैं—और वे पीछे हट रहे हैं !''

एक डेपुटी सेक्रेटरी पूर्वी पाकिस्तान में गोला-बारूद और हथियार भेजने की मुश्किलें बयान कर रहा था।

''उनके पास दो साल के लिए पारंपरिक हथियार हैं। उनके गोदामों में छत तक ठूँस कर मशीनगनें भरी हुई हैं। मगर मुश्किल यह नहीं है। मुश्किल उन्हें वहाँ पहुँचाना है, जहाँ उनकी जरूरत है। मुक्तिवाहिनी ने रेल की पटरियाँ उखाड़ दी हैं और मुख्य

सड़कों में बारूदी सुरंगें लगा दी हैं। उन्हें जितने टैंक चाहिए, उतने उनके पास हैं, मगर पूर्वी पाकिस्तान में उन्हें कहीं पहुँचाने के लिए आपको आधा दर्जन नदियाँ पार करनी होंगी। ऐसी जगह को बचाना बहुत मुश्किल है, सर !"

एक और झंडा एक इंच और आगे बढ़ गया। यह बहुत बड़ा नक्शा था, और इसका मतलब सिर्फ इतना था कि हिंदुस्तानी टुकड़ियाँ सात या आठ मील आगे बढ़ गई हैं। मगर कोई लाल झंडा पीछे नहीं हट रहा था। यह ख़तरनाक बात थी। टेलीप्रिंटर एक और खतरनाक खबर ले आया। श्रीमती इंदिरा गाँधी ने संसद में अभी-अभी घोषणा की थी कि हिंदुस्तानी सरकार ने बांगलादेश को मान्यता दे दी है। अपने वजूद के लिए लड़ रहे बांगलादेश के लोगों के और अपने खिलाफ हमले को शिकस्त देने में जुटे भारत के लोगों के अब साझा लक्ष्य हैं," उन्होंने घोषणा की। साफ तौर पर उनका युद्धविराम का कोई इरादा नहीं था। प्रेसिडेंट निक्सन ने तुरंत डॉ. किसिंजर को सिचुएशन रूम में बुलाया।

"बुढ़िया हम सबको चुनौती देने का इरादा रखती है," अपने जज्बात को सख्ती से काबू में रखते हुए उन्होंने कहा, "ठीक है, उसे इसकी सज़ा भुगतनी पड़ेगी। उसको कहो हेनरी, कि अगर उसे हमसे कुछ और पैसा चाहिए तो वह मुसीबत में पड़ सकती है ! हम हिंदुस्तान को दी जाने वाली 870 लाख डॉलर की आर्थिक मदद रोक देंगे। यह उसके सामने साफ कर दो।"

"यस सर !"

"तुम जिस तरह चाहो, इसे ढँक सकते हो ! मगर यही है जो होने जा रहा है !"

"पैसे को कांग्रेस की मंजूरी मिली हुई है, मि. प्रेसिडेंट !"

"सही है, मगर मैंने इसे नामंजूर कर दिया है ! अब उसे मुझसे एक फूटी कौड़ी भी मिलने नहीं जा रही है ! उसने बांगलादेश को मान्यता दे दी, उसने रूस के साथ संधि कर ली, उसकी फौजें सरहदों के पार बढ़ती जा रही हैं, और मुझे इस बात की कतई परवाह नहीं कि हमारी आर्थिक मदद के बिना कितने हिंदुस्तानी भुखमरी के शिकार होते हैं। हिंदुस्तान बस एक बड़ी पाद है।"

"यस सर !"

"फिर तुरंत यह 'फकिंग' केबल भेजो ! तुम बिलकुल जनाना हो हेनरी। जब भी मैं 'फकिंग' कहता हूँ, तुम सिकुड़ जाते हो।"

"मैं कोशिश करूँगा, ऐसा न हो सर !"

"तुम्हारे साथ मुश्किल यह है कि तुम मेहनत से कोशिश नहीं करते। तुम्हें सिकुड़ता देख मेरा मिजाज उखड़ जाता है !"

केबल चला गया। श्रीमती गाँधी को बताया गया कि "हिंदुस्तानी अर्थव्यवस्था में योगदान देने का अमेरिकी सरकार का कोई इरादा नहीं रह गया है जिससे हिंदुस्तानी सरकार के लिए अपनी फौजी कार्रवाई जारी रखना आसान हो जाएगा।" केबल द्वारा एक बार फिर युद्ध-विराम की और सभी फौजी टुकड़ियों की अपनी असल जगह वापसी

की अपील की गई थी। इस केबल की एक प्रति प्रेसिडेंट याह्या ख़ान को भेजी गई जिसने अब तक हिंदुस्तान से सभी कूटनीतिक रिश्ते तोड़ लिए थे जो वह हिंदुस्तानी हवाई अड्डों पर अपने पहले हमले के वक्त करना भूल गया था।

अगले कुछ दिनों के दौरान पाकिस्तानी फौजें सरहदों से पीछे हटती चली गईं। दक्खिन में चिटगौंग से ढाका को जोड़ने वाले बहुत अहम रेल जंक्शन फेनी पर हिंदुस्तानियों ने कब्जा कर लिया और चिटगौंग के गोदामों में जमा हथियारों का ढाका पहुँचना रोक दिया। उत्तर में दूसरे रेल जंक्शन जमालपुर पर कब्जा कर लिया गया। पूर्व में जैसोर का विशाल फौजी अड्डा कुचला जा चुका था, पाकिस्तानी व्यवहारतः एक भी गोली दागे बिना खुलना की तरफ हट रहे थे। हिंदुस्तानी वायुसेना ने पाकिस्तानी वायुसेना को आसमान से साफ कर दिया था और हिंदुस्तानी नौसेना बंगाल की खाड़ी में गश्त लगा रही थी। जितना हिंदुस्तानी फौज के प्रमुख जेनरल सैम मानेकशॉ ने सोचा था, पाकिस्तानी फौज उससे कहीं ज्यादा आसानी से पिट रही थी। पाकिस्तानी फौज के बारे में उनकी कोई बहुत ऊँची राय नहीं थी मगर उन्होंने यह नहीं सोचा था कि वे इतने नाकाबिल लोग होंगे। उस लाल चेहरे वाले खुशमिजाज इनसान को अपने पारसी पूर्वजों से एक लंबी, निकली हुई नाक मिली हुई थी और वे अपने दो-टूक स्वभाव के लिए जाने जाते थे। ज्यादातर पाकिस्तानी अफसरों से उनकी पहचान थी जो बँटवारे के पहले भारतीय फौज में ही थे, और इस बात ने उन्हें उदास कर दिया कि वे इतने नाकारा, इतने भ्रष्ट, और अपने ही सिपाहियों के प्रति इतनी हिकारत से भरे हुए हो गए हैं। "वे सूदखोर और औरतखोर हो गए हैं," उन्होंने कहा और उसी तरह उनसे लड़े, उन पर जमकर चोट की, उनकी तैनाती के पीछे अपनी टुकड़ियाँ उतार दीं, उनके गोला-बारूद के भंडारों को उड़ा दिया और उनके छुपने की जगहों को गर्त में बदल दिया। उन्होंने पाकिस्तानी अफसरों और सिपाहियों से सम्मानजनक आत्मसमर्पण की पेशकश करते हुए एक पर्चा तैयार करवाया; पर्चे की सैकड़ों-हजारों प्रतियाँ खुले आसमान से नीचे गिराई गईं :

पाकिस्तानी फौज के अफसरो और जवानो !
अपने हथियार रख दो, इसके पहले कि बहुत देर हो जाए। तुम्हारे पास कोई उम्मीद नहीं बची है—कतई नहीं। तुम्हें हिंदुस्तानी फौज ने घेर लिया है। तुम्हारी वायुसेना का सफाया हो गया है। तुम कहीं से भी अब मदद का भरोसा नहीं कर सकते। चिटगौंग, चालना और मंगला के बंदरगाहों को बंद कर दिया गया है। समंदर के रास्ते तुम तक कुछ नहीं पहुँच सकता। तुम्हारी किस्मत अब हमारे हाथों में है। मुक्तिवाहिनी और बांगलादेश के लोग उन खौफनाक गुनाहों और जुल्मों का बदला लेने की तैयारी कर रहे हैं जो तुमने उन पर ढाये थे।

इसलिए जिंदगियाँ क्यों जाया करते हो ? क्या तुम अपने बीवी और बच्चों के पास

घर वापस नहीं लौटना चाहते ? एक सिपाही के सामने हथियार रखने में कोई बेइज्जती नहीं है। हम तुम्हारे साथ उसी तरह पेश आएँगे जिस तरह सम्मान से आत्मसमर्पण करने वालों के साथ पेश आया जाता है।

एक-एक कर छावनियाँ ढह रही थीं; एक-एक कर पाकिस्तानी टुकड़ियाँ जंग छोड़कर, अपने भारी हथियार, अपने घायलों और मृतकों को छोड़कर ढाका की तरफ लौट रही थीं। अब लगभग कहीं भी लड़ाई नहीं रह गई थी; यह एक भगदड़ में बदल गई थी। भारतीय वायुसेना पूरी काबिलियत के साथ भागती हुई टुकड़ियों को अपनी मशीनगनों और हवाई हमलों की जद में ले रही थी। पूर्वी पाकिस्तान में मौजूद समूची पाकिस्तानी वायुसेना में चार हेलीकॉप्टर रह गए थे जिनमें से एक बुरी तरह टूटा-फूटा था।

वाशिंगटन में एक्जिक्यूटिव ऑफिस बिल्डिंग के अपने सूट में निक्सन अभी भी पाकिस्तानी फौज को हार से बचाने की मुश्किल से जूझ रहा था। वह पीले रेशम से मढ़ी एक आरामकुर्सी में बैठा हुआ था और उसके घुटनों पर पीले कागजों वाला एक वैधानिक पैड पड़ा था। उस सुबह उसने प्रेसिडेंट याह्या ख़ान को फोन करके 'हर तरह की और आखिर तक' मदद का वायदा किया था, और याह्या ख़ान ने जवाब दिया था, "ऐसा न हो इसके आते-आते बहुत देर हो जाए। मैं आपको बताऊँ कि पूर्वी पाकिस्तान में हमारे लिए बहुत कम उम्मीद रह गई है।"

तो यह यहाँ तक पहुँच चुका है; कराची तक पहुँचाई जा रही ढेर सारी मदद के बावजूद हिंदुस्तानियों ने पाकिस्तानी फौज को अपने कौशल से मात दी थी और उनकी पिटाई की थी, लेकिन अब भी, आखिरी मौके पर भी हार के मुँह से जीत को छीन लेना मुमकिन था। याह्या ख़ान से वह दोस्ती का गहरा जज्बा महसूस करता था और उन 'कमबख्त हिंदुस्तानियों' के लिए हिकारत का, "जो हमेशा नैतिकता की बात करते हैं जैसे सिर्फ उन्हें ही पता हो कि नैतिकता क्या है।" आरामकुर्सी के बगल में एक छोटी-सी गोलाकार मेज पर एक एटलस पड़ा हुआ था, और बीच-बीच में वह इसे खोलकर बार-बार पश्चिमी पाकिस्तान, भारत और पूर्वी पाकिस्तान पर निगाह डालता था, वे मुल्क, जो अब इसे एक साथ चिढ़ाने लगे थे, हालाँकि पहले वह पाकिस्तान की तरफ तारीफ की निगाह से देखता था। वे अच्छा नहीं कर रहे थे; असल में वे बहुत बुरा कर रहे थे और उसका बहुत वक्त ले रहे थे। मगर याह्या ख़ान से दोस्ती की खातिर उसने पूर्वी पाकिस्तान को दुश्मनों से बचाने की एक ईमानदार आखिरी कोशिश करना जरूरी समझा।

दरवाजे पर हलकी सी दस्तक हुई।

"आ जाओ, हेनरी," उसने हलके से कहा, और फिर सिर उठाकर देखा तो किसिंजर बुरी तरह बदहवास दिखाई पड़ रहा था, उसकी टाई मुड़ी-तुड़ी थी, उसके केश कायदे से नहीं सँवारे गए थे, और उसके कोट पर रूसी चल रही थी। वह उल्लू सरीखा

लग रहा था और उसकी आँख के नीचे बैंगनी डोरे थे। साफ था कि उसे बहुत नींद नहीं आई थी।

"ठीक है, हेनरी। जहाँ चाहो बैठ जाओ। हमें अभी कड़ी मेहनत करनी है।"

"यस सर !"

"हमें तय करना है कि इन कमबख्त पाकिस्तानियों को कैसे बचाया जाए। उन्होंने चीजों को गड़बड़ाकर रख दिया है, और साथ ही हमने भी कायदे से कुछ नहीं किया है। दस दिनों से जंग चली आ रही है, और जहाँ तक मैं समझ सकता हूँ, हम कहीं भी अपना असर छोड़ने में नाकाम रहे हैं। हमने लड़ाई नहीं रोकी है। हमारे रहते हिंदुस्तान ने वह जहाज डुबा दिया जो हमने पाकिस्तानियों को दिया था। वे लगभग दस जहाज गँवा चुके हैं और कमबख्त मुझे यह देखने को नहीं मिल रहा कि हिंदुस्तानियों ने भी कुछ गँवाया है। वे अपना मनचाहा कर रहे हैं, और मैं इसकी इजाजत नहीं दे सकता।"

"अभी-अभी हमें संकेत मिला है, मि. प्रेसिडेंट कि उनकी आगे बढ़ रही टुकड़ियों का एक हिस्सा ढाका से महज तीस मील दूर रह गया है।"

"यही मैं कह रहा हूँ। हम उनको वहाँ से बाहर करते जा रहे हैं ! मैं अपने सारे विकल्पों पर एहतियात से सोचता रहा हूँ, और मैंने सातवाँ बेड़ा भेजने का फैसला कर लिया है। तुम कह सकते हो कि हम यह काम ढाका में फँसे अमेरिकी नागरिकों की जान की हिफाजत के लिए कर रहे हैं। मुझे इसकी परवाह नहीं कि तुम क्या वजह बताते हो, जब तक तुम कोई वजह बताते हो। मतलब आँधी-तूफान जो भी आए, हम उसका सामना करते हुए पहुँचेंगे ! मैं अपनी अंतरात्मा पर पाकिस्तानियों की हार नहीं लेना चाहता !"

"यस सर !"

"तुम बहुत ज्यादा उत्साह नहीं दिखा रहे, हेनरी !"

"मि. प्रेसिडेंट, मेरी पक्की जानकारी में इस वक्त पूरे बांगलादेश में अठारह से ज्यादा अमेरिकी नहीं हैं। क्या एक ऐसे अभियान में सातवें बेड़े को भेजना उचित होगा जो शायद उन अठारह अमेरिकियों की भी जान जोखिम में डाल देगा ? जान बचाने का यह महँगा तरीका होगा।"

"महँगा हो, तो हो। मुझे नहीं मालूम, इसमें कितने लाख का खर्च आएगा, और साफ कहूँ तो मुझे इसकी परवाह भी नहीं ! यह जंग में जूझ रही पाकिस्तानी फौज के लिए जीवन और मौत का सवाल है ! मैंने उन्हें बचाने का वायदा किया है और मैं उन्हें बचाऊँगा ! थोड़ी देर पहले तुमने 'बांगलादेश' शब्द का इस्तेमाल किया था। मैं तुम्हें यह शब्द इस्तेमाल करने से मना करता हूँ !

"सारी मि. प्रेसिडेंट। मेरी ज़ुबान से निकल गया।"

"ठीक है, इस बार तुम्हें माफ करता हूँ, लेकिन आगे से दुबारा मत बोलना।"

"यस सर !"

''मैंने पूर्वी पाकिस्तान को बचाने का मन बना लिया है। हिंदुस्तानियों के लिए सातवाँ बेड़ा एक ताकतवर प्रतिरोधी होगा—दुनिया का सबसे ताकतवर प्रतिरोधी ! उन्होंने इसे अपनी ओर आता माना है और अब उन्हें यह वाकई झेलना पड़ेगा !''

डॉ. किसिंजर सात वजहें गिना सकता था कि क्यों सातवें बेड़े को बंगाल की खाड़ी में अभी या निकट भविष्य में नहीं उतारना चाहिए, मगर प्रेसिडेंट निक्सन का इरादा पक्का था। यह उनका सबसे ताकतवर हथियार था और वह इसे इस्तेमाल करना चाहता था। ठीक-ठीक इसका इस्तेमाल कैसे होगा, यह दूसरा मामला था, और यह कंबाइंड स्टाफ के प्रमुखों पर सुरक्षित ढंग से छोड़ा जा सकता था। अमेरिकी थलसेना, जलसेना और वायुसेना का कमांडर-इन-चीफ होने के नाते उसने फैसला कर लिया था, और अपने सलाहकारों की कही हुई किसी बात का उस पर जरा भी असर नहीं हुआ था।

डॉ. किसिंजर ने उसे डिगाने की कोशिश की और ध्यान दिलाया कि पूर्वी पाकिस्तान में बस एक ही बंदरगाह इतना बड़ा है जहाँ सातवाँ बेड़ा जा सके और टुकड़ियाँ उतर सकें। यह चिटगौंग था, जिस पर हिंदुस्तानी वायुसेना ने इस बुरी तरह बमबारी की थी कि बंदरगाह के सारे संयंत्र मलबे में बदल गए थे, और अगर हिंदुस्तानियों ने सुना कि सातवाँ बेड़ा आ रहा है तो बिला शक वे बंदरगाह पर इतनी बमबाजी करेंगे कि वह राख के ढेर के अलावा कुछ न रह जाए। वहाँ कोई जहाज उतारा नहीं जा सकता है। यह मुमकिन था कि जब तक सातवाँ बेड़ा चिटगौंग पहुँचे तब तक ढाका का पतन हो जाए। अगर वहाँ उतरना मुमकिन भी हो जाए तो भी मेरीन लड़ते हुए ढाका तक कैसे पहुँचेंगे ! सातवें बेड़े में नाभिकीय शक्ति से लैस विमानवाहक 'इंटरप्राइज' है, जल और थल दोनों में चलने वाला हमलावर जहाज 'त्रिपोली' है, नियंत्रित प्रक्षेपास्त्र फ्रिगेट 'किंग' है और नियंत्रित मिसाइलों को मार गिराने वाले 'पारसन' 'डिकॉटर' और 'टारटर सैम' हैं; क्या इस सारे नाभिकीय हथियार भंडार को एक हारी हुई बाजी में दाँव पर लगाया जा सकता है !

''यह हारी बाजी नहीं है,'' प्रेसिडेंट निक्सन ने कहा, ''मैं तुम्हें बता चुका हूँ कि हम उन कमबख्त हरामी हिंदुस्तानियों को पूर्वी पाकिस्तान से बाहर करने जा रहे हैं और इसके लिए उन पर नाभिकीय प्रक्षेपास्त्र दागने पड़े तो हम वह भी करेंगे ! अब मैं तुम्हारा कोई तर्क सुनना नहीं चाहता ! मैंने मन बना लिया है, और अब तुम मुझे शब्दों से घेरने की कोशिश मत करना, हेनरी ! बस हो गया, और खुदा के लिए यह मत समझना कि मैं अपना दिमाग बदलने जा रहा हूँ।''

''नाभिकीय प्रक्षेपास्त्र ?''

''हाँ, यही कहा मैंने, सुना नहीं तुमने ?''

प्रेसिडेंट पीली आरामकुर्सी में बैठ गया और कड़वाहट से मुस्कुराया, जबकि डॉ. किसिंजर व्हाइट हाउस के तहखाने में बने अपने दफ्तर की ओर मद्धिम कदमों से चल दिया। ''यह,'' बाद में प्रेसिडेंट ने कहा, ''मेरी जिंदगी के सबसे नाजुक और मुश्किल फैसलों में एक था।''

एक जंग का खात्मा

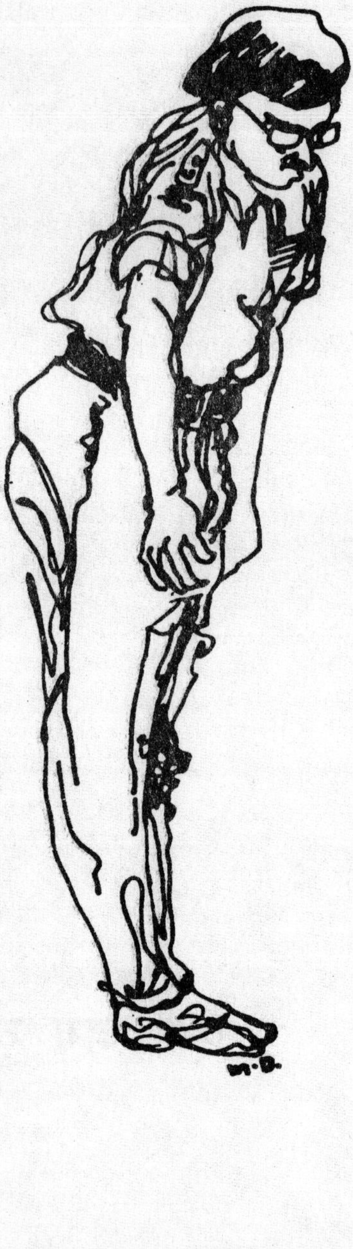
M.B.

सत्रह

हालाँकि जंग ढाका के करीब चली आ रही थी, मगर जेनरल राव फ़रमान अली को दुनिया का कोई ध्यान हो, यह नहीं मालूम होता था। वह ढाका के गवर्नर पैलेस में अपनी शीशे की सतह वाली मेज के पीछे बैठा अपने कायदे से तराशे नाखून देख रहा था जो गुलाबी और खूबसूरत थे, और फिर अपनी अँगुलियों पर नज़र दौड़ा रहा था जो किसी औरत की अँगुलियों सरीखी पतली और नाजुक थीं, और वह अपने-आप में मुस्कुराया।

उसके पास अपने-आप से खुश होने की वजह थी, चूँकि अब वह पूर्वी पाकिस्तान की सरकार का असल प्रमुख हो गया था, एक ऐसा इनसान, जिसके शब्द पूरे मुल्क के लिए कानून होते थे, या जहाँ तक मुल्क पर पाकिस्तानी फौज का कब्जा था। प्रेसिडेंट याह्या ख़ान ने अपनी समझदारी से एक शहरी गवर्नर अब्दुल मोतालेब मलिक को बहाल किया था, लेकिन वह बेकार था, और इस हद तक बेअसर कि बहुत ही कम लोगों को उसके वजूद का पता था। फौजी बल के कमान सँभाल रहे जेनरल को अपने नक्शों से इतनी फुरसत नहीं थी कि वह सरकार पर ध्यान दे। इस तरह गलती से फैसले लेने की ताकत ज्यादातर जेनरल राव फ़रमान अली के कंधों पर आ गई थी।

हिंदुस्तान से जंग शुरू होने के एक हफ्ते बाद जेनरल नियाज़ी ने कहा, "राज की बात बता रहा हूँ बुजुर्गवार, यहाँ पूरी तरह नाउम्मीदी है। हमें अमन के लिए बात करनी होगी। इसलिए अच्छे शख्स की तरह सुलह की शर्तों का खाका तैयार कीजिए।"

तब से जेनरल राव फ़रमान अली ने प्रस्तावों का एक खाका तैयार कर रखा था जो उसे लगता था कि हिंदुस्तानी सरकार को कुबूल होंगे। उसने तत्काल युद्धविराम, संयुक्त राष्ट्र की देखरेख में पश्चिमी पाकिस्तान के नागरिकों की निकासी, पूर्वी पाकिस्तान के चुने हुए प्रतिनिधियों को सत्ता हस्तांतरण, और पाकिस्तानी फौज की चरणबद्ध वापसी की पेशकश की थी। उसने एक ऐसे छोटे दौर की कल्पना की थी जिसमें हिंदुस्तानी और पाकिस्तानी अफसरों की साझा हुकूमत गठित की जाएगी जो धीरे-धीरे चुने हुए नुमाइंदों की सरकार को जगह देगी। यह एक सम्मानजनक प्रक्रिया थी। जेनरल नियाज़ी ने प्रस्तावों पर पाँच मिनट विचार किया, और कहा, "अच्छा है। इसे संयुक्त राष्ट्र भेजो। अगर चाहो तो तुम्हीं इस पर दस्तखत कर लो। और बूढ़े याह्या

के लिए परेशान मत होओ। अगर चीजें हाथ से बाहर जाने लगें तो सुलह की प्रक्रिया शुरू करने के लिए हमें उसकी इजाजत मिली हुई है।'' इसलिए जेनरल राव फ़रमान अली ने संयुक्त राष्ट्र को युद्धविराम का अपना प्रस्ताव केबल कर दिया था और आने वाली घटनाओं का इंतजार करने लगा। बस एक ही प्रतिक्रिया केबल के रूप में प्रेसिडेंट याह्या ख़ान की ओर से आई जिसने प्रस्तावों को 'पूरी तरह अनधिकृत' करार दिया। उसने यह भी जोड़ा था कि ''शानदार मदद हमारे लिए आ रही है।'' जेनरल राव फ़रमान अली परेशान था। 'शानदार मदद' के चिह्न कहीं नहीं दिखाई देते थे।

तिस पर भी जेनरल खुद में खुश था। यह एक गर्म खुला दिन था और इक्का-दुक्का बादल ही आसमान पर दिखाई पड़ रहे थे। उसका कमरा सुबह की उजास से नहाया हुआ था; मेज पर रखे शीशे के पेपरवेट चाँदी की तरह झिलमिला रहे थे; मेज के ठीक सामने लगे चिकने नक्शे पर रुपहली रोशनी की रेखाएँ दौड़ रही थीं। ढाका में दिसंबर हमेशा एक बेहतरीन महीना होता था, आसमान का रंग गहरा नीला हुआ करता था, माहौल शुद्ध और साफ हुआ करता था और पेड़ों के बीच से अलसाई हुई हवा गुजरती थी। यह कुछ ऐसा था जैसे साल के बाकी सारे लंबे, धीमे, बारिश से भरे और चिपचिपे महीनों की भरपाई अकेला दिसंबर कर देता हो।

कुछ देर तक वह खिड़की के बाहर सजे हुए फाटक तक जाते उजले कच्चे रास्ते को देखता रहा। फाटक के ऊपर एक छोटा सा उजला गुंबद बना हुआ था, और उसे पहली बार खयाल आया कि यह गुंबद समूचे परिदृश्य से पूरी तरह मेल खाता है, कहीं दूर दिखाई पड़ने वाली मस्जिद की तरह, खूबसूरत ढंग से चमकता है। लेकिन असलियत में फाटक की भारी सुरक्षा व्यवस्था थी। ऑटोमेटिक राइफलों, मशीनगनों और हथगोलों से भरी एक पूरी चौकी वहाँ बनी हुई थी। जेनरल की खिड़की से वह छोटा सा उजला गुंबद सूरज की रोशनी में चमकता हुआ बिलकुल जादुई मालूम होता था।

''कितना खूबसूरत,'' उसने कहा और अपने सामने से एक कागज खींचा।

उसे आधे-अधूरे वाक्यों में एक रफ नोट बनाने की आदत थी, जो वह हमेशा अंग्रेजी में तैयार करता था, उसने लिखा :

साफ तौर पर, अफसोसनाक ढंग से हमारी पिटाई हो रही है।
हमने पूरी ताकत लगाई
फिर भी एक काम बाकी है
सभी बुद्धिजीवियों (पत्रकारों, प्रोफेसरों, छात्रों, पेशेवर लोगों)
का ढाका में सफाया (कत्लेआम)
पैदा होते ही बांगलादेश का गला घोंटो।
अनवर अमीर का इस्तेमाल
इस तरह हमारी जीत
बहुत देर नहीं आखिरी कोशिश
आज से ही शुरू

इस योजना पर, उसने खुद से कहा, बड़ी आसानी से और बिना किसी परेशानी के अमल किया जा सकता है। यह अच्छी योजना थी और शायद उसकी सोची हुई बेहतरीन भी। उसने तुरंत अनवर अमीर को फोन करके बुलाने का फैसला किया, और फिर खिड़की के बाहर पेड़ों के झुरमुट पर उतरती कुछ चिड़ियों को देखने के लिए रुक गया। चिड़ियों का रंग धूसर था और गर्दन लाल थी और उसने उनके नाम याद करने की कोशिश की। उसके खयालों का सिलसिला गुम हो गया था, वह पेड़ों के झुरमुट के नीचे बनी भूमिगत पनाहगाह के बारे में सोचने लगा और फिर अचानक उसे याद आया कि उसने पत्रकार को फोन करने का मन बनाया था। उसी वक्त उसका सेक्रेटरी कमरे में आया और उसने बताया कि जेनरल नियाज़ी उसकी राह देख रहे हैं। वह फोन करना भूल गया, जेनरल नियाज़ी के साथ उसने आधा घंटा गुजारा जो कुछ इस अंदाज में नक्शे पर झुका हुआ था कि लग रहा था कि उसे जरा भी अंदाजा नहीं है कि क्या हो रहा है, उसकी तर्जनी यहाँ-वहाँ हर जगह नक्शे को खुरच रही थी, उसकी आँखें घूम रही थीं, और उसकी साँसों से व्हिस्की की बू आ रही थी, बीच-बीच में जेनरल नियाज़ी अपनी भारी आवाज में बोल रहा था, "हम उन्हें यहाँ पकड़ेंगे," या फिर "मुझे यकीन है, हमने उन्हें फँसा लिया है।" जब वह उठकर जाने लगा, जेनरल राव फ़रमान अली ने अपनी बेइंतिहा नाजुक और मुलायम आवाज में कहा, "आपका क्या करने का इरादा है, सर ?"

"मैं वाकई सभी मोर्चों पर हमला करूँगा," जेनरल नियाज़ी ने कहा, "तुम्हारा क्या खयाल है, मेरा क्या इरादा है ? याह्या ख़ान ने और कुमुक भेजने का वायदा किया था। मुझे लगता है, बेकार है !"

"क्या आप अभी हमला करेंगे ?"

"बाद में, बाद में," जेनरल नियाज़ी ने हाथ लहराते हुए कहा और फिर महसूस करते हुए कि जिस मामले पर चर्चा के इरादे से वह आया था, उस पर तो उसने अपने शहरी मामलों के प्रमुख से बात ही नहीं की है, उसने जल्दी से कहा, "एक बार और आ जाना ताकि हम शहरी मामलों पर बातचीत कर सकें। मेरे पास उनको लेकर कुछ योजनाएँ हैं। किसी जंग में शहरियों की भूमिका अहम रहती है, तुम्हें पता है। तुम्हें यह याद रखना है।"

जेनरल राव फ़रमान अली को यह अच्छी तरह याद था, और उसे बताने की जरूरत नहीं थी। फिर भी जेनरल नियाज़ी के विदाई के शब्दों का उसने जरा भी बुरा नहीं माना। 'टाइगर' नियाज़ी दिन में ग्यारह बजे पिए हुए था और पूर्वी पाकिस्तान के एक नक्शे पर बुरी तरह गंधाती हुई साँस छोड़ता हुआ वह इसी तरह पेश आ रहा था। उससे इससे ज्यादा की उम्मीद नहीं की जा सकती थी।

अपने दफ्तर में आकर जेनरल राव फ़रमान अली ने तुरंत पत्रकार अनवर अमीर को फोन किया। उसकी मेज पर पड़ी एक खुफिया निगरानी रपट बता रही थी कि पत्रकार रोजमर्रा का काम-काज कर रहा है, इसलिए उसे हैरत नहीं हुई जब उसके फोन

का तुरंत जवाब आया; न ही पत्रकार की कुछ-कुछ लड़खड़ाती आवाज ने उसे हैरत में डाला, क्योंकि वही रपट बता रही थी कि जेल से रिहा किए जाने और सरकार पर यकीन करने का एक अवसर दिए जाने के बावजूद वह अभी भी पाकिस्तानी हुकूमत के खिलाफ रहा है।

"फ़रमान अली बोल रहा हूँ, मुझे तुमसे कुछ बात करनी है। ज़रूरी है। शहरी मामलों के बारे में। लोगों के बारे में नहीं, बल्कि शहरी मामलों के आम हालात के बारे में और इस बारे में कि इसे सुधारने के लिए हम क्या कर सकते हैं।"

"मैं किस तरह मददगार हो सकता हूँ ?"

"तुम हो सकते हो। मैं तुम्हारे लिए अपनी कार भेज रहा हूँ।"

"नहीं," अनवर अमीर ने कहा।

वह अपने दफ्तर से बोल रहा था, जो नगरपालिका भवन के आगे एक मकान में चार जीने चढ़कर था। डॉक्टरों ने उसे काम करने की इजाजत नहीं दी थी, मगर दिसंबर की शुरुआत से ही वह काम करने की जिद कर रहा था। उसकी बीवी उसे कार से दफ्तर तक लाती थी। चार लोग मिलकर उसे एक बहँगी जैसी चीज में बिठा चार जीने ऊपर लाते थे। बस तीन हफ्ते पहले ही अखबार को निकालने की इजाजत मिली थी।

"सुनो," जेनरल बोल रहा था, "हमने बहुत बड़ी गलती की, मगर जो बीत गया सो बीत गया। इसे हमारे खिलाफ मन में रखो मत, बरखुरदार। जंग के वक्त में ऐसी खौफनाक गलतियाँ होती हैं, और मैं तुम्हें पहले ही बता चुका हूँ, हमें कितना पछतावा है। मगर मुझे तुम्हारी सलाह चाहिए, प्यारे। मैं पक्का वायदा करता हूँ, तुम्हें कोई खतरा नहीं होगा।"

एक टार्चर चैंबर के फर्श पर अपने नंगा रेंगने की बात अनवर अमीर को बेहद साफ याद थी जबकि उस वक्त जेनरल राव फ़रमान अली उसे मुस्कुराता हुआ देख रहा था।

"नहीं," अनवर अमीर ने फिर से कहा।

"सुनो, जंग खत्म होने जा रही है। हिंदुस्तानियों ने हमें मात दे दी है और हमें कामकाजी हालत में शहरियों की सरकार बना देनी है। मुझे तुम्हारी मदद चाहिए। प्लीज़ आ जाओ। मैं वायदा करता हूँ, पुराना राव फ़रमान अली मर चुका है। अब हम सबको मिलकर मुल्क के लिए साथ-साथ काम करना है। देखो, मैं तुम्हें अपने लिए नहीं बुला रहा हूँ। मैं तुम्हें समूचे मुल्क की ओर से बुला रहा हूँ।"

एक पल के लिए अनवर अमीर को लगा कि फोन को क्रैडल पर पटकने और जान बचाने के लिए भागने में ही समझदारी है। आखिर क्यों जेनरल राव फ़रमान अली उसे पूरे मुल्क की ओर से बुला रहा है ? उसने तो वाकई काफी यातना झेल ली है ? उसने कहा, ""क्या गारंटी है कि हम—"

"यह गारंटी का सवाल नहीं है ?" जेनरल ने कहा, "हम जंग हार चुके हैं। यह पूरी अव्यवस्था का मामला है। हिंदुस्तानी दो दिन में यहाँ होंगे—ज्यादा-से-ज्यादा तीन

दिन में। इसीलिए हमें तुम्हारे मशविरे की जरूरत है। हम बुरी तरह फँस गए हैं। इसका शायद तुम्हें मुझसे बेहतर पता हो। तुम्हारे मशविरे की खास तौर पर अहमियत इसलिए है कि तुम उन बहुत कम लोगों में हो जो आजाद खयाल हैं, जंग से ऊपर हैं, ऐसा कहा जा सकता है।"

"ठीक है, मैं आ जाऊँगा।"

बाद में अनवर अमीर को हैरत हुई कि किस पागलपन की जकड़ में वह दुनिया के एक बहुत बड़े आततायी से मिलने को राजी हो गया था। उसे खयाल आया कि वह छुप जाए, मगर वह कहाँ छुपेगा ? उसे बस इतना-भर कहना था, "हाँ, जो भी हो, हम टेलीफोन पर ही बात कर लें।" इसकी जगह उसने चुपचाप मुलाकात की रजामंदी दे दी। उसने खिड़की के बाहर देखा। बहुत दूर, हवाई अड्डे के ऊपर चक्कर काटते हिंदुस्तानी विमानों को वह देख सकता था। उसने कहीं दूर हो रही बमबारी की गड़गड़ाहट सुनी; खिड़कियों के शीशे खड़खड़ा गए; नीचे गली में कोई नहीं था। उसने ख़ुद से कहा, "जेनरल कहता है कि यह मुल्क के भले के लिए होगा। शायद इस बार वह ठीक बोल रहा हो।"

उसने अपने एक सहायक को बताया कि जेनरल राव फ़रमान अली ने उसे फोन करके तुरंत अपने दफ्तर बुलाया है। सहायक पीला पड़ गया।

"क्या इसका मतलब—।"

उसकी आवाज बीच में कट गई।

"मुझे नहीं मालूम, इसका क्या मतलब है। शहरी मामलों पर सीधी बातचीत के लिए बोल रहा था, एक नई शहरी हुकूमत के बारे में। वह चाहता है हम फौज की मदद करें।"

"यह नया खयाल है," सहायक ने मुरझाए हुए अंदाज में कहा।

अनवर अमीर ने तय किया कि बचने का कोई रास्ता नहीं है। यह इज्जत का सवाल था। जब जेनरल ने कहा, "हिंदुस्तानी दो दिन में यहाँ पहुँच जाएँगें," तो शायद वह सच बोल रहा था। यह तय था कि वे ढाका की ओर बड़ी तेजी से बढ़ रहे हैं और हालात जल्द ही बेकाबू हो जाएँगे। उसे उम्मीद थी कि पाकिस्तानी ढाका को मुक्त शहर घोषित करने और चुपचाप आत्मसमर्पण करने की समझदारी दिखाएँगे। वह अभी भी ठीक नहीं था; उसे तेज बुखार था; कुछ भीतरी जख्म थे जो ठीक होने का नाम नहीं ले रहे थे; उसके लगभग सारे दाँत गायब थे; उसके दाएँ पाँव का टूटा हुआ जोड़ किसी इलाज के आगे घुटने नहीं टेक रहा था; उसकी रातें दुःस्वप्नों से भरी रहतीं। उसने शांति से कहा, "अगर मैं तीन घंटों में वापस नहीं लौटता हूँ तो मेरी बीवी को बता देना। उसे अभी बताने का कोई मतलब नहीं है।"

"मैं स्टाफ को बता दूँ ?"

"हाँ, सबको बता दो।"

बस इतना ही; उसके बाद उसे सिर्फ जेनरल की कार का इंतजार था, बिना पूर्वग्रहों

के, बिना खौफ के, याद करने की कोशिश करते हुए, हर वक्त यह जानते हुए कि कार शायद उसे छावनी में ले जाएगी, जेनरल के दफ्तर में नहीं। उसे पक्की खबर थी कि छावनी में लोगों को अभी भी यातना दी जा रही थी; यह एक आदत हो चुकी थी; और असल में अभी ज्यादा यातना का दौर था, सिर्फ इसलिए कि पाकिस्तानी फौज पीछे हटती हुई ढाका में बेकाबू हो रही थी। अनवर अमीर सोच रहा था कि क्या वाकई जेनरल राव फ़रमान अली ने जिंदगी में पहली बार सच कहा है, और उसे तब भी हैरत हो रही थी जब जेनरल की मर्सिडीज़ उसके दफ्तर के सामने वाली सड़क में दाखिल हुई। तीन लोगों ने जीना उतरने में उसकी मदद की।

किसी वजह से उसे लग रहा था कि कार में कम-से-कम दो लोग होंगे, लेकिन बस एक शोफर था, गोल चेहरे वाला एक पंजाबी जो अपने दाँतों की फाँक के बीच से खुशमिजाजी से मुस्कुरा रहा था। पंजाबी जंग के बारे में सवाल पूछता रहा—क्या यह सच है कि दो सौ हिंदुस्तानी हवाबाज पैराशूट से तांगेल में उतारे गए हैं ? क्या यह सच है कि अगर पाकिस्तानी फौज का काबू नहीं रहा तो ढाका को सँभालने के लिए एक पाँचवाँ कॉलम तैयार है ? क्या यह सच है कि जेनरल नियाज़ी को वापस बुलाया जा रहा है ? अनवर अमीर ने बेध्यानी से जवाब दिए और ध्यान दिया कि उसे छावनी नहीं, बल्कि गवर्नर के महल में ले जाया जा रहा है। यह एक खुशनुमा चमकता हुआ दिन था; सड़कें गैरयकीनी तौर पर सूनी थीं; हिंदुस्तानी विमान अभी भी हवाई अड्डों पर बम बरसा रहे थे।

जब वह गवर्नर के महल में पहुँचा तो छह फौजियों की गारद ने उसे सलामी दी। यह कुछ अचरज में डालने वाला था; जो भी महल में दाखिल हो रहा था, उसे वे सलामी दे रहे थे। पत्रकार ने याद किया कि जब उसे ब्लॉक 18 सी में धकेला गया था तो सलामी नहीं दी गई थी।

पिछले नौ महीनों के दौरान जेनरल राव फ़रमान अली जरा भी नहीं बदला था। उसने बिना किसी तमगे के खुले गले की खाकी कमीज पहन रखी थी और पूरी तरह बेफिक्र लग रहा था जब उसने अपने आगंतुक को हरे रंग की आरामकुर्सी पर बैठने के लिए इशारा किया।

"ओह प्लीज बैठो। आराम से, बिलकुल आराम से। उम्मीद करूँ कि कोई बुरा अहसास नहीं है ?"

पत्रकार ने कुछ नहीं कहा। धूप कमरे में चमक रही थी, बेदाग साफ मेज पर तैर रही थी जिस पर कोई कागज, कोई दस्तावेज, कोई किताब नहीं थी। मेज बाहर सड़क की ही तरह थी—बिलकुल सूनी। जेनरल उसकी ओर झुका हुआ था और संजीदगी से बोल रहा था, "तुम्हें बताने की जरूरत नहीं है कि तुम्हारे साथ क्या-क्या गुजरा है। मुझे पता है, तुम्हारे साथ मेरी पूरी हमदर्दी है, बरखुरदार !"

"शुक्रिया जेनरल साहिब।"

"अरे, तुम इतने ठंडे ढंग से मत बोलो। अब जंग खत्म होने पर आ रही है,

हमें—तुम्हें और मुझे—पुराने घावों को भरने की कोशिश करनी चाहिए। इसीलिए मैंने तुम्हें आने को कहा। कुछ चीजें हैं जिन्हें बहुत जल्दी तय करना है, और मुझे तुम्हारी मदद चाहिए।''

''कितनी मदद ?''

''जितनी तुम करना चाहो, शायद उससे ज्यादा ही। मैं थोड़ी-सी मदद के लिए बोल रहा हूँ। मैं शहरी मामलों का इंचार्ज हूँ, और अब शहरी हुकूमत के गठन का मसला है जो जब जंग खत्म होगी तब उठेगा—कानून व्यवस्था सँभालने के लिए एक कामचलाऊ सरकार। मुझे तुम्हारा मशविरा चाहिए।

''किस बारे में ?''

''ऐसे लोगों के बारे में जिन्हें हम कामचलाऊ सरकार के लिए चुन सकें।''

अनवर अमीर जाल को खुलता हुआ देख रहा था। यह कोई बहुत अच्छा, या कायदे से बिछाया हुआ जाल नहीं है, उसने सोचा।

''अगर आपको सिर्फ़ कानून व्यवस्था बनाए रखने के लिए एक कामचलाऊ सरकार चाहिए तो आप उसमें जजों और पुलिस अफसरों को ले सकते हैं।''

''तुम्हें पता है, मैं यह नहीं चाहता हूँ।''

''शायद नहीं, लेकिन किसी सरकार को महज कानून व्यवस्था से कुछ ज्यादा ही देखना पड़ता है। इसे लोगों का भरोसा जीतना पड़ता है। जंग के बाद की नई सरकार को दमन का औजार किसी हाल में नहीं बनना चाहिए।''

''मैं भी यही मानता हूँ। यही वजह है कि मैंने तुम्हें यहाँ आने को कहा है। हमें ऐसे लोगों की फेहरिस्त बनानी है जिन्हें नागरिकों के बड़े हिस्से का भरोसा हासिल हो।''

''अवामी लीग को छोड़कर ?''

''कतई नहीं। अगर तुम अवामी लीग को शामिल करना चाहते हो...''

''यह मुश्किल हो सकता है। मेरा खयाल है, उनमें से ज्यादातर मर गए हैं।''

जेनरल किसी खयाल में डूबा लग रहा था। उसने पत्रकार से कुछ मुश्किल की उम्मीद की थी, मगर उसे अंदाजा नहीं था कि उसे कामचलाऊ सरकार के रूप पर, इस साल हुई कई मौतों पर, और फेहरिस्त बनाने की मुश्किल पर भाषण सुनना पड़ेगा।

''मैं अतीत के बारे में नहीं, भविष्य के बारे में बात कर रहा हूँ,'' जेनरल बोल रहा था, ''अतीत अब एक बंद किताब है। हमें कुछ संजीदा काम करना है और मैं चाहता हूँ तुम अपना पूरा ध्यान इस पर दो। मेरा खयाल है तुम्हें कामचलाऊ सरकार का एक सदस्य होना चाहिए। क्या तुम्हारे लिए इसका कोई मतलब नहीं है ?''

''नहीं, कतई नहीं।''

''क्यों नहीं ?''

''क्योंकि राजनीतिज्ञ होने की मेरी कतई हसरत नहीं रही है।''

''तुम अच्छे सूचना मंत्री होगे। इस तरह के वक्त में यह बहुत अहम काम है।''

''आप चाहते हैं, मैं एक सरकार चुनूँ और आपको नाम दूँ। कई वजहें हैं कि मैं

यह काम नहीं कर सकता। एक वजह तो यह है कि अभी ही कलकत्ता में एक कामचलाऊ सरकार का वजूद है और लड़ाई खत्म होने के कुछ ही घंटों के भीतर वह यहाँ आ सकती है। दूसरी वजह यह है कि मुक्तिवाहिनी और हिंदुस्तानी फौजें मिलकर एक फौजी हुकूमत कायम करेंगी।"

"यही असल मुश्किल है, अनवर। क्या तुम नहीं देख रहे कि कामचलाऊ सरकार और फौजी सरकार के बीच एक टकराव होना तय है ? तुम देखो, सब कुछ बहुत आसान हो जाएगा, अगर आम लोगों की हिफाजत के लिए एक समिति हो—ईमानदार शहरियों और जीवन के सभी हिस्सों से आए अच्छे लोगों की समिति—जो ढाका में हमारी हुकूमत और आने वाली हुकूमत के बीच सत्ता-हस्तांतरण की देख-रेख करे।

"मुझे इसकी जरूरत समझ में नहीं आती। सत्ता-हस्तांतरण के बारे में फिक्र करने की जगह—और हममें से किसी को पता नहीं है कि यह किस रूप में होगा--हमें अपने ज्यादा करीब की चीजों के बारे में सोचना चाहिए। कैदियों की रिहाई आदि के बारे में। इस अफरा-तफरी में एक व्यवस्था बहाल करने के बारे में। यह देखना चाहिए कि लोग सड़कों पर बेफिक्री से टहल सकें।"

"तो तुम मेरी कोई मदद नहीं करोगे ?"

"मैं कर नहीं सकता।"

"अच्छी बात नहीं है, अनवर। हम एक-दूसरे के लिए काफी उपयोगी हो सकते हैं।"

"आपको अच्छी तरह पता है, जेनरल, अगर मदद का वाकई कोई कारगर रास्ता हो तो मैं करूँगा।"

"ठीक है, मेरा अब भी खयाल है कि बेहतर होगा अगर हम इस सत्ता-हस्तांतरण को वैध ढंग से कारगर बना सकें। मैं चाहूँगा कि ढाका के सबसे अच्छे—सबसे जिम्मेदार—लोग फौजी हुकूमत के हाथ से पूरी ताकत अपने हाथ में लें। मैं तुम तक—शहरियों तक—सत्ता के अधिकृत समर्पण की कल्पना करता हूँ। यह काम यहाँ, गवर्नर पैलेस के दरबार हॉल में हो सकता है, एक कायदे का कार्यक्रम, मैं तुम्हें भरोसा दिलाता हूँ। पाकिस्तान का झंडा नीचे आएगा और बांगलादेश का झंडा ऊपर जाएगा, और हमारे सिपाही तुम्हारे झंडे को सलामी देंगे। यह इस समूचे वाकिए का एक माकूल अंत होगा !"

अनवर अमीर ने कुछ नहीं कहा। जेनरल ने हलके से मुस्कुराते हुए कहा, "मुझे अफसोस है, तुम्हें बेमतलब इतनी दूर आना पड़ा।" फिर वह उठा और पत्रकार के साथ उस कार तक आया जो उसे वापस उसके दफ्तर ले जाने वाली थी। यह एक दिलचस्प मुलाकात थी, और अनवर अमीर को यह कुतूहल-भरा अहसास था कि दरबार हॉल में एक समारोह में आत्मसमर्पण की जेनरल की योजना के पीछे कोई खुफिया मकसद जरूर छुपा हुआ है। उसे यह खयाल आया कि दरबार हॉल के भीतर जेनरल पूरी 'कमिटी ऑफ पब्लिक सेफ्टी' का कत्ल करा सकता है, मगर इस खयाल को उसने बेमानी

मानकर बर्खास्त कर दिया। फिर जेनरल क्या हासिल करना चाहता था ? यह लंबी पूछताछ किसलिए थी ? दरबार हॉल से कौन सी खास बात जुड़ी हुई थी ? उसने अपने दोस्तों से इस पर चर्चा की। इन्हीं में से, उससे अनजान एक दोस्त ने कलकत्ता के बांगलादेश मिशन वाले शार्ट वेव रेडियो पर यह प्रसारित कर दिया, "ढाका में बंगाली बुद्धिजीवियों द्वारा गठित कामचलाऊ सरकार को सत्ता सौंपने के बारे में अनवर अमीर ने आज सुबह राव फ़रमान अली से एक खुफिया बातचीत की है। सत्ता समर्पण दरबार हॉल में होगा। अगर हिंदुस्तान की वायुसेना दरबार हॉल पर या पूरे महल पर हमला करती है तो हमें कोई एतराज नहीं होगा।" पिछली ही रात एक नई कोडबुक आई थी और यह नामुमकिन था कि पाकिस्तानी कोड विशेषज्ञ इसे समझ पाते।

लोगों की सूची देने से अनवर अमीर के इनकार के बावजूद राव फ़रमान अली का इरादा जरा भी नहीं डगमगाया था। योजना पूरी तरह व्यावहारिक थी और उसे लग रहा था कि कम-से-कम तीस बुद्धिजीवियों को घेरा जा सकता है जो कामचलाऊ सरकार का सदस्य बनने को राजी हो जाएँगे। किसी भी कीमत पर मुल्क के बौद्धिक नेतृत्व का सफाया करना जरूरी था। अगर यह योजना नाकाम रहती तो दूसरी योजनाएँ थीं। वह ठीक आत्मसमर्पण के वक्त नेताओं को गिरफ्तार करके उन्हें मरवा सकता था। वह इस योजना की बारीक नफासत पर फिदा था। दरबार हॉल के मुहाने पर और संगीतवादकों की गैलरी में वह मशीनगन लिए सिपाहियों को तैनात कर एक ही साथ सबका सफाया कर सकता था। यह कल्पनातीत था कि हॉल के भीतर दोतरफा फायरिंग से कोई बच सकता है। बस खतरा एक ही था कि कुछ सिपाही भी गोलियों के शिकार न हो जाएँ, मगर हर गनर को गोली चलाने का थोड़ा इलाका देकर इस मुश्किल को हल किया जा सकता था। दरबार हॉल एक विशाल और शानदार जगह थी जिसमें दमकते हुए काष्ठशिल्प थे, सीधे बीस फीट ऊँची छत से उतरते नीले परदे थे और वादकों की गैलरी में सुनहरी नक्काशी की गई थी। इसलिए नाटक के आखिरी अंक के लिए–बंगाली नेतृत्व की बची-खुची कतार के सफाए के लिए–यह एक उपयुक्त जगह थी। कत्लेआम के बाद मुल्क पर हुकूमत करने वाला कोई नहीं बचेगा।

मगर निश्चय ही सब कुछ तेजी से, योजनाबद्ध तरीके से और पूरे कायदे के साथ होना चाहिए। एक छपा हुआ कार्यक्रम जरूरी है, जिसमें वक्ताओं की फेहरिस्त हो, सभी नए मंत्रियों और उपमंत्रियों के नाम और पद हों, और वादकवृंद पाकिस्तान का राष्ट्रगीत बजाएँ। शायद, चूँकि वे नई सरकार के–संप्रभु और आजाद सरकार के–गठन का समारोह कर रहे होंगे, इसलिए कम-से-कम कुछ मिनट के लिए, या तब तक के लिए, जब तक इस नाटक को चलते रहने की इजाजत दी जाएगी, वादक बंगाल का राष्ट्रगान भी बजाएँगे। टैगोर का 'सोनार बांगला' विशाल हॉल में गूँजेगा, और जैसे कि उसका आखिरी टुकड़ा मद्धिम होकर खत्म होगा, और नए मंत्री एक-दूसरे को सत्ता हासिल करने की बधाई दे रहे होंगे, मशीनगन से लैस सिपाही अपनी जगह ले लेंगे और हुजूम पर गोली बरसा देंगे।

जेनरल नियाज़ी के दफ्तर जाते हुए जेनरल राव फ़रमान अली खुद को अपनी योजना के लिए बधाई दे रहा था। वह सबसे ज्यादा खुश इसकी सरलता और इसकी खतरनाक प्रभावक्षमता से था। उसे पूरा यकीन था कि जेनरल नियाज़ी इस योजना पर राजी हो जाएगा। मगर जेनरल का दफ्तर पूरी तरह खाली था, बस एक सेक्रेटरी थी जो अपने नाखून तराश रही थी और एक सुस्त-सा सहायक जो एक नक्शे पर झुका हुआ था और उसे नाखुशी और अनिच्छा के भाव से देख रहा था।

" 'टाइगर' कहाँ है ?" जेनरल राव फ़रमान अली ने सेक्रेटरी को संबोधित किया।

अपने नाखूनों से आँख उठाकर उसने ऊपर देखा और तेजी से मुस्कुराई।

"वे टहलने गए हैं, जेनरल साहेब।"

"कब ?"

"कुछ वक्त पहले—दस मिनट पहले, बीस मिनट पहले।"

"वे ऐसे दिन में टहलने गए हैं ?"

"हाँ, जेनरल साहेब।"

"अकेले ?"

"नहीं, कर्नल हमीद उनके साथ हैं।"

वह सुस्त सहायक की ओर मुड़ी, जिसके कंधों और छाती पर सोने के गोटे सजे हुए थे, जैसे कि सत्ता के करीब खड़े किसी इनसान पर शोभा देते हैं।

"उन्होंने यही न कहा था कैप्टन अली ख़ान कि वे टहलने जा रहे हैं ?"

"हाँ," कैप्टन ने कहा और एक बार फिर नक्शे को ध्यान से देखने लगा।

जेनरल राव फ़रमान अली उसके हाथों पर फिदा हो गए जो खूब लंबे, खूब गोरे थे और लंबे-नुकीले बैंगनी नाखूनों वाले थे। वह उन्हें इस तरह घुमा रही थी कि वे दिलकश लगें, अँगुलियाँ एक-दूसरे में गुँथी हुई थीं और हाथ एक-दूसरे को सहला रहे थे। उसने ध्यान दिया कि वह अपना हाथ अजीब ढंग से उठाए हुए थी, अपनी छातियों तक की ऊँचाई पर, और साफ तौर पर यह काम वह उस जवान अफसर के लिए कर रही थी जो नक्शे का मुआयना करने के बहाने असल में उसे गहराई से देख रहा था, या फिर जब देख नहीं रहा था तब भी उसकी मौजूदगी को महसूस कर रहा था। उसके दाएँ हाथ की दूसरी अँगुली में फीरोजे की एक अँगूठी थी, जिसका घेरा बहुत पतला था और फीरोजा छोटे आकार का था, मगर उसके बाएँ हाथ की दूसरी अँगुली में एक बड़ी सी चौकोर मणि प्लेटिनम में लगी हुई थी, और मणि की गहरी लाल आभा विशाल खिड़की से छन-छनकर आ रही पीली किरणों में दमक रही थी। बाहर घास की कटाई करते और नीची आवाज में एक-दूसरे को पुकारते स्वीपरों की आवाज सुनी जा सकती थी। कौवे जोर से काँव-काँव कर रहे थे और कहीं दूर किसी कार के बैकफायर होने की गोली छूटने जैसी आवाज सुनाई पड़ी।

"क्या वे वाकई टहलने के लिए ही गए हैं ?" अभी भी उसके हाथ निहारते जेनरल राव फ़रमान अली ने पूछा, "इस तरह के दिन में—जब इतना काम करना है !"

“ ‘टाइगर’ को जब जरूरत पड़ती है ‘टाइगर’ तब काम करता है,” कहते हुए लड़की ने सागवान की एक बड़ी मेज की दिशा में सिर हिलाया जिस पर फूलों का एक गुलदस्ता और एक बड़ी सी प्लेट थी जिस पर सुनहरे अक्षरों में ‘लेफ्टिनेंट जेनरल ए. ए. के. नियाज़ी’ लिखा हुआ था। फिर, जैसे उसकी मौजूदगी का ध्यान रखते हुए उसने कहा, “उन्होंने सुबह फोन पर कुछ लोगों से बात की थी।”

जेनरल राव फ़रमान अली आगबबूला हो गया। वह अपने आने का मकसद भूल चुका था। दीवारों पर टँगे और मेज पर पसरे विशाल नक्शों और अपनी पहुँच के भीतर टेलीफोनों की कतार वाले इस विशाल दफ्तर में, ईस्टर्न कमांड के इस केंद्र बिंदु में कुछ भी नहीं हो रहा था सिवा इसके कि सेंट लगाए एक चौबीस साल की, अच्छे वेतन पर रखी गई सेक्रेटरी अपने हाथ आगे-पीछे हिला रही थी ताकि वे चमचमाती उजली मछलियों के जोड़े की तरह दिखाई दें।

यह बेतुका था। उसके गाल लाल हो गए थे और खुद पर काबू पाने में उसे मुश्किल हुई। उसे सहसा इच्छा हुई कि सेक्रेटरी पर हाथ उठा दे, और अगले पल वह उस जवान कैप्टन पर चिल्लाना चाह रहा था जो उसकी ओर कुछ इस अंदाज से देख रहा था जैसे सीधे-सीधे कह रहा हो, “कबाब में हड्डी काहे को बने हुए हो ? यहाँ तुम क्या कर रहे हो ?” मगर ठीक उस वक्त उसकी निगाह मेज पर रखे कैलेंडर पर पड़ी और उसका गुस्सा उबल पड़ा।

“यहाँ तक कि तारीख भी गलत है !” जेनरल नियाज़ी की मेज की तरफ कदम बढ़ाते हुए वह चिल्लाया, “आज बारह नहीं है—तेरह है ! क्या उन्हें पता नहीं है कि आज तारीख क्या है ?”

उसने वह पन्ना फाड़ दिया जिस पर बड़े-बड़े अक्षरों में बारह लिखा हुआ था और उसे फर्श पर उड़ता देखता रहा।

“बारह दिसंबर !” वह खिल्ली उड़ाने वाले अंदाज में ऊँची आवाज में बोला, और फिर तेजी से सेक्रेटरी की ओर मुड़ा, “क्या कैलेंडर की तारीख बदलना तुम्हारा काम नहीं है ?”

“नहीं जेनरल साहेब, ‘टाइगर’ अपना काम खुद करना पसंद करते हैं। वह हर काम खुद करना चाहते हैं।”

नीली हवा में अभी भी तैरते अपने गोरे हाथों पर से निगाह हटाए बिना, और बिना किसी घबराहट के, वह बड़ी शांति से बोल रही थी।

अचानक, पता नहीं कहाँ से जेनरल राव फ़रमान अली को एक खयाल आया। वह मशीनगनर्स को ज्वलनशील गोलियाँ इस्तेमाल करने का हुक्म देगा—बंगाली मर चुके होंगे और दरबार हॉल भरभराता हुआ लपटों में आ गिरेगा। यह खयाल बड़ी अहमियत वाला था, और उसने तुरंत झुककर वह कागज उठाया जो उसने कैलेंडर से फाड़ा था और उस पर पेंसिल से लिख लिया, “दरबार जला दो।” फिर उसने वह कागज एहतियात के साथ अपनी कमीज की जेब में खोंस लिया।

वह जेनरल नियाज़ी के कमरे से निकल ही रहा था कि उसे खयाल आया कि उसकी मौजूदगी के दौरान, पूरे दस मिनट के बीच वहाँ कोई भी फोन कॉल नहीं आया है, और शायद टेलीफोन लाइन काम नहीं कर रही है। शायद मुक्तिवाहिनी ने तार काट दिए हैं, इस तरह की चीज जंग के आखिरी दौर में मुमकिन थी। उसे इस बात की और कोई दूसरी कैफियत नहीं सूझी। उसे यह भी ध्यान आया कि सेक्रेटरी और जवान कैप्टन अभी भी उसी अंदाज में जमे हुए हैं जिसमें उस वक्त थे जब वह कमरे में दाखिल हुआ था, कि उनमें एक-दूसरे को पाने की ललक थी और उनके बीच बढ़ रही वासना की लहर लगभग महसूस की जा सकती थी। हवा में लड़की का इत्र भरा हुआ था, खिड़की के शीशे पर एक मक्खी भिनभिना रही थी, जेनरल नियाज़ी की साफ़ मेज पर पड़े एक पेपरवेट पर पीली धूप कौंध रही थी, लड़की के हाथ अभी तैरती हुई हरकत कर रहे थे और वह अभी भी उन्हें इसी तरह देख रही थी जैसे वे आखिरकार कोई लंबे समय से छुपाया जा रहा राज खोल देंगे, और अचानक जेनरल इसे और ज्यादा सहन नहीं कर सका। लाल भभूका वह अपनी एड़ियों पर मुड़ा, और जब वह दरवाजे तक पहुँचा तो तेजी से पलटकर चीखती सी आवाज में उसने कहा, "कमबख्तों, तुम दोनों एक मेज पर लेटकर एक-दूसरे में घुल क्यों नहीं जाते।"

फिर वह तेजी से महल के पूर्वी हिस्से में दरबार हॉल की तरफ निकल गया, जहाँ वह बैठने के इंतजाम और क्रॉस फायर का मुआयना करना चाहता था।

जेनरल अमीर अब्दुल्ला ख़ान नियाज़ी उन लोगों में था जो किसी मुश्किल हालात का सामना होने पर उसके बारे में सोचने में अपना वक्त लगाना पसंद करते हैं। उसका दिमाग धीरे-धीरे और बहुत सोचने पर काम करता था, और किसी ने उसे कभी औसत से ज्यादा तेज नहीं माना। ईस्ट पाकिस्तान के फौजी गवर्नर की आला कुरसी उसे प्रेसिडेंट याह्या ख़ान के प्रति कुत्ते सरीखी वफादारी के चलते हासिल हुई थी। उसके फौजी तजुर्बे ज्यादातर बलूचियों के खिलाफ सरहदी लड़ाइयों से उसे हासिल हुए थे जहाँ उसने निहत्थे गाँव वालों पर नापाम बमों के इस्तेमाल की नायाब प्रतिभा दिखाई थी। वह तमगों की चार कतारों से लैस रहता था और एक चाँदी की मूठ वाली छड़ी लिए रहता था जो उसे प्रेसिडेंट ने दी थी।

टहलने के लिए वह क्यों गया था, इसकी बहुत साफ वजह थी। उसके सामने एक ऐसी मुश्किल आ गई थी जिसका कोई हल दिखाई नहीं पड़ रहा था। मुश्किल यह थी कि उन तीन रेडियो-तारों को कैसे मिलाया जाए जो बीती रात आए थे और उसकी मेज पर पड़े हुए थे जब सुबह साढ़े आठ बजे वह अपने दफ्तर में दाखिल हुआ था। दो तार छोटे थे, तीसरा लंबा था, मगर वह इतना ऊटपटाँग और बेतुका था कि उसे लगा कि कूट भाषा पढ़ने वाला क्लर्क आधी नींद में रहा होगा जब वह इन संदेशों को रिकॉर्ड कर रहा था। पहला तार इस तरह था—**पूर्वी पाकिस्तान में सभी हिंदुस्तानी टुकड़ियों के**

सफाए की तुम्हारी काबिलियत पर पूरा भरोसा विराम सभी मुमकिन मदद तुम तक भेजी जाएगी विराम हमारे पाक मकसद के लिए तुम्हारा जोरदार बचाव जरूरी विराम फाफ़्या ख़ान। जेनरल नियाज़ी को यह तार समझने में कोई मुश्किल नहीं हुई हालाँकि उसे हैरत हुई कि याह्या फाफ़्या में कैसे बदल गया है। दूसरे तार में लिखा था–**तुम्हें हर हाल में टिके रहना है विराम मदद पहुँचने को है विराम उत्तर से जोरदार चोट और दक्खिन से जोरदार चोट तुरंत पहुँचाई जाएगी। तुम्हारी काबिलियत पर पूरा भरोसा विराम हमारे हारे हुए दुश्मनों पर जीत अब तयशुदा विराम याह्या ख़ान।** तीसरा तार, जो साफ तौर पर इन दो तारों के बाद भेजा गया था, उत्तर और दक्खिन से भारी हमलों का जिक्र करता था, मगर यह आपूर्ति में बेतरह पेश आ रही मुश्किलात का जिक्र करता भी लगता था और वायदा कर रहा था कि निकट भविष्य में जरूरी हिदायतों के साथ एक खास कूरियर भेजा जाएगा। हालाँकि यह संदेश इतना गड्डमड्ड था कि यह समझना लगभग नामुमकिन था कि यह क्या बताना चाहता है। बिना किसी गड्डमड्ड शब्द के बस एक ही वाक्य था। वह इस प्रकार था–**हमारे नायाब और नेक दोस्तों की मदद से एक फैसलाकुन जीत।**

जेनरल नियाज़ी देर तक इन तारों की ओर देखता रहा फिर उसने मन-ही-मन कहा, 'इसे लिखते वक्त बूढ़ा नशे में रहा होगा।'

उसने अपना सिर धीरे से दाएँ-बाएँ हिलाया जैसा कि वह अक्सर उस वक्त करता था जब किसी परेशानी से घिरा रहता था और आखिरकार कर्नल मुस्तफ़ा को कमरे में बुलाया। यह भी लगभग वही काम था जो वह अपनी परेशानी के वक्त किया करता था।

कर्नल एक नाटा शख्स था जो सुनहरे फ्रेम का चश्मा पहना करता था और जिसकी दाईं बाँह को काफी पहले पश्चिमोत्तर की सरहदों पर एक गोली से हासिल जख्म के चलते लकवा मार गया था। उसके बाल सफेद थे और वह बहुत दूर तक गैर फौजी दिखाई पड़ता था, मगर उसका दिमाग साफ था और जेनरल नियाज़ी ने हाल ही में उसे इस कार्रवाई का इंचार्ज बनाया था।

"मैं तुम्हें ईमानदारी से कहता हूँ," जेनरल बोल रहा था, "कि याह्या सीधे-सीधे समझ नहीं रहा है कि हर चीज कितनी तहस-नहस हो गई है। मेघना के पच्छिमी और पद्मा के दक्खिनी और पच्छिमी इलाकों में तैनात हमारी टुकड़ियों का बड़ा हिस्सा घिर गया है। उनके निकलने का रास्ता कटा हुआ है। वह हमसे हमला करने की उम्मीद करता है, जबकि हमले के लिए हमारे पास फोर्स ही नहीं है। अब हमसे क्या करने की उम्मीद रखी जाती है ?"

कर्नल हमीद की ओर से कोई जवाब नहीं आया जो अभी भी तीसरे तार की गुत्थी सुलझाने में लगा हुआ था।

"मैं किसी भी इनसान की तरह नक्शा समझ सकता हूँ," जेनरल बोलता जा रहा था, "बेचारा याह्या नक्शा पढ़ना भी नहीं सीख सका। मैंने उसे एक नक्शे पर कान

लगाकर बैठे देखा है और वह कह रहा था, "इस सबका मतलब क्या है, बरखुरदार ?" और मुझे उसे बताना पड़ा। हमारी सारी मुश्किल इसलिए है कि याह्या को सामने से नक्शे की पिछाड़ी ही समझ में नहीं आती, मानते हो न ?"

"नहीं सर, मेरा खयाल है कि कोई उनकी मदद करे तो वह नक्शा समझ सकते हैं।"

"यही तो मैं कह रहा हूँ। लेकिन अक्सर वह खूब पिए रहता है और इस बात से बेपरवाह रहता है कि नक्शा ठीक-ठीक समझा जाए। कैडेट स्कूल छोड़ने के बाद उसने जिंदगी में कभी भी नक्शा नहीं बनाया है। उसे पता है कि हम पूर्वी पाकिस्तान का पाँच बटा छह हिस्सा हार चुके हैं—और अब वह आकर बताता है कि चीनी उत्तर से और अमेरिकी दक्खिन से हमला करेंगे, और इस बात का कुछ पता नहीं है कि वे कहाँ हमला करने जा रहे हैं और क्या करने जा रहे हैं।"

"हमें एक रेडियो रिपोर्ट मिली है कि अमेरिका का सातवाँ बेड़ा बंगाल की खाड़ी में आ रहा है।"

किसी दूसरे वक्त जेनरल नियाज़ी ने सातवें बेड़े के आने पर अनुकूल टिप्पणी की होती। मनीला, जकार्ता और सिंगापुर रेडियो ने बेड़े के आगे बढ़ने का लगातार ऐलान किया था। तीन दिन के भीतर इसके चिटगौंग तक पहुँच जाने की उम्मीद थी। और उसके बाद ? कार्रवाई की कोई योजना सामने नहीं थी। किसी ने उसे नहीं बताया था कि सातवें बेड़े का क्या करने का इरादा था। जहाँ तक चीनियों का सवाल था, इस बात का कोई सुराग नहीं था कि वे कैसे हमले का इरादा रखते हैं; जमीन से, आसमान से या समंदर से ? उसे अंदाजा था कि वे हवाई हमले का सहारा नहीं लेंगे। वह नहीं चाहता था कि ढेर सारे नाटे पीले लोग आसमान से उतरकर पूर्वी पाकिस्तान पहुँचें। उसने कहा, "कार्रवाई की कोई योजना नहीं है। जरा भी नहीं ! वह कैसे मुझसे कुछ करने की उम्मीद करता है जबकि मुझे पता ही नहीं है कि वह क्या कर रहा है ?"

"मेरा खयाल है," कर्नल हमीद ने कहा, "हमें प्रेसिडेंट पर भरोसा रखना चाहिए।"

"अरे, बुजुर्गवार पर मेरा भरोसा खत्म नहीं हुआ है," जेनरल ने कहा, "मैं ऐसे फौजियों को जानता हूँ जो नक्शा नहीं पढ़ सकते, और उन्हें ब्रिगेड का इंचार्ज बनाया गया है। मगर मैं जानना चाहता हूँ कि 'हमारे बड़े और नेक' दोस्तों से उसका क्या मतलब है ?"

"उन्होंने कहा है कि वे एक विशेष कूरियर भेज रहे हैं," कर्नल हमीद ने कहा, वह अपने बाएँ हाथ के अँगूठे से एक तार को अजीब ढंग से खुरच रहा था। "कूरियर के आने तक हमें इंतजार करना होगा।"

"हाँ, हमें इंतजार करना होगा," कर्नल ने धीरे से कहा, और अचानक तारों द्वारा पेश की जा रही मुश्किलों और इस जानकारी की पकड़ में, कि उसकी फौजें या तो घिरी हुई हैं या फिर ढाका लौट रही हैं, उसने कहा, "यह एक शानदार दिन है, कर्नल। चलो टहलते हैं।"

कर्नल को लगा कि जेनरल नियाज़ी का इरादा महल के बगीचे का चक्कर लगाने का है।

"हाँ सर, मैं अभी 'ऑपरेशन रूम' पर निगाह डालता हूँ, और देखता हूँ कि कुछ नया हुआ है या नहीं।"

नया कुछ नहीं हुआ था। ऑपरेशन रूम में कब्र की-सी खामोशी थी, और चार अफसर दीवारों से लगी मेज पर सजे नक्शों पर निगाह गड़ाए हुए थे। बीच-बीच में उनमें से कोई एक अफसर प्लास्टिक के एक लाल मार्कर को कुछ इंच खिसकाता और थोड़ी देर बाद काले मार्कर को भी खिसकाया जाता। लाल मार्कर हिंदुस्तानी टुकड़ियों की नुमाइंदगी कर रहे थे, हरे मार्कर मुक्तिवाहिनी की, और काले मार्कर पाकिस्तान की हालत बता रहे थे। कोई टेलीफोन नहीं बज रहा था और यह समझना मुश्किल था कि खबरें कहाँ से आ रही हैं।

जब कर्नल हमीद लौटा तो उसने पाया कि जेनरल नियाज़ी गहरे हरे रंग का अपना टोप पहन रहा है और उसने अपनी छड़ी भी ली हुई है। उसने अपनी बेल्ट के साथ लगे हॉल्स्टर में सीपियों के मूठ वाली एक पिस्तोल भी खोंस रखी थी। कर्नल थोड़ा हैरान हुआ। जब महल के बगीचे में घूमना है तो टोप, पिस्तौल और छड़ी की क्या जरूरत है ? कुछ वक्त बाद कर्नल को और ज्यादा हैरानी हुई, जब महल की सीढ़ियों से उतरते और संतरियों की सलामी लेते हुए उसने पाया कि उजली पट्टियाँ लगाए तीन सिपाही जिसका मतलब था कि वे स्पेशल ड्यूटी पर थे, जेनरल के पीछे-पीछे चलने लगे थे और साफ तौर पर वे टहलते समय साथ रहने वाले थे।

"आखिर आप जा कहाँ रहे हैं, सर ?" कर्नल ने पूछा जब वे मेहराबदार फाटक तक आ गए थे। "आप सड़क पर तो नहीं जा रहे ?"

"मैं सड़क पर टहलना पसंद करता हूँ—सड़कें इसीलिए होती हैं," जेनरल नियाज़ी ने जवाब दिया, "काफी वक्त से मैं कमबख्त इस महल में बंद रहा हूँ, और अब थोड़ी खुली हवा चाहता हूँ।"

कर्नल को जेनरल के साथ-साथ चलने में थोड़ी दिक्कत हो रही थी चूँकि उसके पाँव लंबे थे और वह बड़े क़दमों से चलता था। वे एक चौड़ी सड़क पर आ गए। एक रिक्शा गुजर रहा था और रिक्शे वाले ने जेनरल पर एक भौंचक निगाह डाली जो मुल्क में सभी पाकिस्तानी फौजों को हुक्म देता था अभी बड़ी तेजी से पैदल चला जा रहा था।

"अगर आप सोचते हैं जेनरल साहेब, कि ढाका में बेखबर घूम सकते हैं तो मुझे लगता है कि आपको गलत अंदाजा है। रिक्शा वाले के बारे में आपको क्या पता है ? वह बंगाली है। अब तक बीस लोगों को बता चुका होगा कि आप सड़क पर पैदल जा रहे हैं।"

"कोई इस पर यकीन नहीं करेगा," कर्नल हमीद की बेचैनी के खयाल पर खुशी से खींसे निपोरते जेनरल नियाज़ी ने कहा, "हमारे साथ तीन संतरी हैं। उन सबके पास

स्टेनगन है। बेफिक्र रहो कर्नल। मौसम का मजा लो।"

आसमान साफ और हलका नीला था और बहुत ऊपर बादल के कुछ उजले फाहे अलसाए से तैर रहे थे। आसमान में दुश्मनों का कोई जहाज नहीं था लेकिन ध्यान से सुनने पर पूरब में गोलीबारी की हलकी सी गड़गड़ाहट सुनाई पड़ जाती और कभी-कभी शहर के उत्तर से कहीं दूर चाबुक पटकने की-सी आवाज आ जाती थी। सड़कों पर बहुत कम आवाजाही थी। वजह बहुत साफ थी। ढाका के लोग हिंदुस्तान की तरफ से भारी हवाई हमले की उम्मीद कर रहे थे और वे सड़कों की जगह अपने घरों में मरना ज्यादा पसंद करते। वास्तव में हिंदुस्तानी रेडियो ने शहर में सभी हथियारबंद चौकियों के सफाए की चेतावनी दी थी और निवासियों को घरों के भीतर रहने का हुक्म दिया था।

मगर जेनरल नियाज़ी को, जो हिंदुस्तानी प्रसारणों को सुनने की जहमत नहीं उठाता था और अपने स्टाफ द्वारा एहतियात से काटी-छाँटी रपटें ही पढ़ता था, कतई खयाल नहीं था कि उस पर हवाई हमले का भी कोई खतरा है, और अगर उसे यह खयाल आता भी तो उसने इस पर बहुत कम ध्यान दिया होता। वह जिस्मानी तौर पर कायर नहीं था। वह बेवकूफ, बेरहम और धूर्त था, लेकिन जब उसका मूड होता तो वह मिलनसार और हँसमुख भी हो जाता था। उसे जमकर पीना, गंदे चुटकुले सुनाना और अपने साथियों के साथ रहना पसंद आता था। इसलिए वह सड़क के किनारे लगी घास पर कर्नल हमीद के साथ टहलने का मजा ले रहा था जिसका दम फूल रहा था और धौंकनी चल रही थी, उसकी अच्छी बाँह घूम रही थी और अपाहिज बाँह सख्ती से लटकी हुई थी, और नियाज़ी इसलिए भी ज्यादा खुश था कि कर्नल को साफ तौर पर ताजा हवा और कसरत की जरूरत थी।

"तुम्हारे लिए बहुत अच्छा है, कर्नल," उसने कहा, "कसरत–यही खास चीज है ! दिमाग साफ रखती है, आँतों को हरकत में रखती है। तुम्हारे गालों पर अब कुछ रंग आ रहा है, बुजुर्गवार !"

"मेरा खयाल है हमें अपनी मेजों तक लौट जाना चाहिए, जेनरल–"

"फालतू बात ! थोड़ी भूख जगाओ ! अपनी मांसपेशियों को थोड़ा फुर्तीला बनाओ !" फिर उसे खयाल आया कि मांसपेशियों को फुर्तीला बनाने की सलाह शायद एक अपाहिज बाँह वाले शख्स के लिए अच्छी बात नहीं है, इसलिए उसने तेजी से विषय बदल दिया, "तुम्हें यकीन नहीं होगा, मगर मैं कैडेट स्कूल का सबसे तेज दौड़ाक था। मुझे कहीं कुछ चाँदी के पदक भी मिले थे। हाँ, अब मैं यह नहीं कर सकता ! गैस है ! यही मुश्किल है ! गैस ! तुम्हें पता है कर्नल, अभी भी मेरी थोड़ी इच्छा होती है कि पतलून उतारूँ और देखूँ कि आधे मील की दौड़ लगा सकता हूँ या नहीं ! पतलून बहुत भारी है, इससे कोई गिर सकता है। जब तुम दौड़ रहे होते हो तो तुम्हें सबसे हलके कपड़े चाहिए होते हैं !"

"आप यहाँ पतलून नहीं उतारेंगे, नहीं न ?" कर्नल ने पूछा।

"हाँ, उतार सकता हूँ ! मैं ऐसा कर सकता हूँ, कर्नल ! एक बार मैंने पिंडी के नाइट

क्लब में अपनी पतलून उतारी थी !"

"यहाँ वही बात नहीं है," कर्नल ने उसे याद दिलाया, "ढाका में हमें कायदे से पेश आना है ! हम पर सारी दुनिया की निगाह है।"

"हाँ, ठीक बात है," पेड़ों की कतार से सजी सड़कों को देखते हुए जेनरल ने कहा, जो इतनी खाली और वीरान थीं कि पहली बार उसे यह अजीब सा अहसास हुआ कि कहीं कुछ गड़बड़ है।

"अननैचुरल," वह बोल रहा था, "पूरी तरह अननैचुरल ! कमबख्त इस शहर में कोई रहता भी है या नहीं ?"

कुछ देर बाद वह खुश हो गया जब एक सड़क के मोड़ पर उसकी निगाह शीशे और इस्पात से बने, पेड़ों की फुनगियों से काफी ऊपर उठे होटल इंटरकॉन्टिनेंटल पर पड़ी जो सुबह की धूप में नहाया हुआ लग रहा था। इसी भारी-भरकम वीरान इमारत के नजारे ने उसे बेइंतिहा खुशी दी। नीले शीशे की तीस मंजिलें—वह अक्सर सोचता था कि अगर वह अपनी छह इंच की पिस्तौल से इस पर गोली चलाए तो कैसी आवाज होगी। और उसकी खुशी में मानो इजाफा करने के लिए तीन या चार लोग, साफ तौर पर विदेशी, उसकी ओर सड़क पर बढ़े चले आ रहे थे। उसने उनमें से एक को पहचान लिया जो एक बड़े साप्ताहिक अखबार से आया हुआ एक अंग्रेज था। वह दमकता हुआ उनकी ओर बढ़ा।

"जेनरल नियाज़ी !"

"ठीक पहचाना ! वही, खुद 'टाइगर' नियाज़ी !"

यह कहते हुए उसने अपना सिर पीछे फेंका और ठहाका लगाकर हँस पड़ा।

"हैरत हो रही है, नहीं हूँ मैं !"

"आप ही हैं सर !" अंग्रेज ने कहा, "ढाका में क्या होने जा रहा है, सर ?"

"हम लड़ने जा रहे हैं—इसको लेकर किसी वहम में मत रहना," जेनरल ने कहा और यह देखकर कि पत्रकारों ने अपनी नोट बुक खींच ली है, उसने किनारे की नरम जमीन पर अपनी छड़ी गाड़ी और उसकी दुहरी तह वाली मूठ को खोलकर अपने लिए सीट बना ली और उस पर थोड़ा लहराते हुए बैठ गया। कर्नल परेशान था कि वह अपनी इस अजीब सी सीट से गिर सकता है और उसे अपनी बेचैन निगाहों से देखता रहा।

"आप किस चीज से लड़ेंगे !" अंग्रेज ने पूछा, "हमने सुना है हिंदुस्तानी फौज ढाका से बस नौ मील दूर रह गई है ?"

"नौ मील ! मेरे पास यह खबर नहीं है।"

"वे काफी करीब हैं, सर !"

"हम उनसे लड़ेंगे ! आप लोग जो नहीं जानते वह हमारी छुपी हुई ताकत है ! मैं आपको बताता हूँ, चीजें बहुत जल्दी बदलने जा रही हैं—जितना आप सोच सकते हैं, उससे ज्यादा तेजी से। हैरत में डालने वाली चीजें होंगी ! कल या परसों तक सारे हालात बदल जाएँगे !"

"किस तरह।"

"मैं पता करने की बात आप पर छोड़ता हूँ !"

"हमने सुना है, हिंदुस्तानी फौज और मुक्तिवाहिनी ढाका में बहुत भीतर तक आ गए हैं–"

"अच्छा ही है ! हम उनकी आँखों की सफेदी देखना चाहते हैं ! मैं आपसे एक बात का वायदा करता हूँ–यह बात अहमियत नहीं रखती कि हमारे पास शहर को बचाने के लिए पर्याप्त लोग हैं या नहीं। अब यह जीने और मरने का सवाल हो गया है ! हमें पता है कि हम अपने पाक मकसद को हासिल करने के लिए क्या कर सकते हैं, और अगर आप, साहिबान, यहाँ ठहरते हैं तो देखेंगे कि हमारे लोग शान से मर रहे हैं ! हमें पता है कि हम किस चीज के लिए मर रहे हैं ! दुश्मन को क्या पता है। याद रखिए, एक-एक मुसलमान सिपाही दस-दस हिंदुओं के बराबर है। हम उन्हें अपनी अच्छी खबर देंगे। साहिबान, ढाका की बड़ी जंग शुरू होने वाली है।"

अपने ही भाषण की रौ में बहकर जेनरल नियाज़ी आने वाली जंग, संभावित रक्षा कतारों, दबावों, प्रतिदबावों, अपने पास बंदूकों के विशाल भंडार, जहाजों आदि के बारे में बताने को था–और तभी उसे याद आया कि उसके पास और विमान नहीं हैं, बमवर्षक नहीं हैं, लड़ाकू विमान नहीं हैं, उतारने की सही-सलामत जगहें नहीं हैं, उन सबका आसमान से सफाया कर दिया गया है। बस कुछ हेलीकॉप्टर रह गए थे और आखिरी रपट मिलने तक उनमें से भी दो बुरी तरह टूट-फूट के शिकार हो चुके थे। पत्रकारों की तरह उसे भी पता था कि ढाका के लिए कोई जंग नहीं होगी, असल में बीते सात दिनों से, या जब से लड़ाई शुरू हुई थी तब से ही उसे यह पता था। कर्नल हमीद उर्दू में कुछ फुसफुसा रहा था।

"क्या है ? क्या है ?" जेनरल ने बेसब्री से कहा, "अंग्रेजी में बोलो यार। इन साहिबान के सामने कोई राज की बात नहीं है।"

कर्नल कह रहा था कि अब डींग हाँकना बंद कर दफ्तर लौटने का वक्त हो गया है। उसने दुबारा साफ-साफ और जोर से शब्द दुहराए, मगर उर्दू में ही। ऊँची आवाज में जेनरल ने कहा, "कर्नल हमीद का खयाल है, मुझे दफ्तर लौटकर काम में लग जाना चाहिए, मगर मैं सोचता हूँ साहिबान कि मेरा फर्ज बनता है कि मैं आपके सामने हाजिर हो जाऊँ। आपने हमेशा ईमानदारी से खबर लिखी है। अगर आप मुझसे कोई सवाल पूछना चाहते हैं–"

"आप आत्मसमर्पण करेंगे या निकल भागने की कोशिश करेंगे ?" शांत सपाट आवाज में एक अंग्रेज ने पूछा।

जेनरल के गालों पर रंग उतर आया, मुँह खुला और फिर बंद हुआ, और उसकी आँखें उसके साँवले बुलडॉग जैसे चेहरे से निकलती मालूम हुईं। अचानक उसका मुँह सख्ती से जकड़ गया। हथियारबंद संतरी, यह महसूस करते हुए कि जेनरल से एक ऐसा सवाल पूछा गया है जिसने उसे नाराज कर दिया, करीब खिसक आए, और उन्होंने कंधों

से स्टेनगन उतार ली।

"मैं कभी आत्मसमर्पण नहीं करूँगा !" शब्दों को थूकते हुए जेनरल ने कहा, "मैं यहाँ ढाका में–ढाका की इस जंग में–मर सकता हूँ लेकिन आत्मसमर्पण नहीं करूँगा।"

इस वक्त तक एक छोटा सा हुजूम इकट्ठा हो चुका था–एक रिक्शा वाला, होटल इंटरकॉन्टिनेंटल के दो नौकर, भारी गठरी लिए एक धोबिन, और चार या पाँच छोटे लड़के जो फूली आँखों से जेनरल को देख रहे थे। गहरे रंग के बिजनेस सूट में एक और आदमी था जो पता नहीं कहाँ से नमूदार हुआ था और बोल रहा था, "पाकिस्तान जिंदाबाद !" संतरियों को छोटे बच्चों से मुश्किल पेश आ रही थी, कर्नल जेनरल की बाँह खींच रहा था और पत्रकार अचानक बात करने लगे थे। जेनरल ने खामोश करने के लिए दोनों हाथ उठाए और फिर तल्खी से कहा, "दोस्तो, आप अपनी जिंदगी की एक ख़ास जंग देखने जा रहे हैं।"

"यह कब शुरू होगी, जेनरल ?" एक बेल्जियन संवाददाता ने पूछा।

"कब ?" जेनरल ने पूछा, "जब मैं आदेश दूँ–तब, तब यह शुरू होगी।"

थोड़ी देर बाद वह छड़ी से उठा, कायदे से उसने उसके दुहरे हत्थे को तह किया जिस पर वह बैठा हुआ था और फिर पत्रकारों से एक शब्द कहे बिना अपनी बाँहों के नीचे छड़ी दबाए चुस्ती से गवर्नर के महल की ओर बढ़ने लगा। वे तब तक उसे देखते रहे जब तक वह पेड़ों की छाया में एक छोटी आकृति-भर नहीं रह गया, और फिर उन्हें खयाल आया कि यह कितना अविश्वसनीय और यकीन के बाहर था कि जंग के आखिरी दौर में, एक खुले हुए दिन में वह महल से टहलता हुआ निकला और उनसे बात कर रहा था, और यह उससे भी ज्यादा अविश्वसनीय था कि जंग पूरी तरह अदृश्य और कहीं दूर हो रही छोटी गड़गड़ाहट के सिवा पूरी तरह खामोश थी। सड़कों पर कोई सिपाही नहीं था और आसमान में कोई हवाई जहाज नहीं था।

पाँच मिनट बाद, जबकि अखबारनवीस टहलते हुए वापस लौट ही रहे थे, शहर के दक्षिण से बंदूकें गरजने लगीं, आसमान में गोलियों की कौंध भर गई, और लगभग एक साथ बारह हिंदुस्तानी हवाई जहाज होटल इंटरकॉन्टिनेंटल के ऊपर काफी नीची उड़ान भरते हुए शहर के उत्तर में छावनी की तरफ बढ़ गए। ढाका के लिए जंग शुरू हो गई थी।

अठारह

इन आखिरी दिनों के दौरान ढाका की फौज पर लूट, बलात्कार और कत्ल का उन्माद-सा छा गया था। चूँकि वे हारने को अभिशप्त थे और चूँकि अपने घर कुछ ले जाने का उनका इरादा पक्का था—क्योंकि वे कल्पना कर रहे थे कि उन्हें हिंदुस्तानी फौजों की हिफाजत में विमान से पश्चिमी पाकिस्तान ले जाया जाएगा—उन्होंने गहने की दुकानों को तहस-नहस कर दिया, बैंकों के सेफ तोड़ डाले, रेशमी कपड़ों की दुकानों पर हमला किया और बेहिसाब बलात्कार और कत्लेआम किए।

"बेचारों को थोड़ा मजा ले लेने दो," जेनरल नियाज़ी ने कहा, "हम सब मुश्किल वक्त से गुजर रहे हैं।"

उसने ऐलान किया था कि छावनी की टुकड़ियों को जंग के लिए नहीं भेजा जा सकता। ढाका में व्यवस्था बनाए रखने के लिए उनकी जरूरत है।

जबकि ढाका और उसके आसपास के इलाकों में बेहिसाब कत्ल, बलात्कार और लूटपाट का सिलसिला जारी था, पाकिस्तानी फौजी हुकूमत के बीच एक छोटी सी जमात उन लोगों की मौजूद थी जो ज्यादा हिसाबी ढंग से सोचते थे। मसलन उनके बीच एक अफसर 'सुधार का इंचार्ज' था। उसका काम कत्लेआम के सबूतों को छुपाना था। दो दिन के भीतर जबरिया मजदूरी कराकर उसने छावनी की खाई नंबर नौ के ऊपर कलपुर्जों से भरा एक मालगोदाम खड़ा करवा दिया। ब्लॉक 18सी के नाम से जानी जाने वाली जेल को जला डाला गया, उस पर बुलडोजर चलाया गया और जमीन पर फूलों का एक बगीचा रोप दिया गया। इस तरह की लगभग तीस कार्रवाइयाँ छावनी के भीतर अंजाम दी गईं। वायुसेना के एक अफसर ने 'निशानों की आखिरी फेहरिस्त' तैयार की। उसने उन जगहों की सूची बनाई जहाँ लड़ाई के आखिरी चौबीस घंटों में बमबारी की जानी थी। उसने जेनरल नियाज़ी के सामने यह फेहरिस्त रखी, इसमें सुप्रीम कोर्ट की इमारत, होटल इंटरकॉन्टिनेंटल और यतीमखाना थे।

"मेरे खुदा," फेहरिस्त देखकर जेनरल नियाज़ी चिहुँक पड़ा, "तुम होटल इंटरकॉन्टिनेंटल पर बम नहीं गिरा सकते। हिंदुस्तानी अफसरों के पहुँचने के बाद मुझे उनके साथ वहाँ डिनर लेना है। और सुप्रीम कोर्ट पर भी बम नहीं गिरा सकते। वही जगह है जहाँ हम उपद्रवियों पर मुकदमा चलाने जा रहे हैं।"

अफसर ने यतीमखाने पर बम गिराया और ऐलान कर दिया कि यह हिंदुस्तानी वायुसेना का काम है।

इन तमाम दिनों में ढाका पर अवास्तविकता की एक धुंध छाई रही। यह कुछ ऐसा था जैसे वक्त ठहर गया हो, जैसे कुदरत के नियम स्थगित कर दिए गए हों। जब बूढ़े और फ़ैज़ुल हक़ ने छावनी के भीतर गोला-बारूद से भरा एक डिपो उड़ाने में कामयाबी हासिल की तो जेनरल नियाज़ी ने कहा कि आगे से पाकिस्तानियों को बिना गोलियों के लड़ना होगा। "अगर वे अपनी राइफल के कुंदे इस्तेमाल करते हैं तो इससे उनकी मांसपेशियाँ मजबूत होंगी," उसने टिप्पणी की, "मैं लड़ने के पुराने जज्बे को वापस लौटते देखना चाहता हूँ।"

जेनरल नियाज़ी खुद नशे में डूबा हुआ था और लड़ने का उसका अपना जज्बा व्हिस्की की भाप के साथ उड़ चुका था। यहाँ तक कि व्हिस्की भी खत्म हो रही थी। उसने अपने 'अफसरों का मनोबल बनाए रखने के लिए' तुरंत नई खेप भेजने के लिए इस्लामाबाद तार किया।

जेनरल राव फ़रमान अली उन बहुत कम अफसरों में था जो एक हद से ज्यादा नहीं पीते थे। वह ठंडे दिमाग वाला पेशेवर व्यक्ति था जो तबाही पर फलता-फूलता था और अपने ढंग से वह नियाज़ी से ज्यादा खतरनाक था जो लगभग नाकाबिल था। उसमें तबाही एक बौद्धिक जज्बे के रूप में, एक जिद के रूप में मौजूद थी, और इस तथ्य से उसका सीना फूल जाता था कि हजारों लोगों को सता कर मारने का हुक्म उसने दिया था। खेल, जिसमें इतना लुत्फ आ रहा था, अब खत्म हो चुका था, या लगभग होने को था, मगर उसे कोई पछतावा महसूस नहीं हो रहा था। वह इस पर यकीन नहीं करता था कि पाकिस्तानी सातवें बेड़े से, या उत्तर से चीनी हमले से बचाए जा सकते हैं। सारा शांति अभियान, जो पच्चीस मार्च की रात नायाब तरीके से शुरू हुआ था, एक तबाही में खत्म हो चुका था। तिस पर भी करने को काम था। उसने लिखा :

तीस हजार फौजियों की जिम्मेदारी मुझ पर है
ज्यादा से ज्यादा कल शाम तक हिफाजत के बाहर
गोला-बारूद खत्म हो जाएँगे
अब असली काम शुरू होता है। हमारे लड़ने का मकसद

हमारे लड़ने का मकसद क्या है ? यह उसके दिमाग में साफ नहीं था, और उसने कलम बीच हवा में ही टँगी छोड़ दी। उसे अहसास था कि उसके दफ्तर में कोई और भी है, मगर वह अपने खयालों में इतना डूबा हुआ था कि उसने सिर नहीं उठाया। असंतोष के धुँधले-से अहसास के साथ वह उस सफे को देर तक देखता रहा जिस पर उसके आधे-अधूरे विचार छितराए हुए थे। उसे हैरानी हुई कि क्या वह कभी भी भाषण दे सकेगा, और फिर खयाल आया कि जंग के खत्म होने पर भाषणबाजी से ज्यादा जरूरी चीजें भी होंगी। जब आखिरकार उसने सिर उठाकर कमरे में दाखिल हुए जवान कैप्टन

को देखा तो उसके विचारों का सिलसिला टूटा। उसने पूछा, "तुम कितनी देर से यहाँ हो ?"

"दस मिनट से सर !"

"मुझे अफसोस है, कैप्टन। मैं एक भाषण के बारे में सोच रहा था जो शायद अब मैं कभी नहीं दूँगा। तुम्हें मुझसे कोई काम है ?"

"नहीं सर।"

"तो फिर तुम यहाँ क्या कर रहे हो ?"

"आपने बुलाया था सर !"

"हाँ, बुलाया था। मैं तुम्हें बताना चाहता था कि तुम्हारे निकलने का इंतजाम मैंने कर दिया है। तुम्हें पता ही है, हम बहुत बुरी हालत में फँस गए हैं। हम कोशिश कर रहे हैं कि वक्त रहते अपने सबसे बेहतरीन लोगों को निकाल लें। मतलब तुम और कुछ दूसरे लोग।"

"शुक्रिया जेनरल साहेब।"

"मुझे शुक्रिया कहने की जरूरत नहीं है। यह राष्ट्रीय नीति का सवाल है–हमें फिर कभी कमबख्त हिंदुस्तानियों से लड़ना होगा। फौज को फिर से बनाने के लिए हमें तुम्हारे जैसे नौजवान लोगों की जरूरत है। मैं इंतजाम कर रहा हूँ कि तुम आज शाम हेलीकॉप्टर से बर्मा निकल जाओ।"

"आपका क्या होगा सर ?"

"वक्त रहा तो मैं निकल जाऊँगा, लेकिन अगर नहीं–और मैं मानकर चल रहा हूँ कि नहीं रहेगा–तो मैं अपनी टुकड़ियों के साथ रहूँगा और मेरा मानना है कि हमारे हिंदुस्तानी दोस्त हमसे कायदे का सलूक करेंगे। मेरी फिक्र मत करो कैप्टन।"

इस सारे वक्त कैप्टन इस्कंदर ख़ान बिलकुल सीधा और चौकस निगाहों के साथ खड़ा था और यही चीज थी जो उसे अपने ज्यादातर साथी अफसरों से अलग करती थी। बेहतरीन गठन वाला, खूबसूरत, कसी हुई त्वचा, अच्छी तरह कलफ लगी वर्दी में साफ-सुथरे ढंग से लैस वह, जेनरल ने सोचा, जवान पाकिस्तानी अफसर की आदर्श किस्म है–आज्ञाकारी, वफादार, हिम्मतवर, मर्दाना, सब्र न खोने वाला। ऐसे लोगों को जंग में जीतने वालों की तरफ होना चाहिए, और यह विडंबना ही थी कि वह हारने वालों की तरफ था।

"अरे, बैठो कैप्टन," अपनी मेज के पास हरे चमड़े की कुर्सी की ओर इशारा करते हुए जेनरल ने कहा, "हमें समारोह तक रुकने की जरूरत नहीं है, है क्या ? अगर तुम मुझे इजाजत दो, तुमसे कुछ बड़ा होने के नाते, तुम्हें थोड़ी सलाह देना चाहूँगा। जब तुम पश्चिम में लौटोगे तो मैं नहीं चाहता कि तुम्हें हतोत्साहित होना पड़े। कुछ लोग हैं जो कहेंगे कि हम नाकाम हो गए। असल में वे गलत हैं। तुम्हारा और तुम जैसे कुछ दूसरों का शुक्रिया कि हमने जो तय किया था, वह हासिल कर लिया है। हमने बंगालियों को वह सबक सिखाया है कि वे नहीं भूलेंगे–"

उसने एक सिगरेट जलाई और पहले लंबे कश के धुएँ को देखने लगा। जल्दी ही धुएँ की लंबी लकीर छितरा गई और आसपास की हवा में घुल-मिल गई। जब धुएँ का आखिरी अवशेष भी गुम हो गया तभी वह अपनी बगल में बैठे जवान अफसर की ओर मुड़ा।

''कोई इससे इनकार नहीं कर सकता कि हमने उनकी अच्छी धुलाई की !'' जेनरल बोल रहा था, ''हमने शैतानी ताकतों के खिलाफ एक बहादुराना लड़ाई छेड़ी—यह कभी मत भूलना ! मेरा खयाल है वे एक नया राज्य बनाएँगे, कुछ सालों के लिए उसे चलाए रखने की कोशिश करेंगे, मगर आखिर में वे हमारे ही पास आएँगे ! वे अपने घुटनों पर चलकर आएँगे, हमसे मिन्नत करेंगे कि हम उन पर हुकूमत करें, क्योंकि हम बेहतर नस्ल हैं, और फिर हम उन्हें बताएँगे कि हम अपनी ही शर्तों पर आएँगे। उन्हें हमें पूरा अधिकार देना होगा ! कोई सियासत-वियासत नहीं—कुछ भी नहीं। और वे यह करेंगे क्योंकि इसी में उनका हित होगा, और वे समझ जाएँगे कि हम उनके मालिक हैं।

''अगली बार हम बदमाशों को जरा भी छूट नहीं देंगे। जो भी सियासत की बात करेगा, उसे गोली मार देंगे—यही काम हमें शुरू से करना चाहिए था। कोई सियासी जुलूस नहीं होंगे, कोई सियासी अखबार नहीं होगा। उन्हें हम सिर्फ बाजार की कीमतें, और शादियों की खबरें और स्थानीय सनसनीखेज खबरें छापने की इजाजत देंगे, बस इतना ही। इन्हें अपने अँगूठों के नीचे रखेंगे। और तुम ध्यान देना, हमने अभी से उसका रास्ता तैयार कर दिया है। हमने उन पर चाबुक के निशान छोड़े हैं जो वे कभी नहीं भूलेंगे। हमने उन्हें जिस्मानी तौर पर तबाह नहीं किया है, मगर दिमागी तौर पर तोड़ दिया है। अब उन्हें कभी चैन नहीं मिलेगा क्योंकि हमने उनके भीतर बेचैनी और असंतोष के बीज बो दिए हैं, और यही वजह है कि वे अपनी दुम दबाए हमारी तरफ भागते आएँगे !

''इसीलिए मैं कहता हूँ तुम हताश मत होना ! तुम पाकिस्तानी फौज की कुलीन जमात से आते हो और तुम पर अहम फैसले करने की जिम्मेदारी होगी। दस साल की अवधि में शायद तुम जेनरल होगे। तुमने इसके बारे में सोचा है ? याद रखो—हमारी मुख्य गड़बड़ी यह थी कि हम पर्याप्त बेरहम नहीं थे।''

अपने ही निकाले हुए नतीजे पर जेनरल थोड़ा चौंक गया और उसने कुछ देर तक ठहरकर इस खयाल को निकल जाने दिया।

''समझ रहे हो न मैं क्या कह रहा हूँ ?'' आगे झुकते हुए उसने कहा, उसकी चमकती आँखें कैप्टन पर जमी थीं।

''हाँ सर, मैं आपको अच्छी तरह समझ रहा हूँ।''

''बहुत अच्छे। अब तुम जा सकते हो। मैं हवाई अड्डे पर तैनात अफसर को हिदायत भेज रहा हूँ कि आज शाम के हेलीकॉप्टर पर तुम्हारे लिए एक सीट रखी जाए।''

''एक बात है सर।''

"क्या है ?"

"कैप्टन रहीम नवाज़।"

"उसे क्या हुआ ?"

"वह मेरे साथ रहता है सर।"

"मेरा खयाल है तुम उसे अपने साथ हेलीकॉप्टर पर ले जाना चाहते हो ? असल में, उसमें तुम-सी काबिलियत नहीं है। देखता हूँ मैं क्या कर सकता हूँ।"

"शुक्रिया सर।"

कैप्टन इस्कंदर ख़ान ने उठकर चुस्ती से सलामी दी और मुड़ने को ही था कि जेनरल ने कहा, "बरखुरदार, तुम्हें इतना औपचारिक होने की जरूरत नहीं है। हम बड़ी बुरी हालत में हैं यहाँ। शायद हमारी-तुम्हारी मुलाकात लंबे समय तक न हो। तुमने मेरे लिए बहुत काम किया है, बहुत घूमे हो, बहुत रपटें लिखी हैं। मैं तुम्हारी रपटों पर अमल करता रहता था। उनसे मुझे बहुत मदद मिली है। एक ड्रिंक लोगे ?"

"यस सर !"

कैप्टन इस्कंदर ख़ान को लग रहा था कि जेनरल बस वक्त काट रहा है, कि उसके दिमाग में कुछ भी नहीं है, और शायद वह थकान से गुजर रहा है। उसके चेहरे पर हलका सा खिंचाव आता था, उसके होंठों की बाईं किनारी पर एक कंपन, जिसे उसकी बाईं आँख के ठीक नीचे पेशियों का एक लगातार कंपन संतुलित किए रहता था। यह बहुत अजीब था कि पाकिस्तानी फौज के कितने ही अफसरों को चेहरे पर खिंचाव की यह बीमारी थी। मगर सबसे अजीब बात यह थी कि जेनरल राव फ़रमान अली की आँखें लगातार आँसुओं से भर जाती थीं और उसका चश्मा हमेशा धुँधला हो जाता था और इसीलिए वह हमेशा उन्हें हटाता था और रूमाल से साफ करता था, और ऐसे मौकों पर उसकी छोटी-छोटी, कुछ-कुछ गहरी आँखों में तकलीफ का निरीह पुट होता, किसी ऐसे बच्चे की आँखों की तरह, जिसे सजा मिली है मगर उसे नहीं पता कि क्यों मिली है। पहली बार कैप्टन इस्कंदर ख़ान को अहसास हुआ कि वह जेनरल के करीब आ रहा है, अपनी तसल्ली के लिए बेहद करीब। उसे खयाल आया कि जेनरल, जो अक्सर असरदार आत्मनियंत्रण का मुखौटा ओढ़े रहता था, भीतर से बहुत कमजोर था।

जेनरल ने व्हिस्की डाली, अपने लिए एक बड़ा पेग बनाया जबकि कैप्टन को, जो एक हद के बाद परहेज करने वाला माना जाता था, छोटा पेग दिया। आगे बढ़ती हिंदुस्तानी फौज की बंदूकों की आवाज बिजलियों की गड़गड़ाहट की तरह उन्हें सुनाई पड़ रही थी।

जेनरल ने अपना गिलास उठाया।

"चीयर्स बरखुरदार।"

"चीयर्स जेनरल।"

कुछ देर के लिए वे बंदूकों की आवाज सुनते, चुप रहे।

"जैसा मैं कह रहा था," जेनरल बोल रहा था, "तुमसे हमें काफी मदद मिली है।

मैं तुम्हें आला दर्जे का फौजी मानता हूँ, और जब मैं पाकिस्तानी फौज के बारे में सोचता हूँ तो तुम्हारी तरह के समर्पित, बहादुर, पूरी तरह वफादार लोगों के बारे में ही सोचता हूँ। यही वजह है कि भविष्य में मेरी उम्मीद बची हुई है। मैं चाहता हूँ, तुम आने वाले दिनों के महत्त्वपूर्ण कामों के लिए खुद को तैयार करो, क्योंकि पाकिस्तानी फौज का भविष्य तुम जैसे लोगों—खास कर तुम पर टिका है। देखो इस्कंदर, तुम एक अलग इनसान हो। हम सबकी निगाहें तुम पर हैं। हमें उम्मीद है कि तुम मुल्क के लिए बड़े-बड़े काम करोगे।''

वह साफ तौर पर कहीं ले जा रहा था, मगर किस तरफ यह साफ नहीं था। आखिरकार उसने अपनी मेज की दराज से एक बड़ा मुहरबंद लिफाफा निकाला और कैप्टन की ओर बढ़ाया।

''जब तुम कराची पहुँचोगे तो इसे पोस्ट कर देना,'' जेनरल ने कहा, ''बस कुछ ज़ाती कागजात हैं।''

''हाँ सर, बिलकुल,'' कैप्टन ने कहा और लिफाफे को देखे बिना अपने कोट की जेब में डालने की कोशिश की। यह कुछ ज्यादा बड़ा था और इसलिए इसे उसने अपने घुटनों पर रख लिया। उसने ध्यान दिया कि इस पर कराची के एक बैंक का पता लिखा हुआ था।

''बस कुछ ज़ाती कागजात हैं, मेरी वसीयत और दूसरी चीजें,'' जेनरल बोल रहा था, ''बस खयाल रखना और वहाँ पहुँचो तो इसे भिजवा देना।''

कैप्टन ने सिर हिलाया। उसे खयाल आया कि यह लिफाफा ही दरअसल वह वजह है जिसके चलते उसे जेनरल के दफ्तर में बुलाया गया और बर्मा जा रहे हेलीकॉप्टर में उसे जगह दी गई है, लेकिन उसने बाहर से जाहिर नहीं होने दिया कि वह इसे कोई अहमियत दे रहा है।

''तो ठीक है, आज इतना ही,'' उठते हुए जेनरल ने कहा, ''मुझे कभी-कभी याद करना इस्कंदर। यह एक अच्छी जंग थी जब तक चलती रही, नहीं ?''

''हाँ सर !''

''हम जो कर सकते थे, हमने किया। हम नाकाम रहे, मगर हमने कमबख्त कोई कसर नहीं छोड़ी। बस इतना ही हम कर सकते थे !''

''हाँ सर !''

''गुड लक, बरखुरदार। उम्मीद है तुमसे कभी इस्लामाबाद में मुलाकात होगी। दोस्तों के बीच मुझे याद रखना।''

कुछ देर बाद कैप्टन इस्कंदर ख़ान गलियारे से होता हुआ मरमरी सीढ़ियों के पास खड़ी अपनी कार की तरफ बढ़ रहा था। गवर्नर का महल अजीब ढंग से खामोश लग रहा था। वह कार में बैठा ही था जब वह हिंदुस्तानी विमान ऊपर अचानक नमूदार हुए, सूरज की ओर बढ़े, और रॉकेट और गोले दागते हुए, उन्होंने गवर्नर के महल पर गोता लगाया। कैप्टन ने कार से बाहर छलाँग लगाई और उसके नीचे पनाह ले ली। यह सहज

प्रतिक्रिया थी। रॉकेटों और गोलों की आवाज कान फाड़ने वाली थी। ऐसा लगा कि छह भारी हथियारों से लैस विमानों के हमले में पूरा महल तबाह हो जाएगा। जेनरल राव फ़रमान अली महल से बाहर भागा, वह मरियल और अस्त-व्यस्त लग रहा था, उसके चेहरे का बायाँ हिस्सा बुरी तरह ऐंठ रहा था। उसके ठीक पीछे-पीछे सिविल गवर्नर डॉ. मलिक था, जो काबिना की एक बैठक में शामिल था, और उसके पीछे लगभग बीस सचिव और साईस थे और वे सब मुख्य फाटक से लगभग बीस गज दूर बने एक बंकर की तरफ भाग रहे थे। कैप्टन ने भी उनके पीछे-पीछे जाने का फैसला किया। जब कैप्टन वहाँ पहुँचा तो उस वक्त लोगों में बंकर में दाखिल होने के लिए अफरा-तफरी मची हुई थी। हवाई जहाज वापस सूरज की तरफ मुड़ रहे थे, और दूसरे गोते की तैयारी कर रहे थे। जलती हुई लकड़ी और बारूद की, तेजाब और धुएँ की गंध थी; और बंकर के भीतर एक दूसरी गंध थी—खौफ की गंध।

डॉ. मलिक ऐसा दिख रहा था जैसे अपने पगहे के आखिर में हो; उसके दाँत कड़कड़ा रहे थे और आँखें फैली हुई थीं। मरने पर वह वैसा ही दिखता जैसा बंकर में दिख रहा था। जेनरल राव फ़रमान अली का रंग धूसर हो गया था और उसका बायाँ गाल अभी भी अजीब ढंग से सिकुड़ और ऐंठ रहा था। जब उसकी निगाह कैप्टन पर पड़ी तो वह चीखा, "प्यारे इस्कंदर, बताओ, हिंदुस्तानी क्या कर रहे हैं ? क्या उन्हें पता नहीं है कि हम आत्मसमर्पण करने की प्रक्रिया में हैं ? प्लीज़ उनसे बात करो !" फिर उसने अपना चेहरा हाथों में छुपा लिया और सुबकने लगा। जब हिंदुस्तानी फौजियों ने महल पर दूसरा हमला किया तो एक और खौफनाक झटका लगा। पूरा बंकर हवा में उछलता मालूम हुआ और लोग एक-दूसरे पर गिर पड़े। बंकर के ठीक बाहर मुलायम घास पर मशीनगन की गोलियाँ धँस रही थीं, मगर साफ तौर पर हिंदुस्तानी हवा से बंकर की मौजूदगी का पता नहीं लगा पा रहे थे। गोलीबारी के चरम पर डॉ. मलिक के घुटने जवाब दे गए और वह फर्श पर ढेर हो गया।

कैप्टेन इस्कंदर ख़ान सिविल गवर्नर को घूर रहा था और बोल रहा था, "आप ठीक तो हैं, महामहिम ? क्या मैं आपकी कुछ मदद करूँ ?"

फर्श से ही डॉ. मलिक ने लंबे, खूबसूरत कैप्टन को निहारा और कहा, "प्लीज़ मुझे यहाँ से ले चलो ! प्लीज़ मुझे होटल इंटरकॉन्टिनेंटल ले चलो। मुझे थोड़ा कागज दो !"

कैप्टन ने अपनी फील्ड नोट बुक से एक पन्ना फाड़ा और गवर्नर को बढ़ाया, जो अभी भी फर्श पर उकड़ूँ बैठे काँपते हाथों से बॉलपेन से लिखने लगा, "मैं अपने सारे कामकाज से इस्तीफा देता हूँ, खासकर पूर्वी पाकिस्तान के सिविल गवर्नर के पद से। मेरा इस्तीफा अपरिवर्तनीय है, मलिक। फिर उसने कागज कैप्टन के हाथों में ठूँस दिया।

"इसका मैं क्या करूँ महामहिम ?" कैप्टन ने पूछा।

"इसे संयुक्त राष्ट्र के नुमाइंदों को दे दो—किसी को भी दे दो—तुम देख नहीं रहे—सब खत्म हो गया—हम अब किसी काम के नहीं रहे।"

मुसीबत टल जाने का सायरन बजने लगा था। बंकर में लोग अपने कपड़ों से धूल झाड़ रहे थे और तसल्ली के लिए खुद को छूकर देख रहे थे कि वे घायल तो नहीं हुए; लेकिन सबसे बुरी तरह वे खौफ की छूत और अपने बेमानीपन के अहसास से घायल हुए थे। उनके सिरों पर हलकी नीली रोशनियाँ चमक रही थीं और वे प्रेतों की तरह लग रहे थे, जब तक वे निकलकर धूप में नहीं आने लगे। उन्हें लग रहा था कि महल को वे मलबे में बदला पाएँगे, मगर इसका ज्यादातर हिस्सा अभी भी खड़ा था। सबसे ज्यादा नुकसान महल के पिछले हिस्से और पूर्वी हिस्से में हुआ था, जहाँ तोप के गोलों ने दीवारों पर बड़े-बड़े सूराख कर दिए थे। मेहराब अछूता था और छोटी-छोटी आग पर तुरंत काबू पा लिया गया था। हिंदुस्तानियों ने महल पर हमला इसलिए किया था कि उन्हें पता चल गया था कि दरबार हॉल में बंगाली बुद्धिजीवियों का कत्ल करने की कोशिश होगी। उनके पास महल का नक्शा नहीं था जिसका नतीजा हुआ कि एक भी रॉकेट, गोला या गोली दरबार हॉल को निशाना नहीं बना सके। तिस पर भी उनका एक बड़ा मकसद पूरा हो गया था, उन्होंने पाकिस्तानियों को महल में दहशत से भर दिया था।

कैप्टन इस्कंदर ख़ान ने बंकर की सीढ़ियाँ चढ़ने में डॉ. मलिक की मदद की। पूर्व गवर्नर बुरी तरह काँप रहा था और उसे हर तीसरे कदम पर सुस्ताना पड़ रहा था।

''बस मेरे साथ थोड़े सब्र से पेश आओ, बरखुरदार,'' उसने कहा, ''मैं तुम्हारी तरह जवान नहीं हूँ।''

कैप्टन ने उसे कार से होटल इंटरकॉन्टिनेंटल पहुँचा देने की पेशकश की।

''यह तुम मुझ पर बहुत बड़ा रहम करोगे,'' डॉ. मलिक ने कहा, ''कितना खुशकिस्मत हूँ मैं कि तुम मिल गए !''

''शुक्रिया महामहिम !''

''मैं अब महामहिम नहीं हूँ—बस एक आम शहरी हूँ,'' अपने हाथों से विरोध की भंगिमा बनाते हुए बूढ़े आदमी ने कहा, अपनी जिम्मेदारियों से पीछा छूटने पर वह इतना खुश था कि वह मुस्कुरा भी पड़ा।

कैप्टन ने ध्यान दिया कि पूर्व गवर्नर ने पीछे मुड़कर महल को देखा भी नहीं कि वह किस हॉल में है, बल्कि उसने जानबूझकर उसकी अनदेखी की।

जेनरल राव फ़रमान अली ने अपने दफ्तर लौटकर पाया कि उसे कोई नुकसान नहीं हुआ है, सिवा इसके कि छत से बहुत सारा प्लास्टर झड़कर नीचे गिरा था और खिड़की की जगह सिर्फ उलटे हुए 'वी' आकार का एक कटा शीशा रह गया था। ''मेरे बाद आने वाला इसकी मरम्मत कराएगा,'' उसने खुद से कहा। ''हाँ, हवाई जहाज फिर आ सकते हैं और पूरे महल को बरबाद कर सकते हैं।'' रूमाल से उसने अपनी कुर्सी और मेज का प्लास्टर साफ किया और बहुत खामोश बैठकर अपनी उम्मीदों के मलबे का मुआयना करने लगा। फिर, हमेशा की तरह जब वह मुश्किल में महसूस करता था, उसने एक कागज निकाला और लिखने लगा :

जो भी मुमकिन था मैंने किया।
ऑपरेशन दरबार हॉल ज्यादा एहतियात से और वक्त रहते तैयार किया जाना चाहिए था।
हमारे दोस्तों ने धोखा दिया। निक्सन किसिंजर।
बस अब आखिरी बड़ी कोशिश
की गुंजाइश रह गई है
आज रात समूचे बंगाली नेतृत्व का सफाया
इस तरह
मेरा आखिरी हुक्म
पैदाइश के वक्त ही बांगलादेश का गला घोंट दो।

उसे लग रहा था कि टेलीफोन डेड होगा, लेकिन यह देखकर उसे हैरत हुई कि यह काम कर रहा था। जेनरल नियाज़ी छावनी में था और वह आसानी से मिल गया। जेनरल नियाज़ी की आवाज लड़खड़ाई हुई थी–साफ तौर पर वह खूब पीता रहा था–लेकिन वह कायदे से बोल पा रहा था।

''किसी बात की भी फिक्र मत करो, अली, बरखुरदार। हिंदुस्तानी कल तक आ जाएँगे। मैं तुमसे वायदा करता हूँ, तुम्हें उनके साथ जरा भी मुश्किल नहीं होगी। अच्छे लोग हैं, सब के सब।''

''इसलिए अब और लड़ाई नहीं होनी है ?''

''बस जताने-भर के लिए कि हम अच्छा काम कर रहे हैं। अच्छा काम करना–यही अहमियत रखता है। हम डूब चुके हैं !''

''डूब चुके हैं ?''

''घटनाओं के दबाव से। हवाई अड्डा सात हजार बमों का गड्ढा हो चुका है। हम निकल नहीं सकते। सातवाँ बेड़ा कोई मदद नहीं कर सकता। बीजिंग फौज नहीं भेज सकता। गोला-बारूद खत्म हो रहा है। तो अब हम बाइज्जत आत्मसमर्पण करने के सिवा क्या कर सकते हैं ?''

''आपने कहा ! 'बाइज्जत' ?''

''हाँ, यही कहा। अली, मेरे लिए यह और मुश्किल मत बनाओ। अपनी पूँछ डुलाते रहो, बूढ़े, और आकर मुझसे मिलो जब तुम्हारे पास फुरसत हो।''

जेनरल राव फ़रमान अली ने रिसीवर क्रेडल पर छोड़ दिया। चूँकि दरबार हॉल योजना नाकाम हो चुकी थी और चूँकि यह निहायत जरूरी था कि जंग हारने के बावजूद सियासी जीत हासिल कर ली जाए, उसने तय किया कि अब सर्जरी करने का वक्त आ गया है जिसके बारे में वह लंबे समय से सोचता रहा था। गड्ढा नं. नौ में लगभग आठ हजार बंगाली थे; इन्हें बाकी में दहशत पैदा करने के लिए मार डाला गया था। अब इस आखिरी लम्हे में, अपरिहार्य आत्मसमर्पण के आखिरी कुछ घंटों के भीतर उसने

मुल्क को यहाँ के भावी नेताओं से छुटकारा दिलाने का इरादा बना लिया था। उसने टेलीफोन उठाया, एक नंबर डायल किया जो वह पहले भी करता रहा था, और शांत सधी आवाज में बोला, "रशीद, प्यारे, ध्यान से सुनो। मैंने अभी-अभी नियाज़ी से बात की है। उसका खयाल है हिंदुस्तानी कल आ जाएँगे और वह उनका प्रतिरोध नहीं करेगा। मुझे अहसास हो रहा है कि वह पहले से ही उनसे मिला हुआ है—मुमकिन है, वह उनके हाथों बिक भी गया हो। जो भी हो, वह लड़ने नहीं जा रहा है। बांगलादेश को तबाह करने का आखिरी मौका हमारे पास अभी है। तुम ध्यान से सुन रहे हो न ?"

"हाँ, जेनरल, मैं ध्यान से सुन रहा हूँ।"

"फिर तुम्हें पता है क्या करना है ?"

"हाँ, मुझे पता है।"

"जिसे भी तुम पकड़ सको। डॉक्टर, वकील, प्रोफेसर, पत्रकार, जज—ताकत और जिम्मेदारी के ओहदे पर बैठे हर शख्स को।"

"हाँ, जेनरल मैं समझता हूँ।"

"आज के दिन और आज की रात मैं तुम्हारा बचाव कर सकता हूँ। कल बहुत देर हो जाएगी। सबको गोली मार दो। जरा भी रहमदिली दिखाने की ज़रूरत नहीं है। देखो हम उसी तरह जंग खत्म कर रहे हैं, जिस तरह हमने शुरू की थी। बढ़िया से काम करो बरखुरदार और फिर छुप जाओ !"

जेनरल ने क्रेडल से रिसीवर हटा दिया और किसी ऐसे आदमी की तरह पीछे सिर टिका लिया जिसने आखिरकार एक जटिल समस्या का हल खोज लिया है। उसने एक सिगरेट सुलगाई, मुस्कुराया और फिर अपने कमरे पर चारों तरफ निगाह डाली जिसे वह जल्दी ही हमेशा-हमेशा के लिए छोड़ देगा।

एक छुपे हुए फौजी ट्रक में नकाबपोश बंदूकधारी साढ़े चार बजे शाम अनवर अमीर को खोजते आए। पत्रकार की बीवी ने उन्हें ऊपर की खिड़की से देख लिया था, मगर जब तक वह जीना उतरती, वे सामने का दरवाजा तोड़ चुके थे।

वह जरा भी डरे बिना जीने के सबसे ऊपर खड़ी थी। उसे लग रहा था कि वे लोग उसे मार डालेंगे। उसने सोचा कि उसका शौहर घर में है, और वे दोनों साथ-साथ मरेंगे।

"कहाँ है अनवर अमीर ?" एक नकाबपोश बंदूकधारी उसकी ओर गरजा।

"वे सिलहट गए हैं," उसने शांति से जवाब दिया, "वे कल ही निकले हैं।"

उसे कुछ अंदाजा नहीं था कि वह ऐसा क्यों कह रही है। वह लाइब्रेरी में गई जहाँ दराज़ और कागजात फर्श पर छितराए हुए थे, और एक बंदूकधारी ने उसकी ओर मुड़कर कहा, "तुम झूठ बोल रही हो। वह सिलहट नहीं गया है। वह कैसे जा सकता है। वह कल यहीं था !"

"मुझे अफसोस है, मगर वे सिलहट गए हैं। आपको यहाँ नहीं मिलेंगे।"

अनवर अमीर बगीचे का चक्कर लगा रहा था, जब उसने बंदूकधारियों के दरवाजा

तोड़ने की आवाज सुनी। किसी तरह वह बगीचे की दीवार फलाँग सका और उसने अपनी जान बचा ली। बंदूकधारी हर कमरे में गए, और दरवाजा खोला, बिस्तर के नीचे देखा, इस बात पर बहस की कि उसकी बीवी को मार दिया जाए या नहीं, और दस मिनट बाद चले गए। जब वे फौजी ट्रक की ओर लौट रहे थे तो वह उन्हें टूटे हुए दरवाजे से देख रही थी और जब उन्होंने सड़क से उसकी ओर आखिरी गोली चलाई तो उसने किनारे की तरफ गिर जाने की समझदारी दिखाई।

वे बहुत जल्दी में थे। उनकी मौत की फेहरिस्त में सैकड़ों नाम थे।

कैप्टन इस्कंदर ख़ान छावनी के अपने मकान में बैठा हुआ था जहाँ वह अपने दोस्त कैप्टन रहीम नवाज़ के साथ रहता था। डॉ. मलिक को इंटरकॉन्टिनेंटल होटल पहुँचाने के बाद वह सीधा छावनी गया था। वह नहाकर सिर्फ एक तौलिया लपेटे घर के एकमात्र अच्छे सोफे पर लेट गया और दिन-भर की घटनाओं के बारे में सोचने लगा। इस पर सोचते हुए उसने काफी वक्त गुजारा। उसने जेनरल राव फ़रमान अली और डॉ. मलिक को बंकर में काँपते देखा था, जब महल पर हमला हुआ, तब वे दोनों बुरी तरह डरे हुए थे। वे फूस के आदमी थे, बिना हिम्मत के आदमी, ऐसे लोग जिन्हें किसी हाल में ताकत के ओहदों पर नहीं रहना चाहिए। वे मर्दों की तरह पेश नहीं आए थे। वे किसी गलीज प्रजाति से आते थे। "मेरे इस्कंदर, बताओ, ये हिंदुस्तानी क्या कर रहे हैं ?" जैसे यह साफ नहीं हो कि हिंदुस्तानी सबसे अच्छी वजहों से उसे खत्म करने की कोशिश कर रहे थे, क्योंकि वह एक जहरीला कीड़ा था। उसने जेनरल के चेहरे पर खौफ की छाया देखी थी और सोचा कि इसे वह कभी नहीं भूलेगा।

सबसे ज्यादा वह खौफ के बारे में सोचता रहा। एक अच्छा इनसान खौफ जाहिर नहीं करता है—यह तो साफ था। आँख के डॉक्टर डॉ. मलिक को शायद माफ किया जा सकता था, जिसने पूर्वी पाकिस्तान के सिविल गवर्नर के रूप में उभरने के पहले, जिसकी कोई वजह किसी को समझ में नहीं आ सकती थी, छोटे-छोटे मंत्रालयों में ऊँचे-ऊँचे ओहदे हासिल किए थे। मगर एक जेनरल—यह बिलकुल अलग मामला था।

उसने जोर से कहा, "वे मर्दों की तरह पेश नहीं आ रहे थे। जोकरों की तरह पेश आ रहे थे।"

"तुम्हारे होश दुरुस्त हैं ?" रहीम ने कहा।

वह बगीचे से चुपचाप कमरे में आ गया था।

"मुझे नहीं पता था तुम यहाँ हो रहीम। मैं अपने नामुराद नेताओं के बारे में सोच रहा था। जब हिंदुस्तानियों ने महल पर रॉकेटों से हमला किया, तब मैंने बंकर में मलिक और राव फ़रमान अली को देखा था। ऐसे खौफजदा लोगों को मैंने अपनी जिंदगी में नहीं देखा है ! अगर अचानक कोई हिंदुस्तानी जवान बंकर की सीढ़ियों के ऊपर नजर आ जाता तो वे घुटनों पर गिर पड़ते और सबके सामने उससे जान बख्श देने के लिए गिड़गिड़ाते। क्या तुम ऐसा कुछ समझ सकते हो ?"

"मुझे उन दोनों पर कभी बहुत भरोसा नहीं रहा," रहीम ने कहा।

"तब मुझे बताओ—कोई इनसान क्यों खौफ जाहिर करता है ? आखिर डरने की क्या बात है ?"

रहीम वर्दी में था और उसके कोट के बटन खुले हुए थे। वह रात-भर काम करता रहा था और थका दिख रहा था। उसने ऐलान किया कि वह इस मामले पर नहाते वक्त कुछ गौर फरमाएगा और क्या इस बीच कैप्टन इस्कंदर ख़ान को ताजातरीन अफवाह का पता है—अगली सुबह आधिकारिक तौर पर आत्मसमर्पण होगा ?"

"जितनी जल्दी हो उतना अच्छा," इस्कंदर ने टिप्पणी की, "क्या तुम्हें पता है कि नियाज़ी ने हफ्ता-भर पहले ही हिंदुस्तानियों को खुफिया पैगाम भेजा था कि वह आत्मसमर्पण कर सकता है अगर पाकिस्तानी फौजों को पश्चिमी पाकिस्तान लौटने की इजाजत दी जाए ?"

"नहीं, मुझे नहीं पता।"

"अच्छा, यह दूसरी अफवाह है, और शायद सच है। नियाज़ी दूसरा राव फ़रमान अली है। हमारी रहनुमाई लंगूर कर रहे हैं और याह्या सबसे लड़ा लंगूर है। और जो चीज सबसे ज्यादा मुझे चोट पहुँचाती है, वह यह कि मुझे इस अहसास तक पहुँचने के लिए नौ महीने बंगालियों से और दो हफ्ते हिंदुस्तानियों से लड़ना पड़ा कि हमारे यहाँ सबसे सड़े हुए जेनरल हैं और दुनिया की बदतरीन किस्म की सरकार है। जरा सोचो ! महान, गौरवशाली पाकिस्तानी फौज जेनरलों में पिटकर, कौशल में पिटकर और लड़ाई में पिटकर कल सुबह आत्मसमर्पण कर रही है !"

कैप्टन रहीम नवाज ने अपने दोस्त को उसके खयालों में छोड़ दिया। उसे नहाने, खाने और सोचने का वक्त चाहिए था। उसे खयाल आया कि हालाँकि पेग खत्म होने को है, मगर जिंदगी चलती रहेगी और आखिरी फैसले का वक्त बहुत दूर है। वह नहीं जानता था, या नहीं जानने का बहाना कर रहा था कि गलती किसकी है। शायद दोनों पक्षों की गलती थी, या शायद सभी पक्षों की। इस बात से वह परेशान हुआ कि इस्कंदर सारी गलती पाकिस्तानी जेनरलों पर मढ़ रहा है। जब वह नहाकर निकला तो उसने ऐलान कर दिया कि हार को लेकर बात करने की उसकी कतई इच्छा नहीं है।

"ठीक है," इस्कंदर ने कहा, "मगर मुझे बताओ कि डर किसलिए होता है। यह महत्त्वपूर्ण बात है। वे सब इतने डरे हुए क्यों थे ?"

"तुम बंकर के बारे में बात कर रहे हो ?"

"हाँ, उन दो लोगों के बारे में। क्यों, सबकी निगाह के आगे—"

"भीतर से। वे ख़ुद को रोक नहीं सकते थे। अच्छे से अच्छे लोग पतलून में हग देते हैं जब वे डरे हुए होते हैं।"

"तुम्हारा मतलब है, यह सिर्फ जानवरों जैसी प्रतिक्रिया है ?"

"हाँ भी और न भी। जानवर बहुत बहादुर होते हैं। यह सहज प्रतिक्रिया है।"

"यानी तुम इसे पूरी तरह कुदरती मानते हो ?"

"नहीं, मगर मेरा खयाल है इसे माफ किया जा सकता है। अगर तुम किसी इनसान

पर बंदूक अड़ा दो और वह काँपना शुरू कर दे, तो मैं उसके बारे में तुरंत कोई फैसला नहीं दे दूँगा। मैं भी वही कर सकता हूँ। हो सकता है न भी करूँ। डॉ. मलिक शहरी है और फौजी ट्रेनिंग के फायदों से महरूम रहा है। राव फ़रमान अली असली फौजी नहीं था—वह एक तरह का गेस्टापो चीफ था, राज्य के दुश्मनों को घेरने वाला, जो शायद कोई खतरा नहीं पहुँचा सकते।''

''तुम महसूस करते हो कि दो हफ्ते पहले हम दोनों में से कोई इस तरह बात करने की हिम्मत नहीं करता ?''

''हमने कोई बात आपस में छुपाई नहीं है। अगर हम इस पर बात करना चाहते तो कर चुके होते। हमने कभी इसके बारे में सोचने की जहमत नहीं ली। साथ ही तुमने राव फ़रमान अली और मलिक को एक साथ बंकर में देखा नहीं था और नहीं जानते थे कि वे दोनों भी हम जैसे ही इनसान हैं।''

''तुम कुछ ज्यादा ही रहमदिल हो रहे हो, रहीम। वे कीड़ों की तरह पेश आ रहे थे।''

''तुम्हारा मतलब है, बहुत बुरी तरह ?''

''बदतरीन। इतना बदतरीन कि यकीन के बाहर है। नौ महीनों से हम बंगालियों को मारते रहे हैं और हमें बताया गया कि हमें पाकिस्तान के पाक मुल्क को बचाना है। बंगाली डरे हुए नहीं थे। उन्होंने लड़ाई की। जब हमने टैंक से छात्रों के हॉस्टल पर हमला किया—सोचो, बखुदा, टैंक से !—वे लाठियों से लड़े। और वे हजारों-हजार मरते रहे, बिना खौफ के। यहाँ एक रहस्य है। तुम बिना डरे मरते हो अगर तुम्हें पता होता है कि तुम सही हो और जानते हो कि आखिरकार तुम जीतने जा रहे हो। खौफ तब होता है जब तुम जानते हो कि तुम गलत हो, जब तुम्हारे पास कोई उम्मीद नहीं होती, जब तुम महसूस करते हो कि तुम्हारी जिंदगी अंततः बेकार है। हिम्मत उम्मीद है और खौफ नाउम्मीदी है।

''अगर यह सच है,'' इस्कंदर का बोलना जारी था, ''तो नतीजों की पड़ताल जरूरी है। वे अच्छे नहीं हैं। हमारा नेतृत्व ऐसे लोगों ने किया है जिनका अपने लोगों पर भरोसा नहीं था और जिन्हें भविष्य से कोई उम्मीद नहीं थी। ओह, उनकी अपनी ज़ाती महत्त्वाकांक्षाएँ थीं—दौलत, ताकत, कहीं भारी जमींदारी, अपनी सामंती सुविधाओं की बहाली। मगर लोगों के लिए महत्त्वाकांक्षाएँ—वे कुछ और थीं। भुट्टो, याह्या ख़ान, टिक्का ख़ान—वे लोगों के बारे में जानते क्या हैं ? बस बिना सिर के लोग हाथों से झटका देने वाली भंगिमाएँ बना रहे हैं। अगर वाकई लोगों को पता चल जाए कि वे कैसे जीते हैं और कितनी दौलत उन्होंने इकट्ठा कर रखी है तो उनके टुकड़े-टुकड़े कर दें और उन्हें नालियों में फेंक दें !''

''तो तुम उन्हें काट डालने की पेशकश करते हो ?''

''नहीं, मगर मैं इसके बारे में सोचने जा रहा हूँ ! वे ऐसे ही नहीं निकल जाएँगे ! मैं बेहद संजीदा हूँ, रहीम ! अगर फर्श पर कीड़े ही कीड़े हो जाएँ तो तुम्हें उन्हें बुहारना

ही पड़ता है। मैं अब यह देखना शुरू कर रहा हूँ कि पाकिस्तान को गढ़ने का काम बस शुरू ही हो रहा है।''

''तो तुम सियासत में दाखिल होने जा रहे हो ?''

''मैं नहीं जानता कि मैं क्या करने जा रहा हूँ। बस इतना जानता हूँ कि फ़रमान अली ने आज रात मुझे बर्मा जाने का हुक्म दिया है। उसका खयाल है कि मैं उन 'अच्छे' अफसरों में हूँ जिन्हें पाकिस्तानी फौज के फायदे के लिए बचाए रखना चाहिए। यह उसने कहा, मगर यह असली कारण शायद नहीं है। वह चाहता है कि मैं कराची के एक बैंक तक उसका एक लिफाफा पहुँचा दूँ। बहुत बढ़िया ! शायद बंगालियों से छीने गए दस लाख डॉलर होंगे ! 'मेरा एक भला कर दो बरखुरदार।' मैं उसका ज्यादा भला कर देता अगर मैंने उस लिफाफे की चिंदियाँ बिखेर दी होतीं। मैंने उससे कहा कि तुम्हें साथ ले जाना चाहता हूँ।''

रहीम थोड़ा सा मुस्कुराया। वे दोनों एक-दूसरे को लंबे समय से जानते रहे थे, और एक दूसरे के मिजाज के इतने आदी हो चले थे कि एक दूसरे को अच्छी तरह समझते थे, तब भी जब, जैसा कि कभी-कभी होता था, वे पूरी तरह उल्टी-सीधी बातें कर रहे हों। तब भी जब इस्कंदर ने हेलीकॉप्टर से बर्मा जाने की बात कही, रहीम को पहले लगा कि वह ऊलजलूल बक रहा है। वे दूर गोलियों की गड़गड़ाहट सुन रहे थे। यह भी एक तरह का बेतुकापन था। उसने कहा, ''वाकई, तुम संजीदा तो नहीं हो ?''

''मैं अपनी जिंदगी में कभी इतना संजीदा नहीं रहा,'' इस्कंदर ने जवाब दिया, ''क्या तुम महसूस नहीं करते कि हमने सब कुछ तहस-नहस कर दिया ? हमारी बेचारी, बुरी तरह पिटी हुई फौज, नियाज़ी और याह्या ख़ान के अधीन एक मलबा रह गई है, जिसकी कोई इज्जत नहीं है ! हम एशिया के जर्मन हैं, सबसे हास्यास्पद ढंग से बेरहम और नाकारा फौज जिसे दुनिया ने दशकों तक देखा है। हम बेकार हैं। हम पिटे हुए हैं। और यह हमारी गलती है--हम याह्या ख़ान और नियाज़ी को कसूरवार नहीं ठहरा सकते। हमें इनसे छुटकारा पा लेना चाहिए था ! मैं नियाज़ी को सैकड़ों बार कत्ल कर सकता था, मगर मैंने नहीं किया--मैं बेहद नादान था, बेहद कायर !''

''तो तुम अब जाकर उसका कत्ल क्यों नहीं कर देते ?''

''अब बहुत देर हो चुकी है। इससे कोई मकसद पूरा नहीं होगा ! मैंने इस पर सोचा--मलिक, नियाज़ी, फ़रमान अली, सब के सब। वे जिंदा रहने लायक नहीं हैं। उन्होंने हमारे नाम, हमारी विरासत, हमारे इतिहास, सब पर धब्बा लगाया है और हमने उन्हें यह करने दिया। लुटेरों और कातिलों की एक फौज, किसी के काम की नहीं। यह अब खत्म हो चुका है, और हमें जिम्मेदारी लेनी होगी !''

सबसे ज्यादा हैरानी रहीम को इस बात पर हुई कि उसका दोस्त शांति से बोल रहा था, एक बार भी उसकी आवाज ऊँची नहीं हुई। इस्कंदर नीबू रंग के एक सोफे पर लेटा हुआ था और एक तौलिया बेध्यानी से उसकी कमर पर बँधा हुआ था, वह किसी स्वीमिंग पूल के किनारे लेटे फिल्मी सितारे जैसा लग रहा था।

"क्या यह सब सच है ?" रहीम ने मासूमियत से पूछा।

"हाँ, बिलकुल सच है ! नहीं, यह नहीं ! असली सच यह है कि तुम, मैं सबने यह होने दिया। हम मुजरिम हैं !"

टेलीफोन बजा। यह जेनरल राव फ़रमान अली था जो बता रहा था कि उसने हेलीकॉप्टर पर कैप्टन रहीम नवाज़ को एक सीट दिए जाने का इंतजाम कर लिया है। धुँधलके के बाद चार हेलीकॉप्टर बर्मा के लिए उड़ेंगे। उसे उम्मीद है कि यह एक सुरक्षित सफर होगा; कैप्टन रहीम नवाज़ के लिए सीट का इंतजाम करना बहुत मुश्किल रहा था; उसे उम्मीद थी कि शाम के तुरंत बाद युद्धविराम का ऐलान कर दिया जाएगा और इसलिए इस बात का ज़रा भी खतरा नहीं है कि उन्हें हिंदुस्तान के लड़ाकू विमान गिरा देंगे। और फिर, "अरे हाँ, कराची के बैंक में वह लिफाफा देना मत भूलना, बरखुरदार !"

"नहीं सर, नहीं भूलूँगा।"

"ख़ुदा हाफ़िज़।"

"शुक्रिया सर !"

एक घंटे बाद, जब आधा अँधेरा हो चुका था, दोनों कैप्टन छावनी के भीतर ही बने हेलीपैड की तरफ बढ़े। दोनों वर्दी में थे और सूटकेस थामे हुए थे। सहसा कैप्टन रहीम नवाज़ को अहसास हुआ कि अँधेरे में हेलीकॉप्टर के पंखे से वह कुछ इंच-भर से टकराते-टकराते बचा है। उसका दोस्त कम नसीब वाला था। इस्कंदर सीधे पंखे तक चला गया। उसने अपना एक हाथ सिर छूने के लिए उठाया, मगर सिर वहाँ नहीं था। उसकी जगह गहरे लाल खून की एक मोटी लकीर आसमान की तरफ फूट रही थी। सूटकेस जमीन पर छितरा गया और कैप्टन इस्कंदर ख़ान का सिरविहीन जिस्म उसके कदम की तेज रफ्तार से, आगे बढ़ता हुआ, तीन या चार डग तक चलता रहा और उसके बाद ढेर हो गया।

अगले दिन दोपहर को ढाका के एक घुड़दौड़ मैदान में लगाई गई मेज पर जेनरल नियाज़ी ने आत्मसमर्पण की शर्तों पर दस्तखत किए। मैदान में मौजूद बंगालियों की भीड़ उसके चीथड़े-चीथड़े न कर दे, इसलिए उसे एक हथियारबंद कार में पचास फीट दूर लगी उस मेज तक लाया गया। जेनरल यू-डी-कोलोन से गंधा रहा था जो उसकी व्हिस्की की बू छुपा ले रही थी। कागजात पर दस्तखत करते वक्त उसके हाथ काँप रहे थे। दस्तखत के बाद, उसने अपना पट्टा उतारा और अपना रिवॉल्वर खाली किया, फिर पट्टा, रिवॉल्वर और गोलियाँ जेनरल जगजीत सिंह अरोड़ा को थमाईं, जिनकी कमान में हिंदुस्तानी फौज ने ढाका पर कब्जा किया था। आखिर में जेनरल नियाज़ी ने अपनी पेशानी हिंदुस्तानी जेनरल की पेशानी से मिलाई, जो आत्मसमर्पण और सिर झुकाने की पुरानी पूर्वी परंपरा का चिह्न भी है और रहम की इल्तिजा भी। यह अजीब था कि वह रहम की इल्तिजा करे, क्योंकि उसने किसी पर रहम नहीं किया था।

जब आत्मसमर्पण के सारे कार्यक्रम पूरे हो गए, तो जेनरल नियाज़ी ने हिंदुस्तानियों की तरफ मुड़कर मुस्कुराते हुए कहा, "बताइए सर, क्या हम बहादुरी से नहीं लड़े ?"

आत्मसमर्पण की खबर वाशिंगटन पहुँची।

"मेरा खयाल है कि मि. प्रेसिडेंट," डॉ. किसिंजर ने कहा, "हमने बांगलादेश में ठीक से काम नहीं किया।"

"मैंने तुम्हें कहा था, मेरी मौजूदगी में यह शब्द इस्तेमाल मत करना," प्रेसिडेंट ने कहा।

"अब यह मुल्क का अधिकृत नाम है, सर। अब कोई चारा नहीं है। हमें इसका इस्तेमाल करना होगा।"

"यह सोचना कि हिंदुस्तान जैसे गधे की लीद बराबर मुल्क ने मुझे चुनौती देने की हिम्मत की ! मैं यह समझ नहीं पा रहा।"

एक लंबा विराम रहा जबकि किसिंजर अगले सवाल के बारे में सोच रहा था, और आखिरकार उसने वह पूछ लिया, "सातवें बेड़े का अब हम क्या करें ?"

"अरे इसे वहाँ से हटाओ–जो जी में आए करो !" प्रेसिडेंट ने जवाब दिया, "कसम से, तुमने सब कुछ तहस-नहस कर दिया ! तुम्हें मुझे बताना चाहिए था कि हिंदुस्तानियों का क्या इरादा है ! तुम सातवें बेड़े को अपनी पिछाड़ी में चिपका लो, हेनरी ! मैं तुम्हें कुछ कहूँगा। जिस तरह चीजें हो रही हैं मुझे पसंद नहीं है ! अगली बार मैं जहाँ कहीं भी सातवाँ बेड़ा भेजूँ, यह सुनिश्चित करने में कोई कसर नहीं उठा रखूँगा कि वह काम पूरा हो, जिसके लिए उसे भेजा गया है।"

"क्या काम, मि. प्रेसिडेंट ?"

"तुम्हें अच्छी तरह पता है कि मेरा मतलब क्या है," प्रेसिडेंट ने जवाब दिया, और बोलने के साथ-साथ हलका ठहाका लगाते हुए वे व्हाइट हाउस के तहखाने में बने उस सिचुएशन रूम से निकल गए।

उन्नीस

रावलपिंडी में राष्ट्रपति भवन की ऊँची खिड़कियों की मार्फत सर्दियों की धूप छन-छन कर आ रही थी। यह उन चमकदार, चौंधिया देने वाले दिनों में एक था जब धरती खुशी से गाती मालूम होती थी। रात को थोड़ी बारिश हुई थी और आसमान धुल कर साफ हो गया था, और हर चीज चमक रही थी। ऐसे दिन समझदार लोग अपना काम छोड़कर देहात में निकल जाते और ताजा साफ हवा और स्वच्छ धरती का मजा लेते।

राष्ट्रपति भवन के विशाल दफ्तर में, जहाँ राष्ट्रपति का दिन मंत्रियों और राजदूतों से मिलने में, वे भाषण देने में जिन्हें सचिवों की एक पूरी फौज बार-बार लिखती थी, और तमगे बाँटने में बीतता था, सब कुछ इस तरह चमक रहा था जैसे इसे अभी-अभी नलके से धोया गया हो। गहरे लाल रेशम में सजे हुए लुई पंद्रहवें के जमाने के नफीस सोफे और कुर्सियाँ, नायाब संगमरमर को काट कर बनाई गई किनारे की मेजें, परीखंबों के सहारे टिकी विशाल मरमरी अँगीठी, और फूलों से भरे सभी चाँदी के कटोरे धूप में चमक रहे थे और प्रतिबिंबित रोशनी की चमकती लकीरें फैल रही थीं, जिससे कि किसी छोटे से बॉलरूम की तरह का वह बड़ा कमरा कुछ ज्यादा ही चमकीला, कुछ ज्यादा ही चौंधियाया मालूम होता था, किसी ऐसी मंच-सज्जा सा लगता हुआ, जिस पर बहुत भारी भरकम आर्कलाइटें जली हुई हों। इस कमरे में एक नाटकीय आभास हमेशा मौजूद रहता था। मगर आज सुबह बस लंबे हरे परदों के सरसराने और बाहर मालियों द्वारा इस्तेमाल की जा रही दराँती के हलके से सनसनाने की आवाज आ रही थी।

हालाँकि कमरा खाली था और वीरान हो गया लग रहा था, तिस पर भी यह ताकत का एक केंद्र था। यह ताकत प्रेसिडेंट की मेज पर चाँदी के फ्रेम में लगी तीन तस्वीरों से प्रतिबिंबित हो रही थी। तारीफ के वाक्यों से सजी ये तीन तस्वीरें माओत्से तुंग, प्रेसिडेंट निक्सन और ईरान के शाह की थीं जिन्होंने उस फौजी तानाशाही को समर्थन, आशीर्वाद और प्रोत्साहन दिया था जिसकी विरासत याह्या ख़ान ने फील्ड मार्शल अयूब ख़ान से हासिल की थी जो अपने वारिस से कहीं ज्यादा बेरहम और दबदबे वाली शख्सियत था। चाँदी के फ्रेमों पर इतनी ज्यादा पॉलिश की गई थी कि वे मेज पर चाँदी के पोखरों की तरह चमक रहे थे।

राष्ट्रपति को देर हो रही थी, लेकिन यह कोई नई बात नहीं थी। उसके सहायक,

जो बगल के कमरे में इकट्ठा हुए थे, फुसफुसा रहे थे कि उसे दोपहर से पहले दफ्तर पहुँचने में मुश्किल हो सकती है क्योंकि उसे हाल ही में एक नई रखैल, हॉकी की एक भूतपूर्व अध्यापिका मिली थी। राष्ट्रपति को सेक्स की एथलेटिक्स में मजा आता था, मगर वह तेज़ी से बूढ़ा हो रहा था। क्योंकि अब दस बजकर बीस मिनट हो गए थे और राष्ट्रपति के सामने दिन-भर का कार्यक्रम पड़ा था, उसके सहायक विचार कर रहे थे कि उन्हें उसके निजी कक्ष में याद दिलाने के लिए एक संदेशवाहक भेजना चाहिए या नहीं कि दफ्तर में उसका तुरंत आना जरूरी है। जरा भी वक्त नहीं बचा था जैसा कि कार्यक्रम साफ-साफ बता रहा था :

राष्ट्रपति का कैलेंडर

18 दिसंबर, 1971

10.30 पूर्वाह्न	स्टाफ प्रमुखों के साथ बैठक
11.00 पूर्वाह्न	अमेरिकी राजदूत
11.30 पूर्वाह्न	बेगम अयूब ख़ान
11.54 पूर्वाह्न	चीनी राजदूत
12.00 पूर्वाह्न	ईरानी राजदूत
12.45 अपराह्न	जांबिया का राजदूत अपना मान्यता पत्र पेश करेगा।
1.00 अपराह्न	जॉकी क्लब में लंच।

राष्ट्रपति का कैलेंडर उन लोगों का संक्षिप्त ब्यौरा देता था जिनसे वह हर रोज मिलता था, और सिद्धांत में यह अनुल्लंघनीय था। इन मुलाकातों की क्रमवार प्रगति में किसी चीज को दखल देने की कतई इजाजत नहीं थी। जब राष्ट्रपति सुबह अपनी मेज पर पहुँचता था तो वह कैलेंडर को अपना इंतजार करता पाता था, और दिन के आखिर में वह इन सभी व्यस्तताओं पर लाल पेंसिल से एक लकीर लगाता था। कैलेंडर, जो बड़े-बड़े हरफों में सरकारी छापाखाने से अंग्रेजी में छपकर आता था, वह दस्तावेज था जिसके चारों ओर राष्ट्रपति भवन चक्कर काटता था।

चौदह दिन की जंग के दौरान उसके लिए एक दूसरा दस्तावेज भी तैयार किया जाता था और हर सुबह उसकी मेज पर रखा जाता था। इसे जंग की हालात-रपट कहा जाता था और यह ठीक एक पृष्ठ की हुआ करती थी। इसे रात के दौरान जेनरल स्टाफ द्वारा तैयार किया जाता था और फिर इस पर मुख्य क्लर्क काम करता था जिसे करीब दस पेज की सामग्री को काट-छाँट कर एक पेज का बनाने का काम दिया गया था, न इससे कम, न इससे ज्यादा। अगर पिछले दिन पचास लड़ाइयाँ हुई होतीं तो भी जंग की हालात-रपट की लंबाई वही होती। आज कोई रपट नहीं थी क्योंकि जंग खत्म हो चुकी थी।

जब प्रेसिडेंट याह्या ख़ान आखिरकार दस बजकर चालीस मिनट पर अपने कमरे

में दाखिल हुआ, नहाकर तरोताजा और नागरिक पोशाक में, तो उसके सहायक उसे मुस्कुराता और चुस्ती-भरे कदमों से चलता देख हैरान रह गए। ऐसा लगा कि वह पहले ही जेनरल स्टाफ को बुला चुका था, उसने दोपहर बाद के किसी समय तक के लिए उनसे मुलाकात मुअत्तल कर दी थी, और जो लंच वह जॉकी क्लब में लेने जा रहा था उसमें कुछ ज्यादा इज्जतदार सदस्यों को न्योता दिया था। वह मेज पर बैठा, उसने कैलेंडर पर निगाह दौड़ाई, अपनी लाल पेंसिल से चीफ ऑफ स्टाफ काट दिया, और अपने नए सेक्रेटरी आगा शहीद हारून की ओर मुड़कर तेज आवाज में पूछा, "बेगम से मुझे क्यों मिलना है ?"

"यह एक शिष्टाचार मुलाकात है," कर्नल हारून ने जवाब दिया, और फिर आवाज नीची करते हुए कहा, "मेरा खयाल है, शायद किराए के बारे में सर।"

वह इस तथ्य पर मजाक करने की कोशिश कर रहा था कि फील्ड मार्शल अयूब ख़ान ने, जिसने यह महल बनवाया था, इसे अपनी बीवी को दे दिया था, और उसके बाद से सरकार इसके इस्तेमाल के लिए बीस हजार डॉलर प्रति माह का भुगतान कर चुकी थी। पैसा अब बकाया था और उसके आने का मकसद यह तसल्ली करना था कि किराए का भुगतान होता रहे। वह तेज कानूनी दिमाग वाली एक खुशमिजाज़ औरत थी और इसे अपनी बेइंतिहा बातों से छुपाए रखती थी, और प्रेसिडेंट को वह वाकई पसंद आती थी।

"मेरा खयाल है हम उसका थोड़ा भुगतान कर सकते हैं," प्रेसिडेंट ने कहा, "मैं नहीं चाहता कि वह मेरे कंधों पर रोए और मुझे बताए कि उसके लिए गुजारा करना मुश्किल हो रहा है। हाँ आगा, यार देखो अगर उस औरत के लिए तुम कुछ रकम इकट्ठा कर सको।"

"हाँ, सर !"

"तुम कोशिश करोगे, करोगे न ?"

"बिलकुल सर !"

कर्नल हारून ने अपनी छोटी सी काली नोटबुक में लिखा, "बेगम के लिए एकाउंटेंट जेनरल से मिलना है"; जबकि राष्ट्रपति दोपहर की मुलाकातों पर अपनी अँगुलियाँ फिराता रहा। खुशी की बात थी कि आज कोई परेड नहीं थी, महल के बाहर कहीं जाना नहीं था। यह एक व्यस्त दिन था। उसके स्विस खातों के इंचार्ज जूलियस स्किंबर्गर सऊदी अरब के राजदूत और बी बी सी के साथ एक टेलीविजन इंटरव्यू के बीच पिस रहे थे जिसे आखिरी समय में रद्द करना पड़ सकता था—मि. स्किंबर्गर एक जिद्दी आदमी थे, वे अक्सर दस्तखत के लिए ढेर सारे कागजात लाते, यहाँ-वहाँ निवेश की सलाह देते और बहुत देर के बाद वे उस विषय पर पहुँचते जिसमें उसकी सबसे ज्यादा दिलचस्पी थी—उसके निवेश की असली कीमत। आखिरी बार के हिसाब-किताब में वे एक करोड़ दस लाख डॉलर से काफी ज्यादा थे और अब तक वे एक करोड़ तीस लाख पहुँच चुके होंगे। शालीन मि. स्किंमबर्गर के साथ मुलाकात का राष्ट्रपति को इंतजार था।

दोपहर के लिए ज्यादा मुश्किल पैदा करने वाली कुछ और भी मुलाकातें तय थीं—वित्त मंत्री, रक्षामंत्री और विदेश मंत्री। उसने उनसे जल्दी-जल्दी निबटने की उम्मीद की थी। अपनी सबसे नई रखैल के लिए वह जो डिनर दे रहा था वह ज्यादा मजेदार होगा और बेली नर्तकी शहज़ादी की मौजूदगी में जो मौसिकी की महफिल होगी, उसका लुत्फ लेना तय है, शहज़ादी हालाँकि महज तेरह साल की बताई जाती है, लेकिन वह पूरी तरह विकसित है। जबकि वह मुलाकातों की लंबी और कुछ-कुछ बोझिल सूची पढ़ रहा था, उसने किसी ऊँचे ओहदे पर बैठे आदमी के जाने-पहचाने अंदाज में अपना दायाँ हाथ इस तरह बाहर निकाल रखा था जैसे वह इंतजार कर रहा हो कि उसके हाथ में कोई चीज रख दी जाएगी—कोई सरकारी दस्तावेज, कोई चिट्ठी, कोई चाकू, या शराब का गिलास। उसके हाथ में कुछ नहीं रखा गया। उसने अपनी अँगुलियाँ चलानी शुरू कीं, हवा में किसी अदृश्य चीज की ओर इशारा करते हुए, शुरू में बस अँगुलियों की थिरकन-भर से, और फिर और तेज, और जरूरत जताते हुए अँगुलियाँ बेसब्री से हथेलियों पर बजने लगीं। आखिरकार उसने कर्नल की ओर देखा और कहा, ''बेवकूफ, दो मुझे जल्दी !''

''आपको क्या दूँ, सर ?''

''जंग की हालात-रपट।''

एक लंबा विराम रहा। खाली हैरत की निगाह से कर्नल हारून ने राष्ट्रपति की ओर देखा।

''कोई रपट नहीं है, सर,'' थोड़ा हिचकते हुए उसने कहा, ''जंग खत्म हो गई है, सर ! कल आपने टेलीविजन पर लोगों को संबोधित किया था।''

''हाँ, किया था,'' राष्ट्रपति ने कहा, और फिर सहसा उसने दोनों हाथों से मेज को पकड़ लिया और दहशत और असमंजस की निगाह से सामने घूरने लगा। उसकी आँखों से आँसू फूट पड़े और उसकी पलकों का मस्कारा बहने लगा, और उसका कुछ-कुछ गुलाबी चेहरा, जो पहले इतना उत्साही, गर्मजोशी से भरा और तंदुरुस्त दिखाई पड़ता था, इतना खुशमिजाज और उत्साही, अपनी शक्ल खो बैठा। वह झुर्रियों से भरा और धूसर हो गया, और बड़ी-बड़ी आँखें अपने कोटरों से बाहर निकल आईं जैसे वह साँस नहीं ले पा रहा हो। वह एक मरते हुए आदमी की तरह दिख रहा था, जिसके गालों पर मस्कारे की काली रेखाएँ पसरी हुई थीं।

''हम जंग हार गए,'' उसने सपाट ढंग से कहा, और फिर अचानक उसकी आवाज चीख में बदल गई, ''कमबख्त, मुझे पहले से पता था कि हमारे यहाँ नामुराद जेनरलों का झुंड है। वे मेरे लायक नहीं थे !''

कुछ देर बाद वह शांत हुआ। कर्नल ने उसे कड़ी ब्हिस्की और यू डी कोलोन से तरबतर एक तौलिया दिया। जबकि राष्ट्रपति अपने चेहरे से मस्कारा साफ ही कर रहा था कि टेलीफोन की घंटी बजी।

''मेरी तरफ से तुम्हीं बात कर लेना,'' याह्या ख़ान ने कहा।

''मैं बात नहीं कर सकता राष्ट्रपति महोदय,'' टेलीफोन पर कान लगाए कर्नल ने

कहा, "प्रेसिडेंट निक्सन आपको अपनी गहरी हमदर्दी से नवाज रहे हैं।"

याह्या ख़ान ने टेलीफोन लिया और कहा, "शुक्रिया, शुक्रिया, आप बहुत समझदार हैं, अफसोसनाक, मेरे लोग बहुत अच्छी तरह लड़े, अहसानमंद हूँ, अमेरिका का महान अवाम।"

फिर यह खत्म हुआ और वह सुकून की मुस्कुराहट के साथ वापस अपनी कुर्सी पर आ बैठा।

"आखिरकार," उसने कहा, "कोई तो मानता है कि हमने बढ़िया काम किया।"

जब दुबारा घंटी बजी तो यह आंतरिक सुरक्षा मंत्री था जो इल्तिजा कर रहा था कि राष्ट्रपति अगले कुछ दिन के लिए किसी भी हाल में लोगों के सामने न निकलें।

"मुल्क में भारी उथल-पुथल मची हुई है," मंत्री ने उसे बताया, "हमें आपका कत्ल करने और आपका घर जला देने की साजिशों का पता चला है। ऐसे हालात में, राष्ट्रपति महोदय, हमें इन साजिशों को बहुत संजीदगी से लेना होगा। मैं यह कहने की हिमाकत कर रहा हूँ कि आपकी जान पर भारी खतरा है।"

"बकवास ! मैं पाकिस्तान का अब तक का सबसे अजीज राष्ट्रपति हूँ। कोई मुल्क पर अँगुली उठाने की हिम्मत नहीं करेगा !"

"मैं बस दुहरा सकता हूँ राष्ट्रपति महोदय कि मुल्क में भारी उथल-पुथल मची हुई है और हमारी राय है कि आपको कम-से-कम एक हफ्ते के लिए खास एहतियात बरतना चाहिए।"

"हफ्ते के आखिर में क्या होगा।"

"हमें देखना होगा राष्ट्रपति महोदय कि हालात क्या रहते हैं। इस वक्त मैं इसे बेहद संगीन मानता हूँ।"

याह्या ख़ान ने सुनहरी परत वाले फोन को क्रैडल पर रख दिया।

"बेवकूफ का खयाल है कि मुझे अपने लोगों से बचना होगा ! उसका माथा फिर गया है। हमने जंग हारी है, मगर हम शांति जीतेंगे। मैंने अभी भी कुछ पत्ते बचा रखे हैं, कर्नल। बस यह जहमत उठाओ कि 'नजरबंद' शेख़ मुजीबुर्रहमान की फाइल मेरे पास ले आओ !"

दिन पर दिन गुजर रहे थे और शेख़ मुजीबुर्रहमान मियाँवाली की कोठरी में पड़े थे। पहाड़ों पर बर्फ थी और धूसर बादल हिम या तुषार से भरे हुए थे। फौज द्वारा दिए गए धूसर पतले कंबल में लिपटे वे अपना रक्त संचार दुरुस्त रखने के लिए कमरे के एक सिरे से दूसरे सिरे तक टहल रहे थे।

एक दिन अप्रत्याशित तीव्रता के साथ तूफान आया था। आसमान में बिजली कौंध रही थी; बादल इस तरह गरज रहे थे जैसे एक्सप्रेस ट्रेनें एक दूसरे से टकरा रही हों; और तापमान काफी गिर गया था।

कोठरी में अँधेरा हो गया था, बारिश के छींटे खिड़कियों की मार्फत भीतर आ रहे थे, कैदी को इतनी ठंड लग रही थी कि उसने कसकर कंबल लपेट लिया। बारिश सलाखों पर झमाझम बरस रही थी और बारिश की बूँदें कमरे की पूरी लंबाई तक छिटक रही थीं। जब वे उसके चेहरे पर पड़तीं, तो वह सिहर जाता था यह देखकर कि वे कितनी ठंडी हैं।

अचानक सिर के ठीक ऊपर बादल कड़के; दूर की गरज के साथ बिजली बहुत जोर से कौंधी, शीशे चकनाचूर हो गए, लोग चीखते हुए इधर-उधर भाग रहे थे। लगभग दो सौ गज दूर एक इमारत पर बिजली गिरी और उसमें आग लग गई। लपटों को देखने के लिए शेख़ मुजीब सलाखों से सट गए। अचानक उन्हें महसूस हुआ कि एक बड़ी-सी तेल पिलाई टोपी पहने एक नाटा खपड़दाँत संतरी उनके कमरे के बाहर खड़ा था।

"अच्छा होता अगर बिजली तुम्हारी कोठरी में गिरी होती," खपड़दाँत संतरी ने कहा, "मुझे लग रहा है इसका निशाना तुम्हीं थे शेख़, मगर वह चूक गई।" संतरी हँस रहा था, "एक दिन हम तुम्हें पकड़ लेंगे।"

"तुमने पहले ही मुझे पकड़ रखा है," कैदी ने ख़ुद से कहा, "और क्या चाहते हो तुम ?"

अगस्त, सितंबर, अक्तूबर और नवंबर गुजर गए थे, और अब शुरुआती दिसंबर था। महीने जैसे-जैसे गुजर रहे थे, उसका यह यकीन गहरा होता जा रहा था कि उसका हश्र नजदीक है। वह न बेउम्मीद था न ही उम्मीदवार; 'उम्मीद' लफ्ज का मानी खत्म हो चुका था। एक बार राष्ट्रपति याह्या ख़ान के हाथ पड़ने के बाद उसके बचने के आसार वैसे भी बहुत कम थे। उस पर गद्दारी के आरोप में मुकदमा चलाया गया, इस तथ्य का मतलब सिर्फ यही था कि राष्ट्रपति ने कुछ औपचारिकताएँ पूरी करने की इजाजत दे दी है; उसे अपरिहार्य तौर पर सजा-ए-मौत सुनाई जाएगी और वह मान चुका था कि उसे सजा सुनाई जा चुकी है। बस यही सवाल बचा हुआ था कि अब तक इसे अंजाम क्यों नहीं दिया गया है ? इन आखिरी दिनों के दौरान उसे आसमान में हैरतनाक बड़ी तादाद में हवाई जहाज दिखाई पड़े थे। सारे दिन और सारी रात विमानों की गड़गड़ाहट आती रहती जिससे उसे लगा करता था कि आसमान विमानों से भरा हुआ है। सायरन बजा करता था। जेलखाने में अँधेरा हो जाता था। साफ तौर पर पाकिस्तान जंग लड़ रहा था और सिर्फ एक ही मुल्क था जिससे वह लड़ सकता था। यह हिंदुस्तान था। इस बिंदु तक उसका दिमाग तार्किक ढंग से चलता था, मगर इसके आगे संदेह और हिचक के, इतनी बड़ी तादाद में विकल्पों के विशाल इलाके पड़े हुए थे कि उनकी गिनती नहीं की जा सकती थी। और इन आखिरी हफ्तों के दौरान उसने सुविचारित तौर पर सियासी हालात के बारे में इस डर से सोचना बंद कर दिया था कि बुनियादी अनुमान भी गलत साबित हो सकते थे, और फिर सोचने का क्या मतलब था जब, जैसा कि वह मानता था, इस कैद से उसके निकलने के आसार दस लाख में एक से ज्यादा नहीं थे।

वह बिना हिले-डुले, खिड़की की तरफ देखता हुआ बिस्तर के पास खड़ा था, जब

उसे बाहर किसी के चलने की, कीचड़ में फिसल जाने की और कोसने की आवाज सुनाई पड़ी। उसे पता था कि यह एक संतरी था, मगर उसका इस पर कोई खास ध्यान नहीं गया। वह आसमान में नीली कौंधती बिजलियों को देख रहा था। सहसा किसी के दरवाजा पीटने की आवाज आई और थोड़ी देर बाद अंधड़ की गड़गड़ाहट में दबी हुई आवाज में एक संतरी चिल्ला रहा था, "शेख़, तुम ठीक तो हो ?"

कैदी ने कुछ नहीं कहा, पुकार लगातार आ रही थी; और फिर ताले में चाबी लगाने की आवाज आई। दरवाजा खुल गया था, कोठरी में हवा और बारिश का झोंका चला आया और बिजली की कौंध में कैदी को अहसास हुआ कि एक नाटा दढ़ियल संतरी उसकी ओर बेहद नेकदिली से देख रहा था।

"तुम्हें मेरी आवाज सुनाई नहीं पड़ी ?" संतरी बोल रहा था, "तुम ठीक तो हो शेख़ ?"

कैदी ने कुछ नहीं कहा। ऐसा लग रहा था कि उसे कोठरी में संतरी की मौजूदगी का अहसास ही न हुआ हो। संतरी तरबतर था, उसकी वर्दी उसके जिस्म से चिपक गई थी और दाढ़ी ठुड्डी पर पसर आई थी। वह बारिश का पानी निकालने के लिए अपनी आँखें मल रहा था।

"तुम न बोलो तो न सही," संतरी ने कहा, "बस इतना बता दो कि तुम्हें कुछ चाहिए।"

कैदी तनाव से थका और सफेद दिख रहा था। संतरी ने जेल की कोठरियों की कतार के ऊपर बिजली की चिनगारियाँ देखी थीं, और उसे खयाल आया कि कैदी पर कहीं बिजली गिरने का असर न हुआ हो।

"तुम्हारे लिए एक और कंबल ले आऊँ ?" संतरी बोल रहा था, "एक कप चाय ? क्या तुम ठीक हो ?"

कोई जवाब नहीं मिला। दरवाजा अभी भी हवा में हिल रहा था। एक बार फिर बादल गरजने की कानफोड़ आवाज आई और साथ में बिजली की चुँधिया देनेवाली कौंध दिखी। संतरी गड़गड़ाहट से डर गया मालूम होता था और उसने हथेलियों में चेहरा छुपा लिया।

"खुदा तुम्हारी मदद करे, शेख़, मैं तुम्हारे लिए एक केतली चाय और एक और कंबल ले आऊँगा। दो कंबल। मैं तुम्हारी कोठरी साफ कर दूँगा। तुम्हें और कुछ चाहिए ?"

खुले दरवाजे और खिड़की से बारिश के झोंके भीतर आ रहे थे।

"नहीं, शुक्रिया," कैदी ने कहा, और सोचा कि उसने क्यों बात की।

यह खपड़दाँत संतरी नहीं था, मगर दूसरा ज्यादा नाटा संतरी था, तेज और फुर्तीला, एक नीली सख्त वर्दी पहने हुए जो उसकी चमड़ी से चिपकी हुई थी, उसकी दाढ़ी छितराई हुई थी, हालाँकि यह ज्यादा भली लगती अगर गीली न होती, और उसके हाथ नरम, सफेद थे।

"कुछ तो कहो जो मैं तुम्हारे लिए कर सकता हूँ ?" संतरी ने अर्ज के लहजे में कहा।

"मुझे कुछ सूखे कपड़े चाहिए।"

संतरी दौड़ा और दरवाजा तक बंद करना भूल गया। बीस मिनट बाद वह एक छाता, एक झाड़ू, एक कमीज, गर्म चाय से भरा थरमस-फ्लास्क, और बरसाती कपड़े में लिपटे दो कंबल लेकर आया। अंधड़ अब कमजोर पड़ रहा था। संतरी कोठरी से पानी बुहारकर बाहर निकालने में जुट गया और बीच-बीच में वह कैदी की ओर देखकर मुस्कुराता था, जैसे कह रहा हो, 'हम सब एक जैसे नहीं हैं। हममें से कुछ में इनसानियत बची हुई है। ऐसे भी लोग हैं जो तुम्हें तुम्हारी कोठरी में डूब जाने देते।' और एक बार कैदी के काफी करीब आकर उसने कहा, "पूर्वी पाकिस्तान में भारी लड़ाई हो रही है। वे बोलते हैं कि जंग जल्दी ही खत्म हो जाएगी। भला हो शेख़ !" फिर वह दरवाजे पर ताला लगाकर चला गया, और कैदी ने कंबलों को लपेट लिया और गर्म चाय की चुस्कियाँ लेने लगा।

बाद में वह टहलता रहा था, बिना जाने कि दुनिया में क्या हो रहा है, हालाँकि अभी उसका हाल तापमान दर्ज करने वाले किसी संवेदक-भर से कुछ बेहतर था। वह कायदे से सोया। जब संतरी उसकी सलाखों से झाँकता या बगल की कोठरी की टीन की छत हवा में खड़खड़ाती तो वह चौकस हो जाता। कभी-कभी वह जागते हुए अपने वतन के सपनों में डूब जाता था, जहाँ शायद ही कभी इतनी ठंड पड़ती हो; चेहरे पर गरम धूप, समंदर से आता एक झोंका और हिलते हुए नारियल। या फिर वह दूर अपने गाँव को देखता देहात की किसी सड़क पर चला करता था। और फिर अचानक ये जागते हुए ख्वाब दुःस्वप्नों में बदल जाते, नारियल के पत्ते काँपने लग जाते और काले पड़ जाते, धरती खून की झील में बदल जाती। छटपटाते हुए, वह दुःस्वप्न को जीतने की या उससे छुटकारा पाने की, अपने प्यारे वतन में फिर से टहलते रहने की कोशिश करता।

वे उसे यातना नहीं देते थे, मगर जाड़े की सर्दी एक लंबी, लगातार चलने वाली यातना थी।

एक दिन उसने ध्यान दिया कि आसमान में कोई जहाज नहीं है, धुएँ की कोई लकीर नहीं, हवा में कोई सनसनाहट नहीं। आसमान एक बार फिर कुँवारा हो गया था। शायद लड़ाई अब शांत पड़ गई थी या लड़ाई रह ही नहीं गई थी। उसे नहीं पता था कि मुक्तिवाहिनी और हिंदुस्तानी फौज ने कहीं अलग-अलग और कहीं मिलकर पाकिस्तानी फौज को कुचल डाला है, ढाका पर कब्जा कर लिया है, एक कामचलाऊ सरकार गठित की है, और उसे बंगाली राष्ट्र का पिता और बांगलादेश का राष्ट्रपति घोषित किया है। उसे नहीं पता था कि लाखों बंगालियों को एक अराजक फौज ने मार डाला है और हजारों बंगाली औरतें उसकी हवस का शिकार बनी हैं। उसे नहीं पता था कि प्रेसिडेंट निक्सन ने आणविक हथियारों से लैस सातवें बेड़े को बंगाल की खाड़ी में आने, और जितना बचाया जा सके, उतना हतोत्साहित पाकिस्तानी फौज को बचाने का हुक्म दिया

था। उसे नहीं पता था कि याह्या ख़ान ने सितंबर में ही उसकी सजा-ए-मौत के कागज़ात पर दस्तखत कर दिए थे। उसे नहीं पता था कि सभ्य दुनिया के सभी अखबारों में शीर्षक बन रहे थे—शेख़ मुजीबुर्रहमान कहाँ हैं ? क्या वे मर चुके हैं ? शेख़ मुजीबुर्रहमान की जिंदगी के लिए वकीलों की याह्या ख़ान से अपील। भुट्टो का साक्षात्कार, कहा, जिंदा हैं शेख़ मुजीब। उसे अपने कमरे की बदरंग दीवारों, सलाखों, बिस्तरे और कंबल का पता था। उसे पता था कि उसकी दाढ़ी बढ़ी हुई है, वह बेहद थका हुआ है, उसका वजन कम हो गया है। वह कभी-कभी बिस्तर के किनारे बैठ जाता और मरणांतक हताशा की निश्चलता के साथ सामने देखता रहता।

जब उसने अपनी कोठरी के दस गज बाहर काँटेदार बाड़े की परिधि के ठीक पहले, जहाँ उसे टहलने की इजाजत मिली हुई थी, कुछ मुजरिमों को एक कब्र खोदते देखा तो इसका उस पर कतई असर नहीं हुआ। उसे थोड़ी हैरानी जरूर हुई कि वे उसके लिए कब्र खोदने की जहमत उठा रहे हैं। यानी, इतने महीनों बाद, उन्होंने उसे गोली मारने का फैसला कर लिया है ! बेशक वे आएँगे और उससे कब्र के किनारे खड़े हो जाने को कहेंगे और फिर गोली मार देंगे, और पाँच मिनट के भीतर कब्र पर मिट्टी डाल दी जाएगी और इस बात का कोई निशान नहीं रहेगा कि कभी शेख़ मुजीबुर्रहमान नाम के किसी शख्स का कोई वजूद भी था। एक संतरी ने कहा, "यह हवाई हमलों से बचाव के लिए है। जेल गवर्नर चाहते हैं कि अगर दुश्मन जेलखाने पर बम गिराए तो आप इसमें कूद जाएँ।" उसने कुछ नहीं कहा। अब हवाई जहाज नहीं थे। अगले दिन, सुबह जब वह बाहर टहल रहा था, एक दूसरे संतरी ने कब्र को देखा और एक ऐसे आदमी के लापरवाह लगने वाले लहजे में कहा, जो जान-बूझकर झूठ बोल रहा हो, "वे कुछ ठोस पाइपें बिछा रहे हैं।" उसे कोई पाइप दिखाई नहीं पड़ी। अगले दिन बारिश हो रही थी, कब्र पानी से भर गई थी, किनारे भर आए थे, और सतह पर मौत की तरह काले, कुछ सूखे पत्ते तिर रहे थे। चौथे दिन उसे कोठरी से बाहर आने की इजाजत नहीं दी गई और उसने ध्यान दिया कि परिधि की गश्त पर रहने वाले दो संतरियों की जगह आज छह थे, सब के सब स्टेनगन से लैस थे, और इनके अलावा परिधि के ठीक बाहर भारी मशीनगन से लैस एक वाहन खड़ा हुआ था।

एक संतरी ने जो उसे नाश्ता देने के लिए आया था, उसे फुसफुसाते हुए बताया, "कुछ मुजरिमों द्वारा आपके कत्ल की साजिश का उन्हें पता चला है। इसीलिए उन्होंने इतना कड़ा इंतजाम रखा है।" उसने कुछ नहीं कहा। मुजरिम जेल के दूसरी तरफ एक-चौथाई मील दूर थे। वे कैसे उसका कत्ल कर सकते थे ? उसे पूरा यकीन हो गया कि कुछ घंटों के भीतर उसे मार डाला जाएगा।

ढाका में पाकिस्तानी फौज के आत्मसमर्पण के दस दिन बाद, 26 दिसंबर की रात वह कंबल में लिपटा बिस्तरे पर ऊँघ रहा था, जब उसे सड़क से आ रहे किसी ट्रक की आवाज सुनाई पड़ी। ट्रक की फ्लैश लाइट कोठरी की सलाखों के पार कौंध रही थी। ट्रक बाड़ के करीब तक आया और फिर संतरियों के डेरे पर आकर रुक गया।

वह अचानक पूरी तरह जाग गया। अनायास उसने कंबल कसकर लपेट लिया।

"वे अब आ रहे हैं," वह बुदबुदाया और सिर झुकाकर फातिहा पढ़ने लगा।

उसे लोगों के दौड़ने, फुसफुसाने और चिल्लाने की आवाज सुनाई पड़ी, ताले में चाबी घुमाई गई, एक ताकतवर फ्लैश लाइट उसकी कोठरी की छत और दीवारों पर घूमने लगी, तीन या चार फौजी कोठरी के भीतर खड़े थे और बाहर और भी ज्यादा थे। वह इनकी ओर देखता, जबरदस्ती किए बिना हिलने से इनकार करते हुए, गिरफ्तार करने के पाकिस्तानी सरकार के अधिकार से भी इनकार करते हुए, बिस्तर पर लेटा रहा। तब उसे बरसाती पहने, नाटा, दढ़ियल, चश्मे वाला जेल का गवर्नर हबीब अली दिखाई पड़ा, उसकी टोपी मुड़ी हुई थी। अपनी रूखी आवाज में हबीब अली ने कहा, "शेख़, मेरी बात सुनिए। खुदा के लिए हम पर यकीन कीजिए। आप अच्छे हाथों में हैं। मैं आपको एक खुफिया जगह ले जा रहा हूँ। आप देखिए, खुदा रहमदिल है।"

"हाँ, खुदा रहमदिल है," कैदी ने कहा।

वह लड़खड़ाते हुए उठा, उसके हाथ जेल गवर्नर के कंधे पर टिके हुए थे।

"हम आपको मेरे घर ले जा रहे हैं," हबीब अली ने कहा, "जब आप ट्रक में दाखिल हों तो लेट जाएँ। आप बाद में समझेंगे। लेकिन याद रखिए, आप बिलकुल सही हाथों में हैं।"

इस वक्त तक वे बाड़े की आधी दूरी पार कर चुके थे और उन्हें संतरियों का डेरा दिख रहा था। रास्ता कीचड़ और फिसलन से भरा था, और वे उसे सहारा दिए हुए थे, दो सिपाही एक तरफ थे और हबीब अली दूसरी तरफ था। सहसा शेख़ मुजीब ने अपना भार पीछे की ओर लगाया और आगे बढ़ने से इनकार करते हुए उन्होंने अपने पाँव गाड़ दिए। उन्हें याद आया कि उनकी घड़ी पीछे छूट गई है।

"मेरी घड़ी छूट गई है," उन्होंने कहा, "मैं उसे नहीं छोड़ सकता।"

"अब्दुल्ला जाओ और शेख़ की घड़ी ले आओ !" एक सिपाही की तरफ मुड़कर हबीब अली ने कहा, और उसकी आवाज़ में वह सब कुछ करने का हलका निश्चय छुपा हुआ था जो शेख़ चाहते थे और पहली बार उन्हें लगा कि वे महफ़ूज़ हाथों में हैं।

"कृपया मुझ पर यकीन कीजिए शेख़, हमें जल्दी करनी है। हम आपको ट्रक पर चढ़ा देंगे और वे बाद में घड़ी लाकर आपको दे देंगे। मैं वायदा करता हूँ कि आपको आपकी घड़ी मिल जाएगी।"

अब शेख़ मुजीबुर्रहमान ने आगे बढ़ना मंजूर कर लिया। ट्रक की हेडलाइटें बुझी हुई थीं। हबीब अली बोल रहा था, "जल्दी कीजिए, जल्दी कीजिए !" जैसे वह कोई मंत्र पढ़ रहा हो। आखिरकार वे संतरियों की चौकी और काँटेदार बाड़ों से सजे फाटक के पार आ गए, और अब वे ट्रक के पास खड़े थे।

"आ जाइए, मैं भी आपके साथ आ रहा हूँ !" हबीब अली ने कहा, और वह उछल कर ट्रक के पीछे चढ़ गया जबकि शेख़ मुजीबुर्रहमान को सिपाहियों ने उठाया। ट्रक के फर्श पर ताजा पुआल बिछी हुई थी। शेख़ मुजीब उस पर चुपचाप लेट गए, पुआल की

खुशबू के लिए अहसानमंद होते हुए, जो कुछ भी हो रहा था उससे हैरान, मगर उस पर बेजा ध्यान न देते हुए, क्योंकि उन्होंने हमेशा खुदा पर यकीन रखा था। उनका खयाल था कि उन्हें गोली मार दी जाएगी, मगर उसकी जगह उन्हें खुद जेल गवर्नर जैसा आदमी ही बचा रहा था। और फिर, वाकई यह एक ख्वाब भी हो सकता था और उन्हें अभी तक पूरा भरोसा नहीं था कि ट्रक से उनका सफर शुरू होने ही वाला है।

ट्रक तेजी से पेड़ों के एक झुरमुट में घुस गया, चक्के सूखे पत्तों पर घिसट रहे थे, असहजता से रगड़ते हुए, जबकि दोनों तरफ की टहनियाँ ट्रक के किनारों से टकराकर गोलियों-सी कड़कड़ाती टूट रही थीं। अब पूरी तरह जगे हुए शेख़ मुजीबुर्रहमान सोच रहे थे कि जेल के दृश्य में किस तरह पेड़ों और छायाओं की जगह बनती थी जिन्हें वे अपनी छोटी सी कोठरी में रोज देखते थे। वे एक अनजानी जगह पर थे; रात बुरी तरह चुभ रही थी, वे इस जमीन पर अजनबी थी। उन्हें और ज्यादा अजनबीयत महसूस हुई जब ट्रक एक सुनसान देहात नजर आ रही जगह पर रुक गया, जहाँ कोई सड़क या मकान नजर नहीं आ रहे थे, और हबीब अली अपनी उदार, भारी आवाज में बोल रहा था, "आप लगभग सौ गज चल सकते हैं शेख़ ? हम आपको अपने घर ले जा रहे हैं।"

"हाँ, मैं चल लूँगा।"

"बहुत बढ़िया। मेरा हाथ पकड़िए। बस थोड़ी सी चढ़ान है, और फिर हम घर पहुँच जाएँगे।"

अचानक ट्रक तेजी से निकल गया, और वे हबीब, और एक संतरी के साथ सड़क पर खड़े थे, जिसकी स्टेनगन बाँहों में झूल रही थी। उन्हें खयाल आया कि यहाँ इस अँधेरी रात में, वीरान बंजर में वे उन्हें गोली मार सकते हैं, मगर फिर इस सारी अजीब भाग-दौड़ का मतलब क्या था, उन्हें कोठरी से चुपके से निकालने की जरूरत क्या थी ? उनका दिल तेजी से धड़क रहा था, यह डर था या आजादी की खुशी ? वे ठंडी, सुहानी हवा में ठिठुर रहे थे और चढ़ान पर चढ़ते हुए उन्होंने हबीब अली का हाथ पकड़ लिया। थोड़ी देर बाद उनकी निगाह एक ढलुआ जगह पर पड़ी जहाँ पेड़ थे, एक घुमावदार सड़क थी और एक बँगला था जिसकी खिड़कियों के परदों से छन-छन कर चौकोर रोशनियाँ आ रही थीं। वे लगभग भूल चुके थे कि एक घर कैसा दिखता है। खुला, न्योता देता हुआ, बिना सलाखों वाला, और गर्मजोशी से भरा बँगला एक तहजीब था। उन्होंने कहा, "मैंने सोचा नहीं था कि यहाँ कोई बँगला होगा।"

"नहीं," हबीब अली ने कहा, "इसीलिए मैंने इसे यहाँ बनवाया। मैं जेल से बस दो मील दूर हूँ, मगर यह बीस मील भी हो सकता है। मैं उस नगर से दूर जाना चाहता था।"

"मैं भी," हलकी सी मुस्कुराहट के साथ शेख़ मुजीबुर्रहमान ने कहा।

जल्दी ही वे देवदारों की छाया में बनी सड़क पर बढ़ रहे थे और बँगले के नौकरों वाले हिस्से में दाखिल हो रहे थे। वहाँ कोई नौकर नहीं था सिर्फ हबीब अली की बीवी थी और उसका सोलह साल का बेटा यूसुफ़ था। उसकी बीवी एक नाटी औरत थी जो

शेख़ मुजीबुर्रहमान को खौफ से अपलक देखती पथरा-सी गई थी, लेकिन लड़का मुस्कुरा रहा था।

"कृपया बैठिए शेख़," हबीब अली बोल रहा था, "ये मेरी बीवी है और मेरा बेटा। आप चाय लेंगे ? यूसुफ़ चाय लाओ।"

शेख़ मुजीबुर्रहमान ने आरामदेह सोफे पर पीठ टिका ली, यह याद करते हुए कि नौ महीनों से उन्होंने न कोई सोफा देखा था न कोई औरत देखी थी। उन्होंने लिखने की मेज, अखबार, टेबल लैंप, टेलीविजन, कैलेंडर, दीवार पर टँगी हुई तस्वीर, फर्श पर कालीन, चमचमाते गुलदानों में फूल, चीनी मिट्टी की प्लेटें, मढ़ी हुई तस्वीरें नहीं देखी थीं। वे लगभग भूल चुके थे कि इन चीजों का भी वजूद होता है। यूसुफ़ चाय की प्यालियाँ और कुछ मीठा ले आया। उन्होंने कहा, "अब क्या होगा ? क्या मैं आजाद हूँ ?"

"मैं इसके सिवा आपको कुछ नहीं बता सकता कि आप महफूज हैं," हबीब अली ने कहा। मैं यह भी नहीं कह सकता कि आप आजाद हैं, क्योंकि मुझे पता नहीं है। आप मेरी हिरासत में हैं—"

"फिर क्या फर्क पड़ा ?"

"फर्क यह है कि आप अब महफूज हैं। जेल में आपको भारी खतरा था।"

इतने दिनों की चुप्पी के बाद बोलना दुश्वार था। शेख़ मुजीबुर्रहमान छत को, रोशनियों से बन रहे उजले घेरों को, रोशनी के घेरों में बन रही बारीक छायाओं को निहार रहे थे। उन्होंने पूछा, "क्या मैं अपनी बीवी को फोन कर सकता हूँ ? क्या मेरी बीवी ज़िंदा है ?"

हबीब अली घुटनों पर अपना हाथ रखे आगे की ओर झुका।

"मैं चाहता हूँ कि आपके सवालों के जवाब दे पाता, शेख़। मुझे इसका अधिकार नहीं है। नहीं, आप फोन नहीं कर सकते। आप मेरी हिरासत में हैं। आप अभी भी एक कैदी हैं। मुझे आपकी जान की हिफाजत करने की हिदायत मिली है—उसके आगे मुझे कोई और हिदायत नहीं मिली है और इसीलिए मैं आपको कुछ भी करने की इजाजत नहीं दे सकता।"

हबीब अली फितरत से एक दोस्ताना इनसान था मगर इतने सालों की अफसरशाही ट्रेनिंग ने उसे महज बिना एतराज के हुक्म की तामील करने वाली मशीन में महदूद कर डाला था, और बिला शक उसकी नाटी, डरी हुई, मानसिक तौर पर बीमार बीवी ने उसे सिर्फ और ज्यादा हुक्मबरदार, हर्फ-हर्फ कानून का पालन करने को और ज्यादा कटिबद्ध ही बनाया था। वह रिपोर्ट लिखता था, जेल महकमे की ओर से भेजी जाने वाली प्रश्नावलियाँ भरता था, जेल के संतरियों के बेदिमाग, मशीनी काम की देख-रेख करता था, और फिर अपनी घबराई हुई बीवी और खुशमिजाज-खुशकिस्मत बेटे के पास घर चला जाता था।

"हम आपके लिए कुछ अच्छे कपड़े ला देंगे, शेख़। हजामत का सामान और बाकी जो भी आपको चाहिए। बस इतना याद रखिए कि हमें बहुत तेजी से काम करना होगा

और बहुत कम समय की नोटिस पर आपको यहाँ से हटाना होगा। बस मैं आपसे इतना वायदा कर सकता हूँ कि आप मेरे हाथों में महफूज हैं—पूरी तरह महफूज। बस आपसे यही अर्ज करूँगा कि बँगले से बाहर न जाएँ, और किसी से संपर्क स्थापित करने की कोशिश न करें और सवाल न पूछें क्योंकि हमें उनके जवाब देने का हक नहीं है।''

शेख़ मुजीबुर्रहमान मियाँवाली जेल में नजरबंद कैदी से हबीब अली के बँगले में नजरबंद कैदी हो गए। उन्हें एक आरामदेह बिस्तर, एक जोड़ा जूते और मोजे, कपड़ों का एक सेट, एक रेज़र और हजामत की क्रीम मिले। उन्हें रेडियो सुनने या अखबार पढ़ने की इजाजत नहीं थी। अभी भी उन पर सख्त निगरानी थी चूँकि स्टेनगन लिए एक जवान सिपाही हमेशा पहले माले में बने इनके बेडरूम से बाहर के गलियारे में या जीने के नीचे मौजूद रहता था।

आने वाले दिनों में हबीब अली हर सुबह काम से निकल जाता और शाम को घर लौटता। टेलीफोन हमेशा बजा करता था और किशोर यूसुफ़ उनके जवाब देता था। शेख़ मुजीबुर्रहमान अनुमान लगाया करते थे कि जेल गवर्नर अपने कैदी का हालचाल पूछता होगा। कभी-कभी यूसुफ़ बेडरूम में भी आ जाता और खुशी-खुशी अपने स्कूल के काम, खेलों, तेज़ भागती गाड़ियों, फिल्मी सितारों और कई दूसरी चीजों के बारे में बातचीत करता जिनमें शेख़ मुजीबुर्रहमान की दूरदराज की दिलचस्पी भी नहीं होती; लेकिन उसकी खुशमिजाज बकबक से कैदी को लगता कि बँगले के बाहर की दुनिया से उसकी पहचान बढ़ रही है। उसके बाद दो दिन तक जमकर बारिश हुई और रात को कुहरे से वह ढलवाँ हिस्सा ढँक गया जहाँ बँगला देवदार के पेड़ों की कतार में छुपा हुआ था।

शेख़ मुजीबुर्रहमान का भागने का जरा भी इरादा नहीं था; भागकर जाने की कोई जगह भी नहीं थी। उन्होंने जेल गवर्नर के पुस्तकालय की कुछ किताबें पढ़ीं—हकलबरि-फिन की ज्यादातर, टॉम सायर की सभी किताबें और ग्रेट एक्स्पेक्टेशंस के कुछ अध्याय। छठे दिन की सुबह हबीब अली ने कहा, ''आज दोपहर वे एक स्टाफ कार में आपको लेने आएँगे। घबराइएगा मत। सब कुछ आपके लिए बढ़िया हो रहा है।'' एक ड्राइवर और जेनरल स्टाफ के दो अफसरों को लेकर स्टाफ कार आई और उन्होंने बताया कि उन्हें शाहुल्ला ले जाया जा रहा है, यह रावलपिंडी से पच्चीस मील दूर का एक शहर था। बारिश हो रही थी, उन्होंने कुछ नहीं कहा, और शाम को, जब अँधेरा हो चुका था, वे उन्हें शहर के ठीक बाहर बने एक विशाल इंगलिश स्टाइल बँगले में ले गए।

उन्हें निचले माले के एक बड़े कमरे में ले जाया गया जहाँ एक आतिशदान जल रहा था। लकड़ी की गंध और लपटों की चिटचिटाहट खुशनुमा लग रही थी। इस विशाल, टाइलों से बने आतिशदान से निकल रही सुनहरी लपटें खिड़की के शीशों पर, महोगनी की एक मेज पर रखे बड़े से गुलदस्ते में सजाए हुए फूलों पर, चीनी कपबोर्ड पर और दीवार पर लगी शिकार की तस्वीरों पर नाचती हुईं सभी दीवारों पर झपझपा रही थीं। उन्हें जरा भी अंदाजा नहीं था कि वे कहाँ हैं। यह किसी का अपना घर भी हो सकता था या किसी का क्लब हो सकता था। कमरा गर्म और आरामदेह था, और

कोई यहाँ रहता था, मगर कोई पाकिस्तानी इस तरह फर्नीचर और तस्वीरों को नहीं सजा सकता था। शायद यह किसी अंग्रेज अफसर का घर था जो रिटायर होकर बचे हुए दिन पाकिस्तान में गुजार रहा था।

उन्हें इस घर में लाने वाले अफसर गायब हो गए और उन्होंने इतने बड़े कमरे में ख़ुद को अकेला पाया जहाँ अकेली रोशनी आतिशदान से आ रही थी। वे आग के नजदीक खींची हुई चमड़े की एक आरामकुर्सी पर बैठ गए, उन्होंने अपने हाथ गरमाए, थोड़ी देर लपटों को ताकते रहे, फिर कुर्सी पर पीठ टिकाकर आँखें मूँद लीं। उन्हें झपकी-सी आ गई होगी, क्योंकि जब उन्होंने आँख खोली तो उजले कपड़े पहने एक नौकर उनकी बगल में खड़ा पूछ रहा था, "साहब, कुछ पीना पसंद करेंगे ?"

"थोड़ी कॉफी प्लीज़ !"

"साहब एक सैंडविच लेंगे ?"

"हाँ, सैंडविच। हाँ, एक सैंडविच तो जरूर लेना चाहूँगा, और इसके बाद मैं नहाना चाहूँगा।"

नौकर ने हलका सिर झुकाया और गायब हो गया। जब वह पाँच मिनट बाद कॉफी लेकर लौटा तो उसने देखा कि शेख़ मुजीबुर्रहमान गहरी नींद में सोए हुए थे और वह कॉफी किनारे की मेज पर रखकर दबे पाँव निकल गया, यह महसूस करते हुए कि उसे इस कदर थके हुए एक इनसान को जगाने का कतई हक नहीं है। उसे सारे टीक-टाक हुक्मों की तामील करने की हिदायत मिली थी, और यह भी कि अगर कैदी निकलने की कोशिश करे तो वह संतरियों को चौकन्ना कर दे।

शेख़ मुजीबुर्रहमान सोए हुए नहीं थे। वे अपने खयालों और विचारों को तरतीब देने की कोशिश कर रहे थे। छह दिन पहले वे एक सीलन-भरी छोटी सी कोठरी में, ठंड से काँपते, अपने संतरियों की दया पर थे। उसके बाद से वे जेल गवर्नर की कोठी में रह रहे थे, चुपचाप पढ़ते हुए, और हमेशा मानते हुए कि स्टेनगन लिए कोई धड़धड़ाता हुआ दाखिल होगा और उन्हें ढेर कर देगा। फिर बिना चेतावनी के, उन्हें फौजी अफसर इस अजीब सी कोठी में ले आए। हालाँकि पूरे सफर के दौरान अफसर खामोश रहे थे, लेकिन वे उनसे अदब से पेश आते दिख रहे थे; वे एक बेशकीमती बंडल हो गए थे जिसे हिफाजत के साथ एक जगह से दूसरी जगह पहुँचाना था। वे इस नतीजे तक पहुँचे कि पश्चिमी पाकिस्तान में सरकार बदल गई है, मगर इसके आगे सोचने की उन्होंने खुद को इजाजत नहीं दी। उन्हें अहसास था कि वे अभी भी कैदी हैं।

घर के दूर के हिस्से में टेलीफोन बज रहा था; वे आवाजें, आहटें, किसी का दौड़ना सुन रहे थे; फिर खामोशी छा गई; कुछ लम्हे बाद नौकर उनके पास खड़ा था। उसके चाँदी के ट्रे में एक गिलास, पानी की सुराही, और एक प्लेट में पहले ही से छोटे-छोटे टुकड़ों में कटे चिकेन सैंडविच थे, और कोई चाकू या काँटा नहीं था। उन्हें अहसास हुआ कि उन्हें काँटे या चाकू का इस्तेमाल न करने देने का हुक्म मिला होगा। क्यों ? उन्होंने चिकेन सैंडविच खाए, आधा गिलास पानी पिया, और बाहर बरस रहे पानी की

आवाज सुनने लगे।

अचानक उन्होंने एक कार के भीतर आने की आवाज सुनी, और उसके पीछे दो और कारें आईं, उनकी रोशनियाँ इस बड़े कमरे तक में कौंध रही थीं, और वे फिर गुम हो गईं। तेज फौजी आवाज में हुक्म झाड़े जा रहे थे; उन्हें लगा कि उन्होंने किसी को कहते सुना है, "आपके हुक्म से राष्ट्रपति महोदय," और उन्हें लगा कि याह्या ख़ान कमरे में दाखिल होगा, लेकिन जब वे अपनी कुर्सी पर मुड़े तो उन्होंने नीली टाई और धूसर सूट में एक दुबले-पतले आदमी को उसकी जानी-पहचानी आधी थिरकती-आधी फुदकती चाल में अपनी ओर आता देखा, बाँहें खुली हुई थीं, चेहरे पर मुस्कुराहट खिल रही थी। यह जुल्फ़िक़ार अली भुट्टो था।

शेख़ मुजीबुर्रहमान अपनी कुर्सी से उठ खड़े हुए, उसका ऊपरी सिरा सहारे के लिए पकड़े हुए, क्योंकि वे लंबी कैद के बाद अभी भी कमजोर थे, और उन्होंने अपना सिर हलका-सा हिलाया, कुछ इस तरह जैसे कोई अपने पहचाने हुए दुश्मन को देखकर हिलाता है।

"जेल से बेहतर है, नहीं ?" भुट्टो हँसा, कुछ ऐसे भंगिमा बनाते हुए, जिसमें इस बड़े, सुसज्जित, अंग्रेजी स्टाइल कमरे की सारी सहूलियतें शामिल हो गई हों। "क्या रात है ! मैं इस तूफान में यहाँ तुम्हें देखने आया शेख़ !"

वह एक काली, चमड़े की आरामकुर्सी में धँस गया। स्टाफ के अफसर उसके चारों ओर चौकसी से खड़े थे जबकि वह आग में अपने हाथ सेंक रहा था और रॉड से जलती हुई लकड़ियों को ठेल रहा था।

"मुझे देखने तुम क्यों आए ?" एक विराम के बाद शेख़ ने पूछा।

"क्यों नहीं आता ? हम पुराने दोस्त रहे हैं," भुट्टो ने कहा, वह अभी भी लपटों को देख रहा था जिन्होंने उसके लोमड़ी सरीखे चेहरे को तपे हुए सोने में बदल डाला था। "हम लंबे समय तक साथ-साथ चलते रहे हैं, नहीं ?"

शब्द हवा में मर गए, और शेख़ मुजीबुर्रहमान की ओर से कोई जवाब नहीं आया। भुट्टो की पेशानी पर पसीने की बड़ी-बड़ी बूँदें इकट्ठा हो रही थीं। सहसा भुट्टो ने अपने कैदी की ओर मुड़कर कहा, "अब मैं पाकिस्तान का राष्ट्रपति और मुख्य मार्शल लॉ प्रशासक हूँ।"

शेख़ मुजीबुर्रहमान अपना सिर पीछे झटकते हुए हँस पड़े। इसमें कुछ हास्यास्पद नहीं था कि भुट्टो पाकिस्तान के राष्ट्रपति हैं; यह बात समझ में आती थी; सही जा सकती थी और इसकी उम्मीद भी की जा सकती थी; हास्यास्पद यह था कि वह अभी भी मुख्य मार्शल लॉ प्रशासक का ओहदा इस्तेमाल कर रहा था, जिसका मतलब 'फौजी तानाशाह' ही था और यही हो सकता था। वह फौजी तानाशाह की तरह नहीं दिखता था; वह एक अमीर, तेजदिमाग वकील सरीखा लगता था।

"मार्शल लॉ प्रशासक ?" शेख़ मुजीबुर्रहमान बोल रहे थे, "यानी यहाँ अभी भी तानाशाही है ?"

"समझो, थोड़ी उदार। मैं ध्यान रखूँगा कि यह उदार हो। याह्या ख़ान गया। वह खत्म हो चुका है। मैंने उसकी गिरफ्तारी का हुक्म दिया। मैं उस पर मुकदमा चला सकता हूँ—उस आदमी का काम तमाम हो चुका। उसने मुल्क की माली हालत तबाह कर दी और फौज को तहस-नहस कर दिया। उसे फाँसी पर लटकाने के लिए मेरे पास काफी सबूत हैं ! पिछले दस महीनों से बेचारा बूढ़ा पीते-पीते मरा जा रहा था।"

भुट्टो रुका, उसने ताली बजाई, और एक स्टाफ अफसर लेफ्टिनेंट कर्नल को व्हिस्की और सोडा लाने को कहा। साफ तौर पर लाल फीते वाले स्टाफ अफसरों को हुक्म देने में उसे काफी मजा आ रहा था। वह शेख़ मुजीबुर्रहमान को देख इशारा करने वाले अंदाज में मुस्कुराया, जैसे कह रहा हो, "मेरा रुतबा देखो ! वे कैसे मेरे हुक्म पर कूदते हैं !" मुजीबुर्रहमान हैरान थे। बेतादाद गुनाहों के लेखक याह्या ख़ान को भुट्टो ने गिरफ्तार किया, जो तुरंत उसके लिए माफी का रास्ता भी खोजने लगा। 'बेचारे बूढ़े' को इसलिए माफ किया जा सकता था कि शराब उसकी कमजोरी थी। शराब भुट्टो की भी कमजोरी थी, और थोड़ा इंसाफ करते हुए कहा जा सकता था कि पूरी पाकिस्तानी फौज ही शराब से तरबतर थी। क्या हर किसी को शराब के लिए माफ किया जाता था ?

चाँदी की एक ट्रे में सोडे और स्विज़ल-स्टिक के साथ व्हिस्की आई।

"तुम्हारी सेहत के नाम, शेख़ !" अपना गिलास उठाते हुए भुट्टो ने कहा, "बोलो, मैं तुम्हारे लिए क्या करूँ ?"

"मुझे पहले बताओ कि मैं आजाद हूँ या नहीं ?"

"तुम बिलकुल आजाद हो, मगर कुछ दिक्कतों को दूर करने के लिए मुझे थोड़ा वक्त दो ! मैं अभी-अभी पाकिस्तान का राष्ट्रपति बना हूँ।"

"मैं आजाद हूँ या नहीं ?"

"आजाद हो, हाँ, मगर यहाँ से अभी निकलने के लिए नहीं। मुझे तुम्हारी सलाह चाहिए, शेख़। मुझे तुम्हारी मदद चाहिए। मैं चाहता हूँ तुम मेरा साथ दो।"

"तो मैं आजाद नहीं हूँ ?"

"मैं तुमसे वायदा करता हूँ, तुम एक आजाद इनसान हो ! मगर ठीक इसी वक्त मैं तुम्हें दुनिया के सामने खुला नहीं छोड़ सकता।"

"क्या मैं अखबार पढ़ सकता हूँ और रेडियो सुन सकता हूँ ?"

"हाँ।"

"क्या मैं चिट्ठियाँ लिख सकता हूँ ?"

"हाँ।"

"बिना काट-छाँट के ?"

"तुम्हें इस पर मुझे सोचने का वक्त देना होगा। मैं अभी वायदा नहीं कर सकता। बहुत कुछ दाँव पर लगा हुआ है। याद रखो, मैं अपनी मरजी का मालिक नहीं हूँ।"

"तुम पाकिस्तान के राष्ट्रपति हो। तुम्हें किसका हुक्म सुनना है ?"

"अपने लोगों का—अपने लोगों की आवाज का। शेख़, तुम लंबे समय से बाहरी दुनिया से दूर रहे हो। हमारा गरीब मुल्क खौफनाक हालात में फँसा हुआ है। हम पूर्वी पाकिस्तान में जंग हार गए। जेनरल नियाज़ी के अधीन फौज ने हिंदुस्तानियों के आगे आत्मसमर्पण कर दिया—जरा सोचो ! यह दुनिया की तारीख में होने वाली सबसे खौफनाक चीज थी, हालाँकि तुम मुझसे राजी नहीं हो सकते। देखो, मैं कितना ईमानदार हूँ। मैंने तुम्हें वह बता दिया, जो तुम्हें बताने का मेरा कतई इरादा नहीं था।"

पाकिस्तानी फौज ने हिंदुस्तानियों के आगे आत्मसमर्पण कर दिया है, इस खबर से शेख़ मुजीबुर्रहमान चौंके नहीं। उन्होंने चुपचाप पूछा, "मैं आजाद हूँ या नहीं ?"

"अगर तुम्हारा मतलब है कि तुम यहाँ से निकलो और अगला जहाज पकड़कर ढाका पहुँच जाओ तो तुम आजाद नहीं हो—और ढाका के लिए कोई जहाज भी नहीं है। तुम सापेक्षिक तौर पर आजाद हो।" उसे 'सापेक्षिक तौर पर' शब्द पसंद था और वह इसका बार-बार इस्तेमाल करता था। "मैंने तुमसे कहा कि मुझे तुम्हारी मदद और सलाह चाहिए। कुछ ही दिनों की बात है, उसके बाद तुम जैसा चाहो, जैसा सही समझो, कर सकते हो। आखिरकार मेरा एक कर्ज तुम पर है। मैंने तुम्हारी जान बचाई है। याह्या ख़ान ने तुम्हारी सजा-ए-मौत पर दस्तखत कर दिए थे। जब मैं सत्ता में आया तो उसने मुझसे अर्ज किया कि इस हुक्म की तामील हो जाए, वह पूरी जिम्मेदारी लेगा। शुरुआती दिसंबर की एक तारीख थी और उसने दस्तखत कर दिए थे, तुम समझो—हाँ, उसने बिना तारीख़ डाले पहले ही दस्तख़त कर रखे थे। उसने कहा कि तुम्हें न मारकर उसने जिंदगी की बदतरीन गलती की। जब वह सत्ता में था, उसके आखिरी दिन अपने कमरे में, वह रो रहा था, अर्ज कर रहा था कि उसे यह करने दूँ—हाँ, पिए हुए था, और बगल के कमरे में उसके हरम की औरतें खिलखिला रही थीं। मैंने पूछा कि तुम कहाँ हो और उसने कहा कि वह तब तक नहीं बताएगा, जब तक मैं तुम्हें मारने का वायदा न कर दूँ। उसका हाथ अपने टेलीफोन पर गया। मैंने झटके से उसका हाथ हटा दिया, फिर मैंने उसे मारा—मैंने पाकिस्तान के राष्ट्रपति को मारा, क्योंकि वह पिए हुए था और तुम्हें मार डालना चाहता था, और फिर उसने कहा 'मियाँवाली', और मैंने उसकी मौजूदगी में जेल गवर्नर को टेलीफोन लगाया और तुम्हें वहाँ से हटवाया। साफ तौर पर मुझे कामयाबी मिली, क्योंकि तुम जिंदा हो शेख़, और इसका श्रेय मुझे है।"

भुट्टो थोड़ी देर के लिए रुका, उसने थोड़ी व्हिस्की पी और फिर आतिशदान पर निगाह टिका दी। उसकी आवाज तेज, ऊँची और घबराई हुई थी जैसी वह अक्सर होती थी जब वह झूठ बोल रहा होता था, मगर कुछ ऐसा ही हुआ होगा, भले ही उस तरह नहीं, जैसे भुट्टो ने बताया था। जब वह बोल रहा था तो अपने प्रति बहुत सजग, अपने-आपमें बहुत खुश था। वह अपने आस-पास खड़े अफसरों को इस तरह देख रहा था जैसे उनसे उसे तारीफ का इंतजार हो।

"तुम्हें मेरा अहसानमंद होना चाहिए," सीधे मुजीबुर्रहमान को देखता हुआ भुट्टो बोल रहा था, "तुम समझो, मैंने तुम्हारी जान बचाई है !"

भुट्टो शेख़ मुजीबुर्रहमान से अहसानमंद होने की, बल्कि उस पर निसार हो जाने की उम्मीद कर रहा था। जिस आदमी को तुमने मौत के जबड़े से निकाला उसे खुद को तुम्हारा गुलाम बताना चाहिए, भले ही वह बाद में खुद को तुम्हारे बराबर बताए। ऐसा लग रहा था कि भुट्टो चाहता था कि शेख़ मुजीबुर्रहमान अपनी अंतरात्मा को उसके कदमों पर रख दें। इसकी जगह वे चुप रहे। वह सोचने की कोशिश कर रहे थे कि उन्होंने कहाँ जेनरल नियाज़ी का नाम सुना था। साफ तौर पर वह कोई बहुत अहम जेनरल नहीं था, और यह हैरान करने वाली बात थी कि उसे पूर्वी पाकिस्तान की कमान सौंपी गई थी।

"सबसे बड़ी बात है कि हमें साथ काम करना होगा," भुट्टो बोल रहा था, और उसकी आवाज में एक चुभन थी जो इस हताश करने वाली समझ की उपज हो सकती थी कि शेख़ मुजीबुर्रहमान को समझाना एक टेढ़ी खीर है। "वायदा करो कि पाकिस्तान को फिर से खड़ा करने में तुम मेरे साथ मिलकर काम करोगे !"

"एक कैदी कैसे कोई वायदा कर सकता है ?" शेख़ मुजीबुर्रहमान ने कहा, "पहले मैं याह्या ख़ान का बंदी था, अब तुम्हारा हूँ। फर्क क्या पड़ा ?"

"जिंदा रहने और मर जाने का फर्क !" भुट्टो ने तेजी से, बहुत तेजी से जवाब दिया।

एक लंबी चुप्पी रही। भुट्टो शेख़ मुजीबुर्रहमान को घूरता रहा जैसे पाकिस्तान के राष्ट्रपति की मौजूदगी की किसी वजनदार स्वीकृति की उम्मीद कर रहा हो, या जैसे शायद वह अभी भी अहसान मानने की इच्छा पूरी कर दे, मगर कुछ नहीं हुआ। भुट्टो ने अपनी व्हिस्की खत्म की, उठा और आदेश देने वाले लहजे में कहा, "हम बाद में बात करेंगे। याद रखो, मेरा तुम पर एक कर्ज है !" फिर वह तेजी से मुड़ा और अपने अफसरों के साथ कमरे से बाहर निकलकर गाड़ी में बैठ गया जो उसे रावलपिंडी के राष्ट्रपति भवन में ले जाती। याह्या ख़ान को हटाकर उसे बेहद खुशी हुई थी, उसे इस तरह बाहर जाने का हुक्म देकर, जैसे वह कोई नौकर हो और चोरी करते पकड़ा गया हो। याह्या ख़ान के बैंक अकाउंट को फ्रीज कर दिया गया था; उसे बस एक सहायक रखने की इजाज़त मिली थी; और उसके घर पर सख्त पहरा था। लेकिन भुट्टो को सबसे ज्यादा खुशी याह्या ख़ान की गोपनीय फाइलें मिल जाने से हुई थी, जिनमें वह फाइल भी थी जिस पर लिखा था, "जुल्फिकार अली भुट्टो, सिर्फ राष्ट्रपति के इस्तेमाल के लिए।" इसलिए यह होता था कि जब भी वह महल में लौटता था, उसे अपनी अहमियत और ताकत का बहुत अजीब अहसास हुआ करता था, वह तेज-तेज चलता था, उसकी काली आँखों में बहुत खास चमक हुआ करती थी, उसके हाथों में अजीब सी झटका देती हरकत होती थी जो लगता था कि सामने का रास्ता साफ करने के ख़याल से की जा रही हो।

जबकि भुट्टो कमरे से बाहर निकल रहा था, शेख़ मुजीबुर्रहमान काली लकड़ियों से लहराकर निकलती लपटों को देख रहे थे। आग बहुत अच्छी तरह नहीं जल रही थी, लेकिन इससे कमरे में लगातार गर्मी बनी हुई थी। वे इस गर्मी में जिस्म सेंक रहे थे,

और जब भी कोई लकड़ी चिटखती तो उससे सहसा निकलने वाली नीली-सुनहरी चिनगारियों के फव्वारे से अभिभूत होते हुए, लकड़ियों के पारदर्शी लपटों में बदलने के नजारे का लुत्फ ले रहे थे। जेल की ठंडी कोठरी में गुजारे गए महीनों के बाद उन्हें ये चीजें और भी अच्छी लगने लगी थीं।

दिन गुजर रहे थे, और शेख़ मुजीबुर्रहमान अभी भी कैदी बने हुए थे, बाकी दुनिया को उनका अता-पता मालूम नहीं था, उनकी किस्मत का अभी भी कोई फैसला नहीं हुआ था, उनकी उम्मीद टलती जा रही थी। क्या उन्हें कोई उम्मीद थी ? उन्हें ऐसा लग रहा था कि जिंदगी एक बंद गली में आकर ठहर गई है। उन्हें मानवीय हालात से दूर कर दिया गया था; उनकी हैसियत हमेशा से एक सिपाही कैदी की थी। इससे कोई फर्क नहीं पड़ता था कि उनका कैदखाना एक बड़े और आरामदेह घर में है जहाँ उनकी देखभाल के लिए नौकर हैं। बिला शक ये नौकर खुफिया पुलिस के अफसर थे; वे उन पर करीब से निगाह रखे हुए थे और रोजाना रावलपिंडी रिपोर्ट कर रहे थे, और इन सबका कोई मकसद नहीं था।

जबकि याह्या ख़ान को लोगों को जिस्मानी तौर पर तकलीफ देने में मजा आता था, भुट्टो उन्हें मानसिक तौर पर चोट पहुँचाकर खुश होता था। उसे एक बार थोड़े समय के लिए गिरफ्तार किया गया था और जेल की कैद की तकलीफ ने उसे एक बंद दरवाजे के आगे अपनी बेइंतिहा बेबसी का गहरा अहसास कराया था। डर के मारे वह हाथों से दरवाजा पीटता रहा था, रहम के लिए चिल्लाया था, जेल के संतरियों को घूस देने की कोशिश की थी, और बदला लेने की कसम खाई थी। जेल की कैद खौफ पैदा करने की एक मशीन थी। किसी आदमी को यातना देने की जरूरत नहीं थी; बस उसे बंद दरवाजे के पीछे धकेलना-भर काफी था। शेख़ मुजीबुर्रहमान को जेल में रखने से उसे अपनी ताकत पर एक अजीब सा गुरूर होता, और वह इसका ज्यादा-से-ज्यादा लुत्फ लेने की कोशिश करता। इस इनसान को पूरी तरह अपनी सनकों पर निर्भर बनाए रखकर उसे बेइंतिहा खुशी होती, ''कल तुम्हें ब्रेड और पानी मिलेगा।'' यह कहने के लिहाज से काफी देर हो चुकी थी, ''कल तुम मर जाओगे।'' मगर उसे अपनी शानदार योजनाओं का कामयाब औजार बनाने के लिहाज से देर नहीं हुई थी। ''कल मैं उस पर काम करूँगा जिससे कि वह मेरी सारी इच्छाओं की तामील करेगा, वह ठीक वही करेगा जो मैं उससे करवाना चाहूँगा, वह उन सारे कातिलों को माफ करेगा और दुआ देगा जिन्हें पूर्वी पाकिस्तान में खुला छोड़ दिया गया था, उस अकेले पर सारे कत्लेआम की जिम्मेदारी मढ़ी जाएगी।'' वक्त के साथ शेख़ मुजीबुर्रहमान की समझ में आएगा कि पूर्वी पाकिस्तान को एक संयुक्त पाकिस्तान के फ्रेमवर्क में रखने में ही समझदारी है।

भुट्टो का दिमाग बहुत बारीक नहीं था, हालाँकि उसे अपनी बारीकी पर नाज था। वह पहले ही एक कार्य-योजना बना चुका था जिसे वह 'अपनी जानी-पहचानी अकार्य योजना' बताया करता था। अपने कैदी को जितने समय तक मुमकिन हो, कैद में रखने का उसका इरादा था। शेख़ मुजीबुर्रहमान को पाकिस्तान के नए राष्ट्रपति की ताकत

का अहसास कराया जाना था।

जिस दिन भुट्टो आया था, उसके बाद शेख़ मुजीबुर्रहमान ने दस महीनों में पहली बार अखबार देखा, पहली बार रेडियो सुना और अपना पहला खत हासिल किया। खत भुट्टो की तरफ से राष्ट्रपति के पैड पर आया था। उसने लिखा था कि जैसे ही उसे वक्त मिलेगा, वह एक बार फिर बातचीत के लिए बैठेगा। ''यह मेरा यकीन है कि पुराने सियासी दोस्तों के तौर पर हम उन सभी मामलों पर खुले दिमाग से चर्चा कर पाएँगे जिनका हम दोनों से वास्ता है। इस बीच मैं तुम्हारी तेजी से बेहतरी की, और उस समृद्धि की कामना करता हूँ तुम जिसके पूरी तरह लायक हो।''

शेख़ मुजीबुर्रहमान ने बिना यह समझे अखबार पढ़ा कि वह क्या पढ़ रहे हैं। 'डॉन' और 'पाकिस्तान टाइम्स' में भुट्टो के समूचे भाषण छपे थे। 'डॉन' में पहले पेज पर भुट्टो की बड़ी सी तस्वीर थी, जबकि 'पाकिस्तान टाइम्स' ने हिम्मत दिखाते हुए तस्वीर को तीसरे पेज पर धकेल दिया था। 'डॉन' में चौथे पेज पर एक लेख कैंची से काट कर हटा दिया गया था, शायद इसमें वे तथ्य या विचार थे जिनका कैदी को पता नहीं था। सातवें पेज पर एक अकेले वाक्य को काला कर दिया गया था। 'टाइम्स' पत्रिका में पूरे तीन पेज फटे हुए थे, हालाँकि सेंसर करने वाला 'न्यूज़वीक' से दो पेजों को हटाना भूल गया था जो हिंदुस्तानी फौज और मुक्तिवाहिनी की जीत के बारे में थे, हालाँकि 'शेख़ की कॉपी से हटाओ' शब्द लाल पेंसिल से दोनों पृष्ठों के ऊपर लिखे हुए थे। 'लंदन टाइम्स' की हफ्ता-भर पुरानी कॉपी में दो तस्वीरों के साथ एक संपादकीय का शीर्षक था 'शेख़ मुजीब कहाँ हैं' जो माँग कर रहा था कि पाकिस्तान सरकार उन्हें तुरंत आजाद करे। साफ तौर पर सेंसर करने वाले ने यह संपादकीय नहीं पढ़ा था।

अखबार नाश्ते के साथ आए थे और लंच के वक्त तक शेख़ मुजीबुर्रहमान को उन घटनाओं की खासी जानकारी हो चुकी थी जो उनकी कैद के दौरान हुई थीं। उन्हें पता चल गया था कि जंग तीन दिसंबर को शुरू हुई थी और सोलह दिसंबर को ढाका के रेसकोर्स में जेनरल नियाज़ी के आत्मसमर्पण के साथ खत्म हुई थी। उन्हें पता चल गया था कि नब्बे लाख शरणार्थी भारत भाग गए हैं, बीस लाख से ज्यादा लोगों को कत्ल कर दिया गया है और उन्हें दुनिया-भर में नए बने राष्ट्र बांगलादेश का वैध राष्ट्रपति माना जाता है। फिर आखिर अभी तक वे कैदी क्यों हैं ?

हालाँकि वे जो अभी पढ़ रहे थे, उसमें से ज्यादातर का उन्हें अंदाजा या पता था, लेकिन उन्हें इस बात का अंदाजा या अहसास नहीं था कि तकलीफ का क्या मतलब होता है; तकलीफ की तीव्रता से वे सुन्न पड गए; यह यकीन के परे था, नाप-जोख के परे था। बांगलादेश एक कब्रिस्तान था। उन्होंने जमीन पर मृत पड़े औरतों, मर्दों, बच्चों की कल्पना की, उनके अंग कटे हुए थे, गोलियों से बने सुराखों से अभी भी खून रिस रहा था, उनके चेहरे नीले पड़ गए थे। वे क्यों मार डाले गए ? भुट्टो ने नहीं मारा, याह्या ख़ान ने नहीं मारा। नेताओं ने कहा, 'उनका इलाज करो' और दूसरों पर कत्लेआम का काम छोड़ दिया। अपने कंधों पर इतने गुनाहों के बोझ के साथ लोग जिंदा

कैसे रह सकते हैं ?

चार दिन बाद भुट्टो दुबारा आया, वह एक फौजी लबादा पहने हुए था और जेनरल स्टाफ का एक लाल फीता लगाए हुए था। तानाशाहों को फौजी वर्दी पहनना अच्छा लगता है, या फिर शायद रावलपिंडी की सड़कों से गुजरते हुए खुद को छुपाने के लिए उसने यह वर्दी पहनी हो। लबादे के भीतर वह एक ऊँचे गले की पंजाबी जैकेट और काले जोधपुर पहने हुए थे। एक बार फिर वे उन काली आरामदेह कुर्सियों में आतिशदान के करीब बैठे। भुट्टो सिगरेट पी रहा था, शेख़ मुजीबुर्रहमान अपनी पाइप का कश ले रहे थे।

"तुम्हें हालात को समझने का वक्त मिल चुका," भुट्टो ने कहा, "मैंने तुमसे कुछ नहीं छुपाया, छुपाया है ? अखबार, पत्रिकाएँ, रेडियो। अगर तुम चाहो तो तुम्हें एक टेलीविजन भी दिला सकता हूँ। मैंने तुम्हें चिट्ठियाँ लिखने की इजाजत दी है।"

शेख़ मुजीबुर्रहमान को खयाल आया कि भुट्टो ने शायद चिट्ठियों को पढ़ लिया है।

"मैं जो भी कर सकता हूँ, मैंने तुम्हारे लिए किया है, शेख़। तुम यह समझते हो, नहीं ?"

"मैं सिर्फ एक चीज समझता हूँ—आजादी," शेख़ मुजीबुर्रहमान ने कहा, "क्या मैं आजाद हूँ ?"

एक लंबी चुप्पी रही। आखिर में भुट्टो ने कहा, "आजादी क्या है ? मैंने हमेशा माना कि यह बहुत सापेक्षिक चीज है। एक मानी में हममें से कोई भी मुकम्मिल तौर पर आजाद नहीं है। हम वह करते हैं जो हमें करना होता है। जब मैं किसी औरत को गिरफ्तार करने का हुक्म देता हूँ, तो क्या तुम सोचते हो कि मैं खुश होता हूँ ? मैं उसके बच्चों के बारे में सोचता हूँ जो बिना माँ के प्यार के रह जाएँगे। मैं उनींदी रातें काटता हूँ शेख़—कई उनींदी रातें।"

"यह बहुत आसान सवाल है—क्या मैं आजाद हूँ ? क्या मैं अपनी बीवी को फोन करने के लिए आजाद हूँ ?"

"नहीं, अभी नहीं।"

"क्या मैं अपनी माँ को फोन करने के लिए आजाद हूँ ?"

"नहीं !"

"मैं ढाका में अपनी सरकार को फोन करने के लिए आजाद हूँ ?"

"अभी नहीं। हमें पहले पहली चीज तय करनी होगी। हमें पहले पाकिस्तान का भविष्य तय करना होगा, एक और साझा। हम दो मुल्क नहीं हो सकते, शेख़। किसी भी तरह हमें अपनी अखंडता बचाए रखनी होगी, भले ही पुराने ढंग से नहीं, लेकिन एक पहचान में आने लायक वजूद के तौर पर पाकिस्तान, पूर्वी और पश्चिमी। आख़िरकार हमारा एक साझा मजहब है, साझा मकसद है। तुम देखो, अभी भी शेख़, आखिरकार हम कामयाब रहे हैं, हमारे सामने यह तथ्य है कि हम अभी भी एक अवाम

हैं। मेरा यकीन करो, हम इन बंधनों को तोड़ नहीं सकते। यह वह चीज है जिसके बारे में हमें साथ-साथ सोचना चाहिए। ठीक है, हम इस पर यहाँ पश्चिमी पाकिस्तान में चर्चा नहीं करेंगे। हम तटस्थ इलाके में मुलाकात कर सकते हैं, मसलन ईरान में। वास्तव में शाहंशाह ने उम्मीद जाहिर की है कि हम तेहरान में मिल सकते हैं। उसने अपना एक महल तुम्हारी देख-रेख में करने की पेशकश की है। अगर ईरान को लेकर तुम्हारी रजामंदी नहीं है तो हम स्विट्ज़रलैंड में मिल सकते हैं, बस हम दोनों।''

''जैसे कि हम अभी मिल रहे हैं,'' शेख़ मुजीबुर्रहमान ने व्यंग्य के बहुत हलके से पुट के साथ कहा।

''बिलकुल। मैं तुमसे सहमत हूँ। हम बिना किसी दखल के यह काम यहाँ कर सकते हैं। तुम और मैं, हम सैद्धांतिक तौर पर एक बयान तैयार कर सकते हैं। हम हमेशा-हमेशा के लिए मामले को सुलझा सकते हैं। मैंने एक बयान तैयार भी किया है जिस पर मेरा खयाल है, तुम राजी होगे। मैं तुम्हें दिखाता हूँ।''

''नहीं।''

''क्यों नहीं ?''

''क्योंकि अभी भी मैं तुम्हारा कैदी हूँ। मुझे अपनी बीवी को फोन तक करने की इजाजत नहीं है। मुझे यह भी पता नहीं कि वह जिंदा है या नहीं। क्या मेरे बच्चे जिंदा हैं ? क्या मेरे बूढ़े माँ-बाप जिंदा हैं ? और फिर अपने मंत्रियों से मशविरा किए बिना कैसे किसी ऐसे दस्तावेज पर मैं दस्तखत कर सकता हूँ जो तुम रख रहे हो ? तुम मुझसे जबरदस्ती अपनी बात मनवाने की कोशिश कर रहे हो। तुम मुझे गोली मार सकते हो, मगर मैं तब तक किसी भी चीज पर दस्तखत नहीं करूँगा जब तक मैं ढाका में अपने मंत्रियों से मिल नहीं लेता। अगर मुझे यहाँ रखा जाता है, तो मैं एक कैदी हूँ और तुम जबरदस्ती मुझसे मेरी मरजी के खिलाफ दस्तखत लेने की कोशिश कर रहे हो। इसलिए, अब से, जब तक मुझे आजादी नहीं मिलती, मैं खामोश रहूँगा।''

भुट्टो को अच्छी तरह अहसास था कि इस धमकी पर अमल होगा। उसने शेख़ मुजीबुर्रहमान की कैद की रपटें पढ़ी थीं। *कैदी 73 ने पूरे हफ्ते कुछ नहीं कहा है। उसने एक संतरी को शुक्रिया कहा जिसने उसकी कोठरी की छत की मरम्मत की। उसने कहा कि उसे कुछ सूखे कपड़े चाहिए। पिछले तीन हफ्तों से उसने पूरी तरह ख़ामोशी बरती है। पूरे हफ्ते कैदी का एक भी बयान दर्ज नहीं किया गया।* भुट्टो ये रपटें पढ़ते हुए हैरान था कि कैसे कोई इनसान लगभग तयशुदा मौत के सामने इतने लंबे समय तक टिका रह सकता है। अगर उसे भी उन्हीं हालात में कैद में रहना पड़ता तो वह कैसे टिका रह पाता ? उसने कहा, ''हमें दोस्त होना है ! क्या तुम यह महसूस नहीं करते ?'' वह बोल रहा था, ''बताओ, मैं तुम्हारे लिए क्या कर सकता हूँ ?''

''हाँ, यहाँ एक टेलीफोन है। मुझे अपनी बीवी से बात करने दो। क्या वह जिंदा है ?''

''मुझे यकीन है कि वह ज़िंदा है।''

"मगर तुम्हें पता नहीं है ?"

"नहीं, क्या तुम मुझसे उम्मीद करते हो कि मैं घुटनों के बल जाऊँ और कमबख्त हिंदुस्तानियों से पूछूँ ? वही लोग हैं जिन्हें सब कुछ पता है। मैं देखूँगा क्या किया जा सकता है, शेख़।"

"तो हिंदुस्तानी हर जगह ढाका में पसरे हैं। अगर यह सच है तो जरूर कुछ ऐसे बंगाली रहे होंगे जिन्होंने उनका साथ दिया ?"

"हाँ।"

"मेरे बंगाली हिंदुस्तानियों का खुलकर स्वागत कर रहे हैं ?"

"हाँ।"

"मुकम्मिल फतह है ?"

"हाँ।"

"तो फिर खुदा के लिए मुझे यहाँ क्यों रखे हुए हो ? क्या मैं बंधक हूँ ?"

भुट्टो की जीभ पर 'हाँ' आने-आने को ही थी। क्यों नहीं ? साफ तौर पर वह एक बंधक था और 'महामहिम की इच्छा से नजरबंद' एक वेशकीमती बंधक। उसे बंधक रखकर जो हासिल किया जा सकता था, वह अनिश्चितता थी, विकल्पों के बीच चयन था, एक ऐसा कार्ड था, जिसे बिलकुल सही मनोवैज्ञानिक वक्त पर मेज पर खोला जाना था। शायद, अगर वह शेख़ मुजीबुर्रहमान को खत्म कर दे तो बांगलादेश नाम का खिल रहा नया मुल्क भी खत्म हो जाएगा। इसे भी बहुत एहतियात से विचारना पड़ेगा, तौलना पड़ेगा, बारीकी से, दो समानांतर खानों में रखकर नफे और नुकसान को जाँचना पड़ेगा। इस बीच उसे अपनी बीवी को फोन करने देना बहुत जल्दी होगी, जिसका मतलब इस बात को औपचारिक तौर पर कबूल करना होगा कि वह एक आजाद शख्स है। किसी भी कीमत पर उसे रोके रखना, अपनी इच्छा पर अमल न करने देना जरूरी था। "याद रखो, कैदी को किसी भी हाल में बाहर जाने की इजाजत नहीं है।" भुट्टो ने हमेशा खुद को याद दिलाया था कि हिरासत खात्मे का एक नायाब औजार है। उसने महसूस किया कि अगर वह अपने कैदी को रिहा करेगा तो अपनी ही ताकत खत्म कर रहा होगा। गुस्से में उसने कहा, "तुम सोचते हो कि तुम मुझे गिड़गिड़ाने पर मजबूर करोगे, लेकिन ऐसा नहीं होगा। तुम अपनी ही आग में जलोगे, शेख़ ? अपनी यह गत तुमने अपने चलते बनाई है ! एक साझा, पूरी तरह एक और अखंड पाकिस्तान बनाने में तुम मेरी मदद करोगे या नहीं ?"

कोई जवाब नहीं मिला। भुट्टो अचानक उठा, उसने कैदी को घूरकर देखा, अपने हाथों से अजीब-सी कीमा बनाने जैसी हरकत की, और कमरे से निकलकर बाहर इंतजार कर रही गाड़ी की ओर चला गया। शेख़ मुजीबुर्रहमान ने आरामकुर्सी पर पीठ टिकाकर आँखें मूँद लीं, मगर आग बहुत चमकीली थी, और तेज रोशनी उनकी पलकों में गड़ रही थी।

ढाका के रेसकोर्स में पाकिस्तानी फौज के आत्मसमर्पण के दो हफ्ते गुजर चुके थे।

बीस

छरहरा-सा पाकिस्तानी जहाज रावलपिंडी के रनवे पर खड़ा था, उसकी बत्तियाँ गुल थीं, बस रनवे के सिरे पर जल रहे नीले बल्ब से रोशनी आ रही थी। पायलट, नेवीगेटर, पोतनीस, कर्मचारी और अकेली कर्मचारिन सभी अँधेरे विमान में अपनी-अपनी जगह बैठे हुए थे, और तीन घंटे से बैठे हुए थे। यह 8 जनवरी, 1972 का दिन था और रात के दो बज रहे थे। रावलपिंडी से यह उड़ान पूरी तरह खुफिया रहे, यह सुनिश्चित करने के लिए बेतरह एहतियात बरती जा रही थी। हवाई अड्डे से सारा ट्रैफिक हटा लिया गया था, फौज का घेरा पड़ा हुआ था, और बाहर से आ रहे सारे जहाजों को कराची में उतरने का हुक्म दिया जा रहा था। दोपहर के पहले एक संदेश 'बहुत ऊँचे हलकों' से आया था कि जहाज को ग्यारह बजे रात तक बिलकुल तैयार रखा जाए। "जितना मुमकिन हो, उस हद तक गोपनीयता हर हाल में बरती जाएगी और इस खुफिया मिशन से मुतल्लिक कोई भी सूचना जाहिर करने वाले को कड़ी सजा दी जाएगी।"

रावलपिंडी ऐसा शहर नहीं है जहाँ कोई राज छुपाया जा सके, और शायद सैकड़ों, बल्कि हजारों लोग थे जिन्हें पता था कि रनवे पर एक जहाज है, जिसे शेख़ मुजीबुर्रहमान के लिए इस्तेमाल किया जाना है, और वह आज रात छूटेगा। पहरे पर तैनात संतरियों और विमान सेवा के कर्मचारियों तक सबने यह जहाज देखा था, और शायद ही यह अनदेखा रह जा सकता था क्योंकि नियंत्रण कक्ष पर लगी सर्चलाइट अभी भी लगातार घूम रही थी, और इसमें दूर खड़े जहाज का धूसर ढाँचा चमक रहा था। रावलपिंडी में अफवाहें लगातार जोर पकड़ रही थीं। अलग-अलग मिलिट्री क्लबों में अफसर उठे हुए हाथों के पीछे फुसफुसा रहे थे, "मैंने सुना है कि हरामी को वे आज जाने दे रहे हैं। मैं तो कहूँगा अच्छा हुआ पीछा छूटा। जब तक शेख़ यहाँ है, तुम बता नहीं सकते कि क्या होगा।" इस सुखद घटना के बारे में अफसरों की बीवियाँ और रखैलें फ़ुसफ़ुसाहट में चर्चा करती रही थीं। "बताते हैं कि आज रात वह सीधे बांगलादेश जा रहा है। मुझे कर्नल अहमद सादिक ख़ान की बीवी ने बताया है। कितना समझदार और अच्छा है हमारा भुट्टो।" खुद शेख़ मुजीबुर्रहमान अकेले ऐसे शख्स थे जिन्हें पता नहीं था कि हवाई जहाज रनवे पर इंतजार कर रहा है। शाम को भुट्टो शेख़ से मिलने पहुँचा और उसके पास दस्तावेजों से भरी एक अटैची थी, वह शेख़ से उन सब पर, या उनमें से

किसी एक पर भी, दस्तखत करने की इल्तिजा कर रहा था, जो भी बदलाव उन्हें माकूल लगे, वह करने को राजी था, और शेख़ हमेशा की तरह अपनी चुप्पी में समा गए थे, उनमें से किसी पर भी दस्तखत करने से उन्होंने इनकार किया, इस बयान पर भी कि "पाकिस्तान और बांगलादेश के भावी रिश्तों को लेकर मि. भुट्टो और मि. शेख़ मुजीबुर्रहमान के बीच दोस्ताना बातचीत हुई।"

"तुम इस पर भी दस्तखत क्यों नहीं कर सकते ?" हताशा-भरी चिड़चिड़ाहट के साथ भुट्टो ने कहा, "आखिर इतने भर में नुकसान क्या है ?"

"क्योंकि जब तक मैं आजाद नहीं हूँ तब तक किसी चीज पर दस्तखत नहीं करूँगा।"

"मगर अब तो तुम आजाद हो। मैंने तुम जहाँ चाहो, वहाँ ले जाने के लिए एक जहाज को तैयार रखा है—अभी, इसी वक्त !"

"तो मैं ढाका जा सकता हूँ ?"

"नहीं, बाकी किसी भी जगह !"

"मि. भुट्टो, तुममें 'नहीं' बोलने की ऐसी काबिलियत है जो दिल चीर देने वाली है।"

"मेरे पास इसकी वजहें हैं। पाकिस्तानी जहाजों को हिंदुस्तान के ऊपर से उड़ने की इजाजत नहीं है। तुम्हें हिंदुस्तान के ऊपर से गुजरते हुए गोलाबारी कर गिरा दिया जा सकता है। यह एक संजीदा मामला हो जाएगा, और साथ ही हमें अपने जहाज का भी नुकसान हो सकता है, और यह भी एक संजीदा मसला है। तुम्हें मुझे कम-से-कम इस बात का श्रेय तो देना होगा कि मैं तुम्हारी हिफाजत के बारे में सोचता रहा हूँ। ढाका के अलावा कहीं भी।"

"तो फिर मैं लंदन जाऊँगा।"

"क्यों ?"

"क्योंकि मुझे लंदन पसंद है। क्योंकि एक आजाद आदमी जहाँ चाहे वहाँ जाता है। मैं ढाका जा रहा हूँ, और अगर मुझे कहीं रोका जाता है तो मैं लंदन जाऊँगा और तंबाकू खरीदूँगा।"

"जाने के पहले तुम इस साधारण से बयान पर भी दस्तखत नहीं करोगे ?"

"मैं कोई दस्तखत नहीं करूँगा।"

"तुम बेतरह ढीठ हो, शेख़ ! क्या हमें अपनी सारी जिंदगी इसी तरह लड़ते रहना पड़ेगा ?"

"हाँ," शेख़ मुजीबुर्रहमान ने कहा और फिर अचानक खड़े हो गए।

"अब मैं तैयार हूँ।"

वे इस तूफानी रात प्रेसिडेंट की लिमोज़ीन में हवाई अड्डे की ओर चल पड़े, बारिश से सड़कें धुली हुई थीं, आसमान में बिजली कौंध रही थी। भुट्टो अच्छी तरह मढ़ी हुई सीट पर कुछ इस अंदाज में बैठा था जैसे साफ-साफ कह रहा हो, "मैं बहुत सब्र वाला

आदमी हूँ। मैंने जो मुमकिन था, कर दिया है।'' उनके बीच बातचीत के सारे विषय चुक गए थे। एक बार भुट्टो ने अपने कैदी का हाथ दबाया और कहा, ''मुझे तुमसे गहरा लगाव है शेख़–अब भी !'' शेख़ मुजीबुर्रहमान मुस्कुराए, लेकिन चूँकि बुलेट प्रूफ लिमोज़ीन में अँधेरा था, भुट्टो को पता नहीं चला कि शेख़ मुस्कुरा रहे हैं। और एक बार हवाई अड्डा पहुँचने और हवाई जहाज तक जाने के पहले भुट्टो ने कहा, ''जब उन्होंने तुम्हें गिरफ्तार किया शेख़, मैंने टिक्का ख़ान से बात की। मैंने उससे कहा कि तुम्हें नुकसान न पहुँचाए। बस, यह काम मैंने अपनी दरियादिली के चलते किया !''

कोई विदाई नहीं हुई। सीढ़ियों के पास शेख़ मुजीबुर्रहमान ने भुट्टो को देखकर बहुत हलका सा झुकते हुए सिर हिलाया, और फिर दो-दो पायदान एक साथ फलाँगते हुए सीढ़ी चढ़ गए।

सफर के दौरान जहाज के पिछले हिस्से में, सैलानियों के दर्जे में तीन सीटों पर लेटकर वे अनियमित ढंग से सोए रहे, दोनों परिचारकों और परिचारिका को बता दिया कि वे बस सोना चाहते हैं और उनसे उन्हें कोई और अनुरोध नहीं करना है। जब वे जागते थे तो उन्हें लगता था कि वे अभी भी मियाँवाली की जेल में हैं और जब वे दुबारा सो जाते तो उन्हें इस राहत का अहसास होता कि सुबह तक उन्हें अपने जेलरों को नहीं देखना है।

सुबह सवा पाँच बजे, जब हवाई जहाज ने उतरने की इजाजत माँगते हुए हीथ्रो हवाई अड्डे को संकेत दिया, तब यह तूफान के बीच दक्षिणी जर्मनी के ऊपर से उड़ रहा था, मगर शेख़ मुजीबुर्रहमान गहरी नींद सोए हुए थे। पाँच मिनट बाद 'इस्लामाबाद के ऊँचे हलकों' से मिली हिदायत के मुताबिक एक दूसरा रेडियो संदेश भेजा गया। संदेश इस तरह था, ''कृपया विदेशी दफ्तर को सूचित करें कि पाकिस्तान एयरलाइंस की खास बिना नंबर की उड़ान में एक ही मुसाफिर शेख़ मुजीबुर्रहमान हैं जो अपनी मरजी से लंदन जा रहे हैं।''

विदेशी दफ्तर में रात की पाली पर तैनात अफसर चौंक गया जब उसे यह संदेश मिला। हालाँकि उसे दुनिया के सभी हिस्सों से रात को आने वाले अजीबोगरीब संदेशों से चौंकने की आदत थी, और एहतियात, सब्र और समझदारी दिखाते हुए उसने तुरंत वह बुनियाद बनाना शुरू कर दिया जिसे बाद में 'ऑपरेशन शेख़' कहा गया। उसने प्रधानमंत्री एडवर्ड हीथ के मुख्य निजी सचिव को फोन मिलाया जो मार्जोका में छुट्टियाँ बिता रहे थे। प्रधानमंत्री जैसे ही जागें, उन्हें शेख़ मुजीबुर्रहमान के हो रहे आगमन की खबर देनी है। फिर उसने लंदन में बांगलादेश मिशन को, विदेशी दफ्तर के प्रोटोकोल अफसर को और क्लैरिज़ होटल फोन किया जहाँ एक सूट आरक्षित रखने को कहा गया। यह संदेश हासिल करने के दस मिनट के भीतर रात की पाली का यह अफसर मेट्रोपोलिटन पुलिस को, हीथ्रो में पासपोर्ट जाँच के प्रमुख को, हवाई अड्डे पर तैनात विशेष संतरियों को और फौज के खुफिया महकमे के प्रमुख को चौकस कर चुका था। सुबह 6.36 पर पाकिस्तानी जहाज ने जमीन छुई, उस वक्त ठीक पौ फट रही थी, और

विशेष पुलिस बंदोबस्त के साथ साठ मील प्रति घंटे की रफ्तार से एक रॉल्स रायस में सफर करके लंदन पहुँचकर ठीक सवा सात बजे शेख़ मुजीबुर्रहमान क्लैरिज़ होटल की लॉबी में दाखिल हो रहे थे और उन्हें तुरंत उनके सूट में ले जाया गया। उन्हें बताया गया कि सूट के उजले और सुनहरे दरवाजे के बाहर खड़े दो लोग भारी हथियारों से लैस हैं और उन्हें ब्रिटिश खुफिया विभाग की ओर से भेजा गया है।

"यानी मैं अभी भी कैदी हूँ," उन्होंने मुस्कुराते हुए कहा और लंदन के सबसे आलीशान, आरामदेह और भव्य होटल की भव्यता, सुविधा और विलासिता को, फूलों से भरे चाँदी के गुलदस्तों को, नीले आरामदेह बड़े बिस्तरे को, मुलायम उजले कालीन को निहारते हुए जोड़ा, "क्या जेल है !"

जल्दी ही बंगाली उनके सूट में आने लगे, उनसे हाथ मिलाने, गले लगने को तत्पर, बांगलादेश में जंग के नौ महीनों के बारे में, बलात्कार, कत्ल, गाँवों में आगजनी, नदियों में बहते खून और उन सारी चीजों के बारे में बताने को तत्पर, जिनका उन्हें अंदाजा तो था, मगर जिन पर कभी पूरी तरह यकीन नहीं था। वे उन्हें 'राष्ट्रपति महोदय' कहकर संबोधित कर रहे थे और इससे वे हैरान थे। उन्होंने बताया कि उनकी बीवी, उनके बच्चे, उनके बूढ़े माँ-बाप, सभी महफूज हैं; यह एक चमत्कार था क्योंकि उन सबको पाकिस्तानी फौज ने पकड़ लिया था; उनके अस्सी साल के बूढ़े पिता को गिरफ्तार कर लिया गया था; उनके मकान में आग लगा दी गई थी, उनके तीन नौकरों को उनकी निगाह के आगे गोली मार दी गई, और जो लेफ्टिनेंट इस अभियान की अगुवाई कर रहा था, उसने कहा था, "इस बूढ़े आदमी को क्या मारें ? बस एक गोली बरबाद ही होगी !" इसलिए वे चले गए, बूढ़े शख्स और उसकी बूढ़ी बीवी को शांति से छोड़कर, बिना छत के, बिना साधन के, सिर्फ उन्हीं कपड़ों में, जो वे पहने हुए थे। इन कहानियों को सुनते हुए शेख़ मुजीबुर्रहमान बेकाबू होकर सुबकते रहे।

बीच सुबह तक उनके सूट में चालीस बंगाली जमा हो गए थे, सबके पास सुनाने को कहानियाँ थीं, सब उनका ध्यान खींच रहे थे। वे उन सबसे प्यार से बात कर रहे थे, मगर कभी-कभी वे बोलते थे, "अब और कहानी नहीं। तुम नहीं देख रहे कि अभी-अभी मैं जेल से छूटा हूँ !" लेकिन वास्तव में वे ऐसे नहीं दिखाई पड़ रहे थे कि अभी-अभी जेल से छूटे हों, सिवा इसके कि वे बहुत दुबले हो गए थे, उनके घने बाल धूसर हो रहे थे और उनकी आँखों के नीचे झाईं पड़ गई थी। तार आते जा रहे थे। फोन लगातार बज रहा था। और इस अफरातफरी में वे कमरे में अकेले आदमी थे जो शांत बैठे थे।

उन्होंने अपनी बीवी को ढाका फोन किया। उसकी आवाज पाँच हजार मील के अंतराल से काँपती हुई आ रही थी, "अब सियासत छोड़ दीजिए। मैं बहुत डरी हुई हूँ। अब घर आ जाइए, लेकिन सियासत छोड़ दीजिए।" वह उनसे ऐसी चीज माँग रही थी जो वे दे नहीं सकते थे, अब तो नहीं, सजा-ए-मौत के बीच नौ महीनों की कैद के बाद नहीं। उन्होंने कहा, "शांत हो जाओ, मैं जल्दी घर आ जाऊँगा। कल या परसों।" और फिर वह उनसे गुजारिश कर रही थी, "मैं इतनी डरी हुई थी कि आपको कभी नहीं

देख पाऊँगी। बस सियासत छोड़ दीजिए—मेरे लिए !'' फिर उन्होंने मोटे, थुलथुल, गंजे सैयद नज़रूल इस्लाम को फोन किया जो उनकी गैरमौजूदगी में बांगलादेश सरकार के कामचलाऊ राष्ट्रपति के तौर पर काम कर रहा था, एक साफ दिमाग आदमी, जो शब्दाडंबर से नफरत करता था लेकिन इस वक्त वह उन अलंकारों से लैस था जो आम तौर पर उसके लिए विजातीय थे, ''ख़ुदा का शुक्र है। खुदा का शुक्र है ! हम अँधेरे में भटक रहे बच्चों की तरह रहे हैं। जल्दी जा जाओ, जल्दी आ जाओ, मेरे भाई, मेरे दोस्त !'' फिर उन्होंने इंदेरा गाँधी को फोन किया, हिंदुस्तान-भर में तलाशने के बाद वह उन्हें आखिरकार लखनऊ में मिलीं तब वह एक सभा को संबोधित करने वाली थीं। इन मुश्किल महीनों में उन्होंने बांगलादेश की जितनी मदद की, उसके लिए उनका शुक्रिया अदा करते हुए उन्होंने कहा कि वे तुरंत ढाका लौट रहे हैं और दिल्ली या लखनऊ या जहाँ कहीं भी उन्हें सहूलियत हो, वे ज़ाती तौर पर शुक्रिया अदा करने के लिए उनसे मिलेंगे, और इस सारे वक्त वे सोच रहे थे, 'लंदन में इतनी ठंड है, मगर मेरे मुल्क में गर्मी है।' एक बार उन्होंने आस-पास खड़े बंगालियों की ओर मुड़कर कहा, ''मैं कहाँ हूँ ?'' ''आप लंदन में हैं शेख़,'' उन्होंने जवाब दिया। और उन्होंने धीरे-से अपना सिर दाएँ-बाएँ हिलाया।

उन्हें लंदन से प्यार था, मगर ढाका से और ज्यादा प्यार था, और जैसे-जैसे दिन पुराना पड़ रहा था, अपने मुल्क लौटने की उनकी बेसब्री बढ़ती जा रही थी। दोपहर को उन्होंने एक प्रेस कान्फ्रेंस की। कड़वाहट से भरे शेख़ मुजीब के सामने पचास रिपोर्टर थे जो उन्हें आगमन की बधाई दे रहे थे, लेकिन वे उनके चेहरे का संजीदा भाव बदल नहीं सके। ''नौ महीनों में,'' उन्होंने कहा, ''उन्होंने मेरे तीस लाख लोगों को मार डाला है, और खुदा जाने कितनी औरतों की इज्जत लूटी गई है ! किसके फायदे के लिए ? कृपया मुझे बताइए ! किसलिए उन्होंने ऐसा किया ?'' उनसे पूछा गया कि उन्हें तकलीफ दी गई या उनके साथ बदसलूकी हुई या नहीं। ''आपका क्या मतलब है—बदसलूकी ? मुझे एक बदतरीन जगह पर बदतरीन कोठरी में रखा गया था—पूरी तरह नजरबंद ! मुझे उन्होंने जिस्मानी तकलीफ नहीं दी। इसकी हिम्मत उन्हें नहीं हुई ! लेकिन वे मुझे सड़ा कर मार डालना चाहते थे !'' चुभती हुई आवाज में उन्होंने कहा, ''मैं ऐलान करता हूँ कि गणतांत्रिक बांगलादेश एक ऐसी हकीकत है जिसे चुनौती नहीं दी जा सकती, और बाकी सभी मुल्कों के साथ हमारे भावी रिश्ते इसी बुनियादी हकीकत पर टिके हैं !''

शाम को 10, डाइनिंग स्ट्रीट के एक ऊपरी कमरे में वे एडवर्ड हीथ से बात कर रहे थे, उसकी चौड़ी खिड़की से सेंट जेम्स पार्क दिखाई पड़ रहा था।

''मैंने वाकई कभी नहीं सोचा था कि आपको जिंदा देख सकूँगा,'' एडवर्ड हीथ ने कहा, ''हम यह उम्मीद करते थे, दुआ करते थे, आपको रिहा करने की अपील करते हुए याह्या ख़ान को हमने कई संदेश भेजे, मगर अब यह उम्मीद लगभग खत्म हो गई थी। मैं आपसे मिलने माजोर्का से वापस आया। आपके लिए मैं क्या करूँ !''

"मुझे वापस जाने में मदद करें और मेरे मुल्क की भी मदद करें।"

उस रात, लंदन में चौबीस घंटे से थोड़ा कम समय गुजारने के बाद उन्हें लंदन के पास के एक फौजी हवाई अड्डे ले जाया गया और वहाँ से एक आर. ए. एफ. कॉमेट में उन्हें देश से विदा कर दिया गया। हवाई जहाज तेल भराने के लिए साइप्रस के निकोसिया में रुका और फिर दिल्ली में, जहाँ उन्होंने श्रीमती इंदिरा गाँधी से संक्षिप्त मुलाकात की। और फिर वे पीले जले हुए मैदानों, घुमावदार हरी नदियों, पेड़ों से घिरे गाँवों, सर्दियों के गेहूँ और सुनहरे धान के खेतों के ऊपर से होते हुए ढाका के लिए रवाना हो गए; जैसे-जैसे बांगलादेश नजदीक आ रहा था, उन्हें लग रहा था कि धरती कुछ ज्यादा उपजाऊ, कुछ ज्यादा हरी-भरी हो गई है। ढाका के करीब आते हुए वे बहुत नीची उड़ान भर रहे थे, जब लाल बालों वाला कैप्टन अपने केबिन से प्रकट हुआ, और सलामी देते हुए बोला, "मि. प्रेसिडेंट, हम पाँच मिनट में ढाका पहुँच जाएँगे। कृपया अपनी बेल्ट कस लीजिए।" शेख़ मुजीबुर्रहमान हैरान दिखाई पड़े। 'मैं राष्ट्रपति हूँ ?' उन्होंने खुद से पूछा, और मुड़कर तेजी से पार होती हरी-सुनहरी झीलों, सरसों के पीले चमकदार खेतों, और धूप में लहराते गन्ने के बैंगनी सिरों को देखने लगे।

ढाका में खुफिया पुलिस के होश उड़े हुए थे, पाँच लाख लोग रेसकोर्स में उस आदमी के स्वागत के लिए इकट्ठा हो रहे थे जो मौत के मुँह से लौट आया था। छात्रों ने कमान सँभाल रखी थी; शेख़ मुजीबुर्रहमान को गुंडों, रजाकारों और पाकिस्तानियों से बचाने की उनकी अपनी योजना थी जो अभी भी शहर में छुपे हुए थे। उन्होंने इंतजाम किया था कि उन्हें हवाई अड्डे से डॉज़ ट्रक में शहर लाया जाएगा, जबकि उनके पीछे और दोनों तरफ सरकार के सदस्य और छात्र होंगे ताकि वे उनसे लगभग घिरे रहें, और उन्होंने खुद को सड़कों पर तैनात कर रखा था और रेसकोर्स में भीड़ में मिले हुए थे जहाँ खतरा सबसे ज्यादा था। ट्रक के आगे हथियारबंद छात्र चल रहे थे, जो फूलों से सजा हुआ था और झंडों से पटा पड़ा था, और बड़ी तादाद में छात्र उसके पीछे और दोनों तरफ थे। सड़क पर कतार में खड़ा हुजूम इतनी उग्रता से अपनी पूरी ऊँचाई पर 'जय बांगला ! शेख़ मुजीबुर्रहमान जिंदाबाद' के नारे लगा रहा था कि लग रहा था कि उन्हें आवाज की लहरें ही उठाए हुए हैं। जब वे मुस्कुरा रहे थे और लोगों की ओर हाथ हिला रहे थे, तो उन्हें अहसास था कि वे सब उनकी ओर देख रहे हैं, और सारी बाँहें उनकी ओर बढ़ी हुई हैं और वे सारे चेहरे उत्तेजना से चमक रहे हैं, और फिर भी वे अकेले थे, हजारों लोगों के बीच भी शहर में अजनबी थे।

जब वे आँखें बंद करते थे तो मियाँवाली की अपनी कोठरी में पहुँच जाते थे। जब वे आँखें खोलते थे तो उन्हें चेहरों का एक समंदर घेर लेता था, उनकी जय-जयकार करता हुआ, उनके नाम के नारे लगाता हुआ, बेइंतिहा खुश, क्योंकि वे उनके नायक थे और उनके पास वापस आ गए थे। ये वे लोग थे जिन्होंने सीधे यातना झेली थी, एक बेरहम फौजी मशीन से लड़ते हुए अपने शौहरों, बीवियों और बच्चों को खो दिया था, अमेरिका और चीन की मदद से आधुनिकतम हथियारों से लैस एक फौज से निहत्थे

लोहा लिया था। वे इतने जवान, इतने खुश, इतने मासूम लग रहे थे। वे पूरी ताकत से चिल्लाए, "जय बांगला !" उन्होंने शेख़ की आवाज सुनी और उतनी ही तेज इतनी ऊँची आवाज में दुहराया कि अगर आसमान फट पड़ता तब भी उन्हें अचरज नहीं होता। रेसकोर्स तक सारे रास्ते यह कान भेद देने वाली गर्जना उनके साथ रही।

जब वे रेसकोर्स पहुँचे तो उन्होंने पाया कि हुजूम शांत हो चुका है, और उनके संबोधन का, उन जादुई शब्दों में डूबने का इंतजार कर रहा है जो उनकी आत्माओं पर मरहम लगाएँगे, जो उनके जख्मों का उपचार करेंगे। शेख़ को कुछ अहसास नहीं था कि वे उनसे क्या बोलेंगे; उन्हें पता था कि वे जो भी बोलेंगे, वह बुरी तरह नाकाफी होगा; उन्होंने जो कुछ भी किया था, वह उन लोगों द्वारा झेली गई तकलीफ के मुकाबले कुछ भी नहीं था। तिस पर भी वे बोलेंगे और अल्लाह की दुआ के साथ शब्द अपने-आप निकलेंगे।

छात्र इस बुरी तरह डरे हुए थे कि उन्हें (शेख़ को) इस रेसकोर्स में, इस चरम घड़ी में मार दिया जा सकता है, कि उन्होंने एक फौज बना ली, दस-दस की कतार में वे उन्हें घेरकर खड़े हो गए और इस तरह उन्हें मंच तक ले गए जो सड़क से दो सौ गज दूर था। उन्होंने उन्हें तब ही मंच पर चढ़ने दिया जब एक छात्र ने भीड़ को संबोधित करते हुए कहा, "शेख़ आ गए हैं ! उनकी और हमारी हिफाजत के लिए कृपया हर कोई घास पर बैठ जाए ! अपने हाथ घास पर रख लीजिए ! अपने आसपास हर किसी के हाथ का ध्यान रखिए ! ध्यान रखिए ! ध्यान रखिए !" जब वे बैठे तो समंदर के किनारे टकराती लहरों का-सा शोर हुआ। जहाँ तक निगाह टिकती थी, वहाँ दोपहर की धूप में चमक रहे सुनहरे चेहरे ही चेहरे थे।

वे मंच पर चढ़े और लंबे समय तक, अपने आसपास देखते, मुस्कुराते, हाथ हिलाते, चुपचाप खड़े रहे। उन्हें हैरत हुई कि वे कुछ बोल नहीं पा रहे थे। उनकी आँख से आँसू लगातार बह रहे थे। आखिरकार उन्होंने कहा, "बांगलादेश–तकलीफ और खून की संतान है। यह पैदा हो चुका है ! पैदा हो चुका है ! उन्हें माफ कीजिए जिन्होंने इसकी पैदाइश रोकने की कोशिश की। आज मैं किसी से बदला लेना नहीं चाहता ! अब और कत्ल नहीं होने हैं ! जो बंगाली खाएगा, मुस्कुराएगा, गाएगा और खुश रहेगा, वह मेरा बंगाली है। जो भी बांगलादेश में रहते हैं, उन्हें मिल-जुलकर शांति से रहना है !"

बहुत दूर, रेसकोर्स के आखिरी सिरे पर, शेख़ मुजीबुर्रहमान की निगाहों से परे, एक छोटा-सा हुजूम कुमेरखाली से आए लोगों का था। वहाँ काली दाढ़ी वाला कबीर था, और बूढ़ा जमींदार फ़ैज़ुल मुकीम ख़ान था। वहाँ प्रोफेसर था और साथ में जहाँनारा, शाहजू और उनकी नई सौतेली माँ मेरियम थी। उनके करीब ही अनवर अमीर और उसकी बीवी हासना थे। एक-दूसरे का हाथ थामे, वे बेहद चुपचाप थे, बेहद सुस्त। जहाँनारा और शाहजू के ठीक बगल में बूढ़ा और फ़ैज़ुल हक़ बैठे थे। वे खूब मुस्कुरा रहे थे; और तब भी, जब शेख़ मुजीबुर्रहमान आँसुओं को रोकने की कोशिश करते, चुप हो जाते, उनका मुस्कुराना जारी रहता। सिर्फ जहाँनारा डरी हुई थी क्योंकि उसके सामने इतने सारे सिर थे और चुप्पियाँ बहुत लंबी थीं।

"तुम क्या देख पा रहे हो ?" उसने अपने भाई से पूछा।

"एक आदमी को।"

"वह क्या कर रहा है ?"

"बस वह वहाँ खड़ा है, रो रहा है।"

"वह क्यों रो रहा है ?"

"क्योंकि वह बहुत खुश है।"

शेख़ मुजीबुर्रहमान फिर से बोल रहे थे। वे बोल रहे थे, "कवि रवींद्रनाथ टैगोर के शब्द याद कीजिए--'ओ बंगाल माता, तूने सात करोड़ बंगालियों को जन्म दिया मगर उन्हें बड़ा नहीं होने दिया'...तो अब बंगाली बड़े हो गए हैं ! हमने साबित किया है कि हम नायकों के एक मुल्क हैं, और अब दुनिया की कोई ताकत हमें खत्म नहीं कर सकती।"

शाहजू जहाँनारा के लिए फूलों का एक ताज बना रहा था। उसने वह ताज उसके सिर पर रखा ही था और अपनी दस्तकारी पर खुश हो रहा था जब हुजूम के बीच से किसी धमन भट्ठी का फाटक खुलते समय होने वाले विस्फोट से मिलता-जुलता एक शोर उठा, एक शोर जो बना रहा और बना रहा, इनसानी दिल की धड़कन-सा, एक लय में उठता और गिरता शोर, और आवाज के इस बड़े रेले का असर यह हुआ कि उसका निशाना चूक गया, ताज उसके हाथ से छिटक गया और तिरछा होकर आधा जहाँनारा के चेहरे पर और आधा उसके बालों में आ गिरा, जिससे कि वह और ज्यादा खूबसूरत दिखाई पड़ने लगी।

"अब सब कुछ ठीक हो जाएगा," शाहजू ने कहा, और उसने ऊपर देखा तो पाया कि बूढ़ा चाँद नए चाँद की बाँहों में है और पहले सितारे निकल रहे हैं।